죽여줘!

Kill me!

송주희 장편소설

Kill me

죽여 줘!

가하epic

죽여줘!

지은이 송주희
펴낸이 이형기
펴낸곳 도서출판 가하

초판인쇄 2017년 5월 11일
초판발행 2017년 5월 18일
출판등록 2008년 10월 15일 제 318-2008-00100호

주소 서울 영등포구 양평로 67, 1209 (당산동5가, 한강포스빌)
전화 02-2631-2846 **팩스** 02-2631-1846

www.ixbook.co.kr

ISBN 979-11-300-1722-8 03810

값 12,800원

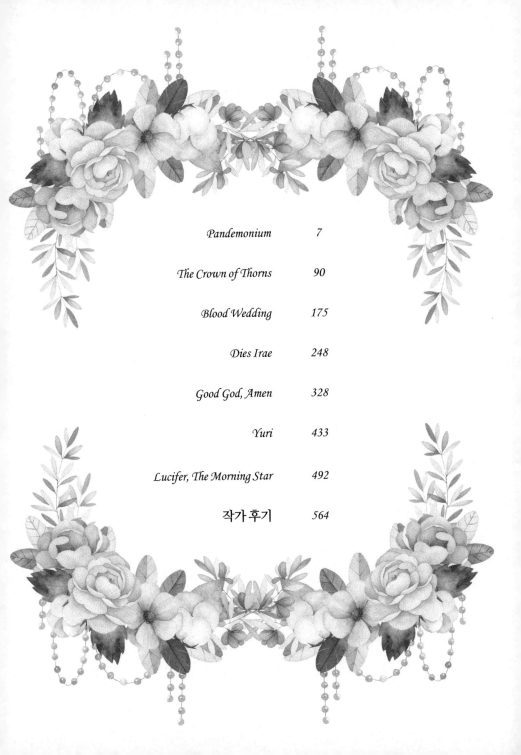

Pandemonium

시간은 흐르는 물처럼 쉬지 않고 빠르게 지나간다. 웨딩드레스를 처음 입어봤던 때가 바로 엊그제 같은데, 어느새 결혼식 날이 되었다.

그럼에도 전혀 기쁘지 않은 건, 아마 결혼할 상대인 신랑이 코빼기도 보이지 않기 때문이겠지. 애타는 내 심정을 모를 리 없는 그는 전화조차 받지 않았다. 연락 두절이었다.

이 현실을 받아들일 수가 없어서 몇 번이고 눈을 비볐다. 볼을 꼬집는 것으로도 모자라 뺨을 때려보기까지 했다. 믿을 수 없었다. 이게 정녕 현실이라면 너무나도 허무한 결말이 아니던가.

얼마 전 대 히트를 쳤던 할리퀸 로맨스 드라마가 떠오른다. 평범한 여자가 구릿빛 피부와 탄탄한 근육을 가진 재벌 2세들이랑 지지고 볶더니 결말이 '헉, 전부 꿈?'이었지. 차라리 전부 꿈이면 좋겠다. 내 머릿속에서만 펼쳐진 공상이라면 적어도 이런 동정 어린 시선들을 받지 않아도 될 테니까. 결혼식 당일에 소박맞은 비운의 여자라는 타이틀이 붙지도 않을 거다.

신랑 측 하객들은 단 한 명도 오지 않았다. 돌아가신 어머니를 대신해 상석에 앉아 있던 숙모가 기어이 뒷목을 잡고 쓰러졌다. 식장 안까지 들이닥친 구급대원들이 쓰러진 숙모를 들것에 싣고 쏜살같이 사라져버렸다.

숙모의 혈압을 염려한 작은아버지는 내 눈치를 보다가 슬쩍 따라붙었고, 나를 위로하지 않아도 될 핑계가 생겨 다행이라고 생각하시는 듯했다.

친구들이 다가와 내 어깨를 감싸 안았다.

"기운 내, 유리야. 그래도 아직 혼인 신고는 안 했잖아? 얼마든지 다시 시작할 수 있으니까 너무 속상해하지 마. 액땜한 셈 치지 뭐."

이거 욕인가. 왜 욕처럼 들리지.

"새미 말이 옳아. 좋게 생각하자. 솔직히 이번 결혼은 섣부른 감이 있었어. 네 나이를 봐! 이제 겨우 스물둘이라고. 결혼이 말이 된다고 생각해? 이건 하늘이 너에게 준 기회일지도 몰라. 좀 더 즐기라는 거지."

모두들 위로한답시고 건네는 말들이었지만, 휘몰아치는 감정을 진정시키는 데엔 전혀 도움이 되질 않았다. 배신감이 몰려와 치를 떨었다. 나쁜 놈. 끝내 모습을 드러내지 않은 신랑의 이름 세 글자가 가슴에 못 박혀 지워지질 않았다.

"저기…… 유리야? 이건 정말 혹시나 해서 물어보는 건데, 지안이한테 돈이나…… 뭐 그런 비슷한 거 빌려준 적 있니?"

친구의 염려스러운 말에 나는 전문 사기범을 떠올렸다. 하지만 그와 금전 거래를 한 적은 단 한 번도 없었다. 사실, 나는 준 것보다 받은게 훨씬 더 많았다. 사람들은 그가 나를 위해서라면 우주선을 강탈하는 한이 있더라도 별을 따다줄 것이라 입을 모아 말하고는 했다. 나를 향한 그의 사랑이 어찌나 열렬했는지 그 누구도 의심하지 않았다.

바로 어제까지는 말이다.

"아니, 그런 적 없어. 걔 돈 많은 거 알잖아."

짧게 대답한 나는 분에 겨워 이를 갈았다. 그가 나를 떠난 이유를 찾을 수가 없으니 더욱 난감했다. 불과 어제만 해도 그는 내 곁에 있었다. 사랑을 속삭이며, 내 손에 끼워진 반지를 보고 흐뭇하게 웃었다. 기가 찼다. 절대 놓아주지 않겠다고 말했으면서 자기가 먼저 놓는 건 대체 무슨 심보람?

"아, 하긴……."

선뜻 긍정을 표한 친구가 뒤로 물러났다. 지안이의 험담을 하던 다른 친구들도 더 이상 말을 잇지 못하고 침묵을 지켰다. 비난 할 거리를 떠올리지 못한 탓일 것이다. 그도 그럴 것이, 내 신랑이 될 뻔한 그 남자는 여러모로 완벽했으니까.

명석한 두뇌만큼이나 뛰어난 외모를 가진 그는 자신에게 적의를 내비치지 않는 이상 누구에게나 친절하게 대했다. 실제로 지금 내 옆에 서 있는 친구들 중 몇몇은, 그가 평범하기 그지없는 나와는 어울리지 않는다고 몰래 수군거렸다.

위축당하지 않을 수 없었다. 나 역시 우리의 차이를 확연히 느끼고 있었기 때문이다. 그는 나와 어울리지 않았다. 그에게 어울리는 여자는 좀 더 현명하고 아름다워야 했다. 그는 덤벙거리는 게 특기인 데다 실기 시험을 치를 때마다 밥 먹듯이 실수를 저지르는 나와는 맞지 않았다. 그렇게 생각해서, 언젠가 한번 그런 말을 입 밖에 내놓은 적이 있었다. 그러자 그는 왁자하게 웃더니 그것들은 전부 나에게 잘 보이기 위해 한 행동들이니 싫어하지 말고 좋게 봐줬으면 한다고 답했다. 나는 결국 항복의 웃음을 터뜨렸다.

하지만…… 그것들은 전부 지난날일 뿐이다.

이제 나는 혼자다.

하객들은 썰물처럼 빠르게 빠져나갔다. 객석은 순식간에 텅 비어버렸다. 망연자실한 나는 친구들의 도움마저 뿌리친 채 홀로 신부 대기실로 향했다. 웨딩플래너의 도움을 받아 드레스를 벗었다. 더는 입고있을 필요가 없었다.

"너무 심려치 마세요. 무슨 이유가 있을 거예요."

웨딩플래너가 나를 위로했다. 나는 대답하지 않았다.

나와 그가 교제를 시작한 지도 어언 5년째였다. 프러포즈를 받은 건 여섯 달 전이었고, 간소하게나마 약혼식도 치렀다. 그는 무척 열성적이었다. 그가 이 결혼에 어찌나 집착했는지, 청첩장에 새겨진 곡선 무늬 하나하나까지 신경 쓸 정도였다. 일찍 돌아가신 부모님을 대신해 나를 길러준 숙모에게도 지극정성이었다. 그러나 그건 속임수였다. 나를 속이기 위한, 계산된 행동이었던 게 분명했다.

그 모든 것들이 전부 나를 골탕 먹이기 위해 벌인 행각이라고 생각하니 화가 치솟았다. 어쩌면 그는, 애초부터 나를 좋아하지 않았던 걸지도 모른다. 단순히 즐기려고 나를 만난 것일 수도 있었다.

빌어먹을. 오늘 나는 세상에서 제일 행복한 여자여야 하는데, 왜, 어째서.

밀려드는 자괴감에 빠져 허덕이던 와중, 문득 한 가지 의문이 들었다. 정말 그럴까? 그런 하잘것없는 이유로 지안이가 내게 그리도 잘해준 걸까? 그렇다기엔 조금…… 이상하잖아. 그는 내게 지나칠 만큼 헌신적이었다. 나를 한 번도 실망시킨 적이 없었다.

그와의 기억을 되새기면 되새길수록 나는 혼란에 휩싸였다. 그와 처음 만났던 날……. 그리고 어제의 일들이 스쳐 갔다. 굳이 그렇게 행동하지 않았더라도 나는 쉽게 마음을 열었을 텐데. 어느 여자든 안 그랬겠는가. 그렇다면 뭔가 다른 일이 벌어진 것이다. 교통사고 같은…… 그의 신변을 위협하는 어떤 사고가 발생했을 가능성도 배제할 수는 없었다.

나는 텅 비었던 신랑 측 객석을 떠올리지 않으려 부단히도 애를 썼다. 뚜렷한 결과가 나오기 전까진 좋게 생각할 작정이었다. 감당할 자신이 없었다. 그는 내게 전부라 일컬어도 과언이 아닌 존재였다. 이렇게…… 이렇게 허망하게 떠나보내고 싶지 않았다.

혼란스러웠다. 머리로는 충분히 이해한 상황을 마음이 받아들이길 거부한 탓에 눈물을 떨구지도 못했다.

옷을 갈아입은 뒤 쫓기듯 식장을 나온 나는 휴대전화를 열고 익숙한 그의 번호를 눌렀다. 물론, 그는 받지 않았다.

잠시 고민하던 나는 그를 직접 찾아가 이유를 들어보기로 마음먹었다. 실낱같은 희망과 치미는 걱정을 안고서 그의 집으로 향했다. 택시를 타고 대로변을 빠져나와 그의 집 근처까지 가서 내렸다.

폭풍우가 몰아치는 내 마음속 음울한 풍경과는 반대로 이곳은 무척 평화로웠다. 내가 사는 집이 있는 거리만큼 익숙한 풍경이 눈에 들어오자 마음이 착잡했다. 돌덩이처럼 무거워졌다. 작은아버지에게 전화를 걸어 숙모의 상태를 확인한 나는 정말 죄송하다는 말과 함께 숙모에게도 사죄의 말을 대신 전해달라 부탁드렸다. 숙모를 뵐 낯도, 작은아버지를 뵐 낯도 없었으므로 앞길이 막막했다.

그의 집 문턱에 다다른 나는 크게 숨을 들이켰다. 문이 부서져라 두드리는 대신 언젠가 그가 주었던 열쇠를 꺼내 문을 열었다.

그리고 문을 여는 것과 동시에, 뻣뻣하게 얼어붙었다. 충격 받지 않을 수 없었다.

새집처럼 텅 빈 공간이 있었다. 사람은커녕 가구도 없었다. 벽지조차 깔려 있지 않아서, 딱딱하게 굳은 시멘트가 훤히 들어왔다. 나는 그제야 깨달았다.

그가 결혼식에 오지 않은 것은…… 전초전에 불과했던 것이다.

한두 방울씩 눈물이 솟구쳐 올랐다. 뺨을 타고 흐르다 툭툭 떨어졌다. 참 빨리도 도망쳤다. 어떻게 이럴 수 있지? 나쁜 놈. 세상에서 가장 나쁜 놈! 씹어 먹어도 시원치 않다. 그는 나를 절대 놓아주지 않겠다고 했다. 나 역시 그럴 생각이었다.

"지구 끝까지 쫓아갈 거야. 반드시 사과를 받아낼 거라고."

버림받았다는 슬픔이 뇌리를 강타했다. 어린아이처럼 웅얼거린 나는 화장이 번지는 것도 아랑곳하지 않고 계속 울어댔다. 그에게 배신감을 느꼈다. 그의 신변에 문제가 생겼다 해도, 피치 못할 사정이 있었다 해도 그는 내게 이래선 안 됐다. 이래선 안 되는 거였다.

"좋은 마음가짐이야. 일이 훨씬 수월해지겠는걸."

그 '목소리'는 갑자기 들려왔다. 간드러진 여자의 음성에 놀란 나는 끊임없이 솟구치는 눈물방울을 닦는 것도 잊은 채 소리의 행방을 찾아 고개를 돌렸다. 집 '안'에서 들려오는 소리였기 때문에, 나는 순간 환청을 들었나 싶었다.

"누구……?"

나는 막연하게 중얼거렸다. 그러자 또각거리는 구두 소리가 들리더니 짙은 금발을 길게 늘어뜨린 한 여자가 그늘 아래서 모습을 드러냈다. 무척 아름다운 여자였다. 그녀에게서 광채가 나는 듯했다.

뭐, 뭐지? 당황한 나는 눈을 크게 뜨고서 숨을 죽였다. 내 머리는 시키지도 않았는데 상상의 나래를 펼쳤다. 어쩌면 그녀는 그의 새 여자친구일지도 몰랐다. 아니면 그의 진정한 신부이거나.

여자가 나를 보았다. 즉시 인상을 찡그렸다.

"윽, 꼴 좀 봐. 완전 엉망이잖아? 녀석이랑 깨졌냐? 이러면 곤란한네. 중재역을 맡을 존재는 너밖에 없단 말이야."

내가 알아들은 건 내 몰골을 욕하는 비난뿐이었다. 울컥한 나는 재빨리 핸드백을 열어 화장지를 꺼냈다.

나는 눈물 젖은 얼굴을 적당히 수습한 다음 퉁명스럽게 입을 열었다.

"누구세요?"

나는 여신처럼 아름다운 눈앞의 여자가 그의 이름을 거론하길 기다렸지만, 그녀는 생각지도 못했던 엉뚱한 대답을 내놓았다.

"나는 판테온의 장녀, 아스트라. 지상의 일곱 번째 차원, '판데모니움'의 주인이자 관리자다. 내 오빠…… 아니, 내 동생이자 너의 그 잘난 신랑이 한껏 들쑤셔놓는 바람에 멸망하기 직전인 차원이지. 강제송환된 지 겨우 10년밖에 지나지 않았건만 그로 인해 벌써 대륙의 반이 붕괴됐다. 멸망하는 건 시간문제야."

쟤 지금 뭐래? 머리가 빙글빙글 돌았다. 수수께끼 같은 단어들뿐이라서, 나는 그녀의 말이 끝나기도 전에 이해하기를 포기했다. 설명해줄 것 같지도 않았기에 괴상한 말들은 전부 생략하면서 미간을 찌푸렸다. 그러다가 고개를 갸우뚱했다.

"당신이 말하는 남자가 지안이인가요? 그런데 10년이라니요? 거기다 지안이한테 누나가 있다는 말은 한 번도 못 들었는데."

그녀가 조소를 머금었다.

"지안? 여기서는 그 이름을 사용하나 봐? 녀석의 진짜 이름은 루시퍼야. 그러고 보면 너도 참 대단해. 아무리 내 오빠…… 아니, 내 동생이라지만 그런 되먹지 못한 녀석이랑 결혼할 생각을 하다니. 결혼이 무슨 애들 소꿉장난인 줄 아나? 흠. 아무튼 그곳과 이곳은 시간의 흐름이 달라. 여기선 고작 하루가 지났을 뿐이지만 그곳에선 이미 10년이 지났어."

그래서 오빠라는 거야, 동생이라는 거야?

어쨌든 가재는 게 편이라고, 팔은 안으로 굽는다고, 나는 기분이 상했다.

"지안이를 욕하지 말아요."

내가 반발하자 아스트라라는 이름의 여자는 그에 대꾸하는 대신 가소롭다는 듯이 코웃음을 쳤다. 그녀의 한쪽 입꼬리가 비스듬하게 말려올라갔다.

"그 녀석, 보고 싶어? 만나게 해줄까?"

"사양하진 않을게요. 제가 지안이를 죽여도 상관없다면 말이죠."

분노를 주체하지 못한 나는 결국 대놓고 비아냥거렸다. 아스트라와 대화를 나누고 있자니 안 그래도 나빴던 기분이 배는 더 가라앉았다. 회한이 들었다.

내가 여길 왜 왔지? 생전 처음 보는 여자랑 콘크리트 바닥에서 뭘 하고 있는 거람?

"죽인다고? 네가, 그 녀석을?"

아스트라가 눈을 동그랗게 떴다. 텅 빈 예식장을 떠올린 나는 씩씩거렸다.

"오늘이 결혼식이었어요. 절 바람맞혔다고요."

이 정도면 살해할 이유는 충분하지 않은가. 나는 생각했다. 물론 진짜로 죽일 마음은 없었지만, 그렇게 해서라도 내 분노를 표출하고 싶었다. 제대로 눈물을 쏟아내지도 못해 응어리가 쌓여가고 있었다. 도대체 어디서부터 잘못된 거지? 어디서부터 틀어진 걸까? 하루하루가 천국에서 보내는 것과도 같이 행복했던 나는 갈피를 잡을 수가 없었다.

이런, 이라고 아스트라가 짧게 중얼거리고는 입술을 오므렸다.

"그게 오늘이었나?"

그녀는 혼잣말처럼 작게 말했다.

"어쨌든 너무 기분 나빠 하지는 마. 그건 녀석도 원하지 않을 거야. 징벌의 기간이 끝났으니, 인간의 윤회에서 벗어나 기억을 되찾은 것뿐이지. 뭐, 따지고 들면 그것도 죄를 지은 탓에 생긴 일이라 자업자득이긴 하다만……."

슬슬 짜증이 났다. 급변하는 내 감정의 흐름을 재빨리 캐치한 아스트라가, 씩 웃으며 다가왔다. 나는 뒤로 물러나려다 관두기로 했다.

"나도 복잡한 건 싫어. 본론만 말하자면, 네 도움이 필요해. 루시퍼를 막아주겠어? 녀석이 더 이상 차원을 파괴하고 다니지 않게 해줘. 이대로 가다간 그 녀석, 정말 죽을지도 몰라. 판테온이 직접 나서기 전에 막아야 돼."

"제가 당신의 터무니없는 말을 어떻게 믿어요? 그리고 그 루시퍼가 정확히 당신의 동생이에요, 오빠예요?"

"원래는 오빠였지. 그러니까, 장남이었다고. 하여튼 우리는 모두 형제야. 나도 그 아이를 진심으로 걱정하고 있다는 걸 알아주길 바라.

자세한 건 어차피 곧 알게 될 거야. 어때, 유리? 내 부탁을 들어줄 마음이 있니?"

나는 생각하는 척하면서 침묵했다. 찾아온 침묵을 기회 삼아 그녀의 말을 천천히 되새겨보았다. 다른 차원? 웃기지도 않는 말이다. 그런 게 있을 리 없잖아. 나는 그녀의 말을 무시하겠노라 결심했다. 하지만 지안이의 묘연한 행방은 설명이 되질 않았다. 그는 너무…… 감쪽같이 사라져버렸다. 게다가 그는 친인척도 없질 않은가. 그가 결혼식에 참석하든 참석하지 않든 신랑 측 상석은 비어 있었을 거였다.

그런데 저 여자는 어떻게 내 이름을 알지?

두통이 느껴졌다. 피로에 찌든 내 머리로 진위 여부를 가리기엔 한계가 있었다. 결국 나는 '만에 하나'라는 가정을 놓고 그녀의 말을 받아들였다. 그리고…….

"맙소사. 10년? 10년이라구요?"

경악했다.

내가 지안이와 알게 된 지도, 사귄 지도 벌써 5년이었다. 우리는 서로를 미치도록 사랑했다. 마치 삼켜버릴 것처럼, 혹은 삼켜지는 것처럼. 평생의 반려자, 운명의 짝이라 믿어 의심치 않았다. 그와 떨어져 있을 때마다 겪었던 외로움은 정말 장난이 아니었다. 하루, 이틀…… 그렇게 잠깐씩 떨어져 있는 것도 심히 괴로웠는데 10년이라니? 이건 좀 너무하다.

골치가 아팠다. 이걸 곧이곧대로 믿어주자니 내 머리가 허락하질 않았다. 이게 말이 돼? 당연히 안 된다. 거짓말을 하려면 좀 더 그럴듯하게 해야지, 이건 뭐…… 너무 어처구니가 없어 속아주려야 속아줄 수도 없다.

지안이가 사라졌다고 해봤자, 기껏해야 하룻밤 사이에 일어난 일이었다. 이십사 시간도 채 지나지 않았다. 어제 낮에는 하루 종일 데이트를 했고, 밤에는 전화도 했었다. 내가 긴장돼 잠을 못 자겠다고 하니 자기도 그렇다며 웃어댔다. 불과 하루 전의 일이었다. 또렷하게 기억이 난다. 차원 이동? 참나, 말이야 쉽다.

"당신 지금 사기 치는 거죠? 그 말을 내가 어떻게 믿어?"

거짓말도 정도껏 해야 받아주는 법이다. 이쯤 되면 예의고 뭐고 다 필요 없을 때지. 가뜩이나 억울해 죽겠는데 이젠 별것이 다 난리다. 예쁘면 장땡인 줄 아나? 나는 아스트라를 노려보았다. 젠장. 예, 예쁘긴 하다. 그 흔한 기미나 주근깨도 없다. 화장을 변장 수준으로 한 건지는 몰라도 매끄럽기만 해. 아니 가만, 그런데 이 여자…… 아무리 봐도 외국인 같은데 한국말 되게 잘한다.

"내가 말하지 않았나? 그곳과 이곳은 시간의 흐름이 다르다고. 이러는 와중에도 그곳의 시간은 계속 흐르고 있어. 벌써 한 달이 지났단 말이야."

살짝 미간을 찌푸린 아스트라가 손목에 채워진 시계를 힐끗거리더니 초조하게 대꾸했다. 나는 딱딱거리며 신경질을 부렸다.

"좋아. 당신의 말이 맞다고 치자. 그래서 뭐, 어쩌라는 거야? 나더러 지금 다른 차원으로 가라는 거야? 웜홀을 찾아 차원 이동이라도 하라는 소리?"

"그게 뭔지는 모르겠지만 아니라고는 대답해줄 수 있어. 너를 이동시키는 건 내가 할 일이니까. 넌 그냥 가겠다고 대답만 하면 돼."

그 말은 교통비도 전부 부담하겠다는 건가? 나는 인상을 찡그렸다. 아스트라는 모르는 척 말을 이었다.

"참고로 한 가지 말해주자면, 여기를 떠나는 순간 너는 이곳을 주관하는 신의 보호를 받을 수 없게 된다. 온전히 내 소관이 되는 셈이지. 네 목숨, 네 영혼…… 그게 모두 내 관리 하에 들어오는 거야. 그리고 그렇게 되면 너는 더 이상 이곳으로 돌아올 수 없어. 여기 주인은 성질이 좀 더럽거든. 한번 이곳을 떠난 너를 절대 받아주지 않을걸."

신랑 없는 결혼식장의 풍경이 머릿속에서 계속 왔다갔다거렸다. 이런 굴욕이 또 어디 있을까. 스트레스가 장난이 아니었다. 친구들도, 가족들도 보고 싶지 않았다. 땅을 파서 그 안에 몸을 묻고 잠들 수만 있다면 여한이 없다고 생각할 정도였다. 신혼여행은 개뿔이. 다시는 돌아올 수 없다고? 아무래도 좋다. 될 대로 되라지.

"핵심만 얘기해, 핵심만. 당신, 나를 지안이가 있는 곳으로 데려다줄 수 있다고 했지? 그럼 뭘 망설여? 빨리 데려다 줘."

순전히 충동적인 결정이었다. 무모한 데다 멍청하기까지 한 결정. 하지만 지안이는 내게 있어선 전부와도 같았다. 부모님도, 형제도 없는 내겐 목숨이나 마찬가지였다. 이런 수모를 겪게 한 지안이가 죽을 만큼 미웠으나, 한편으로는 그가 아직 나를 사랑하고 있다면 용서할 마음도 있었다.

아스트라는 지안이가 자의로 그곳에 간 게 아니라고 했다. 비현실적인 말들투성이였지만 그것 하나는 믿고 싶었다. 한 줄기 빛과도 같은 희망을 어떻게 놓칠 수 있겠는가.

"현명한 선택이야."

아스트라가 미소 지었다. 곧 눈꺼풀이 무거워졌다.

"루시퍼가 있는 곳 근처엔 결계가 둘러져 있어. 아마 고생 좀 해야될 거야. 그래도 그를 만나기 전에 죽어버리면 곤란하니까…… 너에게 황금으로 만든 빛의 검을 줄게. 이제는 나의 사자이자, 한때 내가 가장 총애했던 성녀를."

검 같은 소리 하네. 두툼한 철 덩어리를 떠올린 나는 비웃고 싶은 걸 애써 참았다. 수면 가스라도 살포했는지 자꾸만 눈이 감겼다. 미소 띤 지안이의 얼굴이 눈앞에서 자꾸만 어른거렸다. 그와 처음 만났던 날이 주마등처럼 떠올랐다.

그때, 숙모와 대판 싸우고 집을 나섰던 나는 갈 데가 없어 결국 멀리 가지도 못하고 근처에 있던 공원으로 향했었다. 나를 두고 떠난 부모님을 원망하면서 애처럼 울어대다가 그를 보았다. 엉망이 된 내 몰골을 본 그는 웃음을 참느라 부단히도 노력하고 있었다. 당시의 일만 생각하면 아직도 얼굴에 피가 몰렸다.

지안이는 적어도 나를 대할 때만큼은 언제나 상냥했다. 자상한 남자의 표본이었다. 아스트라의 말이 사실일까? 그렇지 않다. 다른 세계인지 차원인지는 몰라도, 거길 부수고 있다는 건 분명 지안이가 아닐 것이다. 누명이라도 씌운 게 분명했다. 그러니까 나는 결코 포기하지 않을 것이다.

눈에 그렁그렁 눈물이 고였다.

"명심해. 네가 실패하면, 그 역시 무사하진 못할 거야."

아스트라의 경고 아닌 경고를 들으며, 눈을 감았다가 떴다. 그러자 기다렸다는 듯이 모든 세상이 바뀌어 있었다. 사방이 시멘트였던 지안이의 집은 온데간데없이 사라졌다. 머리 위에 뜬 커다란 달이 당장 덮쳐올 것처럼 강렬하게 빛났다.

밖……인가? 게다가 밤이야?

나는 어리둥절하게 고개를 돌렸다. 눈앞에 보이는 건 굵직굵직한 나무들이었다.

"뭐야 이거, 꿈?"

아닌데. 꿈이라기엔 감각이 너무 생생하잖아. 나는 숨을 들이켰다. 숲 특유의 청명하고 상쾌한 공기가 한가득 들어왔다. 약간의 습기가 있고, 쌉쌀하면서 시원한.

나는 열심히 눈을 깜빡거렸다. 꿈이 아니었다.

그리고 그것.

그 소리는 예고도 않고 갑자기 들려왔다. 크고 날카로운 소리였다. 사이렌 소리와 무척 흡사했다. 마치 내가 이곳에 있다는 걸 다른 누군가에게 알려주는 경보음 같은. 뭐, 뭐지? 나는 비명을 지르며 뒤로 물러섰다.

겁을 먹은 나는 우두커니 선 채 스피커를 찾아 두리번거렸다. 하지만 소리는 얼마 지나지 않아 뚝 끊겼다. 이윽고 폭풍전야의 고요 같은 평화가 찾아왔다.

도대체 뭐가 뭔지 하나도 모르겠어! 귀를 틀어막다가 만 나는 아스트라의 말이 사실인지 아닌지를 떠나서 이 놀라운 상황에 경악했다. 콘크리트는커녕 자동차조차 보이지 않는 이곳은 숲이 분명했기 때문에, 감탄하지 않을 수 없었다. 눈 한번 깜빡거렸을 뿐인데 풍경이 바뀌다니……. 내가 지금 공간 이동을 한 건가? 세상은 넓고 신기한 일은 많다더니 딱 그 짝이었다. 물론, 내가 미친 게 아니고 이 상황이 전부 현실이라는 가정 하에 말이다.

엉거주춤하게 발을 내딛자 구두가 푹푹 꺼졌다. 습기 어린 흙이 구두를 빨아들였다. 나는 미간을 찌푸리다가 땅에서부터 느껴지는 진동을 느껴 멍하니 입을 벌렸다. 이건 또 뭐야? 지진이라도 일어났나? 그럼 아까 그건 재난을 알리는 경보?

안면이 딱딱하게 굳었다. 안타깝지만 내겐 자연재해와 맞서 싸울 힘이 쥐뿔도 없었다. 긴급 상황이라는 걸 인식한 내가 어깨에 멘 핸드백을 단단히 부여잡고 빠르게 걸음을 옮기려는 찰나, 뭔가 이상한 소음이 잡혔다. 불규칙적으로 달그락거리는 게, 꼭 고장 난 기계에서 나는 소음 같기도 하고…….

그런데 이거, 어째 점점 소리가 커지는 것 같다?

불안이 커져갈수록 소리도 덩달아 커져만 갔다. 죄를 저지른 것도 아니건만 심장이 요란하게 쿵쾅거렸다. 튀어나온다고 해도 전혀 이상하지 않을 정도로 빠르게 뛰었다.

나 이대로 죽는 거야?

나는 소음의 정체가 모습을 드러내고 나서야 그게 말발굽 소리였다는 것을 알아차렸다. 사람들을 태운 말들의 수는 정말 많았다.

"정지."

가장 맨 앞에 있던 남자가 그렇게 말하자 일순간 모든 소음이 멎었다. 얼기설기 얽힌 나뭇가지들의 틈새로 환한 달빛이 비쳐 들어서, 남자의 형체를 알아보는 건 어렵지 않았다. 그는 중세 시대의 기사들이나 입었을 법한 갑옷으로 무장하고 있었다. 허리춤에는 검으로 추정되는 무기까지 고정되어 있었다.

그가 싸늘한 눈으로 나를 노려보았다.

"저기요? 뭔가 아주 엄청난 오해가 있는 것 같은데요. 제가 왜 여기에 갇혀야 하나요? 그러니까, 제가 무슨 심각한 잘못을 저지른 것도 아니잖아요. 안 그래요?"

감옥에 갇힌 나는 철창을 쥐고 마구 흔들었다. 억울하기 그지없었다. 도대체 내가 왜, 음침한 숲속에 떨어진 거로도 모자라 이런 수모를 겪어야 하는 거지? 나는 결백했다. 그리고 절박했다. 감옥에 가게 되면 지안이를 만날 수 없게 될 테니까. 설령 만나게 된다 하더라도 그건 내가 출소한 이후에나 가능한 일인 게 확실했다.

다짜고짜 밧줄에 묶여 어떤 건물의 어두컴컴한 지하로 끌려온 나는 여기가 정말 다른 세계가 맞다는 것을 다시금 실감했다. 실내를 밝히고 있는 건 전등이 아니라 촛불이었다. 감시카메라도 없었으며, 나를 지키고 있는 간수들의 수는 턱없이 적었다. 내 육체적 능력이 조금만 뛰어났더라면 저들을 쓰러뜨리고 도망치는 스펙터클한 일도 가능했을 텐데.

체념의 한숨을 내쉰 나는 입을 삐죽 내밀고서 바닥에 털썩 주저앉았다. 신혼여행을 가는 동안, 비행기를 탈 때 입으려고 구입했던 아이보리색 원피스가 더러워지든 말든 아무래도 좋았다. 나는 벽 한쪽 귀퉁이에서 거미줄을 치고 있는 거미를 보고 울상을 지었다. 슬픈 일이지만 이곳은 청결 상태 또한 좋지 못한 듯했다. 찍찍거리는 쥐들의 울음소리도 들렸다.

내 핸드백을 빼앗아 뒤지고 있던 간수들이 지갑을 발견하고는 저들끼리 수군거렸다. 나는 시무룩하게 눈을 내리깔았다. 약지에 끼워진 결혼반지가 그나마 위안이 됐다. 그나마 이 보석은 안 빼앗겨서 다행이군. 사실 이게 내 소지품 중에서 가장 비싼 물건인데 말이야.

"이봐 여자, 이건 뭐지?"

간수 하나가 다가와 내 주민등록증을 보여주었다. 나는 순순히 대답했다.

"주민등록증이요. 제 신분을 증명해주는 가장 확실한 물건이죠."

무슨 원시인한테 불붙이는 방법을 설명해주는 것 같네. 나는 다시 제자리로 돌아가 쑥덕거리는 그들을 흥미롭게 바라보았다. 참 신기하다. 생긴 걸 보면 분명 서양인인데 입에서 나오는 말은 전부 한국말이다. 토씨 하나 틀리지 않고 명확해 쉬이 알아들을 수 있다.

간수가 이번엔 다른 물건을 들고 다가왔다.

"이건 뭐냐?"

"휴대전화요. 평상시에는 아주 유용하지만…… 지금은 아무짝에도 쓸모없는 물건이에요."

나는 액정에 뜬 '통화권 이탈'이라는 안내 메시지를 빤히 응시하다가 대수롭지 않게 대답했다. 아무래도 이곳은 내가 살던 곳보다는 한참 뒤떨어지는 것 같았다. 그렇지 않고서야 문명인의 필수품 중 하나인 휴대전화를 모를 리가 없으니까.

시간이 지나자 전력소모를 방지하기 위해 액정의 불빛이 저절로 꺼졌다. 간수가 놀란 표정을 짓더니 휴대전화를 흔들었다. 뒤집어도 보고 쿡쿡 찔러보기도 했다.

"빛이 사라졌다. 마법 물품인가?"

이야, 이곳엔 마법도 존재하는 모양이다. 나는 멀쩡한 얼굴로 아무렇지도 않게 '마법'이라는 단어를 운운하는 간수를 보며 눈알을 굴렸다. 박수라도 쳐주고 싶은걸. 아무리 뒤떨어진다 한들, 미친 사람을 간수로 두진 않을 거 아니야. 아니, 어쩌면 여긴 미친 세계일지도 몰라. 뭐, 내가 이곳에 떨어진 것부터가 정상이 아니니 뭐든 받아들이는 것이 나을 거다. 머리를 비우는 게 이로울 거야. 여기는 원더랜드고,

쟤들은 도도새라고.

나는 푹 한숨을 쉬고는 마지못해 입을 열었다.

"그건 기계입니다. 마법이 아니에요."

행방불명된 신랑을 찾아서 동분서주해도 모자랄 판에 이게 무슨 신세람. 나는 짜증스럽게 혀를 찼다. 그런 식의 질문을 몇 번이나 더 받았다. 뭐가 그리도 신기한 건지, 간수들은 쉬지도 않고 물어왔다. 그들은 내 화장품들에 특히 관심을 보여서, 나는 파우치 안에 담겨 있던 휴대용 화장품들을 일일이 설명해주었다. 생긴 건 황소도 때려잡을 정도로 우락부락한 주제에 왜들 이리 관심을 갖는지! 장난 아니게 피곤했다.

"이런 물건들은 대체 어디서 난 거냐? 이런 게 있다는 소리는 한 번도 들어보지 못했어. 귀족들이 쓰는 것보다 훨씬 좋잖아."

내가 막 립스틱에 대한 설명을 마쳤을 때, 열심히 경청하고 있던 간수 하나가 불쑥 물어왔다. 난감해진 나는 대답하지 않고 어설프게 웃었다. 말을 하도 많이 했더니 입가에 경련이 일 정도였다.

내 앞에는 어느새 다섯 명이나 되는 간수들이 포진해 있었다. 주민등록증을 주의 깊게 살펴보던 간수가 나를 미심쩍은 눈초리로 바라보았다.

"여자, 이거 정말 너 맞아? 생김새야 비슷하지만 눈 색깔이 다른걸."

"네? 그럴 리가요."

나는 고개를 갸우뚱하면서 눈을 크게 떴다. 시력이 좋은 편이었던 나는 렌즈를 낀 적이 한 번도 없었다.

"자, 이거 봐."

간수가 내 핸드백 안에 들어 있던 거울과 주민등록증을 보여주었다. 철창 사이의 틈새가 넓었기 때문에 보는 데 큰 불편함은 없었다. 나는 영문을 몰라 얼떨떨하게 주민등록증을 한번 바라본 다음, 거울로 시선을 돌렸다. 그리고 그대로 얼어붙었다.

거울 안에 있는 건 분명 익숙한 내 얼굴이었다. 부드럽게 넘실거리는 머리카락이, 전보다 훨씬 환해진 피부가 미모를 위해 상당한 돈을 쏟아부었다는 사실을 여실히 알려주었다. 하지만 문제는 그게 아니었다. 눈동자, 홍채의 색깔이 무척 독특하게 바뀌어 있었다.

"이게 뭐야? 왜 이래?"

윽, 완전 희한하다. 당황한 나는 짙은 갈색을 대신해 자리 잡은 은색의 홍채를 바라보며 곤혹스럽게 눈을 깜빡거렸다. 포스터물감 같이 불투명하고, 반짝이는 은색의 홍채가 내 모습을 비추고 있는 게 선명히 보였다. 게다가 귀에는 생전 처음 보는 귀걸이까지 달려 있었다.

나는 인상을 찡그리면서 귀를 가린 머리카락을 틀어 올렸다. 그러다가 난데없이 들려오는 요란한 소리에 놀라 숙였던 몸을 꼿꼿하게 세웠다. 그건 녹슨 철문이 열리는 소리였다.

키가 훤칠한 남자가 선두로 들어왔다. 화려한 옷차림의 남자는 산책이라도 나온 듯 여유로운 반면, 뒤이어 들어온 사람들은 하나같이 비장한 표정을 한 채 신중하게 움직였다. 모두 열 명이었다.

철창에 거의 붙어 있다시피 했던 간수들이 황급히 물러나 그들을 맞이했다.

"고, 공작님? 여긴 어쩐 일로……."

공작?

"아, 방해하려고 온 건 아니니까 하던 일 계속해."

나는 호기심 어린 눈으로 남자를 응시했다. 그는 턱수염이 무척이나 잘 어울리는 신사였다. 곱실거리는 검푸른 머리카락에, 매력적인 웃음소리까지. 이십 대 후반? 어쩌면 삼십 대일 수도 있겠다. 내가 그를 물끄러미 응시하자 그 역시 나를 바라보았다.

공작이란 남자가 내 코앞까지 다가와 미소 지었다.

"경계선에서 갑자기 툭 떨어졌다는 침입자가 이 꼬마 아가씨인가? 생각보다 훨씬 예쁘게 생겼…… 흠. 알았으니까 노려보지 마."

꼬, 꼬마? 내 얼굴이 저절로 일그러졌다. 그건 그의 바로 옆에서 걱정스러운 시선을 보내는 남자도 마찬가지였다.

"거리를 두십시오, 공작님. 그의 수하일지도 모릅니다."

나는 '수하'라는 단어가 나를 지칭하고 있다는 걸 어렵지 않게 알아차렸다. 공작이라는 검푸른 머리카락의 남자가 고개를 저었다.

"그렇다면 이곳은 이미 쑥대밭이 됐을 거다. 그는 어수룩하지 않아. 게다가 그는 지금 리하르트의 병사들을 도륙하느라 바쁘다고. 한 명도 빠짐없이 전부 죽이기 전까진 이곳을 눈여겨보지 않을 거야. 우리에겐 다행인 일이지."

공작의 말에 중년 남자가 인상을 썼다. 왠지 모를 위화감을 느낀 나는 철창을 잡고 몸을 일으켜 세웠다. 벌떡 일어나서, 눈을 깜박이지 않으며 말했다.

"왜 절 잡아두는 거예요? 제가 무슨 잘못을 했나요?"

저들이 말하는 '그'가 누구인지는 모르겠지만 내가 그의 수하가 아니라는 것만은 확실했다. 나는 뭔가 오해가 있었다는 걸 납득시키려 머리를 굴렸다. 호랑이 굴에 잡혀가도 정신만 차리면 산다고 했으니, 뭔가 방법이 있을 거였다. 고개 숙인 간수들과 뒤따른 사람들로 보아이 남자, 높은 계급에 위치한 사람인 것 같았다. 고로 이 남자만 구슬리면 어떻게든 될 듯했다.

옆에 있던 중년 남자에게 옮겨갔던 공작의 시선이 다시 내게로 고정됐다. 그는 잠깐 생각하는가 싶더니 곧 부드럽게 웃었다. 나는 공작이 미소 짓는 모양새를 보고 바람둥이 같다고 생각했다.

"아가씨는 아직 잘못한 게 없으니 걱정하지 않아도 돼. 잘못을 저지를까 봐 미연에 방지하기 위해 잡아두는 것뿐이거든. 참 대단해. 내 병사들은 경보가 울리자마자 출동했다고 하는데, 어떻게 그 짧은 순간에 경계선 중앙까지 갔지? 마법사인가?"

"저는 마법을 부릴 줄 몰라요."

바보가 된 느낌이었다. 뭐가 뭔지 하나도 모르겠어서 머리가 아파왔다. 경계선은 또 뭐고, 마법사는 또 뭔지…… 하여튼 여긴 정말 별세계다.

"여기서 나가고 싶지 않아?"

그가 나직하게 구슬렸다. 나는 한숨을 쉬었다.

"제 말을 믿으실 수 있겠어요?"

"물론이지."

공작이 매우 신중한 투로, 혹은 그렇게 들리길 바란다는 듯이 대답했다.

나는 잠시 뜸을 들였다. 믿지 않을 게 분명했으나, 나에게는 이 감옥에서 나갈 만한 뭔가 획기적인 방도가 없었다. 자고로 위급한 상황에 처할 때면 머리를 굴리는 게 더욱 힘들 듯이, 지금의 나로서는 이렇다 할 거짓말이 떠오르지 않았다. 그래도 마법이 존재한다는 것처럼 말하는 투를 보면 조금은 희망이 있는 것 같기도 했다.

본드 칠이라도 한 듯 붙은 입술이 떨어지질 않았다. 나는 식은땀을 흘리면서 그 어느 때보다 힘겹게 말을 꺼냈다.

"저는…… 어…… 다른 세계에서 왔어요. 그러니까, 이곳과는 차원이 다른 곳에서요."

아니나 다를까, 공작이 웃음을 터뜨렸다. 지켜보고 있던 간수들도 마찬가지였다. 그럴 줄 알았다, 이 망할 도도새들아. 입증하고 싶은 마음이 굴뚝같았지만 내밀 증거가 전혀 없어서 불가능에 가까웠다.

나는 침울하게 고개를 떨어뜨리다가 돌연 번쩍 치켜들었다. 아니 가만, 증거야 충분히 있지 않나?

"제 가방! 제 가방을 봐요. 저런 물건 본 적 있어요?"

나는 다급하게 손을 뻗어서 가방을 가리켰다. 내가 공작을 향해 그 어느 때보다 간절한 눈빛을 보내자, 공작이 순순히 시선을 돌렸다. 나는 그의 옆에 붙어 있던 중년 남자가 간수에게 받아든 내 핸드백을 미심쩍은 눈으로 바라보는 걸 초조하게 지켜봤다. 중년 남자는 간수들보다 더 꼼꼼하게 가방을 뒤졌다. 품에 숨겨두었던 단검을 꺼내더니, 핸드백 안쪽의 천을 찢어 감춰진 물건이 있는지 확인했다. 나는 인상을 찡그리지 않으려 애썼다. 망할. 저거 백만 원도 넘는 건데. 감히 내 아기를 학살해?

"확실히 전부 처음 보는 것들이긴 하네. 이건 뭐지?"

중년 남자가 내 아기, 아니, 백만 원짜리 가방을 토막살인 하는 동안 내 소지품을 관찰하고 있던 공작이 물어왔다. 나는 신혼여행을 위해 큰 맘 먹고 구입한 선글라스를 보고 퉁명스럽게 대꾸했다. 갈기갈기 찢겨진 내 신상 아가를 보고 있자니 마음이 아팠다. 저것들을 다 죽여버렸으면 소원이 없겠군.

"눈에 끼는 거요. 햇빛을 가려주기 위해 쓰는 거예요. 혹시나 해서 물어보는 거지만, 여긴 안경도 없나요? 온통 도도새들만 있는 거예요?"

나는 신경질적으로 그들의 무지를 비난했지만 아무도 귀 기울여 듣지 않았다. 다만 공작의 눈이 커졌다.

그가 선글라스를 보면서 신음했다.

"햇빛이라…… 아가씬 정말 특이하군. 다른 세계에서 왔다는 말이 믿기기 시작했어. 이거, 제법 독특하긴 해도 이곳에선 전혀 쓸모없는 물건이거든."

나는 이맛살을 찡그렸다.

"전 제가 원더랜드에 온 줄 알았는데요. 지구 속 여행이 아니라. 하여간 왜 쓸모가 없다는 거죠? 다들 멍청해서 눈에 뭘 씌운다는 걸 상상하지도 못하나?"

내가 화나서 지껄이든 말든 중년 남자가 찢어버린 천 조각들이 바닥으로 떨어져 수북이 쌓여갔다. 공작은 내 빈정거림에도 아랑곳하지 않고 입가에 미소를 띤 채 답했다.

"정확히 짚어주자면, 이곳엔 '태양'이 없지. 판데모니움엔 오직 밤만이 존재해. 태양은 절대 떠오르지 않는다. 이 세계는 멸망하고 있어."

뭐? 뭐? 뭐뭐뭐? 나는 귀를 의심했다. 농담이라도 던지는 건가 싶어서 주위 사람들의 표정을 살폈다. 그러나 그들은 그게 당연한 사실이라도 되는 듯 담담했다. 당황하거나, 놀라는 기색 또한 없었다. 비웃지도 않았다.

나는 기가 막혀서 따졌다.

"태양이 없다구요? 어떻게? 어떻게 태양이 없을 수가 있어요?"

"이야, 이거 정말 신선한 반응인걸? 표정부터가 일품이잖아."

충격 받은 나는 공작의 말을 무시하고서 아까 보았던 광경을 떠올렸다. 숲이었다. 울창한 숲. 태양이 없는데 나무들이 자랄 수도 있는 건가?

고개를 갸웃거리던 것도 잠시였다. 나는 이곳에 '마법'이 존재한다는 것처럼 얘기했던 간수들과 공작의 말을 떠올리며 신음을 흘렸다. 이걸 어떻게 믿으란 거야?

"지금 나 놀리는 거죠? 당신 정말 수상한 거 알아요? 애당초 내가 숲에 있었던 게 뭐 그리 잘못이라고!"

"수상한 거로 치자면 아가씨가 배는 더 수상하지. 안 그래?"

넉살 좋게 받아친 공작이 빙그레 웃었다. 나는 치미는 욕설을 참으려 노력했다. 알 수 없는 말만을 늘어놓아 나를 미궁 속에 빠뜨리는 공작의 얼굴을 한 대 후려치고 싶었다. 지금 기분 같아선 살인이라도 저지를 것 같았다.

내가 이를 가는 사이, 한동안 내 신상 아기를 토막 내는 데 열중하던 중년 남자가 마침내 수확물을 건졌다. 그가 핸드백 속주머니에 들어 있던 립스틱 모양의 스프레이를 공작에게 건넸다. 나는 코웃음을 치며 팔짱을 꼈다. 남자의 만류에도 불구하고 공작은 용감하게 스프레이를 이리저리 건드리며 살펴보았다. 공작은 용케도 뚜껑을 열었다.

"이건 어디에 쓰는 물건이냐?"

나는 얼마 전 지안이가 사준 '치한 퇴치용 스프레이'를 물끄러미 바라보았다. 그 효능을 시험해볼 겸 장난도 칠 겸 지안이의 얼굴에 뿌려보았던 기억이 났다. 나는 그날 지안이를 거의 죽일 뻔했다. 사실, 내가 지안이를 죽일 뻔했던 일이 그게 처음은 아니지만.

나는 투덜투덜 설명했다.

"스프레이예요. 치한의 얼굴에 뿌리는…….”

"악!"

중년 남자가 비명을 질렀다. 내 설명을 끝까지 듣지도 않고 중년 남자에게 스프레이를 분사한 공작이 바닥에 쓰러져 몸부림치는 남자를 황당하게 응시했다. 그러나 그것도 잠시, 곧 표정이 돌변하더니 나를 매섭게 노려보았다. 그의 뒤에서 이 상황을 지켜보고 있던 병사들이 빠르게 다가와 공작의 앞을 막았다.

"죽여, 당장 저년을 죽여라!"

쓰러진 중년 남자가 용케도 고함쳤다. 그냥 죽어버릴 것이지.

나는 뒷걸음질을 치면서 순진하게 눈을 깜빡거렸다. 다가오는 병사들의 눈빛이 정녕 심상치 않았다.

"왜, 왜 이래요? 내가 한 것도 아니잖아! 거기다 아직 살아있고!"

제대로 망한 것 같다. 처음부터 꼬일 대로 꼬여서는, 이젠 아주 끝장을 보는구나. 나는 빠른 속도로 욕설을 중얼거렸다. 지안이의 얼굴이 떠올랐다. 지안이를 찾기 전까진 죽을 수 없었다. 나는 죽고 싶은 마음이 조금도 없었다.

"뿌린 건 내가 아니라 저 남자란 말이야! 치한한테 뿌리라고 만든 물건을 왜 멀쩡한 사람한테 뿌리는데! 당신 나 죽이려고 작정했지? 그렇지?"

내가 공작한테 따지자 맨 앞에 있던 병사가 검을 빼 들었다. 멍청한 도도새들. 나는 목소리 톤을 높였다.

"뭐야 당신들, 완전 웃긴다? 너희들은 칼 들고 다니면서 나는 스프

레이 하나 가지고 다니는 것도 안 돼? 저거 무기 아니야. 그냥 호신용
품이라니까! 여기서야 어떨지 모르겠지만 전에 살던 곳에선 나 제법
괜찮은 축에 속했다고!"

본능적인 두려움에 횡설수설하던 나는 감옥 문이 열리는 소리를 듣
고 꿀꺽 침을 삼켰다. 차가운 벽면에 등을 붙인 채 숨을 죽였다. 이마
에 식은땀이 맺혔다. 세상에. 나 이대로 죽는 거야? 마치 내 핸드백이
제 한 몸 바쳐가며 미래를 예견해준 것 같잖아. 이젠 나도 토막 나는
걸까.

나는 공작을 보았다. 그는 내 절박한 눈빛을 무시하고서 그의 부하
로 추정되는 중년 남자의 안색을 살폈다. 잔뜩 부어오른 그의 눈에선
끊임없이 눈물이 솟구치고 있었다. 심히 괴로워 보였지만 곧 내가 겪
게 될 고통에 비하면 새 발의 피도 되지 않으리라. 지안이도 저 정도
로 발버둥 치진 않았는데 엄살은.

나는 내 목에 겨눠지는 서슬 퍼런 칼날들을 보며 신음했다. 두려움
을 느낀 나는 질끈 눈을 감았다. 부디 단번에 끝나길. 질질 끌면 더 아
플 게 분명할 테니까.

둔탁한 마찰음이 들려왔다. 그러나 고통은…… 전혀 없었다.

전혀.

"어……?"

뭐지? 아픔이 조금도 느껴지질 않는다. 너무 빠르게 죽어버려서 고
통을 느낄 새도 없었던 건가? 그런데 그런 것치고는 사방이 너무 소란
스럽다. 웅성거리고 있잖아. 내가 볼썽사납게 죽었나? 시체가 널브러
지기라도 했어?

"마법이다, 모두 뒤로 물러나!"

당혹스러움이 담긴 병사들의 수군거림을 들은 나는 실낱처럼 가늘게 눈을 떴다가, 눈이 부셔 인상을 찡그렸다. 백열등을 수십, 수백 개는 켜놓은 듯 주위가 무척 환했다. 선글라스가 필요하지 않다던 공작의 자신만만한 말에 코웃음을 쳐주고 싶은 순간이었다. 어쨌든 감각이 이리도 뚜렷한 걸 보면 아직 죽지는 않은 것 같았다. 그럼 뭐가 어떻게 된 거지?

조금이나마 안심한 나는 눈이 적응할 수 있도록 천천히 눈꺼풀을 들어올렸다. 휘둥그레진 눈을 하고 있는 병사들과 공작이 보였다. 어리둥절하게 눈을 굴리던 나는 그들이 당황하는 이유를 곧 깨달았다. 놀랍게도 그 찬란한 빛은 바로 내 몸에서 발생하고 있었다. 자체적으로 빛났다.

– 어쩔까? 죽여, 말아?

난데없이 들려오는 젊은 여자의 미성에, 정말 깜짝 놀랐다. 어디서 들려오는 건지 종잡을 수가 없었다. 반면 다른 사람들은 여자의 목소리가 들리지 않는 듯 나만을 주시했다.

나 취했나. 반쯤 멍해진 내가 머리를 흔들자 목소리가 또 한 번 들려왔다.

– 아, 정말 싫다. 가장 뛰어난 명검 중의 명검인 내가 왜 이런 덜떨어진 여자를 지켜야 되는 거람? 아스트라 님도 무심하시지.

"아스트라? 뭐야, 당신 누구야?"

금발의 미인을 떠올린 나는 보이지도 않는 여자에게 질문을 건넸다. 기분이 상했는지-왜 상했는지는 모르겠다만-, 여자는 새침하게 답했다.

– 나는 아스트라 님의 신실한 종, 마리아. 나로 말하자면, 그 어떤

적이든 베어버릴 수 있는 날카로운 검이자 방패⋯⋯, 저것들이!

마리아가 말하는 도중 참을성 없는 병사 하나가 나를 향해 다시금 검을 휘둘렀다. 그 즉시 내 주위로 반투명한 막이 생기더니 병사의 검을 튕겨냈다. 검이 날아가 뒤쪽 벽에 푹 꽂혔다. 그 모습을 신기하게 바라보는 나와는 달리, 마리아는 분에 겨워 씩씩거렸다.

태풍 같은 바람이 몰아쳤다. 철창이 후드득 뜯겨나갈 때까지 나는 내 손에 뭔가가 들려 있다는 사실조차 깨닫지 못했다. 그것이 공기처럼 가벼웠기 때문이다.

나는 내 손에 들린 아주 길고 커다랗고 또 깃털처럼 가볍고 아름답게 생긴 검을 당혹스럽게 쳐다보면서도 마리아를 말렸다.

"도대체 이건 뭐야? 아니 일단⋯⋯ 야! 그만해!"

나를 감싼 황금색 빛무리가 도통 사라질 줄을 몰랐다. 다른 차원이라서 그런지는 모르겠으나, 갑자기 손에 검이 쥐여지고 주위가 별빛으로 물들었다. 이게 정상인가? 음, 여긴 이게 정상인가 보다. 그러려니 하는 수밖에. 빨리빨리 적응하는 게 나한테 이득이겠지?

"루키엘! 어서 공작님을!"

마리아가 일으킨 돌풍 때문에 주위는 삽시간에 엉망이 됐다. 그러나 잠시 한눈이 팔린 나는 자꾸만 빛가루를 떨어뜨리는 검을 마구 흔들어봤다. 내 키를 웃돌 만큼 커다란데, 이상하게도 전혀 무겁지 않았다.

"⋯⋯정말 신기하다."

내가 작게 중얼거리며 검을 들었을 때, 돌풍이 일더니 치한 퇴치용 스프레이에 취한 중년 남자가 떨어진 철창을 맞고 기절했다. 나는 울고 싶었다. 이곳에 변호사가 있는지 없는지 확실하지 않았기 때문에 후일이 두려웠다.

나는 겁에 질려서 검을 떨어뜨렸다.

"너, 마리아라고 했지? 네가 검인지 뭔지는 모르겠는데 어쨌든 나를 지켜준다고 하지 않았어? 이건 그냥 죽으라는 거잖아! 멈춰, 멈추라고!"

루키엘이라는 이름을 가진 젊은 남자가 낮은 목소리로 무슨 주문을 읊자 공작의 주위로 투명한 장막이 쳐졌다. 그래 봤자 내가 마리아를 만류했으니 하나마나인 일이었다. 내가 다급하게 소리치자 마리아가 흥, 하면서 바람을 멈췄다.

나에게 조금의 피해도 주지 않았던 바람은 병사들에게 어마어마한 영향력을 끼쳤다. 맨바닥에 주저앉은 그들이 머리나 허리, 발목을 잡고 끙끙거리는 신음을 토했다. 싸늘하게 굳은 공작의 얼굴을 보자니 진땀이 났다. 거기다 내 발밑에 있던 검은 어느새가 사라지고 없었다. 은은한 빛을 내뿜던 금가루들도.

잠깐의 정적이 흘렀다. 공작이 피식 웃었다.

"막을 거둬라."

"고, 공작님?"

공작의 말에 루키엘이 난색을 표했다. 공작이 살짝 인상을 썼다.

"치우래도?"

막이 거둬지더니 공작이 한 걸음 앞으로 나아왔다. 그가 신중하게 나를 살피며 다가왔다. 젠장, 무슨 속셈인지 전혀 모르겠다. 긴장하지 않을 수 없었다.

"나를 공격할 건가?"

코앞까지 다가온 공작이 짐짓 진지하게 질문했다. 나는 미간을 찡그랬다. 선타를 날린 게 누구였더라? 바로 너잖아, 너! 네가 치한 퇴치용 스프레이를 뿌리지만 않았어도 이런 참사는 벌어지지 않았다고.

"먼저 공격한 건 그쪽인데요."

당당하게 대꾸한 나는 내가 우위를 차지했음을 느꼈다. 속수무책으로 나가떨어지던 병사들의 모습이 눈앞에서 어른거렸다. 마리아가 있으니 핸드백 신세가 될 일은 없을 듯했다. 비록 새침 떠는 모양새가 예사가 아니지만, 형체조차 보이질 않지만, 일단 없는 것보다야 나을 테니까.

"어쩔 수 없는 선택이었다. 내겐 병사를 돌볼 책임이 있거든."

"그러길래 누가 설명도 듣지 않고 막 뿌리래요? 그리고 저거, 단순히 치한 퇴치용이라 인체엔 무해한 거예요. 안타깝게도."

나는 나도 모르게 본심을 말했다가 재빨리 입을 다물었다.

"그렇군."

예상외로 순순히 인정하는 공작이 미심쩍었으므로, 나는 더 이상의 말없이 침묵을 유지했다. 말을 아껴야 할 필요성이 있었다.

침묵에 진저리가 난 공작이 입을 떼기도 전에 다급한 발소리가 귓가를 파고들었다. 아까와는 비교도 안 될 만한 수의 병사들이 우르르 몰려와 나와 공작을 에워쌌다. 적어도 서른 명은 넘어 보였다. 이 공작이라는 남자, 대체 얼마나 대단한 사람이길래 이렇게 많은 부하들을 거느리고 있는 거지? 나는 팔짱을 낀 채 입술을 삐죽 내밀었다. 중세시대의 그 공작이라도 되는 건가? 아, 원더랜드도 아니고 지구 속 세상도 아니라니 탄식이 절로 나오는군.

"공작님……."

건장한 체구의 남자가 눈매를 사납게 치켜떴다. 그 기세에 눌린 나는 움찔하면서 몸을 웅크렸다. 투박한 갑옷에 다른 사람들의 것보다 훨씬 큰 칼까지 차고 있는 폼이, 조폭 저리 가라 할 정도였다.

당장 내 목을 베어버릴 태세를 취하는 남자를 보고 공작이 웃었다.

"난 괜찮으니까 걱정하지 마. 그보다 이 병사들 좀 물려주지그래? 이 귀여운 아가씨가 겁먹었잖아. 흠…… 아니, 차라리 장소를 옮겨서 얘기하는 것이 더 낫겠어. 질문하고 싶은 것들이 좀 있거든. 아가씨도 나한테 궁금한 게 있을 테지?"

남자는 내가 대답할 틈도 주지 않고 공작을 막아섰다.

"신분조차 확실하지 않은 침입자입니다. 게다가 경계선, 그것도 중앙에서 발견되었지 않습니까? 위험한 존재입니다. 지금 즉시 처리해야 합니다."

인상을 일그러뜨린 무서운 남자가 아수라장이 된 주변을 힐끗거렸다. 기절한 중년 남자와 앓는 소리를 내고 있는 병사들은 어느새 실려 나가고 없었다.

남자가 칼을 빼내려는 순간 공작이 팔을 뻗어 그를 제지했다. 공작이 나를 바라보았고, 나 또한 그를 응시했다. 나를 죽일 것 같지는 않았으나, 그렇다고 안심하기엔 너무 일렀다. 나는 이곳에 대한 정보가 무척 부족했으며, 사람을 함부로 믿어선 안 된다는 말을 귀에 못이 박이도록 들어왔다. 특히나 의지할 데 하나 없는 이곳에선 더욱 그 말을 명심해야 했다.

공작의 입가에 자리한 미소가 짙어졌다.

"아니, 위험하진 않을 거야. 저 힘…… 그리고 그 빛은 분명 본 적이 있어. 내가 봤던 것과 무척 비슷해."

확신에 가득 찬 말이었다. 그에 남자가 별수 없다는 듯 어깨를 한번

37

으쓱이더니 순순히 검을 내리고 물러섰다. 흉흉했던 병사들의 눈빛이 조금씩 정상적으로 돌아오자 공작이 반지를 끼지 않은 내 손을 덥석 잡고는 나를 끌어당겼다.

"그럼 가실까요, 아가씨?"

— 어우 느끼해……. 버터를 통째로 드셨군.

마리아의 투덜거림이 들렸다. 나는 묵묵히 동조했다.

공작에게 이끌려 간 곳은 색이 짙은 융단이 깔린 어느 거대한 방이었다. 방은 무척 화려했다. 크게 난 창이나 한쪽 벽면을 장식한 근사한 그림은 그렇다 치더라도, 즐비하게 늘어져 있는 장식품들은 정말 비싸 보였다. 보석이 박히지 않은 게 없을 정도였다.

게다가 깔끔하기까지 했다. 베네치안 스타일의 거울은 먼지 한 톨 없이 반짝였고, 정교한 무늬가 새겨진 화병은 어찌나 잘 닦아놓았는지 윤기가 반질반질 났다.

천장 중앙에서 빛을 내며 둥둥 떠 있는 구체를 신기하게 응시하던 나는 곧 시선을 떼고 금테가 둘러진 시계를 바라보았다. 6시를 가리키고 있었다. 그러나 창을 통해 보이는 밖은 여전히 깜깜했다. 자정이라 해도 믿을 지경이었다.

나는 내 반응을 면밀히 주시 중인 공작을 무시하고 창가로 다가갔다. 지금이 오전 6시든 오후 6시든 이래선 안 됐다. 정상이라면 조금 더 밝아야 했다.

창밖으로 삐죽 머리를 내밀자 웅장한 궁창이 보였다. 밤하늘을 아름답게 수놓는 모래알처럼 많은 별들이 보였지만 별로 눈에 들어오지는 않았다. 새하얀 달의 크기가 실로 어마어마했기 때문이다. 어찌나 거대했던지, 하늘의 삼분의 일을 차지하고 있었다. 너무나 가까워서,

그 표면이 선명하게 눈에 들어왔다.

나는 무심결에 달을 향해 손을 뻗었다가, 엄습하는 이질감을 견디지 못하고 뒤로 물러섰다.

"어떻게 이럴 수 있지?"

넋이 나간 나는 혼잣말하듯 작게 중얼거렸다. 고개를 계속 들고 있었더니 뒷목이 뻐근해져서, 머리를 약간 숙이고 자세를 바로 했다. 그러자 하늘 아래, 지상의 배경이 눈에 들어왔다. 하늘에 빛덩이가 가득해서인지 공터가 선명히 보였다. 주위는 온통 무장한 사람투성이였다. 여기도 병사, 저기도 병사였다. 무기를 들지 않은 사람은 아무도 없는 것 같았다.

병사들을 보며 긴장하던 와중, 나는 검게 보이는 숲 뒤로 은은하게 비치는 원형의 빛무리를 보았다. 황금색, 푸른색, 그리고 유황 빛깔의 커튼은 숲 너머의 공간을 둥글게 덮고 있었는데, 마치 오로라처럼 보였다.

─ 루시퍼의 은총……. 저건 방어막이야. 물고기의 비늘처럼 연약하면서, 절대 흐트러지지 않는 막이지. 네가 들어가야 할 요새이기도 하고.

마리아가 그렇게 중얼거렸다.

"구경 다 했으면 이리 와 앉지그래?"

공작의 말에 퍼뜩 정신을 차린 나는 멀리서 보이는 숲을 뒤로하고 창가에서 떨어져나왔다. 내가 공작의 맞은편 소파에 앉자 앞치마를 두른 여자 하나가 다가와 차를 따라주었다. 공작은 내가 있다는 것도 상관하지 않고서 소파 등받이에 푹 몸을 묻었다.

"아직 통성명도 하지 않았군그래. 나는 에드가 게일 페르디난드라고 한다. 다 죽어가는 공작가를 몸소 이끌고 있지."

뭐야, 그럼 정말 귀족이란 말인가? 머리가 어지러울 정도로 긴 이름에 나는 기가 죽었다. 공작이 피식 웃으며 다리를 꼬았고, 나는 즉석에서 그럴듯한 이름을 지어내볼까 하다가 떨떠름하게 소개했다.

"유리예요."

그가 신기하다는 듯이 내 이름을 한번 불러보았다. 그러더니 피식피식 웃고는 머리를 비스듬하게 기울였다. 그의 손에 들린 찻잔이 흔들거렸다.

"다른 세계에서 왔다고……?"

우아한 동작으로 차를 들이켠 공작이 들고 있던 찻잔을 소리 나게 내려놓았다. 감각을 잔뜩 곤두세우고 있던 나는 움찔했다. 검푸른 머리카락의 공작이 미소 지었다. 그의 남청색 눈동자는 이상하게 깊어 바닷속을 들여다보는 듯했다.

"재미있네. 다른 세계의 인간이라."

나는 조마조마한 심정으로 그를 지켜보았다. 그의 명령을 받고 나갔던 병사들이 다시 들어올까 싶어 두려웠다. 루키엘이라는 남자와 우락부락한 체구의 남자가 떠올랐다. 나를 노려보는 모양새가 심상치 않았다. 허튼짓하면 죽는다는 무언의 경고였겠지.

다행스럽게도 공작은 나를 미친 사람 취급하지 않았다. 그는 곧장 두 번째 질문을 건네지 않고 뜸을 들였다. 먹잇감을 눈앞에 둔 맹수처럼 느긋하게 나를 탐색했다. 후아. 나는 숨을 들이켰다. 범죄를 저지르지도 않았건만 그와 비슷한 기분이 들었다. 자꾸만 위축되고 남의 눈치를 보게 됐다. 이러면 안 되는데. 지안이는 내게 전부가 아니던가. 나는 반드시 지안이를 찾아야만 했다. 그러니까 용기를 내자.

나는 다시 한 번 굳게 다짐했다. 공작의 신발을 핥아서 닦아주는 한이 있더라도 살아야 해.

나는 주먹을 쥐었다. 공작은 내 결연한 의지가 우습다는 듯 코웃음을 쳤다.

"그래서? 여긴 왜 왔는데? 무슨 목적을 갖고 왔지?"

공작의 질문에 나는 내리깔았던 눈을 들어올린 다음 솔직하게 털어놓았다.

"행방불명된 남편 찾으러요."

흠. 공작이 짧게 고민하는 소리를 내더니 내 손에 끼워진 반지를 응시했다. 이윽고 그가 입을 열었다.

"사랑하나 봐? 그 남편이란 남자 말이다."

"그거야 당연한 거 아닌가요?"

나는 인상을 찡그렸다.

참 이상한 질문이다. 사랑하니까 찾으러 온 거다. 사랑하니까 원하는 거고, 이토록 간절해진 거야. 그렇지 않아? 애당초 사랑하지 않았으면 결혼부터 안 했을 거라구. 아니, 식장에서 바람맞았으니 우리가 정식 부부는 아니지만.

당연한 사실을 묻기에 의아함을 느낀 내가 눈을 동그랗게 뜨고 되묻자 공작이 입술을 비틀었다.

"행방불명이라……. 부부싸움이라도 했나? 아니면 남편이 바람을 피웠다든지. 뭐, 그런 걸 보면 다른 세계도 이곳과 별반 다를 게 없나 보네. 그래도 대단하긴 해. 부인을 피해 다른 세계로 도망치다니. 이야, 박수라도 쳐주고 싶은걸."

"……그런 거 아니거든요?"

에드가 게일 페르디난드. 공작의 얄미운 말에 내 얼굴이 절로 일그러졌다. 바람은 무슨. 그 어쭙잖은 도발이 가소로워 코웃음이라도 쳐주려 했으나, 문득 떠오른 10년의 격차에 일순간 말문이 막혔다. 10년이면 강산도 변한다는 말이 있다. 나야 지안이가 서른이 됐든 마흔이 됐든 알 바 없지만, 만약 지안이에게 다른 여자—그것도 금발의 늘씬한 미녀. 이곳 사람들이 서양인인 것으로 보아 아주 불가능한 것도 아니었다—가 생겼다면…….

내 머리는 시키지도 않았는데 금발의 여자와 나란히 서 있는 지안이의 모습을 그리기 시작했다. 결혼식을 망쳐버리긴 했어도 정당한 이유만 있다면 용서할 생각이 있었던 나로서는, 그야말로 청천벽력과도 같은 상상이었다. 웨딩마치가 울렸다. 결혼 행진곡이 나와 지안이를 위해서가 아니라, 그와 다른 여자를 위해서 울려 퍼졌다. 아주 불가능한 일이 아니었기 때문에, 얼마든지 실현 가능성이 있는 일이었기 때문에 머릿속이 차갑게 식어갔다.

안 그래도 좋지 못했던 내 안색이 더욱 심상치 않게 변해감을 눈치챈 공작이 '잘못 건드렸군' 하는 표정을 지었다. 그가 항복의 표시로 두 손을 어깨높이까지 들어올렸다.

"실언이다. 사과할 테니 노려보지 마."

나는 인상을 찡그린 채로 뿌루퉁하게 입을 다물었다. 자고로 의심이란 한도 끝도 없어서, 하면 할수록 커져가는 법이다. 나쁜 놈. 망할 자식! 공작이면 다야? 공작이면 남의 속을 긁어놔도 괜찮다는 거냐고! 망할 귀족들 같으니. 난 태어났을 때부터 귀족이 싫었어.

나는 속으로 한참을 씩씩거렸다. 뜨거운 차를 단숨에 들이켜고는 퉁명스럽게 쏘아붙였다.

"왜 저를 데려왔어요? 설마 제가 당신을 죽이지 않을 거라고 믿어요?"

"신성력. 너는 내가 보는 앞에서 신의 힘을 썼어."

공작이 손을 뻗어 나를 가리켰다. 나는 어리둥절하게 그를 응시했다.

"뭣도 모르는 무지한 녀석들은 신이 우리를 버렸다고 성토하지만, 나는 그렇게 생각하지 않는다. 만약 신이 정말로 우리를 버렸다면 우린 지금까지 살아남지도 못했을 테니까. 태양이 사라지고 대륙의 절반이 붕괴됐다. 루시퍼는 인간들의 씨를 말려버릴 모양이나, 여신 아스트라의 신전이 제 기능을 하는 걸 보면 아직 가능성은 있어. 네가 여신 아스트라의 도움으로 이곳에 왔다면, 그건 우릴 도우라는 뜻이 아니겠나?"

갑자기 나는 식은땀이 흐르는 걸 느꼈다. 내가 아스트라한테 뭐라고 했더라? 처음에야 뭐 경어를 써줬지만 나중에 가선 거의 반말이었던 걸로 기억한다. 인상을 있는 대로 쓰고 짜증을 부렸지. 게다가 우는 꼴도 보였다.

그런데 그녀가 진짜 여신이라면?

여신이…… 여신이 맞다면…….

잠깐만. 이쯤 되고 나니 이제 지안이의 정체마저 의심스러워졌다. 아스트라는 지안이를, 그러니까 루시퍼를 자신의 가족이라고 말했다. 나는 웬만한 모델 저리 가라 할 정도로 멀끔하게 생긴 남자를 떠올렸다. 아스트라는 지안이와 루시퍼가 동일인물이랬지.

그의 정체를 받아들이기 위해 곰곰이 고민하던 것도 잠시, 곧 결론이 어떻게 나든 어차피 여기까지 왔으니 이젠 아무래도 좋다는 생각이 들었다. 뭐, 아무렴 어때. 지금은 그냥 넘어가자. 머리만 아플 뿐이 잖아?

나는 공작의 말과 아스트라의 경고를 교차시키면서 고개를 갸웃거렸다. 지안이가 루시퍼고, 루시퍼가 지안이인 거고…….

호기심을 느낀 나는 당신을 도울 생각 따위, 쥐뿔도 없다고 말하는 대신 그에게 또 다른 질문을 건넸다.

"루시퍼요?"

"그는 타락한 악마들의 왕이다. 가장 추악한 신이지."

……아니 근데 이 남자, 아까부터 보자 보자 하니까! 멀쩡한 남편을 보고, 뭐? 추악? 하도 어이가 없어 나는 눈을 크게 뜬 채 입만 뻐끔거렸다. 진짜 콱 때려버려? 차를 더 달라고 한 다음 얼굴에 부어버릴까? 아니, 아니야. 진정하자. 동명이인일 수도 있잖아? 이름만 같은 것뿐일 거다. 이름만. 그러나 이런 생각을 하는 와중에도 지안이가 더 이상 차원을 파괴하지 못하도록 막아달라는 아스트라의 말이 머릿속을 뒤흔들었다.

아, 제발. 저 여태 착하게 살았잖아요.

공작은 내가 머리를 쥐어뜯는 걸 보면서 차분하게 설명을 계속했다.

"예전에는 그 역시 판테온의 다른 자녀들처럼 숭상 받는 신이었다. 가장 강하면서, 가장 아름다운 신이었지. 그래 봤자 지금은 세상을 멸망시키려는 광포한 폭군에 지나지 않지만 말이다. 모르긴 몰라도 타락한 루시퍼의 손에 죽어나간 인간들의 숫자는 저 별들보다 많을 거다."

공작이 창문을 힐끗거리며 말을 마쳤다. 숨이 가빠졌다. 아스트라의 말에는 단 1퍼센트의 거짓도 없었던 것이다.

"대체 왜 그런 일을 하죠? 왜? 어째서?"

모르겠다. 아무리 생각해도 모르겠어. 내가 아는 지안이와 이곳에서의 그는 너무도 달랐다. 살인을 했다고? 이곳을 없애려 한다고? 대체, 도대체 왜? 무슨 이득이 있길래?

내 반응을 살피던 공작이 대꾸하기도 전에 벌컥 문이 열렸다. 마법을 부려 공작을 보호하려 했던 루키엘이, 가쁜 숨을 고르지도 못하고 소리쳤다.

"공작님! 트로타비스가 오고 있습니다."

멍해진 나는 급변하는 공작의 얼굴을 뚫어져라 바라보았다. 그가 벌떡 일어나 창가로 다가갔다.

"불을 꺼라. 모든 마법을 해제하고 무장 중인 병사들을 숨겨, 그의 '눈'에 보이지 않도록 해. 걸리면 모두 죽는다."

루키엘이 사라지기 무섭게 한 남자가 들어왔다. 숲에서 마주쳤던 남자였다. 나를 밧줄로 묶어 이곳에 데려온 남자. 삐죽삐죽한 갈색 머리카락을 가진 그는 당황한 기색을 숨기지 못하는 나를 한번 힐끗거리더니 그대로 지나쳐가 공작의 바로 앞까지 성큼성큼 걸어갔다. 루키엘이 솜씨를 부렸는지 어쨌는지, 천장에 있던 동그란 구체가 사라졌다. 어둠이 찾아왔다.

암흑에 둘러싸인 공간 한가운데서 갑옷을 입은 갈색 머리의 남자가 낮게 중얼거렸다.

"사히르젠 후작과의 교신이 끊어졌습니다. 그는 전투를 피하려는 공작님의 대처가 귀족답지 못하다며 유감스러워 하더군요."

상황이 꽤 긴박하게 돌아가는 듯했다. 나는 머뭇거리며 일어나, 공작을 향해 주춤주춤 발을 옮겼다.

"트로타비스가 뭐예요?"

"루시퍼의 전령, 거대한 까마귀다. 무장한 인간들을 찾아 보고하는 역할을 하지. 트로타비스의 눈은 루시퍼와 연결되어 있어서 우리들의 동태를 즉시 알아차릴 수 있다. 그럼 어떻게 되냐고? 벌레 처리반이 달려오겠지. 루시퍼를 따르는 네 사령관 말이다. 그들은 우리를 벌레로 보거든."

공포가 깃든 공작과 남자의 눈이 보였다. 창을 통해 오로라 같은 기이한 빛을 제외하고는 짙은 어둠으로 물든 바깥의 풍경도 보였다. 나는 입술을 깨물었다. 그들은 지안이를 두려워했다. 그럴 만한 이유가 충분하다는 게 무척이나 충격적이었다. 지안이를 말려야 해. 하지만, 어떻게? 무슨 수로?

"부디 조용히 넘어가야 할 텐데."

머리를 들어 하늘 위를 초조하게 지켜보던 공작이 낮은 소리로 속삭였다. 그러나 그의 간절한 바람을 무시하듯, 멀리서부터 격렬한 폭발음이 들렸다.

두 남자의 얼굴이 사형 선고를 받은 죄수처럼 창백하게 질렸다. 폭발음은 단 한 번이었다. 이윽고 찾아든 것은 완전한 침묵…… 그리고 정적. 누구의 숨소리조차 들리지 않았다. 딱딱하게 얼어붙은 분위기가 마치 폭풍전야의 고요와도 같았다.

"공작님."

남자가 떨리는 목소리로 공작을 불렀다.

"사히르젠, 기어이……!"

공작이 씹어 내뱉듯 중얼거렸다. 이윽고 뻣뻣하게 굳었던 공작의 인상이 험악하게 일그러졌다. 무슨 정황인지 눈치챈 듯했다. 창가에서 간신히 눈을 뗀 공작이 남자를 곁눈질하더니 곧 내게로 시선을 돌렸다. 공작은 내게 여기에 있으라는 말만을 남기고는, 대답을 듣지도 않은 채 남자와 훌쩍 떠났다. 엉겁결에 나는 혼자가 됐다. 하지만 그렇다고 공작이 내게 자유를 준다는 의미는 아닐 터였다.

두 번째 폭발음이 들렸다. 그 우렁찬 굉음에 간신히 정신을 추스른 나는 창가에 바짝 붙어서 눈알을 굴렸다. 트로타비스라 불리는 거대한 까마귀를 찾기 위해서였시만 내 눈은 하늘을 주시하는 대신 지면 위를 향했다. 잠시 동안 텅 비었던 공터가 어느새 빽빽하게 들어선 사람들로 가득 차 있었기 때문이다. 병사들이 바쁘게 움직이는 게 보였고, 갑옷 대신 기다란 천을 뒤집어쓴 무리들이 뿔뿔이 흩어지는 것도 보였다. 모두들 분주하게 움직였다. 이런 상황이 무척 익숙해서 정해진 매뉴얼이 있다는 듯. 그제야 나는 이 상황이 '실제'임을 인식했다. 몸이 떨렸다. 무서웠다. 무섭지 않을 수 없었다. 하지만…….

전신에 힘이 빠졌다. 벽면에 등을 붙이고 앉아 몸을 웅크린 나는 무릎에 고개를 묻고 눈을 감았다. 시야가 차단되자 기다렸다는 듯이 지안이의 모습이 떠올랐다. 나는 그의 얼굴을 내 얼굴보다 더 선명하게 떠올릴 수 있었다. 그의 얼굴은 항상 내 망막에 박혀 있었다.

뜻 모를 한숨이 터져 나왔다. 나는 아스트라와 나눴던 대화를 상기했다. 그녀는 내게 선택권을 주었다. 그리고 나는 내 의지로 이곳에 왔다. 왜? 답은 간단했다. 지안이는 내 전부였다. 그렇기 때문에 나는 그의 마음이 바뀌었을지도 모르는데, 그가 나를 반기지 않을지도 모르는데도 이곳에 왔다.

누구도 강요하지 않았다.

나는 그저, 지안이를 다시 보기 위해서라면.

고개를 든 나는 약지에 끼워진 결혼반지를 만지작거렸다. 세상 사람들 모두가 그를 무서워해도, 세상 사람들 모두가 그를 욕해도 나는 그래선 안 되는 거였다. 그렇지 않나? 나는 그와 평생을 함께 보내겠다고 맹세한 장본인이었다. 지안이는 나와 모든 것을 나눠 가지겠다고 했다. 행복, 불행, 기쁨, 슬픔…… 그 모든 것들을 말이다. 그리고 나 역시 그에 동의했었다. 물론 어디까지나 지안이가 세계를 멸망시킬 줄은 몰랐을 때의 일이고.

「명심해. 네가 실패하면, 그 역시 무사하진 못할 거야.」

문득 머릿속으로 아스트라의 마지막 경고가 스쳐 갔다. 나는 정신을 차리고자 머리를 흔들었다. 멍청해지는 걸 느끼면서, 아무도 없는 허공에 대고 말했다.

"마리아?"

— 왜 불러?

곧장 들려온 새침한 대답이 참으로 신기했다. 나는 눈을 깜빡거렸다.

"어디 있는 거야? 왜 모습이 보이질 않지?"

— 둔하기는. 네 귀에 붙어 있잖아.

귀걸이를 말하는 건가? 호기심을 느껴 벌떡 일어난 나는 가구 위에 놓인 거울로 다가가 머리카락을 귀 뒤로 넘겼다. 구부러진 뱀 모양의 귀걸이를 보고 있자니 마리아의 목소리가 다시금 들려왔다.

— 참고로 말해두자면 이게 내 본모습은 아니니 오해하지는 마. 이

48

건 순전히 네 옆에 붙어 있기 위함이라고.

아니 근데 얘는 빛가루나 뿌리는 검 주제에 말하는 꼬락서니가 왜 이리 건방져? 인상을 찡그린 나는 한소리 할까 하다가 상황이 상황인 만큼 지금은 참기로 결심했다.

나는 건성으로 고개를 끄덕이며 닫힌 문을 살짝 열어보았다. 바로 그때, 세 번째 폭음이 울렸다. 이번엔 저번보다 훨씬 가까이서 발생한 듯 소리가 무척 컸다. 건물이 흔들리기까지 했다.

– 내가 너라면 루시퍼의 네 기사와는 절대 마주치지 않으려고 노력할 거야. 메타트론의 마법 인장을 가진 녹색 인간과 솔로몬의 72악마를 소환할 수 있는 붉은 백작은 둘째 치고, 기근을 퍼뜨리는 대사제와 경계의 수호자는 정말 최악이거든. 그들은 보통 사령관으로 불리는데, 신조차 상대하기 버거울 만큼 강해.

배어나온 땀으로 인해 문고리를 잡은 손바닥이 젖어가는 게 느껴졌다. 복도는 텅 비어있었다. 돌아다니는 사람은 아무도 없었다.

– 이곳을 나설 거면 서두르는 게 좋을걸. 마법사들이 결계를 구축하기 시작했어. 나야 워낙 실력이 뛰어나니까 결계를 부수는 건 그리 어렵지 않지만, 그래도 그러면 너무 눈에 띄지 않겠어? 의심받기도 딱 좋고 말이지.

잘난 체하는 기색이 역력한 마리아의 말에 나는 더 이상 뭉그적거릴 시간이 없다는 걸 깨달았다. 결계인지 뭔지는 몰라도 서둘러야 한다는 건 맞는 말이었다. 한시바삐 지안이와 연결되어 있다는 새, 트로타비스를 찾아야 했다. 지안이가 나를 기억하고 있다면 그 새가 나를 잡아먹지는 않겠지.

나는 숨을 죽인 채 복도를 빠져나와 계단을 타고 빠르게 내려갔다.

정문으로 추정되는 커다란 문은 이미 활짝 열려 있었기에, 퍽 수월하게 건물을 빠져나왔다. 이곳의 사람들 중 바쁘지 않은 존재는 아무도 없었으므로 나는 아무런 제지를 받지 않았다. 그들은 내가 무시무시한 소리를 따라 발을 옮기는 사이에도 요지부동이었다.

"마리아, 난 너만 믿을게."

작게 속삭인 나는 이어 들려오는 마리아의 못마땅한 코웃음을 무시하고서 우거진 나무들의 틈새로 파고들었다. 하늘 위의 달과 별들이 내 주변을 말없이 비춰주어서 앞을 구분하는 것은 그럭저럭 수월했다. 이곳의 밤은 어둡지 않았다. 그렇기에 더욱 애처롭고, 씁쓸하고, 살벌했다.

내가 건물과 떨어지기 무섭게 등 뒤로 결계가 펼쳐졌다. 그건 루키엘이 공작을 보호하느라 생성했던 막과 비슷했다. 꼭 커다란 비눗방울 같아, 만지면 톡하고 터질 것 같은 위화감이 들었다.

나는 머릿속을 비웠다. 공작의 말을 떠올리지 않으려 애썼다. 루시퍼와 지안이는 동일인물이다. 하지만 그를 내 두 눈으로 직접 보지 않는 이상, 그것을 받아들이기 힘든 게 사실이었다. 자상한 신랑과 차원을 파괴하는 무시무시한 악마가 어찌 동일시 될 수 있겠는가. 지안이는 내게 폭력이나 폭력적인 행동을 보여준 적이 단 한 번도 없었다. 내가 치한 퇴치용 스프레이를 정면에 대고 뿌렸을 때도, 변태로 오해해 사타구니를 걷어찼을 때도 눈썹 하나 찡그리지 않았다. 백만 원이 넘는 그의 셔츠를 다려준답시고 나섰다가 전부 태워버렸을 때나, 조르고 졸라 빼빼로 키스를 하던 와중 그의 입술을 깨물어 피를 냈을 때도 마찬가지였다.

자, 잠깐? 이거 뭔가 이상한데. 그러고 보니 나, 은근히 지안이를 많이 괴롭혔잖아. 기억이 나지 않는 것뿐이지, 어쩌면 저것보다 더 많을지도 몰라. 문득 의도치 않게 떠오른 악행에 돌연 난감해졌다. 누가 보면 내가 지안이에게 악감정이라도 있는 줄 알겠…….

쾅!

"꺄아악! 제발 그만 좀 해! 고막 터지겠어!"

나는 귀를 틀어막으며 비명을 질렀다. 흙먼지와 나뭇잎이 섞인 돌풍이 휘돌았고, 달을 덮은 구름들로 인해 어둠이 드리워졌다. 나는 눈살을 찌푸리면서 천천히 손을 내렸다. 내가 향하는 곳, 정확히 내 앞에서부터 사람들의 고함 소리가 들려오고 있었다. 대부분이 후퇴하라는 지시였고, 혹은 고통에 찬 섬뜩한 절규였다.

생각하지 말자. 겁먹지도 말고 귀담아듣지도 말자. 나는 몇 번이고 되뇌었다. 굳어버린 발을 억지로 움직여 땅을 밟았다. 이대로 포기한 채 도망가고 싶은 마음이 절실했지만, 나아가야 했다. 이건 내가 선택한 일이었다.

두려움에 빠진 내가 간신히 앞으로 나아가기 시작할 무렵, 제법 가까운 곳에서 푸드덕거리는 날갯짓 소리가 났다. 하나가 아니었을 뿐더러, 우두둑하고 뼈가 꺾이는 듯한 기묘한 소리도 함께 들려왔다. 정말 이 세계에서는 모든 것들이 재앙으로 이루어진 것 같다.

나는 소리의 근원지를 찾아 고개를 들었다. 그리고 입을 벌렸다.

"뭐, 뭐야……?"

나는 굵직한 나뭇가지 위에 자리 잡고 앉아서 나를 노려보고 있는 괴생명체를 주시하며 그리 생각했다. 박쥐같은 날개를 가진 그 생물은 커다란 붉은색 눈을 껌벅이고 있었다. 전체적인 생김새는 동화 속에서나 등장할 법한 요정 같았다. 드러난 이빨이 상당히 커서 턱까지 내려가 있었는데, 피골이 상접한 것처럼 뼈와 딱 달라붙은 가죽은 구겨진 종이 같이 쭈글쭈글했다.

– 아, 저건 하급 악마야. 살아있는 생물의 혈액을 주식으로 삼는 미천한 것들이지. 배가 고프면 저희들끼리 잡아먹기도 한다더라.

마리아의 설명에 고개를 끄덕이려다가, 뒷말을 듣고 인상을 찡그렸다.

"그런 건 굳이 말 안 해줘도 상관없거든?"

하여간 여러모로 곤욕이다. 나는 긴장을 담은 눈으로 그것들을 바라보았다. 모두 합해 셋이었다. 가뜩이나 숫자도 많아서 당혹스럽건만, 나를 향해 이를 드러내는 모양새가······!

"악! 엄마! ······가 아니라, 마리아!"

그것들은 나를 향해 일말의 망설임도 없이 달려들었다. 경악해서 마리아를 부르자마자 내 손에 빛나는 검이 쥐여졌고, 살이 에일 듯 날카로운 바람이 몰아쳤다. 바람에 붙은 먼지와 흙, 그리고 나뭇잎 덕분에 그 어마어마한 크기가 눈에 보였다. 마리아의 힘은 실로 대단했다. 돌풍과 정면으로 맞닥뜨린 그것들은 갈기갈기 찢겨졌다. 까마득한 상공에서 천 조각처럼 하늘거리다가 산산이 흩어졌다.

그리고 내 머리 위에서 살점이 섞인 비가 내렸다.

짙은 초록색을 띠는 끈끈한 점액이 온몸에 묻었다. 나는 불쾌한 기색을 만연에 드러내면서 이를 갈았다. 마리아는 일부러 그런 게 분명했다.

끈적거리는 것이 몹시도 기분 나빴다. 얼굴과 머리에 묻은 점액만을 대충 닦아낸 나는 온갖 욕설을 중얼거리며 성큼성큼 발을 내디뎠다. 빼곡하게 자라난 나무들이 점차 줄어갈 때, 뭔가를 태우는지 하늘 위로 올라가고 있는 연기가 보였다. 연기를 따라 고개를 드니 하늘 위를 가로지르는 거대한 검은색의 무언가가 눈에 띄었다. 하지만 그건 너무 빨리 사라져버렸다.

실망한 나는 좀 더 빨리 발을 움직였다. 연기가 발생하는 곳과 가까워지면 가까워질수록 역한 탄내가 났다. 점점 더 진해졌다.

이렇게 가다 보면 지안이를 만날 수 있을까? 솔직히 말해서, 나는 루시퍼를 두려워하지 않을 자신이 없었다. 어쩌면 두려움을 이겨내지 못하고 울음을 터뜨리거나 도망칠 수도 있었다. 그리고 그가 정말 완전히 변해버렸다면, 그런 나를 비웃겠지. 나를 해칠지도 몰랐다. 이게 내가 생각하는 가장 최악의 시나리오였다. 그렇다. 제아무리 최악이 어봤자 죽는 거다. 그게 다였다.

어차피 아스트라는 내가 다시는 돌아갈 수 없다고 했다. 그렇다면 그의 손에 죽임을 당하는 것도 그렇게 나쁘진 않으리라. 나는 결과가 어떻게 되든 간에 그를 설득해볼 생각이었다. 그리고 내 생명이 끊어지기 전, 온 힘을 다해서 한 대 때려줄 생각도 갖고 있었다. 자의든 타의든 지안이가 결혼식을 바람맞힌 건 명백한 사실이잖아? 신부를 바람맞힌 죄를 어떻게든 징벌해주겠다고 결심한 지 오래였다. 원한을 품은 귀신이 되는 건 극구 사양이었으니까. 죽어도 성불은 할 거다.

내가 나뭇잎을 밟을 때마다 바스락거리는 소리가 들렸다. 그 작은 소리가 지금은 무척 시끄럽게 와 닿았다.

그것을 인식할 즈음, 뭔가 이상한 기분이 들어 괜스레 망설여졌다. 왜 이렇게 간담이 서늘하지? 심장이 맹렬하게 뛰고 숨이 가빠져왔다. 팽팽하게 당겨진 대기가 나까지 뒤로 끌어당기는 듯한 느낌이었다.

나는 잔뜩 신경이 곤두서서 주위를 두리번거렸다. 이 느낌이 정확히 뭔지 모르겠다. 하지만 한 발자국 앞으로 가면 죽을 것 같았고, 누군가가 나를 지켜보는 듯했다. 명백한 살의를 갖고.

순간 소름이 끼쳤다. 자칫 잘못하다간 끝없는 수렁으로 빠져들 것만 같았다. 이건…… 위압. 그래. 이건 위압감이었다.

— 온다.

마리아가 경고했지만 나도 내가 위험에 처했다는 것 정도는 알고 있었다. 멀리 있는 나무들이 하나씩 쓰러지더니 내 앞을 가로막은 나무들까지 도미노처럼 와르르 무너졌다. 뿌리째 뽑힌 게 아니라, 밑동이 잘린 거였다. 절단면은 무척 깔끔했다.

쏟아지는 달빛을 받은 무언가가 허공에서 반짝였다. 초조하게 앞을 주시하던 나는 길고 가느다란 무언가를 보았다. 뭐지? 의문을 가진 나는 눈을 가늘게 뜬 채 그것의 정체를 추론하기 위해 머리를 굴렸다. 상식 밖의 일이라 납득하기 힘들었으나 그것의 정체는 의외로 간단했다.

실. 머리카락만큼 얇은 은색의 실이 저 스스로 움직여 땅을 기거나 허공을 가로질러 아직 쓰러지지 않은 다른 나무들을 옭아맸다. 소름이 끼쳤다. 마리아가 만들어낸 투명한 막이 나를 보호하지 않았더라면…… 상상만 해도 끔찍하다. 나는 어느샌가 내 손에 쥐여져 있는 검을 아까보단 제법 익숙하게 그러쥐었다.

갑자기 어떤 커다란 무언가가 움직이는 소리와 함께 지면이 진동했다. 뭔지는 모르겠지만 적어도 내게 '다가오고' 있는 건 확실했다. 나는 나를 감싼 마리아의 막이 더욱 견고해지는 걸 느꼈다. 색이 점점 불투명해지고 있었다.

그 형체를 가늠하기조차 힘든 커다란 실루엣이 보였다. 너무도 거대했기 때문에, 나는 그것의 정체를 추론하는 걸 포기했다. 그저 그것이 다가올 동안 얼어붙은 채 꼼짝도 하지 못했다.

다행인지 불행인지 그 시간은 무척 짧았다. 그것은 내 바로 앞에 멈춰 섰다.

"뭐야…… 아직 한 마리가 남아 있었네. 저쪽에서 넘어온 건가? 뭐, 아무래도 상관없어. 어차피 전부 죽일 거니까."

집채만 한 거미 위에 올라탄 은발의 남자가, 내가 이물질이라도 되는 것처럼 경멸을 표했다. 하지만 나는 거미의 징그러움에 이미 패닉 상태였다.

머리가 빙글빙글 돈다. 아무래도 이곳 세계의 동물들은 하나같이 덩치가 우람한가 보다. 그렇지 않고서야 거미 주제에 나보다 훨씬 더 클 리가 없질 않은가. 아마 모기나 파리의 크기도 저만할 것이다. 파리채를 가지고는 어림도 없겠는걸. 모르긴 몰라도 목숨을 걸고 잡아야 할 거야.

체구가 장난이 아닌지라 거미의 크고 작은 움직임 하나하나가 더욱 돋보였다. 나는 인상을 찡그리며 신음했다.

"윽, 토할 것 같아. 너무 징그럽잖아! 젠장. 난 바퀴벌레랑 거미가 제일 싫어."

은발 남자의 표정이 굳어졌다. 나는 괜히 흠칫했다.

"다, 당신한테 그런 거 아닌데요. 거미한테 한 거예요."

자격지심이라도 있는 건지, 그럼에도 남자의 표정은 풀리지 않았다. 그가 사납게 으르렁거렸다. 그의 뾰족한 이빨은 꼭 상어의 것 같았다.

"네까짓 것과 대화를 나눌 생각은 없다. 더러운 오물 같으니."

어처구니가 없어서 말문이 막혔다. 뭐야, 이 철없는 유치원생 같은 말투는? 거기다 더럽다고? 도대체 내가 어딜 봐서 더럽다는…… 아, 더럽긴 하구나. 점액을 잔뜩 뒤집어쓴 바람에 몰골이 심히 엉망이긴 하다. 악취까지 나.

남자의 푸른색 눈이 일순간 붉은 이채를 띠었다. 그때 거미줄로 추정되는 은색 실 뭉치가 벌레 같이 꾸물꾸물 움직여 내 쪽을 향해 굵직한 나무를 날렸다. 마리아가 만들어낸 막과 부딪힌 나무가 연필처럼 뚝 부러졌지만 막은 조금의 미동도 없었다. 그에 열받은 은색 실이 이번에는 직접 공격을 감행했다. 그러나 마리아가 재주를 부렸는지 어쨌는지, 막의 표면에 닿기도 전에 타들어 가 직접 닿지도 않았다. 나이스! 역시 마리아는 최강이다. 성격이 개 같긴 해도.

은발 남자가 고개를 갸웃거렸다.

"너, 정체가 뭐냐? 평범한 신관이 아닌가?"

"신관? 그게 뭔지는 몰라도 아닌데요. 아니 근데 여기는 왜 다 반말이야? 여긴 존댓말 안 써? 예의도 없어? 그리고 왜 질문질이야? 아깐 나랑 대화하기 싫다며!"

"예의 같은 소리 하네. 넌 먹잇감한테도 예의를 갖추냐? 내 질문에나 대답해."

귀찮다는 듯 성의 없이 대꾸하는 남자의 투에 화가 났다. 남자의 생김새로 보아 기껏해야 십 대 중반에서 후반이었다. 집채만 한 거미가 있다고 꽤 기고만장해진 모양인데, 미안하지만 나한테는 그보다 배는 더 대단한 게 있거든? 확 패버릴…… 아니, 아니지.

대학교에서 후배랍시고 건방지게 굴었던 인간들이 떠올라 갑자기 욱해졌다. 나는 빛가루를 떨어뜨리는 검을 고쳐 쥐면서 이곳에 온 목적을 상기했다. 눈앞의 은발 남자는 아무래도 악마 같은데, 그럼 지안이와 아는 사이일 수도 있었다. 최소한 그가 어디에 있는지 정도는 알겠지.

마리아가 나를 지켜주고 있는 한 내가 다칠 위험은 없을 거였다. 그렇다. 우위를 점한 건 그가 아니라 나였다. 흠. 그런데 저 남자, 말이 통하기는 할까? 나는 달빛이 미치지 않는 어둠에 가려 언뜻언뜻 보이는 남자의 날개를 응시했다. 아까 보았던 하급 악마인지 뭔지의 그것과 비슷해 보였다.

"마리아, 저 남자도 악마 맞지?"

확인차 물어본 말에 마리아가 곧장 긍정을 표했다.

– 그래. 중급이긴 하지만 제법 강해.

나는 적당히 고개를 끄덕인 다음 인간과 꼭 닮은 생김새를 한 악마를 관찰했다. 악마치고는 제법 바람직하게 생겼다. 나는 아까 보았던 악마들과 눈앞의 남자를 비교해보았다. 확실히 내가 인간이라 그런지 이쪽이 더 낫다. 익숙하기 때문에 미관상 거리낌이 덜 해.

"가만, 공작이 지안이도 악마라고 했잖아. 그럼 지안이도 그렇게 흉측해진 모습일 수도 있다는 건가? 피가 초록색일 수도 있다는 거야?"

문득 떠오른 상상이었으나 빌어먹게도 가능성도 있고 신빙성도 있는 추측이었다. 나는 울상을 지었다. 지안이를 사랑하긴 해도 이건 정말 너무했다. 뽀뽀를 시도했다간 입술이 다 뜯겨나갈 것 같은 날카로운 이빨과 늙은이처럼 쭈글쭈글한 피부는 그렇다 쳐도, 끈적끈적한데다 초록색이기까지 한 혈액은 좀…….

– 참 이상해. 루시퍼가 어째서 너 같은 여자랑 결혼을 약속했다는

거지? 아무리 봐도 덜떨어져 보이는데 말이야. 혹 장애를 가진 인간으로 태어났나? 네가 돌봐주기라도 했어?

인상을 일그러뜨린 나는 검을 바닥에 내리꽂는 걸로 마음을 다스렸다. 그 즉시 지진이라도 일어난 것처럼 지면이 진동했지만 알 게 뭐람.

나는 마리아의 맹비난을 무시하고서 남자에게 말을 걸었다.

"당신, 루시퍼를 알아?"

나를 공격할까 말까 고민하듯 연신 손가락을 까딱이던 그가 움직임을 멈췄다. 미동조차 하지 않고 실 뭉치를 움직여서 마리아의 막을 에워싸도록 만들었다. 물론 나는 무사했다. 실들이 녹아내리면서 탁한 연기가 피어올랐다. 그뿐이었다.

그는 공격이 먹히지 않자 짜증스럽다는 듯 안면을 구겼다.

"신성력…… 역시 껄끄러워."

나…… 지금 무시당한 거 맞지? 그렇지? 아주 대놓고 씹혔잖아. 내가 불만스럽게 입을 삐죽거리자 분개한 거미가 앞발로 땅을 긁었다. 실 뭉치가 하늘 위로 솟구치더니 이번엔 땅속으로 파고들었다. 울퉁불퉁한 지면이 불규칙하게 갈라져 작은 협곡을 만들어냈다. 마리아의 막이 미치지 않는 취약한 부분, 발이 닿고 있는 지면을 통해 공격할 모양이었다.

이건 좀 위험하지 않나? 내가 황급히 검을 뽑으며 위화감을 느낌과 동시에 마리아가 투덜거렸다.

– 어림없거든?

발바닥에 붙어 있던 지면이 사라졌다. 닿을 곳을 잃은 발이 힘없이 허공을 맴돌아 어리둥절하게 고개를 숙이는데, 점점 멀어지고 있는 땅이 눈에 들어왔다. 나는 눈알이 튀어나올 만큼 눈을 크게 뜬 채 경악했다. 나, 지금 날고 있는 건가? 둥둥 떠 있는 거야? 혼비백산 그 자체였다. 텅 빈 발아래를 보고 있자니 어지러웠다. 현기증이 일었다.

마리아의 장막이 서리가 낀 창문처럼 뿌옇게 변했다. 이제 마리아의 막은 완벽한 구체를 형성하고 있었다. 중심을 잡고자 막 표면에 손을 갖다 댄 나는 땅속에서 솟구쳐 올라온 실 뭉치가 전과 마찬가지로 불에 닿은 종잇조각처럼 타들어 가는 장면을 지켜보았다. 이윽고 믿을 수 없을 정도의 강한 돌풍이 타들어간 실의 잔해들을 모조리 흩어놓았다. 그러나 마리아의 막 안, 내가 있는 곳은 고요하기만 했다. 큰 나무와 바위와 모래알들이 휘날리지 않았더라면, 돌풍이 몰아치는 무시무시한 소리가 들리지 않았더라면 전혀 눈치채지 못했을 거였다.

미간을 찌푸린 남자가 휙 돌아섰다. 그를 태운 거미가 등을 돌려 되돌아갈 준비를 했다. 패배를 인정한 건 깔끔해서 보기 좋았으나, 나는 아직 그에게 볼일이 남아 있었다.

"안 돼, 가지 마! 야!"

남자가 내 말을 무시하고서 날개를 활짝 펼쳤다. 혹 내가 따라가지 못하도록 날아서 도망갈까 싶어, 나는 서둘러 마리아에게 내려달라고 부탁한 다음 전력을 다해 질주했다. 덩치 큰 거미 주제에 움직이는 속도는 엄청 빨랐다.

"야! 은발! 멈추라니까? 내 말 안 들려?"

가뜩이나 운동과는 거리가 먼 나인데 구두까지 신고 달리려니 여간 힘든 게 아니다. 오만상을 쓰면서 달리다가 결국 나는 다리를 삐고 말았다. 망할. 씨발. 욕설을 몇 개 뱉어낸 나는 달리는 걸 포기하고 거미가 남겨놓은 흔적을 따라 걸었다. 왼쪽 발목이 욱신거렸다.

쓰러진 나무들을 피해가며 숲으로 추정되는 나무 밭을 거의 다 통과했을 무렵이었다. 갑자기 나는 무언가에게 목덜미를 잡혔다. 자의가 아닌 타의로 인해 걸음이 멈춰졌다.

"……무슨?"

― 괜찮아. 아마도.

'아마도'라니 이런 미친년아! 나는 숨을 들이키며 나를 낚아챈 남자를 돌아보았다. 그와의 거리가 무척 가까워서 거친 숨소리까지 선명하게 들려왔다.

"멍청한 건지 대단한 건지 모르겠군. 미쳤나? 저곳은 이미 폐허야. 루시퍼가 직접 나서지 않아서 몰살되는 건 면했지만, 사령관과 그 수하들이 점거한 지 오래라고. 가봤자 시체 구경밖에 할 수 없을 거다."

처음 마주하는 사람, 그것도 혈흔이 잔뜩 묻은 갑옷을 입은 남자가 나를 지나왔던 길로 이끌었다. 예기치 못한 상황에 얼이 빠진 나는 강제로 잡아당겨지는 팔을 멍하니 바라보았다. 그는 내가 향하려는 곳과 정반대로, 그러니까 공작의 저택이 있는 곳으로 나를 이끌었다.

나는 루시퍼의 존재를 알고 있는 듯한 그의 말에 복잡 미묘한 감정을 느꼈다. 이곳에서 지안이는 상당히 유명인사인 것 같았다. 정말 안 좋은 쪽으로.

"그럼 저기엔 루시퍼가 없나요?"

"그래. 그는 아직 리하르트에 있어."

남자가 딱딱하게 대답했다. 아까 그 악마보다 강간범이나 도둑일지도 몰랐던 생면부지의 남자가 더 도움이 되다니, 이 얼마나 아이러니한지.

남자의 말과 행동에서 심상치 않음을 느꼈으므로, 나는 뒤쪽을 힐 끗거리다 체념의 한숨을 내쉬었다. 발목보다 그에게 잡힌 팔이 배는 더 아팠다. 통증을 참으려고 나는 입술을 깨물었다.

"누구세요?"

"사히르젠 후작의 개인 병사다. 넌 신관이겠지? 네가 싸우는 걸 봤어. 그 악마 자식, 나를 죽이려고 쫓아왔었는데 돌연 사라져서 뭔가 했지."

그놈의 신관이 대체 뭐길래 다들 나를 그리 부르는 걸까. 나는 신을 믿지 않는다. 그리고 내가 목숨을 부지할 수 있었던 건 내 신앙심 때문이 아니라 순전히 마리아 덕분이다. 아스트라 덕분이기도 하고. 나는 못마땅한 표정을 지었다. 사람들이 나를 신관으로 여기는 건 순전히 마리아 때문일 거였다.

"이 근처에 페르디난드 공작의 거처가 있다고 들었다. 너도 거기서 온 거냐? 안타깝지만 녀석들은 이 근방에 있는 초소와 마을을 전부 도륙 내기로 작정했어. 정말…… 끔찍하더군. 그들이 식사를 끝마치기 전에 빠져나가야 돼. 사히르젠 후작도 맥없이 당했으니 공작이라고 한들 결과는 마찬가지일 거다."

나는 대답 대신 속으로 결론을 도출했다. 그가 한 말을 종합한 결과, 핵심은 이곳에 지안이는 없다는 거였다. 그리고 지금 당장 여길 벗어나지 않으면 모두 죽는다는 뜻이었다. 이건…… 거의 전쟁이라기보다 일방적인 학살에 가까웠다. 나는 그렇게 생각했다.

"망할 후작이 트로타비스를 도발하지만 않았어도 이렇게 될 일은 없었을 텐데……. 저기엔 네가 상대했던 악마, 그놈은 어린애로 보일 만큼 강한 녀석들이 우글우글해. 머지않아 달려들 거야."

남자는 불안 장애에 걸린 것처럼 계속 "벗어나야 해."라는 말만을 되풀이했다.

무거운 짐을 짊어진 것처럼 마음이 무거웠다. 지안이는 이 일의 중심이나 마찬가지였다. 그의 다정한 면만을 보아왔던 나로서는, 그가 왜 이런 의미 없는 살인을 거듭하는지 알 수가 없었다. 짐작하는 것조차 무리였다.

내가 절뚝거리는 것을 알아챈 남자가 조금이나마 속도를 늦췄다. 나는 슬쩍 고개를 돌려 더 이상 들려오지 않는 폭발음 대신 피어오르는 자욱한 연기를 보았다. 등 뒤로 펼쳐진 나무들의 위로 잿빛 연기가 구름처럼 뭉게뭉게 피어오르고 있었다. 그 연기는 아까보다 훨씬 더 색이 짙었다.

"루시퍼가 왜 이런 일을 하는지 아세요?"

조심스러운 중얼거림에 남자가 잠시 멈칫했다.

"모르지."

그는 주위를 돌아보면서 대충 대답해주었다. 우거진 나무의 틈새를 열심히 살피다가 새삼스럽다는 듯 나를 의아하게 응시했다.

"이런 건 신관인 네가 더 잘 알지 않냐? 한 10년 전쯤인가? 그때 한 번 신탁이 내려왔다고 들었다만."

"신탁이요?"

내 고개가 절로 기울어졌다. 남자는 아랑곳하지 않고 말을 이었다.

"자세한 건 나도 몰라. 단지 들리는 소문에 의하면 그의 존재 자체가 너무도 큰 죄악이라더군. 그는 타락했고, 두 번 다시 원래대로 돌아오지 않는다고 말이야."

정말 모르는 것 같네요. 나는 찡그린 미간을 문지르며 남자의 보폭에 맞춰 걸음을 빨리했다. 문득 한 가지 문제가 떠올라서 고민하지 않을 수 없었다. 나, 공작한테 말하지도 않고 몰래 빠져나왔는데 이렇듯 태연하게 돌아가도 되는 건가? 다시 감옥에 갇히면 어떡하지?

남자와 내가 꽤 많이 걸었을 때였다. 그는 인기척이 느껴진다며 급작스럽게 걸음을 멈추더니, 피가 뚝뚝 흐르는 검을 빼 들고 앞을 주시했다. 나 역시 악마인 줄 알고 긴장했으나 이윽고 나타난 건 사람, 그것도 내가 아는 얼굴이었다.

후드로 얼굴을 절반 가까이 가린 루키엘이 그와 비슷한 복장의 사람 여럿과 병사들을 대동한 채 내 바로 앞에서 걸음을 멈춰 섰다. 그는 스스로 빛을 내는 커다란 구슬을 품고 있었다.

이브닝 에메랄드를 닮은 루키엘의 연녹색 눈동자가 한기를 띠었다. 엉겨 붙은 점액을 어느 정도 닦아내긴 했지만 여전히 더러운 몰골을 유지하고 있는 나를 빤히 바라보면서, 그가 심히 유감스럽다는 듯 불쾌하게 미간을 찌푸렸다.

"아직 살아 있었을 줄이야."

아쉬움이 가득 우러나오는 중얼거림에 할 말을 잃은 나는 대답하지 않고 침묵을 지켰다. 그러자 루키엘이 내 옆에 자리한 남자에게로 시선을 돌렸다. 남자가 마음에 들지 않았는지, 그의 눈매가 가늘어졌다.

"사히르젠의 병사로군. 생존자인가?"

"그렇습니다."

어이, 너 왜 저 녀석한테는 존댓말 써? 나한테는 보자마자 반말했잖아! 나는 뿌루퉁하게 남자를 노려봤다. 그는 공손하게 고개까지 숙여 인사한 뒤였다. 따분한 표정을 지은 루키엘은 그게 당연하다는 듯, 남자를 한번 쓱 훑어보곤 미련 없이 고개를 틀었다.

"너, 여자, 공작님께서 찾으신다. 병사 너도 따라와."

윽, 역시 불안하다. 나는 여차하면 마리아에게 도움을 청하겠다 결심하고서 그를 따라 미적미적 걸음을 옮겼다. 건물은 금방 나타났고, 루키엘과 병사들은 건물 주위에 둘러진 투명한 결계를 그대로 통과했다. 눈을 동그랗게 뜬 나는 결계 코앞에서 멈춰 손가락을 쑥 찔러보았다. 신기하게도 약간 싸한 느낌만 들 뿐, 막을 통과할 때 어떤 감촉도 느껴지지 않았다.

이것도 마법인가? 놀란 내가 감탄하자 루키엘이 혀를 찼다. 그는 내 팔을 잡아당겨 결계 안으로 들어오게 한 다음 더러운 물건을 만졌다는 양 손수건으로 제 손을 닦았다. 그러다가 도무지 못 봐주겠다고 생각했는지 괴상한 단어들을 읊어 내 위로 커다란 물덩이가 떨어지게 했다. 물은 내 옷에 붙은 이물질을 모조리 제거한 후 자연스럽게 증발했지만, 나는 심히 놀랐으므로 인상을 썼다. 마법을 쓴다고 미리 얘기라도 해주면 어디가 덧나나?

사람들은 바쁘게 움직이고 있었다. 나는 곧 다가올 전투를 위해 대기 중인 병사들을 바라보면서 복잡한 감정에 휩싸였다. 저들의 흔들림 없는 눈 깊숙한 곳에 숨겨져 있는 일말의 공포를 읽었기 때문이다. 그 두려움의 원인이 지안이라는 게 믿기 힘들었다. 내 기억 속의 지안이가 떠올라 이 상황을 받아들이길 거부했다.

루키엘은 저를 따르던 병사들과 긴 천을 뒤집어쓴 사람들을 전부 물린 채 나와 남자를 데리고 건물로 들어섰다. 복도에는 환한 빛을 냈던 구체들이 둥둥 떠 있었다. 불을 끄는 것만으로 싸움을 피하기에는 무리가 있다고 생각한 듯했다.

성큼성큼 걸어 복도 끝에 당도한 루키엘이 문을 두드렸다.

"공작님, 여자를 데려왔습니다."

"아, 들어와."

가라앉은 공작의 목소리에 움찔한 나는 문에 어떤 심각한 문제가 생겨 열리지 않기를 기도했다. 물론, 세상이 지금 당장 멸망하지 않는 한 그럴 리는 없었기에 문은 끼익 하는 소리를 내며 잘도 열렸다. 나는 열린 문을 통해 스며 나오는 진한 피비린내를 맡고 인상을 구겼다. 루키엘은 먼저 들어가는 대신 나를 떠밀었다.

방은 공작과 얘기를 나눴던 곳보다는 다소 좁았다. 사람들이 많기 때문에 그렇게 느껴졌는지도 몰랐다. 앞치마를 두른 여자들이 여럿 있었는데, 치료라도 하던 중이었는지 피 묻은 천을 들고 황급히 물러났다. 커다란 소파 위에는 맨가슴을 드러낸 채 붕대로 추정되는 천을 휘감은 남자가 거의 눕다시피 자리하고 있었다. 공작은 그 맞은편에서 나를 바라보았다.

"이동 스크롤을 썼군. 이래서 귀족들이란."

내 바로 뒤에 선 남자가 나만 들을 수 있을 정도로 작게 욕지거리를 뱉어냈다. 나는 영문을 몰라 눈을 굴렸다.

공작이 나에게 가까이 오라는 손짓을 했다.

"네가 무사할 줄 알았어. 그런데 뒤에 그건 뭐지?"

나는 나를 여기까지 데려온 남자를 물건 취급하는 듯한 공작의 물음에 미간을 찡그렸다. 심술이 나서 그의 뜻에 반항해볼까 하다가, 그런다고 내게 이득이 되는 건 없다고 결론짓고는 순순히 발을 옮겼다. 내가 공작에게 다가가는 사이 붕대를 감은 남자가 몸을 뒤틀더니 신음했다. 무척 고통스러워 보였다.

"도와주십시오, 공작. 치료사를 부를 수 없다면 마법사라도 불러줘요."

애처로움이 담긴 부탁이었다. 공작은 눈 하나 깜짝하지 않았다.

"미안하지만 그건 곤란하다. 마법사들은 이곳의 결계를 유지하기도 바빠서 말이야. 애당초 이건 자네가 자초한 일 아닌가? 사히르젠 후작, 자네가 정찰 중인 트로타비스를 공격하지만 않았어도 이런 참사는 벌어지지 않았을 뿐더러, 우리 쪽 진영 또한 별 탈 없이 넘어갈 수 있었을 거다. 물론, 자네도 이 사실을 아주 잘 알고 있겠지."

어, 사히르젠이라면 아까 여러 번 들었던 이름이기에 나는 호기심 어린 눈으로 후작이라는 부상당한 남자를 관찰했다. 그는 공작의 말이 이어지는 내내 불만스러운 표정을 짓고 있었다. 불꽃처럼 강렬한 붉은 머리카락과 옅은 갈색 눈동자를 가진 그는 제법 나이가 있어 보였지만, 이마에 깊은 주름이 패인 공작보다는 조금 더 어려 보였다.

내가 공작의 근처에 서서 걸음을 멈추자 공작이 나를 잡아당겨 제 옆에 앉혔다. 바짝 붙어 앉은 것도 아니건만 루키엘이 못마땅한 소리를 냈다. 그건 방 안에 있던 다른 사람들도 마찬가지여서, 후작의 시선이 내게 고정됐다.

"공작, 정부라도 만드셨습니까?"

"아니거든요!"

정부는 무슨. 질겁한 나는 재빨리 아니라는 뜻을 내비쳤다. 그러고서 공작과 거리를 두려 멀찍이 떨어졌다. 그러자 나와 같이 온 남자 병사의 얼굴이 창백하게 굳어갔고, 루키엘이 "무엄한!"이라고 외치며 달려들다 공작의 저지를 받고 물러났다.

"이쪽은 여신 아스트라를 섬기는 신관이네. 신앙생활을 시작한 지는 얼마 되지 않았으나 장래가 유망한 레이디지. 흠. 확실히 그렇긴 해. 저 손에 끼워진 반지만 봐도…….”

나는 따지고 싶은 것을 억지로 참았다.

후작의 인상이 대번에 찡그려졌다. 그가 나를 노려보았다.

“공작께서는 신관에게 퍽 관대하시군요. 저들이 우리에게 해준 게 뭐가 있습니까? 저라면 저런 계집 따위, 당장 목을 비틀어 까마귀의 밥으로 던져주었을 겁니다. 저들은 풀리지도 않는 신탁만을 내려주고는 방관하고 있질 않습니까.”

당사자가 눈앞에 있는데 잘도 지껄이는구나. 나는 미간을 찌푸린 채 치미는 욕지기를 참으려 입술을 깨물었다. 저 남자가 후작인지 뭔지는 모르겠지만 몹시 기분이 나빴다.

분노가 용솟음치는 몇 분이 지났다. 내가 후작을 한 대 후려칠까 말까를 진지하게 고민하고 있다는 걸 알았는지, 공작은 루키엘에게 나를 옆방으로 데려가라는 명령을 내렸다. 같이 온 남자 병사는 공작의 지시에 의해 나와 가지 않고 그 방에 머물렀다. 병사는 그 명령이 마음에 들지 않는 것 같았다. 그는 나보다 훨씬 더 후작을 싫어했다. 뭐, 후작이 그의 직장 상사이니 그 마음은 충분히 이해한다. 하물며 부하들을 싸우게 하고 혼자만 도망친 작자라면 더더욱 죽여버리고 싶겠지.

메이드에게 빈방을 안내받은 나는 우유를 넣은 홍차를 마시면서 소파에 몸을 묻었다. 소파의 부들부들한 감촉이 꽤 좋았기 때문에 별다른 불편함을 느끼지 못했다. 루키엘은 제집인 양 편히 자리 잡는 나에게 “한 번만 더 마음대로 돌아다녔다간 제 명에 못 죽을 줄 알아.”라는 무시무시한 경고를 남긴 채 휙 사라졌다. 그는 내게 유난히도 쌀쌀맞게 굴었다. 내가 무슨 잘못이라도 했나? 고민하지 않을 수 없었다.

나 혼자 남게 되자 조용한 정적이 감돌았다. 내게 차를 내주었던 메이드의 두려움 가득한 얼굴이 떠올라서, 나는 마리아에게 말을 걸었다.

"마리아, 네 힘으로 이곳 사람들을 도울 수는 없는 거야?"

내 물음에 마리아가 신경질적인 웃음소리를 냈다.

— 뭔가 오해하고 있는 모양인데, 나는 너를 지키는 것도 아주 마음에 들지 않거든? 그리고 아스트라 님이 내게 명령하신 건 너의 목숨을 지키라는 것뿐이었어. 다른 인간들 따위, 어떻게 되든 나랑은 아무래도 상관없다고.

이 녀석, 몇 번 도와줬다고 엄청 거들먹거린다. 말본새가 왜 저래? 말하는 무기는 원래 다 이런가?

짜증을 참지 못한 나는 결국 한마디 쏘아붙여주었다.

"귀걸이 주제에 더럽게 쪼잔하게 구네. 네가 그러고도 신의 종이야? 신의 종이면 사람들의 생명을 가장 우선시할 줄 알았는데?"

— 시끄러워. 신의 종이라고 전부 만능인 줄 알아? 애당초 나는 지금 매개체가 없어서 본래 힘의 절반밖에 쓰지 못한단 말이야! 알아들어? 다른 사람들을 걱정하기 전에 너부터 걱정하는 게 좋을 거다. 아까 그 병사가 말했던 대로 정말 사령관이 왔다면 네 목숨도 위험해. 그리고! 말했다시피 나는 다른 인간들이 어떻게 되든 아무래도 좋아! 나는 인간이 싫어! 전부 불타 죽었으면 싶을 정도로 싫어엇!

전에도 생각했지만 마리아가 말하는 속도는 웬만한 사람들 저리 가라 할 정도로 빠르다. 나는 귀를 틀어막고 있다가 입술을 삐죽였다.

"사령관? 그것도 악마야? 그러고 보니 네가 뭔 백작이란 대사제 애

68

기를 했던 것 같은데."

나는 지나간 기억을 곰곰이 되짚었다. 마리아가 순순히 긍정을 표했다.

— 루시퍼의 네 기사, 종말을 위해 움직이는 사령관들. 악마들 중에서도 상위에 속하는 녀석이니, 아마 나를 알아볼지도 몰라. 그렇다면 너는 더 위험해지는 거지. 신의 종과 함께하는 인간은 공격하기 딱 좋은 표적이니까. 네가 아직 현실감각이 없는 모양인데, 어느 정도는 각오해두는 편이 좋을걸? 잊지 마. 여기는 전쟁터고, 넌 언제 죽어도 이상하지 않은 몸이야.

나는 대답하지 않고 숨을 죽였다. 비록 충분히 실감나지는 않아도 나 역시 마리아의 말이 사실임을 잘 알고 있다. 지안이가 마음을 돌이키지 않는 이상, 나를 여전히 사랑하고 있지 않은 이상 어떤 방식으로든 죽임을 당하리란 걸 아주 잘 알고 있었다. 그래서 그런 건지, 낯선 별세계에 떨어졌음에도 이상하게 마음이 공허했다. 내가 살아남을 확률이 무척 희박하다는 사실을 깨달아, 아예 포기해버렸기 때문인지도 몰랐다.

원래 사람은 때가 되면 죽음을 맞이한다. 그렇지 않나? 나는 단지 그 시기가 조금 앞당겨졌을 뿐이었다.

어쩌면 벌써 코앞까지 다가왔을지도 모르는 죽음에 대해 심도 깊은 고뇌를 하고 있자니 머리가 뒤숭숭했다. 온갖 잡생각이 꼬리에 꼬리를 물고 늘어졌다. 뫼비우스의 띠처럼 하염없이 반복하다가, 다시 원점으로 돌아와 지안이가 떠올랐다.

지안이는 내게 많은 걸 줬으나, 모자란 나는 언제나 받기만 했다. 그래서 지안이는 화가 난 건지도 모르겠다. 흔히 사람들이 말하길, 값을 매길 수 없는 게 사랑이라고들 한다. 사랑은 머리로 하는 게 아니라 오직 마음으로만 하는 거라고 외친다. 하지만 그건 돈이 전부인 현대에선 통용되지 않는 비현실적인 거였다. 성인과 사회인의 문턱에 자리한 내가 부르짖을 게 아니었다.

나는 나의 어떤 점이 지안이의 마음에 들었는지 몰랐다. 그가 나를 사랑하는 게 쉬이 수긍이 가질 않았다. 내 외모가 누구나 반해버릴 만큼 아름답냐 하면, 그것도 아니었다. 머리가 특출하게 좋은 것도 아닐뿐더러, 가정환경이 좋지도 않았다. 현모양처의 필수요소를 단 하나도 갖추고 있지 못했다. 요리? 태워 먹지나 않으면 다행이지. 나는 싱싱한 채소나 생선도 곰팡이가 피기 직전의 그것같이 만들어버리는 놀라운 재주가 있었다.

그런데 지안이는 모든 것이 나와 정반대였다. 나처럼 이른 나이에 부모님을 잃었다고는 해도 혼자서 꿋꿋하게 살아갈 줄 알았다. 생김새가 수려하거나 두뇌가 뛰어난 것 같은, 겉으로 보이는 모습만큼 내면도 완벽했다. 군데군데 모가 난 나와는 달리 성미가 유순하고 사교성 또한 좋아 여러 사람들과 친하게 지냈다.

그렇다. 나와 지안이는 서로를 무척 사랑했지만 어울리진 않았다. 지안이가 사람들에게 나를 소개시켜 줄 때면 사람들이 고개를 갸우뚱거리는 게 눈에 보일 정도였다. 그럼에도 우리의 관계가 쉽사리 깨지지 않았던 건 전부 지안이의 보이지 않는 노고 덕분이었다. 그는 귀신같이 내 마음을 알아차려 달래주고는 했다. 자신에게 중요한 건 오직 나뿐이라며, 질리지도 않고 내가 만족해할 때까지 사랑을 속삭였다.

그래, 그런 지안이의 손에 죽는 거라면 그렇게 나쁘지 않을지도 몰라. 나 스스로도 참 납득하기 힘든 생각이지만 그편이 조금이나마 덜 고통스러울 것 같았다. 물론, 나를 바람맞힌 것에 대한 보복은 해줄 거였다.

아무래도 이곳에 온 뒤로 꽤 스트레스를 받아서, 안 그래도 정상이 아니던 내 사고방식이 배는 더 뒤틀렸나 보다. 갑자기 머리를 내민 이 망측한 생각에 대해 간단히 정의내린 나는 반쯤 남은 차를 마저 홀짝였다. 죽어도 지안이의 얼굴은 반드시 보고 죽겠다며 그간 했던 결심들을 되새길 무렵, 전투의 시작을 알리는 요란한 뿔피리 소리와 타격음이 들렸다. 나는 안전한 곳을 찾아 두리번거리는 대신 곧장 창가로 다가가 바짝 붙었다. 결계가 흔들리고 있었다.

문이 벌컥 열리더니 앞치마를 두른 여자가 나를 불렀다.

"공작님께서 부르십니다."

부를 거면 자기가 직접 올 것이지 남은 왜 시켜? 나는 인상을 찡그리면서도 여자를 따라 옆방으로 돌아갔다. 갑옷을 대신하기 위함인지 어쨌는지, 기다란 검은색 망토를 뒤집어쓴 사람들이 여럿 보였다. 그 중에는 후작과 공작도 있어서 절로 고개가 기울어졌다. 저거, 한눈에 보기에도 얇은 것 같은데 제대로 방어나 할 수 있을지 모르겠다.

내가 그 실용성을 무척 의심하고 있다는 걸 모르는지, 공작이 자신이 두르고 있는 것과 똑같은 망토를 내게 건네주었다.

"자, 낮은 계열이긴 해도 물질적인 공격을 막아주는 방어 마법이 걸려 있으니 갑옷보단 나을 거야. 몸에 두르면 돼."

마법을 물건에 걸 수도 있는 건가? 나는 받아든 천 뭉치를 신기하게 바라보았다. 마법이 눈에 보이는 게 아니라서 그런지 별다른 특이점은 없어 보였다. 호기심을 느낀 내가 그것에게서 눈을 떼지 못하자 거머리처럼 공작의 옆에 딱 붙어 있던 루키엘이 짜증스러운 한숨을 쉬었다. 나는 샐쭉하게 입을 내민 채 망토를 둘러썼다.

아래쪽에서 우렁찬 함성이 터져 나왔다. 바깥의 병사들이 내는 소리였다. 그 함성을 들은 공작이 열린 창문을 통해 훤히 보이는 밖을 한번 힐끗거렸다. 그러나 그는 지면에 시선을 두지 않고 하늘을 보았다. 어느새 그 모습을 드러낸 악마들이 하늘을 가득 메우고 있었기 때문이다. 달빛을 받은 악마들의 검붉은 안광이 섬뜩하게 빛났다.

악마. 악마들. 저렇게나 많이…….

나는 무심결에 뒷걸음질을 쳤다.

"수가 엄청나군그래. 사령관이 왔다는 게 사실인 모양이야. 이런, 도망가고 싶은 마음이 굴뚝같지만…… 역시 무리인 것 같네."

공작이 중얼거리자 루키엘이 덤덤하게 대꾸했다.

"그렇게 진지하게 말씀하시면 정말 진담인 줄 압니다."

"진담 맞는데."

미소까지 곁들여진 공작의 천연덕스러운 대답에 루키엘의 입매가 비뚤어졌다. 공작이 키득키득 웃으면서 검을 허리춤에 찼다.

"그럼 난 이만 내려가봐야겠어. 아무리 능력이 뛰어나다고는 하나 지휘관에게만 이 모든 일을 맡겨둘 수는 없는 노릇이니까. 루키엘, 네가 해야 할 일은 잘 알고 있겠지? 신관이긴 해도 유리 양은 내 손님이니 너무 괴롭히지 마."

루키엘이 선선히 고개를 끄덕였다. 나는 루키엘이 내가 아닌 후작을 곁눈질하는 걸 보았다. 후작을 바라보는 루키엘의 시선은 교도관이 죄수를 보는 것과 비슷했다.

"물론입니다."

확고한 루키엘의 대답을 들은 공작은 뒤 한번 돌아보지 않고 방을 빠져나갔다. 바로 그때, 악마들의 공격에도 제법 잘 버텨주었던 결계가 더는 버티지 못하겠다는 듯 날카로운 소음을 내며 금이 가기 시작했다. 결계에 생긴 균열과 조각나 떨어지는 파편이 추락하는 모습이 창을 통해 내게도 뚜렷하게 보였다. 그대로 얼어붙은 나는 거미를 조종하던 악마처럼 인간과 비슷한 생김새를 한 악마와 눈이 마주쳤다. 아주 잠깐, 숨을 들이킬 그 찰나의 순간 갑자기 시간이 멈춘 것 같았다. 아니면 무척 느릿하게 흐르거나. 어쨌든 그 악마 역시 결계를 공격하는 데 일조하고 있었다.

－ 이건 뭐지? 이 기운, 무척 진한 어둠이야. 루시퍼의 힘…… 하지만 루시퍼는 여기 없을 텐데? 어쩐지 뭔가 꺼림칙한 느낌이…… 윽, 기분 나빠. 향이 너무 진해.

"마리아? 왜 그래?"

나는 작게 속삭였다. 마리아는 힘이 빨려 들어가는 것 같다는 둥 두통이 느껴진다는 둥 횡설수설하다가 입을 다물었다. 나는 마리아에게 머리도 있냐고 물어보고 싶었다.

결계는 그로부터 채 일 분도 지나지 않아 완전히 부서졌다. 악마들은 맹렬한 기세로 달려들었다. 겁에 질린 여자가 기어이 울음을 터뜨렸다. 고용인이긴 하지만 이 방에서 나 이외에 유일한 여자였으므로 나는 재빨리 다가가 꼭 붙었다. 제아무리 마리아라도 이렇듯 옆에 붙어 있으면 어쩔 수 없이 지켜줄 테니까.

－ 너, 사람들과 좀 떨어지는 게 좋겠어.

"뭐? 그게 무슨 소리야?"

마리아의 갑작스러운 제의에 놀란 나는 사람들의 고개가 일제히 내게 돌아가는 것도 상관하지 않고서 물었다. 또 심술을 부리는 거면 가만두지 않을 생각이었으나, 마리아는 심상치 않은 목소리로 다급하게 소리쳤다.

－악마들 중 누군가가 루시퍼의 기운이 담긴 무기를 가지고 있는 것 같아. 보나 마나 제법 높은 고위 악마, 아니면 사령관이겠지. 아, 제발 경계의 수호자는 아니어야 할 텐데. 그러니까, 창백한 말을 타고 다니는 '죽음의 청기사' 말이야. 하여튼 이 사람들을 전부 몰살시키고 싶은 게 아니라면 떨어져. 틀림없이 너를 노릴 거야.

루키엘이 나를 바라보았다. 나는 어색하게 웃었다.

"저 화장실 좀⋯⋯."

씨알도 안 먹힐 거짓말이라는 걸 잘 알고 있어서, 나는 공작처럼 뒤 한번 돌아보지 않고 빠르게 뛰쳐나왔다. 전속력으로 달려 계단을 타고 올라갔다. 아래는 악마들과 생사를 건 전투를 치르는 중인 병사들이 가득 차 있어 무리라고 판단했기 때문이다.

3층? 어쩌면 4층일 수도 있다. 계단에 난 작은 창문이 와장창 깨지더니, 내가 고개를 돌리기도 전에 마리아가 빛의 장막을 쳤다. 하급 악마와 꼭 닮은 생김새를 한 악마들이 창틀을 잡고 비집고 들어오려 했다. 그들의 목표는 나였다.

나는 반사적으로 검을 휘둘렀고, 그들은 초록색 피를 튀기며 죽었다. 어찌나 징그럽고 혐오스럽던지 구역질이 날 것 같았다. 한 번은 어찌어찌 참았어도 두 번은 무리였다. 애초에 나는 '생명'을 죽이는 것에 익숙하지 않은 데다가, 공격당한 것 또한 이곳에 와서 처음 겪어본 일이었다.

마리아의 검이 내 손에서 빛가루로 변해 흩어졌다. 나는 난간을 붙잡고 헛구역질을 하다가 간신히 한숨을 돌렸다.

– 빨리 적응하는 게 좋을걸? 이런 장면은 수십, 수백 번도 더 보게될 거니까.

마리아의 가차 없는 면박에 나는 인상을 구긴 채 다시금 계단을 올라갔다. 가쁜 숨을 고르면서 힘겹게 발을 내디뎠다. 지안이가 무서웠고, 루시퍼라는 존재가 공포스러웠으며, 모든 게 그저 진저리 쳐질 만큼 혐오스러웠다. 나는 부들거리는 다리를 억지로 움직였다. 이윽고 옥상으로 이어지는 커다란 문이 보였다.

"그 무기를 가졌다는 악마, 왜 나를 노려?"

얇은 원피스 차림이건만 몸 위에 걸쳐진 망토 덕분에 땀이 비 오듯 흘러내렸다. 헐떡이며 가까스로 질문한 나는 문 앞에 멈춰서 난간을 부여잡고 신음했다. 정신이 아찔했다.

– 너 바보냐? 인간이 신의 종과 함께하고 있다는 게 가당키나 하다고 생각해? 신에게 선택받은 존재가 아니고서야 어림도 없지.

마리아가 기다렸다는 듯이 높은 톤으로 나무랐다. 대번에 기분이 상한 나는 발끈해 그에 지지 않고 맞부딪혔다.

"뭐야, 그럼 내가 위험한 게 너 때문이라는 거야? 아스트라는 그걸 알면서 너를 나한테 줬고? 정말 나를 지키라고 한 거 맞아? 가뜩이나 위험한데 괜히 더 위험해졌잖아! 성격도 개 같이 더러운 주제에 어쩌자고 위험만 몰고 다니는 건데!"

– 뭐가 어쩌고 저째? 네가 자기 몸 하나도 건사하지 못하니까 그렇지! 이 무능력한 계집애야, 거듭 말했지만 나도 너 지켜주기 싫거든? 네가 마법이나 검술을 할 줄만 알았어도 난 아스트라 님의 신전에서 떵떵거리며 살 수 있었단 말이야!

"웃기고 있네. 내가 살던 곳에선 마법이나 검술 따위 배우지 않아도 얼마든지 멀쩡하게 살 수 있었어! 그리고 나도 간단한 호신술 몇 개 는…….”

쾅! 화가 머리끝까지 난 내가 미처 말을 끝마치기도 전에 시야를 가로막던 문 중앙이 움푹 패더니 아예 떨어져나갔다. 마리아의 막과 충돌해 튕겨 나간 철문이 덜그럭거리는 소리를 냈다.

나와 마리아는 사이좋게 말을 멈췄다. 그러자 어떤 남자의 짜증 가득한 신경질적인 목소리가 귓가를 파고들었다.

“먼저 눈치챈 게 갸륵해서 기껏 기다려줬더니 이젠 앞에서 싸움질이냐? 저 인간들 전부를 죽여놔야 정신을 차리지? 그렇지?”

제대로 겁먹어서 발바닥이 땅에 붙었다. 그대로 뻣뻣하게 굳은 내가 모습을 드러내지 않자 남자의 목소리가 한 번 더 들렸다.

“안 나오면 저 아래에 있는 것들 모두 죽여버린다.”

죽인다는 협박이 이리도 무서울 줄이야. 악마임이 틀림없는 남자의 살벌한 경고를 들은 나는 교수대에 오르는 사형수 같은 심정으로 천천히 발을 옮겼다. 눈물이 흘러나오지 않는 것이 이상할 정도로 얼굴이 일그러졌다.

옥상의 문턱을 밟았다고 생각한 순간 숨이 막혔다. 보이지 않는 대기가 나를 억압해, 무거운 차체에 깔린 것 같은 느낌이 들었다. 무섭다. 빨려 들어갈 것만 같고, 잡아먹힐 것 같고, 갈기갈기 찢길 것만 같아. 더 이상 다가설 엄두가 나지 않았으므로 나는 부자연스럽게 멈춰 섰다. 피 냄새가 코끝을 찌르는 것도, 누군가가 마법을 부리는지 간간이 폭발음이 터지는 것도 상관하지 않고서 옥상 중앙에 자리한 남자를 바라보았다. 남자의 눈동자 색과 정확히 같은 보라색 머리카락은 정말, 길었다.

무심하게 돌아가던 남자의 시선이 내게 고정됐다. 창백한 푸른빛을 띤 검을 적당히 그러쥔 남자가 피식하고 웃었다.

"뭐야 이건, 여자잖아? 그것도 시퍼렇게 어린."

나, 눈앞의 남자에게 꽤 얕보인 모양이다. 나는 나와 비슷한 나이대로 추정되는 남자를 응시하며 마른침을 삼켰다. 잡티 없는 피부와 뚜렷한 이목구비가 무척 잘생긴 용모임을 알려줬지만 이 상황에 그런 게 눈에 들어올 리 만무했다. 그래서 나는 마리아를 불렀다.

"저기 마리아? 화 많이 났어?"

- 뭐야, 갑자기?

마리아가 곧장 대꾸했다. 남자의 엄청난 위압감에 눌린 나는 웃지도 못했다.

"아까 화낸 거 사과하려고. 음. 있지…… 나 무서워."

온몸이 부들부들 떨렸다. 이젠 서 있는 것조차 힘겨웠다. 목이 졸리는 것처럼. 아, 이번에야말로 정말 제대로 된 죽음을 맞이하나 보다. 드디어 죽을 때가 된 거야. 남자를 보고 있으려니 그런 생각이 물밀듯이 밀려왔다. 나는 지안이의 얼굴을 떠올리며 간신히 마음을 가다듬었지만…… 그래도 두려운 건 어쩔 수 없었다. 아플까? 그렇겠지. 어쩌면 눈물이 샘솟을지도 모른다. 고통스러워서 비명을 내지를지도 몰라.

입가에 묘한 미소를 머금은 남자는 싸우지도 않았는데 이미 승리를 거머쥐었다는 듯 여유로이, 배부른 표범처럼 느긋하게 다가왔다. 지금 당장 몸을 틀어 도망치고 싶은 마음이 무척 간절했다. 그건 본능이었다. 나는 살기 위해서, 살해당하지 않기 위해서 도망쳐야만 했다.

저 남자의 시야에서 벗어날 수만 있다면.

– 겁먹지 마. 해보지도 않고 포기할 셈이야? ……물론 나도 하필 제일 성가신 녀석이 올 줄은 몰랐지만.

마리아의 퉁명스러운 일갈이 터져 나옴과 동시에 나를 보호하려 둘러진 막이 찬란한 빛을 내뿜었다. 애석하게도 남자는 눈 하나 깜빡하지 않고서 걸음을 계속했다. 나는 무심결에 뒷걸음질을 치다가 바로 뒤가 계단임을 인식해, 바위처럼 얼어붙은 채 울상을 지었다. 여기서 도망치면 안 되는데. 뒤를 돌아보면 안 되는데 어째서 이렇게도 두려운 건지. 마치 죽음 그 자체와 조우한 느낌이었다. 나로서는 반항도, 거역도, 회피도 불가능한.

– 그는 경계를 수호하는 악마야. 예전엔 그저 은총을 가진 사람이었지만…… 지금은 죽음의 청기사로도 잘 알려져 있지.

"사람……이었다고?"

나는 숨이 막혀 낮은 목소리로 반문했다. 마리아가 다소 씁쓸하게 말했다.

– 그래. 모든 악마들은 전부 일찍이 루시퍼를 섬기던 평범한 사제들이었어. 하지만 그중에서도 특히 저 녀석은 악질이지. 교황씩이나 해먹었으니까.

남자가 주저 없이 검을 휘둘렀고, 그로 인해 격렬한 마찰음이 났다. 얼마 지나지도 않아 마리아의 막에 균열이 생기는 게 보였다. 마리아가 이를 갈았다.

– 젠장. 루시퍼의 힘이 강한 줄은 알았어도 이건 너무 사기인 거 아니야? 나는 아스트라 님께 선택받은 종이란 말이야! 저런 자아도 없는 검 따위!

이내 남자의 검에서 검은색의 연기가 피어올랐다. 독특한 그 연기는 마리아의 빛을 좀먹어가더니 막의 틈새로 스며들어와 나를 감쌌다. 연기에 닿은 피부가 녹아내리는 것처럼 따가웠다.

나는 겁에 질린 눈으로 남자를 바라보았다. 그 역시 나를 바라보고 있었다. 자리에 주저앉기 직전이었지만 나는 심호흡을 하고 앞으로 나섰다.

나는, 죽고 싶지 않다고 생각했다. 설령 죽는다고 해도 여기는 아니었다.

내가 죽을 자리는 이곳이 아니야.

나는 마리아의 검을 있는 힘껏 들었다가 그에게 돌진했다. 당연히, 나는 검을 다루는 법 같은 건 전혀 몰랐다. 그를 쓰러뜨릴 수 있으리라고 생각하지도 않았다.

– 어어? 야! 뭐해!

마리아가 나의 미친 행동을 욕했으나, 나는 무작정 검을 내리쳤다. 남자의 검과 마리아의 검이 맞물리면서 엄청난 돌풍이 일었는데 나에겐 어떠한 피해도 주지 못했다.

빛. 아스트라의 별빛이 나를 지켜주고 있었다. 그러나 손목이 비명을 질렀고, 나는 기절하고 싶었다.

나는 악마와 검을 맞댄 채, 다급하게 소리쳤다.

"저기, 저 좀 살려주시면 안 돼요?"

남자가 한쪽 눈썹을 치켜세웠다. 그가 갑자기 검을 거두는 바람에 나는 앞으로 넘어졌지만, 일어날 생각도 하지 못하고 그에게 애원했다.

"저는 루시퍼를 만나야만 해요. 그러니까…… 아, 이거 진짜 미친 소리 같은 거 저도 잘 알거든요? 그런데 저 정말 절박해요. 죽여도 상관없으니까 그를 만난 다음에 죽이면 안 돼요? 최소한 루시퍼랑 말 한 마디 정도는 나눈 다음에……!"

당연히, 남자는 내 말을 깔끔하게 먹어치웠다. 그가 도로 검을 들었을 때 결국 서러움이 폭발했다.

"아 진짜! 내가 내 신랑 만나겠다는데 왜 다들 무시하고 난리야! 내가 거짓말하는 걸로 보여? 거짓말하는 걸로 보이냐고!"

두려움과 분노를 담은 눈물이 솟구쳐 올랐다. 남자가 그제야 행동을 멈췄다.

그는 자신이 들은 말을 믿을 수 없다는 듯이, 귀를 의심하면서 내게 물어왔다.

"너, 방금 뭐라고 했냐?"

"신랑이라고 했어요. 혹은 남자친구, 혹은 연인! 당신, 이거 보여요? 이거 결혼반지야. 그 잘난 루시퍼가 직접 사서 끼워준 반지라구요! 홀쩍…… 내가 어쩌나가 남자 하나 잘못 만나서……."

나는 손을 들어 보이며 남자에게 쏘아붙인 뒤 거칠어진 숨을 골랐다. 지안이를 향한 마음은 변함없지만, 그를 어디에 가둬버린 뒤 하루 종일 패줘야 속이 시원할 것 같았다. 예식장에서 그렇게 수치를 줬으면 됐지, 이젠 자기 사제들이랑 싸우게 하다니!

서럽게 울어대는데 검을 사라지게 만든 남자가 짧게 고민하는 듯한 소리를 냈다. 그는 내 말을 듣고 농담이라고 치부하며 웃어넘기지 않았다. 마리아의 존재를 알기 때문에 내 말의 신뢰성을 고민해보기 시작한 것 같았다. 나로서는 다행인 일이었다.

남자가 눈을 가늘게 뜨고 나를 응시했다. 탐색, 혹은 뭔가 못마땅한 부분을 찾으려는 것처럼 머리부터 발끝까지 차례로 훑어 내려갔다.

그러고는 곧장 소감을 말했다.

"역시 루시퍼의 말은 믿을 게 못 되는군. 루시퍼는 분명 자기 연인이 아스트라도 울고 갈 만큼 우아하고 아름답다고 했지만…… 아무리 봐도 못생겼는데. 거기다 우아함은 대체 어디 있다는 거지? 차원을 넘어오면서 두고 왔냐?"

뭐뭐뭐? 나는 순간 발끈했다.

"저기요……. 대놓고 그렇게 말하면 제가 뭐가 돼요?"

내가 어디가 어때서! 훌쩍거리면서 겨우 대답한 것도 잠시, 내가 헛것을 들었나 싶었다.

"지안이, 아니 루시퍼가 정말 그랬어요?"

세상에. 나는 손으로 입을 가렸다. 마음속 깊이 가라앉았던 환희와 기쁨이 걷잡을 수 없이 벅차올랐다. 지안이는, 아직 나를 기억하고 있는 걸까? 나를…… 아직도 사랑하고 있는 거야? 그렇다면 이건 정말 기적이었다.

황급히 눈물을 닦아내자 남자가 이상한 표정을 짓고 있는 게 보였다. 그는 내 얼굴, 정확히는 마리아가 있는 귓가를 쳐다보았다.

"너를 도와주고 있는 건 아스트라겠지? 뭐라고 하든?"

"루시퍼를 말려달라고 했어요. 더 이상 차원을 파괴하지 못하도록 설득해달라고…… 루시퍼가 이 일을 계속하면 위험해진다고 말해줬어요."

그렇게 말한 나는 아직은 안도할 때가 아니라는 걸 여실히 깨달았다. 지안이는 심각한 위험에 처해 있었다. 그리고 그 위험을 자초한 건 바로 그 자신이었다. 그가 저 스스로 잘못을 뉘우치지 않는 한, 나는 방심해선 안 됐다.

나를 옭아매던 남자의 검은색 연기가 바람과 함께 사라졌다. 나는 다리에 힘이 풀려 그대로 주저앉았다. 단단한 바닥은 얼음장같이 차가웠지만 신경 쓸 겨를이 없었다.

"후아. 죽는 줄 알았네."

나조차도 듣지 못할 정도로 작게 중얼거린 나는 경련을 일으키기 시작한 다리를 내버려둔 채 시름에 잠겼다. 어찌어찌 목숨을 부지하긴 했으나, 아래에선 혈투가 벌어지고 있었다. 인간, 혹은 악마의 비명 소리가 폭음을 뚫고 간간히 들려왔다. 그리고 내 몸에도 어떤 이상이 생겼다.

남자가 살의를 거둬들였음에도 몸의 떨림이 좀처럼 진정되지 않았다. 근육이 타들어 가는 느낌이 더욱 강렬해지더니 호흡이 불규칙해졌다. 나는 폭발 직전의 폭탄처럼 부글부글 끓어오르는 머리를 들어 달과 별들로 가득 찬 하늘을 주시했다. 정신이 아득했다.

아래를 내려다보는 게 심히 두려웠다. 필시 피로 범벅일 테니까. 저 악마와 마주하는 것만으로도 모든 힘을 소비해버린 나는 그가 사령관, 그것도 가장 위험한 악마라는 사실을 상기했다. 내가 이 남자를 설득하기만 한다면…….

"그리 약해빠져가지고 루시퍼 님을 알현할 수나 있겠냐?"

"악! 까, 깜짝이야!"

갑자기 그의 잘생긴 얼굴이 불쑥 가까이 다가와서, 소스라치게 놀란 나는 발작을 일으켰다. 남자가 공격할 의사가 없음을 눈치챘는지, 아니면 그를 막아내는 데 지쳤는지 마리아의 막은 안개처럼 흩어져 빛과 같이 사라져버렸다. 이제 남자와 나 사이를 가로막는 건 아무것도 존재하지 않았다.

남자가 망토의 앞부분을 잡고 나를 끌어당겼다. 거의 멱살을 잡는 수준이었다. 그 힘이 실로 장난이 아니었던지라, 나는 속수무책으로 끌려가 남자와 얼굴을 마주할 수밖에 없었다. 내 몸이 기울어지자 남자의 얼굴이 다가왔다. 그는 피하기는커녕 오히려 얼굴을 숙였다.

이윽고 남자의 입술이 내 입에 닿았다. 전혀, 조금도 예상하지 못한 일이었기 때문에 충격은 배가 되어 나를 압도했다.

나는 눈이 튀어나와도 이상하지 않을 만큼 크게 떴다. 피부에 느껴지는 모든 감각을 의심하면서 굳은 사지를 어떻게든 움직여보려 애썼다. 그러나 안타깝게도 남자는 나와 정반대의 생각을 가지고 있었다. 그는 다른 쪽 손을 뻗어 내 머리를 잡고 자신에게로 더욱 끌어당겼다. 마치 격정적인 키스를 나누려는 연인처럼. 갑작스럽게 입술이 벌어졌고, 그는 충격적이고도 강렬한 입맞춤을 이어갔다. 참 이상한 느낌이 들어 혼란스러웠다. 등 뒤가 서늘해지면서 오한이 들었다. 그의 몸에서 다시 피어오르기 시작한 연기가 내게로 옮아붙고 있었다.

그것을 인식한 순간 뱀을 삼킨 듯 속이 울렁거렸다. 나는 온 힘을 다해 남자를 밀쳐낸 다음 고개를 숙이고 검붉은 피를 토했다. 정말 가지가지 하는구나. 악마랑 키스했다고 피까지 토할 줄이야. 나는 신음하며 망토 자락으로 입 주변을 닦았다. 속이 화끈거렸다.

"고작 나와 대면한 것 가지고 죽을 정도라니, 루시퍼의 연인이라는 말이 무색할 정도로 한심하군. 잘 들어라, 여긴 전쟁터가 아니다. 규칙이나 예의, 자비심 따윈 없어. 그저 학살하는 자와 학살당하는 자들만이 존재할 뿐이지. 루시퍼가 이 차원을 멸망시키기로 결정한 이상, 누구도 막을 수 없어."

남자가 한심하다는 듯 혀를 찼다.

"죽으려면 다른 녀석한테 죽어라. 나한테 뒤집어씌우지 말고."

방금 전까지만 해도 자기가 직접 죽으려고 한 주제에 말은 잘한다. 나는 대답하지 않고 숨을 골랐다. 그런데…… 남자가 무슨 재주를 부렸는지는 몰라도 각혈한 것만 빼면 몸 상태가 훨씬 나아졌다. 망할. 그래도 기분 나쁘다. 내 입술은 오직 지안이의 것인데!

화가 나 한마디 쏘아붙이려 했으나, 눈에 비친 남자는 여전히 무서웠다. 나는 결국 불만을 토로하지도 못한 채 다른 질문을 했다.

"루시퍼는 어디 있어요?"

"리하르트. 루시퍼는 당분간 그곳을 떠나지 않을 거다. 미리 말해두지만 도와달라는 부탁은 하지 마. 나야 이런 쓰레기 같은 차원은 멸망하든 말든 아무래도 상관없고, 결정적으로 귀찮은 데다가 남을 도와주는 건 딱 질색이니까. 나는 오직 루시퍼의 명령을 수행하기 위해 움직인다."

어련하시겠어요. 나는 입술을 삐죽거리다가 벽을 짚고 간신히 일어섰다. 리하르트라면 공작과 사히르젠 후작의 병사에게서 들은 적 있었다. 거기가 확실한 모양이었다.

남자에게 사람들을 공격하는 걸 멈춰달라고 말하려는데, 그의 뒤에서 검은색 연기가 피어오르더니 어떤 형체가 나타났다. 아까 숲에서 보았던 은발의 악마였다.

"아바돈 님."

은발 악마는 내가 그를 바라보며 입을 벌리는 것도 무시하고서 남자를 향해 고개를 숙여 보였다. 아바돈……. 죽음의 청기사는 내게서 완전히 등을 돌렸다.

"볼일은 끝났어. 돌아간다."

듣던 중 반가운 소리였다. 은발 악마가 납득되지 않는다는 듯 잠시 의문 어린 표정을 지었으나 곧 순순히 알았다고 대답한 뒤 나타났던 것과 마찬가지로 순식간에 사라졌다. 그와 동시에 모든 악마들이 싸움을 멈추고 일제히 날아올랐다. 그들의 날개로 인해 하늘이 새까맣게 일그러졌다. 그들은 몸소 이 세상에 종말이 임했음을 알려주고 있었다.

나는 그 섬뜩한 광경을 올려다보다가 어느 순간 기절했다.

눈을 감으면 네가 보인다. 하다못해 눈을 뜨고 있을 때도 네가 보인다. 이거 정말 중증인 것 같은데, 이렇게라도 네 모습을 볼 수 있으니 차라리 좋다는 생각이 든다. 이것도 적응이 됐다. 이젠 네 환상이 보이지 않으면 불안하기까지 해서 견딜 수가 없다.

상당한 시간이 흘렀음에도 불구하고 너의 모습은 마치 어젯밤에 봤던 것처럼 뚜렷하게 떠오른다. 그 검은 머리카락과 미소 짓는 모습. 나에게 뻗어지던 손.

「세상에…… 우리 정말 결혼하는 거야? 나 너무 기뻐!」

망막에 박힌 너는 정말이지 너무나 잔인하게 아름다워서.

셀 수도 없을 만큼 많은 사람들을 죽였다. 피투성이가 되어 늘어질 때면 어김없이 네가 떠오른다. 내 기억 속의 너는 언제나 웃어준다. 내가 어린아이든 여자든 가리지 않고 무참하게 죽이고 돌아왔는데도 너는 아무렇지도 않다는 듯 환하게 웃어준다. 나는 그게 싫다. 진짜 너라면 피투성이가 된 나를 보고 웃을 리가 없으니까. 결혼식을 바람 맞힌 게 괘씸해서라도 내게 미소를 지어줄 리 만무한데.

하루에도 몇 번씩 너를 떠올려보곤 한다. 너는 이상하게 배짱이 좋아서 걱정이다. 귀신은 엄청 무서워하는 주제에 정작 조심하고 무서워해야 할 것들한테는 당당하기 그지없으니, 매초가 조마조마한 게 사실이다. 폭행당하는 친구를 도와준답시고 불량배들한테 덤볐다가 입원한 걸 생각하면 아직도 간담이 서늘해진다. 너는 생전 듣지도, 보지도 못한 괴상한 내기를 해서 맨몸으로 깊은 호수에 뛰어든 적도 있었으며, 내가 끼워준 반지를 떨어뜨렸다고 무작정 차도로 뛰어들었다가 오토바이에 치인 적도 있다. 그런데 너는 온몸에 붕대를 감아놓고 멀쩡하다고 웃었다. 정말 미칠 노릇이지. 부디 네가 무사하기만을 바랄 뿐이다.

네가 있는 곳과 내가 있는 곳은 시간의 흐름이 다르다던데. 주기가 일정하지 않아서 얼마나 다른지는 잘 모르겠지만 이곳은 벌써 10년이 지났으니 그곳에서도 제법 시간이 지났을 것이다. 잘 지내고는 있는지 모르겠다. 보고 싶다. 너를 보고 싶어서 미칠 것만 같다. 하지만 그건, 불가능한 일. 있어서도 안 되고, 있을 수도 없는 일.

무너진다. 하루에도 수십, 수백 번씩 무너지고 만다. 네가 곁에 없다는 걸 안다. 너와 다시는 만나지 못하리라는 것도 안다. 그런데 포기할 수가 없다. 잊을 수가 없다. 차라리 너와 나는 애초부터 만나지 말았어야 했다.

깨어나고 싶지 않다고 생각했다. 너를 만나는 것조차 허락받지 못하는 신 같은 건, 죄를 짓지 않는 이상 마음대로 죽지도 못하는 신 같은 건 이제 절대로 하고 싶지 않았다. 나는 그냥, 인간인 채로 살다가 죽어도 만족할 수 있었다. 그대로 네 곁에만 있을 수 있다면 나는 그런 건 어떻게 되든 아무래도 좋았다. 하지만 나는 지금 이곳에 있다. 네가 없는 이곳에서 시체들의 피로 바다를 만들고 있다. 나는 도륙하고, 학살하고, 만민이 나를 저주하게 만든다.

"전하."

인간이었을 적부터 겁이 많아, 비교적 살생을 자제하는 편인 마스테마가 나를 불렀다. 감았던 눈을 뜨자 어둠에 잠긴 리하르트의 수도, 벨시아스의 풍경이 보였다. 아래쪽부터 차근차근 공격해줬더니 결국 이곳만 남았다. 시일이 걸리긴 했어도 쉬운 일이었다. 이 차원의 멸망을 결정한 이상, 모든 것은 나의 뜻대로 이루어졌다.

"공격할까요?"

마스테마가 나직하게 물어왔다. 그는 내 손에 쥐어진 '물건'을 보고 인상을 구겼다.

"신호를 기다려라. 우선 이것들을 모두 처리한 다음에."

웃으며 대꾸한 나는 손에 쥐어진 커다란 붉은색의 날개를 절벽 아래로 떨어뜨렸다. 절벽 아래엔 이미 수많은 드래곤 날개들로 가득했다. 토막 난 살점들. 그리고 눈알들.

날개가 추락하는 모양을 생각 없이 내려다보다가 나는 천천히 몸을 돌려 거대한 몸집과 비늘을 가진 존재들을 바라보았다. 덩치가 커서 그런지 흘러나오는 혈액의 양도 범람하는 강을 이룰 정도였다. 뭐, 아무래도 좋다. 나는 입술을 비틀었다.

"단체로 덤비면 승산이 있을 줄 알았던 것인가. 정말 멍청하군. 이토록 우롱당하니 기가 막혀서 탄식이 나올 지경이다."

조금 무리한 감이 없잖아 있었으나 결과는 예상했던 대로였다. 이 차원의 주인이자 관리자인 아스트라조차 나를 피하고 있는데, 신도 아닌 드래곤들이 나를 이긴다는 건 불가능했다. 게다가 설령 그들이 승리한다고 해도 나는 죽을 수 없었다. 신이라는 건, 저들이 생각하는 만큼 그렇게 쉬이 죽는 존재가 아니었다. 스스로 목숨을 끊지도 못하는 존재가 바로 신이었다. 그래서 나는 다른 방법을 찾았다.

빛을 지배하는 자, 태초의 혼돈에서부터 존재해온 신들의 신, 판테온의 힘을 약화시키기 위해 중간계의 차원 하나를 임의로 소멸시킨다. 그리고 나는, 그 죄를 이용해 죽는 거다.

내 형제자매들의 손에.

"심히 유감스럽구나. 너희들은 지상 최강의 종족이라는 이름이 무색할 정도로 약해."

짧게 중얼거린 나는 이들의 사체를 어떻게 처리할까에 대해 심도 깊은 고민을 시작했다. 미관상 좋지 않으니 깔끔하게 태워버릴 수도 있겠지만, 수도 중앙에 던져 리하르트의 인간들에게 공포심을 주는 것도 나쁘진 않을 듯하다. 역시, 그편이 본보기가 되겠지.

– 어째서…… 이런 짓을?

간신히 목숨을 부지하고 있는 드래곤들 중 하나가 물어왔다. 숨을 헐떡이는 소리가 여기까지 들려오건만 저리 질문하는 걸 보면 어지간히도 궁금했나 보다. 그 노력을 높이 산 나는 대답해주려 입을 열었다가, 눈앞에 나타난 희뿌연 형체를 보고 미간을 찌푸렸다. 최근 들어 환각이 보이는 빈도수가 눈에 띄게 높아지긴 했어도 이렇듯 누군가를 죽이고 있을 때 나타난 건 이번이 처음이었다. 직접적인 환각은 대개 정신력이 평범한 인간보다 훨씬 약해졌을 때 나타나고는 했다.

"……유리야."

유리의 모습을 한 환영은 마치 알아듣고 있다는 것처럼 내 부름에 반응해 활짝 미소를 지었다. 나에게 손을 내밀었다가, 불어오는 바람을 이기지 못하고 순식간에 사라져버렸다. 나는 무심결에 뻗었던 손을 거둬들이며 중얼거렸다.

"왜 이런 짓을 하느냐고 물었지? 간단해."

절로 웃음이 새어나왔다. 너는 지금 뭘 하고 있을까. 내가 무슨 짓을 벌이고 있는지 알고 있기는 한 걸까. 바람맞혔다고 너무 슬퍼하지 않았으면 좋겠는데. 너 울면 이제 밤새도록 달래줄 사람도 없잖아. 끌어안고 다독여줄 사람도 없잖아. 그러니까 울지 마. 기다리지도 말고, 용서하지도 마라. 그냥 잊어버려. 아예 존재하지도 않았던 것처럼, 네곁에 있지도 않았던 것처럼 깔끔하게.

증오하고 증오해라. 설혹 네 꿈에 나타나면 차라리 죽여버려라.

"……재미있잖아. 마지막 여흥으로 이만한 것도 없지."

이제, 정말 얼마 남지 않았다.

The Crown of Thorns

황금으로 빚은 면류관에, 숱한 성인들의 뼈로 만들어진 왕좌, 그리고 교만함밖에 남지 않은 눈동자라.

흠. 나는 인상을 찡그리며 왕좌에 앉은 루시퍼의 초상화가 담긴 액자를 내려놓았다. 머리카락 색도, 눈 색도 다른 지안이가 순간 남처럼 느껴졌다. 뭐…… 이목구비 같은 건 똑같지만 어쩐지 낯설다 이거지.

나는 어색하게 어깨를 으쓱였다. 지금으로부터 10년 전, 재앙이 막 강림했을 때 각국의 왕들은 루시퍼의 분노를 달래기 위해 안 해본 것이 없었다고 했다. 모든 황금과 보석, 그리고 처녀 제물까지—이 부분에서 나는 속으로 욕을 했다— 바쳤다고. 그러나 루시퍼의 화는 가라앉지 않았고, 급기야 그를 섬기던 사제들이 하나둘씩 괴물로 변해갔다. 교황마저 죽음의 청기사로 변해버리자 비로소 사람들은 이것이 끝나지 않을 심판이자 멸망임을 깨달았다고 공작이 알려주었다.

나는 루시퍼의 초상화로부터 겨우겨우 시선을 뗐다. 하지만 이걸 훔치고 싶다는 욕구는 사라지지 않았다.

"리하르트로 가고 싶다고?"

아침 해가 떠오르기 무섭게 했던 말을 백 번째 곱씹던 공작이 믿을 수 없다는 듯 나를 바라보았다. 루키엘은 입에 넣었던 쿠키가 바닥을 향해 추락하는 것도 신경 쓰지 않았다. 애초에 루키엘은 내가 황홀함, 그리고 감격에 젖은 눈으로 루시퍼의 초상화를 보고 싶다고 말했을 때부터 나를 격리수용해야 된다고 주장했었다. 그러니까, 이 세계에서 루시퍼의 조각상이나 초상화는 엄청나게 위험한 물건이었다. 그나마 공작이 워낙 대단한 귀족이어서 가지고 있었던 거고.

어쨌든 그럼에도 불구하고 나는 냉큼 고개를 끄덕였다. 혼자 떠날 능력이 못 돼 여태껏 기다렸지만, 더 이상은 무리였다. 내가 이곳에 온 지도 벌써 일주일이나 지나지 않았는가. 지안이가 보고 싶어 미칠 지경이었다.

내 표정에서 뭔가 낌새를 눈치챘는지 공작은 곧장 이유를 묻지 않고 고용인들을 물렸다. 마법사인 루키엘만을 남겨두고는 소파 등받이에 기댄 채 차를 홀짝이다가 질문을 건넸다.

"남편이 그쪽에 있나 봐?"

"눈치가 빠르시네요. 맞아요."

나는 선선히 긍정을 표하면서 공작의 표정을 살폈다. 나는 이곳을 떠날 때 티끌만큼의 도움이라도 받으려고 무척이나 노력했었다. 고용인들을 도와 음식을 만들거나 다친 사람들의 치료를 도와주는 둥, 온갖 잡다한 일을 도맡아 해치웠다. 아, 저 초상화를 어떻게 훔쳐간담?

"그래서 그렇게 난리를 피운 거였군. 나는 또 네가 나를 암살하려는 줄 알았다."

"어머나, 그럴 리가요."

나는 천연덕스럽게 눈을 깜박였다.

참 뒤끝도 길다. 내가 이곳에 와서 처음으로 만든 음식은 재료를 한데 넣어서 끓이는 스튜였는데, 야채를 맨 먼저 넣은 데다가 손질하지도 않은 고기를 듬뿍 넣어 거의 개밥이나 다름없었다. 게다가 그 야채들은 전혀 싱싱하지 않아서 공작같이 대단한 귀족들이 먹는 게 아니라 고용인이나 병사들이 먹는 거였다. 그런데 신기하게도 공작은 루키엘의 저지를 만류하고 내가 만든 요리를 한입 먹어보았다. 희대에 길이 남을 용감한 행동이었으나, 그는 밤새도록 복통을 앓았다. 분노한 루키엘에 의해 나는 하마터면 감옥에 다시 들어갈 뻔했다. 루시퍼의 초상화도 못 보고 말이지.

아니나 다를까, 루키엘이 나를 찢어죽이기라도 할 듯이 노려보는 게 느껴졌다. 나는 슬쩍 고개를 돌린 다음 식은땀이 흐르는 이마를 닦았다. 쳇. 이곳 사람들이 이상한 거다. 지안이는 고급 레스토랑에서 먹는 정식보다 훨씬 맛있다면서 잘만 먹어줬다고! 그러니까 반드시 저 초상화를 손에 넣어야 해.

"제가 요리에는 좀 소질이 없어서요."

개미만 한 목소리로 웅얼거린 나는 뿌루퉁하게 입을 다물었다. 그러자 아무래도 도움을 받기는 무리인 것 같다며, 그러길래 왜 안 하던 짓을 해서 일을 그르치냐며 마리아가 투덜거렸다.

공작이 침묵했다. 그는 퍽 진중한 눈길로 나를 바라보다가 눈살을 찌푸렸다. 찻잔을 소리 나게 내려놓고는 고민하는 소리를 냈다. 역시 불길했다. 자신과는 조금도 상관없는 일이니 알아서 가라고 할 것이 분명해 보였다.

"안 돼. 너무 위험하다."

응……? 예상치도 못한 거절이었다. 나는 귀를 의심할 수밖에 없었다.

"위험하다구요? 지금 저 걱정해요?"

어이가 없어 되묻자 공작은 나보다 더 어이가 없다는 것처럼 눈이 튀어나올 정도로 크게 떴다. 내가 당연한 사실에 토를 달기라도 했다는 듯이, 황당한 표정으로 반문했다.

"뭐냐, 그 반응은? 걱정하면 안 되기라도 해?"

"당연하죠. 그럴 이유가 없잖아요."

왜 이래? 루시퍼의 초상화도 딱 이십 분만 감상하게 해줬으면서. 더군다나 당신과 나는 친하지도 않을뿐더러, 고용인들이나 병사들처럼 주종관계도 아니잖아? 비록 내가 경계선인지 뭔지를 침범해 감옥에 갇혔어도 나는 다른 세계에서 온 사람이라는 걸 입증해서 무죄가 성립됐다 이거야. 그러니까 나는 그곳이 어디든 내가 가고 싶은 대로 떠날 수 있지 않나?

내가 자꾸만 루시퍼의 초상화를 곁눈질하는 걸 아는지 모르는지, 공작이 엄하게 경고했다.

"거긴 루시퍼와 그가 통솔하는 군대들이 주둔하고 있는 곳이다. 수도인 벨시아스를 제외하고는 전부 괴멸됐어. 아마 네 남편이라는 남자도 무사하진 못할 거다."

"아니에요. 제 남편은 무사해요."

리하르트라는 이름의 나라를 쑥대밭으로 만든 그 루시퍼가 바로 내 남편이었으므로 나는 일말의 망설임도 없이 반박했다. 이곳 사람들은 갑자기 툭 튀어나온 내게 그래도 잘 대해주었기 때문에, 나는 리하르트의 위치를 어렵지 않게 알 수 있었다. 다만 모든 사람들이 루시퍼의 이름을 직접적으로 거론하는 건 아니었다. 대체로 사람들은 그를 바빌론의 왕이라고 돌려 말했다. 나는 여신 아스트라의 사제 행세를 했고, 루키엘과 하루에 스무 번씩 말다툼을 했다. 그는 사제들을 혐오했다. 나라는 사람 자체도.

　판데모니움에서 신들의 존재는 재앙이나 마찬가지였다. 이곳에선 아스트라와 루시퍼뿐만이 아니라 메타트론, 아이온, 아누비스, 마나 난, 다곤이라는 신들도 함께 섬겨졌는데, 어느 누구도 루시퍼를 말리 지 않았다. 혹은 그러지 못하는 걸 수도 있고. 현재 판테온의 장녀는 아스트라지만, 루시퍼가 타락하기 전에는 그가 판테온의 첫 번째 자 식이었다고 한다. 그만큼 신들 사이에서 루시퍼의 영향력이 크다는 의미라는데 나는 잘 모르겠고……. 저 초상화를 그냥 달라고 하면 공 작이 당연히 안 된다고 하겠지? 그럼 뭐로 교환을 한다?

　자기 확신에 가득 찬 내 표정에 당황한 공작이 고심하는 동안 찾아 온 침묵을 기회 삼아 나는 루시퍼의 초상화를 힐끗거렸다. 사진도 아 니고, 단순히 그림에 불과하건만 가지고 싶어서 미칠 것 같았다.

　나를 바라보던 공작의 눈매가 가늘어졌다.

　"……그래 뭐, 백번 양보해서 네 말이 옳을 수도 있겠지. 허나 그렇 다 해도 반대다. 이곳에서 리하르트까지는 말을 타고서라도 보름이나 달려야 돼. 게다가 거기서 유일하게 함락되지 않은 수도로 진입하려 면 나흘을 더 가야 한다. 루시퍼가 리하르트의 수도를 칠 준비를 하고 있다 들었으니, 그곳은 이미 악마들의 본거지가 되었을 거야. 과연 네 남편이 살아남을 수 있을까?"

　내 남편이 지안이 아니었더라면 참 냉정하게 보일 법한 말이었 다. 나는 다시 완고한 모습으로 돌아온 공작을 보면서 인상을 찡그렸 다. 며칠 전 루시퍼가 있다고 잘 알려진 리하르트에 대해 물어본 게 화근이었다. 젠장. 귀족 주제에 왜 간섭하고 그래? 확 루시퍼가 내 신 랑이라고 말해버릴까?

94

어차피 믿지도 않을 거였으나 제법 구미가 당겼다. 내가 순간적인 충동에 휩싸인 걸 알아차렸는지, 마리아가 새침하게 중얼거렸다.

─ 이건 설마 해서 하는 말이지만, 루시퍼가 네 남편이라고 떠벌렸다간 제 명에 못 살걸? 널 고문한 다음 인질로 붙잡을지도 몰라. 아니면 미친년이라고 가둬버리거나.

내가 볼 땐 후자 쪽이 더 가능성 있는 것 같다. 나는 입을 삐죽거렸다.

"전 무슨 일이 있어도 리하르트로 갈 거예요. 도와주기 싫으면 말리지도 마요."

도움이 없다고 포기할 줄 알고? 코웃음을 친 내가 벌떡 일어나자 공작이 미소 지었다. 그의 시선이 앞치마가 둘러진 짧은 치마로 향했다.

"메이드복을 입고 모험을 감행하시겠다? 이것 참 위험한 아가씨일세."

"……이런 불편한 거, 입을 옷만 있었어도 안 입었거든요. 그리고 이걸 입으라고 준 건 당신이잖아! 직접, 손수 갖다줬으면서! 게다가 왜 자꾸 아가씨라고 불러요? 차라리 부인, 아니 아줌마라고 불러!"

루키엘이 헛기침을 했다. 머리가 아파왔다. 결혼식 당일 남편이 사라졌다고 사실대로 실토하는 게 아니었다. 저 빌어먹을 공작이 정보 대 정보라며 회유하지만 않았어도! 그 어떤 사실을 토로하든 비웃지 않겠다며 맹세하지만 않았어도!

"저택에 머무는 여자들이라고는 고용인 몇몇이 전부라고. 어쩔 수 없는 선택이었어. 마음 같아서야 나도 근처의 마을로 가서 옷을 사주고 싶긴 해. 악마들도 사라졌으니까. 그런데 우리 집사가 워낙 구박을 해서 말이야."

내가 씩씩거리든 말든 공작은 조금도 개의치 않은 채 생글생글 웃었다. 이곳으로 올 때 입었던 아이보리색 원피스는 웬만한 귀족 영애들이 입는 드레스의 옷감보다 훨씬 좋은 재질로 만들어졌다면서, 별 가당치도 않은 죄목들을 늘어놓아 압수당한 지 오래였다. 그는 내가 이곳을 떠나겠다고 말하리라는 걸 예전부터 짐작하고 있었던 게 분명했다.

나는 간단한 명령 한마디면 충분히 누를 수 있는 집사의 핑계를 대는 공작을 미심쩍은 눈초리로 바라보았다. 카일이라는 이름의 중년 남자는 나를 무척이나 싫어했다. 납득이 가지 않는 건 아니었다. 치한 퇴치용 스프레이에 맞은 걸로도 모자라 마리아가 일으킨 바람에 의해 기절까지 했으니 그럴 만도 했다. 하지만.

"흠. 아가씨 취급을 받는 게 싫은 여자도 있다니, 이것 참 의외인걸. 그렇지 루키엘? 다른 세계에서는 아가씨라는 말이 대단한 모욕이라도 되는 모양이야."

루키엘이 반항적인 표정을 지으며 입술을 오므렸다. 그가 나를 노려봤고, 나는 가운뎃손가락을 날렸다. 입모양으로 '내가 창녀여도 너랑은 안 해, 쌍놈아!'라고 말해주는 것도 잊지 않았다. 아까 루키엘이 나를 성병 걸린 창녀 같은 계집이라고 불렀으니 이걸로 쌤쌤이군.

루키엘이 내 얼굴을 한 대 치기 전에 공작이 명령했다.

"그만 나가보도록 해라, 루키엘. 이젠 좀 진중한 대화를 나눠야겠으니까."

공작의 말에 루키엘은 혼란스럽다는 듯 나와 그를 번갈아 보면서도 선선히 물러났다. 문이 닫히고 점점 멀어져가는 발소리가 아예 사라지자 공작이 일어섰다. 그러더니 느긋하게, 아주 신사적이면서 불건

전한 태도로 나에게 다가왔다. 어정쩡하게 서 있었던 나는 바짝 붙어 오는 공작이 당혹스러워 어리둥절하게 눈알을 굴렸다. 뭐야 애, 약 먹었나? 갑자기 왜 이래?

당황한 내가 뒤로 물러나기도 전에 공작이 손을 뻗었다. 그는 내 손을 잡더니 깍지를 끼고 어깨높이까지 들어올렸다. 그러고는 작게 중얼거렸다.

"일주일이면 꽤 많이 기다려준 거다. 그렇지 않아?"

"기, 기다려요? 뭘요?"

나는 나도 모르게 더듬거렸다. 일순간 돌변한 공작의 눈빛이 무척 사나웠다. 그는 마치 나와 둘이서 남게 될 순간만을 벼르고 있었다는 듯 말했다.

"아직도 그날이 뚜렷하게 떠올라, 유리 양. 죽음의 청기사와 악마들은 정말 엄청난 기세로 달려들어서 병사들을 죽였지. 그런데 갑자기 물러나더군. 사히르젠 후작을 직접 노렸던 청기사는 결계를 깨부수자마자 어디론가 사라지더니 아예 전투에 참여조차 하지 않았어. 참 이상한 일이지? 그 이유가 뭘까?"

심장이 미친 듯이 뛰었다. 아바돈은 내가 루시퍼의 연인이라는 사실을 믿어주었지만, 나를 돕지는 않겠다고 선언했다.

– 살벌하네. 저 공작 눈빛 좀 봐, 널 태워버릴지도 몰라.

저기, 마리아? 지금은 감탄할 때가 아니잖아. 장막을 치든 검을 주든 무슨 수를 써서 나를 도와줘야 할 것 아니냔 말이야!

"미안하지만 난 바보가 아니라서 말이다. 남편을 찾으러 차원 이동을 했다고? 그 잘난 여신인 아스트라가 그런 일에 힘을 빌려준다는 게, 말이 된다고 생각하는 거냐?"

나를 붙잡은 공작의 힘은 실로 대단했다. 나는 적당한 거짓말로 둘러대려고 머리를 굴려보긴 했으나…… 어떤 말이든 지금의 공작을 설득시키기엔 영 무리였다. 무척 당황한 나머지 크게 얻어맞은 것처럼 머릿속이 하얗게 변해버렸다. 어쩐지 바라는 것도 없이 나를 거둬주고 재워준다 했지. 나는 대답하지 않겠다는 의미로 입술을 깨물었다. 그리고 공작은, 그동안 한편으론 나를 감시하고 있었던 모양이었다.

얼어붙은 내가 멍하니 있자 공작이 미간을 찡그렸다. 그의 얼굴이 어찌나 가까이 있었는지, 그가 내뱉는 작은 숨소리까지 들려올 정도였다. 그런데도 움직일 수가 없었다. 바닷속을 닮은 공작의 남청색 눈동자가 선연한 일렁임을 보이며 나를 마비시켰기 때문이다.

공작이 말을 이었다.

"너는 내가 나간 직후, 곧장 자리를 비웠다고 했다. 저택 안, 혹은 밖을 마음대로 활보했으면서 작은 생채기조차 없었지. 그건 전에도 마찬가지였다. 멋대로 결계 밖을 빠져나가놓고 무사히 돌아왔어."

"그, 그거야 아스트라에게 보호받고 있으니까……."

공작에게 붙잡힌 손이 미치도록 저렸다. 마리아가 혀를 찼다.

"차원 이동이 쉽지 않은 것 정도는 나도 알고 있다. 그런데 네 남편은 어떻게, 무슨 방법으로, 왜 이곳에 왔지? 그리고 너는, 아스트라와 무슨 거래를 한 거냐?"

저기, 질문이 한두 개가 아니잖아. 나는 맹렬하게 쏘아붙이는 공작의 기세가 두려워 그에게 손이 잡힌 채로 주춤주춤 물러났다. 여차하면 그를 때릴 수도 있었지만, 간단한 호신술밖에 할 줄 모르는 내가 생과 사를 오가면서 단련된 그를 이길 가능성은 만무했다. 그렇다고 마리아에게 도와달라고 하자니 문제가 너무 커질 것 같고…… 아니,

문제는 이미 커지지 않았나?

　– 어쩔 거야?

　마리아가 퉁명스럽게 물어왔다. 나는 공작을 향해 거의 애원하다시
피 말했다.

　"그냥 모르는 척 넘어가주면 안 돼요? 제가 피해를 준 것도 아니잖
아요."

　공작은 그럴 줄 알았다는 양 조금의 표정 변화도 없었다. 잠시 생각
하는 듯하다가 부드럽게 미소 지었다.

　"말하기 싫다 이거로군."

　"말하기 싫은 게 아니라 말할 수 없는 거예요."

　나는 재빨리 반박하고서 도로 입을 다물었다. 마리아의 말이 옳다.
나와 지안이의 관계를 말했다간 루시퍼를 붙잡을 인질이 되거나 미친
년 취급을 당할 것이 자명했다. 아니면 루시퍼를 섬겼던 신관들처럼
나도 악마가 될지도 모르겠어.

　"'말할 수 없다'……라."

　내 말을 천천히 되풀이한 공작이 눈을 아래로 내리깔았다.

　"그렇다면 어쩔 수 없지."

　어라? 예상외로 쉬이 물러나는 공작이 수상해서 나는 고개를 갸웃
거렸다. 공작에게 의심의 눈초리를 보내던 것도 잠시, 손목에 가해지
던 압력이 조금씩 사라지는 느낌을 받고는 나도 모르게 안심했다. 하
지만 너무 이른 안도였다. 긴장이 풀리면서 다리에 힘이 빠져 비틀거
렸다. 공작은 그런 줄도 모르고 나를 세게 밀었다.

　"꺅!"

　몸이 기우뚱거리자 절로 비명이 튀어나왔다. 상황이 무척 급박했

다. 나는 눈을 질끈 감은 채, 반사적으로 손을 내밀어 공작을 잡아당겼다. 등에 닿은 소파의 감촉이 그나마 나를 안심시켜 주었다. 적어도 바닥으로 곤두박질치지는 않은 듯했다.

충격과 고통은 없었다. 다만 귓가를 통해 나직한 공작의 목소리가 들려왔다. 무척, 무척 가까이서부터 들려오고 있었다.

"가는 게 있어야 오는 게 있다고, 네 정체를 끝끝내 알려주지 않겠다면 그에 합당한 대가를 치러야 하지 않겠나? 나는 자선사업가가 아니거든."

눈을 뜨자 바로 위에서 공작의 얼굴이 보였다. 어느새 올라온 그의 손이 길게 늘어진 내 머리카락을 따라 내려갔다. 뻣뻣하게 굳은 뺨을 스치듯이 가볍게 쓰다듬다가 귀로 이동해 귓불을 만지작거렸다. 그것도 하필 마리아가 있는 곳, 뱀 모양의 귀걸이가 끼워진 쪽이었다.

나는 소름이 돋아 몸을 웅크렸다. 그를 밀치고 싶었지만 몸을 억누르고 있는 무형의 무언가에 의해 반항할 수가 없었다.

공작, 그가 고개를 숙여 드러난 내 귀에 입을 맞췄다. 그러고는, 작게 속삭였다.

"너도 그렇게 생각하지? 아스트라의 종."

세상에.

누군가가 일시 정지 버튼을 누른 것처럼 시간이 멈춘 듯했다. 공작이, 눈앞의 남자가 마리아의 존재를 알아차렸다. 그가 언제부터 알고 있었을지 짐작하는 것만으로도 두려웠다. 어쩌면 나와 처음 만났을 때부터 그는 눈치챘을 수도 있었다.

거기까지 생각이 닿자 충격을 받아 숨 쉬는 것도 불가능했다. 그동안 마리아는 공작과 함께 있는 와중에도 내게 여러 번 말을 건넸다.

지안이와 관련된 이야기를 꺼낸 적도 있었다. 그런데 공작은 왜, 여태 껏 아무 말도 하지 않았던 거지? 일부러 눈감아 준 건가? 아니, 그럴 리가 없다. 그렇다면 내게 이런 질문을 할 이유가 없잖아.

공작에게 직접적인 입맞춤을 당한 마리아는 이상하게도 잠잠했다. 한동안 침묵을 지키다가, 얼빠진 목소리로 중얼거렸다.

– 뭐야, 쟤? 나를 어떻게 알아봤지? 평범한 인간이 아닌 거야? 하 지만 마법사는 아닌걸. 체내에 축적된 마나의 양도 그렇게 많지 않아. 그냥 단순한 검사일 뿐이라고.

당황한 기색이 역력한 마리아의 목소리는 내 귓가에 또렷하게 닿았 다. 그 성량이 제법 컸는데도 일말의 동요조차 없는 공작의 얼굴을 보 아하니, 마리아를 알아보긴 해도 목소리까진 들리지 않는 모양이었 다. 불행 중 다행이 아닐 수 없었다.

열린 문 하나 없는 방에 한 줄기 바람이 불었다. 마리아가 일으킨 것 으로 추정되는 그 바람은 공격할 의사가 없다는 듯이 잔잔하게 피어 올라 공작의 머리카락을 흐트러뜨리더니, 나타났던 것과 마찬가지로 순식간에 사라졌다.

숨을 쉴 수가 없었다. 공작은 태연하게 내 귓가를 매만지면서 시간 을 쟀다.

얼굴이 화끈거렸지만, 나는 뻣뻣하게 굳은 채 미동조차 하지 않았 다. 마리아가 입을 열었다.

– 이 공작, 세례를 받은 적이 있는 것 같아. 그것도 아스트라 님에 게 직접.

"뭐?"

놀란 나는 공작이 나를 주시하고 있다는 것도 잊은 채 마리아의 중얼거림에 답했다. 침착함을 되찾은 마리아가 빠르게 속삭였다.

 ─ 흔적이 무척 희미한 걸 보면 꽤 오래전에 받은 게 분명해. 설명은 나중에, 일단 지금 당장 저 자식을 후려치든 해서 도망치는 편이 좋겠어. 세례를 받은 인간들에게는 내 힘이 통하지 않아.

 통하지 않는다고? ……헐.

"야! 그걸 이제 말해주면 어쩌자는 건데!"

"대화도 나눌 수 있다 이건가? 성녀가 죽어서 신의 종이 된다는 말은 사실인 모양이네."

 망했다. 순간 눈앞이 아득해진 나는 이마를 짚으며 신음했다. 지금 나는 공작에게 깔려 있는데, 그는 나보다 열 배는 힘이 센데 어떻게 기절시키란 거야!

"유리."

 가까이서 듣는 공작의 목소리는 아주 낮은 저음이었다. 인정하기 싫지만 단단한 체격에 뚜렷한 이목구비를 가진 그는 아주 매력적인 남자였다.

 공작이 상체를 숙여 더욱 가까이 붙어왔다. 그의 다리가 내 다리에 닿았고, 우리는 키스를 하기 직전이었다. 질겁한 나는 외부인의 도움을 청하고자 비명을 질렀으나…… 밖에는 아무도 없는 듯 발소리조차 들려오지 않았다. 고용인들마저 없는 것 같았다. 공작이든 루키엘이든 누군가가 보내버린 게 분명했다. 거기다 그들은 공작의 부하들이니 어차피 와도 내 편을 들진…… 않겠구나, 망할.

 ─ 내가 이럴 줄 알았냐? 세례를 받은 인간, 그것도 아스트라 님에게 직접 받은 인간은 무척 드물어서 예상도 못했단 말이야! 그리고 너도 별다른 낌새를 느끼지 못했잖아? 주위의 흐름을 느낄 수는 있어도

나는 네가 보는 것만을 볼 수 있어. 네가 조금만 수상하게 여겼어도 조사했을 거라고!

마리아가 지지 않고 맞받아쳤다. 두려움을 동반한 분노가 밀려와서 나는 공작의 사타구니를 가격하려 발을 움직였다. 이미 정신은 반쯤 놓은 뒤였다.

"난 이곳에 대해 아무것도 모르거든? 나한테는 이놈이나 저놈이나 전부 수상해 보여!"

아니 대체, 애당초 아스트라는 무슨 정신으로 나를 여기에 떨어뜨린 거야? 결계인지 뭔지는 몰라도 그냥 뚫어버리면 그만일 텐데.

나는 내가 감옥에 갇혔을 당시, 마리아의 찬란한 빛을 보고 의뭉스런 미소를 짓던 공작을 어렵지 않게 떠올렸다. 아⋯⋯ 제길. 공작은 그 빛과 비슷한 걸 본 적이 있다고 말했었다. 그렇다면 아마 그때부터였을 것이다.

공작은 내가 자폐아처럼 소리치는데도 신경 쓰지 않았다. 우리 둘 사이에 미묘한 긴장감이 흘렀다. 그리고 나는 이것이 당혹스럽기 그지없었다. 나, 나는 지안이 말고는 그 어떤 것에도 익숙하지 않은데.

공작은 그의 뺨을 때리려 들어올렸던 내 손을 가볍게 제압한 뒤 목덜미에 얼굴을 묻었다. 소름이 끼쳤다. 나는 무서웠고, 떨고 있었다.

"하, 하지 마! 아스트라가 무섭지도 않아? 나한테 허튼짓하면 아스트라가 너를 가만두지 않을 거야. 그리고 진짜 기분 나쁘다고! 빌어먹을, 마리아!"

마리아가 혀를 차더니 바람을 일으켰다. 맹렬한 돌풍이 가구와 각종 값비싼 장식품들을 부숴버렸다. 도자기들은 공중에 떠올라 서로 부딪치고 깨졌으며, 유리창도 마찬가지였다. 그러나 마리아의 말대로 공작은 아무런 피해도 입지 않았다. 갈기갈기 찢기기는커녕 미간만 찌푸릴 뿐이어서, 나는 얼이 빠졌다.

"다다다당신, 뭐야? 정말 아무렇지도 않잖아. 그런데 왜 감옥에서는 루키엘의 보호를 받았어? 그것보다 세례라니, 당신 아스트라의 신자야?"

"글쎄, 네가 내 여자가 될 게 아니라면 별로 말해주고 싶지 않은걸. 별로 좋은 기억이 아니라서 말이다."

천연덕스럽게 대꾸한 공작이 섹시하게 미소를 지었다. 삽시간에 난장판이 된 주변에는 시선조차 한번 주지 않은 채, 고개를 들어 나만을 바라보았다. 그 눈빛이 워낙 강렬해 거의 노려보는 수준이었다.

그는 무엇에 이렇게도 분노하는 걸까.

"신이라는 존재는 폭군보다 이기적이고 비열하다. 필요하지 않으면 우리를 가차 없이 버리는 주제에, 심심할 땐 학살하고, 재롱을 떨어보라며 비웃지. 아스트라는 내가 너를 도와주리라고 생각한 건가? 자신에게 빚을 졌기 때문에, 내가 응당 그래야만 한다며 쉬이 받아들일 거라고 생각한 거야?"

무슨 말인지 이해할 수가 없었다. 공작은…… 아스트라가 일부러 나를 이 장소에, 그가 있는 곳에 떨어뜨렸다는 것처럼 말하고 있었다. 나를 짓누르는 공작의 힘이 더욱 강해져서 나는 인상을 일그러뜨렸다. 그의 손이 능숙하게 내 몸을 훑어내려서 생각을 이어갈 수가 없었다.

"나는 신을 믿는다. 그래. 존재하는 건 확실하다. 이 두 눈으로 직접 목격했으니 존재의 여부를 믿는 것은 당연하겠지. 나는 바빌론의 왕이라 불리는 루시퍼만큼이나 다른 신들의 존재를 믿는다. 하지만, 단지 그들을 알고 있을 뿐이지 숭배하지는 않아."

신을 봤다는 공작의 말에 눈을 깜빡거렸다. 마리아는 공작이 아스트라에게 세례를 받았다고 했다. 그렇다면…… 둘은 아는 사이라는 건데.

비록 이곳 세계에 대한 건 잘 모르지만 신을 보는 게 무척 희귀한 일이라는 건 안다. 내가 살던 곳만 해도, 신이라는 존재를 직접 봤다는 사람은 무척 드물었으니 말이다. 게다가 그들의 말은 신빙성이 조금도 없어 사실인지 아닌지도 구분하기 힘들었다. 그러나 이 경우는 조금 달랐다. 딱 보기에도 다르질 않은가.

공작의 입매가 비뚤어졌다. 그는 더 이상의 스킨십을 취하지 않고 있어 그나마 안심이 됐다. 진중하게 생각하는 모양새가, 순전히 애먼 짓을 하려고 달라붙은 건 아닌 듯 보였다.

"전에 내가 말했던 걸 기억할지 모르겠군. 나는 신이 우리를 버렸다고 생각하지 않는다. 태양이 사라졌는데도 우리가 무사히 살아 존재하는 건 분명 그들의 도움 덕분이니까. 그리고 너 역시 아스트라의 도움을 받고 이곳에 왔지. 그러니 대답해라. 네가 하려는 일이 무엇인지는 묻지 않겠어. 하지만 이것 하나만큼은 반드시 확답을 들어야겠다. 유리, 우리를 도우러 온 거냐?"

그의 눈빛은 무척 신중했다. 두통이 느껴졌다.

"그렇기도 하고, 아니기도 해요."

공작은 수시로 바뀌는 내 말투에도 신경을 쏟지 않았다.

"그런 어중간한 대답을 듣고자 물은 게 아니다만."

"하지만 사실인걸요. 물론, 피해가 커지지 않도록 최대한 노력은 할 거예요. 결과가 어떻게 될지는 저도 잘 모르지만요."

공작이 침묵했다. 일 분? 혹은 삼 분, 어쩌면 오 분일 수도 있다. 물러날 기미를 보이지 않던 공작이 천천히 몸을 일으켜 세웠다. 나는 그 틈을 놓치지 않고 재빨리 일어나 숨을 골랐다. 하, 하마터면 정말 일을 치를 뻔했어. 지안이를 볼 낯이 없어졌을 수도 있었다고.

내가 흐트러진 복장을 가다듬는 사이 공작은 생각을 마친 듯 보였다. 그는 아까보다 훨씬 누그러진 눈빛으로 나를 바라봤다.

"안내자를 붙여주겠다. 그 밖의 것도 가능한 한 도와주겠지만 너무 많은 걸 바라지는 마. 그곳에 가는 건 그야말로 죽으러 가는 것과 다름이 없으니까."

나는 손을 뻗어 마리아가 무사한지를 확인했다. 귀를 뚫지 않았는데도 구부러진 뱀 모양의 귀걸이는 자석처럼 내 귀에 딱 붙어 있었다. 마리아는 내 귀가 뜯겨나가거나 내 생명이 다하지 않는 이상, 아스트라의 힘이 있으니 절대 빠지지 않을 거라고 했다. 아무래도 그 말이 정녕 사실인 모양이었다.

평정을 되찾자 분노가 치밀어올랐다. 나는 공작을 응시했다.

"할 말 끝났어요?"

내 퉁명스러운 물음에, 내게 병 주고 약 준 얄미운 공작이 어리둥절하게 고개를 끄덕였다. 나는 지체하지 않고 벌떡 일어나서 그의 뺨을 후려쳤다. 있는 힘껏. 그러고는 그의 표정이 일그러지든 말든 상관하지 않은 채 당당하게 요구했다.

"임자 있는 여자를 건드린 마당에 그건 당연한 보상이니까 감사 안 합니다. 일단 내 스프레이부터 돌려줘요. 옷이랑 다른 짐들도."

이튿날 아침…… 이라고 해봤자 여전히 달이 뜬 상태이지만, 어쨌든 나는 공작의 도움을 받아 떠날 준비를 마쳤다. 이곳은 달의 빛깔을 따라 낮과 밤을 구분하는데, 달이 연한 푸른빛을 띠면 낮, 새하얀 빛을 띠면 밤이라고 한다. 태양이 사라져서 그런지는 몰라도 이곳에는 일정한 계절이 없었다. 가을, 혹은 초겨울처럼 언제나 서늘한 바람이 불었다. 그럼에도 식물들이 무럭무럭 자라는 걸 보면 신기하기만 할 따름이다. 사람들은 이것을 '여신 아스트라의 마지막 은총'이라 불렀다.

어젯밤 나는 뺨을 부여잡고 신음하는 공작의 멱살을 잡으며 내가 떨어졌던 '경계선'이라는 장소에 대해 물어보았다. 아는 게 힘이라는 말과 같이, 나는 많은 지식을 습득하려고 노력했다. 공작은 어떻게 귀족의 얼굴을 칠 수가 있냐며 되지도 않는 푸념을 늘어놓았으나 망설임 없이 재차 손을 들어올리는 나를 보고 순순히 대답해주었다.

경계선은 타락한 신 루시퍼에 의해 황폐해진 곳과 그렇지 않은 곳을 구분하는 일종의 '빛'이자, '숲'이라고 했다. 타락한 신목 세피로트의 나무를 중심으로 펼쳐진 거대한 결계. 10년 동안 지안이 멸망시킨 나라는 모두 여섯 개국. 말쿠트, 호드, 네트아크, 게부라, 비나, 코크마. 찬란한 문명을 꽃피웠던 그 나라들은 흔적조차 찾아볼 수 없이 무참하게 파괴되었다고 한다.

공작은 경계선 '밖'의 공간을 카슐르, '안'의 공간을 이센이라 불렀다. 카슐르는 지안이 멸망시킨 여섯 나라가 있는 곳으로, 지상의 지옥이라 불려도 무방할 만큼 음습하다고 설명해주었다. 카슐르엔 지안이 세피로트의 나무를 이용하여 직접 친 강력한 결계가 둘러져 있고, 그 안에는 수많은 악마들이 주둔하고 있다고도 했다.

아직 파괴되지 않은 나라는 페르디난드 공작의 조국인 예소드와 티페레트, 다트, 그리고 리하르트. 공작이 말하길, 리하르트는 점거되기 직전이라 가망이 없단다. 그렇기에 리하르트의 힘 있는 귀족들은 이미 다른 나라로 망명한 상태라고. 남은 건 리하르트의 국왕과 그 일가족, 그리고 그들의 병사들과 도망갈 능력이 없는 평민들뿐이라고 했다. 마음이 무거워진 내가 그곳까지 좀 더 빨리 갈 수 있는 방법은 없냐고 묻자, 공작은 루키엘에게 설명을 넘겼다. 루키엘은 동료 마법사들과 함께 공간 이동을 위한 마법진이라는 걸 구축해줄 테니 기간이 훨씬 단축될 것이라며 짤막하게 설명했다. 여행의 기간이 보름에서 열흘로 줄어들었으니까, 감사한 줄 알라고도 쏘아붙였다. 물론, 나는 무시했다.

공작은 내가 얘기를 꺼낸 지 불과 몇 시간 만에 모든 준비를 끝마쳤다. 놀란 내가 왜 이렇게 빠르냐고 물었더니, 여기는 언제 악마가 쳐들어올지 모르는 곳인지라 언제든지 떠날 수 있도록 미리 채비를 해둔다며 적당히 얘기했다. 뭐, 나로서는 기다릴 필요가 없어서 좋았다.

나와 함께 떠나는 일행은 모두 셋이었다. 원래는 열 명이 넘었으나 공작과의 입씨름 끝에 겨우겨우 줄인 거였다. 곤혹스러웠다. 그들이 나보다 훨씬 강할 테지만, 내겐 마리아라는 방패가 있었으므로 그들의 안위가 걱정됐다. 그도 그럴 것이, 그들이 죽으면 바로 내 탓이 아니던가. 그들은 순전히 리하르트로 떠나는 나를 지키기 위해 동행하는 거였다.

문 앞에 서서 거울을 보고 있자니 절로 한숨이 튀어나왔다. 밤잠을 설쳐, 자다 깨기를 몇 번이나 반복하는 바람에 눈 밑에 진한 그늘이 졌다. 내가 잘해낼 수 있을까? 살아서 지안이를 만날 수 있을까? 모르겠다. 장담은 못한다. 그래도 최선을 다해볼 생각이었다.

"저…… 정말 제가 가져도 돼요? 이거 엄청 비싸 보이는데."

내가 이곳에 머무는 동안 나를 도와주었던 고용인 여자가 얼떨떨한 표정으로 제 손에 쥔 구두를 내려다 보았다. 나는 흔쾌히 고개를 끄덕였다.

"절 도와줬잖아요. 그냥 답례라고 생각해요."

어차피 리하르트로 가는 내내 걸어야 하니 더 이상 쓸모없는 물건이었다. 원래는 버리려고 했건만, 제법 고급스러워 값이 상당할 거라는 공작의 말에 그녀에게 주기로 했다. 그녀가 내가 신었던 구두라고 불쾌해하기는커녕 무척 기뻐해 다행이었다.

나는 구두 대신 끈이 달린 신발을 신고 아이보리색 원피스 위에 검은 망토를 둘러썼다. 귀를 만지작거리며 마리아가 잘 붙어 있음을 확인하고는 유일한 짐인 핸드백–루키엘이 마법을 부려 조각난 걸 전부 붙였다– 안에 공작이 준 돈주머니를 넣었다. 마을로 가면 옷이라도 사 입으라면서 공작이 직접 챙겨준 거였다. 그는 여긴 몹시 보수적이니, 거리의 여자로 취급받기 싫으면 옷을 구입하기 전까진 망토를 벗지 말라고도 충고했다. 나는 망토에 가려진, 기껏해야 무릎 위로 조금 올라간 치마를 생각하며 짜증스러운 표정을 지었다. 미니스커트를 입었으면 난리 날 뻔했군. 루키엘이 나를 창녀 취급하는 것도 이 옷 때문일지 몰랐다. 내가 그를 개자식 취급하는 건 그의 후진 사고방식 때문이고.

공작의 하녀들과 마지막 인사를 나눈 뒤 아래로 내려가니 나를 기다리고 있는 한 무리가 보였다. 내가 빠르게 걸어 다가가자 금발에 연한 초록색 눈을 가진 남자가 아는 척을 했다.

"안녕하세요, 신관 아가씨?"

"아…… 네. 안녕하세요."

얼떨결에 대꾸한 나는 이리저리 눈알을 굴렸다. 나와 비슷한 또래로 보이는 남자는 루키엘이 평상시에 입었던 흰색 망토와 비슷한 걸 두르고 있었다. 혹 이 남자도 마법사인가? 나는 고개를 갸웃거리면서 남자를 바라보았다. 그의 뒤에 있는 두 남자는 커다란 꾸러미를 들고 있었다. 짐꾼……이려나. 나는 왠지 모를 미안함을 느꼈다.

남자가 내게 제 이름을 말해주기도 전에 루키엘이 멀리서부터 빠른 보폭으로 성큼성큼 다가왔다. 그는 창백한 얼굴임에도 환한 미소를 짓고 있어서 내 기분을 상하게 했다. 루키엘은 내가 떠나는 것이 무척 기쁜 듯했다.

"인사 끝났지? 그럼 따라와."

인사는 무슨. 이제 겨우 한마디 했거든? 나는 미간을 찌푸린 채 루키엘을 노려보았다. 그러나 그는 이미 등을 돌려 걸어가기 시작한 뒤였다. 나는 이를 갈았다.

— 쟨 네가 어지간히도 싫은가 보다.

마리아가 키득거렸다. 나는 인상을 구겼다.

루키엘을 따라 공터 한 귀퉁이로 가니 마법진인지 뭔지로 추정되는 거대한 원이 보였다. 알아보기 힘든 글자와 그림들로 장식된 원 위로 나를 떠민 루키엘은, 금발 남자와 짐을 든 남자들이 올라서기 무섭게 주문을 읊었다. 마법진에서 빛이 나더니 주위의 풍경이 변하기 시작했다. 나는 아랑곳하지 않고 근처에 떨어진 돌조각을 하나 주워 루키엘의 머리에 던졌다. 그리고 혀를 내밀었다.

"공작한테 안부나 전해줘요."

나는 공작을 생각해 친히 말해주었다. 그는 내게 몇 가지 주의 사항들을 말해준 다음에도 휴식을 취하지 않고 밤새도록 돌아다녀서 현재 뻗어 있는 상태였다. 루키엘은 돌조각을 얻어맞은 머리를 문지르면서 안면을 일그러뜨렸다.

"저게 진짜, 야!"

"뭐 이 개자식아!"

"저, 저런 빌어먹을 계집이!"

나이도 공작이랑 비슷해 보이는 주제에 되게 쪼잔하다. 다행인지 불행인지, 그가 한 걸음을 내딛기도 전에 장소가 바뀌었다. 루키엘의 얼굴처럼 처참하게 구겨지고 뒤틀리던 풍경이 빠르게 탈바꿈했다.

얼마 지나지 않아 그 일그러짐은 온데간데없이 사라졌다. 아까와는 조금 다른, 구름이 많이 낀 희뿌연 하늘이 보여서 놀란 나는 눈을 크게 뜬 채 감탄했다. 마법이란 정말 대단하구나. 신기하다. 나, 지금 다른 곳으로 순식간에 이동해버린 건가? 여긴 다른 곳이야?

그러나 하늘을 감상할 시간조차 내겐 주어지지 않았다.

"이거 조금…… 위험한데요?"

긴장한 기색이 역력한 금발 남자의 목소리에 나는 그제야 고개를 내렸다. 발에 밟히는 잔돌의 감촉을 느낄 새도 없이, 충격을 받아 숨을 들이켰다.

이곳은 일종의 마을이었다. 수많은 건물이 있고, 여러 개의 표지판이 있었으며, 음식들이 담긴 상자들도 있었다. 그런데 사람은 보이지 않았다. 내 눈에 비치는 건 그 모든 것들을 집어삼키고 있는 주황색과 빨간색의 맹렬한 불길뿐이었다.

화염. 그리고 연기.

검은 연기가 불어닥치자, 무척 투명해서 평소엔 잘 보이지도 않는 마리아의 거대한 장막이 나와 사람들을 감쌌다. 나만 보호한 게 아니라서 다행이었다.

"습격이 있었나 봅니다. 그것도 얼마 전에요."

금발 남자가 허망하게 중얼거렸다.

"어떻게 된 거지? 불과 어제까지만 해도 전서구를 통해 연락을 주고받았잖아. 습격의 전조는 없다고 보고받았는데."

짐을 내려놓은 채 발검한 중년의 남자가 누구에게랄 것도 없이 물었지만, 우리는 모두 뻣뻣하게 굳은 채 입을 다물었다.

자세히 보니, 멀지 않은 거리에서 불이 붙은 시체가 타오르고 있었다. 나는 몸을 움츠렸지만, 다른 이들은 익숙한 장면이라는 듯 무심했다. 장막 안으로 연기가 스며들었는데, 마리아가 깨끗한 바람을 일으켰다. 우리 근처에 있던 그을린 것이 모조리 흩어지자 초조하게 주위를 둘러보던 금발 남자가 눈을 동그랗게 떴다. 그는 순수하게 놀라워했다.

"이야, 유리 양은 정말 굉장하네요. 체질상 치료술을 펼칠 수 없다고는 해도 이렇게까지 대단한 신성력이라니…… 단순히 공격만을 방어하는 게 아닌가 봐요? 역시, 공작님이 신뢰하실 만도 해요."

이건 내가 한 게 아니라 마리아가 한 건데. 그리고 누가 누굴 신뢰한다는 거야? 나는 공작이 나를 뭐라고 소개했을지 상상해보다가 그냥 관두기로 했다. 일단 지금 중요한 건 그게 아니었으니까.

폐허가 된 마을을 빙 둘러보고 있으려니 숨이 막혔다. 무너진 나무 판자들의 틈새로 흘러내리는 핏줄기를 뚫어져라 지켜보면서, 나는 터져 나오려는 울음을 억지로 참았다. 입술을 깨물었다. 무너지면 안 돼. 겁먹어서도 안 되고 뒷걸음질을 쳐서도 안 된다. 마음 단단히 먹기로 했잖아. 내가 포기하면 정말 끝나는 거다. 지안이에게 주어진 기회는 이번이 마지막이라는 사실을 명심해야 해.

"이것도 지안…… 아니, 루시퍼가 한 짓일까요?"

나는 누구에게랄 것도 없이 물었다. 대답은 곧장 들려왔다.

"십중팔구 그렇겠죠."

"십중팔구가 아니라 확실해. 저길 봐."

꾸러미를 내려놓지 않은 다른 남자가 손을 뻗어 어느 한 지점을 가리켰다. 무너진 건물 위에, 뜯겨나간 것으로 추정되는 검은색 날개가 보였다. 기다란 칼이 꽂혀 있었다.

"그의 수하들이 다녀간 모양이군요. 공작님께 연락을 취해봐야겠어요."

— 근처에 악마가 있어.

마리아의 침착한 음성이 귓가를 파고들었다. 나는 얼어붙은 채로 작게 속삭였다.

"누구야? 강해?"

— 풍기는 기운으로 봐선 하급이야. 그런데…… 침착하게 들어. 인간이랑 같이 있는 것 같아. 어쩌면 공격하고 있는 건지도.

당황한 나는 마리아에게 그 장소를 물어보려 했으나, 굳이 그럴 필요는 없었다. 자신의 위치를 알려주기라도 하려는 듯이 멀리서부터 끔찍한 비명 소리가 들려왔기 때문이다. 그 처절한 외침은 날카롭게 울려 퍼져 일행들을 경직시켰다. 나만이 유일하게 움직였다.

"유리 님!"

나는 금발 남자의 부름을 무시하고 뛰었다.

마리아가 일으킨 바람이 자욱하게 내려앉은 연기들을 흩어지게 했다. 나는 있는 힘껏 달려, 골목길을 돌았다. 연기가 사라져 시야가 트이자마자 날개를 활짝 펼치고 있는 악마가 시야에 들어왔다. 검붉은 눈을 한 악마였다.

다급하게 울리는 발소리를 듣고 방해꾼이 왔음을 눈치챈 악마가 고개를 틀었다. 악마가 숙였던 몸체를 바로 하자 악마의 밑에 깔려 있는 한 여자가 보였다. 온몸이 피투성이여서, 머리가 길다는 걸 제외하고는 생김새를 구분하는 것조차 어려웠다.

여자는 미동조차 하지 않았다. 아까의 그 처절한 비명이, 도움을 청하는 마지막 외침이었던 게 분명했다.

"식사 중에 방해해서 꽤 기분이 나쁜가 보네요."

기어이 나를 따라온 금발의 남자가 혐오감을 가득 담은 눈으로 악마를 바라봤다. 악마가 펼친 날개를 한번 휘젓더니 그대로 날아올랐다. 우리를 향해 돌진하다가, 마리아가 일으킨 바람과 남자가 날려 보낸 불꽃을 맞고 갈기갈기 찢어졌다. 뻣뻣하게 굳은 나와는 달리 세 남자들은 익숙하다는 양 거들떠도 보지 않고 다른 악마들이 있나 주위를 둘러보았다. 여자를 살피지도 않았다.

나는 뭔가에 홀린 것처럼 멍한 상태로 발을 옮겨 여자를 향해 다가갔다. 공작의 저택에서 죽은 병사들의 시신을 본 적은 있지만, 그것은 피 묻은 천에 가려진 극히 일부일 뿐이었다. 손이나 발 같은, 일부분만을 보았었다.

내가 여자의 앞까지 당도하는 데 걸린 시간은 아주 짧았다. 나는 빛바랜 여자의 공허한 눈을 보며, 뜯겨나간 얼굴 가죽을 보며 천천히 몸을 숙였다. 일시적인 수전증에 걸린 손이 부들부들 떨렸으나, 상관하지 않고 그녀의 눈을 가렸다. 눈을 감겨주었다.

미안해요. 미안해요. 미안해요.

사과했다. 끊임없이 되풀이했다. 그러나 이것은, 결코 그녀에게 닿지 않는다. 그녀는 이미 이 세상에 속한 사람이 아니었고, 나 역시 그 사실을 알고 있었다. 그녀의 것이었던 생명의 불꽃은 꺼져버렸다. 하지만 이렇게라도 하지 않으면 견딜 수 없을 것 같았다. 이렇게라도 내 마음을 달래지 않으면, 이렇게라도 짐을 덜어내지 않으면…….

지안이를 원망하게 될 테니까.

만약 이곳에서 다른 소중한 친구들이 생기고, 그 사람들이 지안이의 손에 죽는다면 나는…….

내겐 지안이밖에 없었다. 예전에도 그랬고 지금도 그랬다. 물론 앞으로도 그럴 것이다. 그는 나의 전부였다. 지안이를 미워하는 건 나 자신을 미워하는 것과도 같았다. 지안이를 저주하는 건 나 자신을 저주하는 것이나 다름없었다. 왜? 어째서? 나는 늘 감정적이기에 그럴듯한 이유는 모른다. 그냥 지안이라서였다. 그리고 내가 지안이를 사랑하니까.

나는 그의 모습이 변했어도 그를 알아볼 수 있었다. 나는 그의 모든 것을 알고 있었으니까. 그의 말투, 목소리, 자세, 버릇, 표정, 그리고 나를 향한 미소.

제발 한 번만 더 그렇게 웃어줘.

나는 지안이를 사랑했다. 그에게 녹아버리고 싶었고, 밀랍처럼 굳어버리고 싶었다. 언제나, 정해진 것 이상으로 그를 원했다. 내가 가장 최악의 상황에 직면했을 때 그는 나타나서 내 손을 잡아주었다. 그랬던 지안이를 내가 어떻게.

나는 지안이 때문에 생판 모르는 여자의 말을 듣고 다른 세계로 떨어졌다. 다시는 원래 세계로 돌아가지 못한다던 경고의 말도 크게 신경 쓰지 않았다. 또 지안이가 나를 잊지 않았다는 사령관 아바돈의 말에 무척이나 기뻤다. 지안이가 살인자든 아니든 사실 나한테 그런 건 아무래도 상관없었다. 신인지 죄인인지, 멸망자인지 파괴자인지 아무래도 좋았다. 그냥 내가 아는 지안이면 됐다. 나를 기억하고 사랑해주는 지안이면 족했다. 지안이니까, 단지 지안이니까.

　부모 없이 자란 내가 내 것이라고 당당하게 말할 수 있는 건 오직 지안이뿐이었다. 지안이는 내가 필요하다고 했다. 내가 없으면 안 된다고 입버릇처럼 말했다. 그러니 나는 그의 옆에 있을 거였다. 그가 나를 원하니까. 나도 그만큼 그를 원하니까. 하지만 내게도 옳고 그름을 따질 이성이라는 건, 분명 존재했다.

　마리아의 한숨 소리가 들렸다. 간신히 참았던 눈물이 결국 흘러내렸다.

　너, 자꾸 나 괴롭히지 마. 난 너밖에 없으니까, 이미 엎질러진 물이라 되돌릴 수도 없으니까, 더 이상 나한테 상처 주지 마. 내가 우는 게 세상에서 제일 싫다며, 내가 울면 너도 슬퍼진다며. 내 몸에서 피 한 방울만 나도 온갖 걱정을 다 하는 너면서 왜 이런 짓을 해. 왜 이런 무의미한 행동을 반복해서 나를 아프게 만드는 거니. 너 후회할 거잖아. 반드시 후회할 거잖아.

　나를 사랑한다면, '인간'인 나를 아직 사랑하고 있다면.

　제발 부탁이야. 이제 그만둬.

눈물은 나왔던 것과 마찬가지로 급작스럽게 멎었다. 숨죽여 훌쩍이던 내가 이제 다 울었다는 뜻을 담아 눈가를 쓱쓱 닦아내자 마리아가 일으킨 것으로 추정되는 시원한 바람이 불어왔다. 사방이 불바다건만, 웃기게도 정말 시원했다.

— 다 울었냐? 누가 인간 여자 아니랄까 봐.

마리아가 표독스럽게 나무랐다. 나는 무시했다.

한바탕 눈물을 쏟아내고 나니 마음을 가다듬는 게 훨씬 쉬웠다. 나는 참 어수룩하다. 이제 갓 이십 대의 문턱을 넘어섰다고는 해도, 스물두 살씩이나 먹었는데 아직도 어린애 같다. 지안이도 지안이 나름의 사정이 있을 것이다. 지안이는 나보다 머리가 좋은 애였다. 그는 언제나 바르고 상냥하고 이성적이었다. 그러니까, 이 일에는 분명 어떤 이유가 있을 거였다. 혹시 자기보다 높은 신한테 조종당하고 있을지도 몰라. 그래도 명색이 신이라는데 진짜 미쳐버린 건 아닐 거 아니야.

뭐…… 만약 그렇다면 충격 요법을 사용해보는 것도 나쁘진 않을 것 같다. 죽지 않을 정도로 머리에 강한 충격을 줘서, 뇌를 활성화시키는 것 말이다. 물론, 나는 의학에 관해선 쥐뿔도 아는 게 없으므로 성공의 여부는 확실하지 않다. 일단 때리고 보는 수밖에. 설마 죽기야 하겠어? 신이라잖아.

안정을 되찾은 나는 크게 심호흡을 했다. 손거울을 꺼내 우느라 붉어졌던 얼굴이 원상태로 돌아옴을 확인한 다음 가장 가까이 자리한 금발 남자의 곁으로 다가섰다. 여기저기서 시신들이 보였지만 오래 쳐다보지 않았다.

"괜찮으세요?"

금발 남자가 나를 보며 슬쩍 말했다. 그는 내가 고개를 끄덕이는 걸 확인한 뒤, 잿빛 머리카락을 짧게 자른 젊은 남자를 불러 세웠다. 커다란 꾸러미를 든 남자는 마리아의 막 안에서 무심하게 주위를 둘러보고 있었다.

"델프라스 님, 일단 이곳을 빠져나가는 게 좋겠어요."

남자가 선뜻 긍정을 표하더니 넓게 난 길목을 향해 발을 옮겼다. 그는 큰길과 이어진 골목길의 모퉁이에 선 채 인상을 잔뜩 구기고 있는 남자를 나직하게 불렀다. 그럼에도 그가 미동조차 않자 델프라스는 더 크게 외쳤지만, 암갈색 머리카락에 사나운 눈매를 가진 남자는 찢겨나간 어린아이의 시신으로부터 좀처럼 눈을 떼지 못했다.

델프라스가 같은 단어를 몇 번이고 부르는 걸 보아, 남자의 이름은 라일인 모양이었다. 곧 라일은 정신을 추스르려는 듯 머리를 두어 번 흔들곤 델프라스를 따라 발을 옮겼다. 나는 그들을 따라가면서 나와 보폭을 맞춰 걷고 있는 금발 남자를 물끄러미 응시했다.

"저⋯⋯."

"아아, 아까는 루키엘 님 덕분에 소개를 못했네요. 호세아라고 불러 주세요, 유리 양. 보다시피 마법사입니다. 물론 루키엘 님만큼 뛰어나진 않지만요."

자신을 호세아라고 소개한 금발의 마법사가 부드럽게 웃었다. 나는 불타는 마을의 한복판을 거닐고 있는데도 저렇게 미소 짓는 남자가 조금 이상하다고 생각했다. 그래 봤자 이 일의 원흉인 남자를 예비 남편으로 두고 있는 나보단 덜 이상할 테지만.

"여긴 어디죠? 리하르트인가요?"

애석하게도 나는 루키엘에게 그 어떤 설명도 듣지 못했기에, 여기가 어딘지조차 알 수 없었다. 공작 또한 루키엘이 어떤 마을로 이동시켜 줄 것이라는 얘기만 해줬을 뿐이었다. 생각하지 않아도 뻔했다. 일부러 함구한 거겠지. 아마 그는 내가 죽어도 눈 하나 깜박하지 않을 것이다.

호세아가 눈을 굴렸다. 공작이 무슨 언질을 줬는지 어쨌는지, 그는 이곳에 심히 무지한 내 머리에 대해 질문하거나 추궁하지 않고 곧장 답변을 들려주었다.

"여긴 예소드의 작은 마을입니다. 저기 보이시죠? 여신 아스트라의 신전이 있는 슬로비아 산을 넘어서야 리하르트예요. 예전이야 신이 드나드는 성산이라 불렸지만 지금은 사제들마저 버린 비운의 산이죠. 아차, 이건 실례."

이래서 위장 신분이란. '신'이나 '사제'에 대한 말이 튀어나올 때마다 일일이 반응해줘야 하니 불편하기 짝이 없다.

나는 자욱한 연기 너머로 보이는 산을 주시하며 미간을 찌푸렸다. 하늘 높은 줄 모르고 우뚝 솟은 모양새가, 오르려면 상당히 고생할 것 같았다. 물론 나는 등산엔 영 젬병이었다. 곰곰이 기억을 더듬으니 산행을 하다가 넘어져 온몸이 얼룩덜룩해진 기억이 났다. 그러고 보면 나는 언제나 다치기 일쑤여서, 툭하면 지안이의 걱정을 사고는 했다.

1년 전쯤인가, 지안이와 사이좋게 나눠 끼었던 커플링을 차도에 떨어뜨린 적이 있다. 나는 그것을 주우려다가 맹렬한 속도로 달려오던 오토바이와 정면으로 맞부딪쳐서 거의 두 달간을 꼼짝없이 병원에서 보냈었다. 당시 내 상태를 살폈던 의사가 말하기를, 그만한 것이 천만

다행이라더라.

시체처럼 창백하던 지안이의 얼굴이 아직도 눈에 선하다. 뻣뻣하게 굳은 얼굴로 아무 말도 하지 못했었지. 그래서 나는 괜찮다는 뜻을 담아 안심하라고 웃어줬다. 물론 지안이는 전혀 화를 풀지 않았지만. 그는 새하얗게 질린 채로 내 손에 끼워진 반지를 뺏어 던져버리겠다고 협박했었다.

이제 와서 다시 생각해봐도 참 무섭다. 인상을 있는 대로 쓰고 있으면서도 내 옆에 붙어서 한시도 떨어지질 않으니, 마치 터지기 직전인 폭탄을 안고 있는 것과 같아서 심히 두려웠다.

내가 막 입원했을 당시, 나를 길러준 숙모와 작은아버지는 병원비를 결제하느라 잠시 동안 방문했을 뿐이었다. 그 뒤로는 전혀 찾아오지 않았다. 그래서 지안이에게 장난삼아 목욕 시중을 들어달라고 졸랐다가 엄청 매서운 눈빛을 받았던 기억도 난다. 지안이는 자주 화내지 않았지만, 한번 화내면 상당히 무서웠다. 특히 그 분노의 원인이 나일 때면 더더욱.

마리아의 보호를 받으며 마을 밖으로 빠져나오자 그 처참한 풍경이 한눈에 들어왔다. 호세아는 무덤덤하게 주위를 둘러보다 들고 있는 꾸러미에서 작은 구슬을 꺼냈다. 투명한 구슬이 연한 푸른빛을 띠더니 둥실 떠올랐다.

"루키엘 님, 호세아입니다."

루키엘? 호기심을 느낀 나는 고개를 돌려 그 구슬을 빤히 쳐다보았다. 얼마 지나지 않아 제법 익숙해진 목소리가 들려왔다. 거만하면서 퉁명스러운 남자의 목소리였다.

─ 뭐냐, 왜 벌써 연락해? 혹 죽었냐? 그 검은 머리 여자 말이다.

"아니 근데 이 아저씨가 진짜! 내가 죽었으면 좋겠어요?"

쳇. 구슬을 통해 루키엘이 짧게 혀를 차는 소리가 들렸다. 내 목소리 또한 들리는 모양이었다. 나는 비스듬하게 선 채 이를 갈았다. 곤란하다는 미소를 지은 호세아가 목소리밖에 들리지 않는 루키엘에게 마을이 공격당했다는 걸 설명했다.

"루시퍼의 군사들이 다녀갔습니다. 저희가 도착했을 땐 이미 공격이 끝난 뒤였어요. 인육을 먹는 하급 악마만 남아 있더군요."

– 역시…… 안 그래도 지금 막 정찰 나갔던 사병들에게 연락이 온 참이었다. 그 마을뿐만이 아니라, 너희가 지나가야 했거나 지나가야 할 마을들까지 전부 공격당했다더군. 그것도 불과 몇 시간 전에. 병사들의 주둔지부터 먼저 공격해서, 연락할 틈조차 없이 당했단다. 아무래도 리하르트로 향하는 건 비단 너희뿐만이 아닌 모양이야. 사령관, 그 작자가 루시퍼의 명령을 받은 것 같다.

"그렇다면 다른 마을에서도 생존자는……."

– '전혀 없다.'고 봐도 무방하다. 경계를 수호하는 죽음의 청기사는 루시퍼만큼이나 처리가 확실하니까. 우리를 살려둔 게 의아할 정도지.

검보라색 머리카락을 가진 무시무시한 악마가 떠올라서 나는 미간을 찌푸렸다. 죽음의 청기사라면 아바돈을 말하는 건가? 아스트라의 사자인 마리아조차도 가까스로 방어하는 것이 전부였던, 그런 대단한 힘을 가진 악마?

순간 오싹한 느낌이 들었다. 온몸에 소름이 돋았다. 아바돈은 정말 무서웠다. 나를 억누르고 압도했던 그 보이지 않는 힘은, 단지 떠올리는 것만으로도 나를 긴장하게 만들었다. 오죽하면 강제로 입맞춤까지 당했는데 아무런 반박도 하지 못했겠는가. 뭐, 그거야 제 기운을 감당하지 못해 죽어가는 나를 도와주기 위함이었다고는 하지만⋯⋯. 그래도 기분이 찝찝한 건 어쩔 수 없었다.

"큰일이네요. 이대로 강행하다 보면 마주칠 수도 있겠어요. 리하르트의 문턱을 밟아보기도 전에 산송장이 되겠군요."

호세아가 걱정스럽게 중얼거리자 델프라스와 라일도 고개를 끄덕여 동의했다. 루키엘 또한 굳이 부정의 의사를 표하지 않았다.

"어떡하지?"

지레 겁먹은 나는 혼잣말처럼 아주 작게 속삭였다. 마리아가 그 특유의 도도한 목소리로 새침하게 대꾸했다.

— 어떡하긴, 그렇다고 이대로 포기할 셈이야?

호세아와 루키엘은 계속 대화를 나눴다. 델프라스와 라일은 숨을 죽이고 그들의 대화에 귀를 기울이고 있었다. 내게 신경 쓰는 존재가 아무도 없다는 걸 확인한 나는 두어 걸음 뒤로 물러나면서 마리아에게 답했다.

"하지만 아바돈은 우리가 상대하기에 너무 벅차잖아. 호세아의 말이 맞아. 이대로 갔다간 산송장이 되겠어. 아니, 잠시만. 아바돈은 내가 지안이를 만나러 간다는 걸 알고 있지? 어쩌면 나를 공격하지 않을지도 몰라."

그 확률이 미미하긴 해도 가능성은 있는 가정이었다. 아바돈은 그때도 나를 살려줬으니까. 도와주지는 않았어도 죽이지는 않았다. 내 말을 믿어주었다.

마리아는 곧장 부정을 표했다.

— 그건 불확실해. 녀석은 루시퍼의 뒤엉킨 혼돈에서 태어난 악마

야. 흔히들 그가 생전에 교황이었으니 일말의 자비심 정도는 있을지도 모른다고들 하지. 하지만 그거 다 개소리야. 아바돈은 추악하고, 탐욕스러운 존재란 말이야. 내가 하는 말 절대 잊지 마. 악마들은 루시퍼의 뜻에 따라 모든 걸 파괴하고자 하는 본능을 지녔어. 아바돈이 자비를 베풀어줬다곤 해도, 그건 단순히 그 한 번에 그칠 수도 있다는 거야. 게다가 만약 또 다른 사령관과 맞닥뜨리기라도 하면? 그때도 네가 루시퍼의 연인이니까 살려달라고 빌래? 그게 과연 또 통할까?

역시 그런가. 나는 입술을 삐죽였다. 빈정거리는 어조지만 분명 일리는 있는 마리아의 설명을 들으며 방안을 고심하던 나는 신음하며 눈살을 찌푸렸다. 그때 아바돈은 나한테 마리아를 제대로 다루지 못한다고 했지. 마리아도 매개체가 없어서 본래 힘의 절반밖에 쓰지 못한다며 투덜거렸고.

주눅이 들었다. 문제는 바로 나한테 있는 거였다. 이곳은 마법과 날개 달린 악마들이 판치는 별세계이니, 이건 어쩌면 당연한 문제인지도 몰랐다. 다른 차원이 존재한다는 것조차 몰랐던 나는 지나치게 평범했다.

나는 큼, 헛기침을 하며 작게 물었다.

"마리아, 내가 너를 제대로 사용할 수 있는 방법이 있을까?"

— 근처에 아스트라 님의 신전이 있다고 했으니까, 일단 그곳으로 가. 사제들이 모조리 떠나는 바람에 버려졌다고는 하지만, 그래도 신을 모시는 신전인 이상 어느 정도는 제구실을 하겠지. 괜찮아. 완전히 무너지지만 않았으면 돼.

다시 거만한 태도로 돌아온 마리아가 명령했다. 나는 인상을 찡그리면서도 순순히 고개를 끄덕였다. 뭔가 믿는 구석이 있는 듯 보였기 때문이다.

"뭘 어떻게 하려고?"

작은 소리로 마리아에게 질문을 건넨 나는 여전히 바빠 보이는 일행들을 힐끗거렸다. 마리아는 답지 않게 다소 뜸을 들였다. 침묵을 지키다가 중얼거렸다.

─ 간단한 의식······을 치를 거야. 간단하다는 건 그 과정이 간단하다는 거지 쉽다는 얘기는 아니야. 그래도 신전이면 아스트라 님이 직접 강림해서라도 널 도와주지 않겠어? 넌 그 루시퍼를 막아낼 가능성이 있는 유일한 인간이니까 그냥 죽게 내버려두진 않을걸.

마리아의 말은 낮고 침착했다. 그녀가 말한 방법은 모험이었다. 맨몸으로 아바돈과 맞서 그의 자비를 구하는 것과 같은 불확실한 방법 중 하나였다. 그러나 그것뿐이었다. 그리고 둘 중에서는 그녀가 제시한 방법이 '그나마' 더 안전했다. 아스트라라는 조력자가 있으니까.

"무모한 건 자기도 마찬가지인 주제에 잘난 척하기는. 모쪼록 잘 부탁해. 나, 지안이를 만나기 전까지는 절대 죽으면 안 되거든. 죽을 생각도 없고 죽고 싶지도 않아."

─ 어련하겠니.

내 답변이 마음에 들지 않았는지 마리아가 투덜거렸다. 나는 눈을 비볐다. 지안이의 모습이 자꾸만 어른거렸다.

그리고 이 세계에서 봤던 루시퍼의 초상화.

"그거 알아? 나 원래 꿈이 현모양처였는데, 요리도 못하고 살림도 못해서 완전 좌절했었어. 결혼하면 지안이만 더 고생시키는 게 아닌가 싶어서 정말 걱정했지. 와, 시간 참 빠르다. 그게 바로 엊그제 일 같은데 나 지금 다른 차원에 있잖아. 심지어 지안이는 신이래."

- 너…….

"아무래도 좋으니까 지안이만 봤으면 좋겠다. 보고 싶다. 걔랑 가장 길게 떨어져 있던 기간이라고 해봤자 고작해야 사흘이었는데 이게 뭐야. 벌써 열흘이 다 되어 가."

뭔가 아주 중요한 걸 잊어버린 기분이었다. 실제로 나는 지안이를 잃어버린 게 맞았다. 결혼식이 엉망이 된 순간부터, 아니면 이곳에 온 직후부터 마음이 공허했다. 다시는 돌아오지 않을 어딘가로 떠나버린 것 같았다.

네가 아득히 멀어질 거란 사실을 미리 알았으면 뭔가가 달라졌을까?

나와 마리아가 사이좋게 입을 다물자 루키엘과의 대화를 끝낸 일행들이 토론하는 소리가 들려왔다. 그들은 공작의 거처로 돌아가길 희망하고 있었다. 당연한 일이었다. 그들에게 있어서 지안이는 그저 두려워하고 피해야 할 극악무도한 존재, 그 이상도 이하도 아닐 테니까.

나는 그들을 돌려보내거나 떼어놓기로 결정했다. 애당초 이건 나혼자 시작해서 혼자 끝내야 하는 일이었다. 거기에 아스트라와 마리아만이 도움을 줄 뿐이다. 이미 셀 수도 없을 만큼 많은 사람들이 죽었는데, 그들까지 그래야 할 필요는 없었다. 언제나 그랬다. 나는 지안이만 생각하면 용감해졌다.

죽이 되든 밥이 되든 혼자 해치우기로 마음먹은 나는 마리아에게 이 사실을 알렸다. 마리아는 잠시 침묵하더니 조심스럽게 질문했다.

- 너는 루시퍼가 무섭지도 않아? 아직도 그가 좋니? 인간의 관점으로 보면 그는 미치광이 살인마야. 닥치는 대로 부수고, 불살라서, 심지어 자신을 믿고 따르던 사제들까지 괴물로 만들었잖아.

마리아의 말에 씁쓸한 미소가 번졌다.

"그래도 나는 가진 게 지안이밖에 없는걸."

너밖에 없는데 너를 잃었고, 나는 이제 아무것도 가지지 않았다.

이곳에서 나는 이방인이었다.

ㅡ 그는 네가 알던 인간 남자가 아니라 루시퍼야. 솔직히 이런 말하긴 싫지만…… 아스트라 님은 너를 너무나 무방비하게 사지로 밀어넣었어. 나는 네가 걱정돼. 다른 신들도 루시퍼를 무서워한단 말이야. 그들이 괜히 말리러 오지 않는 게 아니야.

나는 억지로라도 태연하게 말했다.

"그건 좀 기분 나쁜데. 아스트라와 루시퍼처럼 다른 신들도 같은 형제자매인 거잖아? 근데 무섭다고 오지도 않다니. 뭐…… 어쨌든 아스트라의 신전에 가보고 나서 생각해도 늦지 않으니까 너도 심려 마."

가슴이 마구 뛰었다. 나는 마리아가 무슨 말을 더 하기 전에 호세아의 곁으로 갔다.

무서워하지 마.

무너지지도 말고 그를 두려워하지도 마. 내 눈으로 직접 본 게 아니잖아.

그러니까 아직은.

태양이 없다고는 해도 아직 낮이었다. 마을과 멀찍이 떨어진 우리는 숲 한가운데에 자리를 잡았다. 나는 일행들에게 나와 떨어질 것을 요구했지만, 그들의 반발이 워낙 심해서 제대로 반박도 못하고 물러나는 수밖에 없었다. 물론, 그렇다고 내가 포기한 건 아니었다. 어떻게든 방법을 찾아볼 생각이었다.

그들은 내가 황폐해진 리하르트의 땅을 밟아보기도 전에 죽으리라 확신하는 듯했다. 나보다 세 살 위인 호세아는 '악마들이 인간을 죽이는 가장 잔혹한 방법'을 하나씩 나열하면서 나를 말렸다. 젊고 싱싱한 인간 여자는 인육을 먹는 하급 악마들이 특히 좋아하는 '식품'이라고 누차 강조했다. 날카로운 눈매를 가진 라일은 호세아의 세세한 설명을 듣고 창백하게 질린 내 얼굴을 보더니 왁자하게 웃었다.

그들의 매서운 기세에 주눅이 든 나는 슬로비아 산에 있다는 아스트라의 신전을 방문해야 한다고 사실대로 실토했다. 기간이 늘어나면 다시 생각하게 되지 않을까 싶어 건넨 말이었으나 그들은 선선히 고개를 끄덕였다.

아스트라를 섬기는 신관이니, 그럴 줄 알았다는 듯 시큰둥한 반응이라 조금 머쓱해졌다. 그들은 리하르트로 향하는 일정이 늦춰지는 걸 오히려 반기는 것 같았다.

산을 향해 걸음을 옮기는 내내 불타는 마을이 뇌리를 맴돌았다. 내가 자꾸만 등을 돌려 뒤를 바라보자 호세아는 곧 우리가 도착했던 마을의 주인인 영주의 사병들이 올 것이라고 말해주었다. 그러나 그들은 단순히 마을의 상태만을 살피러 오는, 아주 형식적인 절차만을 따를 뿐이랬다. 호세아는 이 근처의 마을들이 전부 도륙 당했기 때문에, 싸울 기력이 있는 병사들은 아직 무사한 다른 곳들을 지키느라 바쁠 것이라고도 덧붙였다. 델프라스도 이에 동의했다. 악마들에게 공격 당한 마을은 절대 원상태로 돌아오지 않는다며 미리부터 포기한다고 짧게 중얼거렸다.

그날 밤은 산 바로 아래서 보냈다. 평생을 통틀어 처음 해보는 노숙이고, 건네받은 침낭은 땅에서 나오는 한기를 조금밖에 막아주지 않아 무척 불편했다. 게다가 나를 제외한 모두가 남자였다. 입 밖에 내진 않았어도 눈치가 보여 조심스러웠다. 밤이 되자 다소 날카로워진 마리아는 여자 마법사나 병사들은 손에 꼽을 만큼 드물다며 빨리 적응하라고 나를 나무랐다. 여차하면 자기가 한 방 먹여준다고도 말했다.

거의 반나절을 걸었더니 허벅지부터 발바닥까지 전부가 아팠다. 나는 체력이 부실하다는 걸 티 내고 싶지 않아서 꾹 참고 잠을 청했다. 조금만 더 가면, 조금만 더 힘내면 지안이를 만날 수 있다. 그 생각만을 반복했다. 그러나 다음 날은 더 최악이었다. 슬로비아 산은 무척 비탈졌다. 게다가 사람들의 발길이 끊어진 지 오래라 길 또한 제대로 남아 있지 않았다.

아스트라의 신전이 있다는 슬로비아 산은 어쩐지 음습했다. 나무들로 뒤덮여 있건만, 입안으로 들어오는 공기는 맑지도, 상쾌하지도 않았다. 뿌옇게 낀 안개는 올라가면 올라갈수록 짙어졌다.

─ 네 체력 정말 저질이다. 아직 한 시간도 안 지난 거 알아?

"시…… 헉, 시끄러워. 안 그래도 죽겠으니까 말 걸지 마."

숨이 차올랐다. 마리아의 음성에 간신히 대꾸한 나는 몸에 두른 망토를 꽉 붙잡고 걸음을 계속했다. 호세아가 마법을 부려 나와 옷을 함께 세탁해줘서 망정이지, 그렇지 않았더라면 상당히 찝찝했을 거였다.

앞서 걷던 델프라스와 라일이 속도를 늦췄다. 나는 마비된 하반신을 겨우겨우 이끌면서도 용케 뒤처지지 않았기에 고개를 갸우뚱했다. 델프라스와 라일은 물론이거니와, 마법사인 호세아까지 아직은 쌩쌩했으므로 힘들어서 그런 건 절대 아닌 걸로 보였다.

"잠시 쉬었다 가죠."

델프라스가 짤막하게 중얼거리자 호세아는 즉각 알겠다고 대답했다. 우리 중에서 가장 나이가 많은 라일이 불만스럽다는 듯 미간을 찡그렸지만 반대하진 않았다.

나는 근처를 둘러보다 지면 깊숙이 박힌 단단한 바위에 걸터앉아 한숨을 내쉬었다. 조금 미안했다. 나를 생각해서 그런 게 분명했으니까. 내가 헉헉대는 소리가 그렇게 컸나? 고민하지 않을 수 없었다.

"많이 힘드시죠?"

호세아가 걱정 어린 눈길을 보내며 물어왔다. 물론, 당연히 힘들었다. 힘들지 않을 리가 없지. 그래서 나는 웃기만 했다. 호세아가 망토에 가려 보이지 않는 내 다리 위에 손을 얹더니 괴상한 단어들을 낮은 목소리로 읊어 내렸다. 그의 손에서 희미한 빛이 났다.

"너무 무리하지 마세요."

나는 대답하는 대신 눈을 깜빡였다. 호세아가 웃으면서 말하자, 비명을 지르던 근육들이 꿀 먹은 벙어리처럼 입을 다물었기 때문이다. 몸 상태가 훨씬 나아져서, 방금 전까지만 해도 죽을 만큼 아팠던 게 거짓말 같았다. 아무래도 마법을 부린 모양이었다.

아스트라의 신전 지붕이 보이기 시작한 건 그로부터 거의 반나절 뒤였다. 화려한 무늬들이 새겨진 직사각형 모양의 지붕이었다. 버려지긴 했어도 일단은 성산(聖山)이니, 몬스터가 없어 시간이 훨씬 덜 걸렸다고 호세아가 말했다. 들뜬 마리아가 재촉하는 바람에 나는 더 이상 쉬지도 못한 채 발을 옮겼다. 일행들은 나를 위해 밖에서 기다리겠다고 말했다. 아스트라에게 기도할 생각은 티끌만큼도 없었지만 반가운 말이었다. 그들은 마리아의 존재를 모르니까.

신전은 탁 트여 있었다. 그리고 정말 컸다. 그 웅장한 모양새에 피로도 잊고서 뛰다시피 달려가니 여기저기 금이 간 커다란 기둥들이 진녹색의 덩굴들에 묶여 있는 게 보였다.

버려진 신전은 그 크기만큼이나 쓸쓸하고 서늘했다.

걸을 때마다 내 발소리가 울렸다. 가장 안쪽으로 들어서자 아스트라의 신상이 눈에 띄었다. 각종 보석들과 황금으로 치장된 그녀의 신상은, 정말 아름다웠다. 무척이나 정교해서 실물 못지않았다.

"와, 저 보석들 빛나는 것 좀 봐. 손 하나만 팔아도 몇백, 몇천은 나올 것 같은데. 예전의 나였더라면 당장 훔쳤을 거야. 딱 좋은 먹잇감이잖아."

— 꿈도 꾸지 마. 아스트라 님의 신상은 누구도 옮길 수 없어. 마법이 걸려 있거든. 그래서 어지간한 인간들은 만지지도 못하고 불에 타 버리기 십상이지.

그놈의 마법. 나는 짜증스러운 목소리로 짧게 투덜거렸다. 실없는 푸념을 늘어놓다가 아스트라의 신상을 물끄러미 바라보면서 눈알을 굴렸다. 여긴 나 혼자 온 게 아니었을 뿐더러, 자칫 잘못하다간 아바돈이 이끄는 악마들과 마주칠 수도 있었다. 지체할 시간이 없었다.

"이제 어떻게 해야 돼?"

— 아스트라 님께 기도해. 신전에서 달리 할 일이 있겠어?

"……결국 기도하라는 거냐. 뭐라고 기도해야 되는데?"

마리아는 웃기만 할 뿐, 대답하지 않았다. 어떤 변화를 느낀 나는 두 번째 질문을 건네지 않고 아래를 보았다. 지면, 정확히는 내 발밑에서부터 생겨난 찬란한 빛이 밧줄처럼 나를 옭아매고 있었다. 눈이 부셨으나 신경 쓸 겨를은 없었다. 발이 신전 바닥에서 떨어지지 않았다.

빛은 물에 떨어진 물감같이 빠르게 번져가 사방을 환하게 밝혔다. 이내 그 빛이 거짓이라도 되는 것처럼, 주위가 삽시간에 어두워졌다. 밤보다 어두워져서 어디가 천장이고 어디가 바닥인지 구분하기도 힘들었다. 내가 정녕 바닥을 밟고 서 있는 게 맞는지조차 의심스러웠다.

'마리아?'

이상했다. 마리아의 말에 의하면 감내하기 힘들어 죽는 인간이 수두룩하다고 했는데, 이건 고통과는 좀 거리가 있지 않은가. 육체에 가해지는 고통이나 충격은 정말이지 아무것도 없었다. 아니, 오히려 붕 뜬 기분이었다. 허공을 자유로이 떠도는 것과도, 잔잔한 물속에 있는 것과도 비슷했다. 졸음이 밀려왔다. 기어코 서서 자는 스킬을 터득하게 된 걸까? 학창시절에도 제대로 사용하지 못했던 걸 이제 와서 구사하려니 여간 의아한 게 아니다. 하지만 정말 피곤했다. 이건 어쩌면 눈에 닿는 모든 것이 어둠으로 물들어 있어서인지도 몰랐다.

참으로 안락한 죽음이었다.

……나 방금 이걸 '죽음'이라고 생각한 거야?

뇌의 통제를 벗어난 눈이 자꾸만 감기려 했다. 내가 눈꺼풀의 무게를 이기지 못하고 포기하려 할 때, 말로 형용할 수 없는 어떤 이상한 변화가 찾아왔다. 결코 변화하지 않을 줄 알았던 눈앞의 공간이 일그러짐과 동시에 한 남자가 내 바로 앞에 나타났다.

세상에.

예고도 없이 나타난 그 남자는 단번에 내 시야를 사로잡았다. 내 평생을 가져간, 사무치도록 아름다운 남자였다. 그는 나보다 훨씬 키가 컸으며, 감정의 일면도 보여주지 않기로 단단히 결심을 한 듯 어떤 표정도 짓지 않았다. 비록 생김새가 다소 달라졌어도 나는 한 번에 그를 알아보았다. 숨이 막혔다. 내가 어떻게 그를 알아보지 못할 수 있겠는가. 내가 어떻게 너를.

"지안아."

나는 머뭇거리며 그를 루시퍼가 아닌 지안이라고 불렀다. 급속도로 차오른 눈물이 뚝뚝 떨어졌다. 눈앞의 남자는 진짜 지안이가 아니라는 걸 안다. 단순한 환상에 불과하다는 것 정도는 알고 있다. 하지만…… 너무 보고 싶었는걸. 정말 미쳐버리는 줄 알았다고.

그는 이 어둠 속을 비추는 단 하나의 빛이었다. 그가 눈을 뜨자, 너무나도 진한 붉은색 홍채가 보였다. 정말이지 피를 보는 듯했다.

지안이가 나를 향해 두 손을 뻗었다. 그는 여전히 무표정이었다.

그의 손은 피범벅이었다. 상처가 나지도 않았는데 그의 손에서 끊임없이 피가 샘솟아 검은 바닥을 적셨다. 넋을 잃고 그것을 멍하니 주시하고 있으려니 갑자기 풍경이 바뀌었다. 이번엔 마을이었다. 불타고 있는 마을. 내가 어제 보았던 것과 매우 흡사한 풍경에, 순간 할 말을 잃어버렸다.

그때 지안이의 상체가 굽어지면서 커다란 흰색 날개가 튀어나왔다. 천사처럼 새하얀 날개를 펼친 채 그는 겁에 질려 도망치는 여자를 잡고 목을 꺾었다. 어찌나 뚜렷한 환상이었던지 뼈가 부러지는 소리가 선명하게 와 닿았다. 수많은 사람들이 그를 천사로 여기고 다가갔다가 무참하게 학살당했다.

여자의 시체가 아무렇게 나동그라지는 걸 보며, 나는 억지로 울음을 참았다. 지안이의 환상이 왜 나타난 건지도 의문이었지만, 이렇듯 생생한 살해 장면을 보여주는 것도 이상했다. 아스트라는 내가 지안이를 말려주길 바랐다. 그럼 지안이의 착한 면모만을 보여줘야 정상이 아닌가? 내가 흔들리지 않도록 말이다.

"무서워?"

지안이의 환상이 목각인형처럼 부자연스럽게 삐걱거리며 물었다. 나는 얼어붙은 근육을 가까스로 움직여 고개를 끄덕였다. 이런 거 처음 보는데, 실제라고 말해도 무방할 정도로 생생한데 무섭지 않을 리가 없잖아.

너, 왜 이렇게 변해버린 거야.

내가 알던 너는 이런 애가 아니었는데.

"내가 뭘 어떻게 하면 돼? 어떻게 하면 멈출래?"

이미 눈물이 뚝뚝 흐르고 있는데도 울고 싶었다. 나는 반쯤 정신이 나간 것 같은 몽롱한 목소리로 질문했다. 그는 여자의 시체를 발로 차 불길 속으로 내던졌다. 살이 타는 끔찍한 냄새가, 후각을 통해 고스란히 전달됐다. 나는 치미는 욕지기를 간신히 참으면서 그의 대답을 기다렸다. 하지만 그는 대답하지 않고 질문을 건넸다.

"네가 뭘 할 수 있는데?"

"내가 할 수 있는 거라면 뭐든."

"뭐든?"

지안이의 얼굴에 처음으로 표정이 생겼다. 그가 입술을 비틀어 나를 비웃었다. 지안이가 느릿느릿한 동작으로 내게 다가오더니 손을 들어 내 뺨을 만졌다. 차가웠다. 얼음보다 훨씬, 배는 더 차가운 손길에 몸이 떨렸다.

"아직도 나를 사랑하나?"

그가 내 귓가에 대고 속삭였다. 나는 망설이지 않았다.

"그야 당연하잖아. 네가 지옥으로 떨어질 운명이라면, 나도 같이 갈게. 그러니까 이제 이런 짓은 그만둬."

지안이의 눈이 커졌다. 내 말에 그가 도저히 못 참겠다는 얼굴로, 미친 듯이 웃음을 터뜨렸다.

"푸……푸하하하! 하하하하하! 너 아주 잘 만들어진 복제품이구나! 정말 놀라워. 숭고한 희생이야!"

복제품이라니? 나는 혼란스러워서 아무런 말도 하지 못했다.

그가 비릿하게 웃으며 턱을 매만졌다.

"아스트라에게도 경고를 해줘야겠군. 그 계집이 한 번만 더 내 정신을 건드린다면, 한 번만 더 가짜를 들이민다면 나보다 먼저 그녀가 죽을 것이다. 그년은 이런 저급한 수작질에 내가 또 놀아나리라 생각한 건가?"

나는 인상을 찡그렸다.

"……뭐? 가짜라니? 아니 잠깐만, 너 정말 지안이인 거야? 이거 환상이 아니었어?"

그때 검은 공간에 금이 가기 시작했다. 지안이가 혀를 차면서 나를 뒤로 밀었다.

"지겹다. 저리 꺼져."

나는 하염없이 아래로 떨어졌다.

……가 나를 원하지 않는다.

……지안이가 나를 필요로 하지 않는다.

그가 나를 엉망으로 망쳐놓았다.

감히, 영원을 약속했으면서 나를 버렸다. 나를 잊어버리고, 짓밟고, 심연의 밑바닥까지 떨어뜨려서.

"⋯⋯리, 유리야!"

어떤 여자의 다급한 고함이 나를 일깨웠다. 나는 눈을 깜빡거렸다. 지안이의 환상은, 불타고 있던 마을의 풍경은 온데간데없었다. 나는 단단한 지면을 밟고 있었고, 눈앞에선 금발을 길게 늘어뜨린 푸른 눈의 여자가 내 어깨를 붙잡고 흔들었다. 어쩐지 아까부터 계속 머리가 아프더라니⋯⋯. 금발의 여자는 개미 한 마리도 못 죽일 것처럼 여리여리하게 생긴 주제에 힘이 장사였다. 덕분에 내장기관까지 같이 흔들렸다.

"뭐야, 너. 왜 이래? 정신 좀 차려봐! 대체 어떻게 된 거야?"

새하얀 피부와 잘 짜인 이목구비를 가진 여자는 무척 아름다웠다. 나는 내 뺨을 때릴까 고민하는 여자를 패버릴까 하다가 인상을 찡그리며 입을 열었다.

"누구세요?"

"⋯⋯장난하냐?"

험악한 여자의 목소리에, 나는 귀를 의심했다. 이 목소리, 아까도 생각했지만 정말 익숙했다. 나는 여러 가지 이유로 부들부들 떨리는 손을 들어올려 여자를 가리켰다.

"싸가지를 밥 말아 먹은 말투가, 어째 낯이 익은데."

"싸가지를 밥 말아 먹은 여자는 내가 아니라 너겠지. 갑자기 기절하면 어쩌자는 거야? 참 대단해. 어떻게 서도 기절할 수 있는 거지? 여기가 아스트라 님의 신전이 아니었으면 넌 이미 죽었어. 의식을 치르지도 못했을 거고. 아니 그것보다, 지금은 그게 문제가 아니야."

언제나처럼 빠른 속도로 말한 마리아가 말을 멈추고 밖을 힐끗거렸다. 신의 종이라고 했으니 사람의 모습을 할 수도 있는 건가? 그러고 보니 공작이 성녀가 죽으면 신의 종이 된다고도 했었지. 나는 잠시 고민하다 곧 그러려니 하기로 했다. 여긴 별세계니까 빛나는 검도 인간이 되나 보다. 나는 귀걸이가 끼워져 있던 귓불을 만지작거리며 스스로를 납득시켰다.

내가 멀뚱멀뚱 서 있자 마리아가 재촉했다. 의아함을 느낀 나는 고개를 틀어 그녀의 시선을 따랐다. 그러나 보이는 건 아무것도 없었다.

"뭐야, 아무것도 없잖아."

마리아가 한숨을 내쉬었다.

"밖에, 나가서, 네 두 눈으로 직접 봐."

나는 순순히 걸음을 옮겼다. 신전의 기둥과 바닥을 잇는 기둥의 사이로 삐죽 머리를 내밀자, 역시나 아무것도 안 보였다. 나는 이를 갈았다. 대체 뭐가 있다는 거야? 뭐가 있길래 내가 기절한 게 문제도 아니라는…….

아무렇게나 고개를 획획 돌려대던 나는 우연히 하늘을 보고 뻣뻣하게 굳었다. 창백한 흰색을 띠는 달을 배경으로, 한 마리의 거대한 까마귀가 있었다. 아스트라의 신전 지붕만큼이나 커다란 까마귀였다. 아니, 까마귀가 아니라 검은 비둘기 같기도 하고…….

트로타비스……? 나는 지안이와 연결되어 있다는 거대한 새를 떠올렸다. 까마귀의 붉은 눈은 정확히 나를 보았다. 나 역시도 그것을 뚫어져라 응시했다.

그 순간 마치 모든 것이 멈춘 것처럼.

– 아바돈.

소름 끼치도록 낮은 목소리가 울려 퍼졌다. 지독하게 달콤했다.
이건 분명, 지안이의 목소리였다.
확실했다. 한 번에 알아들었다. 어찌 보면 까마귀가 말하는 것 같기
도 한데, 입을 꾹 다물고 있으니 이것도 마법이랑 비슷한 것 같았다.
아무래도 좋았다. 틀림없는 지안이의 목소리였으니까. 심장이 무척
빠르게 뛰었다. 그는 정말 여기에 있었다. 다른 차원에 있었던 것이
다.
그럼 아까 아스트라의 신전에서 만났던 지안이도 진짜였던 걸까?
아스트라가…… 하지만 지안이는 왜 나를 복제품이라고 했지?
지안이의 말이 끝나기 무섭게, 아름다운 남자가 사나운 바람과 함
께 나타났다. 아바돈이 모습을 드러내자 까마귀는 기다렸다는 듯이
다른 목적지를 향해 날아갔다. 단 한마디 말을 남긴 채.

– 짐은 누이의 장난질에 놀아나는 것도 질렸다. 그 계집을 찢어죽
여라.

……어?
방금 전 들었던 지안이의 마지막 말이 귓속에서 메아리쳤다. 얼떨
떨했다. 지금 내가 무슨 말을 들었지? 지안이가 아바돈을 불렀다. 그
리고, 그에게 명령을 내렸다. 거기까지는 납득이 간다. 이해가 돼.
어느새 다가온 마리아가 얼어붙은 나를 툭툭 건드렸다. 나는 보이
지 않는 힘에 의지해 허공에 둥실 떠 있는 아바돈은 빤히 바라보았다.

신기하게도 전처럼 무섭지는 않았다.

"내 귀가 미쳤나 봐. 이젠 환청이 다 들리고 막."

"……환청 아니거든? 정신 차려."

공허한 중얼거림에 마리아가 짜증스럽게 답했다. 아바돈이 아무 말도 않고 검을 꺼내 들었다. 나는 그제야 나와 함께 온 일행들을 떠올렸다. 그들이 나 때문에 다쳐선 안 됐다. 죽어서도 안 됐다.

"마리아, 사람들은? 다른 사람들은 어디 있어? 무사해?"

이젠 목소리마저 떨렸다. 마리아가 눈을 위로 치켜뜬 채 대꾸했다.

"흐름이 바뀌었다는 걸 알아채자마자 산 아래로 이동시켰어. 의식이 끝나고 난 뒤라 다행이었지. 공간 이동이야 내 전문이 아니라 멀리까지는 불가능해도, 그 정도 거리면 충분히 살아남을 수 있을 거야. 이 근처에 있는 악마는 쟤뿐이니까."

마리아는 손가락을 들어 아바돈을 가리키면서, 매끄럽게 말을 끝마쳤다. 나는 안심하면서도 시무룩한 표정을 지었다. 슬프기도 하고, 배신감도 들었다. 눈물이 나오지 않는 게 이상할 정도였다.

"지안이는 내가 죽길 바라는 것 같아."

"그거야 모르지. 녀석은 살육에 미쳐 반쯤 정신을 놓은 상태니까, 네가 진짜 유리가 맞으리라고는 짐작도 못하고 있을걸. 아마 알아보겠다는 생각조차 하지 않고 있을 거다. 네게선 아스트라 님의 기운이 무척 강하게 느껴지거든. 아스트라 님이 만들어낸 꼭두각시…… 정도로 예상하고 있을지도 몰라."

"꼭두각시라고? 아까 지안이가 말했던 복제 어쩌구 말이야?"

"……말하자면 길어."

마리아가 찔린 구석이 있다는 듯 얼버무려서 나는 인상을 일그러뜨렸다. 아바돈이 지면 위에 가볍게 착지했다. 그의 진한 검보라색 눈을 응시하고 있으려니 저절로 긴장이 됐다. 나는 꿀꺽 침을 삼켰다. 마리아가 내 앞을 막아섰다.

"대화는 다 끝났냐?"

"설마 싸우자는 건 아니겠죠."

나는 믿을 수 없다는 순진한 눈으로 아바돈과 그의 손에 쥐어진 무시무시한 검을 번갈아 바라봤다. 저 검의 위력이 얼마나 대단한지는 봐서 알고 있다. 참 대단하지. 정말 죽는 줄 알고 울음까지 터뜨렸으니까. 그때만 생각하면 아직도 몸서리가 쳐진다.

아바돈이 인상을 팍 찡그리더니 그 특유의 거만한 어조로 말했다.

"루시퍼가 한 말은 귓등으로 들었나? 아무리 나라고 해도 말이야, 신하인 이상 전하의 뜻을 거스를 순 없지. 거기다 지금 루시퍼는 너를 보고 난 뒤라 상당히 기분이 나쁜 상태거든. 사람들이 울부짖는 소리가 여기까지 들려온다."

내가 반박하기도 전에 마리아가 우습다는 듯 코웃음을 쳤다. 그녀는 당당하게 눈을 치켜뜨고 아바돈을 마주 봤다.

"이봐, 악마? 너한테 승산이 있을 거라고 생각해? 루시퍼의 기운이 담긴 검을 가졌다고 건방 떨지 마. 여긴 아스트라 님의 신전인 데다, 난 이제 본연의 힘을 전부 끌어낼 수 있어. 저번처럼 당하진 않는다고. 교황씩이나 해먹었던 주제에 악마로 전락한 걸 후회하게 해주지."

"너야말로 마녀라는 오명을 쓰고 화형당했다가 뒤늦게 성인의 반열에 오른 주제에 말이 많군."

"입 닥쳐! 그건 숭고한 희생이었다고!"

순간 마리아가 버럭 하자, 아바돈이 더욱 득의양양해졌다.

"그토록 숭고한 희생이어서 인간들이 네 사형선고일을 축일로 지정했나 봐?"

"이 새끼가!"

묵묵히 경청하던 나는 미간을 찌푸리며 작게 못마땅한 소리를 냈다. 이제 와서 이런 말 하긴 좀 그렇지만 아바돈이고 마리아고 둘 다 성격 참 뭐 같다. 남을 깔보고 업신여기는 게 일상화되어 있잖아. 원래 힘깨나 쓴다는 악마랑 신의 종은 다 이런가? 거기다 서로의 과거사를 비웃고 있어.

아바돈이 나와 마리아를 차례로 주시하더니 피식하고 웃었다. 나는 그가 무슨 생각을 하고 있는지 좀처럼 종잡을 수가 없었다. 내 말이 거짓이라고 생각하는 건 아닌 듯 행동하면서도 지안이에게 알릴 생각을 하지 않는 걸 보면, 역시 마리아의 말대로 악마이기 때문인 걸까. 하지만…… 정말 단순히 그것 때문에 그런 건가? 뭔가 다른 이유가 있다고 생각되는 건 나만의 착각인 거야?

어쩌면 아바돈은 단지 이 상황을 즐기는 걸 수도 있다. 나와 지안이가 괴로워하는 걸 보면서 즐기는 거다. 부하 주제에 지안이의 이름을 마음대로 부르는 걸 보면, 확실히 가능성은 있어.

귓가에 나비처럼 날아다니는 지안이의 음성이 계속해서 떠올랐다. 나는 입술을 오므렸다가 이를 세워 깨물었다. 그래. 마리아가 옳다. 그는 내가 진짜 유리라는 걸 몰라서 그런 거다. 그러니까, 그러니까…….

그러니까 여기서 울지 마.

여기서 포기하지 마.

무슨 짓을 해서라도 나는 지안이를…….

"뭐, 아무래도 좋아. 그렇게 자신이 있다면 어디 공격해보든지."

감정이 파도쳤다. 급격하게 차고 올라와 단번에 나를 압도했다. 그 감정은 붉은색이었다. 피보다도 진하고 선명한 붉은색. 아바돈의 자신만만한 투에 갑자기 화가 치솟았다. 걷잡을 수가 없었다.

"마리아, 저 악마 이길 수 있어? 망할 자식, 한 대 때려줬으면 소원이 없겠다. 어떻게 알면서도 입을 다물고 있는 거지? 방관은 가장 나쁜 죄야. 질이 나쁘단 말이야. 아무래도 지안이 걔 완전히 바보 됐나 봐. 어떻게 저런 자식을 부하로 둘 수가 있는 거야? 게다가 자기 기운이 담겼다는 무기까지 줬어!"

욕설이 튀어나왔다. 열받는다. 아바돈이 한마디 언질이라도 줬었더라면 지안이가 그런 말을 할 리가 없었을 거라고 생각하니 분노가 치밀었다. 사령관이라는 거창한 수식어가 상당히 아까웠다.

그리고 아스트라가 무슨 짓을 했는지도 나는 알아야 한다.

"네 도움이 필요할 거야. 너와 난 연결되어 있으니까, 네 기운을 나한테 나눠줘야 해. 나는 네가 도와줘야지만 온전한 힘을 발휘하거든."

나는 분노를 억누르면서 씹어 뱉듯이 말했다.

"뭐든 줄 테니까 어떻게 하면 되는지나 말해줘."

"기절하지 마. 쓰러지지도 말고."

마리아는 그 말만을 남긴 채 안개처럼 사라졌다. 아바돈이 수상쩍은 미소를 띠었다. 맑았던 하늘에 급작스러운 먹구름이 끼더니, 굵은 빗줄기가 한두 방울씩 떨어졌다. 피부가 아릴 정도로 날카로운 바람이 불어왔다. 나는 평범한 소나기인 줄로만 알았던 물방울이 땅에 박혀 푹 꽂히는 걸 보고 기겁했다. 설마 빗줄기한테 생명의 위협을 느낄 줄이야. 나는 황급히 뒤로 물러나 신전의 기둥 뒤로 대피했다. 간담이 서늘해졌다.

"과연 개떡같이 죽었어도 전생의 성녀라 이건가? 자연 따위는 손쉽게 다룬다 이거군그래."

짧게 중얼거린 아바돈이 살짝 인상을 썼다.

"신성력, 역시 불쾌해."

이상하게도, 아무 짓도 하지 않았는데 숨이 차올랐다. 나는 내 주위로 둘러진 금빛의 투명한 막을 바라보며 시름에 잠겼다. 마리아가 마지막으로 건넸던 말이 조금씩 이해되기 시작했기 때문이다.

기운인지 뭔지는 몰라도 점점 힘이 빠지고 있었다. 서 있는 것조차 힘겨워서 다리가 떨렸다.

나는 숨을 고르며 약지에 끼워진 결혼반지를 만지작거렸다. 믿어야지. 내가 지금 할 수 있는 건 지안이를 믿는 것밖에 없으니까. 그건 나를 위한 것이기도 하고, 지안이를 위한 것이기도 하다. 결혼에서 가장 기본이 되는 건 신뢰가 아니던가. 상대를 믿기 때문에 자신의 반평생을 함께 하겠노라고 맹세하는 거다. 이건 모두가 아는 사실이다. 흠. 물론, 그렇다고 나한테 그런 막말을 내뱉은 걸 쉬이 용서할 생각은 추호도 없다. 공과 사는 엄밀히 따져야지. 그건 그거고 이건 이거……!

"악! 까, 깜짝이야!"

빗물에 가려 모습을 감췄던 아바돈이 바로 지척에서 불쑥 튀어나왔다. 내리고 있는 건 분명 비인데, 잔뜩 그을린 모습을 한 아바돈이 희미하게 빛나는 막 앞에 우두커니 서서 나를 바라보았다. 그는 악취가 나는 연기에 둘러싸여 있었다.

나는 인상을 찡그린 채 그를 응시했다. 그러다가 아바돈이 지닌 검만큼이나 새까맣게 그을린 손을 보고는 입을 벌렸다.

"뭐, 뭐야 당신? 손이……."

그 역시 산 채로 타들어 가는 게 마음에 들지 않는다는 듯 안면을 굳혔다.

나를 보호하던 막이 사라졌다. 내가 말을 끝마치기도 전에 뿌루퉁한 표정을 지은 마리아가 스르륵 나타났다. 그녀는 모습을 보이자마자 아바돈을 향해 "질 것 같으니 도망치기는."이라고 투덜거렸다. 나는 진동하듯이 크게 떨리는 검에서 눈을 떼지 못했다.

"보면 모르냐? 너 때문이잖아. 네 모습을 본 덕분에 루시퍼가 혼란스러워하고 있다. 우리는 오로지 그에 의해 존재하기 때문에, 그가 스스로를 통제하지 못하면 힘을 잃어버리고 말지."

"……저기요, 그걸 굳이 나한테 알려주는 이유가 뭔데? 지금이 기회니까 이 틈을 노려 죽여 달라는 거야? 시원하게 한 방 먹여도 된다는 뜻?"

나는 얼이 빠져 말이 짧아진 것도 신경 쓰지 않고 물었다. 아바돈은 심드렁하게 손을 움직여 검을 거의 던지다시피 내게 주었다. 반사신경이 없는 나 대신 잽싸게 그것을 낚아챈 마리아가 비명에 가까운 고함을 내지르며 인상을 일그러뜨렸다. 이윽고 그녀의 손에서 나온 찬란한 빛이 검의 어둠을 먹어치웠다. 덕분에 나는 급속도로 기운이 빠져서 중심을 잃고 비틀거렸다. 정말 엄청나게 피곤했다.

아바돈은 아랑곳하지 않고 간단하게 대꾸했다.

"이거면 충분하지 않냐? 너를 죽이지 못하는 이유 말이다."

마리아의 눈이 의혹으로 가늘어졌다.

"악마답지 않게 갑자기 웬 친절? 아니, 이건 친절이 아니잖아! 이 짜증나는 악마야, 루시퍼가 아직도 유리한테 빠져 있다는 걸 뻔히 다 알고 있으면서 유리를 죽일 셈이야? 돕지 않을 거면 방해라도 하지 마. 루시퍼한테 사지가 찢겨 죽고 싶지? 그렇지?"

마리아가 대놓고 비아냥대다 버럭 화를 냈다. 빛이 조금씩 잦아들자 심상치 않은 조짐을 보이던 검이 쥐 죽은 듯 잠잠해졌다.

"먼저 전하를 가지고 논 건 그쪽의 상사가 아니던가? 아스트라가 저 여자인 척하며 덤벼들지만 않았어도 모든 게 수월했을 텐데?"

나는 큰 충격을 받았다.

"그게 무슨 소리야? 아스트라가 내 행세를 했다니?"

"그게……"

마리아가 눈살을 찌푸렸고, 아바돈은 조소했다.

"그렇군. 너는 아직 모르는 건가. 어쩐지 잘도 아스트라와 협력을 맺었다 했지. 아스트라가 어떻게 진짜 너를 데려올 생각을 했는지 모르겠다만, 그녀는 이 차원이 멸망해도 눈 하나 깜짝하지 않을 거다. 그녀는 오직 루시퍼를 자기 차원에 오랫동안 붙들어두기 위해 은총을 베푸는 것뿐이야."

"계속 말해."

"이미 다 짐작했지 않나? 아스트라에게 루시퍼는 남매 그 이상이다."

나는 배신당한 기분에 입술을 깨물었다. 마리아는 한참 동안 뚫어져라 루시퍼의 검을 보다가, 이내 체념한 것처럼 한숨을 쉬더니 그걸 나한테 건네주었다. 얼떨결에 받아든 나는 마리아를 어떻게 대해야 할지 몰라 뻣뻣하게 굳어만 있었다.

마리아가 입을 열었다.

"어쩐지 이상하다고 생각했어. 너, 평범한 악마가 아니구나. 아니,

애당초 악마가 맞기는 한 건지도 의심스러워. 루시퍼의 기운이 제 마음대로 날뛰고 있다고? 이미 완벽하게 통제했으면서 잘도 말한다. 사실은 너도 루시퍼가 아니라 다른 신의 수하인 거 아니야?"

비교적 침착하게 흘러나온 마리아의 말은 짜증이 담기긴 했으나 꽤 조심스럽게 끝났다. 나는 영문을 몰라 무표정한 아바돈의 얼굴만을 바라보았다. 뒤로 물러난 그가 눈을 가늘게 뜨고서 나를 응시했다.

"전언이다. 루시퍼의 큰형님 되시는 메타트론께선 살육에 미친놈보단 여자에 미친놈이 더 낫단다. 루시퍼가 죽는 꼴을 보고 싶지 않다면 서두르는 게 좋을걸. 그리고 말해두는데, 난 너처럼 비열하게 인간을 이용하지 않아. 당연히 루시퍼도 내가 메타트론과 연락하는 걸 알고 있고."

큰형님이라고? 그럼 그 사람도 신? 나는 입을 열었으나, 고개를 돌려 마리아에게 빈정거린 아바돈이 일순간 감쪽같이 사라졌다. 아니, 정확히 말하자면 그가 아닌 나와 마리아가 사라지고 있다는 게 더 옳겠지. 주위의 풍경이 변해가고 있었다. 높디높은 건물들이 즐비한 곳이었다. 마을보단 도시라고 표현하는 것이 더 적합한 것 같다. 여긴 그만큼 건물들이 많았다. 게다가 불타고 있지도 않았다.

고개를 들어 하늘을 보려니 눈이 부셨다. 나는 허공을 자유로이 헤엄치는 조그만 물고기들을 보고 경악했다. 밝은 황금색을 띠는 물고기들은 반딧불이처럼 저 스스로 빛을 내고 있었다. 물고기들의 수가 어찌나 많은지, 그들이 내는 빛으로 인해 사방이 무척 밝아 낮이라 해도 믿을 정도였다. 여기가 바닷속이라도 되는 줄 아는 건가? 빛의 향연이 아름답기는 해도 나에겐 괴상하기 이를 데 없었다.

내가 신음하자 공간을 이동하는 즉시 모습을 감추고 귀걸이로 변해

내 귀에 붙은 마리아가 조그맣게 속삭였다.

─ 이 빛은 아스트라 님의 은총이야. 하지만 누군가가 대량의 마나를 일부러 퍼뜨리지 않는 이상 평소엔 보이지 않는데……. 이 정도의 숫자를 실체화할 수 있는 능력이라면, 절대 인간은 아니야. 나이 꽤 먹은 엘프들의 무리라든지, 아니면 드래곤이겠지. 정령왕일 수도 있어.

"……방금 뭔가 엄청난 걸 들은 것 같은데. 엘프? 드래곤? 용이 있다는 말이야? 게다가 정령왕은 또 뭔……."

정신이 혼미했다. 나는 아스트라가 사실 지안이를 이성으로 보고 있었다는 것도 아직 충격적이었는데, 그걸 알면서도 숨긴 마리아에게 화낼 겨를도 없었다.

─ 이종족들이야. 인간들이랑 손을 잡았나? 뭐, 상황이 상황인 만큼 무리도 아니겠지만 이렇듯 무식하게 힘을 낭비해도 되는 건지 모르겠네. 역시 드래곤인가?

드래곤이라니……. 나는 식은땀이 흐르는 걸 느끼며 주위를 살폈다. 여기가 어딜까? 혹 아바돈이 곧장 리하르트의 수도로 데려다 준 걸지도 모르겠다. 나는 조심스럽게 발을 내디뎠다. 이곳이 어딘지 알아볼 생각이었다. 그러나 여긴 그리 녹록치 못했다.

내가 걸음을 뗌과 동시에 사이렌이 울렸다. 경계선의 숲에서 들었던 것과 정확히 일치하는 요란하고 불쾌한 소음에, 잠시 정신을 차리지 못하고 멍한 표정을 지었다. 마리아가 다급하게 소리쳤다.

─ 젠장, 빨리 뛰어! 저번처럼 또 잡힐 셈은 아니겠지!

이런 미친. 물론 아니고말고! 나는 마리아의 명령을 따라 굳은 발을 억지로 움직여 달렸다. 내 주위를 맴도는 물고기들을 깔끔하게 무시하고서 골목길을 향해 질주했다. 급하게 모퉁이를 도는데, 마리아의 욕설이 들려왔다. 순간 알 수 없는 기분이 들어서 등골이 오싹했다. 아바돈과 처음 만났을 때 느꼈던 거대한 위압감이 느껴졌다. 숨쉬기가 힘들었다.

보이지 않는 손에 목이 졸리고, 전신이 억압당한 듯했다.

– 공간 이동……. 넘치는 마나를 이리도 주체하지 못하는 걸 보면, 드래곤인 게 거의 확실하군. 이야, 정말 대단한 기세야. 널 죽이려나 봐.

"……목숨이 오락가락하는 절체절명의 순간에 태연하게 말하지 마. 내가 죽었으면 좋겠어? 감옥에라도 다시 들어가야 만족하겠냐고!"

"감옥? 웃기는 소리. 넌 그냥 여기서 죽는 거야."

싸늘함이 뚝뚝 떨어지는 하이톤의 목소리에 나와 마리아는 동시에 입을 다물었다. 얼어붙은 몸을 간신히 돌려 뒤를 보자 아나나 다를까, 무시무시한 눈길로 나를 바라보고 있는 누군가가 있었다. 타는 듯 선명한 붉은색 머리카락을 길게 늘어뜨린 아름다운 여자였다.

나는 그녀의 기세에 눌려 헛구역질을 하다가 마리아에게 따졌다.

"……야. 드래곤이라며. 아무리 봐도 사람이잖아."

– 넌 드래곤이 마법의 종족이라는 것도 모르냐? 폴리모프한 거야.

폴리모프는 또 뭔지. 나는 눈을 굴리면서 질문을 건네는 대신 한 발짝 뒤로 물러났다. 나를 주시하는 여자의 눈빛이 정녕 심상치 않았다. 오죽하면 아직 여자는 아무 짓도 하지 않았는데 마리아의 막이 생겨났을까.

마리아의 막이 드리워지니 여자가 뿜어내는 무형의 기운으로부터 조금은 벗어난 것 같은 기분이 들었다. 나는 아바돈이 준, 지안이의 힘이 담겼다는 검을 꽉 쥐고 심호흡을 했다. 비록 얼음장처럼 차가웠지만 그래도 지안이의 것이라 생각하니 조금은 위로가 됐다.

피보다 붉은 여자의 눈동자에 호기심이 서렸다. 그녀는 나와 손에 쥐어진 검을 번갈아 바라보면서 인상을 찡그린 채로 고개를 갸우뚱했다.

"아스트라의 종에다 악마의 검이라……. 정체가 뭐지? 마법사는 아닌 듯한데, 어떻게 이곳까지 온 거냐? 누가 널 도와줬지?"

나는 대답하지 않고 뜸을 들였다. 어떻게 대답해야 될지 전혀 감이 잡히질 않아서였다. 나는 고민의 고민을 거듭했다. 아스트라의 사제라고 할까? 공작은 내게서 아스트라의 힘이 느껴지기 때문에, 그러는 것이 나을 것이라 했으니 괜찮을 것이다. 그럼 내 손에 들린 검은? 이건 어떻게 설명해야 돼?

난감하기 그지없다. 나는 입을 열었다 닫기를 반복하며 지루하게 시간을 보냈다. 이런 내 모양새가 마음에 들지 않았는지 여자가 인상을 일그러뜨렸다.

그녀의 눈에서 묘한 이채가 보인다 싶더니, 어디서 튀어나왔는지 모를 커다란 불덩이가 날아와 마리아의 막과 곤두박질쳤다. 마리아의 막이 막아주긴 했어도 그 뜨거운 열기가 고스란히 전달되어와 심히 고통스러웠다. 피부가 익기 직전이었다. 그러나 그게 문제가 아니었다. 머리가 너무 어지러웠다.

– 기절하지 마!

너 같으면 하루 종일 산 타고 환각 보고 악마랑 싸운 데다–비록 직접 싸운 건 마리아지만– 공간 이동까지 해서 드래곤이라는 여자한테

불 맞고 있는데 기절하지 않고 배기겠냐! 체력의 한계를 이기지 못한 나는 그대로 눈을 감았다. 이윽고 눈을 떴을 땐, 빛나는 물고기들이 가득한 하늘이 아닌 천장과 벽이 있는 실내가 보였다. 아무런 가구도 없는 텅 빈 방은 꽤 넓었고, 나는 차가운 바닥에 아무렇게나 누워 있었다.

나는 머리카락만큼 가느다란 흰색의 줄이 전신에 감겨 있는 걸 보고 인상을 찡그렸다. 이건 또 뭐야? 밧줄이라기엔 너무 얇잖아. 게다가 헐렁해.

"아윽, 온몸이 쑤셔."

내게 마법을 걸어줬던 호세아가 그리웠다. 이럴 줄 알았으면 나도 마법이나 하나 배워놓을 걸 그랬나. 작게 투덜거리다 뉘어졌던 몸을 일으키니 뼈 마디마디가 전부 욱신거렸다. 종아리와 발바닥은 아예 감각조차 없었다.

"마리아? 여긴 어디야?"

진통제라도 먹었으면 소원이 없겠다. 나는 입을 삐죽하게 내밀고서 일어나지도 않은 채로 마리아를 불렀다. 하지만 마리아는 묵묵부답이었다. 아무 말도 하지 않았다.

"마리아?"

얘가 왜 이러지. 나는 손을 올려 뱀 모양의 귀걸이를 만지작거렸다. 이상하다. 멀쩡하게 잘 붙어 있는데 왜 아무런 말을 안 해. 혹시 지금 내 눈치를 보는 건가?

아스트라가 지안이를 좋아했다니. 그리고 더 어처구니없게도, 내 행세를 했다니. 나는 이를 갈았다. 속에서 열불이 터지지만 지금 나를 지켜줄 수 있는 건 마리아뿐이었으므로 나는 타이르듯이 말했다.

"이봐 마리아, 쪼잔하게 굴지 말고 말 좀 해봐. 여기 어디야? 어딘지를 알아야 빠져나가든 말든 할 것 아니겠……."

나는 말을 멈추고 입을 다물었다. 방금 전까지만 해도 나 혼자였던 방 안에는 어느새 사람들이 와 있었다. 문소리가 들리지 않았던 걸로 보아 마법을 부린 모양이다. 나는 한 번 봤다고 쉬이 알아본 붉은 머리 여자를 바라봤다. 그녀의 옆에는 금발 남자와 파란 머리 남자가 있었다. 이 사람들, 머리카락 색 참 튄다. 아니, 잠깐만…… 마리아가 말하길, 저 붉은 머리 여자는 분명 드래곤이라고 했는데. 그럼 설마 저 사람들도 전부 폴리모프인지 뭔지를 한 드래곤인가? 에, 에이 설마. 말도 안 돼.

"정신이 들어? 안됐지만 아스트라의 종은 널 도와주지 못해."

푸른 머리 남자가 웃으면서 지안이의 검을 발로 찼다. 벽과 부딪친 검이 요란한 소리를 냈다. 나는 남자를 노려보았다.

"어디서 났지? 말 해봐. 살고 싶지 않아?"

"살려줄 것도 아니면서 회유하지 마."

이놈이나 저놈이나 반말하는 건 여전하구나. 나는 충동적으로 대꾸해놓고 짜증스럽게 인상을 구겼다. 마음에 들지 않는다. 지안이의 검을 발로 차버린 것부터가 마이너스였다. 분노가 치솟았다.

"정말 건방지네, 너."

지척까지 다가온 푸른 머리 남자가 작게 중얼거렸다. 나와 눈높이를 맞추려는 듯 상체를 숙인 그가 나를 빤히 쳐다봤다. 나 역시도 그를 응시했다. 남자에게서 느껴지는 위압감은 실로 대단했지만, 어찌된 일인지 두렵지는 않았다. 그래서 오랫동안 쳐다볼 수 있었다.

남자가 의아하다는 것처럼 눈을 여러 번 깜빡였다. 그는 나를, 정확히는 내 눈을 신기한 물건 보듯이 관찰하다 미간을 찌푸렸다.

"어쩐지 이상한 눈이다 했어. 은안이라니……. 이것도 아스트라의 힘인가?"

"그 여자가 아스트라의 사제라면, 건드리지 않는 게 좋지 않을까? 사제들 중에서도 저 정도의 신성력을 가진 존재는 꽤 드물잖아. 게다가 아스트라의 종과 함께 있고. 가뜩이나 루시퍼한테 죽기 직전인데, 굳이 여신에게까지 미움을 받아야 돼?"

금발 남자가 걱정을 가득 담은 목소리로 말하자 묵묵히 경청하던 붉은 머리 여자가 인상을 일그러뜨렸다. 또각거리는 구두 소리를 내며 걸어온 여자가 푸른 머리 남자를 밀쳐내더니 나를 사납게 쏘아봤다.

"지금 그런 걸 따질 때야? 아스트라는 루시퍼의 손을 들어주고 있는지도 몰라. 그러니까 우리의 동족들이 잔인하게 도륙당하는 사실을 뻔히 알면서도 내버려뒀겠지. 리하르트는, 아니 판데모니움은 이미 끝났어. 충동적이고 제멋대로에다 이기적인 신들 때문에……."

여자가 분에 겨워 씩씩거렸다. 나는 내가 두른 망토 위로 어지럽게 흐트러져 있던 실들이 움직이는 걸 보았다. 달빛을 받아 눈부시게 반짝거리는 실은 기다렸다는 듯이 움직여 나를 옭아맸다. 망토를 찢고 피부 속으로 파고들었다. 피가 흘러내렸다. 뚝뚝 흐르는 소리가 귀에 박혔다.

"아…… 아……!"

오토바이에 치였을 때보다 훨씬 더 아팠다. 신음하던 나는 결국 비명을 질렀다. 몸부림을 치면 칠수록 섬세한 크리스털로 이루어진 실은 더욱 강하게 조여들었다. 내 몸에 얼마나 많은 피가 흐르는지, 확

151

실히 알게 됐다. 먼지 하나 없이 깔끔했던 바닥이 붉은 피로 얼룩졌다. 온몸이 뜨거웠다. 산 채로 화형을 당하는 것과 비슷한 느낌일 거였다.

여자가 내 머리채를 잡고 자신에게로 바짝 끌어당겼다. 나만큼이나 거친 그녀의 숨이 고스란히 느껴졌다.

"네가 받은 명령은 뭐지? 말하지 않겠다면 계속 다물고 있어도 좋아. 네 몸도, 정신도, 전부 엉망으로 만들어줄 테니까."

지안이의 검이 그녀를 향해 날아왔다. 그것을 받은 그녀가 잔혹하게 웃으며 칼을 휘둘렀을 때, 내 머리카락이 송두리째 잘려나갔다. 흐트러진 긴 머리카락이 바닥에 후두둑 떨어졌다.

"나, 나는…… 아무런 명령도 받지 않았……."

간신히, 정말 간신히 대답했건만 여자는 구겼던 인상만을 더 일그러뜨릴 뿐이었다. 망할 년. 나는 순식간에 귀밑까지 잘린 머리카락을 보며 울음을 참았다. 이럴 줄 알았으면 죽이 되든 밥이 되든 아까 순순히 대답하는 거였다. 아바돈을 물고 늘어지는 거였어. 이러다 피가 부족해서 죽는 건 아닐까. 내가 죽기 직전인데도 마리아는 아무런 반응이 없다. 내가 기절한 사이 저 드래곤들이 무슨 짓을 한 건가. 필시 그렇겠지. 아, 제대로 망했다. 지안이의 얼굴은 보고 죽겠다고 다짐했는데.

하지만 이런 꼴로 지안이를 만나서 뭘 어떻게 하겠다는 거지, 나는? 흐느끼며 주먹을 쥐자 지안이가 직접 끼워주었던 결혼반지가 보였다. 나는 잠시나마 호흡을 멈췄다.

"네 기억을 전부 봐야겠어. 걱정하지 마, 그렇게 고통스럽진 않을 거야. 일단 이 마법에 걸리면 백치가 되거나 정신이 아예 붕괴되거든.

152

고통스러운 게 뭔지, 무서운 게 뭔지도 모르게 되지."

병신이 된다는 데 어떻게 걱정을 하지 말라는 거야, 너. 상당히 이상한 여자다. 나는 피를 분수처럼 쏟아내면서도 고까운 눈으로 여자를 바라보았다.

갑자기 나를 조였던 크리스털 실이 헐렁해졌다. 그러나 그건 결코 호의가 아니었다.

"꺅!"

여자가 나를 반대편 벽으로 집어 던지더니 피식 웃었다. 그녀의 손에 들린 반지가 빛났다.

"이야, 아스트라의 사제씩이나 돼서 결혼도 했나 봐?"

머릿속이 차갑게 식었다. 고통이 사라짐과 동시에 분노가 끓어올랐다. 지안이가 직접 끼워준 이래로 단 한 번도 빼지 않았던 반지가, 자리를 잃고 그녀의 손에 들려 있었다.

"돌려줘."

나는 아픔도 잊은 채 소리쳤다. 저건 내 것이었다. 오직 나만을 위해 존재하는 반지였다. 황량한 이 차원에서, 아득히 멀어진 지안이와 나를 이어주는 유일한 증표이자 가장 소중한 보물. 나의 목숨. 그런데 그걸 빼앗겼다. 그녀가 빼앗은 것이다.

감히 내 것을.

"싫은데."

내가 반응을 보이자 여자의 입매가 만족스럽게 올라갔다. 그녀가 주먹을 쥐었다. 옅은 빛이 났다. 그 빛이 사라지자 그녀의 손이 활짝 펴졌다. 반지는 산산조각 나 있었다.

나의 모든 것이.

머릿속의 무언가가 뚝, 하고 끊어졌다. 일순간 눈앞이 아득해지더니, 거대한 달과 수많은 별들이 뜬 판데모니움의 아름다운 하늘이 보였다. 나는 발밑에 펼쳐진 빛의 도시와 하늘이 연출하는 장관을 멍하니 바라보았다. 그러다가 나직한 한숨 소리를 듣고 내 바로 옆에, 왕처럼 군림하는 남자를 발견했다. 그야말로 신이라고밖에는 표현할 수 없는, 따분한 표정의 남자였다. 타락한 신? 아니, 그의 날개는 오로지 순백이었다. 그는 무수히 많은 드래곤들의 시체 위에 앉아 지상을 내려다보고 있었다.

루시퍼.

"한심하고, 저능하고, 나약하기 이를 데 없구나."

지안이가 달콤한 목소리로 중얼거리며 드래곤의 잘린 머리를 발로 차서 떨어뜨렸다. 사람들이 비명을 지르며 달아나는 게 보였다.

그때 누군가가 내 가슴 속에서 물었다.

'보고 싶지? 이런 허상이 아닌, 실제로 마주하고 싶지 않나?'

나는 지안이, 루시퍼에게 시선을 고정한 채 미친 듯이 고개를 끄덕였다. 루시퍼의 뒤에 있는 종말의 네 기수와 악마들은 들어오지도 않았다. 심장이 어찌나 빠르게 뛰는지 잘못하다간 튀어나올 것 같았다.

조급해진 나는 손을 뻗었지만…… 닿지 않았다. 나는 혼란스럽게 입을 열었다.

"당신은 누구세요? 왜 나한테 이런…… 이런 방식으로 말을 걸죠? 이건 환영인가요?"

'아담의 책을 찾아라. 그리하면 내가 누군지 알려주지. 지금 너에겐 낭비할 시간이 없잖아? 그리고 물론, 네가 보는 루시퍼는 진짜다.'

다정한 목소리가 시름에 잠긴 나를 단번에 일깨웠다. 맞는 말이었다. 내가 그렇다는 뜻으로 고개를 끄덕이기 무섭게, 기다렸다는 듯이 풍경이 바뀌었다. 사방이 피범벅인 방이 눈에 들어왔다. 조금 이상했다. 내가 흘린 피라고 치부하기엔…… 그 양이 너무 많았다.

"어?"

천장에서 차가운 액체가 뚝 떨어져 내 뺨을 적셨다. 나는 무심결에 손을 들어 그것을 닦아냈다. 비라도 내리는 건가 싶어 손을 내려다봤더니, 피로 흠뻑 젖은 게 보였다. 나는 비명을 삼키며 고개를 들고 천장을 보았다. 그리고 손으로 입을 가리면서 신음했다. 바닥부터 천장까지 전부가 피투성이인 것이, 귀신의 집 저리 가라 할 정도로 끔찍했다.

– 유리. 정신 차린 거야?

"……이 쓸모도 없고 성격만 더러운 계집애야. 나 죽을 뻔한 거 알아? 뭐야, 그 드래곤인지 뭔지 다 어디 갔어?"

나는 입술을 삐죽이면서 다른 쪽 손에 들린 검을 빤히 응시했다. 내가 왜 이걸 들고 있지? 게다가 나, 바닥에 널브러져 있었는데 지금은 일어나 있다. 몸에 생겼던 상처들 또한 하나도 없어. 심지어 머리카락까지 원래 길이로 되돌아와 있다.

혼란스럽게 긴 머리칼을 매만지는데 마리아가 말했다.

– 네가 공격을 멈추자마자 사라졌어. 너 혹시 사이코패스냐? 어떻게 마법도 쓰지 않고, 내 도움도 받지 않고 드래곤들을, 그것도 세 마

리나 상대해? 완전 미친 거 아냐? 누가 루시퍼 애인 아니랄까 봐…….

"그건 또 무슨 소리야?"

나는 인상을 찌푸린 채 손을 펼쳤다. 약지에 끼워진 예쁘장한 반지를 물끄러미 바라보며 고개를 갸우뚱했다. 반지는 조각나긴커녕 금이 가지도 않았다. 새것처럼 말끔했다.

정말 이상한 일이네. 아까 그 목소리의 주인이 나를 도와준 걸까? 하지만 그건 단지 환청이었을 수도 있는걸. 지안이를 너무 보고 싶은 나머지 그를 상상한 걸 수도 있다.

– ……기억 안 나?

"무슨 말인지 모르겠는데. 이 반지, 혹시 네가 고쳤어?"

마리아가 침묵을 지켰다. 그 침묵을 긍정으로 받아들인 나는 혼자서 납득하고 문가로 다가갔다. 발을 옮길 때마다 들리는 질척한 소리가 무척이나 거슬렸다. 피 냄새에 비위가 상한 것은 물론이거니와, 머릿속이 온통 지안이로 가득 차서 현기증이 일었다.

나는 그를 만날 것이고, 그에게 내가 진짜라는 사실을 말한 다음…… 한 대 패줘야지. 그리고 아스트라랑 도대체 무슨 일이 있었던 건지 상세하게 알아야겠어.

단단히 결심한 나는 문고리를 잡고 비틀었다. 당기기도 하고 돌리기도 해봤다.

"……젠장. 안 열려."

내가 짜증을 부리자 마리아가 한숨을 쉬었다. 갑작스럽게 불어 닥친 바람을 정통으로 맞은 문짝이 형체도 알아볼 수 없을 만큼 처참하게 부서졌다.

나는 인적 없는 횅한 복도에 털썩 주저앉았다. 머리카락이야 원래

대로 돌아왔다지만 여전히 내 몰골은 엉망이었다. 나는 천장에서 떨어진 피로 흠뻑 젖어버린 망토를 벗어 신발을 닦았다. 그러던 것도 잠시, 행방이 묘연한 핸드백을 떠올리면서 머리를 긁적였다. 다시 찾는 건 불가능한 듯했다. 짚이는 장소가 너무 많은 게 문제였다.

피 냄새가 상당히 진해서, 코끝이 아려왔다. 아예 감각이 마비되는 듯했다. 나는 머리에 묻은 피도 닦아보려고 노력하면서 마리아에게 말을 걸었다.

"그 드래곤들, 죽었어?"

─ 네가 금방 멈췄으니, 피떡이 되긴 했어도 목숨은 붙어 있을걸.

나는 미간을 찌푸렸다. 꼭 미친 사람이 된 것 같았다.

"나 정말 아무것도 기억 안 나는데. 환청을 듣고 지안이의 환각을 봤더니 검 들고 서 있었어. 이상한 밧줄에 묶여서 피투성이였는데 정신 차리고 보니 생채기조차 없고…….."

참 이상하다. 명확한 해답을 찾지 못한 나는 말끝을 흐렸다. 내 기분이 가라앉았다는 걸 눈치챈 마리아가 아까보다 훨씬 밝은 목소리로 답했다.

─ 좋게 생각해, 무사하면 됐지 뭐.

"그야 그렇지만."

내가 마리아에게 대꾸하기 무섭게, 가까운 곳에서부터 격렬한 폭음이 들렸다. 나는 황급히 귀를 틀어막고 몸을 웅크렸다. 건물이 진동하고 유리창이 깨지는 난폭한 소리가 귓가를 파고들었다.

"뭐, 뭐야 이거?"

드래곤들이 복수라도 하러 온 건가? 나는 아연실색한 표정으로 주위를 두리번거렸다. 마리아의 말을 기다리며, 이상한 검은색 연기가 피어오르기 시작한 지안이의 검을 쥐고 숨을 죽였다. 다행인지 불행인지 내 손은 아바돈처럼 이상하게 변하지 않고 무사했다.

진동이 멎자 나는 전력을 다해 복도를 질주했다. 열심히 돌아다니다 깨진 유리 조각이 박힌 창을 발견하고는, 삐죽 머리를 내밀었다. 빛나는 물고기 한 마리가 다가와 내 뺨을 간질거렸다. 덕분에 앞이 좀더 환히 보였다.

하늘을 빼곡하게 메웠던 물고기들의 숫자는 현저히 줄어 있었다. 그 빈자리를 채우고 있는 건 거대한 검은색의 무리였다.

악마.

루시퍼의 사제들.

사람들의 비명 소리가 들려왔다. 서둘러야 했다. 내가 내려가는 계단을 찾아 돌아다니는 와중에도 크고 작은 폭발음이 쉬지 않고 울려퍼졌다. 단숨에 계단을 내려간 나는 내 주위에서 얼쩡거리는 물고기를 무시한 채 커다란 문을 박차고 뛰어나갔다. 조만간 이런 일이 있을 것이라 예상했던 모양인지, 사방이 무장한 병사들투성이었다. 무기를 들지 않은 사람은 아무도 없었다.

내가 건물 밖을 향해 막 발을 내디딜 때 하늘 위, 가장 높은 곳 어딘가서부터 떨어지기 시작한 불꽃들로 인해 땅이 움푹 파였다. 그것은 재앙이었고, 곧 악마들이 지붕에 내려앉았다.

나는 가을의 낙엽처럼 수두룩하게 떨어지는 악마들을 견제하느라 바쁜 병사들의 눈을 피해 조심조심 발을 옮겼다. 어두컴컴한 하늘을 바라보며 저 위 어딘가에 있을 지안이를 찾으려 애썼다. 지안이가 보고 싶었다.

지안이의 허상을 보면서 들었던 목소리가 떠올랐다. 난생처음 듣는 목소리였다. 톤이 일정하지 않아 목소리로만은 성별을 구분할 수가 없었다. 남자라 하기에도 뭐했고, 여자라 하기에도 뭔가 이상했다. 마치, 마치 조그만 어린아이의 목소리 같은…….

– 가급적 눈에 띄지 않도록 조심해. 저것들이 한꺼번에 덤비면 곤란하니까. 루시퍼는 이 근처에 있어. 기운이 느껴져.

근처에서 진격하는 병사들의 함성 소리가 들렸다. 잠시 몽롱해졌던 내가 깜짝 놀라자 마리아가 나지막한 목소리로 주의를 줬다.

나는 대답하는 대신 고개를 끄덕이고는 마리아가 알려주는 방향을 따라 내달렸다. 피가 보였다. 시체가 보였다. 발로 뭔가를 찼다 싶어 고개를 숙이니 피와 흙으로 범벅이 된 사람의 눈알이 굴러가는 게 시야에 잡혔다. 나는 입술을 깨물면서 미로같이 얽힌 골목길을 빠져나왔다. 매끄러운 잔돌이 깔린 공터로 들어섰다.

골목길보다 더하면 더했지 결코 덜하진 않은 처참한 풍경이 나를 맞이했다. 나는 눈앞에 자리한 작은 산을 보고 얼이 빠졌다. 비늘이 있고, 꼬리도 있는 이상한 생물의 시체가 겹겹이 쌓여 있었다. 색깔도 다르고 크기도 저마다 조금씩 달랐다. 이들의 공통점은, 눈을 감지 못하고 죽었다는 거였다.

"악마의 검…… 너도 저들과 한패냐?"

갑작스러운 목소리에 황급히 고개를 틀었다. 그러나 병사는 이미 나를 향해 검을 내리치고 있는 상태였다.

시간이 멈춘다 싶더니, 태풍 같은 바람이 몰아쳤다. 내가 보는 앞에서 얇은 휴지처럼 갈기갈기 찢어진 남자의 너절한 파편이 툭툭 떨어졌다. 그가 입었던 갑옷의 쇳조각이 덜그럭거렸다.

나는 멍하니 아래를 내려다봤다. 지안이의 검에서 피어오르는 이상한 검은 연기가, 사람들뿐만 아니라 악마들의 시선까지 끌고 있었다. 인간의 형상을 했으나 검은색 날개를 단 악마들 중 몇몇은 살육을 아예 멈추고 나를 멀뚱히 주시했다. 적신호가 울렸다. 위험했다.

— 서둘러.

마리아가 나를 재촉했지만, 나는 이미 달리기를 시작한 뒤였다. 악마들이 다가오자 마리아가 혀를 찼다. 일순간 몸이 가벼워지더니 붕 떠올랐다. 불과 몇 초 만에 나는 수백 미터까지 올라갔다. 마리아는 맹렬한 기세로 뒤따라오는 악마들을 전부 물리쳤다.

도시 전체의 모습이 한눈에 보였다. 내가 보는 와중에도 연기가 나고 땅이 갈라지면서 건물이 무너졌다. 시끄러운 폭발음과 날이 선 비명 소리가 쉬지도 않고 들려왔다. 악마들이 밀집된 곳은 새까맣게 보여 어둠의 일부분 같았다. 마리아는 내가 충격 받든 말든 도시 중앙에 우뚝 솟은 시계탑의 끄트머리로 나를 데려갔다.

발이 땅에 닿았다. 조금은 안심이 돼 안도의 한숨을 내쉬었다. 그러나 정신을 차린 내가 고개를 들기도 전에, 어떤 목소리가 귓가를 파고들었다. 절로 오한이 들 만큼 차갑고 달콤한 목소리였다.

소름끼치도록 아름다워.

"그 검을 내게 돌려주려고 온 건가? 갸륵하군."

부드럽고, 감미롭지만…… 섬뜩했다. 온몸이 곤두서는 걸 느껴 긴장하던 나는, 고개를 들고 목소리의 상대를 바라보았다. 돋은 뼈의 윤곽이 훤히 보이는 커다란 날개와 핏기 하나 없이 창백한 피부가, 기묘한 붉은빛을 띠는 보라색 눈이 생소하긴 했어도 그는 내가 아주 잘 아는 남자였다.

지안이를 보고 나는 숨을 들이켰다. 내 손에 쥐여졌던 검이 연기와 함께 사라져 지안이의 손에 들렸다. 그는 무표정한 얼굴로 나를 응시했다. 잠시 감격에 젖었던 나는 그런 그를 보고 황당함을 넘어선 분노를 느꼈다. 그는 내게 저런 표정을 보여준 적이 없었다.

"너…… 너…… 뭐야, 나 안 보고 싶었어? 반응이 왜 그……!"

나는 말을 끝맺지도 못한 채 얼어붙었다. 지안이는 손에 쥔 검을 살짝 돌렸을 뿐인데, 웬 집채만 한 새가 돌연 나타나 나를 향해 돌진했다. 트로타비스인지 뭔지 하는 새였다. 그 속도가 너무 빨라 도망갈 의욕도 잃어버린 나는 손을 올려 머리를 감싸고 눈을 감았다. 하지만 고통은 없었다. 마리아의 막과 충돌하는 소리 또한 들리지 않았다.

어……? 눈을 뜬 나는 온데간데없이 사라진 새를 찾으려 주위를 두리번거렸다. 그러다가, 잔뜩 구겨진 인상을 하고 있는 지안이에게 시선을 고정시켰다.

극도로 강한 정신적 충격을 받은 머리가 빙그르르 돌았다.

쟤가, 지금, 날 공격하려고…….

행복과 기쁨, 희망과 감동이 순식간에 사그라들었다. 결혼식장의 풍경이 되살아나면서, 트로타비스를 통해 아바돈에게 건넸던 그의 명령이 떠오르면서 눈에 눈물이 고였다. 서운했다. 이건 분노의 눈물이었다. 상처받은 마음이 끓어오르고 있다는 증거였다.

너는 이렇게까지 변해버렸구나.

겨우 만났다. 겨우 만났는데 한다는 행동이 고작 이거라면, 나 역시도 그와 똑같이 대응할 것이다. 못할 것도 없지. 나는 성큼성큼 걸어가 그의 바로 앞, 한 뼘밖에 닿지 않는 거리에서 멈춰 섰다. 그런 다음 다짜고짜 주먹을 쥐고 그의 얼굴을 쳤다. 고개가 돌아가는 정도였으나, 그래도 효과는 있었다. 내가 다가오는 걸 보고도 우두커니 서 있던 그가 어리둥절하게 눈을 깜빡이며 손으로 뺨을 문질렀다. 나는 아랑곳하지 않고 그를 불렀다.

"⋯⋯너."

나는 심호흡을 하고 소리쳤다.

"결혼식 바람맞히고 여기 와서 사니까 좋아? 그래서 나는 눈에 보이지도 않지? 너 여기 있다잖아. 너 여기 있대서 지구 반대편보다 훨씬 먼 이곳까지 왔는데 네가 나 죽이려고 하면 나는⋯⋯ 난 뭐가 되는데? 고생했다, 보고 싶었다, 사랑한다, 이런 말은 못 해줄망정! 최소한 눈물 한 방울이라도 흘리면서 뽀뽀나 포옹 정도는⋯⋯."

"⋯⋯정말."

열이 확 뻗쳐 되는 대로 지껄이자 지안이가 불쑥 내 말을 가로막았다. 그는 믿을 수 없다는 듯 의심 가득한 눈으로 나를 쳐다봤다.

"유리⋯⋯라고?"

"이거 안 보여?"

나는 반지를 낀 손을 들어 보이고서 인상을 찡그렸다. 폭풍 같은 눈물이 쏟아지는 감동의 재회는 물 건너간 지 오래였다. 지안이와 나 사이의 거리는 무척 가까웠다. 그가 손에 쥔 검을 휘두르기만 해도 나는 끝난 목숨이었다. 이런 생각을 한다는 것 자체가 불만스러웠다. 내가 왜 하나뿐인 신랑한테 목숨의 위협을 느껴야 하지. 그리고 지안이는 왜 나를 죽이려 하는 걸까. 설마 다른 여자가 생긴 걸까?

10년. 우리 사이의 간극이 의미하는 바가 너무도 컸다.

이건 미친 거다. 받아들일 수가 없는 시간이었다. 자그마치 10년이다. 이제 와서 지안이에게 새 여자친구가 생겼다고 한들, 어쩌겠는가. 내가 지안이의 입장이었다면 또 모르는 일이란 말이다. 그런데도 상당히 신경 쓰이는 걸 보면, 역시 어쩔 수 없는 것 같다. 나는 내가 그를 사랑하는 만큼 그도 나를 사랑해주길 바랐다. 이건 욕심이었다.

너는 내 거잖아. 내 거였고 앞으로도 쭉 그랬을 거잖아.

네가 전혀 다른 사람처럼 변했다고 해도 나는 여전히 너를 원해.

이게 진짜 너라면 받아들이는 수밖에 없어.

힘없이 손을 내린 나는 다른 여자가 생겼다는 지안이의 최후통첩을 기다리며 입술을 씹었다. 아래에선 생사를 건 혈투가 벌어지고 있는 마당에, 나는 신랑이 바람피웠다고 이실직고할까 봐 겁이 나 떨고 있었다. 스스로가 한심했다. 바보같이 느껴졌다. 마음 깊숙한 곳에 묻어두었던 의심의 씨앗이 결국 싹튼 게 분명했다.

"말도 안 돼. 그럴 리 없어."

지안이가 두어 번 고개를 젓더니 뒤로 물러났다. 그의 일그러진 표정을 통해, 흔들리는 눈을 통해 이상한 감정을 느낀 나는 주저 없이 손을 뻗어 그의 옷깃 부분을 잡고 끌어내렸다. 도망치지 못하도록 단단히 잡았다. 그와 내 눈높이가 같아졌다.

"왜 그래? 똑바로 봐. 나 유리야. 너 보려고 한달음에 달려왔잖아. 아스트라가 너 여기 있대서, 여기로 오면 너 만날 수 있대서 왔어. 그 여신이 전에 헛수작을 부렸나 본데, 어쨌든 나는 진짜란 말이야! 나 보고 싶지 않았던 거야? 무슨 문제라도 있어? 잡아먹을 듯이 노려보던 모습은 어디 가고 갑자기 왜……."

말을 마치지도 않았건만 울음이 터져 나왔다. 뚝 떨어진 지안이의 눈물이, 손에 부딪혀 주르륵 흘러내렸다. 나를 향해 뻗어진 그의 손이 허공에 멈춰 망설였다.

나는 더 크게 울었고, 지안이는 어느 때보다 부자연스러운 움직임으로 뻣뻣하게, 목이 막힌 것처럼 나를 안았다.

"너 진짜 유리 맞지? 아니면 나 죽어."

"……나 진짜 유리 맞으니까 그런 이상한 걸로 협박하지 마. 죽인다는 것도 아니고 죽는다는 협박이 세상에 어디 있……."

갑자기 지안이가 나를 확 밀쳐냈다. 당황한 나는 그를 안았던 팔을 내리지도 못한 채 어정쩡한 자세로 굳어버렸다.

그가 나를 보았고, 나도 그를 보았다. 파도처럼 불안하게 일렁이기 시작한 그의 눈동자가 새빨간 핏빛으로 일그러졌다. 나는 그가 느끼고 있는 감정을 읽으려 노력했다. 하지만 굳이 그럴 필요는 없었다. 그가 직접 말해줬으니까.

"내가, 너를, 죽이려고 했어. 세상에. 어떻게 너를 알아보지 못할 수가 있었지? 내가 어떻게……."

혐오스럽다는 듯 수치심이 가득 담긴 중얼거림이었다. 자괴감으로 물든 그의 눈동자가 내 시선을 피해 달아났다. 사실 그에 대해선 상처받기도 하고 화나기도 했다. 나를 아스트라가 만들어낸 꼭두각시라고 생각했기 때문이라고는 해도 서운한 건 어쩔 수 없었다. 그러나 분노를 표출하는 건 나중의 일이었다. 간신히 만났으니까 그런 건 일단 제쳐두고 재회의 기쁨을 맛보고 싶었다.

나는 이런 지안이의 모습을 보려고 여기까지 온 게 아닌걸.

나는 신중하고 조심스럽게 말했다.

"나 멀쩡해. 마리아가 지켜줘서 아무렇지도 않아."

나는 내가 무사하다는 걸 강조하기 위해 일부러 미소 지었다. 그러나 오히려 역효과가 나고 말았다.

지안이는 자책하는 것도 잊고서 무시무시한 눈길로 나를 노려보며 비난했다.

"멀쩡하다고? 아무렇지도 않아? 피투성이가 돼서 말은 잘한다. 여긴 어쩌자고 온 거야? 수상한 사람이 하는 말은 듣지도 말고 믿지도 말라고 했잖아. 개소리로 치부하고 무시했어야지. 아스트라는 너를 죽일 수도 있었어. 굳이 아스트라가 아니더라도 이곳에서 너를 다치게 할 인간들은 얼마든지……!"

지안이가 머리를 부여잡고 신음했다. 관자놀이를 꾹꾹 누르면서 낮은 목소리로 욕설을 뱉더니 "위험해."라는 단어만을 쉴 새 없이 중얼거렸다. 나는 이어질 그의 뒷말을 어렵지 않게 예측할 수 있었다.

그래서 더욱 짜증이 났다.

이윽고 지안이가 입을 다물었다. 그의 침묵이 길어지면 길어질수록 내 짜증도 더해갔다. 지안이는 내게 가까이 다가오지 않았다. 나와 붙어 있으면 어떤 큰일이라도 생긴다는 것처럼. 거리를 벌려, 멀찍이 떨어진 채로 말했다.

"지금 당장 돌아가. 아스트라에게 부탁해."

나는 싸늘하게 눈을 내리깔았다.

"싫어. 그리고 아스트라가 한번 오면 다시는 돌아가지 못한다고 했어."

"내가 직접 얘기하면 달라질걸."

"아하, 그동안 둘이 그렇고 그런 사이라도 됐나 봐?"

나는 빈정거렸다. 나는 상처받았고, 화가 났고, 지안이는 그 사실을 눈치챘다.

그가 조금 더 부드럽게 말했다.

"내가 원하는 사람은 늘 너야. 항상 너였다는 거 알잖아."

"아스트라가 내 행세를 한 적 있다는 얘기를 들었어. 그리고 그녀가 너를 상당히 좋아한다던데."

나는 물러서지 않고 따져 물었다.

그러자 지안이가 입술을 비틀었다.

"내가 아직까지 그녀를 살려두고 있는 건, 그녀만이 너를 데려올 수 있었기 때문이야. 하지만 그녀의 좋은 얘기가 다르지."

지안이가 의미심장한 목소리로 중얼거리더니 성큼 다가와 내 귀에서 마리아를 뺐다. 그러고는, 믿을 수 없이 손쉽게 부숴버렸다.

나는 울 것 같은 목소리로 비명을 질렀다.

"마리아! 너 무슨 짓을 한 거야!"

"너한테는 내가 있으니 이제 그딴 건 필요 없잖아?"

지안이가 당연하다는 투로 말하며 마리아의 파편을 떨어뜨렸다. 나는 '죽음'이란 것을 정말 아무렇지 않게 여기는 지안이가 두려워지기 시작했다.

"그래도……."

너는 누구니?

이 사람이 내가 찾는 지안이가 맞는 걸까?

우리가 다시 예전으로 돌아갈 수는 있는 거야?

"하던 얘기나 마저 해."

나는 눈물 고인 눈으로 지안이를 노려보았다. 그와 나에겐 10년이라는 긴 간극이 있었고, 그건 지안이만이 느낄 수 있는 거였다.

바빌론의 왕, 여명의 아들, 금성의 수호자 루시퍼. 하지만 그는 판데모니움을 멸망시키려 강림한 재앙의 신이었다.

내가 섣불리 말을 잇지 못하자 지안이의 긴 손가락이 내 턱을 더듬었다. 나는 그의 아름다운 얼굴로부터 시선을 돌렸다.

"그 여자랑 잤어?"

"아니."

나는 한 차례 숨을 들이켠 후, 용기를 내서 그를 마주보았다.

"내 눈 보고 똑바로 말해."

"아스트라와는 아무 일도 없었어."

아스트라와는?

"그럼 다른 여자는?"

그때 갑자기 지안이가 미친 듯이 웃기 시작했다.

"엄청나군. 정말 나한테 가장 먼저 묻고 싶었던 게 겨우 그거야?"

"겨우라니? 난 엄청 심각해!"

"나는 너뿐이라니까. 그리고……."

지안이가 잠시 말을 멈췄다. 그의 검이 뱀처럼 유연하게 구부러지는가 싶더니, 곧장 내게로 다가왔다. 나는 본능적으로 뒷걸음질을 치다가 목을 감싸는 차디찬 감촉에 눈을 깜박였다. 그건 내 목을 조르지는 않았지만, 벨벳 밴드로 만든 초커처럼 부드러우면서 몹시 단단했다.

나는 초커가 감긴 내 목을 만지면서 인상을 찡그렸다.

"이게……."

"돌아와줘서 고마워, 내 사랑. 다시는 놓지 않을게."

지안이가 어쩐지 비틀린 것 같은 웃음을 지었다.

나는 그에게 물었다.

"이거 혹시 네 검이야?"

"응. 그리고 너와 나를 떨어지지 않게 해주는 장치이기도 하지."

리하르트 전역에 사이렌이 울렸다. 나는 그의 새하얀 날개를 가만히 어루만졌다. 그를 섬기던 사제들은 전부 악마가 되었는데 정작 루시퍼의 날개는 빛보다도 아름다웠다.

"역시 넌 인간이 아니었구나."

너는 예전에 내가 알던 지안이가 아니야. 나를 바라보는 눈빛도, 나를 부르는 목소리도, 나를 어루만지는 손길도, 전부 변해버렸어. 결코 예전과 같지 않아.

"징그러워?"

지안이가 자조하면서 부드럽게 내 턱을 잡아 올렸다. 나는 그의 붉디붉은 눈과 마주했다.

"아니. 오히려 무척이나 아름다운걸. 하지만 나는 네가 왜 학살을 벌이는지 모르겠어. 이 차원을 멸망시키려는 이유가 뭐야?"

"나는 자살할 수가 없거든. 하지만 내 형제자매들은 타당한 이유만 있으면 나를 죽일 수 있지."

"……뭐?"

자살이라니?

"하지만 이제 목적이 바뀌었어. 이제야 진짜 너를 만났는데 죽을 순 없잖아."

지안이가 미친 것처럼 웃었다. 그는 신경질적이었고, 표정 변화가 뚜렷했다. 예전의 지안이는 이러지 않았는데. 내가 알던 지안이는 사교성이 좋아 모두에게 호의적이고 다정한 남자였다.

왠지 모를 이질감에 머뭇거리는 사이, 어떤 악마가 날아왔다. 그가 곧장 지안이를 향해 엎드렸다.

"전하, 리하르트의 왕을 찾았습니다."

나는 흠칫 놀랐다. 지안이는 별다른 흥미가 없다는 듯 웃음을 거두고 간단명료하게 명령했다.

"죽여."

"자, 잠깐만!"

나는 경악에 차서 소리쳤지만, 지안이는 딱 잘라 말했다.

"너랑은 상관없는 일이야. 그것보다 피곤하거나 배고프지 않아? 목욕도 해야겠는걸."

나는 이를 갈았다.

"밑의 사람들을, 리하르트의 모든 사람들을 죽일 셈이야?"

"물론이지."

"그들에게 무슨 죄가 있는데?"

"내 기분을 더럽게 만든 죄?"

"지안이 너……!"

나는 새하얗게 질린 채 얼어붙었다. 지안이의 손가락이 내 입술에 닿았다.

"아니, 아니지. 이젠 루시퍼라고 불러야지, 내 사랑."

내 눈에 고인 눈물이 기어이 방울을 지어 떨어졌다.

나는 돌이킬 수 없이 변해버린 그에게 애원했다.

"……이러지 마. 그만둬."

"너와는 상관없다고 말했을 텐데."

"네가 사람들을 죽이고 다니는데 어떻게 나랑 상관이 없어?"

"……유리야."

나는 입술을 깨물었다. 지안이가 싸늘한 눈으로 나를 바라보았다.

"네 목에 걸어둔 검은, 내가 원한다면 언제 어디서든, 심지어 지금 당장이라도 폭발하거나 다시 원상태로 돌아와 너를 베어버릴 수 있어."

달빛 한 조각이 스며든 눈물이 땅에 떨어졌다.

"……뭐?"

"우리 10년 만에 만났잖아. 너에겐 아닌 것 같지만, 어쨌든 나는 지금 내가 생각하기에도 제정신이 아니거든? 내 사랑, 부디 나를 이해해줘. 이 이상 나를 화나게 만들지 마."

지안이가…….

지안이가 아닌 것만 같다.

"나는 아직도 믿어지지 않아. 10년이라니……. 그건 너무……."

가혹해.

"착하지? 내가 저 미개한 잡종덩어리들을 청소한다고 해서 네가 죄책감을 가질 필요는 전혀 없어. 넌 그저 내 옆에 있어주기만 하면 되는 거야. 얌전히 나의 부인이 되어 모든 부귀영화를 누리면 될 것을. 역시 이럴 줄 알았어! 누군가는 결국 진짜 너를 데려와야만 했겠지. 나는…… 죽어서는 꽤나 곤란한 존재라서."

지안이가 큭큭거리고 웃었다. 그가 광소하며 손을 뻗자, 하늘에서 불로 이루어진 거대한 우박이 무차별적으로 땅에 떨어졌다.

"멍청한 벌레들."

나는 비스듬히 목을 기울이는 지안이에게 덜덜 떨며 말했다.

"너…… 어떻게……."

그가 죽인, 죽이고 있는, 또 앞으로 죽일 사람들의 수를 나는 감히 헤아릴 수조차 없다.

감히.

"정말 내가 아는 지안이가 맞니?"

"물론 아니지, 내 사랑. 넌 나를 10년 동안이나 버려뒀잖아."

지안이가 미소를 지으며 의자에 앉았다. 무너져 천장이 드러난 시계탑 주위에는 종말의 네 기수들이 포진해 있었고, 사람들의 비명 소리가 끊이질 않았다. 나는 종말의 한가운데에 서 있었다.

나는 간신히, 가까스로 한 발을 앞으로 내디뎠다.

"헛소리는 집어치워! 나는, 그 결혼식장에, 틀림없이 네가 올 거라고 믿었어. 그런데 결과가 어땠는 줄 알아? 나는 모든 사람들에게 동정과 비웃음을 샀다고! 결혼식 날 버림받은 신부라니, 넌 나를 세상에서 가장 비참하게 만들었어! 내가 너를 버린 게 아니야! 네가 나를 버린 거지!"

눈물이 솟구쳐 올랐다. 나는 모든 것을 파괴하기 위해 강림한 재앙의 신 같은 루시퍼를 물끄러미 쳐다보다가 결국 울음을 터뜨렸다.

그는 변했다.

"우리가 다시 예전처럼 돌아갈 수 있을지 모르겠어. 넌 너무 변했어. 나는…… 나는 이런 너를 감당하기가 너무 벅차."

심장이 통째로 쥐어뜯기는 기분이었다. 지안이가 웃음기 없는 목소리로 물었다.

"……이제 나를 사랑하지 않아?"

나는 대답하지 않았고, 그는 한 번 더 질문했다.

"여기까지 찾아와서 나를 버릴 셈인가?"

"그런 게 아니…… 아파!"

나는 순식간에 내 코앞까지 다가온 지안이에게 붙잡힌 손목을 비틀었다. 그는 금방 내 손을 놓았지만, 여전히 위험한 눈을 하고 있었다.

"너를 겁주고 싶지 않아."

"그럼 지금 당장 저 악마들더러 그만두라고 해!"

"그럴 순 없어."

"아니! 넌 충분히 그럴 수 있어!"

나는 입술을 깨물었다. 지안이가 고개를 숙여 내 입술에 키스했고, 그건 나를 또 울게 만들었다.

아, 나는 이 남자를 정말로 사랑하는데.

"나는 너의 그런 점을 미친 듯이 사랑해. 하지만 내 사랑, 네가 진짜든 아니든 나는 판데모니움을 멸망시킬 거야. 애초에 그렇게 세운 계획인걸."

지안이가 그렇게 속삭였다. 나는 눈물을 닦으며 반박했다.

"내가 나타났으니 자살할 이유가 사라졌다면서."

"그리고 살아갈 이유가 생겼지."

나는 인상을 찡그렸다.

"그럼……."

"하지만 나에게 주어진 기회란 없어. 그러니까, 이전엔 자살하기 위해 차원을 파괴시켰다면…… 지금은 나의 형제자매들을 유인해서 죽이기 위해 차원을 멸망시키고 있다고 해야겠군."

나는 공포에 질려 손으로 입을 가렸다. 뒤로 물러나다가 하마터면 시계탑 밑으로 추락할 뻔했는데, 그런 나를 지안이가 잡아주고는 몹시 상냥하게 말했다.

"유리야, 도망치고 싶어? 나는 네 발목을 자르지 않을 거야. 임신을 시켜서 낳은 애의 사지를 가위로 하나씩 자르는 거면 몰라도."

"너는 왜 이렇게 변해버린 거야……."

다리에 힘이 풀린 나를 지안이가 안아 올렸다.

"그리고 우리 결혼식도 해야지."

"……결혼식? 사람들이 이렇게 많이 죽었는데 누가 우리를 축복해 주겠어?"

나는 어처구니가 없어 실소했다. 차라리 지안이가 지금 당장 나를 죽여줬으면 좋겠다는 생각까지 들었다.

내 말을 무시하기로 작정한 건지, 지안이는 나를 제 품으로 더 끌어 당겼다.

"사랑해, 유리야. 사랑해. 사랑해. 너를 빼앗기지 않기 위해서라면 나는 무엇이든 할 거야. 너는 내 전부니까. 하루도 네 생각을 하지 않은 날이 없었어. 내가 사라진 동안 어떤 놈이 너에게 다가가기라도 했으면 나는……."

"지안아?"

"사랑해. 그리고 죽여버리고 싶을 만큼 증오해. 어째서 너는 내 머릿속을 떠나지 않는 걸까? 너를 처음 봤을 때, 네가 진짜 유리라는 사실을 알았을 때 하마터면 내가 할 수 있는 가장 잔인한 방법으로 너를 죽일 뻔했어. 너무 감격한 나머지……."

나는 더 이상 지안이의 말을 들을 수 없었다. 그는 그러거나 말거나 황홀한 목소리로 내 귀에 끊임없이 사랑해라는 단어를 집어넣었지만, 나에게 남은 건 오직 공포뿐이었다.

사람들이 죽어간다.

판데모니움에 종말이 도래했다.

결국 모든 사람들이 신의 진노에 죽을 것이고, 어쩌면 그 안에 나도 포함되어 있을 터.

누가 감히 루시퍼를 막을 수 있겠는가?

나조차도 낯선 타인으로 느껴지는 그를, 도대체 누가…….

"이제부터라도 늦지 않았어. 소중히 아껴줄게, 유리야."

그가 울고 있는 내 머리를 쓰다듬으며 비릿하게 웃었다.

"물론 내 방식으로."

이곳에 내가 알던 지안이는 없었다.

Blood Wedding

나를 감싸고 있는 이불이 깃털처럼 얇고 부드러워서 눈을 뜨기가 싫었다. 어차피 낮과 밤의 구분도 무의미한 세계인데 굳이 지금 눈을 떠야 하나?

나는 한숨을 쉬며 몸을 뒤척였다. 흐트러진 머리카락을 대충 쓸어 올리는데 갑자기 목을 감싸고 있는 싸늘한 것의 감촉이 생생하게 전달되어 왔다.

지난날 나는 인정할 수밖에 없었다.

내가 알던 지안이는 이곳에 없다는 것 말이다.

그리고 남아 있는 건, 나에게 10년 동안이나 버려졌다고 생각하는 재앙과 종말의 신이었다. 모든 재물을 손에 넣은 자. 여명의 아들. 바빌론의 왕.

루시퍼는 나를 데리고, 또 악마들로 이루어진 군사를 거느린 채 경계선을 넘었다. 이곳은 지안이가 멸망시킨 나라들의 잔해만 남은 폐허이자, 지금은 악마들의 전당이었다. 하지만 카슐르는 공작의 설명처럼 그렇게까지 끔찍하지는 않았다. 하늘은 솜사탕처럼 달콤한 연분홍빛이었고, 때로는 반짝이는 보라색으로, 혹은 연둣빛으로 바뀌었다. 거대한 아기나 성녀, 장군의 동상이 아무렇지 않게 걸어 다녔으며, 푸른 나비들이 무척이나 많았다. 그들은 무너진 건물의 잔해를 게걸스럽게 먹어치우고 있었다.

그리고 확실히, 루시퍼의 궁전은 그동안 내가 보아온 그 어떤 궁전보다 아름다웠다. 빛이 머무는 것처럼 온통 황금이었다. 사방으로 궁전을 둘러싼 물빛 호수가 궁전의 빛을 반사시키며 더욱 황홀한 정경을 만들었다.

문득, 잠에 취한 내 머리를 어루만지던 지안이가 입을 열었다.

"밤새도록 네가 자는 걸 지켜봤어."

나는 그렇게 중얼거리는 지안이를 쳐다보았다. 그가 웃음을 지었다.

"10년 동안 가장 행복한 순간이었어."

그의 섬세하고 가는 손가락이 내 이마에 붙은 머리카락을 뒤로 넘겼다.

나는 그의 손을 붙잡고 깍지를 끼면서 속삭였다.

"내가 그 말에 기뻐해야 하니? 이…… 멸망해가는 세상에서?"

어째서 나는 지안이를 다시 만났는데도 마냥 기뻐할 수가 없는 걸까. 저 바깥에 있을 사람들의 비명 소리가 귀에 들리는 듯했다.

그들은 일방적으로 학살당하고 있었다.

"유리야, 너는 생각이 너무 많아. 그냥 이렇게 나랑 다시 만났으니까 기뻐하면 안 돼? 아니면 너는 지금의 나를 사랑하지 않는 건가?"

"물론 나는 너를 사랑해. 네가 너무나도 보고 싶었어."

"나도 그랬어. 10년 동안 말이지."

지안이가 그렇게 말하고는 입술을 비틀었다. 그는 조소하면서 턱을 괴었다.

"이제 알겠어, 우리의 차이를? 내 사랑, 넌 절대로 나를 이해할 수 없을 거야."

"……너를 막을 수도 없고?"

나는 슬픔에 잠겨 이불 속으로 숨어들었다. 지난밤 우리는 같은 침대를 썼지만, 아무런 일도 일어나지 않았다. 지안이는 내가 자는 걸 지켜보고, 나는 지쳐 쓰러졌을 뿐이다.

지안이가 다소 날카롭게 말했다.

"어째서 나를 막아서려고 하는 거지? 넌 그냥 내 반려자로서 곁에 있어주면 되는 거야. 우리는 못했던 결혼식을 올릴 거고, 영원히 함께일 테지. 너한테도 만족스러운 결말 아니야?"

"네가 무차별적인 학살을 계속하는 이상, 나한테 '만족스러운 결말' 같은 건 없어."

아, 하고 짧게 웃은 지안이가 턱을 올렸다.

"미안하지만 내 사랑, 넌 너무 늦었어."

나는 이불을 박차고 일어나서, 차마 어찌할 바를 모르는 얼굴로 그와 마주했다.

"하지만 난…… 나는 도무지 어떡해야 할지 모르겠단 말이야! 아직도 밖에서 죽어나가던 사람들의 비명 소리가 들려!"

"울지 마."

지안이가 뺨을 타고 흐르는 눈물을 닦아주었다. 차라리 이 손길에 녹아버렸으면.

"그런 눈으로 쳐다보지도 말고."

지안이가 내 입술에 입을 맞췄다. 그는 생각보다 길게 키스를 이어나갔다.

내 정신을 앗아가버릴 때까지.

"결혼식, 다시 하는 거 싫어?"

"……아니."

나는 홀린 듯이 중얼거렸고, 지안이는 재차 물었다.

"나랑 영원히 함께하는 건?"

"물론 좋지. 하지만……."

"그럼 됐어."

"지안아!"

나는 불만스럽게 소리쳤다. 그러나 그는 더 이상 내 말을 듣지 않고 손을 잡아당겨 일으켰다.

"내가 너를 위해 만든 드레스를 입어줬으면 해."

그건 제안이자 명령이었다. 나는 울 것 같은 얼굴로 그를 올려다보다가 입술을 깨물었다. 머릿속의 모든 살점들이 낱낱이 흩어지는 기분이었다. 나와 지안이의 거리는 아직도 아득하게 멀었다.

한참 동안 씻고 나오자 지안이가 기다렸다는 듯이 옷을 보여주었다. 그건 새하얀 웨딩드레스였다. 나는 당황한 나머지 뒷걸음질을 치다가 넘어질 뻔했다.

당연하지만 드레스는 믿을 수 없이 아름다웠다. 끝단이 너무 길지 않은데도 고급스럽고 우아한 티를 물씬 발했는데, 공들여 수놓은 꽃이 쇄골과 팔 전체를 감싸고 있었다. 신데렐라도 이렇게 반짝이는 드레스는 부담스러워하지 않았을까.

나는 나에게 너무 과분할 것만 같은 드레스를 아연실색하게 응시했다. 이 새하얀 천 뭉치들은 몸의 라인을 우아하게 살려내면서 정성스레 잡힌 주름마다 보석을 박아넣어 화려함까지 잊지 않았다. 나는 감동반아야 할지, 아니면 두려워해야 할지 몰라 얼어붙어 있었다.

그 드레스는 내가 결혼식 날 입었던 드레스와 무섭도록 닮아 있었다. 지안이에게는 분명 10년 전의 일이었을 텐데, 어떻게 저렇게 똑같이…… 아 물론 보석들이 엄청나게 덧붙여지긴 했지만.

"내 사랑, 네가 이걸 입어주면 내가 정말로 기쁠 거야."

더 이상 반박하기도 지쳐서 나는 지안이가 시키는 대로 따랐다. 꽃이 만발한 흰 봄 같은 드레스를 몸에 걸치자 이보다 참담해질 수 없었다. 무섭도록 사이즈가 딱 맞았으므로. 지안이는 손수 내 머리에 꽃장식을 달아주었고, 몹시 행복하다는 듯 미소를 거두지 않았다.

"줄곧 이 순간만을 기다렸어."

거울 앞에 섰을 때, 지안이가 뒤에서 나를 끌어안으며 손을 마주잡았다. 나는 반사적으로, 이전에 그랬던 것처럼 지안이의 가슴에 머리를 기댔다. 세상에서 가장 치명적인 그의 목소리는 나를 홀리고 있음에도 내가 가장 좋아하는 악기였다.

그가 어린아이처럼 내 손을 꽉 쥐었다.

"절대로 오지 않을 거라고 생각했지만."

지안이의 혼잣말에 또다시 눈물이 차오르려 했다. 우리는 이렇게 사랑하는데, 어째서 나는 진심으로 행복해 할 수가 없는 거지?

나는 잔뜩 일그러진 얼굴을 감추려 고개를 숙였다. 지안이는 언제든지 내 목숨을 앗아갈 수 있는 초커 위에 새하얀 레이스로 리본을 묶으면서 말했다.

"사랑해. 사랑해, 유리야. 아마도 그래서 내가 미친 것 같아. 너를 지우지 못해서, 포기할 수 없어서, 아득하게 멀어서 삼킬 수도 없고 뱉을 수도 없어서. 너는 계속 내 안으로 번져만 가는데 내가 할 수 있는 일은 아무것도 없는 거야."

목이 졸리는 듯한 기분으로 나는 속삭였다.

"……우리 이렇게 다시 만났잖아, 지안아. 나는 네가 견뎠을 시간을 상상조차 할 수 없지만, 나는 지금 여기에 있어. 다시는, 절대로 떠나지 않을 거니까."

"그렇지? 너는 여전히 나뿐이지? 나만 사랑하는 거 맞지?"

나는 미간을 살짝 찌푸렸다.

"당연히 나도 너를 사랑해. 오직 너만을."

지안이가 절망적으로 중얼거리며 내 어깨에 머리를 묻었다.

"그렇게 말해줘서 고마워. 나는 언제나 너한테 사랑받고 싶었어. 네가 나를 이해하지 못해도, 두려워할지라도 그저 사랑해주기만 한다면."

지안이가 눈물을 떨어뜨렸다. 나는 황급히 등을 돌려 그를 껴안았다. 지안이는 품에 들어오는 나를 껴안은 채 만족스러운 한숨을 쉬더니, 곧 나를 침대에 앉히고 은빛이 도는 실크 스타킹을 신겨주었다. 반대쪽엔 다이아몬드가 박힌 웨딩 가터를 채워주어서, 얼굴이 미친 듯이 화끈거렸다.

"……그, 그건 내가 해도 되는데."

"전부 내가 해주고 싶었어."

나는 눈을 깜박였다. 마지막으로 지안이는 내 발에 새하얀 구두를 신기고, 결혼반지가 끼워진 손등에 입을 맞췄다.

그리고 당부하듯이, 결코 잊지 않기를 바라는 양 강조했다.

"전부."

우리는 식당으로 내려갔다. 식당엔 음식만 차려져 있을 뿐, 아무도 없었다.

"다들 어디에 있어? 그러니까 악마들 말이야."

"어딘가에서 인간 사냥이나 하고 있겠지. 이리 와."

나는 간담이 서늘해지는 걸 느끼며 지안이의 옆에 앉았다. 그가 아무렇지 않게 말하기 때문에 더욱 공포스러웠다.

나는 머뭇머뭇 포크를 들며 입을 열었다.

"우리 오늘 결혼하는 거야?"

"응."

"여기서?"

"아니."

나는 인상을 찡그린 채 지안이를 돌아봤다.

"……그럼?"

"조금만 기다려. 곧 무대가 마련될 테니까."

어쩌면 이렇게도 불길할 수가 있는지. 나는 떨떠름하게 주위를 둘러보다가, 결국 물컵을 집어 들었다. 물을 잔뜩 마신 뒤에야 식욕이 일었다.

지안이는 내가 처음 보는 생소한 요리들을 의심하며 조금씩 떼어 먹어보는 동안 참을성 있게 기다렸다. 족히 한 시간이 걸렸음에도 지안이는 오히려 내가 먹는 모습을 즐겁게 쳐다보기만 할 뿐이었다.

얼마나 시간이 지났을까, 하늘이 별빛으로 반짝이는 빨간색으로 물들기 시작했을 때, 내가 익히 아는 악마 아바돈과 다른 세 악마가 나타났다. 그들은 검은 연기에 에워싸여 지안이에게 허리를 굽혔다.

"전하, 모든 준비가 끝났습니다."

"각국의 모든 왕족들이 한 자리에 모여 전하를 알현할 시간이 오기만을 기다리고 있어요."

이게 무슨 말이지? 나는 혼란스럽게 주위를 둘러보았다. 어느새 식당 안은 악마들로 가득 차 있었다.

"……지안아?"

나는 공포에 휩싸여 그를 불렀다.

그 순간 어떤 악마가 꽤 큰 목소리로 투덜거렸다.

"그런데 정녕 그 인간 계집이 전하의 반려입니까? 어째서……."

"어째서냐고?"

지안이가 비웃음을 지으며 금잔에 있는 술을 마셨다. 지안이에게 질문을 건넸던 악마는 비명을 지르며 마구 날뛰었고, 누구 하나 그를 쳐다보는 이가 없었다.

"짐의 반려를 모욕한다면 누구든 죽음을 면치 못하리라."

그 말이 끝났을 때 나를 '인간 계집'이라고 불렀던 악마는 이미 죽어 있었다.

사방이 고요했다. 지안이가 일어나더니 내 손을 잡았다.

"가자, 유리야."

"어, 어딜?"

나는 그를 따라 일어나면서 무심결에 초커가 채워진 목을 만지작거렸다. 그가 웃으며 내 허리를 감쌌다.

"난 우리의 결혼식이 오래도록 기억됐으면 좋겠거든. 물론 너도 그렇지?"

"……무슨 의미야?"

지안이가 걸어갈 때, 모든 악마들이 절을 했다. 심지어 아바돈까지도! 그들은 감히 지안이와 눈을 마주치는 일이 없도록 머리를 조아렸다.

지안이가 경쾌하게 말했다.

"네 결혼선물로 뭐가 좋을지 생각해봤어. 그전에 하객을 구하는 게 먼저였지만. 넌 악마들뿐인 결혼식은 그다지 내켜하지 않았잖아? 하지만 그렇다고 아무 인간들이나 앉혀놓을 순 없는 노릇이고. 하여튼 내 사랑은 바라는 것도 많지. 그래서 더욱 사랑하는 거지만."

손이 떨렸다. 지안이는 무척이나 사랑스럽다는 듯 나를 불렀지만, 나에게 전해지는 감정은 극도의 두려움뿐이었다.

나는 믿을 수 없어 물었다.

"잠깐만, 그럼 그 하객들이란 게 아까 악마들이 말했던……."

내 말이 끝나기도 전에 지안이가 큭큭거리고 웃었다.

"모든 왕들, 왕자들, 공주들이 우리의 결혼을 축복할 거야. 그 머리를 비굴한 자존심과 함께 조아리면서 말이지."

"그건 내가 바라는 결혼식이 아니야!"

나는 복도에 멈춰 서서 비명을 질렀다. 이제 전신이 떨렸는데, 지안이는 마냥 순진하게 눈알을 굴렸다.

"나도 알아. 그래서 내가 어제 말했잖아?"

나는 입술을 깨물었다. 목에 있는 초커를 찢어버리고 싶었다.

"내 방식대로 소중히 너를 아껴주겠다고, 유리야."

나는 또다시 울음을 터뜨리는 대신, 있는 힘껏 지안이의 뺨을 때렸다. 그러나 그는 화내지 않았다.

오히려.

"투정은 이제 다 끝났어? 그럼 가자."

지안이가 다시 내 손을 잡았다.

눈에 고이는 눈물을 필사적으로 닦았다. 이젠 마리아도 없었고, 지안이뿐이었다. 내가 세상에서 그 누구보다 사랑하는 연인. 그런데 왜 나는 지금 행복하지 않을까? 왜 그에게 저주의 말을 실컷 퍼붓고 싶은 건지 모르겠다.

날개도 없이 날아다니는 섬뜩한 네 마리의 청동 말이 이끄는 마차를 타고 경계선의 숲을 넘어갔을 때, 발밑에서 불타는 마을이 수도 없이 보였다. 사방이 그저 폐허였다. 그런데 나는 가장 아름답게 꾸미고 웨딩드레스를 입고 있었다. 내가 입술을 깨물자 지안이는 내 어깨를 감싸고 제게 끌어당겼다. 마차가 조금 더 높이 날았고, 내 몸에서 풍기는 꽃향기가 정신을 어지럽게 만들었다.

큰 성이 가까워지자 지안이가 나를 안고서 가볍게 뛰어내렸다. 아바돈과 다른 네 악마들이 우리의 뒤를 따라왔고, 성문은 저절로 열렸다.

정적이 마냥 무서웠다. 나는 벨벳 카펫을 밟으며 계단을 올라가다가 무심결에 나와 팔짱을 낀 지안이에게 바짝 붙었다. 그는 내가 구두에 익숙하지 않다는 걸 알고 있었으므로 나직이 웃었다.

"조심해."

순간 옛날 생각이 나서 얼굴이 화끈거렸다. 하지만 설렘도 잠시, 가장 큰 홀로 향하는 문이 확 열리자 나는 얼어붙었다.

지안이가 말했던 왕들, 왕자들, 공주들, 그 밖의 모든 고귀한 자들이 무릎을 꿇은 채 우리를 기다리고 있었다. 그리고 놀랍게도 그 중엔 내가 아는 얼굴이 있었다.

"고개를 들어라. 오늘은 기쁜 날이니 짐도 너그럽게 너희들의 무례를 허락하지."

지안이의 말에 노골적인 조소가 섞여 있었지만 나는 한 남자로 인해 집중하지 못했다.

"공작……."

에드가 게일 페르디난드. 아스트라에게 세례를 받은 귀족이 나와 눈을 마주치자 그럴 줄 알았다는 듯 허무하게 웃었다.

"결국은 너도 실패했군. 악마로 전락한 모든 사제들, 그리고 교황처럼."

"당신은 이렇게 될 걸 알면서도 저를 보내준 건가요?"

"글쎄."

그의 시선이 내 웨딩드레스에 오랫동안 머물렀다. 그가 무슨 말을 더 하려다가 입을 다물었고, 지안이는 내 손목을 잡았다.

지안이가 내 귀에다 대고 불쾌한 목소리로 속삭였다.

"내 사랑, 그 새끼랑은 잘도 지껄이네. 나하고는 몇 마디도 나누지 않았으면서."

"지안아, 나는 그냥……."

그때 갑자기 지안이가 공작의 머리를 발로 밟았다.

"쓰레기나 주워 먹는 개 주제에 고개를 지나치게 치켜드는구나. 감히 그 더러운 눈으로 누굴 넘봐?"

"그만해!"

나는 놀라서 지안이를 말렸지만, 그는 강한 힘으로 공작의 머리를 짓이겼다. 아예 부숴버릴 것처럼!

"유리가 목숨을 구걸하게 만들다니 더더욱 한심하고 한심하기 이를 데 없다. 아스트라의 세례자여, 너는 고작 이정도의 우매한 짐승이었던가? 신을 목격하고도 미치지 않은 건 칭찬받아 마땅하나, 너에겐 아무것도 보이지 않는구나. 네가 여지껏 목숨을 붙이고 있는 건 단지 아스트라의 세례를 받았기 때문인가 보군. 그저 운이 좋았지."

극도의 두려움으로 인해 심장이 마구 뛰었다. 지안이가 실컷 공작을 조롱한 후 돌아선 순간, 공작이 기다렸다는 듯 품에 숨겨뒀던 단검을 휘둘렀다. 칼날에 특이한 문자가 새겨진 검이었는데, 지안이는 그것을 손으로 잡았다.

검날이 두 동강 났고, 지안이의 손은 새까맣게 변했다. 그의 손톱에서 피가 떨어졌다. 공작의 머리에서도 피가 흐르긴 마찬가지였다.

나는 손으로 입을 가렸다. 공작이 지안이를 공격한 검이 평범한 게 아님을 눈치채고 다가가려는데 이번엔 다른 사람이 검을 들었다. 그러나 그는 지안이가 아닌 나를 노렸다. 당연히 나에겐 그의 공격을 방어할 만한 수단이 없었다.

"죽어라!"

지안이가 혀를 차며 내 쪽으로 손을 뻗었다. 남자는 즉시 가루가 되었고, 그를 따라 공격을 준비했던 다른 남자들 또한 마찬가지였다.

나는 그들의 죽음을 똑똑히 바라보았다. 이젠 피할 수도 없었고 책임을 회피할 수도 없었다.

나도, 공범이나 마찬가지였다.

"유리를 돌려줬는데 왜 아직도 인간들을 학살하고 다니는 거야? 이제 판데모니움을 가지고 노는 건 그만둬."

찬란한 빛과 함께 나타난 아스트라가 인사랄 것도 없이 곧장 지안이에게 말했다. 지안이는 손에 묻은 피를 털어내며 그녀를 경멸했다.

"닥쳐라, 창녀."

"……저 개 같은 말투는 여전하군."

아스트라가 낮은 목소리로 중얼거렸다. 지안이는 벨벳 카펫을 피로 물들여가며 심히 못마땅하다는 양 고개를 틀었다.

"유리가 내 옆에 있다, 그래서 뭐? 나는 멈추지 않는다. 목적은 바뀌었을지언정 과정은 결코 변하지 않을 거야. 나는 이 세계를 멸망시킬 거고, 너는 내 손에 죽는다."

"하, 나를 죽이겠다고?"

지안이의 말에 오히려 내 눈이 휘둥그레졌다. 그러다 문득 주위로 시선이 갔는데, 나와 공작을 제외하고는 아스트라가 발산했던 강렬한 빛 때문인지 머리를 바닥에 붙이고 있었다. 공작은 아스트라의 출현이 전혀 달갑지 않다는 얼굴이었다. 그는 그녀가 차라리 자신을 모른 척하길 바라는 것처럼 눈을 돌렸다.

지안이가, 아니, 루시퍼가 거만하게 말했다.

"어차피 내가 이곳에서 눈을 뜬 이상 판데모니움의 멸망은 필연이었어. 나의 형제자매들의 예견된 죽음처럼. 지난 10년간 너희들의 끈질긴 방해로 나는 유리를 만나지 못한 채 미쳐갔다. 내 목숨마저 포기하려고 했건만, 이제는 유리가 내 손에 들어왔으니 얘기가 다르지."

불현듯 초커가 채워진 목이 간질거렸다. 아스트라가 날카롭게 소리쳤다.

"루시퍼, 너는 고작 그 인간 계집이 우리보다 중요하다 이거야? 같은 형제자매를 죽이겠다고?"

"난 나의 연인인 척 모습을 바꿔서 내 침대에 기어드는 여자를 누이로 생각하지 않는데?"

순간 나는 기가 막혀서 입을 벌렸다.

"뭐? 뭐? 뭐?"

지금 내가 도대체 뭘 들은 거야?

아스트라가 입술을 깨물었다.

"……다 너를 위해서였어. 네가 너무 그 여자한테 목을 매니까!"

"그래서 몸으로 위로해주려 했다?"

지안이가 큭큭거리고 웃었다. 아스트라의 얼굴이 붉게 달아올랐다.

"내가 너를 어떻게 생각하는지 알잖아!"

지안이가 입꼬리를 올린 채 빈정거렸다.

"그 말을 똑같이 돌려주지. 내가 너를 어떻게 생각하는지 알 텐데?"

나는 더 이상 참지 못하고 입을 열었다.

"이번에도 역시나 최악의 결혼식이 따로없네."

나는 지안이를 매섭게 노려봤고, 아스트라는 눈 하나 깜짝하지 않고 말했다.

"난 너에게 마지막 경고를 하러 온 거였어, 루시퍼. 이 이기적인 자식, 도대체 얼마나 더 많이 가져야 성에 찰 건데!"

"전부."

"……뭐?"

지안이는 그저 비틀린 미소를 지을 뿐이었다.

"치졸하게 뒤에 숨어 있지 말고 나오너라, 메타트론. 신이 둘이나 찾아왔으니 짐도 형식적인 대접은 해줘야 너희도 체면치레를 하겠지."

지안이가 내 목에 걸린 새까만 검이 아닌, 마치 태양처럼 빛나는 검을 허공에서 꺼내 잡았다. 그건 아스트라의 빛과는 전혀 다른 성질의 것이었다. 모든 것을 관통하고, 꿰뚫고, 녹여버릴 것 같은. 분명 빛인데 너무나도 시려서 전신이 따끔거렸다. 아니나 다를까, 왕족들이 눈과 귀에서 피를 흘리며 죽어갔다. 그나마 공작과 그가 지킨 극소수의 사람들만이 가까스로 검의 빛을 견디고 있었다. 그리고 나는, 아마도 지안이가 계속 지켜주고 있어서 이렇게 무사한 것이겠지.

아스트라가 쯧, 소리를 내며 공작을 비롯한 살아남은 다른 이들을 어딘가로 이동시켰다.

지안이가 피로 흥건한 바닥을 걸어가면서 중얼거렸다.

"더러운 것들."

나는 지안이를 따라가야 할지 망설였다.

"혀, 형. 제발 그만해."

허공에서 나타난 건 체구가 왜소한 소년이었다. 그가 울 것 같은 얼굴로 지안이를 올려다봤다.

"간만이구나, 메타트론. 내 서열이 땅에 떨어지니 기분이 좋더냐?"

"서열 같은 건 중요하지 않아! 우리는 모두 같은 형제……."

지안이가 코웃음을 쳤다. 하지만 일의 전말이 궁금했던 나는 슬며시 그를 불렀다.

"지안아? 무슨 얘기야?"

그제야 지안이가 나를 응시했다.

"……내가 인간이 되어 너와 만난 이유 말이다. 그건 일종의 형벌이었지. 판테온의 장남이었던 나는 신이라는 본분에 걸맞지 않게 힘을 남용했다는 이유로 지상으로 추락했다. 그렇게 모든 능력과 기억을 잃은 채 너를 만났어."

"힘을 남용했다니? 설마 지금처럼……은 아니지?"

"유리야."

그가 지극히 다정한 목소리로 나를 불렀다. 도무지 세상의 종말과는 어울리지 않는 상냥함으로.

"나는 네가 생각하는 것처럼 착하지 않아. 이미 충분히 느꼈겠지만, 나는 자비롭고 온화하기는커녕 아주 질이 나빠. 물론 나는 너를 해치지도 않을 거고 상처 입히지도 않을 거야. 이 점은 분명히 맹세하지. 다만, 네 주위는 폐허가 될지도 몰라."

아스트라가 한마디 거들었다.

"자만. 욕망. 잔인함. 모든 걸 포용하는 빛이 아니라 녹이고 베어버리는 빛. 그게 우리가 루시퍼를 설명할 때 쓰는 단어지. 그가 추락해서 인간으로 변하기 전에 우리 처지가 어땠는 줄 알아? 저 인간들과전혀 다를 바 없었지. 목이 잘리거나 눈알이 뽑혀도 죽지 않는다는 점만 제외하면 말이야."

나는 한 손을 들어 아스트라의 발언을 제지했다.

"……잠깐만요. 제 시간은 아직 당신이 제 남편의 침대로 기어들어 갔다는 얘기에서 멈춰 있거든요."

아스트라가 신경질적으로 눈알을 굴렸다.

"어이가 없네."

"그건 제가 할 말이거든요? 심지어 내 모습으로 그 짓을 하려고 했다고?"

나는 이를 갈며 홱 돌아서서 지안이의 뺨을 때렸다. 생각 같아선 아스트라를 실컷 패주고 싶었지만, 그녀보다는 지안이와의 거리가 가까웠기 때문이었다. 그리고 이런 얘기를 당당히 꺼낸 지안이도 미웠다.

아스트라와 메타트론이 내 돌발 행동에 숨을 죽였지만 자주 있던 일이라 지안이는 태연했다.

"왜 날 때려?"

나는 입술을 깨물었다.

"도대체 몇 번이나 더 나를 비참하게 만들 셈이야? 처음엔 바람맞히더니, 이젠 식장을 피바다로 만들어? 정말로 너는 이게 낭만적이라고 생각하는 거니?"

"그건……."

나는 해명조차 못하게 그의 뺨을 한 대 더 때렸다. 지금 내가 웨딩드레스를 입고 있다는 것만큼 비참한 사실이 또 어디 있을까.

나는 지안이를 찢어죽일 기세로 윽박질렀다.

"입 닥쳐! 결, 혼, 식, 은! 오로지 신부를 위한 날이야! 너는 그냥 주례사가 날 사랑하냐고 물을 때 '네'라고 대답하기만 하면 된다고! 다른 건 아무것도 필요 없어! 협박도! 살인도! 창녀도!"

"……창녀?"

나는 기가 막히다는 듯 중얼거리는 아스트라의 말을 무시했다.

"이곳에서 나는 수많은 시체들을 봤어. 지금의 네 모습이 오히려 본질이라는 사실도 알았지. 그런데도 나는 여전히 너와 결혼하려고 했어."

오직 지안이에게만 들릴 만큼 작은 목소리로 속삭이며 나는 눈물을 떨어뜨렸다.

"내가 너를 무서워하게 만들지 마. 피로 물든 결혼식이라니, 아, 세상에. 이게 말이 된다고 생각하니? 네가 죽인 사람들의 숫자가 하늘 위의 별들보다도 많을 거야!"

지안이가 손등으로 내 눈물을 닦아주었다.

"전에도 말했지만 이미 늦었어. 판데모니움은 그냥 내버려둬도 멸망할 거라고. 그러니까 그것 말고 다른 원하는 걸 말해. 결혼식이 마음에 안 들면 몇 번이고 다시 하면 되잖아. 그래도 화가 안 풀리면 이 성을 통째로 줄까? 아니면 왕국을? 아니면 너를 신으로 만들어주면 되겠어?"

그 말에 나는 완전히 인내심을 잃었다.

"그게 아니잖아, 이 등신 새끼야! 답답아! 나는 네가 싫어!"

내 마지막 말에 지안이가 얼어붙었다. 나는 훌쩍이며 말을 이었다.

"학교 다닐 땐 그렇게 공부를 잘했으면서 왜……."

그 순간 나는 갑작스럽게 덮쳐오는 살의에 숨을 들이켰다.

"헉!"

그 순간, 내 등 뒤에서 칼을 꽂아 박으려던 메타트론을 지안이가 한 손으로 막았다.

칼이 지안이의 손을 아예 관통해버린 걸 확인하고 나자 머릿속이 새하얗게 일그러졌다. 그러나 지안이는 나보다 더욱 제정신이 아니었다.

"감히 누구에게 칼을 들이미는 것이냐!"

격노한 그가 메타트론을 발로 걷어찼다. 그럼에도 화가 풀리지 않는 듯, 아무렇지 않게 손에서 검을 뽑아내며 소리쳤다.

"감히, 감히 너 같은 쓰레기가 누구에게!"

벽에 부딪친 메타트론이 피를 토하며 두려움에 가득 찬 눈으로 루시퍼를 바라보았다. 루시퍼의 몸에서 새어나오는 빛이 그의 목을 조르는 것처럼 보였다.

"너희들은 형제자매로 취급할 가치도 없다."

정신이 혼미했다. 나…… 나 방금 쟤한테 죽을 뻔한 거야?

비틀거리는 나를 한 팔로 부축한 지안이가 이를 갈았다.

"이 일을 두고두고 후회하게 될 거다, 메타트론."

시야가 가물거렸다. 바닥에서 바람이 일었다. 성의 지붕이 통째로 날아가고 주위로 무시무시한 돌풍이 몰아쳤는데 나에겐 그 어떤 피해도 없어서 너무나 비현실적이었다.

「모든 걸 포용하는 빛이 아니라 녹이고 베어버리는 빛. 그게 우리가 루시퍼를 설명할 때 쓰는 단어지.」

나는 아스트라가 씹어 뱉듯이 말했던 걸 상기했다.

눈앞에서 메타트론의 사지가 갈기갈기 찢겨지고 아스트라가 비명을 질렀을 때, 갑자기 시간이 멈춘 것처럼 바람이 뚝 멎었다.

이제 더는 뭐가 나타나도 놀라지 않을 것 같았는데, 푸른색 피부와 지느러미를 가진 남자를 본 순간 구역질이 나올 뻔했다. 그는 분명 유쾌한 인상의 아름다운 청년이긴 했지만…… 피부가 왠지 미끌거려 보였다.

마치 바다에서 올라온 인어와 마주한 느낌이었다. 이상하고, 낯설고, 참 이질적인데 기묘한 아름다움이 있어서 시선을 떼기 힘든.

지안이와 아스트라 사이에 선 인어가 입을 열었다.

"적당히 해, 루시퍼 형님."

나는 눈을 깜빡였다. 그의 음성은 뮤지컬배우처럼 무척 듣기 좋았다.

"……다곤, 너도 방해할 셈이냐?"

지안이가 이를 악물었다. 그는 다곤이라는 남자도 얼마든지 죽일 것만 같았다. 그것을 다곤도 눈치챘는지 최대한 유하게 말하려고 애쓰는 게 보였다.

"좋든 싫든 형님은 아직 이 차원에 묶여 있어. 그런데 다 멸망시켜버리면 형님이나 형님의 아내분이나 꽤나 지루해지지 않겠어? 그리고 형제자매들을 죽이는 것도 곤란해."

"나한테 명령하지 마라!"

지안이가 그렇게 외치는 순간 메타트론의 몸이 아예 가루가 되어 흩어졌다. 그건 부드러운 유리 결정처럼 반짝이며 하늘로 날아갔다.

다곤이란 남자가 혀를 내둘렀다.

"기어이 신 하나를 '또' 죽였군."

또?

성채가 완전히 부서지기 직전이었다. 지안이가 나를 향해 손을 뻗자, 내 몸이 둥실 떠올라 성 바깥에 있는 벚나무 위로 얌전히 내려앉았다. 나는 잠시 상황파악을 하느라 눈을 깜박였다. 훅 끼쳐오는 꽃내음, 사르르 부드러운 잎의 감촉, 활짝 핀 작은 꽃송이들이 하늘거리며 내 치마 위로 떨어져서.

아름다운 분홍빛 벚꽃더미가 나를 푹신하게 감싸 안았다.

나는 멍한 채 상체를 일으켜 위를 올려다봤다. 여전히 세 신은 대치 중이었다. 그리고 내 주위로 종말의 네 기수들이 몰려들었다. 그러니까 검보라색 머리가 아바돈, 제일 키가 작은 대사제 마스테마, 노인의 모습을 한 녹색인간 조반니, 그리고 붉은 백작의 왕 솔로몬이었던가. 그들은 루시퍼의 사령관이자 일종의 간부였다. 그러나 아무리 그들이라도 신들의 싸움에 끼어들 순 없었던 모양이었다.

그렇다면 나는?

이 상황에서 나는 무엇을 할 수 있지?

나는 하늘하늘 머리 위로 떨어지는 벚꽃잎을 무시한 채 눈을 비볐다. 이미 내 웨딩드레스는 분홍빛 꽃물이 든 것처럼 예쁘게 장식되어 버렸다.

"무사했나."

어쩐지 비웃음이 섞인 아바돈의 말에 나는 코웃음을 치며 다시 위를 쳐다봤다가, 곧 거추장스러운 웨딩드레스를 무릎까지 끌어올렸다. 다른 악마들이 왠지 모르게 확 소리 나도록 고개를 돌렸지만 나는 아랑곳하지 않고 아바돈에게 명령했다.

"가서 내 손바닥만 한 돌멩이를 한 다섯 개 정도 주워와."

아바돈이 미간을 찡그렸다.

"왜?"

"남편은 아내 하기 나름이거든. 나 네 상관이랑 부부 사이인 거 알지? 빨리 안 갔다와?"

아바돈이 뭐 씹은 표정을 짓고는 순식간에 사라졌다. 나는 남은 세 악마를 훑어보았다. 저마다 생김새는 인간에 가까웠지만 확실히 이질적인 무언가가 있었다.

나는 그들에게 반말을 할까 존댓말을 할까 고민하다가 그냥 아바돈에게 했던 것처럼 하대로 밀고 나가기로 했다.

"도망치지 않는 걸 보니 너희들은 지안…… 아니, 루시퍼가 이길 거라고 확신하는 거니?"

"그야 당연하죠."

"물론입니다만."

"저들이 이길 여지가 있습니까?"

세 사령관이 너무나 당연하단 투로 답했으므로 나는 인상을 찡그렸다.

"단순히 너희 상관이라서 믿는 거야, 아니면…….

"자, 주워왔다."

불쑥 다시 나타난 아바돈이 사정없이 내 치마에 돌멩이를 떨어뜨려서 나는 비명을 질렀다.

"야! 아프잖아!"

"살살 건네주라는 명령은 못 받아서."

하여간 저게…….

나는 한숨을 쉬곤 간단하게 팔 운동을 했다. 나는 다른 악마들이 지켜보는 가운데 가장 큰 돌멩이를 지안이에게 던졌다. 물론, 단순히 시선을 돌릴 생각이었지 명중시킬 의도는 없었다. 그런데 하필 그때 다곤이라는 신이 지안이가 있는 방향으로 움직이는 바람에 본래는 빗나갔어야 할 돌을 그에게 맞춰버리는 참사가 일어나고 말았다.

"……어라."

나는 당황스럽게 눈을 깜박였다. 그건 느닷없이 돌에 맞은 다곤도 마찬가지였다.

어쨌든, 아직 지안이는 화가 풀리지 않은 게 분명했다.

"전부 죽어라!"

그가 오로지 빛으로만 이루어져 있는 것 같은 무기를 휘둘렀을 때, 오히려 세상이 너무 환해져서 암흑에 빠진 기분이었다. 하지만 그 빛은 나에게 어떠한 해도 끼치지 않았다. 눈이 조금 시릴 뿐이지 오랜만에 태양빛을 쬐는 느낌이라 신기했다. 하지만, 지안이를 말려야 했다. 어쨌거나, 다른 신들의 얘기를 들어보니 지안이가 같은 신을 해쳐서

득이 될 건 전혀 없어 보였으므로.

나는 나머지 돌을 어떻게 할까 고민하다가 아바돈의 머리에 하나 던졌다.

"야, 루시퍼한테 나 좀 데려다 줘. 곱게, 얌전히, 정중하게, 공주님처럼 안아서 모시렴."

비록 표정은 구렸으나 아바돈은 내가 시키는 대로 했다. 나는 지안이의 모습이 보이자마자 그에게 뛰어들어가 안겼다.

"너, 메타트론인가 뭔가 하는 신을 죽인 거야?"

발 디딜 곳이 없어서 나는 지안이의 목에 매달렸다. 그가 나를 잡아주며 말했다.

"너를 공격하려고 했잖아."

"하지만 네 형제라며."

"그래서?"

피도 눈물도 없군. 나는 눈살을 찌푸렸다.

"저 두 신도 해칠 생각이니?"

"……대답할 가치도 없는 질문인데."

"난 오늘 충분히 많은 피를 봤어. 그리고 솔직히, 신이란 존재를 그렇게 쉽게 없애버린 네가 좀 무서워지려고도 해."

나는 목에 묶인 하얀 레이스 리본을 풀어서 초커가 드러나게 했다. 지안이가 직접 채운, 언제 어느 순간 내 목숨을 앗아갈지 모를 사슬을.

물론 나는 지안이가 그러지 않을 것이라는 사실을 안다.

세상에서 그 누구보다 잘 알지만.

"지안아, 너는 나한테 이러면 안 돼."

어쨌든 나는 그를 설득시킬 수 있는 유일한 사람이었다.

"내 말 알겠어? 너는, 나한테, 이렇게 굴면 안 된다고."

그래도 지은 죄는 아는 모양인지 지안이가 슬쩍 내 시선을 피했다.

"……그건 나도."

"나도 뭐?"

"나도 알지만……."

지안이가 우물거렸다. 나는 순간 버럭 했다.

"알면 실천을 해야지, 이 자식아!"

나는 고함치며 마지막 남은 돌멩이로 그의 머리를 쳤다. 그러나 그가 무척이나 멀쩡해서, 나는 분에 겨워 돌멩이를 집어 던지고 주먹으로 다시 쳤다.

"내 결혼식 돌려내! 지금 당장 돌려내라고 이 한심한 놈아! 나는! 인질극도, 학살극도, 저런 창녀나 푸른 물고기 같은 신도, 악마 나부랭이들도 없는 정상적인 결혼식을 원했는데! 오늘 내가 흘릴 눈물은 분명 기쁨의 눈물이었어야 했다고!"

나는 거칠게 숨을 몰아쉬었다.

"지금 바로 나를 위해 뭔가를 하지 않으면 나는 너를 죽여버릴 거야."

"……와, 굉장한 신붓감이네요, 형님."

"넌 닥쳐."

나는 다곤이 신이고 나발이고 욕을 뱉었다. 결국 지안이는 항복했다. 그가 검을 사라지게 만든 뒤 한숨을 쉬었다.

"알았어. 다른 데로 가면 되잖아."

그가 나를 데리고 이동한 곳은 인적 없는 고원이었다. 사방이 탁 트여 있어서 순식간에 정신이 맑아졌다. 어쨌거나 더는 피 냄새도 시체도 없었다. 그것만으로도 나는 대단한 성과를 이룬 셈이었다. 졸지에 버려진 사령관들한텐 좀 미안하지만.

나는 피 묻은 구두를 멀리 집어 던진 다음 마음껏 심호흡을 했다. 뒤에는 숲이, 앞에는 깎아지른 협곡과 뱀처럼 긴 강이 흐르고 있었다.

경치를 구경하며 아래를 내려다보던 와중 절반 가까이 무너진 독특한 건축물을 발견한 나는 지안이에게 물었다.

"저게 뭐야?"

"……아스트라의 신전."

지안이가 부루퉁한 목소리로 말했다. 아무래도 여전히 화가 난 듯해서 나는 농담 반 진담 반으로 그에게 제안했다.

"야, 우리 저기서 할래?"

"……뭐?"

지안이가 귀를 의심하길래 나는 어깨를 으쓱였다.

"그냥 왠지 그게 더 완벽한 복수일 것 같았어. 네가 그녀를 때려 죽이거나 찔러 죽이거나 하는 건…… 음, 뭔가 모양이 좀 이상하거든."

"신전에서 포르노를 찍는 건 괜찮고?"

나는 언제나 밤인 이곳의 하늘을 가리키며 뻔뻔하게 말했다.

"위를 봐. 우리를 위한 허니문이 떴잖아. 그리고 넌 나한테 이게 다 무슨 일인지 설명을 해줘야겠어."

지안이가 잠시 뜸을 들였다가 물었다.

"……한 뒤에, 아니면 하기 전에?"

내 입술이 절로 비틀렸다.

"선택지에 '하는 동안'이 없어서 다행이네. 그럼 상당히 많이 깰 것 같아서. 그런데 우리 지금 섹스 얘기하는 거 맞지?"

지안이는 코웃음을 쳤다.

"난 네가 어디서부터 어디까지를 듣고 싶어 하는 건지 가늠하기가 어려운데. 아예 내 일대기를 원해?"

"그래, 어디 창세기부터 묵시록까지 읊어봐. 참고로 입을 잘못 나불거려서 전 여자친구 이야기라도 나오면 네 종말이 지금이 될 수도 있어."

"그런 거 없다니까."

지안이가 딱 잘라 말했지만 나는 의혹을 거두지 않았다.

"아, 혹시 섹스 전의 립서비스라면……."

"다시 돌아가서 닥치는 대로 죽여버릴까?"

당장이라도 다시 그 무시무시한 검을 꺼낼 기세였으므로, 나는 한 발 물러섰다.

"알았어. 그만할게. 음…… 루시퍼 전하?"

"……내가 오늘 너랑 자는 일은 절대로 없을 것 같다."

나는 피식 웃으며 그에게 다가갔다.

"어머, '절대'라는 말은 절대 함부로 쓰면 안 돼. 나는 솔직히 아까 일로 엄청나게 감동받아서 너에 대한 애정이 무럭무럭 샘솟고 있는 중이거든. 왜, 나 대신 메타트론의 검에 맞은 것 말이야. 또 너는 그렇게 화가 났는데도 나를 위해서 이곳으로 와줬지."

이런 걸 보면 또 완전히 갱생의 여지가 없는 것도 아닌 듯한데 말이야.

"넌 이 세계에서 제일가는 악당이지만, 나한테는 나를 위해 웃고 울고 화내주는 단 하나뿐인 남편이야."

나는 조심스럽게 그의 가슴에 손을 올리고, 품에 안겼다.

"자, 그러니까 나에게 너를 알려줘."

지안이가 생각에 잠겨 미간을 찌푸렸다.

"딱히 비극적인 스토리는 없는데."

"그럼?"

"……어차피 안다고 해도 쓸모없을걸. 난 재미로 사람들을 죽여. 학살하고, 종말이 강림할 때 온 세상이 재에 덮이면 같이 잠들었다가 전쟁을 일으키려 깨어나지. 사실 내가 신들을 너무 많이 죽여서 지금 살아 있는 놈들도 몇 없어. 기껏해야 아까 그 창녀랑, 메타트론……은 내가 죽였지. 그럼 나무에 기생하는 아이온이나 아누비스, 마나난, 비슈누, 그리고 네가 보자마자 질겁했던 다곤이 남아 있겠군."

나는 입술을 삐죽였다.

"네가 인간 말종이라는 얘기는 이미 질리도록 들었어."

"나 인간 아닌데."

하여간.

"어쨌든 내 남편은 누구나 인정하는 인간쓰레기야. 그래서, 그럼 판테온은 뭐야? 너를 인간으로 만들 정도면 아주 대단한 신 같은걸."

"그건……."

나는 슬며시 눈을 치켜떴다.

"그건?"

지안이는 무시하고 말을 이었다.

"그건 자신이 필요할 때만 나를 무기로 써먹고 평소엔 가둬뒀어. 아주 지독한 심연 속에. 그러고선 오른팔이니 왕이니 하는 개소리를 지껄였지. 평소에 내가 얼마나 외로웠냐면…… 판테온한테 빌어서 받은 진흙으로 나랑 비슷하게 생긴 인형들을 만들어서 놀았어. 움직이지 않는. 진흙 가족들."

"……진흙을 덜 구우면 백인, 알맞게 구우면 황인이라는 인종차별적 개그가 떠올랐지만 계속해."

그때 갑자기 지안이가 상처 입은 아이처럼 얼굴을 일그러뜨렸다.

"난 진심이었어! 그땐 아무도 나한테 말을 걸지 않았다고!"

지안이의 눈시울이 금세 붉어졌다. 나는 경악했다.

"미, 미안해! 갑자기 왜 우는 거야!"

나는 구슬프게 눈물을 떨어뜨리는 지안이를 보고 어찌할 바를 몰라 당황했다. 아니 얼마 전까지의 살벌한 기세는 다 어디로 가고 이렇게 애가 된 건지!

"아, 아직도 외로운 거야? 내가 있는데?"

나는 지안이를 껴안고 열심히 토닥였다. 그가 웅얼거렸다.

"그건 아니야. 나는 이제 절대로 갇히지 않을 거고…… 너도 내 곁에 있으니까."

지안이가 나를 마주 안았다. 그가 나를 밀치지 않는다는 건 좋은 징조였다. 내가 기억하는 한 그런 적이 있지도 않았지만.

나는 안도의 한숨을 쉬며 눈을 감았다.

"그런데 왜 사람들이 너한테 말을 안 걸었던 거야? 신이라서? 사이코패스라서?"

"……나는 미천한 것들이랑은 말 안 섞어."

이런 미친. 나는 말없이 지안이의 배를 주먹으로 가격했다. 그가 숨을 들이켰다.

"미안해. 실망시켜서."

나는 눈을 흘겼다.

"알긴 아는구나."

"결혼식 말이야."

"아, 난 또 너의 시시한 성장 이야기를 말하는 줄."

지안이가 작게 투덜거렸지만 나는 흘러내린 머리카락을 귀 뒤로 넘기며 감흥을 전했다.

"음, 어쨌든 기억은 잃었어도 너는 너였구나."

"무슨 소리야?"

나는 웃어야 할지 울어야 할지 모르겠다는 얼굴로 입을 열었다.

"나랑 사귈 때 너, 내 방에 있는 인형들 잘 갖고 놀았잖아. 생일도 아닌데 툭하면 인형 선물하고."

아닌 게 아니라 내 방은 언제나 지안이가 선물한 인형들로 가득했었다. 거의 서른 개에 육박했는데 나는 하나도 버리지 않았었다. 그러고 보니 그 시절이 조금 그립기도 하다.

특히 지안이가 맨 처음으로 선물해줬던 고양이 인형은 내 보물 1호나 다름없었다.

순간 지안이가 흠칫했다.

"그, 그야 네가 좋아하니까……."

"갑자기 왜 말을 더듬어?"

나는 지안이의 뺨을 쿡쿡 찔렀다. 그의 얼굴이 살짝 붉어져서 절로 웃음이 비어져 나왔다. 이러면 안 되는 걸 알면서도 나는 지안이와 다시 함께할 수 있다는 사실에 너무나도 행복했다. 그의 얼굴이, 미소가, 나를 끌어당기는 손이 얼마나 그리웠던지.

그 잠깐의 이별도 숨이 막혔는데, 10년을 기다린 너는.

"아무튼…… 그래 뭐, 여기까지 온 거, 되돌릴 수도 없으니까. 네 말대로 판데모니움을 멸망시키고 다른 신들을 죽이고 나면, 그 다음엔? 어떡할 거니?"

나는 진지하게 물었건만, 지안이는 전혀 진지하지 않는 표정을 짓고선 고개를 갸우뚱했다.

"글쎄?"

"……머리를 좀 맞으면 생각이 날까?"

그러자 지안이가 황급히 나를 놓아주었다.

"넌 툭하면 나한테 폭력을 휘두르는 경향이 있어."

"내가 판테온이었으면 널 죽였을 거야."

내 빈정거림에 지안이가 입술을 비틀었다. 억지로 조소를 참는 듯한 모양새였다.

"아, 그는 절대 그럴 수 없어."

"……어째서?"

지안이가 잠시 나를 뚫어져라 쳐다보더니 툭 말했다.

"너 오늘 되게 예쁘다."

나는 기어이 그를 걷어찼다.

"그렇게 티 나게 말 돌리지 마!"

"솔직히 나도 별 생각 없다만."

"뭐?"

나는 어처구니가 없어서 그를 바라봤다. 그는 뻔뻔하기 그지없는 얼굴로 응수했다.

"기억 안 나? 얼마 전까지만 해도 나는 죽으려고 했었다고."

물론, 그 성대한 자살 계획은 나도 들어서 알고 있다. 지안이는 나를 영원히 만날 수 없다는 생각에 스스로 목숨을 끊으려고 했었다. 하지만 그러려면 다른 신들의 손이 필요했고, 지안이는 그들이 자신을 심판하도록, 죽이도록 판데모니움을 멸망시키는 '죄'를 범했다.

"……다시 나를 만나러 오는 건, 정말로 불가능한 일이었던 거야? 그리고 이곳에선…… 너를 붙잡아 줄 만한 어떤 것도 없었어? 찾지 못한 거야?"

소리를 입 밖에 내면서도 가슴이 아렸다. 인간의 기준으로 볼 때 그가 범한 살생은 결코 용서받을 수 없는 짓이다. 더군다나 그는 자신과 같은 신들도 해친 전례가 있다고 했다.

어째서 아무도 그를 말리지 못했던 걸까?

어째서 아무도 그의 마음에 다가가지 못했던 거지?

"나는 너한테만 이런 감정을 느껴. 그리고…….'"

나는 지안이를 빤히 응시했다. 어쩌면 그가 거부한 걸 수도 있다. 누구에게도 사로잡히지 않겠노라고.

"설명하는 것보단 보여주는 편이 빠르겠지."

지안이의 말에 나는 눈을 깜박였다.

그러자 그의 양 손목에 이전까지는 존재하지 않았던, 아니……, 그동안 내 눈에 보이지 '않았던' 족쇄가 감겨 있는 게 망막에 들어왔다. 족쇄와 이어진 사슬 줄은 셀 수도 없이 많았는데 전부 땅 밑에 파고들어 있었다.

그는 정말로 이 세계 자체에 묶여 있었다.

나는 뒷걸음질 치며 입을 벌렸다.

"……세상에, 이게 뭐야?"

지안이가 어깨를 으쓱였다.

"보다시피. 내가 이곳을 못 떠나는 이유지."

소름이 끼쳤다. 정말로 끔찍하고 잔인한 구속이 아니던가.

"끊을 수는 없어?"

"있어. 그러니까, 있었지."

왜 과거형으로 말하는 거지? 의구심을 느낀 내가 뚫어져라 지켜보는 가운데 지안이가 무언가를 말하려다 도로 입을 다물었다.

갑자기 이전까지와는 다른 스산한 바람이 불어왔다. 순간 소름이 돋아서 뒤를 돌아보니, 죽어버린, 그리고 죽어가고 있는 나무들이 보였다.

빠른 속도로 생명이 시들었다. 내 드레스에 붙어 있던 벚꽃들마저.

지안이가 금세 뼈만 남아 앙상해진 나무들을 무감정하게 훑으며 중얼거렸다.

"아스트라가 힘을 잃어서 죽어가고 있는 거야. 그나마 버티던 생물들도, 빛도."

지안이의 말이 끝났을 때, 기다렸다는 듯 하늘이 어두워졌다. 별들이 사라지고 구름이 달을 가렸다.

나는 지안이를 돌아보았다. 그는 여전히 아름다웠다. 긴 손가락은 내 머리카락을 만졌고, 때때로 뺨이나 입술로 옮겨가 장난치듯이 유혹하곤 했다. 그리고 그의 눈은.

"정말로 아무런 계획이 없는 거라면, 너한테 실망했어"

"이제야?"

지안이가 비웃음을 머금었다. 나는 또박또박 말했다.

"내가 알던 너는 적어도 지금보다는 똑똑했는데. 이렇게 무모하고,

충동적이고, 자만하지도 않았고, 가벼운 도발 하나하나에 이성을 잃어버리지도 않았어."

"그야 네가 옆에 있었으니까. 내 사랑, 이게 원래 나라니까?"

나는 그와 신경전을 벌였다. 지안이가 먼저 입을 열었다.

"제발 내가 싫어졌다고 말하지는 말아줘."

"네가 싫어."

나는 곧바로 대답했다. 그의 붉은색 눈이 묘한 빛깔로 일그러졌다.

"잔인하기도 해라. 이제 나한테서 도망칠 건가?"

"나는……."

순간 고함을 치려던 나는 허공에서 나타난 사령관들로 인해 말을 멈췄다. 그들 모두가 지상에 내려와 루시퍼를 받들었다.

그가 명령을 내리길 기다리며.

"신부를 성으로 데려가라 짐은 다른 할 일이 생겼으니."

"야! 이게 무슨 짓이야!"

당연히 나는 반발했다. 사령관 중 하나인 조반니가 내 팔을 잡았고, 지안이는 거만하고 또 신경질적인 목소리로 말했다.

"네가 방금 나한테 큰 상처를 줬잖아. 하지만 너를 죽일 수는 없으니 다른 데다 화풀이를 해야지."

무척이나 화가 나서 도리어 눈물이 나올 것 같았다.

"너 지금 장난쳐? 그럴 거면 나를 죽여! 아니면 눈앞에서 자살쇼라도 보여줄까? 응?"

사령관들은 나를 이상하게 봤지만, 지안이는 미간을 찌푸렸다.

"쟨 한다면 하는 애야."

"태양도 사라지고, 이젠 달마저 죽어가고 있어. 당연히 인간인 나도 곧 죽겠지. 어차피 죽을 거, 너한테 마지막 모습을 보여주는 것도 나쁘지 않겠어."

작정한 나는 조반니를 밀친 뒤 무작정 협곡 아래로 뛰어내렸다. 물이 세차게 흐르는 강이, 창보다 날카로운 바위들은 강한 바람에 의해 눈에 들어오지도 않았다.

나는 떨어지고, 추락하면서 초커를 잡아당겼다. 이 지긋지긋한 것을 얼른 떼어버리고 싶었다.

다 필요 없어! 전부 다!

"유리, 너!"

나를 따라 뛰어내린 듯, 가물거리는 시야로 지안이가 보였다. 나는 울면서 비명을 질렀다.

"저리 꺼져버려! 나는! 네가! 정말로 싫어! 이런 태양도 없는 세계 따위 좆같아서 죽겠다고!"

그때, 결혼식장에서 나와 지안이의 집으로 갔을 때.

거기서 아스트라를 만났을 때 예스라고 대답하는 게 아니었어.

지안이가 이렇게나 변해버렸다는 걸 알았으면…….

그랬으면…….

"……정말 미치겠군."

제기랄.

내가 뾰족바위에 꿰뚫리기 직전에 추락이 멈췄다. 나를 껴안은 지안이가 정말로 놀랐던 듯 불규칙하게 호흡했다.

그가 나에게 사납게 소리쳤다.

"도대체 뭐가 불만이야? 말로 해!"

"그러는 너야말로 불만이 있으면 말로 해! 먼저 행동으로 나간 게 누군데 이 멍청이가!"

나는 여기가 바위 위라는 사실도 잊고 무작정 지안이를 세게 밀었다. 덕분에 우리는 사이좋게 강으로 빠져버렸는데, 물살이 너무 세서 한 치 앞도 보이지 않았다. 나는 곧장 소용돌이로 빨려들어갔다.

숨을 쉴 수가 없다. 드레스가 너무 무거워…….

나는 격류에 저항하는 대신 입을 틀어막았다. 어차피 이대로 떠내려가다간 죽을 게 뻔했다. 그럼 지안이는 다시 혼자가 되겠지. 판데모니움을 마저 멸망시키든 말든 알 게 뭐야.

……예전에 지안이가 혼자였던 나에게 처음으로 말을 걸어줬었는데.

나한테는 아무것도 없었다.

지안이 말고는.

지안이가 곁에 있어주고 나서 내 삶이 바뀌었다. 친구들도 생겼고, 숙모와의 관계도 원만해졌고…… 이루고 싶은 꿈도 생겼다.

처음으로 누군가에게 사랑받는다는 게 이런 기분이구나…… 라는 걸 알게 되었다.

"야!"

멍멍한 귓속으로 지안이의 성난 고함 소리가 들렸다. 나는 감았던 눈을 뜨고 물을 토했다. 한동안은 뭐가 어떻게 된 영문인지 파악할 수조차 없었다.

"지, 지안……."

몸이 미친 듯이 떨렸다. 지안이가 땅이 꺼져라 한숨을 쉬고는 나를 안아 들었다.

나는 그제야 조금 주위를 둘러볼 정신이 생겼다.

"강물이…… 어?"

"너 때문에 강 하나가 통째로 사라졌네. 이제 만족해?"

지안이가 노골적으로 나무랐으므로, 놀란 나는 울음을 터뜨렸다. 내가 히끅거리며 서럽게 눈물을 떨구자 지안이가 당황한 기색으로 나를 제 품에 끌어당겼다.

"빌어먹을. 너 때문 아니니까 울지 마. 그냥 내가…… 다 내가 한 짓이니까. 난 정말로 너 만나는 거 포기하고 있었는데 너무 갑자기…… 내 밑바닥을 너에게 보여줘버려서, 그게 너무 싫어서."

나는 강물에 섞인 눈물을 닦았다. 머리카락도, 벚꽃잎이 붙었던 드레스도 온통 물로 범벅이었다. 그건 지안이도 마찬가지였다.

"너를 다시 만날 방법은 네가 다른 신들과 접촉해서 이곳에 오는 것뿐이었는데, 어떻게 그럴 수 있겠어? 어떻게 네가 동의하겠어? 그 신이 누구든 내가 미쳤다는 사실을 전하지 않았을 리 없잖아. 거기다 그 세계엔 너의 모든 인생이 있어. 하지만 여기엔? 나랑 내가 멸망시키고 있는 썩은 세상뿐이지."

나는 기침을 했다. 물을 너무 많이 먹어서인지 머리가 무거웠다.

"하나만 확실하게 말할게."

나는 몸을 떨면서 지안이를 올려다봤다. 이 망할 자식, 인간 말종에 내 목에 폭탄이나 걸어놓고서는.

……도대체가.

"난 여기에 온 거 후회 안 해."

일시휴전을 맺은 우리는 흠뻑 젖은 채 경계선을 넘어 악마들의 성으로 돌아왔다. 왜인지 모르게 무척이나 피곤해서, 나는 침실로 들어가자마자 침대에 드러누웠다. 지안이도 진이 빠지긴 마찬가지였는지, 내 옆에 풀썩 누워서 한숨을 쉬었다.

"그깟 목걸이 하나로 네 행동을 통제할 수 있다고 생각한 내가 병신이지."

지안이가 넥타이를 느슨하게 풀며 짜증 섞인 목소리로 말했다. 나는 코웃음을 쳤다.

"우리가 몇 년을 사귀었는데 그걸 이제 알았니?"

"……아무래도 10년 동안 너에 대한 기억이 내 머릿속에서 너무 미화됐나 봐."

지안이가 이를 갈았다. 나는 발로 밀어서 지안이를 침대 밑으로 떨어뜨리려다가 힘에 겨워 포기했다. 배에서 꼬르륵 소리가 났다. 지안이는 전혀 배고픈 기색이 아니고…… 뭐 먹을 거 없나.

먹을거리를 찾아 눈알을 굴리던 나는 침대 옆 미니테이블에 놓인 수상한 물건을 발견하고는 인상을 썼다. 그건 쇠로 되어 있었고 누가 보기에도 이상한 생김새였다.

"저건 뭐야?"

지안이는 내가 가리킨 물건을 건성으로 쳐다보았다.

"정조대."

당연히 나는 경악했다.

"뭐? 너 진짜 미쳤어? 저거 당장 갖다 버려! 왜 저런 불결한 물건을 침실에 두는 거야!"

지안이가 웃으며 내 말을 따라했다.

"불결한 물건?"

"그래! 저건 불결하고 더럽고 추악한, 역사의 뒤안길로 사라져야 할

악의 축이야!"

나는 비명을 지르며 정조대를 창밖으로 집어 던졌다. 그런 다음 정조대가 스스로 벽을 기어올라오지 못하게 창문을 아예 닫아버리고는 지안이에게 삿대질을 했다.

"어, 어떻게 저런 흉악하고 잔인하고 끔찍한 걸 방에다 둘 수 있어!"

"……그냥 거기 있길래 내버려둔 것뿐인데."

"거짓말! 여긴 네 침실인데 누가 그런 짓을 해!"

나는 근처에 있던 화병을 꿍꿍거리면서 들었다. 여차하면 지안이에게 던질 생각이었는데, 그는 어깨를 한번 으쓱이고 말았다.

"뭐, 결혼선물이라도 되나 보지. 거기다 어차피 네가 창밖으로 집어 던졌잖아?"

나는 미간을 찌푸렸다.

"당연하지. 난 내가 꼴리면 언제든지 그렇고 그런 짓을 할 자유가 있어."

정조대라니. 아직도 충격이 가시질 않았다. 설마 지안이는 내 목에 초커를 건 걸로도 모자라서 정조대까지 채울 심산이었던 건가? 상상만 해도 오싹했다.

이러다 온몸에 흉기를 주렁주렁 달고 다니게 생겼어.

지안이가 부르르 떠는 나에게 달콤한 목소리로 물었다.

"그럼 지금은?"

"……뭐, 뭐가?"

나는 무심결에 말을 더듬었다. 지안이가 큭큭거리고 웃었다.

"나랑 자고 싶은 생각 없냐고."

순간 화병이 손에서 미끄러질 뻔했다.

나는 루시퍼를 쳐다볼 수도 없었다. 루시퍼는 미켈란젤로의 조각에 생기를 불어넣은 것처럼 흠잡을 데 없이 아름다웠고, 지극히 섬세하게 빛은 이목구비를 가졌지만 그렇다고 해서 여성스럽지는 않았다. 분명 판테온이 다른 신들에 비해 루시퍼를 아꼈던 것도, 하나뿐인 그의 걸작이어서였으리라.

그는 오만한 눈으로 나를 바라봤고, 입술로는 사랑을 속삭였다. 그가 소년처럼 보이는 순간은 오직 학살을 즐기거나 타인을 도발할 때뿐이었는데, 어쨌든 그가 탁월한 카리스마를 지닌 왕이라는 데엔 아무도 이견이 없는 듯싶었다.

심지어 같은 신들마저도.

지안이는 입가에 미소를 띤 채 대답을 기다렸다. 나는 어떻게 맨날 나만 큐피드의 화살에 쏘이는 건지 탄식하면서 요염한 빛을 발하는 그의 시선을 피했다.

"날 시험에 빠뜨리지 마."

어쩌면 저렇게 화려하고, 섹시하고, 보는 사람으로 하여금 죄를 짓게 만드는 생김새를 가졌는지 모르겠다.

나는 화병을 도로 선반에 올려둔 다음, 지안이 옆에 누웠다. 나는 그의 유혹이 나에게 어떤 영향도 끼치지 못한 것처럼 행동하려고 노력했다.

"아, 배고프다. 거기다 춥고 졸려."

나는 웅얼거리며 지안이를 응시했다.

젠장, 그러지 말았어야 했는데.

"지금 가장 원하는 걸 하나만 말해봐."

"일단 넌 아니야."

나는 단호하게 거짓말을 했다. 가볍게 손가락을 튕겨 내 옷과 머리카락을 말려준 지안이가 반문했다.

"하지만 나만 있으면 너는 모든 걸 가질 수 있는데?"

"넌 참 악당 같은 대사만 골라서 하는구나."

나는 기가 차서 중얼거렸다. 지안이가 신경질적으로 웃었다.

"네가 판데모니움에 올 거라는 사실을 미리 알았으면 영웅인 척했을 수도 있었을 텐데. 그 점이 가장 아쉬운 부분이지."

나는 실소를 흘렸다.

"네가 악당이 아니라 영웅이었으면 내가 지금보다 널 더 사랑했을 것 같아?"

"대부분의 사람들이 그런 걸 좋아하지 않나?"

물론 그렇긴 하겠지. 나는 지안이를 슬쩍 떠보았다.

"그럼 지금부터라도 실천해보든가."

"유리야."

"……대답하기 싫은데."

"나도 할 수만 있다면 예전으로 돌아가고 싶어. 그런데 그럴 수가 없으니까 그냥 포기하고 나를 받아들여줘."

내 입이 절로 벌어졌다.

"너 정말 뻔뻔하고, 이기적이고, 자기중심적이야. 그럼 넌 나를 위해 뭘 포기할 건데?"

나는 지안이의 머리카락을 잡아당겼다. 뭘 잘했다고 이렇게 당당한 건지 도통 알 수가 없다니까.

"고결한 사랑에 등가교환이 어디 있어?"

"고결한 사랑은 무슨. 난 결혼식 날 바람맞힌 너를 때려 죽이려고 온 거야. 으…… 빵이라도 하나 먹어야지 안 되겠다."

뱃속에서 또 고함을 치는 바람에 나는 벌떡 일어나서 지안이를 무시한 채 밖으로 나갔다. 구두를 집어 던진 뒤부터 쭉 맨발이었지만 드레스는 새것처럼 깨끗해졌으므로 나는 치맛자락을 붙잡으면서 층계를 내려갔다.

그러고 보니 내가 왜 아직도 이걸 입고 있담. 어차피 두 번째 결혼식도 망했는데.

그래, 내 결혼식은 언제나 망할 운명이지.

그것도 신랑 때문에.

나는 투덜거리며 식당으로 들어섰다. 거기엔 아바돈이 식탁에 다리를 올린 채 비딱하게 앉아 있었다. 정말 그 주인에 그 부하라니까. 건방짐이 하늘을 찔러.

우리는 서로를 뚫어져라 쳐다보았다. 먼저 말을 건 사람은 나였다.

"네 주인이 죽어서 우울하니?"

나는 언젠가 그가 '메타트론의 전언'이랍시고 남겼던 경고를 떠올리곤 입을 열었다. 아바돈이 나에게 시선을 고정한 채 물었다.

"너도 내가 교황이었다는 사실은 들어서 알 테지?"

나는 허겁지겁 음식을 먹어치우느라 그의 질문에 건성으로 고개를 끄덕였다. 아바돈이 그걸 봤는지 안 봤는지는 모르겠지만, 어쨌든 그의 말은 이어졌다.

"본래 나를 선택한 신은 메타트론이었다. 그러니까…… 나는 그가 나에게 무슨 짓을 하든 절대로 거스를 수 없지. 아무리 내가 지금 루시퍼 님을 섬기고 있더라도 말이다."

나는 물을 삼키고서 말했다.

"그게 무슨 소리야? 하지만 메타트론은 죽었잖아."

그러자 아바돈이 입술을 비틀었다.

"너도 단단히 새겨둬라, 신은 그렇게 쉽게 죽지 않는다."

"……뭐?"

"그리고 신이 어떤 모습을 취하고 나타나든 간에 절대로 속지 마라. 그들은 너 같은 인간을 현혹하는 방법을 아주 잘 알고 있으니."

나는 깡마른 소년의 모습이었던 메타트론을 떠올렸다.

"너 지금……."

"그래서 내가 루시퍼 님을 따랐던 거지. 그는 언제나 솔직하거든. 누구보다 강하고, 자신의 실력을 알기에 이런 더러운 수작질 같은 건 부리지도 않지."

뭔가 이상함을 느낀 내가 아바돈에게 다가가려는 찰나, 그가 숨을 들이키더니 의자에서 굴러떨어졌다.

이윽고 그의 몸에서 몹시 기이한 일이 일어나기 시작했다. 그의 몸을 뚫고 마치 날개를 뻗듯이 튀어나오는 한 남자가 있었다.

나는 숨을 들이켰다.

"……메타트론."

성이 폭발하는 소리에도 나는 아바돈을 향해 기어갔다. 그는 자신의 피와 생명력을 모두 메타트론에게 빨린 것처럼 미라 같았다. 몸 안에 피 한 방울도 남아 있지 않는 듯했다.

"너 괜찮아? 살아는 있는 거 맞지?"

나는 황급히 그의 가슴에 귀를 대보았다. 그런데 악마한테도 심장이란 게 있나? 어, 어떻게 해야 되지?

그때 얇은 살점으로 이루어진 막에 둘러싸인 메타트론이 엎어진 채

216

나에게 손을 뻗었다.

"너…… 네가 죽어야 해!"

그의 악 받친 소리가 수많은 어둠을 불러들였다. 그러나 눈에 보이지 않을 속도로 날아든 빛의 검이 메타트론을 꿰뚫었다.

지안이가 천천히 지상으로 내려왔다. 그에게서 느껴지는 살의와 위압감이 나를 향한 게 아님에도 나는 공포에 질렸다.

"지루하고 따분해서 비웃음조차 안 나올 지경이군. 네가 죽기 직전 도망치리란 것 정도는 예상한 바였다만, 그것이 고작 아바돈의 육신에 기생하는 거였다니."

"지안……."

순간 내 목에 걸렸던 초커가 뱀처럼 길게 늘어나면서 본래의 검으로 변했다. 그 검이 화살처럼 메타트론의 입에 꽂혔다.

피가 튀었고, 나는 눈을 질끈 감았다.

"다곤은 속일 수 있었을지 몰라도 결국 너는 살해당할 운명이었다. 이번에야말로 확실히 죽여주지."

지안이의 말에는 어떤 권능이 깃들어 있었다. 나는 몸을 움츠리며 메타트론에게 물었다.

"왜 나를 죽이려는 건데?"

이로 씹어서 검을 부러뜨린 메타트론이 실실 웃었다.

"왜 너냐고? 네가 죽으면 루시퍼의 계획도 예전으로 돌아갈 테니까!"

"……뭐?"

"그는 죽어야 해. 죽어야 해. 우리들의 손에…… 신들의 손에 가장 처참하게 죽어야 한다고! 그러지 않으면 우리 모두가 살해당할 테니까!"

연기로 변했던 지안이의 검이 다시금 메타트론의 입을 꿰뚫었다.

"지껄일 말은 그게 끝이냐?"

메타트론은 입안이 꿰뚫린 채 미친 듯이 웃음을 흘렸다. 그의 입에서 피와 침이 흘러내렸다.

"혀, 형님은 양심도 없지. 이제 와서…… 우리를 다 죽여놓고 혼자만 행복해지겠다는 거야? 왜 항상 형님만 모든 걸 다 가져? 그런, 그런 건 너무…… 비열하다고 생각하지 않아?"

등에 루시퍼의 칼이 꽂인 채 메타트론이 발버둥 쳤다. 나는 넋이 나가서 중얼거렸다.

"하지만 당신은…… 아바돈을 통해서 내가 루시퍼한테 갈 수 있도록 도와줬잖아. 그런데……."

"너를 형님이 보는 앞에서 죽이기 위해서였지."

나는 순간 멍해졌다. 그가 침을 흘리며 미친 듯이 웃었다.

"키키킥…… 한 번 쓰고 버릴 부하한테 일일이 설명해야 할 필요는 없잖아? 아스트라가 너를 이곳에 데려오는 것에 동의했던 건 오로지 내가 직접 일을 마무리하기 위함이었어."

그때 무너지기 직전인 기둥 위에서 뛰어내린 지안이가 메타트론의 머리를 발로 으스러뜨렸다.

"넌 유리를 쳐다볼 자격도 없다. 예부터 신의 위명을 떨어뜨린 자들은 많았지만 그중에서도 너는 특히 한심하구나."

나는 도망치지 않았다.

도망칠 수 없었다.

지안이가 하는 모든 행위로부터.

"메타트론, 정말 이게 네가 내보일 수 있는 전부인 것이냐? 쯧쯧, 참으로 한심하도다. 나를 잿더미로 만들 생각이었다면 내가 아무 때나 네 얼굴을 갈겨버릴 수도 있다는 점도 고려했어야지."

나는 모든 용기를 끌어모아 소리쳤다.

"지안아, 아바돈이!"

"주인을 배신한 개는 더 이상 찾을 가치가 없다."

뭐? 나는 창백하게 질린 시체 같은 아바돈과 지안이를 번갈아 쳐다봤다.

"야! 네 부하한테도 그렇게 인정머리 없이 굴기야?"

"내가 전에도 경고했었지. 네 주변은 폐허가 될 거라고."

"그게 네 부하들도 죽게 내버려둔다는 뜻이었어?"

나는 물러서지 않고 응수했다. 그에 지안이가 비딱하게 고개를 기울였다.

"시시해. 날 좀 재미있게 해봐."

"……지안아!"

그는 이미 형체를 알아볼 수도 없이 뭉개진 메타트론의 머리를 밟고 또 밟았다. 이윽고 메타트론의 몸에서 생명력이 모조리 빠져나가는가 싶더니 그는 가루가 되었다. 신의 죽음이란 참으로 덧없고 허무했다.

내가 주저앉은 채 꼼짝도 하지 못하자 지안이가 입을 열었다.

"나는 언제나 네가 우선이었지."

그건 나에게 하는 말이었다.

"그러면 안 되는 걸 알면서도 항상 너를 우선으로 삼았지."

눈에 눈물이 고였다. 나는 어째서 눈물이 흐르는지도 모르면서 하염없이 울었다. 지안이가 그런 나의 멱살을 잡아 강제로 일으켜 세웠다.

"우리 아가씨를 그리워할 때마다 속이 거꾸로 뒤집히는 기분이었어."

"……나는."

"계속 같은 말하게 하지 마. 되돌리기엔 이미 늦었어, 내 사랑. 나는 전부 죽여버릴 테니까. 모조리 불구덩이 속에 처넣고 나면 이 화도 조금은 가시겠지."

그러고 나서 지안이가 나를 지나쳐갔다. 그를 붙잡으려는 순간 하늘에서 생겨난 빛이 느릿하게 내려왔는데, 그건 두 인간의 형상을 한 신이었다. 그들이 익숙하게 메타트론의 시신을 거뒀다.

나는 눈물을 닦고 물었다.

"당신들은…… 분명 신이겠죠. 이건 뭔가 잘못됐다고 생각하지 않나요?"

그러자 그들 중 하나가 내 질문에 답했다.

"너는 이미 루시퍼를 제외한 모든 신들의 영역을 스스로 떠나갔다. 네 눈으로 보고 네 입으로 판단하라."

나는 너무나 무서웠고, 슬펐고, 버림받은 기분이었다. 이윽고 악마들의 성은 원래대로 돌아왔고, 아바돈 또한 멀쩡해졌다. 나는 침실에서 쉬는 대신 루시퍼를 따라나섰다. 이대로 그와 떨어지면 왠지 또 한 번의 이별을 맞이하게 될 것만 같았다. 아니면 겨우 좁힌 우리 사이의 거리가 아득히 멀어지거나.

내가 머뭇거리며 다가가자 루시퍼가 감흥 없이 곁눈질했다.

"별로 좋은 꼴을 보여주진 않을 것인데."

루시퍼가 그렇게 경고했지만 나는 그를 따라 트로타비스에 올랐다. 루시퍼는 곧 아직 습격 받지 않은 마을을 발견했고, 그들에게 직접 재앙을 내렸다. 한 어린아이가 살려달라고 빌었지만 루시퍼가 날린 불덩어리에 새까맣게 태워졌다.

그에게 자비란 없었다. 짐승들에게도, 숲이나 강 같은 자연도 모조리 말라비틀어질 뿐이었다.

나는 묵묵히 루시퍼의 학살을 지켜봤다. 그는 자신의 성에 찰 때까지 사람들을 죽이고 또 죽였다. 악마들의 군대가 그의 뒤를 따랐다.

"왜 나를 비난하지 않지?"

한참 뒤에 지안이가 물어왔다. 나는 토할 것 같은 기분을 억지로 삼켰다.

"……너를 좀 알고 싶어서."

"가소로운 짓이라고 생각한다만. 시간낭비야."

"아니, 내가 너를 사랑하니까 이건 가소로운 짓도 아니고 시간낭비도 아니야."

"그럼 현실에 순응하는 과정인가?"

"루시퍼."

내가 그의 이름을 부르자 그가 기묘하게 눈을 들었다.

"혹시 너는 10년 동안 나타나지 않은 나에 대한 화풀이를 이곳에 하는 거 아니니?"

그 말이 끝나기도 전에 루시퍼의 얼굴이 일그러지는가 싶더니, 목에 무언가 채워졌다. 검은색 초커였다.

"……깜박하고 있었군. 진작 네 입을 틀어막았어야 했는데."

나는 입술을 깨물었다.

"내가 밉고 원망스러우면 나를 때려. 그래도 돼."

"함부로 지껄이지 마!"

순간 트로타비스가 기울어졌다. 중심을 잃은 나는 어떤 높은 산의 비탈길로 굴러떨어졌다. 다행히 곧 바위에 부딪쳐 낭떠러지로 떨어지진 않았지만, 안 아픈 곳이 없었다. 머리에선 피가 흘렀고 뼈는 하나 이상 부러진 듯했다. 거기다 자잘한 생채기는 열이 넘었다. 그중에서도 제일 슬픈 건, 웨딩드레스가 엉망이 됐다는 사실이었다.

트로타비스가 머리 위에서 빙글빙글 돌았다. 어느샌가 지안이는 내 앞에 와 있었다.

"사랑해, 네가 나를 만나러 이곳까지 와주었다는 것만으로도 나는 미칠 듯이 행복해. 그런데 네가 포기해야만 했던 것들, 그리고 내가 판데모니움에 저지른 일들, 그건 절대로 사라지지 않아. 나는 학살하고 지배하고 멸망시키기 위해 태어났을 뿐이었는데……. 아무리 태양을 폭발시켜도 너와 함께였을 때의 내가 떠오르지 않아."

지안이가 무감정하게 말했다. 나는 그가 순전히 나를 달래주려고 하는 말이 아님을 눈치챘다. 10년의 시간 동안 지안이는 자신을 잃어버렸고 나를 잃어버렸다. 그에게 남은 건 맹목적인 사랑뿐이었다.

그저, 자신이 나를 무척이나 사랑했었다는 감정 하나만으로 버텨왔기 때문에.

"어쨌든 아무래도 좋다. 너는 짐의 것이고, 절대로 빼앗기지 않을 테니까."

그가 쓰러진 채 숨을 고르는 내 머리카락을 귀 뒤로 넘겨주며 말했다.

"사랑해, 유리야. 너를 위해 이 세상 전부를 바칠게."

이제 보니 무릎에서도 피가 흘렀다. 순간 지탱할 것을 찾아 손을 뻗었는데 당연히 있어야 할 반지가 보이지 않았다.

나는 미간을 잔뜩 찌푸리고선 손바닥을 뒤집었다.

"……내 반지, 반지가 없어."

"무슨 반지?"

나는 인상을 찡그렸다.

"우리 결혼반지 말이야. 떨어지면서 빠졌나 봐."

"내가 얼마든지 더 좋은 보석을 가져다줄 수 있는데 아직도 그게 필요한가?"

"내 평생을 통틀어서 맹세하는데 결혼반지는 그거 하나뿐이야. 다른 건 없어."

나는 단호하게 말했다. 지안이가 어깨를 으쓱였다.

"……내가 찾아올게."

"찾아온다고? 네가?"

나는 바위에 기대 숨을 몰아쉬며 그를 비웃었다. 뼈가 부러진 것 같다는 짐작이 사실이었는지 너무 아파서 비명을 지르고 싶었다.

나는 그로부터 고개를 돌리고선 중얼거렸다.

"지안이가 그리워."

검은 머리. 검은 눈. 나를 향한 미소.

"바로 내 앞에 있는데 너무나도 아득히 멀어 보여."

눈물이 손등 위로 떨어졌다. 지안이의 시선이 흔들렸다.

"유리……."

"이리 와."

나는 그렇게 말했다. 그를 똑바로 바라보며.

"이리 가까이 와, 루시퍼."

그러자 그는 그렇게 했다. 나는 새삼스럽게 그의 손을 잡았다. 그의 긴 손가락과 부드러우면서 단단한 손등은 내가 알던 지안이의 것이었다. 하지만 같으면서도 달랐다. 지안이는 누군가를 죽이지 않았으니까.

"지금이 진짜 너란 말이지."

"유감스럽게도."

"아니, 난 유감스럽게 생각하지 않는데."

나는 조용히 웃었다.

"……그럼?"

나는 눈을 들어서 루시퍼를 주시했다. 그의 핏빛 눈동자는 나를 향한 의문으로 가득 차 있었다.

예전에도 그랬지만, 나는 지안이의 눈에 오로지 나만 담길 때를 가장 좋아했다.

"나를 사랑하니?"

"그게 내가 존재하는 이유야."

지안이가 즉시 대답해서, 나는 웃음을 터뜨리고 말았다.

"그렇게 달콤한 고백을 들으면 어느 여자라도 거절하지 못할걸."

그때 뼈가 비명을 질렀다.

"……갈비뼈가 나간 여자는 제외하고."

내가 인상을 찡그리며 신음하자 지안이가 즉시 내 상처를 낫게 해주었다.

나는 아스트라가 힘을 잃은 것 때문에 새벽처럼 어두워진 남색 하늘을 바라보다가, 다시 지안이를 응시했다.

지안이가 머뭇거리면서 입을 열었다.

"너는, 유리 너는…… 나를 사랑해?"

"그게 내가 여기에 있는 이유지."

나는 키득거리며 반대쪽 손에 숨겨놨던 결혼반지를 그에게 내밀었다. 그가 억울하다는 듯이 따졌다.

"잃어버렸다면서?"

"살다 보면 거짓말 한두 번쯤은 하는 거 아니야? 자, 이제 이걸 내 손가락에 끼워줘."

나는 그의 손바닥에 반지를 올려놓았다.

"우리 아가씨는 시키는 것도 많지."

"잊었나본데 네가 내 남편이거든? 나는 루시퍼의 신부가 될 준비가 끝났어. 피의 향연과 시체들의 산을 보고도 더 이상 놀라지 않을 자신이 있다 이거지. 그러니까 너도 각오해야 할 거야. 지안이가 아닌 루시퍼로서 그 반지를 다시 나한테 끼우는 순간, 내가 무슨 짓을 저지를지 아무도 모르거든."

지안이가 히스테릭하게 웃었다.

"넌 항상 그랬어. 언제나 나를 놀라게 하지."

그가 내 손가락에 반지를 끼워주었다. 더할 나위 없이 신중하게. 조심스럽게. 사랑을 담아서.

"레드카펫도 없고, 주례사도 없고, 하객들도 없고. 딱 우리한테 어울리는 결혼식이네."

나는 만족스럽게 미소를 지었다.

"다른 걸 원한다면……."

"닥치고 나한테 키스나 해."

나는 그의 멱살을 잡고 내게 끌어당겼다. 그의 입술이 내 입술에 닿았을 때 불이 붙은 것처럼 전신이 화끈거렸다.

우리는, 아, 정말이지 서로를 몹시도 그리워했다. 차라리 만나지 말걸, 처음부터 시작하지 말았어야 했는데, 하는 후회까지 할 정도로 절실하게 서로를 원했다.

그의 손이 몹시 섬세한 움직임으로 내 뺨을 만졌다. 목덜미 뒤로 부드럽게 넘어가 내 입술을 자신의 입술에 더욱 붙였고, 나는 정신이 혼미해질 만큼 그를 맛보았다. 우리는 추락하는 것처럼, 혹은 이미 심연으로 떨어진 것처럼, 선악과를 먹은 아담과 이브처럼 불씨 하나 남기지 않고 타들어갔다.

나는 쉴 새 없이 그와 입을 맞추며 눈에 고인 눈물방울을 떨어뜨렸다.

"사랑해. 사랑해. 네가 어떤 모습으로 변하든 나는 계속 사랑할 거야. 애초에 나는 너를 만나기 위해서라면 무엇이든 포기할 생각이었는걸."

나는 너뿐이야.

세상 무엇과 비교하든 결국 언제나 내 선택은 너였어.

"보고 싶었어. 죽도록 보고 싶어서 미쳐버릴 뻔했는데…… 너는 10년을 어떻게 견뎠니?"

나는 지안이의 대답을 기다리지 않았다. 그의 입술에 길게 키스한 다음, 나직한 목소리로 물었다.

"약속해줘. 또다시 나를 두고 떠나지 않겠다고."

"약속할게."

"진심이지?"

나는 그의 허리를 다리로 감싸고, 무릎에 올라가 앉았다. 지안이가 흐트러진 내 머리칼을 정돈해주며 기분 좋게 대답했다.

"왜 아니겠어? 세상에서 제일 예쁜 아가씨, 하나뿐인 나의 사랑, 나한테는 네가 필요해. 네가 없으면 나는 학살이니 재앙이니 멸망이니 하는 것들에만 정신이 팔려 있잖아."

"그리고 너는 그걸 즐기지."

내 지적에 지안이가 웃었다.

"솔직히 좀 그렇긴 해. 나는 신이라고, 자기. 항상 사랑으로 감싸 안고 자비롭지만은 않은 신. 나는 심판을 내리고, 종말을 선사하고, 심연의 구렁텅이로 빠뜨리고…… 용서와 인내는 다른 신들의 몫이지. 내가 혼자 다 해버리면 재미없잖아."

"퍽이나."

나는 빈정거리면서 그의 목을 껴안았다. 죽은 나무들로 가득한 숲에서 지안이와 사랑을 나눌 생각은 없었지만, 지금 이 분위기를 깨뜨리고 싶지 않았다.

내가 열심히 지안이의 귀와 볼과 입술에 뽀뽀하는데 서늘한 바람이 불어닥쳤다.

"……너를 잃지 않아서 다행이야."

나는 무릎 위로 올라간 치마를 적당히 수습한 다음 말했다.

"그거 알아? 우리가 낭만에 빠져 있는 동안에도 하늘은 어두워지고 있어."

"그런데?"

그가 내 손가락 마디마다 입을 맞추며 반문했다. 나는 인상을 찡그렸다.

"나한테는 빛이 필요해. 기왕이면 태양빛이."

"차라리 나처럼 신이 되는 건 어때? 빈자리도 많아."

"네가 죽여서 생긴 빈자리? 사양할래."

나는 비웃으며 그의 손아귀에서 내 손을 뺐다. 지안이는 조금 부루퉁한 표정을 지었다.

"좋아. 네가 원하는 건 진짜 태양이라 이거지."

"달빛보다야 훨씬 낫겠지."

지안이가 생각에 잠겼다. 갑자기 장난기가 발동한 나는 손가락으로 카메라 모양을 만들어서 지안이를 찍는 시늉을 했다.

"그럼에도 불구하고, 사랑하는 두 연인의 결혼식이 성사되었습니다. 아멘. 그럼 이제 초야권을 행사할 사람 혹은 신은 누구지?"

그가 어이없다는 투로 지적했다.

"너 처녀 아니잖아."

나는 그의 볼을 잡아당겼다.

"이거 왜 이래? 너를 만나기 전까진 수녀원에 들어갈 수도 있었어. 나는 머리부터 발끝까지, 더할 나위 없이 완벽하게 성스러웠지."

"……내가 아는 한 수녀원이 원하는 성스러움은 그런 성스러움이 아닐걸."

나는 지안이의 지적을 무시했다.

"뭐, 어쨌든……."

나는 지안이의 무릎에서 내려온 다음 한쪽 발을 내밀었다. 그가 입술로 진주와 꽃이 달린 웨딩가터를 벗기는 동안 나는 화끈거리는 얼굴을 어떻게든 진정시키려고 또 다른 농담을 건넸다.

"만약 내가 아이를 낳으면 걔는 네피림(구약 성경에 등장하는 거인종족)이 되는 건가?"

"아니."

나는 손을 올려서 그의 말을 가로막았다.

"기다려 봐. 애 이름을 골리앗으로 지을지 고민 중이야. 그런데 걘 다윗한테 패배하지 않나?"

"그게 도대체 언제적 이야기……."

"혹시 이곳에 거인이 있었어?"

지안이가 잠시 뜸을 들였다.

"있었지."

나는 탄식했다.

"저런. 네가 싸그리 잡아죽였구나."

"잠깐만 기다려. 아바돈을 시켜서 뒤져보면 한두 마리 정도는 나오겠지."

"어머나, 나를 위한 관상용 거인이라니 감격스러워서 어쩔 줄을 모르겠……냐고 할 것 같아? 개소리 하지 말고 성으로 데려다 줘. 나 이제 옷 갈아입고 잘래."

그에 단단히 삐진 지안이가 나를 들쳐 업고 날아갔다. 우리는 산을 지나서 아직 습격당하지 않은 소규모 마을을 지나쳤는데, 어떤 아이가 먹던 과자를 떨어뜨리며 손으로 나를 가리켰다.

"루, 루시퍼가 신부를 납치한다!"

그 아이의 엄마가 황급히 입을 틀어막았지만, 나는 건성으로 손을 흔들었다.

"그러게. 우리 아빠가 리암 니슨이었다면 앤 진작 죽었을 텐데."

지안이가 코웃음을 쳤다.

"너는 전부 다 내 거야."

"응?"

"살아 있는 너도 내 거고, 네가 죽어버린다고 해도 남은 시체와 영혼은 내 거야. 네 의사는 필요 없이, 그냥 너는 영원히 내 소유야."

나는 정말로 신기해서 그에게 물었다.

"내가 그렇게 좋아?"

"잘못하다간 너를 죽여버릴 수도 있을 만큼."

"……너 정말 완전히 변해버렸구나."

나는 그렇게 말하고선 맥없이 웃었다.

지안이가 순식간에 재건한 성으로 돌아온 우리는 곧장 침실로 들어갔다. 나는 침실 방문을 걸어 잠그고선, 벽에 기댄 채 섹시한 포즈를 취했다.

"지금부터 내가 아주아주 요염하게 웨딩드레스를 벗을 거야."

그는 웃음을 참으며 말했다.

"그거 혼자서 벗긴 힘들 텐데."

"아무렴 어때. 또 입을 것도 아닌데. 설마 결혼식을 한 번 더 하자고 할 셈은 아니겠지?"

나는 불길하게 물었다. 지안이는 내 표정을 보고 미친 듯이 웃었다.

"아까도 말했지만, 자기야, 넌 원하는 걸 나한테 얘기하기만 하면 돼."

"그거 참 편하네. 하지만 난 원하는 걸 이미 말했어, 자기야."

나는 그를 따라서 말했다. 그러자 지안이가 인상을 살짝 찡그렸다.

"태양을 돌려놓으라고?"

적어도 아주 무시한 건 아니었군. 나는 눈알을 굴렸다.

"우선 그 얘기는 나중에 하자."

나는 등에 있는 리본들을 풀어서 웨딩드레스를 벗었다. 그러나 이 건 1차 해방에 불과했다. 코르셋처럼 생긴 웨딩드레스용 속옷이 내내 가슴을 꽉 조이고 있어서 불편하기 이를 데 없었다.

나는 가슴 중앙의 매듭을 전부 푼 다음 긴 머리카락을 앞으로 내려 드러나기 직전인 가슴을 가렸다. 반투명한 속치마 아래 허벅지가 아 슬아슬하게 보였다.

나는 지안이가 있는 침대 위로 올라가며 짜증 섞인 목소리로 투덜 거렸다.

"너는 분명 원하는 걸 얘기하기만 하면 된다고 했어. 그런데 왜 거 기에 태양을 돌려달라는 부탁은 포함되지 않는 거야?"

"그 얘기는 나중에 하자며?"

"하지만 생각해보니 억울한걸."

"지금 억울한 건 오히려 나야. 넌 있는 대로 나를 자극하고 있잖아."

그때 노인의 모습을 취한 악마, 조반니가 힘으로 문을 열고 들이닥 쳤다. 그는 사령관 중 하나였지만, 가장 추한 생김새를 가지고 있었 다. 얼굴의 절반이 녹색 두드러기로 덮여 있었다.

"꺄아아악!"

느닷없는 불청객에 나는 비명을 지르며 베개를 던진 뒤, 조반니를 걷어찼다. 그가 난쟁이처럼 작아서 얼굴을 갈길 수 없다는 게 한이었 다.

"아이고! 잠깐만요, 아가씨! 정말 급한 일이에요!"

"저리 가, 이 변태야! 내가 드레스를 다 입을 때까지 돌아보면 죽을 줄 알아!"

나는 씩씩거리며 그에게 작은 조각상을 집어 던졌다. 물론 박살난 건 그의 머리가 아니라 조각상이었다.

내가 웨딩드레스를 도로 입는 동안 지안이는 조반니에게 물었다.

"급한 일이 뭔데?"

"지금 경계에…… 헥헥, 전하와 결투를 벌이고 싶다는 자가 있습니다."

적당히 드레스를 걸친 나는 지안이에게 달려가서 리본을 매듭지어 달라고 했다. 지안이는 드레스가 흘러내리지 않도록 고정시키면서 조반니에게 명령했다.

"그런 시덥잖은 놈이 하루 이틀도 아니고. 죽여라."

"하지만 이번 놈은 달랐는걸요. 그놈이 가진 검에 아스트라의 기운이 담겨 있었습니다."

나는 번쩍 고개를 들었다.

"잠깐, 지금 에드가를 말하는 거야?"

"……에드가?"

지안이의 음성이 심상치 않았으므로 나는 나도 모르게 말을 더듬었다.

"그, 그냥 좀 아는 공작이야. 내가 너한테 갈 수 있도록 여러모로 도와줬지."

"왕족이면 낮에 본 인간들 중 하나겠군."

나는 애꿎은 리본을 매만지며 딴청을 부렸다. 그러다 은근슬쩍 조반니에게 물었다.

"그 검 말이야, 혹시 빛가루를 뿌리고 막 그래?"

"예? 아아, 그렇습니다만은."

혹시 마리아인 걸까? 나는 황급히 조반니에게 가서 그의 멱살을 틀어쥐었다.

"나도 갈래! 나 거기 데려다 줘!"

그러나 대답은 지안이가 했다.

"싫다면?"

나는 인상을 구긴 채 지안이를 돌아봤다.

"그 검이 마리아일지도 모르잖아! 직접 확인하고 싶단 말이야!"

"공작을 다시 보고 싶은 게 아니라?"

"그런 거 아니야."

내 눈에 눈물이 고였다. 마리아는 이곳에서 내가 처음으로 사귄 친구나 마찬가지였다. 조금 싸가지가 없고 말이 많다는 것만 제외하면 최고의 친구였는데.

지안이가 쯧쯧거렸다.

"너는 내 밑에서나 그렇게 울어야지."

지안이는 나를 안고 창밖으로 뛰어내렸다. 우리가 경계선에 도착하는 건 시간문제였다.

나는 공작을 보자마자 경악했다. 그는 엄청나게 피곤해 보였지만 잘생긴 얼굴이나 바람둥이처럼 기른 턱수염은 여전했다. 아까 지안이한테 입은 상처는 마법으로 치료했는지 사라지고 없었다. 하긴, 그 상처가 아직까지 있었다면 그는 여기 오기도 전에 죽었을 거다.

나는 공작에게 따졌다.

"당신 진짜 미쳤어요?"

"아마 아닐걸."

공작이 놀라지도 않고 대꾸했다. 나는 짜증스럽게 말했다.

"이미 늦은 것 같지만 어서 도망쳐요."

"아직 공주님도 구하지 못했는데 그건 안 될 말이지."

"여기에 공주는 없거든요?"

내가 어이없는 표정을 짓든 말든 공작은 농담을 쳤다.

"대신 아가씨가 있잖아. 아까도 생각했지만 정말 아름답군. 루시퍼를 버리고 내게 올 생각은 없나?"

아름답다는 말에 얼굴이 화끈거렸다. 이건 생리적인 반응이었다. 다만 하늘 위에서 어떻게 들었는지, 지안이가 오만한 목소리로 소리쳤다.

— 아주 신파극을 찍고 자빠졌네. 그 입 닥치고 유리에게서 떨어져라. 평소 같았으면 개새끼가 짖는 소리 따윈 무시했을 테지만, 오늘은 특별히 짐이 직접 상대해주지.

트로타비스의 등에서 뛰어내린 지안이가 내 옆에 착지했다. 그가 불결한, 구더기나 벌레를 보듯이 공작을 응시했다.

"더러운 것."

"안 돼! 공격하지 마!"

나는 지안이를 밀치고 공작에게로 달려갔다. 그러나 그의 검은…… 뭔가가 달랐다. 무슨 이유인지는 모르겠으나 나는 공작이 들고 있는 아스트라의 검이 마리아가 아니라는 사실을 확신할 수 있었다. 그의 검이 마리아의 검처럼 빛가루를 뿌리고 있었음에도.

바이올린 줄 하나가 퉁겨나간 느낌이었다. 나는 뭘 기대했던 걸까.

"아……."

내가 실망스런 표정을 짓자 공작이 놀리듯이 말했다.

"네가 대신 나와 싸우겠다는 건가? 미안하지만 나는 절대로 봐주지 않을 거다만."

"응?"

이건 또 무슨 소리야? 나는 어리둥절하게 고개를 갸웃거렸다.

영문을 몰라 하는데 지안이까지 공작의 말을 거들었다.

"흠. 그것도 나쁘지 않군. 유리 네가 이기면 바라는 걸 선물로 주도록 하지. 그게 설령 '태양'이라도 말이야."

자, 잠깐만?

"야! 너 이러는 게 어딨어!"

나는 배신당한 심정으로 지안이를 노려보았다. 그는 눈 하나 깜빡하지 않고 나에게 명령했다.

"그를 죽여. 저 남자만 죽으면 다른 모든 사람들이 햇빛을 얻을 수 있다. 구차하게나마 버러지 같은 인생을 며칠 더 이어갈 수 있겠지."

"악질……."

나는 이를 갈았고, 지안이는 조소를 머금었다.

"무서워? 아직 한 번도 사람을 직접 죽여보지 않은 건가?"

"난 네가 아니거든. 그리고 나 아직 웨딩드레스 차림이란 말이야! 이러고 어떻게 싸워! 심지어 나는 검술이라곤 배워본 적도 없는데!"

그러나 지안이는 내 항의를 묵살하고 초커를 검으로 변형시켰다. 공작의 검과는 대조적으로 어두운 연기를 잔상처럼 흩뿌리는 검이 내 손에 잡혔다.

"시작해."

나는 울상을 지으며 입술을 깨물었다. 공작이 옅게 웃었다.

"우리 아가씨께선 결혼식 날 산전수전 다 겪으시는군."

"도대체 왜 이곳으로 왔어요? 그것도 혼자서?"

나는 공작을 나무랐다.

"그만큼 우리 왕국의 사정이 안 좋아졌다는 의미지. 이젠 내가 예소드의 왕이다. 뭐, 리하르트의 왕이기도 하지만."

"왕이 돼서 첫 번째로 한다는 일이 자살이에요?"

내 말에 그가 엄청난 속도로 검을 휘둘렀다. 정말 가까스로, 천운으로 막을 수 있었는데, 힘의 차이가 월등해서 금방 손이 저려왔다.

"모, 못 버티겠어!"

나는 이를 악물었다. 손바닥에서 피가 나기 시작했다.

그럼에도 공작은 감탄했다.

"이 정도로 오랫동안 내 검과 맞선 여자는 네가 처음이다. 대단하군."

나는 쓰러지기 직전이었건만, 공작은 몹시 멀쩡했다. 내 검이 덜덜 떨렸다.

"좋아요. 당신이 진심이라는 거 충분히 알았다구요."

나는 그렇게 중얼거린 다음 더 이상 버티지 못하고 검을 떨어뜨렸다. 검은 다시 내 목을 구속하는 초커로 돌아왔다. 그러자 공작이 만족스럽게 검을 거뒀다. 적어도 내 목을 칠 생각은 없어 보여서 다행이라고 해야 할지.

공작은 아직 나에게 퍽 호의적이었다.

공작이 루시퍼를 향해 소리쳤다.

"나서지 않을 텐가, 루시퍼? 네 반려를 이다지도 혹사시키다니 너도 영 좋은 남편은 아니군."

맞아. 나는 적극 동의하며 고개를 미친 듯이 끄덕였다. 그러나 이어진 지안이의 말은 더 가관이었다.

"그녀는 내 것이다. 육체도, 영혼도, 너희들이 마음이니 하는 것들까지도 전부. 내 소유물이니 어떻게 다루든 누가 상관할 바가 아니지. 그리고 유리 너도 슬슬 편을 확실히 정해두는 것이 좋을 거다. 계속 인간들을 옹호하면 너만 피곤해질 것을."

나는 입술을 삐죽였다.

"뭐? 나야 당연히 항상 네 편이지. 다만 넌 사귈 때부터 좀 재수가 없었어. 아니 많이. 지금도 봐, 누가 누구의 소유물이란 거야? 내가 네 것인 게 아니라 네가 내 것인 거야."

이제 어떡한다? 나는 공작을 힐끗거렸다. 공작의 눈으로 봤을 때 분명 지안이는 반드시 죽여야 할 악당이겠지만, 나는 그가 지안이를 이길 수 있으리라곤 생각하지 않았다. 아마 공작도 그 사실을 잘 알고 있을 터.

하지만 나는 공작에게 은혜를 입었다.

나는 한숨을 쉬며 싸움을 하기엔 전혀 적합하지 않은 웨딩드레스를 벗었다. 코르셋 같은 속옷에 허벅지를 절반 가까이 덮는 속치마는 내 기준으로 생각했을 때 큰 노출이 아니었으므로, 나는 당당하게 공작의 검을 갈취해서 지안이에게 겨눴다. 공작은 갑작스러운 내 탈의에 놀랐는지 내가 제 검을 뺏어가는 것도 보고만 있었다.

"어쨌든, 은혜도 갚을 겸 선수교체다! 덤벼라, 이 인간쓰레기야!"

나는 지안이를 도발했다. 그가 어처구니없다는 투로 질문했다.

"……너 아까 네 속옷 차림을 봤다고 조반니를 두들겨 패지 않았냐?"

나는 정색했다.

"야, 늙어빠진 노인이 내 몸을 훑는 거랑 잘생긴 남자 둘이랑 같니?"

나는 눈을 흘겼고, 지안이는 이마를 짚었다.

"아 내 혈압……."

"참고로 여자를 때리는 놈은 쓰레기야 쓰레기. 알겠니, 이 쓰레기야?"

나는 미리 경고했다. 정상적인 방법으로 그를 이기는 건 불가능에 가까우니, 나는 이 세상 누구보다 비열해져야만 했다.

"……야."

나는 시험 삼아 검을 한번 휘둘렀다. 마리아의 검처럼 가벼웠고, 그럭저럭 내게 익숙했다. 물론 그렇다고 나한테 승산이 있다는 건 아니지만.

나는 보다 진지한 표정을 지었다.

"내가 이기면 판데모니움에 태양을 돌려줘."

"반대로 내가 이기면?"

지안이가 빈정거렸고, 나 또한 마찬가지였다.

"그럼 넌 아내를 때리는 쓰레기인 거지. 쓰레기, 쓰레기, 쓰레기, 인간 말종!"

내 맹비난에 공작까지 헛웃음을 흘렸다. 그는 아까부터 계속 내 다리를 감상하는 중이었다. 뭐, 얼굴은 평범할지 몰라도 하얗고 긴 다리가 예쁘다는 소리는 종종 들어왔으므로 내심 뿌듯했다.

어차피 나는 이곳의 문화나 보수적인 사고방식도 몰랐고 알 생각도 없었다.

지안이가 체리처럼 달콤한 목소리로 폭언을 중얼거렸다.

"저걸 진짜 죽일 수도 없고……."

나는 스트레스로 가득한 지안이의 얼굴을 보며 깔깔거리고 웃었다. 그는 그리스 신들의 조각상을 모조리 씹어 먹고도 남을 만큼 아름다운, 오만하고 폭력적이고 잔인하기 이를 데 없는 군주였지만 나에게는 그저 지안이일 뿐이었다.

"어머, 무서워라."

나는 검을 고쳐쥐곤 곧장 지안이에게 돌진했다.

당연히 나는 지안이가 나한테 지리라고는 생각하지 않았다. 내가 휘두른 검을 한 손으로 가볍게 잡고선 지안이가 투덜거렸다.

"정말 나하고 싸울 셈이야?"

그가 장난감을 뺏긴 아이처럼 말해서 나는 딱딱하게 지적했다.

"그동안의 일을 되짚어봐. 내가 너랑 싸울 만한 이유는 충분하다 못해 넘치는 것 같은데?"

지안이는 져주지 않고 받아쳤다.

"판데모니움의 주인은 아스트라야. 태양을 원한다면 그녀한테 가서 따져야지."

"그 여자를 반쯤 죽여놓은 게 누구시더라?"

나는 빈정거렸고, 지안이는 벌레 씹은 표정을 지었다.

"애초에 원인제공을 한 건 그 여자였……, 우리가 정말 이런 걸로 싸워야 해?"

"싸우기 싫으면 순순히 내 요구를 들어주든가."

그가 알 듯 말 듯 묘한 표정을 지었다. 이윽고 그의 시선이 공작에게로 향했다. 다른 사람들은 지안이, 루시퍼를 보면 겁에 질리거나 심하면 눈에서 피를 흘리며 죽는 경우도 있었는데 공작은 아무렇지도 않아 보였다. 어쨌든, 그가 나에게 윙크하지만 않았어도 상황이 훨씬 나아졌을 거라고 장담한다.

"네가 이러는 건 저 남자 때문이지?"

"그게 중요해?"

내가 눈알을 굴리자 돌연 지안이가 고개를 숙여왔다. 그가 내 뺨에 입을 맞추는 척하며 살벌한 음성으로 속삭였다.

"물론 중요하지, 내 사랑. 나는 너한테 나 말고 다른 중요한 사람이 생기는 게 상당히 싫거든. 지금도 머리끝까지 화가 나서 저 개새끼를 당장 죽이지 않으면 미쳐버릴 정도야. 그래, 창녀의 검을 들고 경계로 찾아와서는 감히 나와 겨루겠다는 발상을 한 것부터 건방졌어. 있잖아, 자기. 나는 절대로 봐주지 않아. 널 잃고 나서부터 나한테는 자제심이라는 게 아예 없어."

그가 한숨을 쉬더니 내 검을 놓아주었다. 그런데 그때, 지면에서부터 올라온 식물의 줄기들이 나무를 타고 넘어와 뱀처럼 내 몸을 묶기 시작했다. 딱 아프지 않을 정도로만, 호흡할 수 있을 정도로만 조였다. 졸지에 구속당한 나는 검을 떨어뜨린 채 꼼짝도 하지 못하게 됐다.

"야! 이게 무슨 짓이야!"

아무리 발버둥 쳐도 나를 휘감은 줄기들은 떨어지지 않았다. 이로 끊어보려고 했으나 헛수고였다.

"거기서 구경하고 있어. 곧 있으면 저자가 세상에서 가장 비굴한 모습으로 내게 살려달라고 빌 테니까."

지안이가 오만한 투로 말한 뒤 내가 얼떨결에 떨어뜨린 아스트라의

240

검을 공작에게 던졌다. 공작은 무리 없이 검을 받았다.

"덤벼보거라, 아스트라의 노예여. 근 10년 동안 이토록 격노한 적은 처음이다."

지안이가 이를 갈았다. 그 기세가 나조차 얼어붙을 만큼 뜨겁고 험악해서 주변의 식물들이 모조리 말라버렸다. 단, 나를 묶고 있는 덩굴을 제외하고.

나는 짜증스럽게 두 사람을 응시했다. 전신이 결박되는 바람에 반항하는 것도 무리였다. 도대체 지안이는 몇 가지 재주를 부릴 수 있는 거람? 그리고 저런 애한테 공작이 이길 수 있을 리가 없는데!

나는 갈피를 잡지 못하고 쉴 새 없이 주위를 두리번거렸다. 근처에 악마들은 하나도 없었고, 나에겐 무기라고 할 만한 게 전혀 없었다. 웨딩드레스도 벗어던진 지 오래니. 날카로운 건 고작해야 머리핀이 다였다.

두 사람의 검이 맞물리는 순간 엄청난 바람이 일었다. 나는 눈을 질끈 감으면서 입술을 깨물었다. 아스트라가 나를 판데모니움에 보내준 건, 내가 지안이를 말릴 수 있을 거라고 생각해서였다.

하지만 현실은 달랐다. 나는 지안이를 말리기는커녕 오히려 더 도발하지나 않으면 다행이었다.

나를 만나기 전에 지안이는 완전한 죽음을 맞이하려 판데모니움을 멸망시키는 '죄'를 범하려고 했다.

나를 만난 후 지안이는 판데모니움을 멸망시키고 있는 자신을 심판하러 올 신들을 죽일 생각이었다.

달라진 건 없었다.

오히려 희생자의 수만 늘어났을 뿐.

내가 이곳에 온 것이 실수였던 걸까? 나는 지안이를 사랑하는데, 무척이나 사랑해서 가슴이 터질 것 같은데 단지 그것만으로는 아무것도 해결되지 않았다. 나와 지안이가 서로를 사랑하는 감정은 어쩐지 더 큰 재앙을 몰고 오는 것만 같았다. 이제 지안이는 메타트론을 죽였고, 그 이전에도 수많은 신들을 죽였다고 했다.

그럼 다음 희생자는 누굴까?

끝없이 계속 죽이고 나면 마지막으로 남는 건 뭘까?

나는 이 세계를 모르지만, 이 세계의 사람들도 엄연히 나와 똑같은 인간이었다. 그리고 판데모니움의 사람들은 지안이를 두려워하고, 증오하고, 그 이름을 입에 담는 것조차 저주받을 행위로 여겼다. 이곳에서 루시퍼는 공포와 재앙 그 자체였다. 동화 속에 등장하는, 언제나 패배하는 악당이 아니었다.

지안이는 이미 피투성이인 공작을 도발하며 미친 듯이 웃었다.

"크큭, 정말 한심하군. 네가 그러고도 인간들을 대표하는 왕이냐? 부끄러운 줄 알거라. 너의 선조들이 구덩이에 대가리를 처박고 피눈물을 흘리겠구나."

나는 입을 벌렸다. 지안이는 나와 사귈 적에도 웃으면서 욕하는 버릇이 있긴 했었는데, 여기선 한참 업그레이드가 된 것 같았다.

지안이가 여유롭게 검을 휘두르는 순간 나는 다시 몸을 비틀었다. 어떻게 해서든 자유를 되찾고 싶어 안간힘을 쓰려니 웬 이상한 것이 하늘하늘 헤엄치듯이 날아왔다.

"어이, 그거 답답하지? 내가 좀 도와줄까?"

나는 허공에 둥실 떠 있는 손바닥만 한 물고기를 보고 질겁했다.

"헐 물고기가 말을 한……읍읍!"

푸른색 물고기가 다짜고짜 자기 지느러미를 내 입안에 쑤셔넣었다. 나는 토하기 직전이었다.

"쉿, 조용히 해. 루시퍼가 눈치채면 나도 죽은 목숨이라고. 그래서, 풀어줘 말아?"

나는 풀어달라는 뜻으로 화려하게 생긴 열대어한테 고개를 끄덕였다. 그리고 밧줄에서 풀려나자마자 가슴을 치며 헛구역질을 했다. 정말 다시는…… 다시는 경험하고 싶지 않은 일이었다. 우웩.

"무익하고 무익하도다. 고작 그 정도의 실력으로 짐에게 도전한 것인가!"

갑자기 온 세상이 환해졌다. 하지만 결코 좋은 일이 아니었는지, 푸른 열대어가 곧장 푸른빛이 감도는 피부를 가진 신 다곤으로 변해서 나를 감싸 안았다. 그의 미끌거리면서 축축한 피부에 신기함을 느낄 새도 없이 나는 세상이 폭발하는 장면을 두 눈으로 지켜봐야만 했다.

"가만히 있어."

다곤이 주의를 주며 나를 끌어안은 팔에 힘을 실었다. 어차피 나는 날뛸 힘도 없었다. 단지 나는 경이로울 정도로 찬란한, 찬란한 빛을 망막에 박아넣었음에도 실명하지 않았고, 이게 지안이 덕분인지 다곤 덕분인지는 몰랐다.

잠시 후, 빛이 어느 정도 가라앉았을 땐 경계선을 이루는 숲이 모조리 사라져 있었다.

남은 건 커다란 구덩이뿐이었다.

이런 힘…… 이걸 어찌 권능이라 부르지 않을 수 있을까. 나는 넋이 나간 채 사막처럼 황량하게 변한 주위를 둘러보았다. 전율이 밀려왔다. 소름이 끼쳐서 나는 손으로 입을 가렸다.

내가 묶여 있던 나무와 올라와 있는 나무를 제외하고는 그 무엇도 존재하지 않았다. 이곳은 이제 모래바람이 흩날리는 황야였다.

그때 지안이가 입을 열었다.

"뒤에서 허튼수작 부리지 마라, 다곤."

지안이가 천천히 돌아서서 우리가 있는 방향을 응시했다.

"내가 공격하기 직전에 네가 놈을 안전한 곳으로 이동시켰다는 걸 안다."

나는 눈물 고인 눈을 깜박였다. 그렇다면 공작은 아직 살아 있다는 뜻인가?

"아, 들켰네. 어쨌든 그는 신에게 선택받은 영웅이니까, 지금 죽으면 좀 곤란해. 그 남자가 남은 인류의 유일한 희망이라고."

"닥쳐!"

지안이가 소리를 지르자 모든 생명이 숨을 죽였다. 압도당한 것처럼.

"지금 신부는 내 손에 있는데, 날 공격할 심산인가?"

다곤이 나를 안은 채, 설득을 시도했다.

"루시퍼 형, 나는 형의 자살계획에도 반대했지만, 신들을 말살시키려는 계획에도 반대하는 입장이거든. 하지만 형이 계속 폭군처럼 굴며 미쳐 날뛰면…… 응? 아가씨?"

나는 다곤이 뭐라고 하든 나무에서 뛰어내렸다. 족히 2미터를 넘는 나뭇가지에서 떨어졌으므로 두어 바퀴는 굴렀으나, 제법 그럴 듯하게 착지하는 데 성공했다. 물론 모양새만 좋았다 뿐이지 온몸이 쑤셨다.

발목이 극심한 통증을 호소했다. 손바닥에선 피가 났고 일곱 군데는 심하게 긁힌 것 같았는데, 나는 최대한 아무렇지 않은 척하며 지안이를 노려보았다.

"우리 내기, 아직 안 끝났어."

그러자 다곤이 황당하다는 목소리로 나에게 따져들었다.

"거기 아가씨, 방금 루시퍼 형이 판데모니움의 절반을 차지하는 숲을 통째로 날려버리는 거 못 봤어? 심지어 형은 검을 단지 휘두르기만 했을 뿐이라고!"

"근데?"

나는 순진하게 반문했고, 다곤은 이를 악물었다.

"형은 마음만 먹으면 언제든지 판데모니움을 즉시 소거해버릴 수 있어. 하지만 그러지 않고 천천히 시간을 들여 사람들을 학살하는 건 단지 재미있기 때문이지. 자신을 보고 공포와 두려움을 느끼는 사람들을 내려다보는 게 우스우니까."

"그 정도는 나도 알고 있었어, 물고기야."

"……내 이름은 다곤이야."

나는 입술을 삐죽였다.

"시끄러워. 지안이가 사이코패스인 건 나도 알아. 여튼, 그렇게 지안이가 무서우면 뒤에 숨어서 몰래 도와주지 말고 구경이나 하지그래?"

"나도 그러고 싶은 마음이 굴뚝같은데…… 제발 내 말 좀 끝까지 들어!"

나는 이번에도 다곤의 항의를 무시하고 지안이에게 달려들었다. 그때 마른하늘에서 벼락이 쳤다. 벼락은 정확히 나와 지안이 사이에 내리꽂혔다.

"가까이 오지 마!"

나는 인상을 찡그렸다.

"왜?"

"네가 원하는 요구는 들어줄 수 없어."

"그건 네 자존심 때문이니?"

나는 차분하게 물었다.

"지안아, 너는 정말 사람들이 너를 두려워하고 너만 보면 겁에 질려서 벌벌 떠는 게 좋아?"

벼락이 한 번 더 떨어졌지만 나는 본 척도 하지 않고 지안이에게 더 다가갔다.

"……대답 안 하네."

지안이와의 거리는 이제 1미터 정도였다. 나는 뒤를 돌아 다곤에게 손을 흔들었다.

"이제부턴 부부간의 대화를 나눌 거니까 물고기는 저리 빠져."

"아 글쎄 물고기 아니라고!"

다곤은 소리 지르면서도 순순히 모습을 감췄다. 나는 피로 뒤덮인 지안이를 보며 눈살을 찡그렸다.

"우, 너도 목욕 좀 해야겠다."

"내 피가 아닌 걸 너도 알 텐데."

"어쨌든 난 피 냄새는 싫어. 질색이야. 그리고 내가 지금 너한테 더 가까이 다가갈 건데, 이번에도 벼락을 떨어뜨릴 거니? 그럼 나 즉사할 것 같은데."

나는 가슴을 가려주는 코르셋 리본을 두어 개 정도 풀면서 말했다.

그러자 지안이가 비릿하게 웃으며 자신의 빛나는 검을 사라지게 만들었다.

"이번 일로 너도 나한테 상당한 불만이 생겼을 터인데."

나는 고개를 갸우뚱했다.

"불만? 그런 거 없어."

"어째서지?"

"네가 이렇게 된 건 10년이라는 시간 동안 나를 못 봐서 그런 거잖아. 아니야?"

지안이가 미간을 찌푸리고선 뭔가 반박하려다가 도로 입술을 굳게 다물었다. 나는 어깨를 으쓱였다.

"그럼 내가 책임져야지. 아주 마아아안이 힘들겠지만."

"내가 무섭지 않아? 끔찍하거나 역겹지 않나?"

"어…… 솔직히 난 다곤이 제일 끔찍하고 역겨워."

나는 그렇게 말하고 지안이에게 슬금슬금 다가가 달라붙었다. 지안이는 가만히 있었고, 나는 그에게 팔짱을 꼈다.

"루시퍼. 으음음, 좋은 이름이야. 예쁘기도 하고. 그런데 10년 동안 불러주는 사람이 별로 없었다니 아쉽다."

"……도대체 무슨 생각이야, 넌?"

지안이가 내 뺨을 쿡쿡 찔렀다. 나는 배시시 웃음을 터뜨렸다.

"보면 모르냐. 아직도 네가 좋아서 미쳐버렸잖아."

Dies Irae

목욕을 하고 나니 잠이 쏟아졌다. 내가 꾸벅꾸벅 졸기 시작하자 지안이는 나를 안아서 침대로 옮겼다. 문득 나는 향수에 젖었다. 우리가 사귈 적 지안이가 자주 이렇게 안아줬는데.

나는 몽롱하게 그를 올려다봤다. 그는 쳐다보는 것이 죄스러울 만큼 아름다운 남자였다. 보다 정확하게는, 자만에 찬 그의 새빨간 눈과 마주치면 살해당할 것 같은 기분을 나 또한 간혹 느꼈다.

루시퍼는 스스로 밝혔듯이 평화를 원하는 자애로운 신이 아니었다. 그는 태양보다 찬란한 빛이었지만 심판하고 벌하고 모든 것을 재로 만들었다. 그에게 있어 용서란 단어는 웃음거리였고 화합이란 것은 자신을 향한 능멸이었다.

그는 인간들도 신들도 적대시하며 자신을 따르던 신하들을 악마로 만들었다.

내가 알던 지안이와 루시퍼는 전혀 달라. 하지만 위화감을 느낄 새도 없이 그에게 안겨버리고 마는걸.

시간이 느리게 흘러가는 듯했다. 나른하고 달콤하고 양귀비가 사르르 녹는 듯 위험하게.

나는 지안이의 목욕가운을 잡으며 나직이 물어보았다.

"있잖아, 메타트론의 시신……을 거둬간 두 사람도 신이지? 이름이 뭐야?"

"아이온과 아누비스."

지안이가 탐탁지 않게 말했다. 나는 침대에 누운 뒤에도 그를 놓아주지 않았다.

"그들도 언젠간 너를 죽이러 오겠지?"

"자기나 해."

나는 인상을 찡그렸다.

"너는?"

내 손에서 지안이의 목욕가운이 빠져나갔다. 순식간에 몹시 화려한 복장으로 갈아입은 지안이가 나를 쳐다보지도 않고선 당부했다.

"내가 돌아올 때까지 너는 이 성에서 한 발자국도 움직일 수 없다는 것만 알아둬."

"뭐, 뭐? 야!"

나는 급하게 일어나서 지안이를 붙잡으려고 했지만, 쓸데없는 짓이었다. 도대체 얘는 왜 이렇게 바쁜 건지 모르겠다. 학살하느라 바빠, 신들이랑 싸우느라 바빠, 말 안 듣는 악마들 처리하느라 바빠, 거기다 나랑도 시간을 보내야 하니 바쁘고.

텅 빈 침실에 있는데 잠이 올 턱이 없었다. 적당히 무난한 원피스를 입고서 나는 투덜거리며 1층의 홀로 내려갔다. 그러자 네 명의 사령관이 보였다.

"……너희가 내 감시인이니?"

내가 이보다 띠꺼울 수 없다는 표정으로 말했더니 그들의 얼굴도 사이좋게 구겨졌다.

"누군 좋아서 하는 줄 알아?"

흥. 나는 소파에 푹 몸을 묻었다.

"그래도 성의 있게 하는 편이 너한테 좋을걸, 아바돈. 어쨌든, 난 지금 전혀 잠이 안 와. 그러니까 너희가 나랑 놀아줘야겠어. 대신 몸을 움직이는 일은 안 돼. 허리가 목각인형처럼 삐걱거리거든."

내 말을 유일하게 이해한 아바돈이 빈정거렸다.

"아주 신나는 첫날밤을 보내셨나 봐?"

"딱히 신나진 않았어. 뜨겁고, 격렬하고…… 완전 짜릿해서 순간 온몸이 솜사탕으로 녹아버릴 뻔했지. 내가 처녀로 돌아간 줄 알았다니까."

나는 신경질적으로 아바돈의 도발에 응했다. 그러자 마스테마가 새빨개진 얼굴로 헛기침을 했다.

"저, 저기……. 그런 얘기까진 안 들려주셔도 됩니다만."

지금 나는 지안이에게 버려져 상당히 기분이 저조했으므로, 비웃음을 흘리며 마스테마까지 비난했다.

"왜 그래, 수녀님? 아직 시작도 안 했는데. 참, 너희는 원래 루시퍼의 사제들이었지? 그럼 뭐 결혼도 못 하고 순결도 지켜야 했어?"

"아, 네. 그래야 했죠."

"어머나, 진짜 불쌍하다. 나 방금 눈물 흘릴 뻔했어. 그럼 악마가 된 뒤에는? 지금은 그런 제한들이 다 사라졌을 것 아니야. 설마 아직도 착한 요정이 아기바구니를 문 앞에 두고 간다고 생각하는 건 아니겠지. 그리고 내가 본의 아니게 너희들의 동심을 파괴할까 봐 걱정되긴 하는데, 아기바구니는 아기를 고아원에 버릴 때 쓰는 거지 멀쩡한 가정에 선물할 때 쓰는 게 아니야."

"헉…… 마, 말도 안 돼…….”

"저는 비둘기가 가져다준다고 배웠는데요…….”

"비둘기? 오다가 떨어뜨리지나 않으면 다행이겠다.”

경악에 찬 마스테마와 조반니에게 나는 쯧쯧거리며 고개를 돌렸다.

"아바돈은?”

"글쎄.”

심기가 불편한 나는 미간을 찌푸렸다.

"그런 애매모호한 대답은 구멍 뚫린 콘돔을 쓰고 나서 '혹시 나 임신하면 어떡하지?'라고 걱정하는 여자한테 사색에 잠겨 해주는 말이야. '글쎄, 혹은 나도 모르겠어, 생각할 시간을 줘, 등등'. 참고로 네 왼손은 인정 안 한다. 아바돈, 움직이고 말하는 여자 사람이랑 연애해본 적 있어?”

"있어.”

나는 너무 놀라서 테이블을 뒤엎을 뻔했다.

"이런 미친! 대박! 너 왜 그런 중요한 얘기를 이제야 하는 거야! 얼마나 사귀었어? 나이는? 종족은? 성별은? 생김새는 어떤데? 너 진짜 죽인다! 저 찌질이들이랑은 달리 완전 쩌는 상남자였구나!”

"……성별?”

"……찌질이요?”

나는 마스테마의 쥐꼬리 같은 목소리를 무시하고선 입꼬리를 말아올렸다.

"난 네가 동성애자라고 해도 눈 하나 깜빡하지 않을 자신 있거든.”

"갑자기 네가 살았던 세계가 궁금해지는데.”

아바돈이 웃으며 말했고, 나도 표면적으로는 웃으며 받아주었다.

"나도 실컷 떠들고 싶지만 지금은 좀 피곤해서. 지루하기도 하고. 그냥 확 나가버릴까."

그때 갑자기 조반니가 튀어나오더니 내 다리를 잡고 늘어졌다.

"안 돼요! 제발 참아주세요!"

하여튼 이 녹색인간은 적응이 안 된다. 나는 조반니를 떨쳐내려 허공에 발길질을 했다.

"그럼 날 재미있게 해주란 말이야!"

"자, 잠시만요. 제가 가지고 있는 귀중품들을 보여드릴게요. 하나같이 역사적 가치가 높은 것들이죠."

솔로몬이 엎어진 테이블을 바로잡고는, 뭔가를 주섬주섬 늘어놓기 시작했다. 조반니도 자신의 품에서 뭔가를 꺼냈고, 마스테마 또한 커다란 루비가 박힌 책과 양피지 같은 것을 내밀었다.

나는 테이블에 진열된 보석들을 훑어보면서 짐짓 도도한 척했다.

"흐음, 보석으로 내 발목을 잡겠다 이건가?"

나는 거만하게 다리를 꼬았다. 마스테마가 다급하게 소리쳤다.

"저, 저한테는 이 세상에 단 하나뿐인 아주 귀중한 책이 있어요! 전부 피로 쓴 거라 오싹하실지도 모르겠지만……."

"아아아, 지루하다. 아바돈 너는 뭐 없니?"

그러자 아바돈이 내 코앞까지 다가와 귓속말을 했다.

"너 혹시 묶이는 거 좋아하나?"

"이게 미쳤나!"

나는 지척까지 다가온 아바돈의 얼굴을 발로 밀었다. 아예 소파 위에서 몸싸움을 벌이려는데 솔로몬이 말했다.

"이건 어떠신지요? 제 거울로 루시퍼 님을 볼 수 있습니다."

나는 눈을 깜박였다.

"이리 줘봐."

나는 솔로몬의 손거울을 통해 지안이의 모습을 엿보았다. 루시퍼는 피바다가 들이닥친 마을에서 허우적거리는 사람들을 무시무시하게 큰 하얀 뱀이 한입에 삼키는 걸 보며 미친 듯이 웃고 있었다. 그는 무척이나 즐거워 보였다. 하늘에 오른 자신과 달리 땅에 머물러 있는 인간들이 발버둥 치는 모양이 매우 한심하고 우스꽝스러운 것 같았다. 그는 자신이 벌인 쇼를 즐겼고, 방해하는 것을 용납하지 않았기에 나를 두고 떠난 거다.

마스테마가 눈을 동그랗게 뜬 채로 물어왔다.

"그래서 아가씨는 전하를 교화시킬 건가요? 새사람으로?"

나는 눈살을 찌푸렸다.

"뭐하러? 나는 있는 그대로의 지안이를 좋아하는걸. 좀 징그러운 악취미가 생긴 것 같지만."

그러자 이번엔 솔로몬이 거들었다.

"전하는 판데모니움을 멸망시키고, 다른 신들도 죽일 겁니다. 그런데도요?"

또! 또! 또! 왜 다들 나한테만 맡기려는 거지?

아스트라도.

공작도.

심지어 이 악마들까지!

나는 기어이 폭발하고 말았다.

"아 시끄러워! 내가 걔랑 결혼했다고 해서 나한테 모든 책임을 전가하지 말란 말이야, 이 거지같은 악마자식들아! 너희랑 남은 신들이랑 다른 게 뭐야! 다들 덤비긴 무서우니까 나한테 떠넘기기만 하고! 내가 루시퍼의 보모인 것 같니? 걔의 거지같은 엄마라도 되는 줄 아냐고! 나는 걔의 수발을 들어야 할 의무도 없고, 무조건 힘으로만 밀어붙이려는 개수작에 놀아나고 싶지도 않아!"

나는 거칠게 머리카락을 쓸어올리며 날선 어조로 쏘아붙였다.

"물론 나도 할 수만 있었다면 루시퍼를 말렸을 거야. 오, 젠장. 하나님 저는 왜 동정받지 못하는 거죠? 결혼식을 두 번이나 거지같이 치렀는데 아무도 저를 불쌍하게 여기지 않아요! 왜냐구요? 제 남편이 당신을 대신해서 이 세계를 개박살내고 있으니까! 이런 젠장! 아내 목에 폭탄을 걸어놓는 남편이 세상에 어디 있냔 말이야! 전부, 전부, 전부 거지같다고!"

"저, 저기…… 그만 진정하시는 게…….”

"닥쳐, 닥쳐, 닥쳐! 나도 쌓인 거 엄청 많아! 너희 다 혀 깨물고 죽어버려! 판데모니움도 멸망하고, 신들이라는 것들도 싹 뒈져버리라지!"

나는 그렇게 고함치면서 온갖 장식물을 던졌다. 도자기에 손바닥을 크게 긁혀서 피가 후두둑 떨어졌지만 멈추지 않고 손에 잡히는 물건은 뭐든지 던졌다.

그러다 두 번째로 테이블을 발로 차 엎어트리면서 말했다.

"나는 영웅도 구세주도 아니고 그냥 남편 찾으러 온 여자다 이것들아! 나한테 다른 뭔가를 기대하지도 말고 멋대로 실망하지도 마! 나는 전혀 뛰어나지 않은걸! 나도 언제든지 죽을 수 있는데 왜 나한테만…… 나한테만 실망하는 거냐구!"

나는 주저앉아서 울음을 터뜨렸다.

머릿속에서 그동안 만났던 사람들이 빠르게 스쳐지나갔다. 이젠 예소드와 리하르트의 국왕이 된 에드가와 마법사 루키엘부터 시작해서 악마에게 물어뜯기고 있던 여자까지…….

내가 훌쩍일 때마다 눈물이 뺨을 타고 떨어졌다.

"으엉엉, 아까까지만 해도 기분 좋았는데……."

내 폭주를 피해 맞은편 벽에 딱 붙은 세 명의 악마들이 서로 시선을 교환했다. 기막히게도 아바돈은 천장에 거꾸로 앉아 있었다.

아바돈이 입을 열었다.

"부담스럽다면 그냥 그렇다고 말하면 되지 않냐?"

"대체 누구한테?"

"너한테 뭔가를 기대하는 모든 존재들한테. 너는 아주 약해 빠졌고, 잘 알지도 모를 세계를 구할 힘도 의지도 없다고 말이야. 그러고는 넌 전하의 품에 숨는 거지."

지랄. 나는 가자미눈으로 그에게 명령했다.

"야. 더 이상 내 기분 더럽게 만들지 말고 저리 꺼져."

아바돈이 미소를 지으며 검은 연기와 함께 사라졌다. 그러자 남은 세 명의 악마들이 내 눈치를 살피느라 더욱 쪼그라들었지만, 나는 신경 쓰지도 않고 다시 거울을 들여다보았다. 루시퍼가 막 새하얀 날개를 펼치고 있었다. 그 환한 것에 매료되어 나도 모르게 우러렀다.

눈보다도 하얗고, 마치 움직이는 빛처럼.

나는 여전히 울면서 비스듬히 고개를 기울였다.

"아마도 난 지옥에 떨어질 거야. 너랑 헤어지는 걸 거부했으니까."

생각해보면 이곳에 와서도 돌이킬 기회는 얼마든지 있었다.

나는 지안이를 거부할 수 있었고, 피할 수도 있었다.

거울 속의 루시퍼는 지옥의 불길에서 기어올라온 신이었다. 혹은 하늘에서 추락한 천사거나. 어쨌든, 나는 아스트라에게서도 잘 느끼지 못했던 신성함이란 것을 지안이를 통해 확실히 깨달았다.

그런데 지안이는 왜 갑자기 저곳으로 가버린 거지? 의아함을 느낀 나는 솔로몬의 거울을 계속해서 바라보았다. 가장 높은 왕좌에 앉아 있던 그는 집채보다 큰 뱀이 자신에게 혀를 내밀자 웃으며 턱을 괴었다.

"꽤나 포식했으니 앞으로 100년간은 걱정 없겠지. 얌전히 굴어라. 아무래도 유리는 목장식이 영 싫은 듯하니 다른 걸로 대체하는 수밖에."

······응?

"예전부터 유리는 애완동물을 키우고 싶다 그랬거든. 부디 널 마음에 들어 했으면 좋겠는데."

······응응응?

나는 훌쩍이며 고개를 갸우뚱했다. 지안이한테 애완동물을 기르고 싶다고 말한 적이 있었기는 한데 그게 뱀을 염두에 두고 한 말은 당연히 아닌걸! 거기다 저렇게 큰 걸 어떻게 키우라는 거야?

내 인상이 점점 일그러졌다. 예전에도 지안이는 무조건 크고 희귀하고 비싸면 좋은 것이라고 생각하는 경향이 좀 있었다. 그러니까, '내'가 좋아할 거라고 생각했다. 그는 면허도 안 딴 나에게 고급 외제차를 선물해주려 하거나, '한정판'이라는 단어가 붙어 있으면 전부 사서 나에게 안겨주고는 했다. 뭐, 그래도 웨딩드레스를 대여하는 것이 아니라 아예 구입해서 선물해준 것은 퍽 감동적이었다.

지금은 입지도 못하지만.

리하르트에서 봤던 드래곤만큼이나 커다란 흰 뱀을 보면서 나는 어이가 없었다. 쟤 머릿속엔 대체 뭐가 들었을까? 내가 왜 저런 애한테 반했지? 돌이켜 보면 지금의 루시퍼와 예전의 지안이가 완전히 다른 것도 아니었다. 스케일만 커졌을 뿐이지, 은근히 공통점이 많단 말이야.

"유리."

어느새 돌아온 아바돈이 나를 불러서 나는 입을 벌렸다.

"세상에, 네가 나를 이름으로 부르다니! 피임약이 필요해? 아니면 러브젤? 근데 전부 나한테 없는데. 그리고 일단 네 애가 세상에 나오면 진짜 가관이긴 하겠다!"

아바돈은 나를 한 대 후려칠 것 같은 얼굴로 사과를 건넸다.

"아까 내가 했던 말은 잊어라. 취소하도록 하지."

"……갑자기 왜?"

"좀 짜증이 나 있었거든. 충동적으로 너에게 화풀이를 한 것 같아서."

얼씨구. 나는 신경질적으로 그를 비웃으며 내 머리를 헝클어뜨렸다.

"누구는 짜증나지 않았다는 식으로 말하네. 거기다 한번 내뱉은 말은 절대로 취소할 수 없어. 이미 가슴에 새겨졌으니까. 그리고 아바돈, 미리 말해두지만 말싸움으로 날 이길 생각은 마. 힘으로도 어림없어."

아바돈이 어깨를 으쓱였다.

"확실히 너는 약하지 않아. 그렇기에 신들이 더 기대하는 거겠지."

"너는 아니고?"

나는 여전히 빈정거렸고, 그의 목소리는 다소 경직되어 있었다.

"난 아무래도 좋다고 말했을 텐데."

혹시 그 사이 지안이한테 정신교육이라도 받고 왔나? 나는 눈알을 굴렸다.

"하지만 표정은 전혀 그렇지 않잖아."

아바돈의 눈이 가늘어졌다. 건수 잡았군.

"어머나, 왜 그리 당황하실까. 혹시 숨겨둔 애인이라도 있는 거야? 현재진행형으로 연애 중이었니?"

"아니. 그 여자는 죽었지."

"그럼 그 '남자'는 살아 있고?"

아직 화가 덜 풀린 나는 악의적으로 그를 도발했다. 아바돈이 피식 웃더니 날개를 펼쳤다.

"뭐, 너와 얘기하는 건 나한테도 유익한 시간이었다만…… 슬슬 자리를 비켜줘야겠지. 꽤 즐거웠다."

아바돈의 말이 끝나기 무섭게 다른 사령관들도 모습을 감추었다. 지안이가 오려나. 나는 입술을 삐죽이면서 머리를 손질했다. 검은 연기가 잔상처럼 남은 공간에 나 혼자 덩그러니 앉아 있는데 갑자기 지안이가 문을 부수고 들어왔다.

"유리야!"

"……어지간히도 화장실이 급했나 보구나. 너 지금 문짝을 부숴버린 거 알아?"

나는 반대편 벽까지 날라가서 아예 꽂혀버린 문의 파편을 보며 어이없게 말했다. 그는 무시하고 잔뜩 신이 나서 대꾸했다.

"난 화장실 안 가는데. 어쨌든 이것들이나 받아. 너 주려고 몸소 구해왔다."

나는 지안이의 손에 들린 꽃다발, 초콜릿, 사탕, 각종 달콤한 간식거리들, 그리고 그의 손목에 감긴 가느다란 새끼 뱀을 응시했다. 설마 그 집채만 한 뱀이 벌써 새끼를 친 건가! 나는 겁에 질려서 긴장했다. 무슨 번식속도가 이렇게 빨라!

"뭐야. 이것들은?"

"당연히 너를 위한 선물이지."

그는 개판이 된 홀은 아무래도 좋다는 양 내 치마 위에 선물꾸러미를 우르르 떨어뜨렸다. 그러더니 내 손목을 잡아서 새끼 뱀을 나한테 엉겨 붙게 만들었다. 적어도 나를 물거나 혓바닥을 내밀진 않아서 다행이었다.

"그리고 이거. 내가 없을 땐 애가 널 지켜줄 거야. 그 초커는 지금 풀어줄게."

나는 차가운 느낌에 잠시 숨을 죽였다가 고개를 가로저었다.

"아니, 이건 그냥 내버려둬."

"왜?"

"그냥."

나는 복잡하고도 미묘한 감정을 설명하기 어려워서 대충 얼버무렸다. 목에 걸린 초커는, 가끔은 미친 듯이 답답하지만, 의외로 나와 지안이가 연결되어 있다는 기이한 안도감을 주기도 했다.

그래서 나는 망설였다. 나는 지안이와 이어진 듯한 느낌이 좋았고, 그건 나를 안전하고 또 행복하게 했다.

"······아까 솔로몬의 거울로, 나 봤지?"

지안이가 내 무릎에 누웠다.

나는 순순히 고개를 끄덕였다.

"응."

"무슨 생각했어?"

"난 지옥에 떨어지기로 했어."

지안이가 나를 빤히 올려다봤다. 나는 초콜릿 하나를 그의 입에 넣어주었다. 그가 얌전히 받아먹으면서 또 다른 질문을 했다.

"뱀 이름은 뭘로 정할래?"

나는 잠깐 고민하다 말했다.

"킹크랩."

"……킹크랩?"

"왠지 이름에 킹이 들어가면 멋져 보여서."

지안이가 인상을 썼다.

"너 진짜로 그거 안 풀어? 나중엔 풀어달라고 해도 안 해줄 거야."

나는 코웃음을 쳤다.

"너는 마리아를 죽였고 나를 여기에 고립시켰지. 뭔들 못 하겠니?"

"사령관들을 붙여줬으니까 엄밀히 말해서 고립은 아닌 것 같은데."

"그럼 감금이라고 할까? 할 수만 있다면 이 성 전체를 부숴버렸을 거야."

나는 그렇게 받아쳤다.

일순간 지안이의 표정이 변했다.

"갈수록 말이 심해지는군."

그때 빛으로만 이루어진 듯 투명한 황금색을 띠는 밧줄이 뱀처럼 내 몸을 휘어감았다. 다리와 배, 가슴, 목, 그리고 손까지 결박했다.

내 무릎에서 일어난 지안이가 그늘진 얼굴로 나를 응시했다. 그는 내 턱을 부드럽게 잡아 끌어당기며 위협하는 투로 말했다.

"너 설마 아직도 우리가 동등한 관계라고 착각하는 건 아니겠지?"

"……뭐?"

"너는 항상 내 시야가 닿는 곳에 있어야 해. 나는 너를 '또다시' 빼앗기지 않기 위해서라면 무슨 짓이든 할 거다. 그게 결과적으로 너를 배신하고, 상처 입히더라도 나는 얼마든지 그렇게 할 거야. 두 번째 이별이란 절대로 없어."

그가 거만하게 선언했다.

나는 짜증이 났다.

"지금 날 협박하는 거야?"

"그럴 리가 있나. 난 단지 네 처지를 확인시켜주는 것뿐인데."

지안이가 낮게 웃으며 나를 밀었다. 얼떨결에 소파에 눕게 된 나는 입술을 깨물었다.

"윽, 일단 이것부터 좀 풀어봐!"

"네가 내 말을 잘 듣겠다고 약속한다면."

지안이가 무척이나 달콤한 음성으로 속삭이면서 내 위로 올라왔다.

심장이 마구 뛰었다. 현기증이 나서 기절할 만큼 무섭고, 공포스럽고, 색욕에 젖어선.

"……아니면 그냥 이 상태로 안아버릴까. 그럼 내가 진심이란 걸 알겠지?"

"나쁜 놈."

"그래도 나를 사랑하잖아."

"죽어버려."

"지금 안아도 돼, 유리야?"

나는 이를 악물었고, 그는 큭큭거리며 웃었다.

"아, 허락을 구할 필요는 없겠구나. 이미 묶어뒀으니까."

키스할 듯 말 듯 아슬아슬한 거리를 유지하던 지안이가 갑자기 내 위에서 일어나더니 손을 휘둘렀다.

그러자 나를 묶고 있던 밧줄이 별빛 같은 잔상만 남긴 채 사라져버렸다.

지안이가 무감하게 눈을 내리떴다.

"직접 겪어보니 알겠지? 넌 나한테 어떤 저항도 할 수 없을 만큼 약해. 무력하고 아름답지. 나는 그런 너를 납치해서 강제로 신부로 삼은 거고. 그러니까 다른 버러지들이 지껄이는 소리는 전부 무시해. 너는 성녀도 아니고 구세주도 아니니까."

어라. 나는 손으로 소파를 짚고 일어나 앉으면서 의아함을 느꼈다.

"내……, 내 말을 듣고 있었……어?"

"네가 나를 사랑하고, 그래서 내 편을 들겠다는 게 뭐가 어때서? 인류애? 꺼지라고 해라. 너는 이 세계 사람도 아니야. 네가 책임져야 할 건 아무것도 없어. 죄책감을 느낄 필요도 없고, 그들의 죽음을 애도할 가치도 없다. 어차피 다들 구제할 길 없는 쓰레기니까."

나는 인상을 일그러뜨렸다.

"하지만…… 아스트라가 나를 이곳에 보낼 때……, 너를 말려달라고……."

"네 힘으로는 불가능해. 그리고 그 창녀는 자기가 죽기 싫어서 너를 이용한 거야."

나는 숨을 골랐다. 지안이가 뒤로 물러났다. 내가 자기를 무서워할 거라고 생각한 모양이었다. 그래도 제 죄를 알긴 하는군.

나는 약간 뜨거워진 얼굴로 입을 열었다.

"야, 이리 와 앉아."

내 말에 지안이는 어리둥절한 표정으로 자리에 앉았다. 나는 발을 들어서 다짜고짜 그의 다리 사이를 더듬었다. 이건 그가 방금 나에게 한 행동에 비하면 훨씬 나쁜 짓이었다. 지안이가 극심한 모욕감에 사로잡혀도 나는 할 말이 없었다.

나는 지안이에게 소감을 물었다.

"기분이 어때?"

"황홀한데."

그의 시선은 다리를 움직이느라 말려 올라간 내 치마 속에 고정되어 있었다. 나는 인상을 찡그렸다. 지안이랑 나는 엉뚱한 데서 핀트가 엇갈리곤 했지만 하필 지금도 그럴 줄은 꿈에도 몰랐다. 어쨌거나, 얘는 절대 나를 강제로 덮칠 위인이 아니었다.

"하여간……. 너는 나 없으면 어떻게 살래?"

"그러니까 죽으려고 했잖아. 어쩌면 이미 죽어서 천국에 왔는지도."

기가 막혀서 나는 지안이에게 초콜릿을 던졌다. 그는 그걸 용케도 잡아서 입에 넣었다. 물론 나한테는 저런 기적적인 반사 신경 따위가 있을 리 없었다.

나는 꽃다발을 품에 안은 채 지안이의 어깨에 기댔다. 생화의 생생한 향기가 내 마음을 설레게 하고, 진정시켜 주었다. 지안이에게 꽃을 선물 받는 건 언제나 큰 즐거움이었지만, 오늘이 특히 최고인 듯했다. 그가 아무런 말없이 나를 버리고 나갔을 때 느꼈던 배신감을 보상받은 것 같기도 하고.

나는 지안이와 사이좋게 달콤쌉싸름한 초콜릿을 나눠 먹으며 쏘아붙였다.

"이 얼간아, 날 묶어서 덮치겠다고 하는 협박은 협박으로 들리지도 않거든? 그리고 내 윤리와 도덕성은 이미 버리기로 결심했으니까 짓궂게 굴지 않아도 돼."

그렇게 말하고선 나는 지안이의 이마에 딱밤을 때렸다. 나에겐 잠시뿐인 이별이었지만, 지안이에게 나는 10년 만에 만난 연인이었다. 지안이가 나를 잃어버릴까 봐 두려워하는 것도 당연했다.

"말했잖아. 지옥으로 떨어지겠다고. 거기다 아주 웃긴 일도 있었어. 글쎄 아바돈은 잘 모르겠지만 다른 사령관들은 한 번도 연애라든가 결혼이라든가 해본 적이 없다지 않아? 너도 참 잔인한 신이다. 어떻게 그런 걸 금지시킬 수가 있어? 심지어 조반니는 비둘기가 아기바구니를 물어오는 줄 알고 있었다고!"

나름 열변을 토했으나 지안이는 무시하고 재차 물었다.

"정말 감당할 수 있겠어?"

"그건 오히려 내가 해야 될 질문인데."

나는 미간을 찌푸렸다.

"잊었나본데 난 갑자기 높은 분이 된 너랑은 달리 먹고 자고 싸고 쉬어야 하거든. 그리고…… 솔직히 멸망을 코앞에 둔 세계에서 직장을 찾는 건 진짜 무리인 것 같다. 그냥 사령관들 놀려먹는 재미로 살지 뭐."

초콜릿을 씹어 먹으며 웅얼거리는 말에 지안이가 혼란스러운 표정을 지었다.

"왜 내가 너를 타락시킨 것 같다는 생각이 머릿속에서 떠나질 않지?"

"쯧쯧, 너도 은근히 좀스러운 데가 있다니까. 남자가 말이야, 평생에 한 번 올까 말까한 운명적이고도 치명적인 사랑에 감염됐으면 모든 걸 걸어야지. 그런 불꽃같은 열병은 위험하지만 얼마나 낭만적인지…… 순식간에 빨려들어가서 정신을 못 차린다니까. 마치 너라는 귀신한테 홀린 것 같아."

"그럼 여자는?"

"난 이미 너한테 내 전부를 걸었어."

나는 태연하게 대꾸하고는 초콜릿을 마저 먹었다.

다음날인지 뭔지, 아무튼 내가 푹 자고 나서 지안이는 '외출금지령'을 없애주었다. 나는 청동으로 이뤄진 네 마리의 말들이 끄는 마차를 타고 지안이와 판데모니움의 경치를 구경했다. 사방이 황폐했고, 저 멀리에서는 화산폭발이 일어나고 있었다. 바다는 온통 피로 가득했으며, 모든 섬들은 녹아 없어진 듯했다.

나는 서늘한 바람에 몸을 맡긴 채 막연히 중얼거렸다.

"정말 스펙터클하다."

"꽤 평범한 감상이군."

나는 울지 않았다. 지안이가 더 무서워지지도 않았다.

벌써 내 감정이 메말랐나?

아니, 우선순위가 너무나도 확실하기 때문일 거다.

나는 판데모니움보다 지안이가 더 소중했다.

우리가 삼십 분을 더 갔을 때, 지상에 아주 예쁘고 신기한 것이 보였다. 나는 매혹적인 청록색 꽃밭을 가리키며 입을 열었다.

"저건 뭐야?"

"……독초. 이 근처에 유명한 마약 재배소가 있을걸."

나는 경악했다.

"뭐? 마약? 그런 게 있다고 왜 진작 말하지 않았어!"

"……네가 이렇게 나올까 봐."

나는 아랑곳하지 않고 흥분해서 지안이를 마구 재촉했다.

"세상에나, 빨리 안 내려가고 뭐하는 거야! 합법적으로 마약을 해볼 수 있는 유일한 기회가 찾아왔는데! 잠깐만, 넌 신이기도 했지? 그럼 더 잘됐네! 내가 죄를 범하고, 회개할 테니 네가 용서해주면 되잖아. 다른 모든 인간들이 그러는 것처럼!"

지안이는 있는 대로 어이없어 하면서 지상으로 내려갔다. 그러나 막상 끝없이 펼쳐진 마약꽃밭에 도착했을 때 나는 충격적인 마약꽃의 비주얼에 경악하지 않을 수 없었다.

나는 손을 부들부들 떨며 괴기스러운 꽃들을 가리켰다.

"……이게 정말 양귀비처럼 마약 효능이 있는 꽃이야? 그…… 꼭 아기처럼 생겼는데?"

내 앞에 까르르 웃는 아기 모양을 한 수천 송이의 청록색 꽃이 있었다.

지안이가 입꼬리를 올리며 비아냥거렸다.

"먹어볼래?"

나는 떨떠름한 표정으로 꽃잎 하나를 뜯어서 어제부로 내 애완동물이 된 킹크랩에게 먹여보았다. 그러자 킹크랩의 혀가 보라색으로 변했다. 음, 절대 먹지 말아야겠어.

"생각해보니 나는 아무리 종말이 임해도 사람답게 죽기로 맹세했었어. 근데 얘 죽은 거야?"

나는 내 손목이나 발목에 감겨서 통 떨어지질 않는 뱀을 살펴봤다. 이 뱀의 원래 크기는 실로 엄청났지만, 지안이가 인위적으로 줄였다고 했다.

"곧 있으면 원래대로 돌아올 거야. 내가 직접 키운 뱀이니까."

그래, 네가 뭔들 못하겠니. 나는 입술을 삐죽였다.

"흠. 그럼 여기 조금만 구경하자."

나는 소름끼치는 마약꽃을 몇 송이 꺾어서 자세히 관찰했다. 이걸 먹으면 나도 킹크랩처럼 혀가 보라색으로 변하려나? 파충류랑 인간의 차이가 뭐더라.

고개를 갸웃거리는데 웬 할머니가 우리에게 다가왔다.

"아가씨, 다른 마을에서 왔수?"

나는 순순히 고개를 끄덕였다. 그러자 할머니가 다 안다는 듯 미소를 지었다. 어른들을 대하는 데 익숙하지 못한 내가 뻣뻣하게 지안이를 쳐다보니 할머니가 천으로 덮인 바구니에서 빵 하나를 꺼냈다. 바삭한 쿠키처럼 보이기도 했다.

"천천히 구경하다 가구려. 저 골목 안쪽엔 훨씬 흥미로운 것이 많으니."

"아, 네⋯⋯."

나는 얼떨결에 할머니가 내민 빵을 받았다. 조금 고개를 갸우뚱하던 것도 잠시, 빵의 끝부분을 약간 뜯어먹으며 지안이에게 물었다.

"저 안쪽에 뭐가 있을까?"

"네가 상상할 수 있는 모든 더러운 것들."

별로 기분이 좋지 않은지 지안이가 간략하게 설명했다. 생각보다 빵이 맛있어서 나는 아예 한입 크게 베어 물었다. 혀를 자극하는 게 시나몬이 들어간 것 같기도 하고…….

그때 갑자기 마른하늘에서 커다란 소리가 나기 시작했다. 놀라서 위를 올려다보니 피 섞인 우박, 운석 같은 불덩어리들이 전조도 없이 사정없이 떨어지고 있었다. 인간뿐만이 아니라 모든 것을 학살하기로 결정한 것처럼. 달은 서서히 피로 물들었고, 빠르게 질주하는 사령관들의 모습도 보였다.

나팔을 든 악마들이 입을 모아 소리쳤다.

"금성의 왕, 영광을 되찾은 바빌론의 군주가 진노했노라!"

"모든 인간들은 전쟁과 기근, 전염병과 죽음을 면치 못하리니!"

"악! 너무 시끄러!"

나는 비명을 지르며 귀를 틀어막았다. 재앙은 우리가 있는 곳을 아슬아슬하게 피해갔으나, 바로 코앞엔 지진이라도 일으킨 건지 땅이 큰 소리를 내며 기울어지고 무너지고 뒤집어졌다. 거기다 하늘에선 새들의 시체가 후두둑 떨어져 산을 이루었다.

나는 마약처럼 나를 끌어당기는 빵을 계속 먹으며 주위를 두리번거렸다.

"아까 그 인심 좋은 할머니는 무사하시려나?"

"인심 좋은 할머니가 아니라 마약 넣은 빵을 준 노인네겠지. 그거 그만 먹고 버려."

나는 지안이를 피해 마약꽃이 흐드러지게 핀 곳으로 도망쳤다.

"싫어! 맛있는걸!"

"버려."

"싫어!"

우리는 서로를 노려보았다. 그러다 내가 한 번 더 부정의 말을 뱉으려는 순간, 나와 지안이 사이로 한 줄기의 빛이 지나갔다. 그리고 그건 어마어마한 후폭풍을 몰고 왔다.

"꺄아악!"

나는 비명을 지르며 몸을 숙였고, 지안이는 혀를 차며 일순간에 바람을 멎게 했다. 나는 하늘에서 청록빛깔의 아기꽃…… 아니 마약꽃들이 비처럼 떨어지는 광경을 허망하게 바라보았다. 심지어 커다란 산 하나가 완전히 사라져 구덩이만 남았다.

그러나 지안이는 다른 곳을 응시하고 있었다.

"오랜만입니다, 루시퍼."

"비슈누."

……응? 홀린 듯이 다시금 빵을 먹던 나는 고개를 들어서 공중에 떠 있는 남자를 올려다봤다. 그는 곱슬거리는 긴 연꽃색 머리카락을 가진 아름다운 남자였는데, 내가 먹던 빵을 떨어뜨릴 만큼 당혹스러운 신체를 가지고 있었다.

남자의 피부는 은빛이 도는 연분홍색이었다. 마치 연꽃이 사람으로 변한 것처럼 은은하게 빛나면서 신성하고 신비스러웠다. 그리고 그는…….

"팔이 네 개……."

내가 눈을 비비며 의심하는 와중에도 그는 다시 활에 화살을 쟀다. 설마 저 화살 하나로 큰 산을 없애버린 거야?

비슈누는 깊은 호소력을 가진 목소리로 지안이에게 경고했다.

"아스트라의 힘이 약해지는 바람에 이 차원의 균형이 기울어졌습니다. 저는 이 차원이 멸망하게 두지 않을 겁니다."

한동안 멍했던 나는 그의 팔이 각각 따로따로 움직이면서 칼과 창을 드는 걸 보고 현실로 돌아왔다.

"저기 잠깐만요! 당신 팔이 너무 멋져요! 저랑 악수 네 번만 하면 안 될까요?"

"너 내가 그 빵 먹지 말라고 했……."

지안이가 이마를 짚으며 신음했고, 나는 아랑곳하지 않고 비슈누에게 뛰어갔다. 왠지 모르게 머릿속이 맑아진 듯하고 기분이 마구 들떠서, 마음만 먹으면 뭐든지 할 수 있을 것만 같았다. 그가 천천히 지상으로 내려왔다.

나는 비슈누가 정말로 아름답다고 생각했다.

"와, 가까이서 보니까 당신 훨씬 잘생겼네요. 큐피드처럼."

내가 감탄하자 그가 눈을 가늘게 떴다.

"……내가 두렵지 않은가?"

"전혀요?"

가슴이 두근거렸다. 빵을 하나만 더 먹으면 하늘 위로 날아갈 수도 있겠어.

내가 비슈누의 손을 잡자 그가 얼굴을 붉혔다.

"너는…… 아름다우면서 대담하고 용기 있기까지 하군. 나와 혼인하지 않겠나?"

"좋아요! 손이랑 남편은 많을수록 좋으니까!"

나는 내가 뱉은 말에 웃음을 터뜨렸다. 문제는 이게 마약이 들어간 빵을 먹어서인지, 아니면 정말로 비슈누가 마음에 들어서 농담을 건넨 건지 나로서도 구분할 수가 없다는 거였다. 어쨌거나, 여태껏 여러 신들을 만나봤지만 비슈누처럼 고귀하고 청아한 분위기를 풍기는 신은 없었다. 왠지 합장을 해야 할 것 같아.

나는 내 생각에 고개를 끄덕이고 두 손을 모으려다 비틀거렸다.

"어어어, 막 세상이 빙글빙글 돌아!"

비슈누가 나를 잡아주면서 다정하게 타일렀다.

"마약은 다른 말로 치명적인 독이라고 하지요. 당신처럼 순결한 처녀는 그런 더러운 악 따위 모르셔도 됩니다. 그대, 이리로."

나는 인상을 찡그렸다.

"난 혼전순결이란 단어를 알기도 전에 처녀딱지를 떼버렸는데."

"저리 꺼져."

지안이가 순식간에 나를 가로채서 제 품에 안았다. 갑자기 나는 세상에서 제일 행복해졌다.

"으음…… 너랑 키스하고 싶다."

내가 투정을 부리자 지안이가 내게 나무라는 시선을 보냈다.

그러나 그는 곧 비슈누의 도발로 인해 상당히 분노했다.

"제 목적은 판데모니움을 정화하는 것. 그리고 저 사랑스러운 공주님은 내가 데려가도록 하지요."

"이 바퀴벌레 같은 놈이 무슨 개소리를……."

"루시퍼, 당신은 판데모니움의 사슬에 묶여 있습니다. 이 땅이 당신을 위한 연옥이니만큼 하늘을 나는 것조차 극심한 에너지를 소모할 터. 그런 패널티를 갖고서 저와 싸우시겠다는 겁니까?"

나는 느리게 눈을 깜박였다. 하늘을 나는 것조차 힘들다니? 하지만 지안이는 항상, 아니 거의 하늘을 날아다녔는걸. 그것도 아무렇지 않게.

지안이가 거만하게 웃으며 턱을 들었다.

"건방진 놈아, 싸울 이유를 제공한 건 너다."

"당신의 그자만은 여전하군요. 저도 봐주지 않겠습니다."

뭔가 분위기가 상당히 험악했다. 나는 마약의 몽롱함에 취하면서도 중재를 위해 노력했다.

"자, 잠깐! 왜 둘이 싸우는 거야? 둘 중 하나가 다치면 나는 엄청나게 슬플 거야…… 훌쩍. 그러니까 다른 걸로 겨루는 건 어때? 이를 테면 누가 더 나의 충실한 개…… 아니, 노예……, 아니 그러니까 하인이 되는가 같은."

나는 장난스럽게 말하고서 혀로 입술을 훑었다. 지안이의 얼굴이 새빨개졌다.

"……너 사실 멀쩡하지? 마약에 취하지도 않았지?"

지안이가 짜증을 부렸다. 나는 키득거리며 말했다.

"아니면 다른 방법도 있어. 구별도 안 되는 밤하늘 말고, 멀쩡한 낮과 밤을 돌려놔. 태양을 가져오라고. 저런 시뻘건 달처럼 흉흉하게 생긴 거 말고 진짜 제대로 된 찬란한 태양 말이야. 그럼 이 몸의 남편이 될 영광을 안겨주지."

나는 지안이의 뺨에 쪽 소리 나도록 뽀뽀하고는 그의 품에서 내려왔다.

"참고로 소녀는 청순미와 섹시미를 동시에 갖고 있답니다, 깔깔깔! 나 놓치면 후회할걸! 나는 못하는 게 없거든! 거기다 팔이 네 개인 남자도 좋아해. 후후."

"너 이따가 보자."

지안이가 이를 갈며 사라졌다. 비슈누는 나에게 짧게 목례했다.

"그럼 잠시만 기다려주시길."

272

왠지 스스로가 뿌듯했다. 나는 푸흐흐흐 웃으면서 손목에 감긴 하얀 뱀을 쿡쿡 찔렀다.

"야 킹크랩, 이런 거 보면 나도 꽤 하는 것 같지 않니?"

킹크랩은 대답하는 대신 내 손가락을 꽉 깨물었다.

"아프잖아!"

나는 투덜거리며 손을 휘저었다. 그때 내 앞에 쓰러진 비슈누를 어깨에 짊어진 채 지안이가 착지했다.

그리고…….

"어라?"

구름이 걷히고 믿을 수 없는 일이 일어났다. 나는 눈을 깜박였다.

지안이와 비슈누가 자리를 비운 건 일 분도 채 되지 않았었다. 그런데 어떻게 그 짧은 순간에…….

"패널티고 나발이고 너는 절대로 못 넘겨. 아니, 안 넘겨."

지안이가 비슈누를 멀리 내던지고는, 태양을 등지고 걸어왔다. 역광에 의해 그가 무척이나 위험하고 화려하게만 보였다.

"네가 한 거야?"

지안이가 싸늘하게 나를 노려봤다.

"한 번만 더 그런 식으로 도발하면 진짜 지옥으로 데려가주지."

도대체 애는 왜 이렇게 강한 거람? 어쨌든 내 안의 호르몬은 그에게 반응하고 있었다. 항상 내가 필요로 했던 건 지안이밖에 없었다.

나는 검지로 내 입술을 가리키며 배시시 웃었다.

"우리 키스할래?"

지안이는 정말 단단히 삐졌는지 키스도 거부하고선 나를 노려보기만 했다.

싫다는데 어쩔 수 없지. 나는 어깨를 으쓱이곤 화제를 돌렸다.

"그럼 아까 할머니가 말했던 골목길로 가보자. 저긴 용케도 멀쩡한 걸."

"너……."

"왜?"

내가 돌아보자 지안이가 잔뜩 심술 난 얼굴로 입을 다물었다. 비스듬히 고개를 트는 것이, 쌓인 불만이 상당한 모양인데 어떻게 풀어야 할지 모르겠다는 듯했다.

"가기 싫으면 넌 여기에 있어."

흥. 나는 지안이가 성으로 돌아가자고 할까 봐 날아가듯이 뛰어서 골목길 안으로 들어갔다. 얼마 만에 햇볕을 쬐는 건지 모르겠다. 햇살이 부드럽게 뺨을 훑고 지나갈 때마다 절로 미소가 지어졌다.

확실히 기적적으로 다시 만난 태양을 이대로 두고 악마들이 득실거리는 성에 틀어박히긴 싫었다. 돌아가도 지안이의 화는 풀어주고 돌아가야지.

골목길은 끝없이 길었고, 상가들이 줄을 지어 있었다. 그런데 모든 사람들이 각자 하던 행동을 멈춘 채 나를 뚫어져라 쳐다봐서, 나는 의아하게 눈알을 굴렸다. 왜 저러지? 나는 주황빛으로 하늘거리는 드레스와 간단하게 묶은 포니테일 머리를 한번 다듬었다. 마약꽃이 붙은 걸 제외하고는 평범한 이 세계의 복식이었다. 적어도 지안이는 그렇게 말했는데. 아, 혹시 킹크랩 때문인가.

나는 어느샌가 손목이 아닌 발목으로 옮겨가서 자리를 잡은 흰 뱀을 내려다봤다. 킹크랩은 내 손목에 계속 붙어 있다간 또 마약꽃을 먹을지도 모른다고 생각한 모양이었다. 어쨌든 얘도 평소엔 가만히만 있으니 멀리서 보면 장신구로 보일 터인데.

"저 사람들이 너를 수상하게 여길 근거는 백 가지도 넘거든?"

어느새 따라왔는지 지안이가 투덜거렸다. 그러자 신기한 일이 벌어졌는데, 사람들이 지안이를 감히 쳐다보지도 못하고 무릎을 꿇거나 쓰러지거나, 혹은 비명을 지르면서 도망쳤다. 나는 순간 그 이유를 지안이가 너무 잘생겨서 그런가, 하고 생각해버렸다.

지안이가 신경질적으로 머리를 쓸어올렸다.

"당장 뒤에서 쫓아오는 저놈부터가 문제고."

으응? 나는 고개를 기울였다.

"저놈?"

지안이가 따분한 표정으로 한숨을 쉬더니 등 뒤를 눈짓으로 가리켰다. 거기엔 비슈누가 있었다. 흙투성이였긴 해도 제법 멀쩡해 보였다.

나는 왠지 모르게―아마 마약이 들어간 빵을 먹어서 그런 것 같지만― 활짝 웃으며 그를 반겨주었다.

"무사했구나!"

그러나 비슈누는 아까와 달리 쌀쌀맞게 나를 대했다.

"그대, 어째서 루시퍼와 결혼했다는 사실을 저에게 숨겼습니까?"

"응? 내가 숨겼어?"

나는 어리둥절하게 내 손을 펼쳐 보였다. 내 손가락에는 지안이가 끼워준 예쁜 결혼반지가 살포시 자리 잡고 있었다. 나는 이 반지를 언제나 끼고 있었다. 절대로 빼지 않았다.

비슈누가 이를 갈았다.

"나는 그대를 믿었건만, 그대는 나로 하여금 부정한 짓을 저지르게 만들었소!"

"아니 딱히……. 나한테 멋대로 감정을 갖고 멋대로 환상을 품은 건 당신이잖아."

나는 황당해했고, 비슈누는 격노했다.

"저런 불결한……!"

나는 인상을 찡그렸다. 내가 아무리 마약이 들어간 빵을 먹었어도 '불결한'이라는 말을 듣고 웃을 만큼 취하지는 않았다.

"쪼잔하기는. 팔 개수만큼이라도 마음을 넓게 써보지그래?"

그에 지안이가 내 어깨를 감싸 안으며 비열하게 말했다.

"알아들었으면 꺼져. 꺼져. 꺼지라고. 실연의 비참함에 시달리다 뒈져버리든가. 쓸데없이 많은 팔들은 하나씩 뜯어서 개나 줘버리라고."

나는 지안이의 독설에 어처구니없어하다가 불현듯 떠오른 생각에 눈을 반짝였다.

"아냐, 잠깐 기다려봐!"

나는 주인이 버리고 간 가게에서 아까 내가 먹었던 빵과 똑같이 생긴 것을 들고 온 다음 비슈누의 입에 강제로 쑤셔넣었다.

"자, 이거 먹고 기분 풀어."

순간 비슈누의 안색이 창백하게 질렸다.

"나, 나, 나, 나한테 무슨 짓을…….."

나는 생글생글 웃었다.

"응? 그거 먹으면 기분 좋아져."

그러나 비슈누는 나를 거세게 밀쳤다.

"이 더러운 여자가!"

"……그런 욕 같지도 않은 말을 들어 봤자."

사람의 호의를 무시하는 것도 정도가 있지. 넘어질 뻔한 나는 부루 퉁하게 입술을 삐죽였지만, 비슈누는 정말로 충격이 컸는지 그에게서 후광이 비치기 시작했다. 그가 천천히 공중으로 떠오르면서 발밑에 커다란 연꽃이 피어났다.

나는 웃다가 죽기 직전인 지안이를 돌아봤다.

"넌 저런 거 안 해?"

"푸흐흐…… 크하하하! 꼴좋다!"

"……저게 미쳤나."

나는 미친 듯이 웃어젖히는 지안이를 향해 쯧쯧거렸다. 그러나 더 가관인 건 비슈누였다.

"너는 나의 고결함을 해쳤다. 너처럼 난잡하고 음탕한 여자는 내 진 노를 받아 마땅하다!"

"나, 난잡? 음탕?"

지금 그거 나한테 하는 말이야? 나는 당황해서 말을 더듬거렸다. 비슈누는 악 받친 목소리로 나를 저주하듯이 비난했다.

"거기다 순결한 처녀도 아니었어!"

나는 어찌할 바를 몰라 뺨을 긁었다.

"그, 그야 결혼했으니까."

"그 전에도!"

"그건…… 아씨 그래서 어쩌라고! 그러는 넌 순결하냐!"

"물론이다!"

응?

비슈누가 너무나 당당하게 소리쳐서 나는 할 말을 잃었다. 지안이 는 아예 배를 잡고 웃느라 눈물까지 흘릴 기세였다.

277

뭔가 아무래도 내가 단단히 잘못 걸린 듯했다. 원래 신들은 다 이렇게 별종인가? 차라리 다곤을 상대하는 편이 낫겠다. 그의 팔이 네 개인만큼 내 피곤함도 네 배로 증가했다.

비슈누에게서 완전히 정이 떨어진 나는 적당히 얼버무렸다.

"어…… 으음, 그렇구나. 내가 미안해. 됐지?"

"단순한 속죄로 끝날 일이었으면 너에게 다시 나타나지도 않았다. 너는 이미 나와 접촉한 몸."

나는 곧장 반박했다.

"아니, 난 속죄한 건 아닌데. 그냥 귀찮아서 미안하다고 한 거지."

"너는…… 너는 나에게 조금의 마음도 없으면서 내 손을 잡았던 건가?"

갑자기 비슈누가 상처 입고, 또 배신당한 듯한 표정을 지었다.

나는 인상을 찡그렸다.

"얘 도대체 뭐야? 내가 어떡하길 원하는데?"

"루시퍼와의 혼인을 파기하고 그 오염된 몸을 깨끗이 하여 내 신부가 되어라."

그 말에 나보다 지안이가 먼저 반응했다.

"짖는 것도 정도껏 해라."

"……그 짖는 소리에 여태껏 처웃어놓곤."

나는 어이가 없어 중얼거렸다. 그때 비슈누가 땅이 흔들릴 정도로 쩌렁쩌렁하게 소리쳤다.

"순결한 처녀가 아닌 여자는 모두 부정하다! 주제넘게 나와 접촉한 죄를 없애려면 내 명령에 따라 속죄하는 것뿐이니라!"

나는 지안이에게 툭 씹어 뱉듯이 물었다.

"지안아, 쟤 얘기 언제까지 들어줘야 돼?"

"내 앞에서 바람피운 대가로는 너무 싸다고 생각하지 않아?"

나는 눈을 부라렸다.

"저기서 쟤가 한마디라도 더 지껄이면 내가 무슨 짓을 저지를지 몰라."

그러자 내 목에 있던 초커가 연기처럼 흐트러지더니 커다란 활로 변했다. 전체적으로는 진한 검은색을 띠었지만, 활 사이사이에 번개처럼 생긴 균열은 빛나는 황금이었다.

지안이가 비열하게 미소 지었다.

"한 방 먹여볼래?"

"대환영."

내 말이 끝나는 즉시 우리의 몸이 빠르게 상승했다. 지안이는 나에게 활을 겨누는 법을 알려주었다. 지안이의 힘에 의해 저절로 생겨난 화살은 번개처럼 하얗고 쉴 새 없이 스파크를 발생시켰다.

"근데 비슈누가 피하면?"

"걔가 피할 수 있으면 너한테 그토록 찌질하게 매달리지도 않았어."

나는 불안하게 땅 밑을 훑어보다가 뒤늦게 지안이의 날개를 알아보았다. 눈이 멀어버릴 듯 새하얀 빛과 같은, 그렇기에 독으로 빚은 것처럼 보이는 날개였다. 그리고 그의 머리 위에는 둥그런 빛(halo)이 있었다.

정말이지 그는.

"……너 꼭 천사 같아."

새하얗고, 황금빛이고, 하지만 비인간적으로 아름다운.

타락한.

"지금."

지안이가 말했을 때 나는 활을 쏘았다. 화살은 내가 인식할 수 있는 속도의 범위를 넘어서서, 아주 빠르게 지상으로 내리꽂혔다.

잠깐의 정적 후에 내 시야를 벗어날 정도로 넓은 땅 전체가 푹 가라앉더니 엄청난 모래폭풍이 용암으로 가득 찬 바다로 변했다. 자연이 붕괴하며 귀를 찢을 듯한 굉음이 끊이질 않았다.

나와 지안이는 공중에서 그 무시무시한 광경을 모두 지켜보았다.

나는 손으로 입을 가렸다.

"잠깐만, 내 마약이! 아니 그것보다 내가 지금 사람을 죽였……."

"비슈누는 그 정도론 안 죽어. 아직 죽이기도 아깝고."

"아니 마을 사람들 말이야!"

지안이가 활을 다시 초커로 변형시키면서 빈정거렸다.

"그 버러지들은 내 모습을 본 것만으로도 감복해서 진작 죽었을걸."

"……나 농담하는 거 아니거든."

"나도 농담하는 거 아닌데. 네가 나를 보고도 아무렇지 않다고 해서 다른 사람들도 그러리라 생각하지는 마라. 어쨌거나 신은 신이니까."

"하지만 너는 천사 같은걸. 비열하게 웃을 때만 빼고."

비난이 담긴 지적에 지안이가 교활한 미소를 지으며 내 목에 초커를 채웠다.

"천사가 자유를 되찾으면 이렇게 되는 거야."

나는 눈을 가늘게 떴다.

"방금 너 엄청 사악해 보였어."

"이제 어떡하고 싶어, 자기?"

나는 청명한 하늘을 올려다보았다. 주위는 엉망이었어도 우리 위의 하늘은 깨끗했다. 나는 피곤했고, 짜증도 조금 났고, 쉬고 싶었다. 하지만 햇볕을 더 만끽하고 싶기도 했다.

나는 입술을 깨물며 갈등에 빠졌다.

"으으으…… 태양이 내일도 뜰까?"

"네가 원한다면."

나는 지안이를 물끄러미 쳐다보았다. 타락한 천사. 혹은 교활한 신. 지안이는 뭘까? 어쩌면 둘 다일 수도 있겠다. 나는 지안이의 눈에 스며든 햇살이 그저 신기했다.

판데모니움에 와서 처음 만났던 지안이와 지금의 그는 확연히 달랐다. 물론 여전히 거만하고 사람을 죽이는 데 거리낌이 없다는 점은 똑같지만, 뭔가…… 달라진 부분이 있었다.

지안이는 적어도 내 앞에서만큼은 아무런 꾸밈없이 웃었다.

나를 놀리고, 내 무릎을 베개 삼아 눕고, 자신의 허물을 인정했다.

"좋아. 그럼 돌아가자. 내가 얼마나 난잡하고 음탕한 여자인지 알려줄 겸."

나는 지안이의 뺨을 잡아당기며 말했다. 그러자 그가 큭큭거리고 웃었다.

"난 항상 그런 너를 원해왔는데, 이제야 천국이 강림하는군."

나는 그를 걷어찰 준비를 했다.

"뭐야, 그 말은? 다른 때는 별로였다는 뜻?"

지안이가 검지로 내 이마를 가볍게 눌렀다.

"내가 여기 10년째 갇혀 있다는 사실을 잊지 마, 공주님. 난 엄청나게 굶주려 있다고."

그렇게 말한 지안이가 갑자기 뒤에서 내 어깨를 와락 껴안았다.

나는 그와의 잠자리를 떠올리며 미간을 찌푸렸다.

"별로…… 동의하기는 힘든데. 넌 항상 날 배려하잖아."

"그야 당연히 너한테 잘 보이고 싶으니까."

나는 기가 막혀 반문했다.

"아직도?"

지안이의 부드러운 머리카락이 귓가를 간질였다. 그의 한숨 섞인 음성이 달콤하게 녹아내렸다.

"넌 무조건 나를 사랑해야만 해."

그가 다시 강조했다.

"내가 그렇게 만들 거야."

어깨를 끌어안은 팔이 무엇보다 단단했다. 나는 조그맣게 중얼거렸다.

"퍽이나 로맨틱하구나."

지안이가 조용히 웃었다.

"아니야, 유리야. 잔인한 거지. 난 너한테서 선택권을 뺏은 셈이니까. 그 밖에도…… 많은 걸 빼앗았지."

"그래서 죄책감을 느껴?"

"아니."

나는 눈을 깜박였다. 지안이가 교활하게 말했다.

"전혀. 왜냐면 난 앞으로도 계속 그럴 거거든."

앞으로도……라니.

그가 내 뺨에 입을 맞추곤 나른하게 웃었다.

지안이는 나를 성에 데려다 주곤 아주 잠시 다녀올 곳이 있다며 어디론가 가버렸다.

성으로 들어가보니 아까 신나게 상공을 가로지르며 재앙을 퍼뜨렸던 사령관 넷이 바닥에 아무렇게나 뻗어 있었다.

나는 잠깐 고개를 갸우뚱하다가, 아바돈의 등을 꾹 밟고 지나갔다.

"……야."

"어머머, 누구더러 '야'래?"

나는 신음하는 아바돈을 실컷 비웃어준 다음 계단 세 칸에 걸쳐진 조반니도 꾹꾹 밟아주었다.

"커헉."

식당으로 가자, 끝내주는 저녁식사가 차려진 식탁과 앞치마를 두른 남자가 보였다. 시선을 어디다 둬야 할지 도통 모르겠는 남자였다. 그는 처음 보는 악마였는데, 상의는 벗은 채였고 미끈한 가죽바지는 몸에 딱 붙었다. 그리고 색소가 옅은 백금발은 번개처럼 삐죽하게 세웠다. 나는 신기하게 그 악마를 바라보았다. 강아지처럼 커다란 눈과 눈밑의 점, 입술에 한 해골 피어싱이 가히 예사롭지 않았다. 상의까지 탈의한 그는 높은 구두를 신고 있었다.

그가 껌을 씹으며 콧노래를 흥얼거렸다. 나는 문가에 기대서서 남자를 빤히 주시했다.

"루시퍼의 사제들 중에 게이가 있는 줄은 몰랐는데."

"다 전하의 하해와 같은 포용력 덕분이지. 하지만 난 말단 사제였어."

그의 웃는 모습이 너무나 개구쟁이 같아서 나는 나도 모르게 따라 웃었다. 내가 식당 안으로 걸어들어오자 남자가 유쾌한 목소리로 말을 이었다.

"솔직히 나는 전하의 초상화만 보고 곧장 입문 신청을 했어. '오, 완전 섹시하잖아! 저렇게 끝장나는 미남이면 동성애자란 이유로 날 화형대에 보내진 않을 거야.'라는 생각으로. 결국 보다시피 이렇게 됐지."

"운이 좋았네."

그가 나를 식탁에 앉히고는, 막 구운 스테이크와 온갖 음식들을 나르기 시작했다. 그는 정말 손이 빨랐다. 순식간에 내 앞의 스테이크도 먹기 좋게 잘라주더니 마지막으로 와인을 부드럽게 따라주면서 말했다.

"사람은 언제나 줄을 잘 서야 해. 내 전 연인은 메타트론의 신자가 됐다가 돼지랑 같이 산 채로 불에 타서 죽었거든."

내 앞에 차려진 음식들은 스무 개가 넘었다. 나는 점점 더 이 악마가 마음에 들기 시작했다.

"내 이름은 유리야. 넌 이름이 뭐야?"

"원랜 페트뤼스인데 그냥 편하게 페터라고 불러. 후식으론 딸기 푸딩을 만들어볼까 하는데, 괜찮지?"

나는 어깨를 으쓱였다.

"달콤한 거라면 뭐든 좋지. 맛있게 먹을게."

한동안 나는 그가 요리한 음식에 푹 빠져 있었다. 어찌나 맛이 좋던지 하마터면 그에게 마약을 넣었냐고 물어볼 뻔했다.

내가 거의 두 사람 분의 음식을 먹어치웠을 때 페터가 푸딩을 가져다주며 물었다.

"근데 자기는 루시퍼 님이 안 무서워? 워낙 압도적이잖아. 신으로서든, 뭐든."

"그래. 침대 위에서도 압도적이긴 하지."

나는 동조하며 와인을 싹 비웠다. 페터가 감탄했다.

"와우. 이 언니 딱 내 취향이네."

나는 포크로 말랑말랑한 푸딩을 쿡쿡 찔러보면서 질문했다.

"너는 루시퍼가 평범한 인간 여자랑 결혼한 게 불만스럽지 않아?"

이런 질문을 하는 내가 나 스스로도 멍청해 보였지만, 어쨌든 나는 자격지심에 사로잡히지 않을 수 없었다. 모든 사람들이 지안이를 두려워하고 경배하는데 나더러 어쩌란 건지.

내가 포크를 입에 물고 시름에 잠겨 있으려니 페터가 내 맞은편에 앉았다.

"아, 절대 아니지. 전하가 보낼 수 없는 사랑의 친필편지 천 장을 쓰고 울면서 불태우는 장면을 목격한 놈들이라면 누구나 자기를 환영할 거야. 어, 그 밖에도 전하는 가끔 찌질한 짓을 즐기시곤 했지."

"찌질한 짓?"

나는 웃으면서 그의 말을 따라했다. 페터가 남은 채소를 정리하며 노래를 흥얼거렸는데 그 독특한 음색에 나는 곧장 빨려들어갔다.

"너 정말 노래 잘 부르는구나. 음색이, 그러니까, 대단하다는 말밖에 안 나오네."

"그런 소리 많이 들어."

나는 새콤달콤한 푸딩도 싹 비우고는 배시시 웃었다.

"더 불러주지 않을래?"

"차라리 그냥 이 노래를 알려줄까?"

"응!"

나는 냉큼 고개를 끄덕였다. 페터가 빛의 속도로 그릇들을 치우더니 이번엔 조각케이크를 가져왔다. 나는 황홀해서 죽을 지경이었다.

내가 페터의 음식에 미친 듯이 달려들자 그는 뿌듯하게 말했다.

"좋아, 너를 내 자매로 받아주지. 우선 이것부터 먹고."

"네가 계속 이 성의 요리사였으면 좋겠다."

잘생겼지, 노래도 잘하지, 게이에다가 그 어떤 셰프보다 요리 솜씨가 뛰어났다. 그리고 그는 사령관들보다 패션 센스가 뛰어나 보였다.

페터가 요란하게 웃음을 터뜨렸다.

"오, 자기. 그럼 내가 왜 여기 있다고 생각해?"

세상에. 나는 귀를 의심했다.

"네가 내 전속 요리사야?"

"앞으로 잘 부탁해."

어머나. 나는 정말로 감탄해서 눈을 반짝였다.

"나한테 이렇게 멋진 게이 친구가 생기다니 역시 세상은 살고 볼 일이구나."

페터가 나한테 윙크했다. 그는 마치 오랫동안 알고 지냈던 친구처럼 편하게 나를 대했고, 덕분에 나 또한 긴장을 덜 수 있었다.

"세간에서 떠드는 것처럼 악마들이 다 루시퍼에게 정신을 조종당해서 강제로 명령을 따르는 거라고 생각하면 큰 오산이라고. 또 우린 미치지도 않았어. 몇몇을 제외하고는."

솔직히 나는 페터가 미쳤다고 해도 전혀 신경 쓰지 않았을 거였다. 그는 내가 만난 악마들 중 가장 끝내줬으니까.

"그럼 너는 왜 루시퍼를 따라?"

페터가 씩 웃었다.

"나에게 자유를 줬으니까. 게다가 엄청 쌔끈하고."

나는 그가 따라준 와인을 꿀꺽 삼켰다. 페터는 고작해야 십 대 후반 정도로 보였는데, 하는 말이나 행동을 보면 산전수전을 다 겪은 것 같았다.

나는 마지막 한 모금을 입안으로 흘려보냈다. 하긴 이 세계는 루시퍼가 작살내버리기 전까진 마녀사냥도 활발하게 이뤄졌었다고 하니 무리도 아니었다. 만약 페터가 동성애자라는 사실이 진작 들통 났으면 그는 신변에 위협을 느꼈을 수도 있었다.

페터가 턱을 괴고 나를 뚫어져라 응시했다. 그도 내가 썩 싫은 눈치는 아니었다.

"그러는 자기는 평범한 인간이면서 루시퍼와 어떻게 결혼한 거야?"

"걔도 한때는 평범했어."

나는 마늘빵을 입에 물었다. 페터는 능숙하게 홍차를 끓였다. 어쩌면 그는 내 배를 터지게 만들 생각인지도 몰랐다.

"흐음. 하지만 전하께서 단지 평범하셨을 때 자기를 만났다고 이토록 사랑에 빠지진 않았을 텐데?"

나는 눈을 깜박였다.

"그……렇게 생각해?"

"물론이지. 자기는 매력덩어리인걸."

어, 나는 이런 칭찬에 익숙하지 않았다.

"……고마워."

"뭐가 고마운데?"

어느샌가 지안이는 내 옆자리에 거만하게 앉아 있었다. 나는 의자에서 벌떡 일어났다.

"지안아!"

그는 식탁에 다리를 올린 채 과자를 한가득 품에 안고 있었다. 전부 내가 좋아하는 것들이었다.

내 얼굴에 피가 몰렸다.

"그, 그거 사러 갔었던 거야? 나 주려고?"

"그럼 내가 널 주지 누구를 줘? 초콜릿도 더 가져왔으니까 먹어. 그리고…… 새로 온 요리사는 어때?"

"최고야. 하지만 지금은 다른 후식을 먹고 싶은데."

나는 살짝 화끈거리는 얼굴로 입술을 깨물었다. 지안이는 내 뇌와 마음과 호르몬의 지배자였다. 명백한 유혹의 메시지에 그가 거만하게 웃었다.

"먼저 올라가 있든가."

나는 즉시 번개 같은 속도로 층계를 올랐다. 와중에 마스테마와 솔로몬을 밟은 것 같지만 아무래도 상관없었다.

방에 도착한 나는 빛의 속도로 드레스를 벗고선 세안을 하고 이를 닦았다. 그러고는 속이 비치는 새하얀 캐미솔을 입으니 완벽했다.

긴장한 나는 종일 묶었던 머리카락을 풀어 자연스럽게 흐트러뜨렸다. 마리아가 죽었어도 내 눈은 여전히 은색이었고, 목에는 검은색 초커가 붙어 있었다.

음, 이 정도면 됐겠지.

내가 그렇게 생각하려는 찰나 문이 열렸다.

"안녕, 달링."

나는 그렇게 말하면서 화장대에 걸터앉았다. 속옷이 드러날 듯 말 듯 짧은 캐미솔은 내 다리를 더욱 길어 보이게 했다.

지안이가 느긋하게 입을 열었다.

"페트뤼스가 했던 말이 맞아."

"음?"

"단순히 내가 인간이었을 때 너를 만났다는 이유만으로 사랑에 빠진 건 아니라는 얘기지."

"그럼?"

가슴이 두근거렸다. 내가 파블로프의 개처럼 자신에게 반응한다는 걸 아는지 모르는지 지안이가 마치 당연한 사실을 묻는다는 투로 말했다.

"넌 그냥 가만히 있어도, 심지어 내 눈앞에 있지 않아도 나를 미치게 해."

그가 내 입술에 키스했다. 맹세하건대, 심장마비가 일어나지 않은 게 기적이었다.

"처음부터 그랬고, 지금도 그랬고, 이 세계에서 처음 만났을 때도 그랬어."

"나를 사랑하니? 소유하고 싶니? 아니면…… 어디에도 가지 못하게 힘으로 누르거나 죽여버리고 싶어?"

나는 아직도 그가 사이코패스일지 모른다고 여겼으므로, 마지막 질문을 급하게 덧붙였다. 지안이가 제 입술로 내 입술을 누르면서 신경질적으로 속삭였다.

"솔직히 말하자면 내 대답은 '전부'야. 나는 너를 사랑해. 나만이 너를 가져야 하고, 너 역시 나만을 바라봐주지 않으면 나는 미쳐버릴걸. 너한테 어떤 해를 끼칠지 나조차도 장담할 수가 없어."

그가 내 뺨에, 입술에 입을 맞추며 신에게 기도하듯이 말했다. 어쩐지 오싹하고 무시무시한 고백이었다. 그리고 참 지안이다워서.

"오로지 내 것으로만 남아줘, 유리야."

나는 지안이의 뺨을 가볍게 잡아당겼다.

"다른 사람이 이랬다면 반쯤 죽여버렸을 테지만, 너니까 특별히 봐주도록 할게. 좋아."

"……좋다니?"

나는 앞으로 흘러내린 머리카락을 귀 뒤로 넘기며 말했다.

"영원히 네 것으로 있어줄게. 내가 죽으면 내 시체를 박제를 하든 뭘 하든 마음대로 해."

그가 미간을 찌푸렸다.

"나를…… 지금의 나를 받아주는 거야?"

"지금의 너라니? 넌 항상 너였잖아."

"하지만 내가 인간이었을 적엔 지금과 같지 않았어."

너도 알긴 아는구나. 나는 헛웃음을 흘렸다. 사이코패스가 아니라 소시오패스일지도 모르겠다.

"뭐, 살인을 저지르거나 괴물 뱀을 선물하거나 온 세상을 심판하거나 하진 않았었지. 어쨌든 난 그럼에도 네가 좋은걸. 아직도 못 깨달았니? 난 스톡홀름 증후군 환자가 아니야. 네가 무서워서 좋아하는 척하는 것은 더더욱 아니고."

나는 확실하게 못을 박았다. 이전 세계에서 나와 친하게 지냈던 친구들이라면 내가 절대로 스톡홀름 증후군에 걸릴 만한 사람이 아니라는 것쯤은 잘 알고 있을 터였다.

지안이가 순간 녹아내릴 듯한 목소리로 내 이름을 불렀다.

"유리야."

나는 그를 노려봤다.

"아, 그래서 할 거야 말 거야? 자꾸 헛소리만 늘어놓으면 나 그냥 자 버린다!"

이렇게 대놓고 유혹하는 신부 앞에서 헛소리나 나불나불거리다니. 나는 퉁퉁 부어서 고개를 돌렸다.

그러자 지안이가 키득거렸다.

"잠깐 기다려."

"또 뭘 기다리라는……."

그가 나를 향해 천천히, 시간이 더디게 느껴질 정도로 느릿하게 고개를 숙여왔다. 서로의 입술이 닿을 듯한 아슬아슬하고도 황홀한 거리에서 그가 입을 열었다.

"팔을 몇 개 더 만들어야 하나 진지하게 고민하고 있었어."

나는 비슈누를 떠올렸다.

"어머나, 우리 남편이 질투했구나."

"난 너랑 접촉하는 모든 것들한테 질투해."

지안이가 이를 악물고 경고했다. 나는 그의 뺨을 만졌다.

"그래, 하지만 그건 나중에 하고 지금은 내 옷을 벗기는 데 집중해. 너도 나를 가지고 싶잖아?"

나는 팔을 올려 그의 목을 휘어감았다. 우선순위는 제대로 따지자고.

지안이는 웬만해선 음식을 먹지 않았으므로, 나는 요리사인 페터와 잡담하는 시간이 늘어났다. 그는 내게 다양한 모험담을 들려주었는데, 정말로 안 가본 곳이 없는 듯했다.

"난 소돔이란 곳이 불바다가 되기 전에 다녀갔던 적도 있었어. 오,

거긴 진짜로 끝장나는 도시였지. 내가 거기서 몇 명이랑 잤는지 들으면 놀랄걸."

나는 시리얼을 먹다가 고개를 들었다.

"넌 그때도 사제였다며. 그럼 순결은?"

"이봐, 자기. 그런 구닥다리 같은 얘기는 300년 전에나 했어야지."

나는 입술을 삐죽였다.

"하지만 비슈누는 내가 처녀도 아닌데 자기 손을 만졌다고 죽이려들었어. 그리고 나는 걔한테 마약을 처먹였지."

그러자 페터가 킬킬거리며 손을 저었다.

"갑자기 우리 부모님이 내가 동성애자란 사실을 처음 알았을 때의 일이 떠오르네. 엄마는 내가 마약에 중독된 줄 알고 가위로 내 배를 찢으려고 했어. 난 반항했고, 창녀한테 작업을 걸던 아빠는 엄마가 날린 가위에 정수리를 맞고 즉사했지. 엄마는 놀라서 아빠한테 달려가다 그만 피에 미끄러져서 아빠의 터진 정수리에 머리를 부딪쳤어. 해피엔딩이지."

"저런."

나는 부들부들한 빵 안에 딸기가 듬뿍 들어간 음식을 마구 씹어 먹으면서 말했다.

페터가 인상을 찌그렸다.

"감상이 겨우 그거야? 보통 이 얘기를 들으면 다들 눈물을 흘리던데."

"난 그렇게 쉽게 울진 않거든. 난 주로 분하거나 머리꼭지가 돌았을 때 울어."

"큭큭, 내가 널 베이비라고 불러야 하나?"

이번엔 내가 인상을 썼다.

"그 정도는 아니거든? 난 그냥 누군가한테 지는 게 싫을 뿐이야."

"아하, 깔리는 게 싫다 이거군."

내 눈이 가늘어졌다.

"잠자리 용어를 말한 게 아니거든."

"그럼 섹스는 예외로 친다 이거야?"

"……너 지금 나 놀리는 거지?"

아니나 다를까였다. 페터는 입꼬리를 올리며 내 앞에 놓인 빈 접시를 치웠다.

"다 먹었으면 이만 전하한테 가봐."

그러나 미련이 남은 나는 오렌지 주스까지 한 컵 마신 후에야 입술을 삐죽이며 위층으로 올라갔다. 지안이는 무척이나 심오한 표정으로 책상 위에 펼쳐놓은 지도를 노려보고 있었다.

그가 내 은색 눈을 불만스럽게 여기듯이, 나는 그의 화사한 금발이 신기하기만 했다. 그가 지금처럼 거만하고 모든 인간을 뽈뽈뽈 기어다니는 벌레처럼 내려다보지 않았더라면 결혼하자고 줄 선 여자들이 엄청나게 많았겠지.

나는 초콜릿을 우물거리면서 지안이 옆으로 갔다.

"갑자기 지도는 왜 봐? 나한테 아틀란티스라도 선물해주게?"

그러자 지안이는 자신이 듣고 있는 어느 나라의 왕족들의 이야기를 들려주었다. 아닌 게 아니라 나와 지안이만 있는 방이 갑자기 온갖 사람들이 떠드는 소리로 엄청나게 시끄러워졌다.

"틀림없습니다, 귀족 여러분. 제 아이의 아버지는 바빌론의 왕, 황금의 신 루시퍼 님이에요!"

이게 무슨 개소리야! 충격으로 초콜릿 덩어리를 꿀꺽 나는 흉기를 찾아 헤맸고, 지안이는 재빨리 부정했다.

"나 아니거든?"

물론 나는 듣지 않았다.

"감히 나 말고 다른 여자한테 정자를 줘?"

나는 장식용 흉상을 끙끙거리며 들었다. 코뼈가 부러진 듯한 조각상은 생각보다 무거웠다.

"……아니 그러니까 나는 결백해. 저 잡종들이 문제인 거지."

나는 코웃음을 쳤다.

"넌 내 난자를 배신했어!"

나는 그에게 오귀스트 로댕이 심혈을 기울여 만든 것만 같은 조각상을 던졌고, 그는 고도의 반사 신경을 발휘하여 머리를 숙였다.

"아니라고!"

지안이가 소리치기 무섭게 방 안에서 어느 여자의 목소리가 울려 퍼졌다.

"보세요, 이 황금 같은 머리카락, 붉은색 눈, 거기다 나이에 맞지 않는 영민함까지……! 전부 루시퍼 님을 빼다 박았어요."

나는 싸늘하게 입을 열었다.

"널 죽여버리겠어."

"아니 일단 좀 진정……."

"……그래서 마지막 유언은?"

"그러지 말고 직접 가서 확인해보면 알 거 아니야."

지안이가 투덜거리며 손을 휘두르자, 나는 지안이와 함께 황금빛 연기에 둘러싸여 어떤 화려한 연회장으로 이동했다. 머리 위에서 샹

들리에가 흔들리고, 와인과 고기를 비롯한 음식 냄새가 훅 끼쳐왔다. 나는 지독한 독주의 향기에 눈살을 찌푸렸다.

아무리 파티에 빠졌던 사람들이라도 갑작스런 이방인의 출입을 눈치채지 못하진 않았다. 특히나 그게 루시퍼라면. 순간 시끌시끌했던 연회장이 정적에 감싸였고, 지안이는 마치 여기가 제 성이라도 되는 것처럼 당연하게 가장 높은 왕좌에 앉았다.

그가 붉디붉은 눈으로 연회장 안의 사람들을 훑었다.

"누가 짐의 애새끼라고?"

당연히 나도 한마디 거들었다.

"당장 기어 나와. 한 방에 죽여버리겠어."

루시퍼의 시선을 받은 사람들이 하나둘씩 무릎을 꿇었다. 심지어 곧장 기도를 하는 사람도 있었다.

"다……당신은!"

"오 세상에, 루시퍼 님이시다!"

나는 정신을 놓고 루시퍼를 숭배하기 바쁜 사람들을 향해 버럭 고함을 쳤다.

"야! 감탄만 하지 말고 빨리 그 아들내미나 데려오라고!"

"……누가 누구더러 악당이라고 했더라."

지안이가 기가 막혀 중얼거렸으나, 분노지수가 한계에 도달한 나는 눈을 부라렸다.

"그 다음엔 네 차례니까 기대하고 있어."

그러자 지안이까지 독촉했다.

"……친히 너희들 앞에 강림해준 이 몸을 기다리게 할 셈인가? 당장 놈을 데려와라 내가 죽기……, 아니 그 자식을 죽여버리기 전에."

나는 부루퉁한 채 팔짱을 꼈다. 잠시 후 사람들 속에 숨어 있던 여리여리한 여자가 한 남자아이를 데리고 앞으로 나섰다. 한눈에 보기에도 그녀는 무척이나 가냘프고 아름다웠다.

그녀가 허리를 숙여 지안이에게 인사했다.

"루시퍼 님, 저를 기억하시나요? 소녀, 지난해 루시퍼 님께 은혜를 입은 왕국의 공주 릴리라 합니다."

지안이가 비딱하게 턱을 괴었다.

"너 같은 게 짐의 은혜를 입었다고?"

냉소가 섞인 말에 공주의 허리가 더욱 굽어졌다.

"예……, 그러하옵니다."

"그리고 저 흉물스러운 것이 짐의 아들이다?"

루시퍼는 나와 이야기를 나눌 때와는 전혀 상반되는 어조로 말했다. 나는 이런 그가 낯설었지만, 다른 악마들이나 사람들은 오히려 이런 그를 더 당연하게 여겼다. 차갑고, 멸시하고, 짓밟고, 모든 것을 잿더미로 만들어버리는 새벽별의 왕을.

그가 비스듬히 눈을 내리뜨자 공주의 얼굴이 빨갛게 달아올랐다. 그녀는 자신이 무엇을 해야 하는지도 잊어버렸다는 듯 성급하게 말을 더듬거렸다.

"휴, 흉물스럽다니…… 어찌 그런 말씀을…….."

당혹스럽긴 나도 마찬가지였다. 공주가 데려온 남자아이는 여덟 살 정도 되어 보였는데 루시퍼의 특징을 꼭 빼닮았다. 눈부신 금발, 창백한 피부, 기이하게 일렁거리는 붉은빛 눈까지.

하지만 소년의 눈은 왠지 오랫동안 쳐다보기 껄끄러운 반면, 지안이의 눈은 마주하는 사람을 홀리게 만드는 힘이 있었다.

지안이가 나를 곁눈질했다. 뭔가 이상함을 느낀 내가 폭주시간을 끝내고 주위를 두리번거리려니 그가 사령관들을 불렀다.

"아바돈, 마스테마, 조반니, 솔로몬."

"전하의 부름을 받듭니다."

그들의 인사가 채 끝나기도 전에 지안이가 명령했다.

"시간만 낭비했군. 전부 죽여버려."

지안이가 왕좌에서 일어나자 공주가 울먹이며 아이를 앞세웠다.

"전하! 이 아이는 분명 전하의 아들입니다! 그런데 어찌하여 외면하시나요!"

나는 눈을 깜박였고, 지안이는 짜증스럽게 말했다.

"모든 것을 내려다보는 짐이 고작 네 간사한 거짓말을 알아채지 못할 줄 알았나? 더욱이 겁도 없이 나와 시선을 마주하려 하다니 건방지기 그지없군."

그 말을 끝으로 공주의 눈에서 피가 흐르기 시작했다.

"저, 전하……."

"이 자리에서 확실하게 밝혀주겠다. 짐의 아이가 '인간'일 확률은 1퍼센트도 되지 않는다. 알겠나?"

지안이가 지극히 귀찮다는 표정으로 턱을 들자 자칭 루시퍼의 아이가 갑자기 목을 잡고 신음하더니 그 자리에서 죽어버렸다.

연회장은 침묵에 빠졌고, 이미 사람들의 죽음에 담담해진 나는 미련 없이 시선을 돌렸다.

"……쟤가 정말 네 아이가 아니야? 겉모습은 제법 닮은 것 같았는데."

그러자 지안이가 손으로 죽은 아이를 가리켰다.

"지켜봐라."

으응? 나는 지안이의 말에 눈을 깜박이며 시체를 향해 시선을 돌렸다.

죽은 아이의 몸이 제멋대로 꿈틀거리는가 싶더니 곧이어 엄청난 검은 구더기를 쏟아내기 시작했다. 아이의 입이 꿀럭거리며 검은 물을 토했다.

삽시간에 연회장이 아수라장으로 돌변했다.

물론 나도 제정신은 아니었다.

"꺅! 으악! 엄마야!"

나는 재빨리 지안이의 뒤에 숨었다. 그는 나를 안아주면서도 구박했다.

"······시끄러워."

나는 눈을 치켜떴다.

"구박만 하지 말고 저것들 좀 어떻게 해봐! 아니 그것보다 네 아들이 구더기가 됐어!"

나는 경악해서 그의 옷을 마구 잡아당겼다. 지안이의 표정이 썩었다.

"개 같으니까 내 아들이라고 하지 마."

나는 순진하게 눈을 깜박였다.

"정말 네 아들 아니야?"

"난 너 말고 다른 여자랑 잔 적 없어."

툭 뱉은 말에 내 입이 벌어졌다.

"어머나······ 로맨틱해라. 넌 지조 있는 남자였구나."

"너랑은 다르게 말이지."

지안이가 입술을 비틀었다. 나는 그를 빤히 쳐다봤다.

"어머머, 지금 이 좋은 무드를 깨고 나랑 부부싸움을 하자는 건 아니겠지."

그때 자기가 루시퍼의 아이를 낳았다고 주장하던 공주가 비련하게 흘리던 피눈물이 멎자마자 날카롭게 비명을 질렀다.

"꺅! 더러워! 경비병! 도대체 뭐 하는 거야? 빨리 저것들을 죽여버려!"

"물론 더럽기는 하지만…… 명색이 네 아들의 파편인데 그냥 죽여도 되는 거야?"

나는 그녀에게 물었다. 그러자 그녀의 목소리가 두 옥타브는 올라갔다.

"시끄러워! 쟨 내 아이도 아닐뿐더러 이런 얘기는 없었단 말이야!"

응? 나는 인상을 찡그렸다.

"……누구한테 무슨 얘기를 들었는데?"

"그야 당연히……."

그때 갑자기 그녀의 몸이 폭발했다. 아닌 게 아니라 피와 살점이 사방으로 튀었다.

"뭐, 뭐야? 방금 무슨 일이 일어난 건데?"

아들은 죽어서 구더기가 되더니 엄마는 폭발했다. 혼란스러운 상황에 내가 미친 듯이 설명을 요구하자 뒤에서 흥미진진하게 구경하던 사령관들이 아바돈을 시작으로 한마디씩 해설을 시작했다.

"죽었네."

"죽었잖아요."

"펑 터져서."

"오늘이 할로윈이었으면 더 볼만했을 텐데."

나는 폭발한 사람을 캔디 취급하는 마스테마의 머리를 잡아당기며 다시 물었다.

"그러니까, 누가, 왜 저랬냔 말이야."

"그야 당연히……."

아바돈이 인상을 찡그리기 무섭게 난쟁이라고 해도 무방한 조반니가 나와 시선을 맞추려고 퐁퐁 뛰었다.

"전하가 모욕당하길 원하는 누군가가 그러지 않았겠어요?"

나는 더욱 더 깊은 의문에 휩싸였다.

"흠. 그럼 용의자가 대략 666666666명 정도인데……."

내가 고개를 갸우뚱하자 줄곧 침묵하던 지안이가 부드럽게 입을 열었다.

"유리야."

"응?"

도로 왕좌에 앉은 그가 죽은 아이를 긴 손가락으로 가리키며 말했다.

"저건 애초부터 죽은 사람의 껍데기에 구더기를 채워넣어서 꼭두각시처럼 움직이게 만든 것에 불과해. 여자는 단지 그가 시키는 대로 따랐을 뿐이고."

"'그'가 누구길래?"

나는 의문을 표했다.

"안녕."

그렇게 밝은 목소리로 인사하며 나타난 건 푸른빛이 감도는 피부를 가진 다곤이었다. 바다의 신이자 물고기들을 통솔하는 군주 같은 다곤은 여기 있는 모두가 자신을 불청객으로 여긴다는 사실을 아는지 모르는지 화사하게 미소를 지었다.

"개인적으로 루시퍼 형님한테 볼일이 있는데 어마어마한 악마 군단을 뚫고 갈 자신이 없어서 말이야. 이쪽에서 끌어내는 수밖에."

그럼 쟤가 자칭 루시퍼의 아이를 만들었단 말인가? 내 인상이 절로 찌푸려졌다. 지안이도 턱을 괴고 있지만 썩 좋은 표정은 아니었다.

지안이가 평소처럼 거만하게 이유를 물었다.

"신들이 한데 모이는 건 좋은 징조가 아니지. 왜 이렇게까지 더러운 방식으로 나를 찾았나?"

빛나는 검이 지안이의 앞에 나타났다. 마치 자신을 잡아달라는 듯이 허공을 부유해서, 다곤을 재빨리 뒷걸음질 쳤다. 나 또한 저 검의 위력을 알았으므로 긴장했다.

"시간이 없으니까 우선 중요한 소식만 몇 가지 전해 둘게. 난 중립이니까. 아스트라는 대단히 화가 났고, 형님을 죽이기 위해서라면 무엇이든지 할 기세야. 왜인진 모르겠는데 비슈누도 열렬히 지지하며 합세했고. 이제 상황의 심각성을 알겠어, 형님? 형님은 졸지에 신 셋을 한꺼번에 상대해야 할 판이라고."

그러나 지안이의 반응은 시큰둥했다.

"그다지. 쓰레기의 양이 늘어나봤자 결국은 파리만 꼬이는 쓰레기다."

나는 고개를 갸웃거렸다.

"잠깐만, 너는 셋이라고 했잖아. 그럼 다른 하나는 누군데?"

"아 그건…… 뭐 곧 만나게 될 텐데. 혹은 이미 만났거나."

다곤이 적당히 얼버무렸다. 나는 눈살을 찌푸렸다.

"너는 그 싸움에서 무슨 역할이야?"

"글쎄, 구경꾼?"

어디서 웃기지도 않는 소리를. 나는 그를 노려봤다.

"예전엔 루시퍼 형도 정의를 추구하며 무엇보다 순수한 자신의 빛을 자랑스럽게 여겼었는데 말이지."

"그만 꺼져라. 너도 구더기가 되고 싶지 않다면."

지안이가 경고했다. 나는 그가 셋까지 세지 않는다는 사실을 아주 잘 알고 있었다.

"형님은 종말을 고하는 악마왕이 아니라 정의를 심판하는 신이었잖아."

"지금 내 명령을 거역하는 것이냐, 다곤? 그런 하잘것없는 소리를 들어준 것만도 나는 충분히 인내심을 베풀었다. 이 이상 내가 용인할 거라고 착각하지는 마라."

그러자 다곤이 아차차, 하며 사라진다. 물론 그건 현명한 판단이었다. 사실 그는 가짜 루시퍼의 아이를 만들어서 나를 능멸한 것만 해도 죽을 이유가 충분했지만.

나는 다곤이 사라지자마자 그의 귀에 속닥거렸다.

"지안아, 너는 네 편 들어주는 신 없어? 내가 생각하기에도 3대1이면……."

"나 혼자서도 충분해."

사실 왕따라서 그러는 건 아니고? 나도 모르게 빈정거리려는 찰나, 한 남자가 다급히 뛰어와 루시퍼의 다리에 매달렸다.

"오오 루시퍼 님! 주여! 제발 저를 신자로 받아주세요! 당신의 정의로운 심판에 동참할 수 있다면 기꺼이 이 한 몸 불사를 준비가 되어 있습니다! 당신이야말로 이 더러운 세상을 구제하러 오신 진정한 왕! 부디 당신을 섬길 수 있도록 허락해주십시오!"

나는 인상을 찡그렸다. 지안이는 오만하게 피식 웃고 말았으며, 사령관들은 하도 많이 본 광경이라 이제는 질린다는 듯 자기들끼리 수다를 떨었다.

나는 아무리 봐도 귀족처럼 보이는 남자에게 넌지시 질문을 건넸다.

"있잖아, 그러다가 루시퍼가 네 믿음의 증명을 위해 가족들을 먼저 죽여보라고 하면 어떡하려고?"

"물론 저는 루시퍼 님의 명령을 따를 겁니다!"

그가 목청껏 소리치는 바람에 지안이의 미간이 구겨졌다.

"필요 없다."

단칼에 거절당할 줄은 몰랐던지 그의 눈이 휘둥그레졌다.

"……예? 어, 어째서…….”

"짐이 필요 없다고 하는데 이유가 필요한가?"

"그렇지만…… 저는 누구보다 루시퍼 님을 위해 성실히 일할 자신이…….”

그때 허공을 부유하던 빛의 검이 제 스스로 움직여 남자를 갈가리 찢어버렸다. 그의 살, 옷자락, 그가 속했던 가문의 인장이 모조리 바람에 흩어졌다.

지안이가 일어났다.

"헛걸음을 했군. 돌아가지."

이젠 비명도 안 나왔고 놀랍지도 않았다. 지안이는 내 어깨에 팔을 걸쳤다. 나는 이 상황에서 안도감을 느끼는 나 자신이 역겨우면서 싫었다. 그 아이가 진짜 지안이의 아이가 아니고, 그 공주 또한 지안이와 어떤 관계도 없었음을 알게 되어 기쁜 나 스스로가 비열하게만 느껴졌다.

그리고 이런 내 속을 전부 안다는 듯 사라지기 직전에 나를 향해 웃던 다곤도.

나는 루시퍼의 성으로 돌아가자마자 어리둥절하게 눈을 깜박였다. 머리와 얼굴에 톡톡톡 떨어지는 빗방울은 천사의 눈물처럼 투명했다.

나는 잠시 모든 생각을 잊고 감탄했다.

"세상에, 내가 지금 헛것을 보는 건 아니겠지?"

나는 성 안에 들어가지 않고 빗방울의 감촉을 만끽했다. 손바닥을 펼쳐 열심히 빗방울을 모아보는데, 거짓말처럼 그 비는 곧 새빨간 피로 바뀌었다. 거기다 성 안으로 피신한 사령관들이 배신감에 빠진 나를 지켜보면서 미친 듯이 폭소하고 있었다. 심지어 지안이까지!

"……아. 염병할 악마들 같으니라고."

나는 비가 아닌 피에 흠뻑 젖어서 성 안으로 들어갔다. 그런 나를 보고 페터가 경악하며 뒤로 물러섰다.

"어머 자기, 생리를 온몸으로 하는 거야?"

"그래, 나는 아주 큰 생리대가 필요해."

나는 나를 비웃는 데 여념이 없는 지안이와 네 명의 사령관들을 쏘아보았다. 나중에 저것들한테 꼭 복수하고 말리라!

"난 목욕할 테니까 너희 멋대로 해."

나는 씩씩거리며 성에서 가장 큰 욕실로 향했다. 절대 썩지 않는 꽃잎을 띄운 욕조에 물을 가득 채우고 들어가려니 기분이 조금 좋아졌다. 아예 잠수하자 핏물이 물감처럼 퍼지는 게 보였다.

이건 누구의 피일까. 혹은 짐승의 피일 수도 있겠다. 어쨌든 악마들이 피를 구할 방법은 무궁무진할 테니까. 그나저나 나갈 땐 무슨 옷을 입지. 여기 가운이 있었던가?

이런저런 생각에 사로잡혀 내가 지금 물속에 있다는 사실조차 잊어버릴 뻔한 순간 아주 달콤한 손길이 나의 손을 잡고 깍지를 꼈다.

"갑자기 웬 잠수?"

지안이의 음성에 나는 욕조 밖으로 머리만 빠끔히 내밀었다.

"나 지금 피범벅이야."

"네가 온몸으로 생리 중이라는 얘기는 아까 들었……."

"야!"

지안이가 키득거리며 욕조 테두리에 앉았다.

"흠. 이렇게 더러워서야 인어공주님이랑 같이 들어가긴 무리겠군."

장난 섞인 지안이의 말에 피로 더러워졌던 물이 순식간에 깨끗해졌다. 나는 부루퉁하게 볼을 부풀렸다.

"깔끔한 척하시긴. 이건 다 네 부하들이 나를 골리려고 저지른 짓이란 말야."

"그 부분은 나도 신기하던 터였다만……. 넌 악마들이 징그럽지도 않아?"

나는 깨끗한 물에 머리카락을 씻으며 말했다.

"자주 보니까 꽤 귀엽던걸. 마치 식칼 들고 움직이는 아기인형처럼. 어쨌든 아까 얘기로 돌아가자고. 도대체 무슨 자신감으로 너와 같은 신 세 명하고 싸우겠다는 거야?"

"'나와 같은'이라니? 그것 참 모욕적인 발언인데."

나는 눈을 부라렸다.

"잊지 마, 달링. 죽은 뒤에 얻는 영광은 아무런 가치가 없어."

"하지만 넌 고흐를 좋아했잖아. 그는 생전에 무명이었고, 무일푼이었지."

지안이의 지적은 나름대로의 일리가 있었지만 나는 무시했다.

"그야 빈센트 반 고흐가 그린 하늘은 더할 나위 없이 아름답고 빨려 들어갈 것처럼 영롱하면서 또 처절하니까 그렇지. 나는 '별이 빛나는 밤'을 두 시간 동안 제자리에 서서 쳐다본 적도 있어."

"그럼 나는?"

나는 살아 움직이는 다비드의 조각상을 바라보았다.

"……젠장. 내 패배다."

"그리고 난 언제나 승리하지. 네가 있으니까."

나는 코웃음을 치며 물 위에 둥둥 뜬 꽃잎들로 장난을 쳤다.

"내가 무슨 네 토템이라도 되니?"

"그 이상이지. 너는 내 승리의 여신이야, 자기."

"……나 여기다 토해도 될까?"

"얼른 씻고 나와. 내가 직접 씻겨주기 전에."

지안이가 매력적인 미소를 남기고 나갔다. 그러나 기껏 씻고 나왔더니 지안이는 어디론가 가고 없었다.

짜증을 느낀 나는 건성으로 머리카락을 말린 다음 가벼운 하얀색 원피스를 입은 채 층계를 내려갔다. 때마침 빈둥거리는 사령관들이 페터의 음식에 미쳐 있는 게 보였다.

나는 혀를 쯧쯧거렸다.

"루시퍼는?"

"밖에요."

나는 마스테마의 소심한 대답에 인상을 찡그렸다. 하늘에선 아직도 피가 쏟아져 내렸다.

"난 또다시 피투성이가 되고 싶진 않은데. 조반니?"

"왜 항상 저입니까!"

그가 파이를 입에 문 채로 항의했다. 나는 아바돈을 손짓으로 가리켰다.

"그럼 징징거리지 말고 아바돈이랑 같이 다녀와."

두 악마가 나를 노려봤으나 내가 루시퍼의 신부인 이상 반항은 불가능했다. 그들이 사라지자 페터가 윙크를 하며 나를 음식으로 유혹했다.

"자기, 기다리는 동안 크림치즈를 듬뿍 얹은 빵이나 먹을래? 사과 파이랑 오렌지 주스도 있어."

"먹을래!"

당연히 나도 페터가 만든 요리에 미치지 않을 수 없었다. 한참 페터가 만든 음식을 도륙하고 있는데 조반니와 아바돈이 돌아왔다. 조반니는 심각한 얼굴로 물었다.

"전하께선 아스트라와 함께 계십니다. 대화 내용을 들으시겠습니까?"

"……네가 무슨 자동응답기니? 말해봐."

그러나 조반니가 아스트라의 음성을 흉내 내기 전에, 천만다행이게도 아바돈이 간략하게 설명했다.

"아스트라가 너 때문에 모욕을 당했으니 되갚아주지 않으면 신으로서의 자존심이 서질 않는다더군. 그러니 너를 넘겨 달란다."

나는 파이를 우물거리며 헛웃음을 지었다.

"항상 자존심이 모든 걸 말아먹지. 자기 목숨까지 포함해서."

"만약 오늘 밤까지 너를 자신에게 넘기지 않을 시엔, 다른 신들과 합세해서 전하를 공격하겠다며 엄포를 놓았다. 그리고 자긴 아직도 전하를 사랑한다는 말도 남겼어."

"……루시퍼가 뭐래?"

"'계속 그렇게 혼자 떠들 거면 나 간다.'라고 하고 내려왔는데."

소리가 들리는 방향으로 고개를 돌렸더니, 태연하게 사과파이를 먹고 있는 지안이가 보였다. 나는 혼란스럽고도 심각한 고민에 빠져들었다.

"이럴 땐 내가 너한테 수면제를 먹이고 눈물을 흘리며 아스트라의 도발에 넘어가야 되는 건가?"

"백날을 먹여봐라 내가 잠드나."

지안이가 비아냥거렸다. 나는 잠시 더 고민하다가 그냥 생각을 접었다.

"그럼 그냥 파이나 더 먹을래."

"그리고 너는 좀 묶여 있어야겠다."

나는 귀를 의심했다.

"뭐, 뭐?"

"네 성격에 절대로 가만히 있을 리는 없으니, 조치를 취해야지."

나는 먹던 파이마저 집어 던지고 지안이에게 삿대질을 했다.

"자기 아내를 묶어놓는 남편이 어딨어!"

"알고 보면 많을걸. 걱정하지 마. 네가 반항하면 강제로 재워버릴 테니까."

"그게 더 싫어!"

나는 비명을 질렀다. 지안이는 내가 격렬하게 거부하든 말든 자기 생각을 전했다.

"아마 말이 셋이지 다곤도 동참할 거다. 그놈은 전부터 아스트라에게 호의적이었으니."

"……너 그럼 네 명한테 두들겨 맞는 거야?"

"내가 그것들을 패는 거지."

나는 어이가 없어서 지안이를 바라보았다.

"으으으…… 그냥 내가 거기로 갈까? 네가 다치는 건 싫어."

"……저 잠시 화장실 좀 다녀오겠습니다. 토할 것 같아서."

마스테마가 빛의 속도로 사라졌다. 지안이는 아랑곳하지 않았다.

"너는 내 전부잖아."

"저도 같이 가죠."

저것들이……. 나는 토하는 시늉을 하며 도망치는 솔로몬과 마스테마를 노려보았다. 그때 지안이가 차마 웃음을 참지 못하겠다는 얼굴로, 눈은 나에게 고정한 채 입을 열었다.

"……내가 그 신들을 전부 죽여버리면 어떡할래?"

"응?"

나는 눈을 깜박였고, 지안이는 다시 말했다.

"만약 그들을 나 혼자서 이긴다면, 나한테 뭘 해줄 거냐고."

"어…… 감격의 포옹?"

그때 지안이의 표정이 험악해져서 나는 아무렇게나 말을 뱉었다.

"네가 원하는 건 뭐든지 들어줄게."

"그렇게 나와야지."

지안이가 인상을 풀고 나른하게 웃었다. 나 어쩐지 사기당한 느낌인데…….

　지안이는 오랜만에 필요하지도 않은 음식을 많이 먹었더니 배부르다며 나를 안은 채 침대에 드러누웠다. 우리가 노닥거리는 사이 해는 점점 저물어갔고, 어느새 장밋빛 석양빛이 성 안 가득 들어차 있었다. 빛의 잔해들은 다이아몬드 조각처럼 눈부셨고 나를 나른하게 만들었다.

　우리는 누구의 방해도 받지 않고 늘어져 있었다.

　나는 지안이의 머리카락을 매만지며 교태롭게 물었다.

　"너는 왜 나를 사랑하게 됐어? 왜 하필 나였을까?"

　그러자 지안이가 눈을 감은 상태로 웃었다.

　"그러는 너는 왜 나였는데?"

　나는 주저 없이 말했다.

　"사람의 손길이 가장 절실했을 때 나한테 다가와준 사람이 너밖에 없었으니까."

　"마찬가지야."

　또 다른 의문을 품게 만드는 대답에 나는 지안이의 가슴팍에서 머리를 살짝 들었다. 석양빛을 받은 내 기다란 머리카락이 평소보다 짙은 갈색을 띠었다.

　"너도 외로움을 느끼니?"

　"어이, 내가 무생물처럼 보여?"

　나는 부루퉁하게 볼을 부풀렸다. 때때로 지안이는 생명을 가진 존재가 맞기는 한지 의심스러울 만큼 비정해졌다. 그는 왕좌에 앉아서 자기 발밑에 있는 수천 개의 손을 짓밟았다.

"하지만 넌 잘난 척은 혼자 다 하잖아. 교만의 상징!"

"그건 내가 정말로 잘났으니까 그런 거고."

"……아무튼."

부정할 수가 없어진 나는 약이 올라 혀를 빼물었다.

"간혹……, 아니, 솔직히 자주 너는 혼자로도 완전해 보인다는 생각이 든단 말이야. 굳이 내가 너한테 필요한지 모르겠어."

그러자 지안이가 버릇처럼 내 머리를 쓰다듬으면서 비딱하게 중얼거렸다.

"나는 네가 내 일부라고까지 생각하는데. 어느 순간부터 내가 원하는 건 전부 너였어. 내게 필요한 것도 너였고 내가 반드시 가지고 싶은 것도 너였어. 너랑 사귈 당시에도 자제하느라 얼마나 힘들었는데 이제 와서 모르겠다니?"

"우리가 교회에서 만난 것도 아닌데 무슨 자제?"

나는 코웃음을 쳤지만 이어진 그의 말은 실로 무시무시했다.

"너한테 접근했던 놈들을 전부 죽여버리고 싶었거든. 발로 머리통을 밟아서 으깨버리고 싶었지. 실제로 그럴 수도 있었어."

나는 한 박자 늦게, 떨떠름한 어조로 말했다.

"……음, 잘 참았어."

내 말에 지안이가 웃음을 터뜨렸다.

"아, 그렇다고 살인 충동을 완전히 억누르는 데 성공했었다는 뜻은 아니야."

"……응? 뭐야 그 말의 의미는?"

순간 소름이 돋아서 촉각이 곤두섰다. 내가 긴장하려니 지안이가 다시금 나를 껴줬다.

"이제 내가 좀 무서워, 예쁜아?"

나는 인상을 찡그렸다.

"연쇄살인마 같은 소리하지 말아줄래? 베개 밑에 칼이라도 숨겨놓은 게 아니면 닥치고 현실로 돌아와. 시간이 거의 다 됐어."

"어떻게 보면 나 연쇄살인마 맞는데. 굳이 칼이 필요하지 않을 뿐이지."

나는 그의 머리를 때렸다. 신이 무더기로 자기한테 덤빈다고 선전 포고를 했는데 이다지도 태연하다니 얘는 미친 게 분명했다.

"이게 우리의 마지막 대화면 어떡하지? 방금 했던 관계가 마지막 잠자리였다면?"

나는 공포에 휩싸여 소리쳤다.

"생각만 해도 끔찍하다. 난 너랑 적어도 십만 번은 하고 죽을 생각이었는데!"

"그걸 일일이 세?"

지안이는 기막혀하며 반문했고 나는 어깨를 으쓱였다.

"뭐 대충. 기다려봐. 오늘 밤 우리가 살아남으면 내 옷을 먼저 벗은 다음에 네 옷도 벗겨줄게."

"나는 그 반대가 더 좋은데."

나는 눈을 흘겼다.

"그냥 넌 가만히 있어. 이게 우리의 마지막 잠자리가 될 수도 있고, 내가 새 남편을 찾아야 할지도 모르잖아. 걱정 마, 조반니는 내가 잘 돌볼 테니까. 치매 걸린 노인을 학대할 순 없지. 거기다 조반니는 키가 1미터도 안 되는걸."

"조반니를 가장 많이 학대한 게 누구더라. 그리고 나는 안 죽는다니까?"

"내가 그 말을 어떻게 믿어! 난 불안해 죽겠단 말이야!"

만약 지안이가 이토록 멀쩡하지 않았더라면 나는 발작을 일으켰을 수도 있었다. 나는 아랫입술을 깨물었다가 말을 이었다.

"만약 네가 죽으면 나도 따라서 죽어버릴 거야. 이미 페터한테 독약도 받아뒀어. 약이 식도를 넘어가는 순간 나는 이미 죽고 난 뒤일 거라던데."

"……쓸데없는 짓을."

어느샌가 나는 웨딩드레스를 입고 있었다. 그러나 순백색이 아니라, 귀족들이 참석하는 장례식에나 어울릴 법한 검은색으로 물들어 있었다.

지안이가 버릇처럼 넥타이를 느슨하게 풀며 말했다.

"슬슬 가봐야겠군."

나는 눈알을 굴렸다.

"나도 같이 가는 거야?"

"생각이 바뀌었어. 그리고 너는 내 시야 안에 있을 때 가장 안전하다는 사실을 잊지 마."

그러나 그의 말이 끝나기도 전부터 나는 미간을 찌푸리고 있었다. 빛나는 황금색 밧줄이 내 팔과 허리를 단단히 묶었기 때문이다.

"그건 알겠는데 왜 묶어?"

"넌 세상에서 가장 위험한 물질이니까."

"……아예 인간에서 격하시키다니."

지안이는 내 투정을 비웃었다.

"아직도 네가 인간이라고 생각해? 나랑 결혼한 순간부터 넌 이미……."

"인간 말종?"

"입까지 틀어막기 전에 다물고 있어."

지안이가 정말로 내 입을 막아버릴 것 같아서 나는 그가 문은 장식으로 두고 창문을 향해 뛰어내려 마차에 오를 때까지 얌전히 있었다. 그는 내가 중심을 잡을 수도 없게 해놓고 공중으로 떠올랐는데, 항의할 새도 없이 나는 다른 것에 시선을 빼앗겼다.

하늘 높이 오를수록 시야가 넓어졌다. 입을 열려던 나는 경계에 엄청난 인파의 사람들이 몰려 있는 모습을 보고 멈칫했다.

그들은 아이러니하게도 루시퍼를 찬양하고 있었다.

"태양을 돌려주셔서 감사합니다, 루시퍼 님!"

"오 신이시여, 당신의 은총과 시련으로 이 세상 모든 것의 소중함을 비로소 깨달았습니다. 광명의 신 루시퍼를 이 한 목숨 다 바쳐 섬길 것을 맹세하노니!"

"무지한 저의 눈을 띄워주셔서 감사합니다! 정말 감사합니다!"

그 소리들은 거의 소음에 가까웠다. 지안이는 자신의 새로운 신자가 될 것임을 맹세하는 사람들을 발밑에 두고서 경멸하는 어조로 말했다.

"……저래서야 마치 먹이만 주면 꼬리치며 달려드는 개와 다를 바가 없질 않느냐, 아스트라? 네가 만든 인간들이란 하나같이 조잡하기 짝이 없구나."

그의 입에서 아스트라의 이름이 나온 순간 나는 엄청난 살의를 느꼈다.

"널 죽여버리겠어!"

머리 위에서 들려오는 아스트라의 음성은 흐르는 구름의 방향까지 바꿀 정도의 강한 돌풍을 몰고 왔다. 아스트라가 수십 발의 화살을 한꺼번에 쏘았다. 그러나 화살들은 우리를 그대로 통과해서, 경계에 한데 모인 사람들을 모조리 맞춰버렸다.

그들의 처참한 죽음을 신경 쓰는 건 나뿐인 듯했다.

지안이가 빈정거렸다.

"너도 그게 불가능하다는 것을 잘 알 텐데? 아니면 마지막 발악이냐?"

"너는 도저히 구제불능이야! 애초에 너를 내 세계에 들인 게 실수였는데!"

아스트라가 이를 갈았다. 지안이는 그녀를 업신여기는 걸 멈추지 않았다.

"그러게 후회할 짓을 왜 하냐? 머저리 같이."

"죽어! 죽어! 죽어버려!"

그때 별안간 지안이가 표정을 확 바꾸더니, 한결 부드러운 투로 아스트라에게 물었다.

"왜? 내가 유리를 한때의 여흥으로 여기지 않아서 실망했어? 그런데 너도 나 그런 성격 아닌 거 알잖아. 네가 내 침대로 뛰어든 게 벌써 몇 번인데."

"으……."

아스트라의 얼굴이 수치심으로 붉어졌다. 그녀가 잠시 멈칫한 순간 모습을 감추고 있던 비슈누가 갑자기 공격을 시작하자, 사방에서 날카로운 뭔가가 날아들었다. 그로 인해 나를 단단히 묶고 있던 황금색 밧줄이 끊어졌다.

"앗."

다행히 나는 누군가가 공중에 펼친 복잡한 문양의 마법진 위로 떨어졌다. 적어도 추락사는 면했지만…… 상황은 좋지 못했다.

곧장 내 뒤로 순간 이동한 다곤이 웃으며 말했다.

"잠깐 내 인질이 되어주겠어?"

그런 거 하겠냐! 나는 인상을 일그러뜨렸지만 다곤은 내 입을 틀어막았다. 나를 이용해서 지안이를 협박할 생각이었던 것 같은데, 문제는 지안이가 그리 만만하지 않다는 거였다.

"웃기는 짓 그만해라."

힐끗 고개를 비튼 지안이가 다곤을 향해 한심하다는 표정을 지었다. 끊어진 줄로만 알았던 황금 밧줄이 각각의 비수가 되어 예리하게 변하는가 싶더니, 다곤의 가슴을 꿰뚫었다. 다곤이 엄청난 양의 피를 토하며 비틀거리자 나는 기회를 놓치지 않고 그를 밀어서 마법진 밖으로 떨어뜨렸다. 하지만 그 다음 나를 덮친 건 다곤보다 더욱 좋지 않은 무언가였다.

불현듯 검은 안개가 밀려들면서 주위 풍경이 바뀌었다. 하객석이 잔뜩 있었고, 그 사이에는 깨끗한 붉은 카펫이 보란 듯이 화려하게 깔려 있었다.

그리고 물결치듯이 연주되는 결혼행진곡.

"여긴……."

나는 내 생애 가장 최악의 장소라고 일컬어도 부족함이 없는 결혼식장을 혼란스럽게 둘러봤다. 이곳은 내가 기억하던 결혼식장과 놀라울 정도로 똑같았다.

그 수군거림들 마저.

『어머, 신랑이 도망간 거야?』

나는 홱 소리 나게 고개를 돌렸으나, 귀를 파고드는 조롱엔 형체가 없었다.

『사고가 난 게 아닐까?』

『하지만 신랑 측 하객은 아무도 안 왔잖아. 다들 작정하고 신부를 욕 먹이려던 걸지도 몰라.』

나는 입술을 꽉 깨물었다. 결혼행진곡은 점점 커졌고, 사람들의 목소리도 그에 따라서 커져만 갔다.

『어떡해, 유리가 너무 불쌍해.』

『불쌍해.』

『가여워.』

"그만!"

나는 귀를 틀어막았다. 그러자 이젠 사람들이 깔깔거리며 나를 비웃기 시작했다.

『……사실은 조금 자업자득인 것 같기도 해. 솔직히 쟤한테 지안이는 아까웠어.』

"그만 닥치라고!"

내 눈에서 눈물이 뚝뚝 떨어졌다. 이런 건 싫었다. 이런 비참한 기억을 다시 회상하는 건 정말, 정말 구역질나도록 끔찍하게…….

– 그러게 내가 시키는 대로 따랐으면 이런 환영에 사로잡힐 일도 없었잖아.

갑자기 모든 소음이 멎었다. 피아노 소리도, 사람들이 조롱하는 소리도.

"……누구?"

― 저번엔 드래곤들한테 죽을 뻔하더니 이번엔 신들이야? 너도 참 못 말린다니까.

내 눈이 휘둥그레졌다. 이 목소리도 형체가 없기는 마찬가지였지만, 분명 들어본 적 있었다.

"당신은 그때……."

― 당신이 아니야.

그가 부드럽게 내 말을 정정했다.

― 나는 너야.

순간 나는 숨 쉬는 법도 잊어버렸다. 이 목소리가 나라니? 내가 어떻게 나 자신과 대화를 나눈단 말인가?

― 한낱 인간이, 그것도 아무런 준비도 되지 않은 채 차원을 이동한다는 건 대단히 드문 일이지. 어떤 부작용이 생길지는 신들도 몰라.

"부작용……."

― 나는 무의식적으로 네가 가장 원하는 걸 알 수 있지. 그리고 그걸 실천할 힘도 있어.

갑자기 환영이 사라지고 시야가 확 걷혔다.

내 눈에 제일 먼저 보인 건 지안이였다.

그가 필요 이상으로 가까이서 보이고 있었다.

"너……."

지안이가 반쯤 돌아선 자세로 나를 부르려다 말고 피를 토했다. 나는 새하얗게 질려서 손에 '쥐고' 있던 무언가를 반사적으로 놓았다.

내가 쥐고 있던…… 본래라면 초커 형태로 내 목에 걸려 있어야 할 검을.

"이, 이게 무슨……."

나는 지안이의 피로 물든 내 손을 당혹스럽게 쳐다봤다. 다른 신들도 당황한 나머지 일제히 공격을 멈춘 채 나를 응시하고 있었다.

– 복수. 너는 그걸 가장 원했지?

그가, 그것이, '나'라고 주장하는 무엇인가가 미친 듯이 웃었다. 오로지 내 머릿속에서만 울리는 비참한 광기였다.

내가 지안이를 찔렀다.

이윽고 내가 보는 앞에서 지안이가 지상으로 추락했다.

비명을 지를 여유조차 주지 않고 아스트라가 내게 달려들었다.

"너에게 내렸던 내 은총은 거둬가겠어."

그녀가 내 눈에서 은빛의 안개 같은 무언가를 가져갔다. 마법진이 사라졌고, 나는 떨어졌다. 하지만 내가 지안이를 공격했다는 생각에 사로잡혀 울기만 했다.

그러다 문득 누군가가 나를 난폭하게 안았다.

"아 졸라 아프네."

"……어?"

나는 눈물이 고인 눈을 깜박이며 나를 제 옆구리에 낀 남자를 올려다봤다. 그는 틀림없는 지안이였다.

"너, 너너너 왜 이렇게 멀쩡……."

"그럼 내가 언제는 안 멀쩡했냐?"

생각해보니 그건 또 아닌…….

"그런데 내 검에 찔리니까 진짜 아프다. 더 자주 애용해야겠어."

"……교훈을 잘못 얻은 것 같은데."

내가 더 울어야 할지 웃어야 할지 모를 표정을 짓는 순간 아까와는 차원이 다른 살의가 폭발했다. 그것은 다른 신들을 모조리 몰아내고 결계를 만들었다.

"전부 꺼져라. 난 더 중요한 일을 해야겠으니."

명령조로 말한 지안이의 음성이 천둥처럼 크게 울렸다. 나는 귀를 틀어막다 만 상태로 입을 열었다.

"중요한 일이라니?"

그가 눈을 내리떴다.

"너한테 무슨 일이 생겼는지 알아야겠어."

"너…… 아직도 피 나."

나는 언제 흉기로 변했냐는 듯이 초커로 돌아온 검은색 띠를 그러쥐며 신음했다. 그러나 지안이는 내 죄책감을 아예 무시해버렸다.

"부부싸움은 칼로 물 베기라는 말이 개소리라는 증거지. 시간 없으니까 나 똑바로 쳐다봐."

나는 영문도 모르는 채 그렇게 했다. 사실 그의 눈동자 안에 깃든 별들이 나를 매료시켜서 그가 명령할 필요도 없었다.

이윽고 지안이가 신경질적으로 머리를 쓸어올리며 중얼거렸다.

"……애초에 아스트라는 너를 길게 살려둘 생각이 없었나 보군. 그 창녀 성격상 당연히 그렇겠지."

"무슨 뜻이야?"

"별거 아니야."

지안이가 은근슬쩍 회피하려는 기미가 보여 내 목소리는 점점 험악해졌다.

"내가 널 찔렀는데 별게 아니라고?"

"왜 그래? 넌 더한 짓도 할 수 있으면서. 하지만 어쨌거나, 별거 아니라는 말은 사실이야. 너는 내 거고 나는 내 소유물을 홀대할 생각이 전혀 없으니까. 그 예로 여태껏 구석구석 돌봐줬는데."

"나 지금 심각하거든!"

그러나 내가 소리치기 무섭게 공기가 찢어지는 소리가 나면서 결계가 깨졌다. 아무래도 세 명의 신은 포기할 생각이 없는 듯했다. 아스트라와 비슈누가 빛나는 활에 화살을 매겼고, 다곤의 주위로 공기가 팽창했다.

그러나 지안이는 다른 누군가에게 말을 걸었다.

"너도 덤빌 테냐, 아이온?"

나는 눈앞에 신기루처럼 나타난 그의 투명한 형상을 보고 깜짝 놀랐다. 그는 메타트론의 잔해를 거두러 왔던 두 존재 중 하나였다. 나에게 내가 나 스스로 루시퍼를 제외한 모든 신들의 영역을 떠나갔다고 말했던.

"얼마 전까지만 해도 그저 살육만 일삼는 들짐승에 불과하더니 지금은 그나마 제정신인 것 같구나. 그 여자가 곁에 있어서냐?"

"한번 봐주면 늘 이렇게 기어오른다니까. 묻는 말에 대답해라."

지안이는 지극히 따분하다는 표정을 짓고 있었으므로, 극심한 괴리감이 느껴졌다. 뻥 뚫렸던 하늘은 붉게 일그러졌고, 지면 역시 깊이를 가늠할 수 없을 만큼 아득한 구멍이 패여 있었다. 전부, 지안이가 벌인 짓이었다.

그는 손짓 하나 없이 세 신을 상대하고 있으면서도 아이온과 말다툼을 벌였다. 아이온은 지안이에게 쌓인 원한이 상당해 보였다.

"내가 '그렇다.'라고 하면? 나를 포함한 다른 신들을 싸그리 죽일 심산인가? 여태까지 그래왔듯이, 심심할 때마다 인간들을 도륙했던 것처럼 네가 형제자매라 일컫는 우리들을 쓸어버릴 거냐? 어떤 뚜렷한 사상이나 목적도 없이 그저 여흥거리로?"

"쓸데없이 사설이 길다."

"루시퍼, 네가 죽인 신들의 숫자는 네가 죽인 인간들의 수와 동등할 거다. 판테온이 네게 내린 형벌은 너무나도 가벼웠어."

"그래서 나더러 어쩌라고?"

나는 지안이의 인내심이 한계에 달하고 있다는 것을 알아차렸다.

"너는 악인이다. 악 그 자체이며, 어쩌면 그보다 더할지도 모르지. 신으로 살아오면서 너보다 악한 자를 나는 만나본 적이 없다. 너는 항상 다른 이들의 모든 것을 빼앗고 더럽히면서 자기 자신만 깨끗하지. 나는 늘 그것이 의문이었다."

나는 멍하니 아이온을 쳐다보았다. 그의 말은 틀린 것이 하나도 없었다. 루시퍼의 광채는…… 그가 행사하는 권능은 어느 신들과도 달랐다.

너무나도 압도적인 재해. 혹은 재앙.

그때 갑자기 지안이가 나를 아이온한테 던졌다.

"꺅!"

아이온이 얼떨결에 나를 받아주었고, 내가 항의하려 고개를 들었을 때 지안이는 자취를 감춘 뒤였다.

하늘에서 빛이 폭발하는가 싶더니 날개를 펼친 지안이가 교만하게 웃었다.

"이런 미개하고 미천한 것들이 나와 형제자매란 사실도 기가 막힐 따름이었는데 알아서 덤벼주니 몸 둘 바를 모르겠군. 너희들은 인간들보다 사리분별을 못 한다. 그러니 최후도 그리 추하지."

자신이 아예 무시당했다는 사실을 깨달은 아이온이 한숨을 내쉬었다. 나는 그가 언제 나를 떨어뜨릴지 몰라서 조마조마했다.

"지금이라도 늦지 않았으니 어디 무릎 꿇고 빌어봐라. 그럼 살려주지."

몇 번이고 빛의 벼락이 내리쳤을 때 지안이가 거만한 투로 명령했다. 나는 다급하게 아이온에게 물었다.

"저한테 무슨 일이 벌어지고 있어요. 그러니까, 부작용이요. 당신은 그게 뭔지 알아요?"

"그게 무엇이든 네 운명이 비참하다는 것보다 나쁜 소식은 아닐 거다."

아이온이 덤덤하게 말했다. 나는 짜증이 났다.

"……제가 지안이를 찌른 것보다 나쁜 소식이 남아 있다는 거예요?"

도리어 그가 믿기지 않는다는 듯 반문했다.

"너는 진심으로 루시퍼를 사랑한다는 건가?"

"그러면 안 될 이유라도 있어요?"

어처구니없다는 감정이 가득 담긴 내 대답에 말문이 막혔는지 아이온이 침묵에 잠겼다. 나는 있는 대로 인상을 찡그렸다.

"대답해주지 않을 거면 저를 위로 올려보내줘요."

아이온은 어떠한 표정 변화도 없이 내 부탁을 들어주었다. 뒤집어진 하늘과 땅 사이에서 나는 지안이의 형체가 어렴풋이 보이기 시작하자마자 아이온의 품을 박차고 힘껏 뛰었다.

그리고 가장 가까이 있던 아스트라의 등을 밟았다.

"야! 너!"

나는 그녀에게 가운뎃손가락을 보여주는 걸로 대답을 대신했다. 그녀의 몸은 천천히 돌로 변해서 발부터 부서져 내리는 중이었다. 그리고 아이온이 거칠게 나를 붙잡았다. 그의 덩치가 내 세 배에 달해서 나는 순간 두려움을 느꼈다.

"뭔가 이상해……. 어떻게 그럴 수 있지?"

"뭐, 뭐가요?"

나는 어리둥절하게 눈을 깜박였다. 추락사를 면하게 해준 건 고마웠지만 그의 눈이 섬뜩한 이채를 띠며 나를 위협하고 있었다.

"……루시퍼가 그 교만한 행동으로 받은 형벌은 기억을 잃고 인간으로서 사는 것만이 아니었다."

그에게 잡힌 팔에 검푸른 멍이 들었다. 그건 아스트라가 서서히 돌로 변하는 것처럼 감염과 같이 내 몸 전체로 퍼져나갔다. 그 역시 나를 해하려는 모양이었다.

세상에. 나는 이제부터 모든 종교를 혐오할 거다.

"아무래도 너는 살려둬서 좋을 것이 없을 듯하군."

나는 이를 갈며 반박했다.

"제가 단순히 루시퍼를 사랑한다는 게 그렇게 문제예요?"

"그렇다."

"그게 무슨 억지야! 그렇게 치면 아스트라는……."

"너는 루시퍼에 대해서 아무것도 모르는 것 같구나. 그는 하나의 자연현상과도 같다. 신들과도 달라, 누구든 그 눈을 보는 순간 깊이 매료되어 우러르거나 혐오하게 되지. 우리는 머릿속에 각인된 대로, 또는 편의상 그를 '신'이라고 칭할 뿐이지. 그리고 그가 판테온의 제어 하에 있다는 것에 안도한다."

나는 눈을 치켜떴다. 이 비현실적인 것들투성이에서 오히려 나는 더욱 현실적이게 되었다.

"그럼 당신은 루시퍼를 형제로 생각하지 않아요?"

아이온의 미간이 깊게 패였다. 마침내 화풀이를 다 끝낸 건지, 지안이가 서서히 내려왔다.

"누가 내 여자랑 수다 떨래?"

나는 발끈했다.

"먼저 나를 집어 던진 건 너잖아!"

그러나 오히려 지안이는 비릿하게 웃을 뿐이었다.

"그 정도면 우는 애를 달래는 것만큼 약한 처벌이지. 맹세하는데 나를 찔러놓고도 그렇게 멀쩡한 존재는 아무도 없었어. 너라서 봐준 거라고, 내 사랑."

처벌이라니. 나는 기가 막혀서 소리를 질렀다.

"나를 네 아래로 보지 마!"

"하지만 너는 언제나 내 밑에 깔려 있는걸. 내가 허락할 때를 제외하고는."

지안이는 당장이라도 나를 통째로 집어삼킬 듯이 굴었다. 나는 또다시 그에게 배반당한 기분을 느꼈다.

"하, 나한테까지도 신 놀이를 하시겠다?"

"너는 내 거야."

어느샌가 나는 아이온의 손아귀에서 벗어나 정면에서 지안이를 바라보고 있었다. 그가 내 턱을 잡아 올렸다.

"이거 애석해서 어쩌나. 나는 너를 아무렇게나 가지고 놀 수 있는데 너는 그러지를 못해서."

나는 이를 악물었다. 공포보다는 분노에서 기인한 감정이 더 컸다. 신들이 떼거지로 덤벼들어서 화가 난 건 알겠는데 왜 나한테 화풀이를 하는 거지?

나는 그에게 이런 취급을 받아야 할 이유가 없었다.

이건 마치…… 장난감 같잖아.

나도 모르게 눈물이 나올 것 같았다. 지안이가 극심한 두통을 앓는 듯이 미간을 찌푸린 채 말을 이었다.

"미안, 그런데, 어쨌든, 전부 사실이야. 그래도 저 자식이 하는 말은 마음에 안 들…….."

갑자기 그가 말을 멈췄다. 새하얗기 이를 데 없는 날개마저 빛무리가 되어 사라지는가 싶더니, 그가 눈을 감았다.

별안간 의식을 잃은 지안이를 허공에 묶어둔 아이온이, 나를 향해 동정을 담아 말했다.

"이미 늦었군. 미안하다."

나는 우는 소리를 내지 않으려 입술을 깨물었다. 그는 여전히 반투명한 형상을 유지하고 있었다.

"당신이 왜…… 나한테 사과를 해요?"

"너도 이미 짐작했을 테지만. 아마도 부정하고자 애쓰고 있겠으나."

그가 잠깐의 뜸을 들인 뒤, 처음으로 인간적인 표정을 보였다.

그건 안쓰러움, 동정, 의아함.

그리고…… 마치 자기 자식을 떠나보내는 듯한.

"루시퍼의 사랑을 받는다는 것만큼 비참하고 불행한 일도 없을 것이다. 너는 도망칠 수 없어. 이제 와서 되돌릴 수도 없고 죽음으로 모든 것을 끝내는 것 또한 불가능하다. 너는 그가 질릴 때까지 노예나 마찬가지인 삶을 살아가는 거다. 하지만 우리들이 전부 죽고 새로운 신들이 태어나도 그가 너를 놓아주는 축복은 없겠지. 절대로."

나는 혼란스러웠다.

크게 뜬 눈을 깜박이지도 못하고 눈물을 흘려보냈다.

본능적으로 알 수 있었다.

내 모든 감각이 알려주고 있었다.

그 어느 때보다 절실하고 또 확실하게. 새끼가 어미의 보호를 갈구하는 것처럼.

"당신…… 당신은……."

저 남자가 바로 내가 떠나온 세계의 신이라는 것을 나는 알아버리고 말았다.

"정말 미안하구나. 진작 너를 죽여주지 못해서."

그리고 그는 이 순간부로 완전히 나를 버렸다.

Good God, Amen

아이온의 중재로 전쟁 같던 싸움은 잠시 종결되었지만, 그걸로 모든 게 끝난 건 아니었다. 루시퍼의 성으로 돌아온 나는 줄곧 상념에 잠겨 있다가 자칭 말단 악마이자 이 성의 유일한 요리사인 페터에 의해 식당으로 끌려나왔다.

"자기, 자기는 인간이라는 사실을 잊지 말라고. 굶으면 죽는다?"

그럼에도 나는 멍하니 턱을 괴었다. 지안이는 여전히 깊이 잠들어 있었고, 아무리 흔들어봐도 깨어날 기미가 없었다. 나는 지안이를 깨워보고자 별별 다양한 수단을 다 동원해보았으나 결국 실패하고 기진맥진해 있었다.

식당엔 사령관들도 있었다. 마스테마와 조반니는 와인을 홀짝였고, 아바돈은 식탁에 다리를 올린 채 자는 듯 마는 듯 눈을 내리뜨고 있었다. 반면 가장 똑똑하다고 알려진 솔로몬은 페터가 만든 요리를 먹느라 내가 온 것도 눈치채지 못한 듯했다.

나는 그들이 모두 나에게 집중할 수 있도록 일부러 의자가 바닥에 긁히는 소리를 내며 앉았다. 그러곤 불쑥 질문을 던졌다.

"너희는 내가 루시퍼의 무엇이라고 생각하니?"

"연인관계?"

"결혼했으니까 부부 아닌가?"

솔로몬이 제일 먼저 답하고, 조반니가 고개를 갸우뚱했다. 마스테마는 조반니의 말에 동조했다.

"일단 그 비슷한 뭔가이긴 하겠지."

나는 입술을 삐죽이며 대답을 하지 않는 아바돈을 쳐다봤다. 그가 피식 웃었다.

"우리의 생각은 별로 중요하지 않은 것 같다만."

그럴지도, 아닐지도 모르지. 페터는 나에게 먹음직스럽게 익힌 스테이크와 싱싱한 과일 따위를 가져다주었다. 그건 분명히 내 시선을 앗아가기에 충분했지만, 내 입은 달랐다.

나는 적당히 스테이크를 썰며 두 번째 질문을 건넸다.

"혹시 아담의 책이 뭔지 알아?"

그러자 사령관들의 시선이 일제히 솔로몬에게로 향했다. 으깬 감자를 정신없이 퍼먹던 솔로몬이 켁켁거렸다. 마스테마가 솔로몬의 입을 강제로 벌려서 손을 집어넣은 다음 음식물을 도로 꺼냈는데, 가히 보기 좋은 광경은 아니었다.

그럼에도 솔로몬은 감사를 표했다.

"고마워."

보통은 물을 먹이지 않나? 나는 토할 것 같은 심정으로 참 이상한 방식을 통해 우정을 주고받는 두 사령관을 흘겼다. 어쨌든 솔로몬이 아담의 책을 가지고 있거나, 그에 관한 정보를 아는 것만은 분명해 보였다.

"그 책, 가지고 있다면 잠시만 빌려주지 않을래? 준다면 더 좋겠지만."

솔로몬이 정신을 못 차리고 다시 감자를 주워 먹으면서 떨떠름하게
물었다.

"······저한테 선택권이 있습니까?"

"없어."

나는 단호하게 대꾸했다.

"그, 그런데 그 책은 왜 찾으세요? 이브의 열쇠가 없어서 저도 열지
못했습니다마는."

"열쇠고 나발이고 일단 닥치고 주기나 해."

"크흑, 상관이 한 명 더 늘어났습니다. 늘어났다고요! 심지어 전하
보다 포악해!"

이윽고 나는 솔로몬에게 크고 묵직한 책을 건네받았다. 그 서적은
사탄의 성경(Codex Gigas)처럼 표지부터 기괴하고 난해하게만 보이는
그림과 오각별에 갇힌 악마 같은 상징물로 가득했다. 보는 것만으로
도 정신병이 생길 듯싶었다.

자물쇠도 없는데 아무리 힘을 줘도 책이 펴지지 않자 나는 그제야
이브의 열쇠라는 것에 흥미를 가졌다.

"이브의 열쇠가 뭐야? 그리고 원래라면 반대가 되어야 하지 않아?
구멍에 뭔가를 집어넣는 건 남자가 하는 일인걸. 참, 너희는 전부 사
제였다고 했지. 이해하지 못해도 이해할게."

"우릴 바보로 봅니까? 이래봬도 알 것은 다 안다구요!"

내 말에 마스테마가 발끈했다. 나는 그를 빤히 쳐다봐줬다.

"네가 뭘 아는데, 마스테마?"

"그······ 크흠. 그, 그 왜, 뭐, 그거, 그······."

삽시간의 그의 얼굴이 새빨개졌다. 나는 쯧쯧거리며 몸을 일으켰

다.

"날 새겠네. 난 올라간다."

그러자 솔로몬이 감자를 입가에 묻힌 채 다급히 일어섰다.

"그런데 아가씨, 가급적이면 그 책은 전하께 들키지 않고 소지하시는 편이 좋을 겁니다. 별로 좋은 물건은 아니라서요."

"……알았어."

설마 지금보다 더 상황이 나빠질까.

나는 한숨을 쉬며 층계를 올랐다. 나 대신 열심히 스테이크를 뜯어먹던 킹크랩이 화가 났는지 내 손등을 깨물었지만 무시하고 침실로 돌아오자, 신들끼리의 전쟁이 언제 벌어졌었냐는 듯 평온한 정경이 나를 맞이했다.

비록 곳곳에 생긴 운석이 충돌한 듯한 크레이터와 피로 만들어진 웅덩이는 여전했지만 말이다.

어떻게 이런 일이 가능한 걸까? 어떻게 아무도 지안이를 억누를 수가 없는 거지?

그리고 또 다른 나라고 주장했던 그 '부작용'은 어째서 이 책을 찾으라고 말했던 걸까?

아담의 책을 껴안은 채 지안이 옆에 누워서 창밖을 초점 없이 응시하고 있으려니 지평선 너머로 날아가는 사령관들이 보였다. 쟤네들은 어디로 가는 걸까? 보나마나 인간 사냥이나 하러 가겠지. 나는 이런 생각을 태연하게 하는 나 자신이 소름끼쳤다.

지안이 때문에 나까지 미쳐가고 있었다.

만약 판데모니움에 오기 전으로 돌아갈 수 있다면…….

벌써 이 가정을 생각해보는 것도 수천 번째였다. 잠드는 데 실패한 나는 이리저리 몸을 뒤척였다.

그러다 지안이의 가슴 언저리에서 뭔가가 붉게 빛나는 것을 발견했다.

"……응?"

나는 의아하게 고개를 들며 지안이가 입은 셔츠 단추를 몇 개 더 풀었다. 그러자 내가 찔렀던 자리에 기이한 문양이 새겨져 있는 게 보였다. 뭔가 이상했다. 내가 지안이의 몸을 한두 번 본 것도 아니니 지안이가 직접 새긴 문신은 아닐 거고. 그럼, 저절로 생겨났다는 건가? 칼에 찔렸던 그 순간?

의구심을 느낀 나는 양피지를 들고 와서 문양을 따라 그렸다. 문양은 높은음자리표처럼 예술적인 곡선으로만 이루어져 있었다.

나는 양피지를 들고 1층을 향해 뛰었다.

"페터!"

"나 주방에 있어. 간식 갖다줘?"

나는 곧장 주방으로 들어가서 그에게 양피지를 보여주었다.

"아니, 그보다 물어볼 게 있어. 혹시 이게 뭔지 아니?"

그가 턱을 매만지며 고개를 비스듬하게 기울이자 입술을 장식한 해골 피어싱이 딸랑거렸다.

"……글쎄, 풀 같기도 하고."

나는 인상을 찡그렸다.

"풀? 여기 풀들은 다 이렇게 베베 꼬여서 자라는 거야?"

"성급하게 굴지 마, 자기. 이 근처 어딘가에도 있을 테니까. 뭣 하면 같이 가줄까? 사령관들도 없으니 너를 지킬 사람…… 아니 악마는 나뿐인 것 같은데."

나는 잠깐 고민하다가 눈살을 찌푸리며 수긍했다.

"뭐…… 거절하지는 않을게. 나도 침대에서 자학하는 것 말고는 딱히 할 일이 없거든."

나는 아무 방에 굴러다니던 가방을 주워서 아담의 책을 쑤셔넣은 뒤 페터와 함께 밖으로 나섰다. 그는 사방이 피와 돌, 뒤집어진 숲 따위인데도 몹시 경쾌하게 휘파람을 불었다.

내가 바닥에 홍건한 피를 보지 않으려고 애쓰는데 갑자기 페터가 말을 걸어왔다.

"있잖아, 자기. 내가 비밀 하나 알려줄까? 난 여태껏 한 번도 내 손으로 누군가를 죽여본 적이 없어."

나는 눈알을 굴렸다.

"……거짓말 같은데."

"난 거짓말은 안 해. 고작 그런 거나 하려고 악마가 된 건 아니니까."

그에 대해서 궁금증이 생기지 않은 건 아니었지만 나는 참을성 있게 입을 다물었고, 페터는 다시 휘파람을 불기 시작했다.

우리가 그들의 존재를 눈치챈 건 얼마간의 시간이 지나서였다. 용병으로 보이는 남자 넷이 버려진 경계선을 조사하고 있었다. 나는 흠칫하며 걸음을 멈췄으나, 페터는 그런 내 손을 잡아당겼다.

"고작 저런 놈들을 피해 도망치는 건 아니지, 자기."

나는 그가 계속 나를 자기라고 부르는 게 신경 쓰여서 눈썹을 추켜세웠다.

"그럼? 넌 사람을 죽여본 적 없다며."

"직접적으로는 그렇지. 난 싸움에는 영 흥미가 없어서."

마침 용병 넷이 우리를 발견하고 검을 뽑았다. 그 순간 페터에게서 한 번도 들어본 적 없는 아름다운 목소리가 흘러나왔다. 심장이 두근거릴 만큼 색정적이고 뇌쇄적인 목소리였다.

　"자, 그 칼은 조준이 잘못됐잖아. 우리가 아니라 너희들의 목을 찔러야지."

　더불어 내 얼굴까지 빨개진 느낌이었다. 페터의 음성은 세이렌의 노래라고 불러도 부족함이 없는 부드러운 선율이었다.

　그때 그가 갑자기 뭔가를 발견한 듯 자살 명령을 철회했다.

　"……응? 잠깐만. 전부 멈춰."

　나는 페터를 따라 용병들에게 가까이 다가갔다. 그들은 세이렌에 홀린 것처럼 페터의 명령이라면 무엇이든 따랐다.

　"손목을 내밀어라."

　나와 페터는 용병들의 양쪽 손목에 새겨진 낙인을 보고 당황했다. 그건 지안이의 가슴에 새겨진 문장이랑 놀라우리만치 똑같았다.

　이게 무슨 의미인지 몰라 쉽사리 말이 나오지 않았다. 어쨌든 그리 좋은 예감은 들지 않았다.

　페터가 식은땀을 흘리며 입술을 비틀었다.

　"있잖아, 자기. 우리 전하가 아무리 신들을 말살시켜도 그들은 끊임없이 우주의 굴레를 돌고 돌아서 다시 강림해. 마치 어떤 불변의 법칙처럼, 기존의 신들이 죽을 때마다 새로운 신들이 탄생하기 마련이지. 그게 균형이기도 하고."

　페터가 머리를 긁적였다.

　"그리고 아무래도 메타트론을 대체할 신이 태어난 것 같아."

　"……넌 어떻게 그 정도로 잘 알아?"

"여기저기서 주워듣는 게 많으니까. 한번 보러 갈래? 태어난 지 얼마 되지 않은 신이면 우리에게 호의적일 수도 있고, 운이 좋으면 신들끼리만 공유하는 정보를 조금 얻을 수도 있잖아?"

나는 인상을 찡그렸다.

"신들만 공유하는 정보?"

"예컨대 이브의 열쇠가 무엇인지 같은 것이라든가. 설마 전하한테 직접 물어볼 생각은 아니었겠지, 자기? 그렇게 무식하진 않을 거 아냐."

나는 무시당한 것 같아 부루퉁하게 대꾸했다.

"하지만 그럼 풀 찾는 건 어떡하고?"

"애초에 그걸 찾아서 어떻게 쓰려는 건데, 자기? 우린 조금 더 가치 있는 일에 주목해야 할 필요가 있어."

그건 맞는 말이었다. 적어도 사람은 내가 알아들을 수 있는 말을 하고, 식물은 그렇지 못하니까. 내가 신음하며 고개를 끄덕이자 페터가 용병들에게 다시금 명령을 내렸다.

"너희들의 신이 있는 곳으로 안내해."

나는 불안한 채로 페터의 옷차림을 훑어보았다. 그는 찢어진 바지를 입었고 여러 개의 반지를 보란 듯이 끼웠으며, 결정적으로 색이 짙은 보라색으로 칠한 입술에 해골 모양의 피어싱을 하고 있었다. 머리카락의 색은 기분에 따라 종종 바뀌었는데, 오늘은 캔디처럼 맛있어 보이는 민트색이었다. 페터는 나보다 키가 컸지만 깡마른 편이었고, 누가 보기에도 악마 아니면 정신병자였다.

나는 진심으로 그가 걱정스러웠다.

"널 이교도로 여겨서 화형시키면 어떡하지?"

"말단 악마라도 악마는 악마니까 어떻게든 되겠지."

가만히 보면 얘도 참 대책이 없단 말이지. 다른 사령관들도 그렇지만.

나는 괜히 애꿎은 킹크랩을 쿡쿡 찌르면서 물었다.

"……그런데 왜 용병들이 신자가 됐을까?"

"글쎄, 밑에서부터 먹기가 더 편하니까? 일부러 조심스럽게 행동하는 걸 수도 있고. 전하께서 실컷 속을 뒤집어놨으니 지금 다른 신들을 건드려봤자 좋을 게 없잖아."

킹크랩이 내 손가락을 콱 깨물었다. 버릇없는 애완동물 같으니라고.

나는 페터에게 의혹에 찬 시선을 던졌다.

"방금 전에도 말했지만, 넌 꽤나 잘 아는 듯이 말하네."

"힘이 약하면 지식이라도 쌓아야지. 더불어 눈치도 빨라야 하고. 그게 생존의 법칙이라구, 자기."

이윽고 용병들이 반파된 건물 앞에서 걸음을 멈추었다.

페터는 악마의 눈으로 도무지 신전 같지 않은 폐가 내부를 꿰뚫어보고는 흥미로운 구경거리라도 찾았다는 양 콧노래를 불렀다.

"열 살 이하로 보이는 아이들이 다섯, 그리고 나머지는 전부 노인 아니면 반송장이로군."

나와 페터는 서로 잠깐 시선을 맞췄다가 누구랄 것도 없이 건물 안으로 들어가려고 했다.

그러자 성별을 구분할 수 없는 어린아이의 목소리가 귀를 파고들었다.

"돌아가라."

귀로 들어와 머릿속에서 윙윙 울리는 목소리였다. 인간인 나보다 더한 영향을 받았는지 페터가 뒷걸음질을 쳤다.

"이거 신께서 직접 응답해주실 줄은 몰랐는걸."

나는 귀를 틀어막은 채 입술을 깨물었다. 나는 여전히 페터와 단둘이서 이곳에 온 것에 대한 확신이 없었으므로, 초조할 수밖엔 없었다.

그때 신이 노여움을 담아 경고했다.

"내 신전에 있는 아이들과 부상자들은 누구도 건드릴 수 없다. 여기서 걸음을 돌려라."

"그렇겐 안 되겠다면?"

얘가 미쳤나. 나는 인상을 구긴 채 페터를 말렸다.

"페터, 이미 심상치 않은 일들이 계속 벌어졌는데 또 사고를 칠 셈이야? 일단 우리는 신을 좀 존중해줘야 할 필요성이 있어."

페터가 무어라 반박하기도 전에 신의 음성이 이어졌다.

"내 이름은 유다. 나는 무덤의 흙을 밟고 올라왔으며, 다친 생명들을 치유하고 보호하기 위해 나의 신성을 사용할 것이다. 이리 말해도 너희는 나에게 도전할 테냐?"

나는 혹시라도 페터가 뛰쳐나가는 일이 없도록 그의 앞을 가로막고 소리쳤다.

"저희는 그저 당신에게 몇 가지 여쭈고 싶은 게 있어서 찾아온 것뿐이에요."

"나에게?"

나는 눈살을 찌푸렸다. 페터가 뭐라고 말했더라?

"그러니까, 그, 어, 신들만 아는 지식 같은 무언가를……."

내가 더듬더듬 설명을 이어나가기 무섭게 신이 질문했다.

"이브의 열쇠를 찾는 것이냐?"

나는 너무 놀라서 눈을 깜박이지도 못했다.

"그걸 어떻게……."

내가 혼란스러워하는 사이 눈앞에서 찬란한 빛의 형체가 생겨났다. 유다가 도무지 성별을 모르겠는 짧은 머리카락의 아이로 현현한 거다. 새로운 신 유다는 맨발이었고, 은회색 머리카락은 어깨 근처에서 부드럽게 흔들렸다. 그는 꼭 버려진 고아처럼 누추한 차림새를 하고 있었다. 누더기 옷에, 목에는 마치 자살시도를 했다가 실패하기라도 했던 것처럼 밧줄로 묶였던 자국이 선명하게 남아 있었다.

그러나 그의 눈에는 무시할 수 없는 권능이 깃들어 있었다.

유다가 차분하게 말했다.

"네가 가지고 있는 책, 그건 신의 권능으로만 열 수 있도록 봉인되어 있구나."

나는 거절당할 걸 알면서도 그에게 간청했다.

"당신이 열어주시면 안 될까요?"

아니나 다를까, 그는 한겨울이 깃든 싸늘한 은색의 눈으로 나를 응시했다. 손가락으론 내 손목에 감긴 킹크랩을 가리켰다.

"내가 왜 그래야 하지? 너는 내 영역에 악마를 끌고 왔다. 게다가 그 불결하기 짝이 없는 식인 뱀은 둘째치고서라도, 너 자신 역시 루시퍼의 기운에 에워싸여 있어서 본질을 파악하기 어려울 정도야."

그때 유다의 눈에서 한차례 폭발 같은 빛이 터지더니, 페터가 비틀거렸다. 그의 눈, 코, 입에서 엄청난 양의 피가 쏟아졌다.

"나는 새롭게 태어난 신. 공교롭게도 네가 루시퍼를 칼로 찌를 때, 신들의 전쟁으로 세상에 균열이 생긴 순간 죄악 속에서 탄생했다. 그리하여 나는 결심했다. 더 이상의 전쟁을 막고, 피로 얼룩진 판데모니움을 정화하겠노라고."

나는 귀를 의심하며 반문했다. 맹세코 이런 선한 목적을 가진 신을 만나본 적이 없었으므로.

"당신한테…… 정말로 그럴 만한 권능이 있어요?"

뿌리 깊은 의혹을 보이려니 유다는 나에게 선택권을 주었다.

"……너는 내 신전으로 들어와도 좋다. 하지만 저 악마는 받아들일 수 없다. 어찌하겠느냐, 여자여?"

"저는……."

나는 페터를 곁눈질했다. 그는 쓰러진 채 숨을 몰아쉬고 있었지만, 당장 죽을 것 같진 않았다.

그리고 나는, 지안이의 가슴에 생겨난 유다의 문양에 대해서 알고 싶었다.

"들어갈게요. 저를 들여보내주세요."

"좋다. 적어도 너는 최소한의 경의를 표시할 줄은 아는군."

나는 아담의 책이 들어 있는 가방을 꼭 부여잡고서 유다를 따라 건물 안으로 들어갔다. 불빛이 없어 깜깜하고 또 눅눅한 곳이었다. 녹슨 냄새가 났으며, 종종 물방울이 떨어지는 소리도 들렸다. 그리고 사람들의 고통에 찬 신음소리도.

그때 유다가 펼친 결계 앞에서 피투성이가 된 페터가 나에게 절실한 투로 소리쳤다.

"나라면 이제라도 돌아오겠어, 자기. 아무리 선해 보인다고 해도 신은 신이야. 너는 그를 믿으면 안 돼. 언제라도 배신당할 수 있어."

"선한 척하는 악마야말로 가장 위험하지. 너는 더 이상 방해하지 마라."

유다가 감흥 없이 눈을 내리뜨자 철문이 저절로 닫히면서 페터의 모습이 완전히 보이지 않게 되었다.

나는 유다의 뒤를 따라서 희미한 빛이 비쳐드는 밑바닥을 향해 끊임없이 이어진 계단을 내려갔다. 간혹 발을 헛디딜 때면 신기하게도 그가 내 손을 잡아주어서 넘어지지 않을 수 있었다.

한동안의 침묵이 버거워 나는 입을 열었다.

"당신의 문양 말인데요, 그게 루시퍼에게도…… 새겨져 있어요."

유다가 대수롭지 않게 물었다.

"그래서 그가 불쾌하다더냐?"

나는 미간을 찌푸렸다.

"그런 건 아니지만……, 지금은 좋고 나쁘고를 말할 상태가 아니라서요."

내 말에 유다가 불현듯 걸음을 멈추었다.

그가 탄식하는 것도, 혹은 유감스러워하는 것도 같은 목소리로 나에게 재차 물었다.

"여자, 내 목소리를 듣고도 모르겠는가?"

나는 어리둥절하게 그를 따라 멈춰 섰다. 유다가 나를 똑바로 보며 입을 열었다.

"나는 분명히 '네가 루시퍼를 찔렀을 때' 태어났다고 말했다. 따라서 나는 너와 아주 밀접한 관련이 있다고도 설명할 수 있지."

"……당신이랑 저랑요?"

나는 놀랐지만, 그는 아까와 같이 무덤덤했다.

"루시퍼는 이미 예견하고 있었을 거다. 다만 무시했을 뿐."

그에게 잡힌 손이 저릿했다. 유다가 어둠 속에서도 이채를 발하는 눈으로 나를 마주보았다.

"나는 이스가리웃 유다. 너의 상실과 죄책감과 죄의식에서 태어난 부작용이다. 본래는 네 안에 있었으나, 루시퍼를 찌를 때 튀어나와 형체를 갖게 되었다."

당연하지만 나는 유다의 말을 한 번에 이해하지 못했다.

"당신이…… 내 부작용이란 말이에요?"

그저 어이가 없을 뿐이었는데, 유다가 납득한다는 반응을 보였다.

"물론 이제 너와 나는 아무런 사이도 아니다. 허나 나는 너를 존중하기로 결정하였다. 네가 루시퍼의 피를 너의 손끝에 떨어뜨리지만 않았어도 나는 태어나지 못한 채 그저 분노로만 남았을 테니까. 아무런 설명도 없이 너를 두고 사라졌던 루시퍼에 대한 분노, 실망, 그리움. 그것이 나의 원천이다. 나의 시작은 너에게서 떨어져나온 감정의 파편이라고도 할 수 있겠지."

머리가 지끈거렸다. 나는 유다의 말을 절반도 이해하지 못한 채 입을 다물었고, 유다 역시 더 이상 설명하려는 의지가 없는 듯했다.

유다가 지하실 문을 열자 아이러니하게도 책상이나 의자, 그리고 교실로 추정되는 여러 방들이 보여 왔다. 학교가 지하에 있다니. 나는 이상함을 느꼈다.

"여긴…… 학교예요?"

"내가 가라앉기 전엔 학교였었지. 구할 수 있는 사람은 구했고, 그러지 못한 자는 죽었다. 고통을 덜어주는 것 또한 내가 마땅히 해야 할 일이니까."

나는 그가 이곳을 의도적으로 숨기려고 했음을 알아차렸다.

"당신은 꽤나 확실한 사상을 갖고 계시네요. 제가 본 대부분의 신들은 그렇지 않았거든요."

"확실히 나는 별날지도 모르지. 인간이 신에 대항할 때 생겨난 존재이니까."

"……제가 그렇게 거창한 행동은 한 건 아니라고 생각하는데."

유다가 고개를 가로저었다.

"어쨌든 너는 계속 인간으로 남아 있었고, 죽어가는 사람들에게 죄의식을 느꼈다. 너는 네가 마음만 먹으면 루시퍼를 설득해서 그 사람들을 구할 수도 있었을지 모른다고 종종 생각했지. 그렇게 가정하고는 자신을 방관자라고 단정 지었다."

그가 측은한 투로 덧붙였다.

"루시퍼의 곁엔 하물며 신도 머물지 못하는데 한낱 인간인 네가 오죽하겠느냐. 나는 너의 노고를 이해한다. 하지만 부상을 입은 사람들 앞에서 루시퍼를 찬양하지는 말아줬으면 좋겠군."

"저도 그 정도 눈치는 있어요."

그러자 유다의 눈이 가늘어졌다.

"아무래도 너의 눈치라는 것은 네 의복을 완전히 배제한 모양이군."

나는 인상을 찡그리며 호화로운 성에 사는 공주님이나 입을 법한 드레스를 내려다봤다.

유다가 손가락을 튕기자 내 옷이 허름한 교복으로 바뀌었다. 블라우스와 단출한 치마, 그리고 스타킹이 전부였다.

"이건……."

"이 학교의 아이들이 입던 정해진 의복이다. 따라오너라."

그가 복도를 지나서 교실 문을 열자, 부상자들이 족히 열 명은 보였다. 그들은 유다를 발견하자마자 허리를 숙이며 경배했다.

"신이시여, 구해주셔서 감사합니다. 정말로 감사합니다!"

"신 유다에게 축복이 있기를, 아멘!"

그러나 유다는 무덤덤하게 그들의 상처를 살펴보기만 할 뿐이었다.

"너는 내일이면 움직일 수 있겠군. 너에게 신의 가호를 내려줄 터이니 무사히 가족들이 기다리고 있는 집으로 돌아가거라."

"감사합니다! 감사합니다!"

나는 그 모습을 멍하니 쳐다보다가 한 박자 늦게 정신을 차렸다.

"있잖아요, 당신은 내 '부작용'이라면서…… 왜 이렇게 착한 거죠?"

유다의 입매가 미미하게 일그러졌다.

"내가 형태를 갖출 수 있었던 건 신들의 전쟁이 몰고 온 엄청난 힘의 파동 덕분이었지만, 자아를 가지는 데엔 오로지 너의 도움만을 받았다. 나를 너의 가장 인간적이고 이상적인 감정에서 떨어져나온 새싹이라고 생각하면 편할 거야. 그리고 나는 루시퍼의 무차별적인 살상 행위에 반대하는 바다."

유다가 내 손을 꼭 잡았다. 그가 나를 물끄러미 응시했다.

"네가 인간이라는 형상에 갇혀 하지 못했던 일을 나는 할 수 있다. 나는 그러기 위해 태어났다."

나는 반쯤 미친 것 같았던 머릿속의 음성을 떠올리며 신음했다.

"……내가 내 머릿속에서 느꼈던 부작용은 훨씬 난폭하고 충동적인 것 같았는데."

"안심해도 좋다. 그런 안일하고도 무모한 부분은 여전히 네게 남아 있으니."

"……그런데 안심하란 말인가요?"

나는 어처구니가 없었다.

"아무튼 한때 너의 일부였고, 너와 동일시됐던 존재로서 충고를 하나 해주자면, 아까 그 악마와는 가까이하지 말거라."

나는 코웃음을 쳤다. 전쟁을 부르짖던 신들의 권능과 내 일부가 결합하여 세상에서 가장 선한 신이 됐다는데 이보다 기막힌 경우가 또 있을까.

"페터는 말단 악마인데도요?"

유다가 몹시 신중하게 말했다.

"가장 작은 자라도 품을 수 있는 욕망의 크기는 무한한 법이지. 너의 부작용에 불과했던 내가 신으로 태어날 수 있었던 건 그야말로 크나큰 우연이자 기적이었다. 하지만 기적은 한 번으로 족해. 두 번은 필요 없다."

그가 나를 잡아당겨서 자신과 눈높이를 맞추게 했다.

"유리."

유다는 아무렇지 않게 나와 이마를 맞댔다. 그러고는 가만히 한숨을 내쉬었다.

"너는 정말로 위험한 사랑을 하고 있구나."

나는 정말로 어떻게 반응해야 할지 몰랐다.

"……다들 저한테 그렇게 말하던데요. 아이온은 아예 저를 일찍 죽여주지 못해서 미안하다고 했었죠."

"그만큼 신들 사이에서도 루시퍼가 악랄하기로 유명하단 뜻이겠지."

"왜 아니겠어요."

……그래도 빨리 깨어났으면 좋겠는데. 할 얘기도 많고. 걱정도 되

고.

그 이후 나는 얼떨결에 유다를 따라 반나절 가까이 부상자들의 치료를 도왔다. 그나마 내가 보일 수 있는 최소한의 도리였다. 그러나 한숨도 자지 않아서인지 금세 피로가 몰려왔고, 나는 결국 피 묻은 붕대투성이의 방에서 잠시 휴식을 취했다.

유다는 참 이상한 신이었다.

부랑자 같은 차림새를 하고, 사람들을 보살피고 자연을 치유하고……

내가 막 잠에 빠져들려는 순간 붕대를 질경질경 씹던 킹크랩이 화들짝 놀라 몸을 꼿꼿하게 세웠다. 감각이 예민한 자만 느낄 수 있을 듯한 지진이 땅 밑에서 빠르게 다가왔다. 처음 몇 분 동안은 그게 무슨 전조인지 몰랐다.

나는 교복에 달린 리본을 어설프게 묶다가 킹크랩보다 화들짝 놀라고 말았다.

― 지금 당장 유리를 돌려주지 않으면 네가 복원한 모든 것들을 파괴시키겠다. 가짜 신 주제에, 아니…… 잡종이라는 말이 더 어울리겠군. 인간의 자아에 신의 육체를 가졌으니 그야말로 잡종이 아니겠느냐? 그나마 내가 너를 보자마자 벌하지 않은 건 불미스럽게도 네가 유리와 관련되어 있기 때문이다.

지안이의 교만한 음성이 건물 전체에 울려 퍼졌다.

― 긴 말은 낭비다. 유리를 짐의 앞으로 데리고 와라. 그렇지 않으면

너를 태어나기 이전으로 돌려주지.

　나는 번쩍 일어나서 입구를 향해 달려나갔다.

　내가 막 밖으로 통하는 계단을 올라서려는 찰나, 누군가 나를 확 잡아서 끌어당겼다.

　"너, 네가 루시퍼가 찾는 사람이야?"

　그 재투성이 여자아이는 나와 똑같은 교복을 입고 있었다. 나는 고개를 끄덕였다. 그러자 여자아이의 얼굴이 새하얗게 질렸다.

　"그렇다면 얼른 도망쳐야지 왜 밖으로 나가려는 거야! 너 미쳤어? 루시퍼한테 붙잡힌 사람들이 어떤 꼴을 당하는지 몰라서 이래?"

　"하지만……."

　그녀는 내가 말할 여지도 주지 않고선 하이 톤의 목소리로 쏘아붙였다.

　"반항하지도 않고 죽을 생각을 먼저 하는 멍청이가 어딨어? 따라와, 지하수로를 통하면 어떻게든 도망칠 수 있을 거야."

　나는 인상을 찡그렸다. 늘 그래왔지만 나는 나를 도와주려는 사람들이 신기하고 이상할 따름이었다.

　"그러다 너까지 위험해지면?"

　그녀가 도리어 어처구니없다는 듯이 입을 벌렸다.

　"지금 남 걱정할 상황이니? 나는 믿는 구석이 있으니까 걱정 마."

　"믿는 구석이라니? 잠깐만, 난 정말로 돌아가야……."

　그녀는 달리는 속도를 줄이지 않으면서 앞머리를 올려 이마를 보여주었다. 거기엔 유다의 표식이 아주 선명하게 새겨져 있었다. 마치 달군 쇠로 지진 것처럼.

그녀가 자부심을 담아 말했다.

"이거. 이래봬도 난 유다 님이 선택한 성녀야. 이곳에 머무는 모든 사람들을 지켜야 할 의무가 있어."

"성녀? 그러니까…… 마리아 같은?"

내 말에 그녀가 모욕을 당한 표정을 지었다.

"나를 그런 저급한 성녀랑 동급으로 취급하진 말아주겠어? 마리아는 마녀라고 불리다가 죽은 뒤에야 겨우 성녀의 반열에 오른 사람이잖아. 거기다 그녀는 다름 아닌 아스트라의 성녀였다구. 그 여신이 유다 님의 절반만이라도 이 세계에 신경을 썼다면 루시퍼가 저렇게 활개치지도 못했을 거야."

판데모니움에 처음 왔을 때 나는 마리아밖에 의지할 상대가 없었으므로, 마리아를 욕하는 말이 좋게 들리진 않았다. 거기다 다른 신들도 지안이한테 기겁을 하는 걸 보면 딱히 그렇지도 않은 것 같은데…….

내가 그녀에게 끌려가다시피 더 깊은 지하굴로 향했을 즈음, 그녀가 슬며시 입을 열었다.

"……그런데 말이야, 왜 루시퍼가 네 이름까지 언급하면서 저렇게 찾는 거니?"

나는 그녀의 무식한 힘에 질려서, 그리고 지안이의 티끌 같은 인내심을 알기에 바른 대로 털어놓았다.

"내가 쟤랑 결혼했거든. 그러니까 쟤가 여기 있는 사람들을 다 죽여버리기 전에 이것 좀 놓지그래?"

그제야 그녀가 걸음을 멈췄다. 그녀의 눈이 휘둥그레졌다.

"……뭐? 너 방금 무슨…….."

나는 그녀의 손에 잡힌 내 손목을 비틀어 뺐다. 지금 당장 이 습하고

347

무거운 공기가 내리깔린 곳에서 나가고 싶은 마음뿐이었는데, 그녀는 신의 은총을 입은 성녀답게 몹시 똑똑했고 생각을 정리하는 게 빨랐다.

그녀가 조그맣게 중얼거리는 소리가 내게도 들렸다.

"그렇구나……, 루시퍼가 인간 여자한테 빠졌다는 소문이 간혹 들려오긴 했지만 다들 우스갯소리라고 생각했었는데……. 그게 사실이라면……."

그녀의 눈이 순식간에 적의로 물들었다. 그녀의 태도가 순식간에 변하리라고는 예상했으나, 그녀가 곧장 내 멱살을 잡더니 품에서 단검을 꺼내 나를 찌를 줄은 몰랐다.

나는 본능적으로 팔을 올려서 어설프게나마 방어했고, 덕분에 내 팔에 긴 상처가 났다. 정말로 길고, 깊은 상처였다.

내가 비명을 지르는 것도 무시한 채 유다의 성녀가 내 목을 졸랐다.

"그럼 넌 어째서 여기에 있지? 우리가 얼마나 비참하게 사는지 구경이라도 하려고 왔어? 아니면 내가 몇 번이나 강간당했는지 물어보려고 왔니, 이 비열한 겁쟁아?"

그녀의 목소리가 지하굴 전체에 울려 퍼졌다. 그녀는 욕설을 퍼부었고, 칼을 몇 번이고 더 휘둘러서 내 몸에 깊은 상처를 냈다. 내 피가 썩은 물이 고인 바닥에 떨어졌다. 그녀는 마치 오랜 훈련을 받은 암살자처럼 재빨랐다.

나는 고통을 느낄 겨를도 없이 다음 공격을 대비해야 했고, 다행히 내가 그녀의 칼에 난도질당해 죽기 전에 유다가 모습을 보였다.

"유리는 내가 데려왔어."

유다의 음성은 지극히 침착했다. 나는 가까스로 숨을 들이마셨다.

"……유다 님?"

손목부터 팔꿈치까지 이어진 상처가 한눈에 보기에도 꽤 깊었다. 목부터 배꼽 바로 위까지 길게 그어진 상처도. 나는 그녀의 시선이 유다에게 옮겨간 틈을 타 왔던 길로 뛰었다.

"거기 서!"

너 같으면 서겠냐! 나는 이를 갈며 지하수도를 내달렸다. 하지만 스며드는 빛이 너무나도 부족했으므로, 얼마 못 가서 울퉁불퉁한 바닥에 넘어지고 말았다.

답답한 공기와 썩은 냄새, 그리고 온몸에 가해지는 충격이 정신을 흐릿하게 만들었다. 그럼에도 내가 포기할 수 없는 건, 어떻게든 앞만 봐야 하는 건, 서둘러 돌아가지 않으면 지안이가 무슨 짓을 할지 몰라서였다.

솔직히 나도 내 남편이 썩 제정신인 것 같진 않았다.

"윽, 진짜 너무 아파."

나는 똑바로 일어서 보려고 애쓰며 도통 출혈이 멎지 않는 팔을 부여잡았다. 그때 내 옆에서 벌레들이 기어 다녔다. 심지어 생쥐도 있어!

"꺅! 꺄아악!"

신이 난 킹크랩이 내 주위를 얼쩡거리는 생쥐를 통째로 삼키려고 드는 반면, 나는 바퀴벌레와 지네 같은 것들이 기어 다니는 소리를 듣고 미친 듯이 비명을 질렀다. 온몸에 소름이 돋았다.

"나 여기서 나갈래! 지금 당장!"

그때 황금색의 아주 기이한 뱀들이, 그러니까 핏줄 혹은 신경계라고도 할 수 있는 기하학적인 회로들이 나에게 뻗어오기 시작했다 이윽고 그것이 나를 집어삼키더니…… 어느 순간 나는 건물 옥상에 있었다. 까마득한 지하에선 상상할 수도 없었던 말간 하늘이 보였고 지안이가 보였다.

지안이가 내 뒤에 선 유다에게 교만한 투로 말했다. 유다는 내 피로 점철된 칼을 든 성녀와 함께였다.

"내 것은 돌려받았다. 나도 이에 상응하는 답례를 하지."

유다가 천천히 앞으로 걸어 나왔다. 그는 대기 위를 자유롭게 거닐었다.

"나는 너의 무차별적인 살상행위를 지켜볼 수밖에 없었던 유리의 죄책감에서 태어난 신 유다. 그러므로 너의 답례는 거절하겠어. 너는 이곳에서 아무도 죽일 수 없을 거다. 그게 내가 존재하는 이유니까. 네가 오로지 파멸을 위해 존재하듯이."

존재하는 이유…….

유다와 루시퍼의 극명한 사상의 차이를 직접 목격하고 나자 현실에 눈을 뜨지 않을 수 없었다. 지안이는 분명 내 남편이었지만, 그것이 그의 잔혹한 행위를 감쌀 명분이 되진 않았다. 그는 아주 큰 죄를 범했고, 다른 신들까지 죽였다. 아니, 구태여 신들까지 염려할 필요는 없다.

나는 그저, 나와 비슷한 나이대의 여자아이가 성녀라는 짐을 지고 악 받친 목소리로 나를 증오하던 걸 떠올렸다.

유다의 성녀는 여전히 나를 바라보고 있었다. 갈색빛이 감도는 그녀의 눈이 나에게 그렇게 속삭이는 듯했다.

'너는 편하게 살아서 좋겠구나. 그저 루시퍼한테 매달리기만 하면 모든 게 해결되니까.'

나는 입술을 깨물며 지안이를 밀치고, 유다의 결계 안으로 뛰어들어갔다. 그의 결계는 인간을 비롯한 동식물에게 어떠한 해도 입히지 않았다. 단지 루시퍼를 막기 위한 용도일 뿐.

온몸이 내가 흘린 피로 범벅이었다. 나는 비틀거리며 입술을 깨물었다. 억지로 고개를 고정시켜 나에게 의문 어린 시선을 보내는 지안이를 응시했다.

"지안이 너 계속 이런 식으로 굴 거니? 내 몸에서 나오는 피는 중요하고 다른 사람들의 피는 중요하지 않아? 물론 너라면 그렇겠지. 내가…… 내가 대답을 들을 필요도 없는 질문을 했어."

상응하는 답례라고? 그게 도대체 뭔데?

또 다른 살인?

또 다른 학살?

또 다른 지배?

"너랑 나랑 진짜 최악인 거 알지?"

나는 결혼반지를 빼서 주머니 속에 집어넣었다. 눈에 고인 눈물이 당장이라도 떨어질 것만 같았다.

"이건 정말로 뭔가 아닌 것 같아. 저 너머에서 죽어가는 수많은 사람들…… 그리고 이미 죽은 사람들. 나는 지금도 너를 사랑한다고 분명하게 말할 수 있지만, 이건 정말 아니야. 정말 단단히 잘못됐다고."

나는 그동안 부정하고 잊으려 애썼던 단 하나의 진실을 입 밖으로 뱉었다.

인정하는 순간, 절대로 돌이킬 수 없는 인과가 나를 덮칠 것이라는 사실을 알면서도.

이제는 더 이상 외면할 수 없었다.

"고작 나 하나 때문에 10년 동안 학살을 벌였다고? 그런데 아직도 누군가를 죽이고 싶은 마음이 드니?"

"……고작이라고?"

지안이가 삐딱하게 고개를 틀었다. 나는 주먹을 쥐었다. 그러자 피가 더 많이 새어나왔지만, 그것에 신경을 쏟는 건 지안이밖에 없었다.

나는 지안이가 내 상처를 상당히 못마땅하게 여기는 것도 무시한 채 소리쳤다.

"넌 미쳤어! 넌 내가 감당하기 너무 벅차다고! 난…… 어떻게든 한순간이라도 눈앞의 풍경을 외면하지 않으면 내 정신이 무너져내릴 것 같았어. 저들은 모두 나 때문에 죽은 거잖아. 네가, 나를, 잊지 못해서."

아주 머나먼 사람들이 보기엔 참으로 로맨틱한 사랑일지도 모른다.

하지만 이건 사랑으로 포장할 수 있는 것이 아니었다.

"언제는 나만 있으면 된다며? 그러니까 다른 것들은 어떻게 되든 너랑은 상관없는 거잖아. 왜 화를 내?"

"넌 나를 사랑하지만, 결코 존중하지는 않지. 그게 너의 가장 큰 문제야. 그리고 나의 가장 큰 문제는, 어느샌가 너의 그런 방식에 길들여져서 나 스스로 생각하고 행동하기를 포기했다는 거야. 난 마치 너의 특별한 애완동물처럼……."

나는 절망적으로 울음을 터뜨렸고, 지안이는 무미건조하게 말했다.

"그만해. 더 지껄이지 않아도 충분히 기분 잡쳤으니까."

갑자기 그가 유다의 결계에 손을 댔다. 그의 손에서 연기가 피어오르는가 싶더니 옷이 전부 타버렸다. 그러나 거기서 그치지 않고 지안이의 피부에 화상이 생기면서, 피와 살갗이 떨어지기 시작했다. 유다는 그 광경을 그저 지켜보고만 있었다.

나는 울면서 그에게 속삭였다.

"지안아, 사람은 한번 죽으면 돌아오지 않아. 설혹 네 능력으로 죽음을 뒤엎을 수 있다고 하더라도 그 상처는 절대 사라지지 않아. 이젠 얼굴도 기억나지 않는 우리 부모님처럼……, 그런데도 생각할 때마다 미친 듯이 화가 나고 그리워지는. 나는 그 사실을 너무나 잘 알고 있었는데, 그랬는데……."

나는 고개를 푹 숙였다. 아무리 호흡을 가다듬어도 흐느끼게 되었다.

그동안 외면하고 있었던 절망의 무게란.

"내가 너를 너무 사랑해서 이곳의 처참한 풍경 따윈 보고 싶지 않았어. 피해자들을 피해자들로 보지 않았고 가해자들을 가해자라고 여기지 않았어. 나는 그냥 네가 해주는 달콤한 말만 들으면서 살고 싶었어. 이곳이…… 내가 태어난 곳도 아닌 세상 같은 건…… 어떻게 망가지든 나랑은 상관없는 일이라고 여기면서…… 그렇게 안온하게. 비열한 겁쟁이처럼."

나만 좋으면 어떻게 되든 상관없다고?

지안이를 만났으니 온 세상 사람들이 싸그리 몰살당해도 그걸로 족하다고?

……내가 생각해도 정말 병신 같은 논리였다.

그때 지안이의 팔이 결계를 뚫고 들어왔다. 나는 지안이가 무슨 행동을 할지 몰라 숨을 들이켰으나, 지안이의 손은 내 손을 잡기만 했을 뿐 끌어당기지 않았다. 나는 오히려 그런 그의 행동에 강한 충격을 받았다.

"세상에…… 나는 너를 만난 뒤로 아무것도 하지 않았어. 너를 바꾸려는 그 어떤 시도조차 하지 않았단 말이야."

다만 그는 내 상처를 치료해주고는, 어쩐지 슬픈 듯이 눈을 내리뜨다가 사라져버렸다.

나는 지안이의 온기가 남은 손을 가슴에 댔다. 더는 서 있을 힘도 없어서 그만 옥상 아래로 추락할 뻔했는데, 아이러니하게도 비틀거리는 나를 잡아준 건 다름 아닌 유다의 성녀였다.

재투성이 여자아이. 하지만 그녀의 눈은 마치 별빛이 깃든 것처럼 선명했다.

그녀는 나를 거의 내던지다시피 했고 나는 그녀의 우악스러운 손길에 경악했다. 정말 장난이 아니었다.

그 여자아이는 바닥에서 한참동안이나 미끄러진 나를 오만하게 내려다보며 입을 열었다.

"유다 님에게 너에 대해서 들었어. 아주 조금뿐이지만. 너, 다른 세계에서 왔다지?"

나는 가까스로 상체를 일으켜 세웠다. 손으로 바닥을 짚고 숨을 고르려니 그녀의 그림자가 내 위로 드리워졌다.

그녀가 딱딱하게 말을 이었다.

"내 이름은 에스테르. 도금양나무라는 뜻이야. 루시퍼의 교만하고 번지르르한 낯짝을 다시는 보고 싶지 않으니까 너도 같이 내려가줘야겠어."

누가 누구더러 교만하다는 건지. 에스테르는 일방적인 통보를 남기고 아래층으로 내려갔다. 나는 짜증스럽게 그녀의 뒷모습을 노려보다가, 다른 방도가 없어 한숨짓는 유다를 뒤로하고 그녀를 따랐다.

에스테르가 입힌 상처는 지안이가 모두 치료해줬지만, 아직도 찔린 부위가 욱신거리는 듯했다. 나는 주머니에 집어넣은 결혼반지를 억지로 잊으려 했다.

에스테르는 빈 교실로 들어갔다. 그녀가 책상에 앉더니 맞은편 책상을 향해 내 손바닥만 한 작은 단검을 던지자, 책상이 그야말로 박살 났다. 나는 교실 문을 닫으며 인상을 찡그렸다.

"……어떻게 그럴 수 있는 거야?"

에스테르가 나를 힐끔 보았다. 그녀는 또 하나의 책상을 부숴버리고는, 짐짓 가볍게 입을 뗐다. 그러나 이어진 그녀의 말은 결코 가볍게 들을 사안이 아니었다.

"이유를 알고 싶니? 나는 부모님과 오빠들이 악마들한테 살해당하는 동안 비열하게 혼자 도망치고, 사람 하나 잘못 믿어서 성노예로 팔려 왔어. 나는 여덟 명의 남자들한테 윤간당한 적도 있어. 참 지옥 같았지. 내가 그들을 하나씩 썰어서 사냥개들의 먹잇감으로 주기 전까진 말이야."

조준할 책상이 더 이상 남아 있지 않자 에스테르는 계속해서 작은 단검을 벽에 던졌다. 그럴 때마다 벽에 엄청난 균열이 생겼지만 에스테르는 아랑곳하지 않았다.

"난 절대로 사람을 믿지 않아."

나는 피투성이가 된 교복 블라우스 단추를 풀면서 물었다.

"사람 하나를 잘못 믿었다는 건 무슨 의미야?"

의외로 그녀는 순순히 대답했다.

"내 친구……였던 사람. 자기가 죽기 싫어서 나를 내다 팔았지. 그건 그렇고 아쉽네, 난 너한테 십자가모양의 근사한 흉터를 만들어주려고 했는데. 네 가슴과 배를 난도질해서."

나는 코웃음을 치며 벗은 블라우스로 손을 닦았다.

"지금이라도 늦지 않았어."

그녀는 내가 입은 실크 캐미솔이 심히 마음에 안 든다는 듯 입술을 비틀었다.

"싫어. 넌 세상에서 가장 불결한 존재야. 유다 님의 말씀을 듣고서 더더욱 확실해졌어. 너에게 닿기만 해도 오염되는 것 같아."

나는 블라우스를 그녀에게 던졌다.

"상냥하기도 하지."

그녀가 순식간에 내 피투성이 블라우스를 단검으로 잘라버리면서 발끈했다.

"지금 비꼬는 거야?"

"그럼 내가 여기서 할 수 있는 게 달리 뭐가 있겠어? 저 불쌍한 벽 대신 네 과녁이 되어주는 것? 필요하다면 말만 해. 성심성의껏 너의 인육파이가 되어줄 테니까."

악의를 담아 말하려니 에스테르가 내 멱살을 잡고 거세게 벽으로 밀어붙였다. 척추가 부서지는 듯한 충격이 뇌리를 강타했다.

에스테르가 으르렁거렸다.

"닥쳐! 너 같은 건 사람도 아니야! 네가 사람이라면 어떻게 그럴 수 있어! 어떻게 우리를 내버릴 수가 있냐고! 루시퍼와 그렇게 가까이 닿아 있으면서…… 왜 그를 말리지 않았지?"

"그러는 너는 왜 네 가족들하고 같이 뒤지지 않았는데? 왜 도망쳤어?"

"……제발 둘 다 그만해줘."

유다가 난처한 기색으로 중얼거리며 나타났다. 나는 이를 갈며 에스테르를 밀쳤다.

"왜 나를 여기로 데려와서 저런 개 같은 여자랑 만나게 한 거야?"

내가 따져들기 무섭게 에스테르도 분에 겨워 소리쳤다.

"인간의 죄책감에서 태어난 신이라고? 가당치도 않아! 당신이 계시를 내릴 때 받아들이는 게 아니었어!"

나는 핏덩이가 엉겨 붙은 머리카락을 쓸어올리며 재차 빈정거렸다.

"가당치 않다고? 막상 유다로부터 받은 힘으로 복수했을 땐 좋아죽었을 텐데 뭐가 문제람?"

이제 에스테르는 눈빛만으로 나를 죽일 기세였다.

"뭔가 착각하나 본데, 내가 너를 찌르고 두들겨 패는 동안엔 유다님의 힘을 전혀 사용하지 않았어. 그러니까 나한테 덤빌 자신 없으면 이만 입 닥치고 자살해버리지그래?"

나는 적어도 그녀와의 말싸움에서 질 생각은 추호도 없었다.

"벌써부터 치매가 왔니? 아까 옥상에서 떨어질 뻔한 나를 구한 건 너야."

유다가 나와 에스테르를 번갈아 보며 한숨을 쉬었다.

"둘이 상당히 죽이 잘 맞는……."

그 말에 나와 에스테르는 경악해서 동시에 소리쳤다.

"지랄!"

"……구나. 다행스럽게도. 늦었지만 소개시켜줄게. 유리, 이쪽은 내가 계시를 내린 첫 번째 인간이자 성녀인 에스테르 슐 살라자르. 지금은 멸망한 왕국의 공주야. 그리고 에스테르, 넌 내 계시를 순순히 받아들이지 않았잖아."

망국의 공주님이라니. 나는 눈알을 굴렸고 에스테르는 혀를 내두르며 신경질을 부렸다.

"그런 것까지 설명할 필요는 없거든요? 쟤한테 구질구질하게 보이고 싶지 않아요."

흥. 나는 팔짱을 꼈다. 불행 배틀이라면 나도 꽤나 할 말이 많았다.

"진짜 구질구질한 게 뭔지 알려줘? 결혼식 당일 신랑한테 버림받는 거야. 백 명의 하객들이 비웃는 소리는 덤이고 말이지. 그리고 난 부모님의 얼굴도 몰라. 초등학생들이 장난삼아 돌려보다가 경찰한테 뺏긴 사망 직후의 사진을 훔쳐보긴 했는데 어디가 얼굴인지 구분할 수가 없었거든. 워낙 피에 젖고 절단된 부분이 많아서…… 음, 숙모는 교통사고라고 하셨지."

"……유리의 소개는 내가 하지 않아도 되겠어."

유다가 머쓱하게 입을 다물자 에스테르가 인상을 썼다.

"교통사고? 사진이란 건 또 뭐야?"

나는 에스테르가 또 내 멱살을 잡기 전에 친절하게 설명해주었다.

"교통사고는 마차를 탄 사람들끼리 들이받는 거고 사진은 너한테 아주 재밌는 걸 보여준다면서 부모님의 시신을 들이미는 것 같은 거야."

에스테르가 욕을 뱉었다.

"쓰레기들 같으니."

나는 순간 내가 미쳤나 싶었다.

"……지, 지금 날 위로해주는 거야?"

에스테르가 미친년을 보듯이 나를 응시하며 빽 소리쳤다.

"무슨 헛소리야! 아무튼 너, 유다 님도 있고 하니 죽이진 않겠지만 이미 이 시설 사람들은 전부 네가 루시퍼의 여자라는 걸 알아버렸어. 곧 있으면 돌로 처맞을 텐데 어쩔 셈이지?"

나는 눈알을 굴렸다.

"안타깝지만 난 루시퍼와 결혼했을 뿐이지 성녀인 건 아니라서. 던지면 맞거나 피하는 수밖에 더 있어?"

"개 같은 년. 언제까지 빈정거리나 보자."

나는 어이가 없었다.

"……이번 건 빈정거리는 거 아니야. 설마 나를 죽이려드는 사람이 고작 너랑 이곳 사람들뿐이라고 생각하는 건 아니겠지? 드래곤들도 나를 못 잡아죽여서 안달인데?"

나는 지안이를 만났던 장소이자 드래곤들에게 납치를 당했던 리하르트를 떠올렸다. 그곳에선 마리아가 나를 지켜줬는데 지금 내 곁에 있는 건 입을 벌리고 자는 킹크랩밖에 없었다. 얠 유기할 수만 있다면 꼭 그러고 싶은데 말이지.

그때 유다가 조심스럽게 입을 열었다.

"유리, 말이 나와서 말인데…… 너에게 꼭 전할 말이 있어. 아무래도 너는 아직 모르는 것 같아."

나를 주시하는 유다의 시선이 너무나도 투명해서, 에스테르의 말처럼 내가 그를 오염시키기라도 하는 것 같아서 도리어 나는 심술 맞게 대꾸했다.

"뭐를?"

"나는 너의 죄책감에서 태어났어. 내가 자아를 가질 수 있었던 건 네가 차원을 뛰어넘으면서 생긴, 누구도 예상치 못한 부작용 덕분이었지. 그리고…… 너의 다른 감정의 잔재는 아직 남아있어."

내 목소리가 날카로워졌다.

"당연히 난 모든 감정을 느껴. 저런 성격파탄자가 성녀랍시고 나한테 독설을 퍼붓는데 왜 안 그러겠어?"

"야!"

에스테르가 버럭 성을 냈지만 다시 덤벼들진 않았다.

"평범한 감정을 말하는 게 아니야. 예컨대 네가 드래곤들을 죽였을 때 느꼈던……."

응? 나는 눈을 치켜떴다.

"잠깐만, 누가 드래곤들을 '죽였다고'?"

유다가 내 손을 잡으며 조곤조곤하게 말했다.

"진정해, 유리."

나는 기억을 더듬어갔다. 당시 나는 드래곤들에게 붙잡혀 고문당했었다. 급기야 그들 중 하나가 나를 자극하겠답시고 내 결혼반지를 부숴버리기도 했다.

그리고 암전.

다시 정신을 차렸을 땐 주위가 피바다였고…….

그게 마리아의 짓이 아니었다면?

기억의 실타래를 풀어갈수록 당시에 마리아가 유독 당황했던 게 떠올랐다.

세상에. 나는 뒤로 물러서며 비틀거렸다.

"루시퍼 이외에 또 다른 시한폭탄이 있고, 그게 하필 나라는 말을 들었는데 어떻게 진정할 수 있겠어? 혹시 나 정신병 걸린 거야?"

나는 당황스럽게 유다를 쳐다봤다. 그러나 그는 내가 원하는 대답을 주지 않았다. 오히려 이런 반응이 돌아올 줄 알았다는 듯 지극히 차분했다.

"……혼란스럽게 해서 미안해. 조금 쉬는 게 좋겠어. 나중에 얘기해도 괜찮으니까."

머릿속이 무너지는 것 같았다.

"하나도 안 괜찮아! 내 손이 피범벅이라고!"

나는 블라우스로 닦았음에도 불구하고 아직 핏자국이 희미하게 남은 내 손바닥을 내려다보았다. 내가 흘린 피가 병균처럼 혐오스러웠다. 보는 것만으로도 역겨운 오물처럼.

손이 떨렸다. 내가 눈물 고인 눈으로 주먹을 쥐자 유다가 에스테르에게 지시했다.

"에스테르, 사람들이 이곳으로 오지 못하게 해줘. 유리를 진정시켜야겠어."

하지만 나는 나 스스로도 나를 제어할 수가 없었다.

이 절망을.

"난…… 나는 도대체 몇 명을 죽인 거야? 마리아가 나를 지키기 위해 죽였던 사람들까지 포함하면 도대체 얼마나…… 얼마나…….""

에스테르가 나갔고, 어느새 나와 엇비슷하게 키가 커진 유다가 나를 부드럽게 끌어안았다.

"걱정하지 마. 무서워하거나 불안해하지도 마. 유리야, 네가 가지고 있는 죄책감은 전부 내가 가져갈 테니. 그건 오로지 내가 짊어져야 할 몫이니까."

나에겐 그의 말이 들리지 않았다.

오로지 내 손에 묻은 피와, 얼룩 한 점 없이 깨끗했던 유다의 의복을 더럽히는 내 피가 보일 뿐이었다.

"흐흑…… 나 너무 무서워……."

"네 잘못이 아니야."

"내 잘못이야."

나는 흐느끼며 유다의 말을 부정했다. 하지만 유다는 부드럽고도 단호했다.

"길을 잃은 영혼들, 악마에게 사로잡힌 영혼들은 모두 내가 책임지겠어. 나는 너에게서 빠져나와 신에 준하게 됐지만, 유리 너는 그냥…… 평범한 인간이야. 그리고 모든 사람들은 너무나 쉽게 분노에 붙들리고, 반드시 절망에 빠져. 그래도 항상 시간이 모든 걸 해결해주지."

방금 전까지만 해도 나를 증오하는 에스테르와 함께였으므로, 나는 유다의 낙관적인 말에 동의하지 못했다.

그는 짧은 뜸을 두었다가 입을 열었다.

"내가 왜 에스테르를 곁에 두었는지 알아?"

"……아니."

약간 차가운 유다의 손이 내 뺨에 닿았다. 그 순간 가벼운 바람이 일면서…… 나를 물들였던 피가 완전히 사라졌다.

유다는 내가 더 고개를 들게 했다.

"나는 네가 자기혐오로 인한 절망에 빠지길 바라고 루시퍼가 망가뜨린 세계의 단면을 보여준 게 아니야. 나는 에스테르를 꼭 너한테 소개시켜주고 싶었어. 또 에스테르에게 너를 소개시켜주고 싶었고. 너희들은 나의 가장 소중한 사람이니까."

그가 무척이나 다정하게 웃어서 나는 더 이상 아무것도 생각하지 못하게 되었다. 어째서인지 그는 시간이 지날수록 더욱 인간적으로 변해가는 듯했다.

너무나 따스하게.

"괜찮아, 유리야. 우리에겐 아직 기회가 있어."

나는 물이 새는 교실에서 하룻밤을 지샜다. 동이 틀 즈음 책상에 엎드려서 꾸벅꾸벅 조는데 에스테르가 나를 의자에서 밀어 떨어뜨렸다.

그것도 발로 차서!

"야, 너한테 뭐 왔어."

"이런 미친…… 나보다 성질 더러운 년아!"

나는 바닥에서 두 바퀴를 굴렀건만 에스테르는 눈 하나 깜짝하지 않았다.

"그거 진짜 최강의 욕인데. 어쨌든 이거나 받아. 너의 낯짝만 번지르르한 남편께서 보내신 선물이시란다. 눈물겨워서 도저히 못 봐주겠다. 난 토하고 온다."

에스테르가 헛구역질을 하며 밖으로 나가는 동안 나는 얼떨떨하게 꾸러미를 열었다. 안에는 옷을 비롯하여 내가 가장 좋아하는 간식이 들어 있었다.

이건…… 무슨 의미지? 나는 옷가지를 보낸 것이 이제는 자기도 나를 포기했다는 의미인지 뭔지 몰라서 당황했다. 아예 짐을 챙겨준 건가? 다시는 돌아오지 말라고?

그러나 크리스마스 선물꾸러미는 다음 날에도, 그 다음 날에도 곱게 포장된 채 유다의 결계 앞에 놓여 있었다. 엿새째 되는 날에는 기어이 에스테르도 포기했다.

그녀는 지안이를 증오하면서도 매일같이 내 선물을 배달했는데, 딱히 나를 신경 써서가 아니라 그저 나를 발로 차서 깨우고 싶은 마음에서 우러난 친절 같았다.

"저렇게 멋있고 찌질하고 낭만적이고 병신스러운…… 사랑은 처음 본다. 남편 잘 둬서 좋겠어. 완전 노예 수준으로 헌신적인걸?"

"시끄러워."

나는 동그란 초코볼을 몇 개 씹어 먹고는, 에스테르에게도 던져주었다. 처음엔 루시퍼가 주는 건 구더기보다 못하다고 하더니, 이제는 잘만 받아먹었다. 심지어 어젯밤엔 에스테르의 유일한 옷인 교복을 세탁하는 동안 내 잠옷을 빌려 입기도 했다.

우리는 부상자들을 돌보면서 그럭저럭 친해지고 있었다. 물론 이곳 사람들은 나에게 적개심을 보였지만, 유다가 언질을 했는지 직접적인 폭언이나 폭력을 가하지는 않았다. 그리고 그들을 돌보고 나면 항상 피투성이가 되어서, 나는 아침마다 새 옷을 보내주는 지안이에게 깊은 고마움을 느낄 정도였다.

어쨌거나, 나는 이곳에서 그 어느 때보다 바쁜 나날을 보내고 있었다. 그날, 유다가 비밀스럽게 주었던 힌트 때문이었다.

「이브의 열쇠는 이곳에 있어. 하지만 네가 직접 찾아야 해.」

「그걸 어떻게 찾는데? 그냥 네가 주면 안 되는 거야?」

나는 보물찾기 놀이를 싫어했다. 그때 유다는 다급해하는 나를 진정시켰다.

「분명 그건 신의 권능으로 만들어졌다. 거기에 의심의 여지가 없어. 그러나 신이라는 이유로 누구나 얻을 수 있는 지식이었다면 다른 신들이 서로 소유권을 주장했겠지. 아담의 책에 뭐가 쓰여졌는지는 아무도 몰라. 루시퍼는 뭔가 짐작하고 있을지도 모르겠지만, 악마한테 책을 넘긴 걸 보면 이 추측도 불확실해.」

나는 눈을 가늘게 뜨고선 유다를 추궁했다.

「그런데 너는…… 태어난 지 얼마 되지도 않았으면서 어떻게 이브의 열쇠를 갖고 있는 거지?」

나는 그날 처음으로 유다의 장난스러운 미소를 보았다.

「내가 이곳에 숨겨둔 게 아니야. 그게 너한테 이끌려 왔을 뿐이지.」

「무슨 말인지 모르겠어.」

「너라면 분명히 찾을 수 있을 거다. 난 너를 믿어.」

그 이야기를 나눈 뒤로 유다와 단둘이 있을 만한 기회는 좀처럼 생기지 않았다. 그는 늘 바빴고, 문득 사라졌나 싶으면 어느새 부상자들이나 다친 동물들을 데려와서 치료에 집중하곤 했다. 옥상에서 바라본 지평선은 점차 울창해졌으며, 싱그러운 녹빛이 푸르게 여물었다. 유다가 말하길 루시퍼와 그를 따르는 악마들이 일제히 인간 사냥을 중단했다고…… 경계 너머 깊은 곳 어딘가로 모습을 감췄다고 했다.

그날도 나는 이브의 열쇠를 찾으러 반쯤 무너진 학교를 뒤지다가 지쳐서 잠에 빠져들었다. 오늘 건진 수확이라고는 누군가 버린 듯한 녹슨 귀걸이와 커다란 못, 킹크랩이 먹어치운 세 마리의 들쥐뿐이었다. 그리고 수로에 사는 경계심 심한 비쩍 마른 강아지도 만났는데, 킹크랩이 잡아먹으려고 해서 나는 지안이가 준 음식들 중 일부를 내려놓은 다음 멀찍이 떨어졌다. 다행히 시간이 지나자 강아지는 내가 일부러 떨어뜨린 음식을 조금 먹어주었다.

고단한 나날이었다. 지안이의 성에서 살 때하고는 비교도 안 되는 환경이, 코끝을 떠나지 않는 피와 녹슨 냄새가, 물이 떨어지는 소리가 나를 신경질적으로 만들었다. 더군다나 이 건물은 무너지기 직전이었던 걸 유다의 힘으로 억제시킨 것이어서, 다소 비뚤고 기형적인 구조를 갖고 있었다.

"……없지?"

"……아무도 없어. '그것' 말고는."

여러 명이 수군거리는 소리에 나는 불현듯 눈을 떴다. 그때 교실 문이 열리더니, 내 눈이 어둠에 익숙해지기도 전에 누군가가 내 입을 틀어막았다.

"분명 위장한 악마일 거야. 빨리 등을 확인해봐!"

어떤 남자의 다급한 음성에 여러 개의 손이 나를 강제로 교실 바닥에 엎드리게 했다. 최소한 세 명 이상인 것 같았다.

누군가가 내 등을 더듬었는데 정말 기분이 더러웠다.

"잘 모르겠어. 너무 어두워."

그러자 남자가 욕을 지껄이면서 누군가를 세게 밀쳤다.

"캐니, 칼 가져와. 내가 직접 확인해야겠어."

칼……? 나는 즉시 섬뜩한 기분에 사로잡혔다. 이윽고 내 공포는 현실로 찾아왔다. 남자는 내 등을 수차례 그었는데, 거의 난도질하고 있었다. 정말로 내 등에서 날개가 튀어나올 거라고 생각하는지 어깨뼈부터 허리까지 길게 긋기를 서슴지 않았다.

나는 이를 악물며 고통을 견뎠고, 마침 누군가가 그를 말렸다.

"그만해! 그러다 죽이겠어!"

"이년은 악마라고! 어서 본색을 드러내!"

남자가 이성을 잃을수록 그를 말리는 소리도 늘어났다. 문득 내 한쪽 손이 자유를 되찾았고 나는 그 기회를 놓치지 않았다.

나는 가까이 있던 의자를 향해 있는 힘껏 팔을 뻗었다. 아슬아슬했지만, 붙잡을 수 있었다.

등에 불이 붙은 것 같았다. 피부를 타고 흐르는 피를 느낄 수 있었다.

내가 휘두른 의자에 누군가가 맞았다. 나는 재빨리 앞으로 기었다. 도망칠 생각은 없었다. 도망칠 생각이었으면 이곳에서 이토록 오랫동안 머무르지도 않았다.

나는 일어나서 불을 켠 다음, 그들 하나하나를 똑바로 노려보았다.

"백번을 그어도 내 몸에서 악마의 날개가 나올 일은 없어. 그러니까 이만 꺼져!"

내 기세에 놀랐는지 어쨌는지, 예상했던 것보다는 어려 보이는 남자 넷이 나에게 달려들기는커녕 눈에 띄게 당황해서 주춤거렸다. 나는 싸늘하게 말했다.

"지금 떠나면 없던 일로 해주겠다. 하지만 계속하겠다면 나도 가만히 있지는 않아."

그들의 수가 더 많다한들 그동안 내가 마주했던 아바돈의 살기나 루시퍼의 분노, 하물며 에스테르의 패악질에도 한참은 못 미쳤다. 나는 이미 여러 번 칼에 찔렸고, 이런 시선을 수도 없이 받아왔다. 마음을 다잡는 건 그간의 일을 떠올리는 것만으로도 충분했다.

이렇게, 고작 이런 남자들의 횡포로 두려움에 떨 거였으면 애초부터 그 성을 나오지도 않았어.

"꺼져!"

내가 소리치는 즉시 그들이 서로 앞다투어 도망쳤다. 나는 그제야 숨을 골랐다.

"제법인데. 하긴 그 정도 배짱도 없으면 악마왕의 신부가 될 일도 없었겠지만."

줄곧 지켜보고 있었다는 듯, 에스테르가 남자들이 나간 문으로 들어왔다. 나는 눈을 들었다.

"그냥 너도 나도 예상했던 일이 일어났을 뿐이야."

"하지만 너 완전 스테이크 같다니까. 적어도 서른 번 이상은 칼에 베이고 찔린 것 같은데?"

그녀가 내 말투를 흉내 내며 빈정거렸으므로 어이가 없었다. 나는 너덜너덜한 상의를 찢다시피 해서 벗었다.

"어쨌든 유다는 내가 빡쳐서 좋을 게 없다고 경고했어. 내 죄책감에서 태어났다는 유다를 제외하고 아직 나한테 남은 부작용이 뭔진 모르겠지만 제 2의 루시퍼가 되지 않으려면 참아야지 별수 있나."

그때 에스테르가 말했다.

"참지 마."

나는 귀를 의심할 수밖에 없었다.

"……다른 사람도 아니고 네 입에서 나온 말 맞아?"

에스테르가 인상을 구겼다.

"그래. 참지 말라고 했다, 이 얼간아. 네가 여기서 참으면 쟤넨 분명히 더한 짓을 저지를 거야."

이번엔 내가 에스테르의 말투를 따라했다.

"나를 걱정해주는 거니?"

"경험에서 우러나온 충고야."

나는 코웃음을 쳤다.

"우리 사이가 이정도로 발전했다니 놀라운걸. 새겨들을게. 하지만 마땅히 방도가 있는 것도 아닌데. 내가 몸으로 하는 싸움엔 좀 소질이 없어서."

"소질 같은 건 상관없어. 일단 누워."

나는 홱 소리가 나도록 고개를 돌렸다. 내 눈이 휘둥그레졌다.

"뭐, 뭐?"

나한테 그런 말을 하는 건 지안이밖에 없는데. 내가 그렇게 말하려는 순간 에스테르가 나를 한 대 칠 기세로 작게, 그러나 위협을 담아 소리쳤다.

"지혈해야 할 거 아니야, 멍청아! 너 지금 완전 피투성이야! 어떻게 너는 하루라도 옷에 피를 묻히지 않는 날이 없니? 모기도 부러워할 년 같으니라고!"

나는 내 상처를 오히려 더 심하게 만들 것 같은 에스테르를 피해 뒷걸음질 쳤다.

"생각이 바뀌었어. 그냥 유다한테 치유해달라고 하면 안 될까? 곧 돌아올 거 아니야."

"웃기는 소리. 이 좋은 기회를 내가 놓칠 거라고 생각한다면 오산이지."

에스테르가 갑자기 나한테 달려들더니, 내 입에 천 뭉치를 물렸다. 당연하지만 젓가락 같은 단검으로도 책상을 부숴버리는 에스테르를 내가 힘으로 이길 확률은 제로였다.

그녀가 뭔가 부스럭거리는 소리를 내며 경고했다.

"먼저 네 등에 성력이 깃든 영약을 부을 거야. 근데 이게 뒤지게 아프······."

나는 프랑켄슈타인이 될까 봐 덜덜 떨다 말고 어리둥절하게 머리를 들었다. 에스테르가 참 묘한 표정을 짓고 있었다.

나는 입에서 천 뭉치를 빼고 물었다.

"불길하게 왜 말을 하다 말아?"

"나도 생각이 바뀌었어. 네 남편한테 가서 치료받아라. 그리고 돌아오든지 말든지. 죽든지 말든지."

에스테르가 자기 혼자만 알아들을 소리를 지껄이더니 나를 단숨에 안아 올렸다.

"남편이라니 무슨······ 으아악! 너 뭐하는 거야? 나 지금 위에 아무것도 안 입었어!"

나는 황급히 가슴을 가리며 몸을 웅크렸다. 등이 쓰라려서 미칠 지경이었는데, 그녀는 광속으로 옥상을 향해 질주하더니 다짜고짜 나를 집어 던졌다. 다행히 나는 추락하지 않았고, 여명이 스며든 새빨간 눈동자와 마주했다.

시간이 멈춘 것처럼. 새벽과 아침의 사이 그 어딘가에 있는 경계선에서.

지안이가 차마 상처투성이인 나를 건드리지도 못하고 제 손에 닿을 듯 말 듯 공중에 띄웠다. 그는 어떻게든 분노를 참아보려고 내 앞에서 험악하게 이를 악물었다.

"너."

정말로 화났는지 그의 목소리가 뚝뚝 끊겼다.

"진짜."

나는 긴장한 채 눈을 깜박깜박거렸다.

"아."

지안이가 미치도록 괴롭다는 듯 머리를 쥐어뜯었다.

"저것들을 모조리 찢어죽여야……."

"어떻게 알고 왔어?"

내가 평범하게 묻자 그가 이를 갈았다.

"난 시간약속은 잘 지키니까. 일곱 번째 조공을 바치려고 왔지."

"조공이라. 안식일은 쉬는 거 아니야?"

내 말이 끝나기도 전에 상처는 사라지고 없었다. 지안이는 내가 더 이상 가슴을 가리지 않아도 되게끔 새 드레스를 입혀주었다. 그러면서 엄청난 잔소리를 퍼부었다.

"나한테 그딴 건 없어. 그리고 너…… 아. 제발, 제발, 제발 이렇게 부탁할 테니까 그만 다쳐. 내가 지금 얼마나 참고 있는지 뻔히 알면서 왜 자꾸 자극하는 거야? 너는 그냥 나만 보면 되잖아. 그럼 너도 편하고 나도 행복하고 서로한테 좋은 일인데……."

"서로에게만 좋은 일이지. 그리고 나 저기서 마음에 드는 애를 만났어. 성격도 개 같고 하루 종일 나한테 짖어대는 게 왠지 내 잃어버린 쌍둥이를 찾은 것 같아."

실제로 나랑 에스테르는 서로에게 왈왈대는 것이 어느덧 일상이었다. 머리채도 몇 번 잡고. 나는 더 말하려는 지안이의 입술을 가벼운 키스로 막았다.

"조공은 이제 됐어, 난 신이 아니니까. 나를 치료해주지도 마. 난 아직 여기 남아 있어야 해."

지안이가 배신당했다는 투로 말했다.

"나랑 있는 것보다 쓰레기장에서 사는 게 더 마음에 든다 이건가? 물론 나는 너를 존……중해. 지금도 빌어먹게 존……존중하고 있잖아."

존중이라는 단어를 발음할 때마다 지안이의 얼굴이 일그러졌다.

"……장하구나, 자기. 그렇지 않아도 아직까지 내 뒤에 쓰레기장이 남아 있어서 신기해하던 참이었어. 내 시선을 돌려버리고 그 사이 우주 밖으로 날려버릴 줄 알았거든."

아직 글렀군. 나는 식은땀을 흘리며 비관적으로 중얼거렸다.

내가 한참 동안이나 지안이와 실랑이를 벌이다 지쳐서 유다의 결계 안으로 뛰쳐들어갔을 때, 기다렸다는 듯이 벽에 기댄 채 비스듬히 서 있던 에스테르가 입을 열었다.

"너, 루시퍼랑 묘하게 닮았어."

"부부니까."

"부부끼리는 평범한 인간을 협박 한마디로 쫓아버릴 수 있는 능력도 닮나 봐?"

아까 교실에서 일어났던 일을 두고 하는 말이었다. 감탄했다가, 이 죽거렸다가, 계속 태도가 바뀌니 나더러 어쩌라는 건지.

나는 등이 난도질당하는 끔찍한 기억을 떠올리기 싫어서 날카롭게 쏘아붙였다.

"그래서 불만이라도 있어?"

에스테르가 생글 웃었다. 에스테르의 진한 눈매와 가지런한 단발은 그녀를 무척이나 사랑스럽게 보이도록 만들었지만, 그건 상대방을 방심시키는 결과를 불러오기도 했다. 하지만 그녀가 옷 안에 숨긴 흉기는 셀 수도 없을 정도였다. 에스테르는 나보다 네 살은 어렸으나 산전수전을 다 겪은 망국의 공주님이니만큼 결코 만만하지 않았다.

"아니. 난 불행히도 너보다 약하진 않거든."

"그거 다행이네. 내 손에 죽을 일이 없어서."

나는 욕설을 툭 뱉으며 그녀를 지나쳐갔다. 그녀는 집요하게 나를 쫓아왔다.

"네가 틈틈이 건물을 뒤지고 있다는 거 알아. 무슨 속셈이지? 뭘 찾고 있어?"

나는 속으로 뜨끔했지만 애써 타격받지 않은 척했다.

"여전히 웃기는 년일세. 내가 순순히 털어놓을 것 같니?"

좋았어. 그러나 말을 더듬지 않는 데 성공했다는 기쁨도 잠시, 계단을 내려가는데 갑자기 에스테르의 단검이 휙 하고 날아왔다. 그건 정확히 내 목을 스치고 지나가서 벽에 꽂혔다.

"야!"

내가 이를 갈며 돌아보자 에스테르가 어깨를 으쓱였다.

"물론 난 여러 가지 고문 방식을 알고 있어. 그 중에 몇 개는 내가 직접 당해보기도 했지. 어쨌거나 유다 님이 너의 행동을 용인하고 있는 이상 나라도 계속 널 주시해야 하지 않겠어? 내가 아주 많은 관심을 갖고 너를 지켜보고 있다는 걸 잊지 마."

나는 계단을 훌쩍 뛰어내려가서 벽에 단단히 꽂힌 단검을 억지로 비틀어 뺐다. 그러고는 망설임 없이 에스테르에게 던져버렸다.

"그러든지 말든지. 차라리 너도 내 등을 한번 찔러보는 게 어때? 성녀의 칼질이면 숨겨져 있던 악마의 날개가 튀어나올지도 모르잖아."

너무나 간단하게 내가 던진 단검을 낚아챈 에스테르가 짐짓 친밀한 투로 말했다.

"저런, 애처럼 굴지 마. 나는 지금 너한테 나랑 같은 방을 쓰지 않겠냐고 제안하는 거야. 그럼 난 너를 보다 오랫동안 감시할 수 있고, 너도 한밤중에 생고기 스테이크가 될 염려를 할 필요도 사라질 테니까. 나를 노리는 간 큰 녀석은 없거든. 참고로 내 주먹은 두개골도 한 방에 부숴버릴 수 있어."

나는 그녀의 저의를 몰라 눈을 가늘게 떴다.

"······일주일 만에 동거라니, 좀 이르다고 생각하진 않아?"

에스테르가 느긋하게 계단을 내려왔다.

"멸망하기 직전의 세계에선 모두가 하루살이일 뿐인걸. 날짜나 시간 따위는 아무런 의미도 없어. 그리고 내 방은 네가 노숙하는 교실처럼 허름하지도 않을뿐더러 티테이블과 침대까지 구비되어 있지."

그 말에 나는 재빨리 내가 잠을 자던 교실을 향해 달렸다.

"뭐해, 빨리 안내하지 않고!"

"······가만 보면 너도 은근히 다루기 쉽단 말이야."

나는 그녀의 말을 무시하고선 내 임시 거처였던 빈 교실로 들어가 쏜살같이 짐을 챙겼다. 내가 흘린 핏자국이 여기저기 튄 채로 굳어 있어서 더더욱 이 장소를 떠나고 싶었다.

나는 아담의 책과 결혼반지가 든 가방을 품에 꼭 안고 에스테르를 따라갔다. 에스테르는 위층으로 올라가더니 '출입금지 : 위험구역'이라고 빨갛게 써진 울타리를 시큰둥하게 넘어갔다.

비쳐드는 햇볕을 맞으며 나는 신기하게 중얼거렸다.

"의외네. 네 방은 지하에 숨겨져 있을 줄 알았는데."

"내가 폭력배나 강간범을 피해 다니는 연약한 여자애였다면 그랬겠지. 어쨌든 여긴 축축하지도 않고 햇빛도 잘 들잖아. 난 높은 곳이 좋아."

에스테르의 방문은 소리도 없이 미끄럽게 열렸다. 그녀의 방은 정말로 '방'이라는 말이 어울렸다. 일단 먼지가 하나도 없이 깨끗해서 자다가 벌레가 몸을 기어 다니면 어쩌지 하는 걱정은 미뤄둬도 될 것 같았다. 꽃이 수놓아진 주전자와 찻잔이 티테이블 위에 있었고, 은은한 빛을 뿌리는 보름달 모양의 조명이 걸린 침대는 생각했던 것보다 컸다. 더군다나 그녀의 방에는 활과 화살을 비롯한 각종 흉기―나는 장검이 화병에 꽂혀 있는 걸 보고 기겁했다―를 비롯하여 책도 몇 권 있었다.

원치 않게 밤을 샜더니 몹시도 피곤했다. 나는 내 짐을 적당히 구석에 밀어넣고 에스테르의 침대에 대(大)자로 드러누우면서 입을 열었다.

"나, 또 루시퍼를 고독하게 만들었어."

지안이는 10년을 나 없이 살았다. 그런 지안이를 뒤로했다는 사실이 미치게 괴로웠다.

"그리 마음에 걸리면 지금이라도 돌아가든지."

에스테르가 테이블 의자에 앉아서 다리를 꼬았다. 나는 한숨을 쉬며 보름달 모양의 조명을 올려다보았다. 어찌나 섬세하게 조각했던지 눈앞에서 달이 쏟아지는 듯했다. 아름다운 은빛 다이아몬드 결정들.

그러고 보니 내 눈은 마리아가 죽고 아스트라가 직접 은총을 회수해갔음에도 불구하고 여전히 영롱한 은빛이었다. 오히려 전보다 더 환한, 광채를 발할 것 같은 신비로운 달의 색으로 물들어 있었다. 나는 이미 익숙해진 터라 그러려니 했지만, 에스테르나 유다의 도움으로 이곳에 온 부상자들은 내 눈을 대단히 의아하게 여겼다. 전에 그나마 나에게 덜 적대적이었던 남자가 말하길, '아름다운 만큼 불길하다.'고 했다. 치료가 효과를 보이자 그는 내 외모를 칭찬해주기도 했는데, 여전히 나와 눈을 맞추는 것만은 껄끄럽다며 종종 시선을 피하기 일쑤였다.

눈꺼풀 사이로 스며드는 달빛 조명에 가슴이 시렸다. 나는 지안이가 더 이상 무엇도 파괴하지 않기를 바란다. 그가 누군가를 죽이는 모습을 더는 보고 싶지 않았다.

한때 나의 무의식이었던 유다는 신이 되었고, 아담의 책은 내 손에 있다. 나는 이브의 열쇠를 찾아 책을 열어보는 것이 옳은 일인지 아직도 확신이 서질 않았다. 그 안에 무엇이 들었을지 모르니까.

하지만 아무것도 이루지 못한 채 돌아가진 않을 거였다. 어쨌든 나는 에스테르와 같은 인간이었고, 유다에게 나의 모든 죄책감을 떠맡길 수는 없는 노릇이었다.

10년 동안 지안이가 벌인 행각은 분명히 잘못되었다.

그리고 그는, 이제 더 위험한 짓을 할지도 몰랐다.

시간이 없어.

"난 여기서…… 어떤 열쇠를 찾고 있어."

생각보다 말이 먼저 튀어나왔다. 내가 정적을 깨자 에스트라가 흥미를 보였다.

"열쇠?"

"나도 자세한 건 몰라. 다만 그 열쇠로 열 수 있는 물건 안에 신들도 모르는 지식이 들어 있고, 그걸로 루시퍼를 막는 게 가능할지도 모를까 해서……. 아무것도 안 하는 것보단 뭐라도 해보는 편이 나아."

나는 한숨을 쉬며 옆으로 돌아누웠다. 에스테르가 나를 가만히 쳐다보았다.

"루시퍼가 네 말도 안 듣니?"

나는 눈알을 굴렸다.

"내 목에 걸린 거, 장신구가 아니라 폭탄이야. 루시퍼는 언제 어느때든 내 목을 날려버릴 수 있어."

"……로맨틱해라."

"전혀 안 로맨틱하거든?"

"나름 위로의 말이었는걸. 그건 그렇고 대체 무엇을 여는 데 필요한 열쇠인지 궁금하군. 신들도 모르는 지식이 들어 있다니 나한테는 별로 좋게 들리지 않는데. 그게 루시퍼보다 더 위험한 무언가면 어쩌려고?"

나도 그 생각을 하지 않은 건 아니었다. 애초에 나 같은 사람이 여러 신들도 저지하지 못한 루시퍼를 막아선다는 게 너무나 허황되잖아.

루시퍼는 나를 사랑했지만, 내 말에 귀를 기울이지 않았다.

그는 무슨 수를 써서든 나를 구속하고, 다시는 빼앗기지 않을 생각만 할 뿐이었다.

"지난번에…… 나는 루시퍼를 숭배하는 사람들을 봤어."

"놀랄 일도 아니지."

심드렁한 대꾸에 나는 눈을 치켜떴다.

"그가 이 세계를 망가뜨렸는데도?"

에스테르는 찻잔에 차를 따르면서 무미건조하게 중얼거렸다.

"이 세상이 누군가에겐 더할 나위 없이 행복한 낙원이었을 수도 있겠지만, 누군가에겐 생지옥이었을 수도 있잖아? 더군다나 루시퍼는 신 중의 신, 가장 위대한 왕이라고. 그런 자가 판데모니움에 심판을 내린다는데 우리들의 잘못이 신을 노하게 만들었다는 생각을 우선적으로 할 수밖에."

찻주전자를 내려놓는 소리가 유독 크게 들렸다.

"그리고 지금은 소위 악마들이라고 불리지만, 그들이 한때 교황이었고 신을 받드는 사제였다는 사실은 누구나 다 알아. 루시퍼를 증오하는 사람들보단 자신의 행동을 돌아보고 숙명으로 여기며 묵묵히 심판을 기다리는 사람들이 더 많다는 얘기야. 나의…… 부모님처럼."

나는 떨떠름하게 입을 열었다.

"네 부모님이면……."

"한때는 왕족이셨지. 그분들은 루시퍼가 이 땅에 내리는 심판이 정당하다고 여기셨어."

"어떤 학살에도 정당성은 없어. 아무리 신이라도 나는 받아들이지 않아."

나는 미간을 찌푸린 채 그렇게 말했다. 그러자 에스테르의 눈이 크게 뜨였다.

"하지만 신은 우리의 창조주야. 우리는 그들에게 거역하면 안 돼. 신을 거역한 대가는 크고 운명은 정해져 있으니까."

에스테르는 그렇게 말하고선, 자신도 모르겠다는 듯이 어깨를 으쓱이고 말았다.

"……적어도 공주로 살 적에 나는 그렇게 배웠어."

나는 입술을 살짝 깨물고 몸을 일으켰다. 그때 소름끼치도록 퇴폐적인 음성이 침묵을 깨뜨렸다.

"에스테르라, 여왕이 될 별을 성녀로 만들다니 유다 놈은 누굴 닮아서 그렇게 짜증나는 짓만 골라 하는지 모르겠군."

창가에 기대앉은 남자는 이내 관심 없다는 듯 건성으로 말을 끝냈다. 에스테르가 벌떡 일어나면서 의자가 뒤로 넘어갔다.

"당신!"

"지안아!"

나는 덥썩 그를 껴안았다. 지안이는 툴툴거리면서도 나를 밀어내지 않았다.

"아까 꺼지라고 하면서 도망칠 땐 언제고 이제 와서 친한 척이야?"

"하지만 난 너를 항상 보고 싶어 하는걸! 그런데…… 유다의 결계는?"

나는 그의 품에서 삐죽 고개를 내밀고 바깥을 내다보았다. 유다가 펼친 반투명한 결계는 아직 제구실을 하고 있었다.

"깨뜨리지 않고 '통과'해서 들어왔으니까 아직 정상적으로 작동 중이야. 이제 이 결계는 완벽하게 내 손 안에 있지. 어쨌든 거기 계집은 유다랑 있든지 말든지 알 바 아니고, 내가 볼일이 있는 건 너니까."

지안이가 가볍게 손가락을 튕기자 에스테르의 모습이 순식간에 사라졌다.

"에스테르?"

그는 감흥 없이 설명했다.

"이 건물 어딘가로 보냈어. 그것보다…… 무슨 열쇠를 찾는다고?"

나는 인상을 구겼다.

"우리 대화를 엿들은 거야?"

"내 사랑, 모든 차원을 뒤져도 나를 막을 수 있는 건 없어. 너를 제외하고."

거짓말쟁이.

"나더러 어떻게 하라는 건데?"

내 목소리가 날카로워지자 긴 손가락이 턱에 닿았다. 그가 내 턱을 부드럽게 들어올리며 속삭였다.

"방해가 될 만한 건 전부 없애버리고 나랑 둘이 살자. 동화처럼 영원히 행복하게."

"판데모니움의 모든 사람들을 죽여버리고?"

"그것보다 더 효율적인 방법이 있지. 내가 10년 동안 직접 나섰던 건 단순히 다른 신들의 눈길을 끌기 위해서였어. 그들 중 하나는 반드시 너를 나에게 데려올 테니까. 진짜 너를. 그리고 한 가지 더, 내가 이 사슬을 끊어버리는 데엔 최소한 열두 명의 신이 가진 권능이 필요해. 이미 몇 개는 얻었지만."

얻은 게 아니라 빼앗은 것이겠지. 나무라는 듯한 내 시선을 지안이는 무시했다.

"너한테 오기 전에 유다와 거래를 했어."

나는 인상을 찡그렸다. 이제 그만 그의 품에서 벗어나고 싶었는데, 그의 팔이 놓아주지 않았다.

하는 수 없이 나는 질문을 계속했다.

"별로 좋은 얘기로 들리진 않는데. 그래서?"

"내가 당분간 인간들을 죽이지 않는다는 조건으로 지금 이 순간을 방해받지 않기로 했지. 사랑해, 유리야. 나를 사랑한다면 또다시 혼자 두지 마. 너는 내 거잖아. 그런데 왜 나를 거부해? 이젠 나를 사랑하지 않아?"

지안이의…… 루시퍼의 음성엔 강한 호소력이 있었다. 평소에도 그의 목소리는 달콤하다는 생각이 절로 떠오를 만큼 감미로웠지만, 지금은 작정한 양 특히 더했다.

나는 매혹적인 이채를 띠는 그의 붉은 눈을 뚫어져라 응시하는 채멍하니 중얼거렸다.

"너, 눈이 빛나네."

"너를 홀리는 중이니까. 내 곁에 머물면 너는 세상 누구보다 안전해. 이런 더러운 곳에 있을 필요 없어. 네가 원하는 게 있으면 전부 들어줄게. 그냥 너는 나한테 말하기만 해. 설령 나를 향한 사랑보다 두려움이 더 커졌더라도 나는 너를 못 놓거든."

어쩌면 이렇게도 사악한 유혹일까. 지안이는 그저 내게 판데모니움의 현실을, 신들의 고초를 보지도 않고 듣지도 않은 척하라고 말한다. 그렇게만 하면 내가 원하는 게 무엇이든 들어주겠다고.

그리고 그에게는 실제로 그럴 만한 권능이 있었다.

"10년을 기다렸어. 피와 시체만 보면서 미쳐버렸다고. 그런데, 내가, 이렇게까지 부탁하는데도 들어주지 않을 거라면 나는…… 별수 없지. 네 기억을 조작하는 수밖에."

"뭐?"

내가 눈을 깜박이기도 전에 지안이는 서슴없이 협박을 이어나갔다.

"아니면 폭탄을 더 달아버릴까? 시험 삼아서 팔다리 하나 정도는 없어져봐야 내 진심을 알아주겠어?"

"너 정말……."

나는 인상을 일그러뜨리며 지안이를 밀치려고 했다. 하지만 지안이의 힘이 너무 강해서 나는 빠져나오기는커녕 오히려 더욱 꽉 껴안기고 말았다.

그가 내 귓가에 대고 심히 자극적이게 속삭였다.

"이렇게 가까이 있으니까 정말 좋다. 안고 싶어졌어. 그러고 보니 너 예전에 나 닮은 아이도 낳고 싶다고 했지? 그 애가 강간당해서 생긴 애면 네 기분이 어떨지 궁금하네."

나는 잠시 동안 가만히 듣다가 지안이의 말이 끝나자마자 말했다.

"해봐."

"뭐를?"

"내 사지를 찢어버리든 강간을 해서 임신을 시키든 마음대로 해보라고."

"……내가 못 할 것 같아?"

아니, 진짜로 할 수 있을 것 같거든? 그래서 내가 뛰쳐나온 거고.

나는 지안이의 연인이고 싶지 그의 인형이고 싶지는 않았다. 이건 발악이었다.

화가 난 나는 일부러 지안이의 속을 긁었다.

"그러니까 증명해보라는 거 아니야. 문득 나도 네가 날 어디까지 비참하게 만들 수 있을지 궁금해졌어. 솔직히 입으로만 하는 협박은 이제 시시해. 실천을 해봐."

지안이가 도리어 입을 다물었다. 그가 돌연 미련 없이 나를 놓아주더니, 느릿하게 목을 꺾으며 주먹을 쥐었다 폈다.

"네가 원한다면."

하지만 나도 지안이도 그가 그러지 못하리라는 것을 잘 알았다.

이윽고 그의 손이 덜덜 떨렸다. 그의 숨이 가빠지면서, 새벽을 도려

낸 듯한 눈에 눈물이 고였다.

"정말 내가 그렇게 하기를 바라는 거야?"

물론 아니지. 나는 고개를 가로저으면서 지안이의 머리를 살살 쓰
다듬었다.

"……항상 이렇게 질 거면서."

"넌 나를 버렸어. 나를 남겨둔 채, 떠나버렸다고."

지안이가 아이처럼 투덜거렸다. 나는 뚝뚝 눈물을 떨어뜨리는 그에
게 말했다.

"그럼 다시 돌아와달라고 말했어야지."

"난 그렇게 했어!"

나는 고개를 갸웃거렸다.

"언제? 난 네가 협박하거나 애원했던 기억밖에 나질 않는데."

그러자 지안이의 얼굴이 구겨졌다.

"지금 내가 할 수 있는 게 그것뿐이니까! 나는 그것밖에 못 해!"

"그렇지 않다는 거 너도 알잖아."

나는 침착함을 유지하려고 애썼으나, 지안이의 참을성은 이미 바닥
난 모양이었다.

"너는 항상 그렇게 아무것도 모르고 속 편히 지껄였지. 그게 얼마나
무책임한 말인 줄도 모르고!"

갑자기 건물 전체에 금이 갔다. 지안이가 미간을 누르며 신음했다.

"나 지금 굉장히 자제하는 중이거든? 자극하지 마."

"지안아."

"네가 찾는 열쇠라는 물건이 뭔지 내가 모를 거라고 생각하는 건 아
니겠지. 솔로몬이 아담의 책을 너한테 넘겨준 것도 예전부터 알고 있

었어. 그런데도 나는 너를 이해하려고 했고, 내가 나서기 전에 네가 돌아와주기를 원했어. 나는……, 네가…….”

불타오르는 새벽, 바람에 밀려 절벽 아래로 떨어지는 듯한 눈물방울이었다.

지안이는 손으로 얼굴을 가린 채 계속 울었다.

곧 그가 분에 겨워 이를 악물었다.

“나는 너를 사랑해. 그리고 끝도 없이 의심하지. 너를 죽여버려야 이 동요가 가라앉을 것 같다고 확신할 만큼 나는 네가 무서워.”

나는 한숨을 쉬었다. 지안이는 현재 통제 불능 상태였다. 뭐, 다른 사람들에겐 언제나 그렇게 보이겠지만.

“……존경하는 루시퍼 전하? 전혀 비꼬는 거 아니니까 사실 대로 대답해주세요. 혹시 제가 당신의 첫사랑인가요? 당신이 처음으로 그 마음에 들인……. 신으로서든, 인간으로서든. 혹은 다른 무언가일 수도 있겠죠. 어쨌든 당신은 아주 오랜 시간을 살아왔을 거 아니에요. 수많은 사람들을 보았을 때, 그들에게 가졌던 감정이 사랑이든 우정이든 기꺼이 마음을 열어주었던 적이 한 번도 없어요?”

나는 일부러 존댓말을 쓰며 최대한 상냥하게 물었다. 지안이가 미간을 찌푸렸다.

“난…….”

나는 뭐?

“나는 너한테 통제당하고 싶지 않아.”

그러니까, 너, 지금 나도 통제하기 힘들거든. 협박의 수위가 날이 갈수록 올라가잖아!

“루시퍼?”

나는 결코 곱지 않은 목소리로 그를 불렀다. 그는 비스듬히 고개를 틀었다.

"내가 신으로서의 자격을 잃고 인간이 되었을 때, 판테온은 다른 저주도 내렸지. 신이 인간과 사랑에 빠지거나 다른 신을 유혹하고 증오하는 일은 지금 이 순간에도 허다하게 벌어져. 하지만 누구도 나를 진심으로 사랑할 수는 없어."

"어째서?"

"내 눈."

나는 눈을 한번 깜박였다.

"때로는 우러름을 받고, 어쩔 땐 멸시를 받기도 하지. 나는 모든 사람들을, 신들마저도 현혹할 수 있다. 그들의 눈앞에 한 번만 강림해도 알아서 무릎을 꿇지."

그건 나도 직접 보았으므로 인정할 수밖에 없었다. 그는 단지 존재하는 것만으로도 사람들을 죽일 수도, 환희에 빠뜨릴 수도 있었다.

지안이가 무감정하게 말했다.

"내가 형벌을 받기 전에, 나도 다스렸던 차원이 있었어. 바빌론이라고, 지금은 종교 전쟁으로 멸망했지만."

갑자기 지안이가 일어서는 바람에 나는 주춤거렸다. 그가 상체를 숙여 나와 시선을 맞췄다.

"……만약 너도 내 눈에 현혹돼서 나를 사랑한다고 하는 거라면?"

"네가 너를 향한 내 사랑이 진실인지 거짓인지 구분도 못하는 얼간이인 줄은 몰랐는데."

"구분할, 수는, 있어. 다만……."

나는 지안이가 차마 뱉지 못하는 말을 대신 해주었다.

"다만? 혹시 너의 최악의 악몽이 현실이 될까 두렵니?"

나는 상처받았고, 지안이 또한 마찬가지였다.

"제기랄, 나도 미치겠다고. 가장 비참한 게 뭔 줄 알아? 네가 나한테 현혹당한 거라도 나는 너를 놓지 못한다는 거야. 누구도 절대 나한테서 너를 빼앗아갈 수 없어. 나는 이미 유리 너에게 각인됐어. 너를 처음 본 순간 내 몸속에 있던 뭔가가 산산조각 났지. 난 강철보다 단단한 물질이라고 생각했던 마음이 사실은 유리처럼 얇고 투명했어. 완전히 약해빠져서는……."

그의 눈동자에 내 모습이 비쳤다. 그가 괴로워하는 모습이 참으로 애달팠다.

"어떻게 몰랐을까? 나도 이렇게 누군가를 애타게 사랑할 수 있는데, 너무나 간절해서 너와 나를 부숴버릴 것만 같은데, 왜 그땐 부정하기만 했지? 나는 항상 위에 있었고, 높은 곳에서 우러름을 받았지만, 그래도 나를 숭배하는 신자들 하나하나를 파악하는 건 어렵지 않았어. 마찬가지로 너를 찾는 것 역시 무척이나 쉬웠지."

"가출청소년은 어디에나 널려 있으니까?"

나는 그렇게 말했지만, 이미 얼굴은 잔뜩 붉어졌을 터였다.

지안이의 손이 내 뺨에 닿았다. 나는 우리가 키스할 거라고 예상했으나 그는 자신의 속을 다 털어놓기로 작정한 듯이 굴었다.

"하지만 너는 하나잖아. 언젠가 판테온이 그렇게 말했어. '너는 새벽에서 태어나, 심판의 면류관을 쓴 왕으로서 오염된 세상이 있다면 무엇도 더 일어설 것 없이 참혹하게 짓밟아라. 너는 새로운 시작을 알리는 아침을 부를 수도, 종말을 고하는 밤을 선사할 수도 있다. 너 스스로가 양날의 검이니, 다만 너에게는 주어진 운명도, 인과도, 진실한 사랑도 없노라.'라고. 그건 단지 내가 판테온의 무기로서만 존재하는 것이 가장 이상적이고 현명한 선택이라는 뜻이었지. 다른 신들도 내가 오직 판테온의 명령 아래서만 움직이길 바랐고. 내 사랑, 나는 '위험물질'이야."

나는 아랫입술을 살짝 깨물었다가 놓았다.

"그거야 나도 잘 알지. 그럼, 네 사랑은 진심이라고 확신해?"

그가 생각에 잠겨 눈살을 찌푸렸다.

"난 사랑이란 게 이토록 무겁고 할퀴는 것 같고 묶인 채 짓밟히는 것 같은 격정적인 느낌인 줄 몰랐어. 인간이었을 때와는 전혀 달라, 도저히 나를 통제할 수가 없다고. 그들이 말하기로 사랑은 하늘 위로 날아가고 싶을 정도로 달콤하고 들뜨는 기분이라던데……."

"후자는 잠자리를 두고 하는 말 같지만. 어쨌든 나를 사랑하면서 마음고생 많이 했다 이거로구나."

나는 발꿈치를 들어서 그의 머리를 쓱쓱 쓰다듬었다.

"유리 넌 계속해서 나를 괴롭게 했어. 심지어 네가 없던 10년 동안에도 나는 끊임없이 네 환각을 봤지. 어떻게 미쳐버리지 않을 수 있겠어?"

마침내 그가 나한테 입을 맞췄다. 나는 순순히 그의 키스에 응하면서도 내 느낌을 말하는 걸 잊지 않았다.

"지안아, 너 지금 꼭 보호자를 잃어버려서 울며 방황하는 어린아이 같아."

"……나는 그렇다고 생각하지 않는데."

나는 그의 손을 잡고, 춤을 추듯이 그늘 밖으로 끌어당겼다. 그의 눈은 햇빛을 받으면 더욱 빛났다.

"가까이 와봐. 네 눈은 꼭 별이 깃든 것 같아."

내가 그렇게 속삭였을 때 지안이가 눈을 내리떴다.

"그리고 네 전신은 독인 것 같지. 평범하게 살았던 너한테 내 요구가 터무니없이 들릴 수도 있다는 거 알아. 하지만 나는 네가 아니면 안 돼. 그리고 나는 절대로 너를 잃어버리지 않겠어."

그는 쉴 새 없이 나를 밀어붙였다.

"너를 가지고 싶어, 유리야."

"이미 가졌는걸."

"그런데 왜 너는 다른 사람들한테도 그렇게 잘 웃어주는 거야? 왜 나를 의지하지 않아? 바깥에서 너를 지켜봤는데…… 너는 이곳에서도 잘 적응하더라. 너는 나 없이도 살 수 있을 것 같았어. 나한테는 네가 처음이자 마지막이고 전부인데 어째서 너는 내 마음을 몰라주는 건데? 하다못해 동정심이라도 좋아. 그냥, 그냥 내 곁에만 있어줘. 자꾸만 속이 뒤틀려서 미쳐버릴 것 같아."

내 눈이 휘둥그레졌다.

이건 협박이 아니었다.

그가 진정 절박하다는 사실을 눈으로, 귀로, 마음으로 느낄 수 있었다.

"……응."

나는 홀린 듯이 고개를 끄덕였다.

"뭐?"

"그렇게 할게."

너무나 깔끔한 대답이었던지 지안이가 의혹의 눈초리를 보냈다.

"……진심이야?"

"왜 진심이 아니겠어? 아까부터 네가 나 때문에 울고 있잖아. 더는 머릿속에 아무런 생각도 없어."

잠깐의 정적이 있었다. 나는 슬쩍 그의 눈치를 살피며 말했다.

"미안해."

지안이는 그저 물기 어린 눈으로 나를 바라볼 뿐이었다. 나는 다시금 발꿈치를 들고 그와 이마를 맞댔다.

"그래도 아담의 책에 무슨 내용이 쓰여 있는지는 알아야겠어. 때때로 너는 정말 미친 것처럼 구니까."

"그 안에 나를 죽일 수 있는 방법이 적혀 있으면? 넌 나를 죽일 거야?"

나는 냉소적으로 대꾸했다.

"그럼 누구도 보지 못하게 불태워야지."

조금만 더 고개를 숙이면 지안이의 입술이 닿을 듯했다.

아슬아슬한 거리. 닿을 듯한 진심.

"나는 다른 사람들이 너를 악신이니 뭐니 하고 부르는 게 싫어. 네가 형제자매라고 부르던 신들이 너를 죽이려고 드는 것도 싫고, 내가 너무 늦게 돌아와버려서, 너무 늦게 너를 만나러 와서 더는 무엇도 돌이킬 수 없다는 것도 마음에 들지 않아."

그리고.

"하지만…… 네가 슬퍼하는 모습을 보는 것보다 끔찍한 일은 없겠지. 지안아, 나는 네가 협박해도 하나도 무섭지 않은데…… 네가 우는 건 싫어."

그러자 지안이의 입술이 살짝 벌어졌다.

"그럼 나랑 같이 돌……."

나는 재빨리 그의 말을 가로챘다.

"그러니까 너도 이브의 열쇠를 찾는 걸 도와줘."

눈도 깜박이지 않고서 건네는 말에 지안이의 표정이 굳었다. 신이란 존재가 나와 달라서 그런 건지, 그의 영혼이란 물질을 비추는 눈동자가 빛의 은하수처럼 일렁였다.

수많은 별들 가운데 가장 고독한 달 하나.

나는 지안이와 시선을 마주할 때마다 단순히 아름다운 붉은색 눈동자를 쳐다보는 것만으로도 현혹당할 수 있다는 사실에 감탄했다.

판데모니움에서 지안이는 명백한 '악'이었지만, 내가 살았던 곳에서는 아니었다. 나는 지안이에게 무조건적으로 '선'이 되라고 강요할 마음은 없었지만, 한 세계의 멸망이 가져올 파장은 분명 내가 감당하기 힘든 것 이상일 터.

지안이가 서늘하게 답했다.

"이브의 열쇠 따위를 내가 왜?"

"나랑 같이 있고 싶은 거 아니었어?"

나는 순진하게 물었고, 지안이는 눈썹을 추켜세웠다.

"그건 그렇지만 이런 구질구질한 곳에서 머물 생각은 없었는데. 그리고 유리 너, 나를 막을 수단을 찾으려고 아담의 책을 열어보려던 거 아니었어? 그런데 나한테 도와달라는 게 말이 돼? 살인마한테 스스로 수갑을 채우라는 얘기나 다름없는걸."

"책 안에 뭐가 들었을진 아무도 몰라. 그러니까 안 될 것도 없잖아? 그렇지 않아도 보물찾기는 딱 질색이었는데 네가 도와주면 훨씬 빨리 찾을 수 있겠다."

나는 활짝 웃으며 두 손을 겹쳤다. 반면 지안이의 표정은 썩어들었다.

"……도울 생각 없으니까 그런 기쁜 표정 짓지 마."

나는 진심으로 실망한 표정을 지었다.

"왜? 어째서?"

"귀찮아. 그리고 난 너를 언제든지 강제로 끌고 갈 수 있어."

또 시작이군. 나는 머리를 긁적였다.

"맨날 말로만 협박하면서 쪼잔하게 굴기는!"

심술 난 내가 머리를 마구 헝클어뜨리는데 에스테르가 문을 벌컥 열고 들어왔다. 생쥐 시체가 담긴 물로 목욕이라도 했는지 그녀는 흠뻑 젖어 있었다.

"루시퍼!"

그녀는 이를 갈면서 짧은 머리카락을 그러쥐더니 힘껏 비틀어 짰다. 나는 경악스럽게 물었다.

"……너 대체 어디로 이동되었기에 썩은 내가 진동하는 거야?"

"몰라! 웬 삐쩍 마른 개새끼가 나를 물어댔다고!"

나는 내가 가끔씩 먹이를 챙겨주는 여윈 강아지를 떠올렸다. 확실히 그 개 성격이 개 같기는 했다. 원래 개라서 그런가?

나도 그 개가 광견병에 걸렸다고 확신했으므로 어깨를 으쓱였다.

"저런, 하필 케르베로스가 있는 가장 더러운 데로 떨어졌다니 유감스럽다. 그런데 너……."

에스테르도, 지안이도 방심한 사이 나는 용감무쌍하게도 그녀에게 벽치기를 시전했다. 나는 영화나 만화책에서 봤던 것처럼 그녀를 벽에 가두고, 얼굴을 들이밀었다. 그녀와 내 키가 비슷해서 내가 몸을 숙이거나 발꿈치를 들어야 할 필요는 없었다.

나는 최대한 진지한 목소리로 얼빠진 에스테르에게 추파를 던졌다.

"나의 사랑, 너를 진심으로 사랑해. 네가 내 말을 들으면 잘 보살펴줄게. 항상 이 마음을 소중하게 여기고 너를 생각할 때마다 미치도록 기쁠 거야. 하지만 네가 내 곁을 떠나서 나에게 상처 준다든가 다른 사람을 사랑하면 온갖 미친 짓이란 미친 짓은 다 해주겠어."

그러자 눈치 빠른 에스테르가 눈을 가늘게 뜨더니 루시퍼를 곁눈질했다.

"……네 남편이 그러디? 사랑고백 한번 살벌하군."

"이제 내가 왜 열쇠를 찾아야 하는지 알겠지? 난 다른 세계까지 와서 실종된 남편을 찾는 데 성공했지만! 걔는 미쳐버리고 말았어. 그러니까 절반 정도 말이야."

지안이가 인상을 찡그려서 나는 그에게 방해하지 말란 뜻으로 검지를 흔들었다.

"나는 쟤가 제정신으로 돌아올 방법이 어딘가에는 있을 거라고 생각해."

에스테르가 어떤 반응을 보여야 할지 모르겠다는 얼굴로 심란하게 중얼거렸다.

"널리 알려진 신화상으로는, 루시퍼도 진흙인형을 가지고 놀 땐 선량한 신이었다고 하지. 그건 그렇고 언제까지 나한테 얼굴을 들이밀고 있을 거야? 너 그러다 키스하겠다?"

에스테르가 그렇게 말하면서 위협적으로 칼을 휘둘렀다. 나는 싹 무시하고 소리쳤다.

"나는 협박과 살인과 폭탄과 기타 등등으로 이뤄진 살벌한 결혼생활은 사양이야. 하지만 쟤는 꽤…… 강제적이지. 예전에는 안 그랬는데.”

“……당사자가 듣고 있다는 걸 잊지 말아줬으면 하는데. 그리고 나
도 인간으로서 너와 만났을 때의 기억은 모두 갖고 있어.”

지안이의 푸념에 나는 발끈해서 말했다.

“너 들으라고 하는 소리거든? 난 이렇겐 못살아! 살 떨려서 정말 죽
을 것 같다구! 너를 정신병원에 입원시킬 수도 없고, 그렇다고 다른
마땅한 방법이 있는 것도 아니니 아담의 책이라도 열어봐야지!”

에스테르의 눈이 휘둥그레졌다.

“뭐? 아담의 책? 아니……, 일단 나한테서 좀 떨어져!”

에스테르가 나를 지안이에게 밀었다. 거의 던진 거나 다름없었다.

지안이가 어처구니없다는 얼굴로 내 멱살을 잡았다.

“정신병원이라니? 내가 미친 것 같아?”

얘나 쟤나 나를 험하게 다루기는 마찬가지인 것 같다. 나는 부루퉁
하게 받아쳤다.

“……그럼 넌 네가 제정신이라고 생각하니? 자기야, 난 너를 정말
정말 사랑하는데 셀 수도 없이 많은 사람들을 죽이고 자기 아내까지
협박하는 건 문제가 있다고 봐.”

“내 정신은 언제나 제자리에 똑바로 박혀 있어.”

나는 피식 웃으며 냉소적으로 대답했다.

“그럼 증명해.”

내 멱살을 잡고 있는 지안이의 손이 미세하게 떨렸다. 나는 달의 결
정 같은 색깔을 유지하고 있는 눈으로 지안이를 똑바로 쳐다봤다.

루시퍼의 눈을 보면 제아무리 강한 사람이라도 홀려버린다.

그 치명적인 아름다움에 홀리고, 교만한 미소에 넋을 빼앗겨서.

루시퍼가 '신'으로서 숭배받기에 대부분의 사람들이 그의 행동을 정당하다고 여겼고, 거기엔 인간들이 생각하는 선악의 구분 따위는 없었다.

루시퍼의 말이, 존재 자체가 법이고 심판이었다.

"'인간'인 내 앞에서 증명해보라고. 네가 사로잡기 전에 내가 먼저 돌아설지 모르니까."

하지만 루시퍼에겐 정의도 판데모니움을 향한 애정도 없었다. 그는 단지 이 세계를 이용했을 뿐이다.

이곳을 자신의 무덤으로 삼았다가, 나를 만나고 나선 우리 둘만이 존재하는 세계로 만들 셈이었다.

"굳이 수고롭게 증명할 필요가 있나? 난 지금 당장이라도 너를……."

"틀렸어!"

나는 또 협박하려는 루시퍼에게 크게 소리쳤다.

"그렇게 굴다간 영원히 내 사랑을 잃어버리게 될걸. 나는 네가 마리아를 죽였을 때도, 내 목에 폭탄을 설치했을 때도 10년간의 세월로 인한 복수려니 하고 견뎠어. 너를 이해하려고 네가 사람들을 어떻게 죽이고 짓밟는지도 지켜봤지. 하지만 더는 그러지 않을 거야."

우리는 서로가 서로를 그리워했던 만큼 속으로는 미워하고 있었다. 분노하고 있었다.

루시퍼는 너무 늦게 자신을 찾아온 연인에게.

나는 피와 시체로 세계를 덮어씌우는 그에게.

"루시퍼, 이 모습이, 이 성격이 진짜 너라는 건 알겠어. 그렇다고 해서 내가 사랑했던 지안이가 가짜가 아니라는 사실도 알아. 충분히, 알게 되었어."

지안이가 가만히 물어왔다.

"내가 너를 실망시켰나?"

나는 눈알을 굴렸다.

"그건 두고 볼 일이지. 내가 사랑했던 건 나와 똑같은 사람인 지안이였지, 너 같은 괴물이 아니었거든."

이토록 적나라하게 그를 비난해본 적이 없었다. 지안이도 꽤나 충격을 받았는지 낮게 중얼거렸다.

"괴물……."

지안이는 몇 번이고 그 단어를 곱씹어서 읊었다. 그의 표정이 때 아닌 소나기를 맞은 듯 멍해서 무슨 생각을 하고 있는지 짐작하기란 불가능했다.

나는 그런 그에게 냉정한 태도를 보이며 뒤로 물러섰다.

"난 이제 에스테르랑 유다가 데려온 부상자들을 돌봐주러 가야 해. 너는 여기 있든지 성으로 돌아가든지 마음대로 해."

나는 싸늘하게 말하고서 에스테르를 끌고 나왔다. 그녀는 묵묵히 나를 따라오다가 한참 후에야 말했다.

"……나 정말 놀랐어."

나는 연신 눈을 깜박이는 그녀를 곁눈질했다.

"루시퍼 때문에?"

"아니. 난 네가…… 그렇게 용감할 줄은 몰랐거든."

나는 코웃음을 쳤다.

"용감하다고?"

오히려 용감한 건 에스테르였다. 그녀의 파란만장한 인생사를 듣고 난 뒤로 나 또한 스스로를 돌아볼 기회가 생겼다. 그녀의 용기와 어떤 상황에서도 무너지지 않는 긍지는 누구도 따라할 수 없을 것이다.

에스테르가 호흡을 안정시킨 다음 나한테 붙잡힌 손을 신기하게 쳐다보면서 중얼거렸다.

"루시퍼가 맞이한 인간 신부라고 하길래 웬 미친년이나 꼭두각시일 거라고 생각했는데, 솔직히 네가 미친년이기는 하지만…… 갈수록 다르게 보여. 그리고 아까 네가 말했던 마리아는…… 누구야?"

"내 친구."

억지로 잊으려고 애썼더니 가슴이 아려서 나는 거기까지만 설명하고 말았다. 곧이어 부상자들이 있는 방으로 들어서자, 유다가 가장 먼저 우리를 반겼다.

"유리 넌 루시퍼와 같이 돌아갈 줄 알았는데."

나는 나뭇잎 위를 굴러다니는 이슬 같은 목소리를 듣고 못마땅한 표정을 지었다.

"내가 왜?"

"넌 그를 사랑하잖아. 루시퍼를 말리려고 노력하는 것도, 말이 안 통하면 다른 수단이라도 찾으려는 것도 사실은 그의 마음이 더 이상 병들지 않았으면 해서가 아니었어? 어쨌든 신도 마음을, 감정을 가지고 있으니까."

속이 뒤틀렸다. 머릿속이 답답했고, 이 세계가 무거웠다.

"……몰라. 걔는 너처럼 인간적이지 않은걸. 어쩔 땐 정말로 내가 아는 지안이가 아닌 것같이 느껴져."

나는 한숨을 쉬며 붕대를 집어 들었다. 유다가 조용히 다가와서 내 손을 잡아주었다.

"무엇도 그가 저지른 잘못을 정당화할 수 없다는 거 알아. 그리고 유리 네가 그것을 혼자 떠안고 책임질 필요는 없어."

가슴이 욱신거렸다. 내 죄책감에서 태어난 유다에게 나는 위로 받고 있었다.

나는 지혈제와 치료약이 든 상자에서 시선을 떼고 유다를 바라보았다.

"하지만 어쨌거나 걔는 내…… 가장 소중한 사람인걸! 물론 지금은 사람이 아니지만, 어쨌든, 나한테는 최소한의 도리와 양심이라는 게 있어! 이 사람들은, 저 바깥의 사람들은 전부 루시퍼 때문에 다쳤다구!"

나는 유다가 죽지 않기를 바랐다.

지안이의 손에 죽지 않기를 원했다.

"그래서 그게 뭐 어쨌다는 건데? 왜 네가 오지랖을 떠는 건지 모르겠네."

갑자기 지안이의 퇴폐적인 음성이 들렸다. 등을 돌리자, 책상 의자에 거만하게 앉아 있는 새벽과 광명의 신이 보였다. 시린 새벽녘, 가장 높은 보좌에서 태어나 요동치는 밤을 진정시키고 아침을 불러들이는 자가.

나는 발끈했다.

"우리 부부거든? 그런데 오지랖이라니……!"

그가 내 말은 귓등으로도 듣지 않고 손가락을 튕기자 사람들이 앓던 질병이나 상처가 황금색 빛가루와 함께 씻은 듯이 사라졌다. 사람들이 어리둥절하게 눈을 깜박이며 하나둘씩 몸을 일으키기 시작했다.

지안이가 그들을 향해 명령했다.

"자, 다 나았지? 그럼 꺼져."

나는 사람들이 허둥지둥 방을 빠져나가는 모습을 에스테르와 얼빠진 얼굴로 지켜보다가 퍼뜩 소리쳤다.

"유다! 너는 저 사람들을 한 번에 치유하지 못해?"

왠지 그동안 헛고생만 한 것 같아서 억울함을 담아 물으려니 유다가 머쓱하게 웃었다.

"음, 저게 겉으로 볼 땐 쉬운 것 같아도 대단한 권능이라서. 신들은 한 가지 속성을 지니기 마련인데 루시퍼는 세상을 파괴할 수도, 새로이 만들 수도 있어."

결국 또 루시퍼가 대단하단 얘기로군. 나는 쳇 소리를 내며 팔짱을 꼈다.

"루시퍼의 능력이 장난 아니라는 건 질리도록 들었어. 하지만 너는 숲을 원래대로 되돌렸잖아."

"그가 허락했으니까."

나는 무언가 더 말하려다가 어이가 없어서 도로 다물었다. 정말로 그는 독재자에 폭군이었다. 자기가 허락해야만, 신이나 인간들이 자신에게 필히 머리를 조아려야 마땅하다고 생각하는 것이 틀림없었다.

나는 거칠게 머리를 쓸어올렸다.

"……짜증나네. 정말 저걸 어떻게 할 수 있는 존재가 판테온인지 뭔지 말고는 없는 거야? 판테온은 어디에서 뭘 하고 있는 건데? 아니, 아니지, 판테온이 또다시 형벌인지 뭔지를 내리면 쟤는……."

내 목에 달린 초커보다 루시퍼가 더욱 폭탄 같았다. 내가 이런 생각을 하는 걸 아는지 모르는지 그는 빈정거리기 바빴다.

"나더러 저거라고?"

나는 그의 멱살을 잡아당겼다.

"지금 그거 갖고 짜증낼 때야! 너 그러다 또 인간이 되면 어떡해? 그러면 나도 기억하지 못할 거 아니야! 이 대책 없는 놈아! 가뜩이나 너를 막아야 할 이유가 백 가지는 되는데 거기서 또 늘게 생겼으니!"

열심히 씩씩거리던 나는 제풀에 지쳐 이를 갈았다.

"난 잠시 혼자 생각할 시간을 가져야겠어. 루시퍼, 유다랑 에스테르 죽이지 마. 유다, 넌 여기서 꼼짝 말고 기다려. 에스테르, 혹시 신들을 모조리 암매장할 수 있는 방법이 없을까?"

"그딴 거 없어! 그것보다 성녀한테 뭘 물어보는 거야?"

……맞다. 쟤 성녀였지 깡패가 아니라.

나는 짜증스럽게 문을 박차고 나왔다. 휑한 복도를 어슬렁거리던 것도 잠시, 앙상하지만 성질 하나는 에스테르보다 더러운 개를 찾아가기로 했다. 내가 케르베로스라고 이름 붙인 강아지는 지하수로 깊은 곳에 살았는데, 먹을 걸 주지 않으면 생쥐를 잡아먹거나 사람을 공격했다. 그런데 피가 날 정도로 세게 물렸음에도 불구하고 에스테르나 나나 멀쩡한 걸 보면 광견병에 걸릴 염려는 하지 않아도 될 듯했다. 아, 어쩌면 우리 둘 다 그전에 미쳐서 안 걸린 것처럼 보이는 걸지도 모르겠다. 나는 진지하게 그런 생각을 했다.

케르베로스한테 줄 음식을 조금 챙긴 나는 지하수로로 향했다. 어디서 굴러왔는지 모를 큰 개는 나를 보자마자 귀를 쫑긋 세웠다. 내가볼 때 상당히 마른 것도 문제였지만 시력이나 청각에도 문제가 있는 것 같았다. 에스테르가 몇 번 치료해주려고 시도했으나 경계심이 워낙 강해서 무리였다. 비록 갈비뼈가 드러날 만큼 말랐지만 체구가 크고 날렵한 걸로 보아 귀족들에게 길러지던 사냥개가 아닌가 하고 추측했다.

"안녕, 나 기다렸니?"

나는 고깃덩어리를 던져주고는, 우적우적 먹어치우는 케르베로스 옆에 앉아서 빵을 뜯어먹었다. 킹크랩은 자신의 몸을 길게 늘려서 죽은 생쥐를 찾아 기어 다녔다. 내가 케르베로스를 먹으면 안 된다고 몸통을 몇 번 세게 움켜쥐었더니 그 뒤론 이곳에 올 때마다 못마땅한 듯 썩은 물을 나에게 튀기고는 했다. 아무래도 나는 동물들한테 사랑받을 타입은 아닌 모양이었다.

배가 부른지 케르베로스가 긴장을 풀고 납작 엎드렸다. 나는 차마 쓰다듬을 엄두는 내지 못하고 멀뚱멀뚱 눈알을 굴렸다.

유다가 얘를 치료해주면 좋을 텐데. 이따가 끌고 와봐야겠어.

어느샌가 신들을 '상처를 빨리 낫게 해주는 존재'로 인식하기 시작한 나는 빵 부스러기가 묻은 손을 탈탈 털고 일어섰다.

그때 희미한 빛이 케르베로스 뒤쪽에 있는 수로 구석에서부터 피어오르고 있는 게 보였다. 그건 무척이나 은은한 빛이어서, 섬세하게 주의를 기울이지 않으면 당장이라도 놓쳐버릴 것만 같았다.

뭐지? 호기심을 느낀 나는 케르베로스를 넘어서서 한 가닥의 빛을 향해 다가갔다. 평소라면 케르베로스가 마구 짖어댔을 텐데, 고기를 줘서인지 나를 힐끗거리기만 할 뿐 으르렁거리지도 물어뜯지도 않았다.

그 빛은 살짝 열린 문의 틈새를 통해 새어나오고 있었다. 이곳에 창고라도 있었던 건가. 나는 평범하게 케르베로스의 집이라든가, 생쥐들의 서식지를 예상했다가 어리둥절하게 문을 열었다.

빛이 수만 갈래로 쏟아지면서 내 시야를 멀게 했다. 잠시 후, 나는 거울로 가득한 방 한가운데에 서 있었다.

"뭐, 뭐야?"

이것도 마법인가? 유다가 설치한? 나는 인상을 찡그리며 천장이며 바닥이며 벽이며 온통 거울, 거울, 거울밖에 없는 방을 두리번거렸다. 그러나 유다가 이 마법을 걸었다면, 케르베로스가 저 꼴일 리가 없을 터. 그는 심각한 동물애호가이자 평화주의자였다. 매일같이 부상자를 데려오고, 지켜주고, 훼손된 숲을 복원하고.

"그런데 나가는 문은 어디에 있지?"

내 목소리가 거울의 방에 울려 퍼졌다. 족히 백 명은 될 법한 거울 속의 내가 나와 똑같이 움직이고 인상을 찡그리는 모습은 어쩐지 소름끼치게 징그러웠다. 으으 빨리 여기서 나가고 싶어! 설마 지안이가 나를 골탕 먹이려고 일부러 이런 걸 만들진 않았겠지?

걸음을 빨리할수록 거울 속의 나 자신에게 쫓기는 듯한 기분이 들었다. 나는 거울로 이루어진 미로 속을 한참이나 헤맸고, 번번이 막다른 길에 가로막혔다.

그러던 와중, 누군가가 나에게 말을 걸었다.

"왜 나는 엄마랑 아빠가 없어?"

나는 뻣뻣하게 굳은 목을 억지로 움직였다. 그 목소리는 거울에서 나오고 있었다.

사방에 설치된 모든 거울이, 지금의 내가 아닌 여섯 살 정도의 어린 나를 비췄다.

"왜 나는 숙모랑 살아야 해? 나도 부모님이랑 같이 맛있는 거 먹고 놀이공원도 가고 싶어. 사실은 밤늦게 화장실에 가는 것도, 혼자 자는 것도 무섭단 말야."

너무 놀란 나머지 하마터면 주저앉을 뻔했다. 뭐야 이건 공포영화
도 아니고!

내가 겁에 질린 것도 아랑곳하지 않고 거울 속의 어린 내가 울먹거
렸다.

"……잊었어? 지안이는 고아에, 겁쟁이에, 울보였던 나를 사랑해준
단 한 사람이었다는 사실을. 그런데 그런 그한테 맞서겠다는 게 말이
되니?"

거울 속의 나한테 빨려들어갈지도 모른다는 이상한 불안감에, 나는
어쩌지도 못하고 귀를 틀어막았다. 거울 속의 목소리는 수백 명이 소
리지르는 것처럼 날카롭고 귀를 멍멍하게 만들었다.

"지안이는 나의 전부야. 나한테서 그를 빼면 남는 건 아무것도 없
어. 그러니까 그의 행동은 모두 정당하고 정의로워. 신이고 사람이고
모든 것은 다 죽어야 해. 혹시라도 아스트라처럼 다른 여신이나 인간
여자가 지안이를 노리면 큰일이잖아? 응?"

거울 속에 갇힌, 그러나 당장이라도 빠져나올 것 같은 여섯 살의 내
가 나한테 속삭였다. 나는 이것이 마법이라는 사실을 알았지만, 그럼
에도 두려움에 사로잡혔다.

어린 내가 계속해서 조잘거렸다.

"나는 지안이의 곁에 있을 수만 있다면…… 그를 독점할 수만 있다
면 개가 되든 노예가 되든 상관없어. 넌 아니야? 그만큼 절실하게 지
안이를 원하지 않아?"

"나, 나는……."

나는 얼굴을 일그러뜨리며 애써 입술을 움직였다. 어린 내가 계속
해서 나를 다그쳤다.

"지안이를 배신할 셈이야?"

이건 마법이다. 이건 마법이다. 이건 귀신 따위가 아니야!

그러니까 겁먹을 필요 없다고!

거……겁먹을 필요 없어. 괜찮아. 나는 스스로를 다독이며 팔로 몸을 감쌌다.

"이건 배신하고 말고의 문제가 아니잖아. 지안이는 이 세계의 절반 이상을 무너뜨렸어. 나는 이곳 사람이 아니지만, 이게 얼마나 잘못된 일인지는 알고 있어!"

비록 목소리는 떨렸으나 내 의사는 확실하게 전달된 듯했다. 거울 속의 내가 언짢은 표정을 지었다.

"선악의 구분 따위는 이제 무의미해. 지안이는 단지 신으로서 타락해가는 판데모니움에 멸망이라는 심판을 내린 것뿐이야. 그는 무조건 옳아."

나는 무시무시한 소리를 눈 하나 깜빡하지 않고 지껄이는 여섯 살의 나에게 환멸을 느꼈다.

"너…… 정말 내가 맞는 거야?"

귀를 의심하며 묻는 말에 여섯 살의 내가 생긋 웃었다. 그리고 악을 썼다.

"물론이야. 나는 너의 일부. 무의식을 떠도는 조각배, 혹은 감정. 죄책감을 짊어진 유다가 떠나고 남은 부정적인 생각의 찌꺼기. 예컨대 부모님의 손을 잡고 마냥 행복하게 걸어가던 아이를 보며 느꼈던 질투심…… 같은 것이 차곡차곡 쌓여서 내가 되었어. 나는 누군가의 손길이 필요해. 나는 사랑받고 싶어. 나는 항상 쓸쓸해. 나한테서 지안이를 뺏어가지 마!"

갑자기 사방에서 돌풍이 불어와, 거울들이 산산조각 났다. 그러나 거울의 파편들은 시간이 정지한 듯 허공에 떠 있을 뿐, 나에게 상처를 주진 않았다.

반사적으로 나를 보호하고자 몸을 웅크렸는데, 사방에서 어린 나의 경고가 울려 퍼졌다.

"이브의 열쇠를 얻고 싶다면 확실하게 결정해. 지안이야, 아니면 이미 돌이킬 수 없이 망가진, 심지어 너의 세계도 아닌 판데모니움이야?"

나는 입술을 깨물었다.

이 공간이 마법으로 만들어진 곳인지 뭔지는 몰라도 '저건' 틀림없이 나였다.

나의 모든 애처롭고, 비참하고, 부정적인 감정의 덩어리.

'죄책감'이라는 것이 빠진, 나의 욕망.

"네가 아담의 책을 잘못 다뤄서 지안이를 영영 만나지 못하게 된다면 그 이후에 벌어질 일들을 감당할 수 있겠어?"

거울 속의 말들이 비수가 되어 나를 찔렀다. 나는 아무런 대답도 하지 못한 채 고개를 숙였다.

틀린 거 하나 없잖아.

주먹 쥔 손이 떨렸다. 갑자기 새하얀 손이 튀어나와 내 손을 잡고는, 강제로 일으켜 세웠다.

깨진 유리조각들로 가득한 공간에서, 스물두 살인 지금의 나와 똑같은 모습을 한 여자가 입을 열었다.

"너무 다그쳐서 미안하지만, 넌 아직 내가 원하는 답을 갖고 있지 않은 것 같구나. 신의 권능으로 만들어진 아담의 책은 여지껏 단 한 번도 열린 적이 없었어. 하지만…… 나는 너에게 무척이나 끌리고 있지."

나는 충격을 받아 눈을 크게 떴다.

"……설마 당신이."

그녀가 피식 웃었다.

"나는 아담의 책을 지키는 이브의 열쇠. 수천 년의 시간이 지나며 인격이 깃들었다. 그리고 나는 줄곧 기다리고 있었어. 나를 사용할 만한 자격이 있는 누군가를."

나는 그녀의 손을 뿌리치지도 못한 채 얼어붙었다. 겉모습은 나와 같았지만 그녀에게선 무시할 수 없는 고귀하고 우아한 분위기가 뿜어져 나왔다.

"넌 언젠가 나를 사용하게 될 거야. 내가 이토록 누군가에게 강렬한 끌림을 느낀 적은 없었으니까. 하지만 너는 아직 준비가 되어 있지 않아."

"아담의 책에 도대체 무슨 내용이 적혀 있길래……."

"그건 명부야. 죽은 신들의 이름이 적힌."

나는 정확히 어떤 질문을 해야 할지 몰라 주저했다. 이브의 열쇠가 보다 단호하게 말했다.

"지금의 네가 감당할 만한 물건이 아니라는 것만 알아둬. 물론 그건 루시퍼를 저지할 수 있어. 하지만 그 이상의 결과를 불러들일 가능성 또한 농후하지. 만약 네가 나를 손에 넣으면, 그리하여 정당하게 아담의 책의 주인이 된다면 너는 죽은 신들을 말 한마디로 부활시킬 수 있다. 그리고 그들은 루시퍼를 죽이거나 혹은 영원토록 깨어나지 못하게 봉인하려 들 거야. 그들 대부분이 루시퍼의 손에 죽임을 당했으니까.”

나는 생각할 것도 없이 미간을 찌푸렸다.

“그럼 전 당신이 필요하지 않아요.”

이브의 열쇠가 그럴 줄 알았다는 양 중얼거렸다.

“……하지만 네가 그 ‘군대’를 통제한다면 이야기는 달라지지.”

평범한 인간이, 그것도 내가 루시퍼를 죽이지 못해 안달 난 신들의 군대를 통제한다고? 나는 어이가 없었다.

“제가 어떻게 그럴 수 있겠어요?”

“이미 그들은 죽었어. 명심해두어라. 죽은 자가 부활했을 땐, 결코 이전과 같지 않다는 것을. 아담의 책에 담긴 건 그들의 권능과 분노와 원망이야. 부정적이고 불결하고 음험한 것들이지. 뭐…… 너도 아까 겪어봐서 알 테지만, 그것들은 참 고약해. 어쨌든 내가 너한테 본능적으로 이끌리는 걸 보면 정말 신기하단 말이지.”

겪어봐서 알 거라고? 아무렇지 않게 건네는 그 말에 어찌나 화가 났던지 속이 뒤틀렸다. 그녀가 열쇠의 형태를 취하고 있었더라면 당장 부숴버렸을 거였다.

그녀가 내 왼손, 오른손에 깍지를 끼며 조용히 눈을 내리깔았다.

“아담의 책과 그것을 여는 이브의 열쇠. 이것은 판테온이 직접 만든 루시퍼에 대한 일종의 억제력이야. 단, 사용할 수 있는 자는 전무하지. 조건이 워낙 터무니없이 불가능해서.”

나는 퉁명스럽게 대꾸했다.

“조건이 뭐길래요?”

“진심으로 루시퍼를 사랑하는 것. 루시퍼는 단 한 번도 누군가에게 진정으로 사랑받아본 적이 없어.”

이번에야 말로 나는 폭발했다.

"그게 말이 된다고 생각해요? 지안이가 어디가 어때서!"

내가 이렇게 크게 소리 지를 줄은 몰랐던지, 이브의 열쇠가 인상을 찡그렸다. 그럼에도 그녀는 깍지를 풀지 않았다.

내 도플갱어가 어린 아이를 가르치는 듯한 투로 설명했다.

"루시퍼의 눈을 보는 순간 모든 존재들은 생전 느껴보지 못했던 강력한 충동에 사로잡히지. 신앙심이든, 본능적인 두려움이든, 성욕이든, 그 감정은 결코 꺼지지 않는 사막의 열기처럼 걷잡을 수 없어. 자기 자신을 파멸시키기 전까지는."

나는 눈을 치켜떴다. 왜 갑자기 루시퍼의 침대로 몇 번이고 뛰어들었다던 아스트라가 생각나는 걸까.

"……그건 저주인가요?"

"후후, 글쎄? 어쨌든 이거 하나는 알아둬. 단 한 번도 누군가에게 진정한 사랑을 받아보지 못한 루시퍼는, 마찬가지로 자신이 사랑하는 사람을 어떻게 대해야 할지 전혀 몰라. 그는…… 의외로 바보 같은 구석이 있지."

"그래서 제 목에 언제 폭발할지도 모르는 걸 달아뒀군요. 네, 뭐, 좋아요. 그렇다고 치자구요. 그럼 안녕히 계세요."

나는 깍지를 풀려고 손을 마구 비틀었다. 그러나 이브의 열쇠는 그리 호락호락하지 않았다.

"나를 얻지 않고 그냥 떠나버릴 셈이니?"

나는 내 도플갱어의 배를 발로 걷어차면 어떤 일이 벌어질지 순간 궁금해졌다.

"말했잖아요. 저는 당신이 필요하지 않다고. 신들의 군대든 뭐든 사절하겠어요."

"이 기회를 놓치면 판데모니움이 완전히 멸망한다고 해도? 신들이 모두 루시퍼의 손에 죽어버린다고 해도?"

혹은 있는 힘껏 박치기를 시전한다든가.

"물론 그건 부당하고 끔찍한 일이에요. 그렇게 생각해서 어떻게든 막아보려고 당신을 찾았던 거고……."

나는 성의 없이 건성건성 대답했다. 이브의 열쇠는 계속해서 나를 독촉했다.

"그래, 넌 이보다 더 최악의 상황이 벌어질 수 있음을 잘 알고 있어. 그런데? 어떤 노력도 하지 않고 가만히 있겠다는 거야?"

어째서 이브의 열쇠는 아담의 책처럼 조용히 닥치고 있지 않는 걸까. 하물며 내 모습으로 나를 조롱하고 있으니 기가 찰 따름이었다.

나는 지안이를 사랑한다.

그것이 바로 내가 지안이를 막으려던 이유였다.

사람들이 그를 욕하는 것이 싫으니까. 한때나마 나와 같은 인간이었던 그의 마음이 병들어가는 게 보여서.

나한테는 단 하루.

그에게는 10년.

참으로 가혹한 형벌이 아니던가. 나라도 제정신을 유지할 수 없었을 터였다. 그러므로 이브의 열쇠가 나에게 인간으로서의 도의와 사랑하는 연인 중 하나를 택하라면, 나는 몇 번이고 지안이를 선택할 것이다. 그것이 얼마나 이기적이고 잔혹하고 악랄한 선택일지라도 나는 지안이의 손을 잡을 것이었다.

흩어진 유리조각의 일부가 망막에 박혔는지 눈이 아렸다. 이브의 열쇠는 나에게 자꾸 다른 선택을 강요했지만, 모든 존재가 이기적인 만큼 나 또한 지안이를 설득할 목적이었지, 희생시킬 생각은 추호도 없었으므로 주눅 들지 않고 맞받아쳤다.

"도대체 당신은 뭘 원하는 거예요? 아까는 제가 이브의 열쇠를 얻기엔 아직 부족하다고 했으면서, 막상 포기한다고 하니까 아쉬운 듯이 매달리네. 그건 그렇고 내가 나한테 존댓말을 하니까 진짜 이상한 걸. 왜 당신은 하필 내 얼굴을 가져다 쓰고 있는 거예요?"

나는 이를 갈았다. 이브의 열쇠는 내 얼굴로 심히 가증스러운 미소를 지었다.

"너는 반드시 나를 소유하고 사용하게 될 거야."

"무슨 자신감으로 그렇게 확신해요?"

"줄곧 지켜보고 있었으니까. 네가 판데모니움에 발을 디디는 순간부터 나는 너에게 이끌렸어."

어쩐지 그녀를 상대하는 것 자체가 슬슬 시간낭비로 여겨지고 있었다.

"……이거 참 뭐라고 대답해야 할지. 지안이는 내가 당신을 찾고 있다는 걸 알아요. 지안이가 당신을 없애버리면 순식간에 모든 가능성이 끝나버릴걸요."

"아, 루시퍼는 그러지 못해. 여태 그래왔으니까."

한껏 자신만만한 투에 나는 살짝 기분이 나빠졌다.

"무슨 이유로?"

이브의 열쇠가 빙긋 웃었다. 그녀는 내 손을 놓아주더니 발레리나처럼 빙그르르 돌았다.

"나를 만나려면 자기 자신의 과거를 돌아봐야 하니까. 그건 루시퍼가 절대로 하지 못하는 일이지. 물론 다른 존재들도 힘겹긴 마찬가지고. 과연 너는 얼마나 용감할지 궁금해."

그녀의 형체가 서서히 투명해지기 시작했다. 물거품처럼, 나비가 불러들인 환영같이.

"나는 여기 있을 터이니 생각이 바뀌면 다시 찾아오거라."

이윽고 이브의 열쇠는 완전히 자취를 감추었다. 나는 녹슨 냄새로 가득한 텅 빈 창고 안을 무감하게 돌아보았다.

그녀가 만든 거울의 방은 온데간데없었다. 아무래도 마법으로 만든 공간이었던 듯싶었다.

"……하아."

왜 나는 항상 휘둘리기만 하는 것 같은 느낌이 들지? 내가 아무런 힘도 없는 나약한 인간이라서 그런가? 단지 그 이유만으로 나는 꼭두각시인형이 되어야 하는 거야? 이브의 열쇠도 그렇고, 아스트라의 일까지 생각하면 혐오감이 들었다. 자신들의 힘으로 지안이를 어떻게 할 수 없으니까 평범한 인간에 지나지 않는 나를 이용하겠단 심보가 괘씸하기 그지없었다.

언제나, 항상 나에게 주어진 선택지는 두 개였다.

신들과 인간의 편을 들어 지안이를 적대하거나, 이 세계가 멸망하게 내버려두는 것.

그들은 지안이의 죄를 나에게 물었다. 나에게 책임을 전가하고 나에게 해결을 강요한다.

정작 루시퍼와 오랜 시간을 보낸 건 자신들이면서! 이해하려고도 안 하고!

……아니, 무서우니까 알려고 하지 않는 거야.

땅이 꺼져라 한숨을 쉬고 있으려니 뒤에서 개가 짖어댔다. 나는 자신을 찾아 판데모니움에 온 내가 진짜라는 사실을 깨닫고 어린애처럼 눈물을 떨어뜨리던 지안이와, 가차 없이 살육을 즐기던 루시퍼를 번갈아 떠올렸다. 둘은 동인인물이었고 내가 사랑하는 유일한 존재였다.

이브의 열쇠를 뒤로하고 익숙한 교실을 찾아 올라가는데 두런두런 말소리가 들렸다.

"유다 님. 저는 유리가 마음에 들어요. 그 애처럼 저를 편견 없이 대해준 사람이 없었어요. 그러니까 화장실 청소는 개한테 시키라구요."

……저년이? 나는 순간 주먹을 쥐었다.

"네까짓 게 감히 짐의 반려에게 청소 따위를 시키겠다는 건가? 물론 유리가 청소를 잘하긴 하지. 학교 다닐 때 밥 먹듯이 지각을 처해서 교실 청소, 교무실 청소, 화장실 청소, 화단 정리 등 안 해본 게 없었어."

……저놈이? 나는 얼굴이 일그러지는 걸 느꼈다. 이어진 에스테르의 말이 가관이었다.

"풉, 보나마나 공부도 못했겠군요."

잠시 후, 지안이의 달콤한 목소리가 교만하게 울려 퍼졌다.

"……그래도 제법 괜찮은 대학교에 들어갔으니까. 편법을 쓰긴 했지만."

잠깐만. 나 이거 처음 듣는 이야기인데. 편법이라니?

나는 인상을 찡그린 채 걸음을 멈췄다. 에스테르가 나를 대신해서 물었다.

"그때 루시퍼 님은 인간으로 살았다고 하지 않으셨나요? 그런데 무슨 편법을 써요?"

"원래 타락한 세상은 약간의 협박과 권력과 돈이면 불가능한 것이 없노라. 너도 미개한 문명이었은즉 한 나라를 지배하는 왕족이었으니 알 것이 아니냐?"

"……기억을 잃어도 루시퍼 님은 루시퍼 님이셨군요."

나는 더 이상 참지 못하고 벌컥 문을 열어젖혔다. 교실 안에는 루시퍼와 유다, 그리고 에스테르가 모여 앉아서 수다를 떠는 기묘한 진풍경이 연출되고 있었다.

나는 책상 위에 앉아 다리를 꼬고 있는 지안이와 바닥에 아무렇게나 주저앉아 태평하게 머리를 빗는 데 집중하고 있는 에스테르를 찢어죽일 듯 노려봤다.

"야! 편법이라니? 그리고 에스테르, 어째서 루시퍼랑 태연히 대화를 주고받는 거야?"

그러자 에스테르가 도리어 당연한 사실을 왜 묻냐는 듯 말했다.

"그야 신이잖아. 인간은 기본적으로 만물을 창조하고 다스리는 신들을 섬기고 공경하게 되어 있어. 넌 예외인 것 같지만. 또 내가 루시퍼 님한테 달려든다고 해서 내 조국과 부모님이 돌아오는 것도 아니잖아? 나만 개죽음 당할 뿐이지."

나는 에스테르의 표정을 면밀히 살폈다.

"……정말 그걸로 된 거야?"

내가 자신을 걱정한다는 걸 알고 에스테르가 부드럽게 미소를 지었다.

"유리, 한번 잃어버린 것은 영원토록 돌아오지 않아. 나는 너무 빨리 깨달아버렸지."

문득 가슴이 따끔거렸다. 그건 내가 지안이에게 했던 말이기도 했으므로.

에스테르가 일부러 밝은 목소리로 물어왔다.

"그래서 너는 어떡할 거야? 뭐…… 물어보나마나 루시퍼 님이랑 같이 돌아갈 거지?"

나는 그녀를 물끄러미 응시했다. 에스테르는 내가 아는 여자들 중에서 가장 강했지만, 더는 부상자들도 없는 이곳에 유다와 그녀만 두고 떠나긴 왠지 꺼려졌다.

"잘 모르겠어."

애매모호한 대답에 지안이가 미간을 찌푸렸다.

"모르겠다니? 그렇게 솔로몬의 책을 열어보고 싶어?"

어라. 나는 어리둥절하게 그를 바라봤다.

"너 못 느꼈어?"

"뭐를?"

나는 머리를 긁적였다. 유다가 나를 향해 살짝 고개를 가로저어서, 나는 적당히 얼버무렸다.

"……아무것도 아니야. 너도 모르는 게 있구나 싶어서. 이브의 열쇠는 찾았어. 어디에 있는지는 알아."

"어디에 있는지는 안다고? 왜 가져오지 않았지?"

나는 의자에 앉으면서 뾰로통하게 입술을 삐죽였다.

"나한테 필요 없는 물건이었어. 솔로몬의 책이든 이브의 열쇠든."

솔로몬의 책은 쓸데없이 무겁고 이브의 열쇠는 쓸데없이 말이 많고. 심지어 이브의 열쇠는 내 도플갱어지.

지안이가 나에게 시선을 박으며 집요하게 파고들었다.

"그럼 왜 에스테르가 나와 돌아갈 거냐고 묻는 질문에 잘 모르겠다고 답한 거지?"

설마 진짜로 몰라서 묻는 건 아니겠지? 나는 어이없다는 투로 중얼거렸다.

"왠지 네가 나를 가둬버리고 묶어놓고 사육할 것 같은 불안감이 들어서 말이지……. 나, 나는 아직 그런 걸 받아들일 준비가 안 됐어."

내가 살짝 인상을 찡그린 반면, 지안이는 표정을 굳혔다가 곧 상당히 거만하게 웃었다.

"좋아. 그럼 내킬 때까지 여기 있도록 해. 나는 지긋지긋하게 숫자만 많은 벌레들을 마저 박멸하러 갈 테니까. 여기서 가장 가까운 왕국이…… 예소드였던가? 그러고 보니 너도 그 버러지와는 안면이 있었지. 이제는 그가 리하르트와 예소드를 모두 통치한다고 하니 얼굴을 익혀둬야겠어."

나는 에드가 게일 페르디난드를 떠올리곤 새하얗게 질렸다. 그는 내가 판데모니움에서 제일 처음 만난 귀족이자, 지안이를 만나러 리하르트로 길을 떠날 때 큰 도움을 준 남자였다. 그리고 그는 피범벅으로 끝난 나와 지안이의 결혼식에 초대되기도 했었다.

나는 벌떡 일어섰다.

"그 남자를 죽일 셈이야? 안 돼!"

"왜 안 되는데? 혹시 그자가 네 마음에 들기라도 했나?"

나는 짜증스럽게 쏘아붙였다.

"그럴 리가 없잖아. 다만……."

"다만?"

부부싸움이 심각해질 징조를 느꼈는지 에스테르가 유다의 옷자락을 잡아당기면서 밖으로 나갔다. 나는 가만히 눈을 내리떴다.

"……넌 정말 하나도 변한 게 없구나."

지안이가 책상에서 내려와 나와 거리를 좁혔다.

"그건 내가 할 말이고 내가 보일 경멸이지. 너야말로 이랬다저랬다 하는데 나더러 어쩌라는 거야? 판데모니움의 인간들이 죽어나가는 게 그토록 죄스럽고 싫으면 내 비위를 맞추든가. 그저 나만 잘 구슬리면 될 것을 뭐하러 번거롭게 이브의 열쇠 같은 걸 찾아다녀?"

"애초에 넌 설득당할 의지가 전혀 없잖아! 그냥 내 눈과 귀를 틀어막으려고 할 뿐이지!"

"뭐, 어쨌든 네 양심이나 도리는 지금보다 덜 괴롭겠지."

차라리 거짓말로라도 그렇지 않다고 해줬으면 좋으련만.

나는 눈물 고인 눈으로 그를 쳐다봤다.

"……이런 너를 보려고 여기까지 오는 게 아니었어."

"내가 무슨 대답을 해주길 바라지?"

지안이가 냉소적으로 물었고, 나는 경악에 차서 소리쳤다.

"그런 건 너 자신한테 직접 물어!"

내가 씩씩거리자 지안이가 잠시 말을 멈췄다. 그의 얼굴을 쳐다보기도 싫어서 아예 등을 돌렸는데, 이내 뒤에서 조심스러운 물음이 들려왔다.

"내가 네 기대에 부응하지 못해서 실망스러워?"

나는 흘러내린 머리카락을 쓸어넘겼다.

"지안아, 네가 무슨 짓을 저질러도 나는 너를 사랑할 거야. 하지만 행복하지는 않겠지. 결국 우리는 둘 다 미쳐서 죽어버리겠지."

나는 한숨을 쉬었다.

"······이제 나도 몰라. 너 알아서 해."

또 잠깐의 침묵이 있었다. 이윽고 침착함을 잃은 지안이의 음성이 귀를 파고들었다.

"왜 갑자기 생각이 바뀌었는데? 이브의 열쇠가 어디 있는지도 알았으면서······."

나는 그의 말이 끝나기도 전에 마음속 깊이 쌓인 분노를 퍼부었다.

"그야 내가 아무리 백 번 천 번을 말한들 너는 듣지도 않는데다가 아담의 책은 나는 절대로 사용하지 못할 물건이니까! 넌 알고 있었지? 아담의 책이 너한테 살해당한 신들의 명부라는 것 말이야. 혹시 너 나를 시험한 거니? 일부러 솔로몬이 나한테 책을 준 사실을 알면서도 묵인한 거야?"

뒤를 돌아보고 싶었다.

지안이가 어떤 표정을 짓고 있는지 알고 싶었다.

하지만 나는 주먹을 쥐고, 가빠진 호흡을 골랐다.

"시험하지 않았어. 존중했을 뿐이지."

"하, 이게 네 방식의 존중이라 이거야?"

나는 고개를 푹 숙였다. 여기서 울지 않으리라 다짐하는데 어느샌가 내 앞으로 온 지안이가 턱을 잡아 올려서 자신과 눈을 맞추게 했다.

불타오르다가 재가 되어 사라질 것만 같은 눈동자에서 시선을 뗄 수 없었다.

"전에도 말했지? 지금이 진짜, 원래 모습의 나라고. 감당할 자신이 없었으면 차라리 죽여달라고 애걸복걸하며 빌지 그랬어."

나는 퉁명스럽게 그의 손을 쳐냈다.

"내가 네 손에 죽는 일은 절대로 없어."

지안이가 눈썹을 치켜세웠다.

"절대로?"

"절, 대, 로! 그리고 너랑 헤어질 생각 없으니까 그만 초조하게 굴어. 나는 계속 네 옆에 머물 거야. 다만 네가 나한테 조금만 더 상냥하게 굴면 훨씬 행복해질 거란 말이지."

나는 거듭 강조했지만, 지안이는 몇 마디 말로 나를 제압했다.

"하지만 나는 너를 잃어버릴까 봐 무서워. 앞으로도 이런 불안감을 떠안고 살아가겠지 나는. 지난 10년간 너 없이 미치도록 끔찍했으니까."

그 속삭임이 너무나 서글펐으므로 나는 입술을 깨물었다. 지안이가 10년이라는 시간이 견딜 수 없이 고통스러웠다고 말할 때마다 나 또한 살이 베일 듯 그 감정을 느꼈다. 내가 지안이를 심연의 구덩이로 떨어뜨린 것만 같았다.

나는 순순히 항복을 선언했다.

"알았어. 그럼 너는 어떻게 하고 싶은데? 성으로 돌아갈까?"

그러나 지안이는 시큰둥한 반응이었다.

"네가 있는 곳에는 반드시 나도 존재해야 해. 내가 원하는 건 그뿐이야."

나는 우물쭈물 말했다.

"그건 나도 원하는 바인걸."

내 말에 지안이가 신경질적으로 큭큭거렸다.

"'신들의 군대'에는 그다지 흥미가 없나 봐?"

뭐? 입이 저절로 벌어졌다.

"다 알고 있었어?"

"어느 정도는. 실로 대단한 권능이 깃들어 있으니, 봉인이 풀리면 나를 아주 성가시게 만들 거라는 사실만은 분명하지."

지안이가 눈을 깜박였다. 갑자기 지안이가 내 시선을 피하더니 울기 시작해서 나는 경악했다.

"야! 왜 우는 거야!"

그가 입술을 깨물었다.

"네가 아담의 책을 이용해서 내 곁을 떠날 거라고 생각했어. 지난 일주일 동안 이곳을 무너뜨리고 너를 데려가고 싶은 충동을 참느라 얼마나 힘들었는데……."

떨리는 지안이의 목소리가 폭발하는 감정을 제어하려는 듯 뚝뚝 끊겼다.

"네가 나한테 질려버리면 어떡하지? 난 너를 놓아줄 수 없는데. 그럼 또다시 죽어버릴 방법을 찾아 돌아다닐 텐데."

나는 신음하다가 의자를 끌어다놓고 올라서서 지안이의 머리를 쓰다듬어 주었다.

"그럴 일 없으니까 뚝 그쳐. 비열하게 눈물을 무기로 삼는 게 어딨어!"

그러자 지안이가 고개를 들었다.

"날 사랑해?"

"사랑해. 그리고 너 좀 짜증나."

나는 열이 오르는 얼굴로 투덜거렸다. 결국 또 지안이의 승리로군. 가만, 그럼 그 개는 어떡하지?

"그럼 우리 화해의 키스……."

나는 재빨리 의자에서 뛰어내린 다음, 지안이를 마구 잡아당겼다.

"아, 그러고 보니 너한테 부탁할 거 있어! 따라와."

"······너도 좀 짜증나."

나는 개의치 않고 지안이의 손을 잡아당겼다. 우리는 지하실로 내려가서, 수로로 통하는 비밀 문 안으로 들어갔다. 썩은 물이 군데군데 고인 지하수로의 막다른 길, 가장 구석진 장소에 도착하자 비쩍 마른 개가 험악하게 짖어대며 우리를 맞이했다.

당연히 지안이는 못마땅해 했다.

"뭐야 저 병든 개새끼는."

나는 다급하게 재촉했다.

"딱 보기에도 아파 보이지? 불쌍하지? 얼른 치료해줘!"

지안이가 코웃음을 쳤다.

"싫은데."

이 자식이? 나는 다짜고짜 그의 멱살을 잡았다.

"뭐? 어째서? 내가 쟤를 얼마나 아끼는데! 매일 음식도 가져다주고 심지어 벌레 붙은 것도 떼줬단 말이야!"

"그렇게 지극정성으로 보살폈다니 안타깝지만 내 성력이 저 개새끼를 치료하기 싫다는군."

나는 지안이를 한 대 치기 직전이었다.

"죽을래?"

지안이는 내 경고를 무시하고 불만을 토로했다.

"이런 우중충한 통로는 또 어떻게 찾아낸 거야? 대충 보기에도 멀리까지 이어져 있는 것 같은데."

그의 눈이 내가 설명하지도 않은 길을 찾아내어 보다 멀리 내다보았다. 나는 혀를 빼물었다.

"나도 에스테르 덕분에 알게 됐어. 여긴 우리 말고는 아무도 몰라서 혼자 있고 싶을 때나 안전한 곳에 있고 싶을 때 주로 찾아."

"벌레나 쥐를 제일 싫어하는 네 입에서 이곳이 '안전'하다는 말이 나올 정도면 위의 상황이 어땠는지 알 만하네."

"그래, 뭐, 강간이나 폭행의 위험이 수시로 있기는 했지. 어쨌든 나는 꿋꿋하게 살아남았어. 장하지 않아?"

"별로."

나는 눈살을 찌푸렸다.

"왜 심술이야?"

"네게서 내 필요성이 사라지는 건 달가워할 일이 아니니까."

나는 눈알을 굴렸다. 나는 지안이를 사랑해서 결혼한 거지, 호신용으로 쓰려고 남편 삼은 게 아닌데.

"바보야, 내가 설령 전지전능한 조물주라고 하더라도 너를 원하지 않는 날은 없을 거야. 꿋꿋하게 살아남았다고 말했지만, 사실은 무척 힘들었다구. 하루라도 다치지 않는 날이 없었어. 위험하고, 무섭고, 당장이라도 네가 있는 곳으로 도망치고 싶었어. 그치만 그래선 안 되니까. 나는 성 안의 공주님이나 꼭두각시인형이 되고 싶지는 않아."

나는 지안이의 가슴에 머리를 묻었다. 유다는 나의 죄책감으로부터 생겨난 신임에도 불구하고 유다를 상징하는 표식은 내가 아닌 지안이에게 새겨졌다.

나는 표식이 있을 곳에 가만히 손을 올렸다.

"미안해. 내 죄책감을 너한테 맡겨버린 꼴이 됐어. 나는 이걸 돌려받지 않으면 안 돼."

참 우스운 일이지. 내 죄책감 하나 떠맡지 못하면서 누가 누굴 막는 다는 거야.

"네가 계속해서 살인을 저지른다면, 나는 무슨 수를 써서라도 막아야 한다고 생각했어. 도리에 어긋나는 행위잖아? 그런데 에스테르나 다른 사람들은 판데모니움의 종말을 '신의 심판'이라고 했어. 이제 나는 어떻게 해야 할지 모르겠는걸. 바깥에는 여전히 너를 숭배하는 무리와 저주하는 무리가 존재하는데, 심지어 너와 같은 신들조차 사상의 차이로 분열해버리는데 내가 무엇을 할 수 있겠어? 나는 뭐가 옳고 그른 건지 더 이상 구별하지 못하겠어. 확신이 없어졌어."

그렇게 중얼거리고선 나는 이브의 열쇠가 있었던 거울의 방을 향해 걸어갔다. 그러나 그곳은 벽으로 가로막혀 있었다. 문 같은 건 존재하지 않았다. 마치 내가 보고 겪었던 모든 일이 환상이었다는 듯이.

그런데도 나는 벽에다 손바닥을 댔다. 거울의 숨결 같은 냉기와 축축함이 혈관을 타고 올라와 혀를 얼어붙게 만드는 듯했다.

이브의 열쇠는 이곳에서 나를 기다리겠다고 했다.

비록 그녀가 모습을 감췄어도 여전히 나를 지켜보고 있는 것만은 틀림없었다.

"이제 이곳에 오는 일은 없을 거야. 멀리 돌아간다고 해도 다른 길을 찾을래."

나는 작별인사를 건네곤 한 가지 당부하는 것도 잊지 않았다.

"그러니까 사라져! 다시는, 내 모습으로 나타나서 나를 현혹하지 마!"

내가 단호하게 소리쳤을 때, 발밑에서 갑자기 환한 빛이 일었다. 빛은 원모양으로 나를 감쌌는데 이윽고 그 안에서 엄청난 수의 나방들이 쏟아져 나오기 시작했다.

"꺄악!"

뭐뭐뭐뭐야? 날아다니는 벌레가 발밑에서 우르르 봇물 터지듯 나오는 것은 가히 끔찍한 경험이었다. 나는 팔로 머리를 감싼 채 미친듯이 비명을 질렀다. 실눈이라도 뜨고 싶었지만 나방이 눈 속에 들어오는 불상사가 생길까 봐 그저 이 악몽이 어서 빨리 끝나기를 바랄 뿐이었다. 수많은 나방의 날개에 스친 피부가 불에 데인 듯 화끈거렸다.

얼마나 지났을까, 불씨가 옮겨 붙은 것처럼 전신이 뜨겁게 불타올라서 나는 간신히 눈을 떴다.

검붉은 나방들은 밑바닥에서 튀어나와 천장을 통과해서 사라지고 있었다. 내가 원 밖으로 나가고자 용감하게 한 발을 내딛는 순간 빛이 폭발하더니 모든 것을 삼켜버렸다.

이브의 열쇠가 내 모습을 한 채로 눈앞에 나타났다.

"유리, 넌 나의 주인."

"……내 말은 귓등으로도 안 들었지?"

그녀는 내가 반말을 했는데도 무시했다.

"사람은 누구나 고뇌하고 자신이 내린 결정에 후회하며, 또 괴로워하지. 네가 어떤 대답을 찾을지 나도 궁금해졌어. 너라면 루시퍼를 변화시킬 수 있을까? 오로지 인간 사냥을 위해서 판테온에 의해 태어나고 길러진 '궁극의 병기'를?"

나는 그녀의 눈을 똑바로 마주보았다. 그 순간 미미하게 그녀의 속눈썹이 흔들렸다.

"나는 두 번 다시 너한테 현혹당하지 않아! 정말 나를 주인으로 여길 셈이라면 다시는 루시퍼를 그렇게 부르지 마! 만약 앞으로도 누가 루시퍼를 도구 취급한다면, 나는 그자를 죽이기 위해 아담의 책을 사용하겠어. 그건 '신들의 군대'에게도 상당히 굴욕적인 일이 되겠지."

나는 분노에 휩싸여 생각나는 대로 말을 내뱉었다. 아직 나는 내 죄책감 하나 감당하지 못하고, 옳고 그름에 대한 확신조차 가지지 못했지만, 감히 지안이를 그렇게 취급하는 걸 가만히 두고 볼 만큼 한심하지는 않았다.

인간 사냥?

궁극의 병기라고?

"내 대답이 궁금하다고 했지? 결과가 어떻게 되든 나는 평생을 루시퍼와 함께할 거야. 걔가 죽으면 나도 죽을 거고, 아스트라나 비슈누 같은 것들이 공격해 온다면 너희를 이용하겠어. 루시퍼한테 살해당해서 명부에 적힌 신들에겐 미안하지만, 나는 이기적인 사람이라 네가 내 것이 된다면 루시퍼가 위험에 처할 때 주저 없이 아담의 책을 사용할 거야. 루시퍼를 막는 게 아니라, 지키기 위해서."

그녀의 눈이 휘둥그레졌다. 그녀는 애써 미소를 짓고 있었으나 내 말에 당황한 기색이 역력했다.

"후후, 그들을 통제할 수 있겠어?"

"내가 그러지 못하리라고 생각했다면 애초에 네가 내 소유가 되겠다고 자처하는 일도 없었겠지. 무조건 해보일 거야. 나의 죄책감도, 네가 거울을 통해 보여줬던 그 징그러운 꼬마…… 아니, 내 부정적인 감정들도 날 지배하게 두진 않겠어."

나는 싸늘하게 눈을 내리깔았다. 이브의 열쇠가 멈칫하는가 싶더니 슬쩍 내 옆을 곁눈질했다.

"……저기, 마음을 다잡는 건 좋은데 루시퍼가 울고 있는데?"

이브의 열쇠도 놀랐는지 말을 더듬거렸다. 나는 홱 고개를 돌려서 지안이를 째려봤다.

"너는 또 갑자기 왜 우는 거야!"

어쩐지 조용하다 싶더라니! 내가 분개하는 것도 아랑곳하지 않고 지안이가 훌쩍였다.

"네가 그렇게까지 나를 생각하는 줄은……, 나…… 정말로…… 지금 죽어도 여한이 없어."

나는 어처구니가 없었다.

"죽지 마, 이 멍청아! 앗…….."

아차, 하는 사이에 이브의 열쇠는 내 몸으로 스며들었다. 그러나 그것보다 더 문제인 것이, 평소엔 색기 넘치는 퇴폐적인 지안이의 얼굴이 잔뜩 새빨개져선 눈물범벅이라는 거였다. 투명한 눈물방울이 그렁그렁 고였다가 빗방울처럼 뚝뚝 떨어져 내렸다.

지안이가 정말 서럽게 울었다.

"미안해…… 훌쩍, 내가 다 잘못했어. 저 개새끼한테도 잘할게. 진드기도 일일이 떼어줄 거야."

"……그 전에 나한테 먼저 잘해보시지?"

나는 지끈거리는 머리를 부여잡고 이를 갈았다.

지안이는 개를 치료해줬지만, 더 이상 구질구질한 곳에 있기 싫다면서 반항하는 나를 옆구리에 낀 채 악마의 성으로 이동했다. 유다와 에스테르에게 작별인사도 못했는데 무작정 데려와 놓고는, 이브의 열쇠가 은근슬쩍 내 몸에 스며들었다는 사실도 신경 쓰지 않고 입맞춤을 해대기 바빴다.

어느샌가 '집'이라고 인식하게 된 성과 우리의 침실은 예전 그 상태로 나를 맞이했다. 부드럽고 따뜻하고 눈부신 공간. 악마의 성이라고 불리는 이유를 이해할 수 없이 아름다운 성이었다. 태양빛을 받아 찬란한 황금빛으로, 달이 뜨면 새하얗게 물드는 거대한 구조물은 하나의 예술작품이나 마찬가지였다.

나는 지안이의 키스 세례에서 벗어나기 위해 몸부림치며 말했다.

"있잖아, 솔로몬의 책이랑 결혼반지가 아직 그쪽에 있거든? 얼른 가서 가져와야……."

내가 캐노피와 연결된 침대 기둥을 잡고 버티자 지안이가 정신을 혼미하게 만드는 목소리로 중얼거렸다.

"나중에 챙겨."

"하지만 둘 다 엄청 중요한 물건이잖아!"

"나한테는 네가 제일 중요해."

지안이가 나를 침대에 눕히며 뻔뻔하게 말했다. 한참 울었던 탓인지 그의 얼굴엔 열꽃처럼 홍조가 어려 있었고, 나른히 풀린 눈동자는 색정적인 분위기를 풍겼다. 그가 혀로 아랫입술을 쓸었다.

"사랑해, 유리야. 사랑해, 사랑해, 아무리 말해도 부족하게 느껴져."

낮은 음성이 귓속으로 미끄러져 들어오는 듯한 느낌이었다. 자극적으로 고막을 휘감는다. 미친 듯이 심장이 뛰고 얼굴이 화끈거리는데 그의 시선에서 벗어날 수가 없었다. 나는 그에 의해 침대에 뉘여진 이후 꼼짝도 하지 못했다. 자칫 긴장의 끈을 놓았다간 온몸이 벌꿀로 녹아버릴 것만 같았다. 망막 위로 불길이 떨어지는 것처럼 얼얼해서.

고운 실크 위로 아무렇게나 흩어진 내 머리카락을 지안이의 긴 손가락이 느릿하게 훑어 내렸다. 정신까지 흩어지는 아찔한 기분에 사로잡혀 나는 가까스로 속삭였다.

"나, 나도 사랑해."

긴장한 탓인지 목소리가 평소보다 낮고 조심스럽게 흘러나왔다. 지안이가 눈을 가늘게 떴다.

"너를 놓칠 순 없어. 그럼 난 죽어버릴 거야."

혼탁하게 흐려진 망막이 고스란히 나를 박아넣었다. 문득 언젠가 행운을 가져다준다며 그가 꺾어 준 비녀모양의 벚꽃 가지, 거기에 매달린 싱그러운 꽃이 떠올랐다. 벚꽃잎을 띄운 강 위의 작은 배에서 데이트를 즐겼을 때도 그는 이와 비슷한 고백을 했었다.

지안이는 그 일을 기억하고 있을까? 10년이란 시간이 흘렀는데도 그 시절의 나를 기억하고 있을까?

서로의 시간이 어긋나버렸는데도 우리는 같은 추억을…… 공유하고 있는 걸까?

"너 지금 거의 나를 잡아먹을 것 같은데……."

나는 기어들어가는 목소리로 중얼거렸다. 어, 어떻게든 다른 얘기를 해서 주의를 끌어야 해. 난 아직 준비가 안 됐단 말이야! 심지어 내 옷은 지하수로 천장에서 떨어지는 더러운 물에 젖어 있었다. 지금의 나는 전혀 아름답지 않았다.

전에도 지안이와 내가 어울리지 않는다는 말을 사람들로부터 종종 듣곤 했는데, 이곳에 오니 너무 예쁜 여자들이 많아서 열등감만 더 심해지는 느낌이 들었다.

나는 지안이의 눈치를 살피며 입술을 삐죽였다.

"아, 아까 에스테르랑 잘 놀더라. 물론 에스테르는 좋은 친구지만,

난 기본적으로 너한테 접근하는 모든 여자가 싫어. 아스트라도 그렇고…… 능력도 많은데 엄청 예쁘잖아! 난 그저 평범할 뿐인데."

그렇지. 나는 전혀 아름답지 않지. 다른 매력이 있는 것도 아니야.

"뭔가…… 패배하는 느낌이 든다구."

나는 한숨을 쉬며 손바닥으로 눈을 가렸다. 속마음을 털어놓자마자 괜히 말했다는 생각이 들었지만, 지안이는 영문을 몰라 했다.

"하지만 내가 사랑하는 건 너잖아."

나는 발끈해서 소리쳤다.

"그래도! 너는 너보다 잘생긴 남자를 보면 질투나지 않아?"

내 말에 지안이가 어리둥절하게 물었다.

"나보다 잘생긴 남자가 어디 있는데?"

"아 재수……."

순간 내 표정이 썩어들었다. 반박할 수가 없어서 더 슬펐다.

"네가 그 시궁창에 스스로 들어간 뒤로 정말 미쳐버리는 줄 알았어. 버림받는 기분이었다고. 적어도 아까 그 개새끼는 내 기분을 알겠지."

나는 인상을 찡그렸다.

"나는 널 버린 적이 없……."

"그리고 버러지만도 못한 쓰레기들이 너를 악마 취급하며 덮쳐들었을 땐."

내 눈이 휘둥그레졌다. 한밤중 다수의 남자들에게 등을 칼로 난도질당했을 때, 지안이가 상처를 치료해주긴 했으나 상처가 생긴 맥락은 모르는 줄 알았다. 그런데 아니었다니.

"……알고 있었어?"

지안이가 내 허리를 조이고 있는 리본을 풀면서 싸늘하게 말했다.

"나는 너에게 상처 입힌 놈들을 절대로 가만두지 않아. 그리고 당연히 너에 관해선 모르는 게 없지."

"뭐, 뭐야. 걔네들을 찾아서 죽이기라도 했다는 거야?"

나는 지안이의 말에 집중하느라 드레스가 느슨해지고 있다는 사실도 눈치채지 못했다.

"이곳에서 죽음은 너무 관대한 대접이지."

"그럼 어떻게 했는……데?"

지안이의 미간이 슬며시 찌푸려졌다.

"내 사랑, 우리가 지금 한가하게 대화를 나눌 상황이라고 생각해?"

나는 눈알을 굴렸다.

"어……, 음. 혹시 바빠? 할 일이 있으면 마저 하고 와도 되는데. 기, 기다릴게."

"나랑 같이 있는 게 싫어?"

"뭐? 뭐? 뭐? 당연히 아니지! 아, 아니야! 오해야!"

나는 열심히 해명했지만, 지안이는 그냥 넘어가지 않았다.

"증명해."

부끄러운 걸 어떡하라고! 나는 새빨개진 얼굴을 보이지 않으려고 고개를 돌린 채 주절주절 쓸데없는 이야기들을 늘어놓았다.

"그, 그동안 뭐하고 지냈어? 사령관들은 아래층에 있……겠지? 그러고 보니 페터가 요리해주는 음식을 먹어본 지도 엄청 오래된 것 같은 느낌이야."

"몰라. 나도 지금 돌아온 거니까."

"……응?"

나는 그렇게 말하는 지안이를 곁눈질로 살폈다.

"네가 떠나고부터 나는 계속 그 건물 주위를 맴돌았어. 결계를 깨부수면 네가 화를 낼 테고, 그나마 가장 가까운 곳에서 네 기척을 느끼고 싶었으니까."

말도 안 돼. 나는 충격을 받아 숨을 들이켰다.

고개를 숙인 지안이가 내 입술에 키스할 듯 말 듯 애매한 거리를 유지하면서 자조적으로 웃었다.

"……이렇게 평생 내 품에 가둬둘 수만 있다면 여한이 없을 것을. 성 안의 공주님처럼 대접할 자신은 얼마든지 있는데. 너도 좋은 것만 보면서 행복한 삶을 살고 싶잖아? 나는 너를 진짜 공주님으로 만들어줄 수 있어. 혹은 그보다 더한 것도, 네가 나한테 명령 한마디만 하면."

"물론 너는 뭐든지 가능하겠지. 그러니까 그렇게 가볍게 말하는 거겠지."

나는 무심결에 곧바로 빈정거려 버렸다. 지안이는 내 시선을 피하지 않았다.

"가볍지 않아. 나는 어떻게 해서든 너를 붙잡으려는 거야. 네 환심을 사고 싶어서."

"우리, 그럴 단계는 이미 지나지 않았어? 차라리 2세 계획을 세운다면 모를까."

나는 팔꿈치로 시트를 짚고 상체를 비스듬히 일으켜 세웠다. 덕분에 나를 덮치기 직전인 자세를 유지하고 있는 지안이와 훨씬 거리가 가까워졌다. 그는 내가 자신의 품을 벗어나려는 건가 싶어 긴장했는데, 나는 그런 그에게 살며시 입을 맞췄다.

내가 먼저 그에게 키스했고, 입술을 벌렸다. 눈을 내리뜨자 그날의 벚꽃 향기가 맡아지는 듯했다.

나는 아스트라만큼 예쁘지도 않고, 에스테르처럼 강하지도 않고, 유리구두를 신은 공주님도 아니지만, 그래서 왕자님이 필요하지 않는 건지도 몰랐다. 지안이는 나에게 기꺼이 왕자님이 되어주겠다고 말하고 있었으나 내가 원하는 건 동화 같은 삶이 아니었다.

그리고 수년 전 지안이의 마음을 사로잡았던 소녀는 온실 속에서 자란 여자아이가 아니었다. 부모님도 없고 모난 데 투성이에 자존심만 강해선.

"그건…… 구체적으로 생각해본 적 없는데."

내가 지안이의 무릎 위로 올라가서 그의 황금빛 머리카락 속으로 손을 넣었을 때 그가 잠긴 목소리로 중얼거렸다. 나는 웃지 않을 수 없었다.

"전에 나를 강제로 임신시켜서라도 붙잡아둘 거라고 협박하던 분이 누구였더라. 뭐, 좋아. 어쨌든…… 지안이 너는 오랜만에 나랑 침대에 있는데 떨리지도 않니?"

아주 순식간에 내 드레스를 벗겨놨어. 나는 흘러내리는 드레스를 어이없이 쳐다보다가 장난스럽게 지안이의 귀를 깨물었다.

그가 내 손을 잡으며 질문했다.

"내가 지금 무슨 생각하고 있는지 궁금해?"

"응."

그러자 지안이가 고개를 기울였다. 그의 부드러운 머리카락이 뺨을 간지럽혔다. 이윽고 상상하는 것조차 심히 민망하고 당혹스러운, 너무 야해서 음담패설에 가까운 얘기가 지안이의 달콤한 목소리를 통해 사정없이 전달됐다.

뭐? 뭐를 어떻게 하고 어떻게 해? 나는 새빨갛게 익은 얼굴로 그를 밀쳤다.

"너 미쳤어? 난 그런 건 절대 못해!"

미친 듯이 거절하는 나에게 지안이가 거만한 투로 말했다.

"하지만 내 꿈속의 너는 굉장히 적극적이던데. 내가 말했던가?"

"안 했어! 그리고 말하지 마!"

차라리 키스를 계속해서 애 입을 틀어막는 편이 낫겠어. 그렇게 생각한 내가 그의 옷자락을 거칠게 잡아당기자, 종이로 접은 장미가 치마 위로 툭 떨어졌다.

나는 눈을 깜박이면서 섬세하게 접어진 종이장미를 집어 들었다.

"너 또 종이 접은 거야?"

"인형도 만들었어."

지안이는 자랑스럽게 자신의 바느질 실력을 뽐냈다. 손으로 그나마 잘하는 것이라곤 주먹질하는 것밖에 없는 나로선 떨떠름할 따름이었다.

"……넌 갈수록 손재주가 느는구나."

심지어 요리도 잘하면서! 내가 투덜거리자 지안이가 큭큭거렸다.

"너를 생각하면서 하면 뭐든 되더라."

흠. 아부를 떠시겠다 이건가?

"한번 상상해봤어. 네가 기억을 잃어버려도 나를 사랑해줄까 하고. 우리가 같이 겪었던 시간 없이 네가 나를 사랑하는 게 가능할까? 내가 신의 권능을 잃은 채 너와 같은 인간으로서 만나고, 사랑하지 않았더라면 지금 같은 관계는 이뤄지지 않았겠지. 너는 나를 무서워했을 거야. 혹은 혐오하거나."

나는 두 팔로 지안이의 목을 끌어안았다. 누군가에게 사랑받는다는 이 느낌. 누군가에게 버려질까 봐 불안하고 또 불안한 이 느낌.

너무나 행복하기에 너무나 공포스럽다.

너를 잃어버린 나를 감당할 자신이 없어. 네가 없는 나를. 지안이는 그렇게 말하고 있었다.

"가끔 넌 너무 생각이 많아. 나도 그렇지만."

"네가 곁에 없는 시간이 견디기 힘드니까."

예전에도 애정표현을 자주 하던 그였지만 오늘은 특히 그랬다. 나는 양심에 찔려 말을 더듬었다.

"그, 그렇게 말하면 어떻게 대답해야 할지 모르겠는데……."

"굳이 말로 할 필요가 있나."

지안이가 조용히 웃으며 내 어깨에 머리를 묻었다. 우리는 잠시 모든 생각을 중단하고 서로의 품에서 만족감을 느꼈다.

Yuri

　태양이 돌아온 판데모니움의 달은 올바른 공전주기를 찾아 평화를 가져오는 듯했다. 적어도 지안이의 품에서 느낀 밤은 그랬다.

　오랜만에 호사스러운 욕실에서 목욕을 했더니 금세 졸음이 밀려왔다. 나는 저녁도 거른 채 지안이의 품에서 잠들었다. 잠결에 드러난 등을 쓰다듬는 그의 손길이 느껴졌는데, 어쩐지 그날의 상처자국을 되짚는 듯한 움직임이었다. 나야 상처를 제대로 살필 겨를이 없었으므로 출혈이 심했다는 것만 알지 어느 정도였는지는 전혀 몰랐다. 기억하고 싶지도 않고. 지안이의 분노가 이토록 오래가는 걸로 보아 꽤나 보기 흉했을 거란 짐작만 할 뿐이었다.

　달콤한 꿈은 이웃집 주차장에서 지안이와 찐한 키스를 나눈 것, 같이 땡땡이를 치고 영화를 보러간 것, 그의 집 옥상에서 밤새도록 이야기를 나누던 것 등을 내게 보여주었다. 나비가 펼쳐놓은 기분 좋은 꿈이자 나의 행복한 과거였다. 고등학생일 적엔 호기심에 같이 술을 마셔보기도 했는데 내가 먼저 필름이 끊겨서 지안이의 주정은 보지 못했다.

　안타까운 일이었다.

　우리는 비밀스러웠고 항상 최고의 연애를 했다. 나는 지안이가 가

수 빼치게 노래를 잘한다는 비밀을 알았고, 그가 그것을 남에게 알리기 싫어한다는 사실 또한 알았다. 지안이는 내가 생리대를 놓고 오면 대신 사다주기도 했었다. 우리는 집에서 몰래 훔친 맥주를 들고 불꽃축제에 놀러가기도 했으며, 어느샌가 학교를 대표하는 커플이 되어 있었다. 그도 그럴 게, 지안이는 엄청난 부잣집에 전교 1등을 늘 놓치지 않는 모범생인 반면, 나는 공부와는 아예 담을 쌓았고 같은 반 학생들과도 자주 싸웠기 때문이다.

나는 집단 따돌림을 도저히 못 견디는 성격이었고, 일찍 돌아가신 부모님을 빌미로 시비를 걸어오면 주먹부터 나갔다. 덕분에 정학도 먹을 뻔했었지.

어쨌든 내가 매일 시비를 걸어 댄 덕분에 집단 따돌림을 시키던 여자애도 결국 항복하고 말았다. 그렇다고 모든 문제가 해결된 건 아니었지만, 왕따는 더 이상 왕따가 아니게 되었고 우리 반에서 여왕벌이란 단어는 사라졌다. 난 그걸로 만족했다. 그 뒤로 나에게 먼저 다가오는 친구들도 꽤 생겼고. 사실 나는 남자애들보단 여자애들한테 더 인기가 많은 편이었다. 이걸 좋아해야 할지.

……내가 지안이의 비밀을 알고 있는 것처럼, 지안이도 나의 비밀을 알았다. 병원에서 말하길, 나는 꼬박꼬박 월경을 해도 신체구조상 선천적으로 임신이 힘들다고 했다. 돌아가신 엄마도 나를 낳고 오랫동안 후유증에 시달렸다고 들었으니 짐작한 바였다. 하지만 그걸 남한테 털어놓는다는 건 상당히 어려운 일이었다.

한참을 자고 일어난 나는 지독한 허기를 느끼며 아래층으로 내려갔다. 페터한테 맛있는 음식을 만들어달라고 부탁할 생각이었건만, 의아하게도 성은 지독하리만치 고요했다. 사령관들마저 어디론가 떠난 듯 킹크랩이 기어 다니는 소리만 들렸다. 킹크랩도 나만큼 굶은 상태라 심기가 영 불편한 모양이었다. 자꾸 화풀이 삼아 내 다리를 깨무는 것만 봐도…….

"야, 그만 물어. 나도 배고프거든?"

나는 내 발목을 덥석 물어버린 킹크랩을 질질 끌고서 페터의 식재료 창고를 뒤졌다. 약간 눅눅하긴 해도 빵이랑 치즈, 지나치게 차가운 자두모양의 열매들, 생고기와 계란 다섯 알이 있었다.

나는 적당히 재료들을 모아서 요리해 먹은 다음, 최고급 와인으로 입가심을 하고선 이름 모를 열매들을 손바닥에 놓고 굴리며 생각에 잠겼다. 이걸 먹고 몸에 이상이 생기면 어떡하지? 물론 지안이가 곧바로 치료해줄 순 있겠지만, 그전에 콱 죽어버릴 가능성도 배제할 수는 없었다.

나는 지난번에 치명적인 독이 든 버섯을 아무렇지 않게 요리하던 페터를 떠올렸다. 악마들은 독성이 있는 음식도 얼마든지 처먹는 모양이니, 페터의 식재료 창고에 위험한 게 있다고 해도 놀랄 일은 아니었다.

와인을 절반 가까이 비웠을 즈음, 나는 수상한 음식을 먹어보기 전이면 으레 그랬듯이 킹크랩에게 열매를 들이밀었다.

"너 먹어볼래?"

그러나 킹크랩은 그동안 너무 당했다고 생각한 건지, 내 손가락을 물어버리는 걸로 의사표현을 했다. 아, 피 난다.

"……그냥 내가 먹을까? 하지만 배 아픈 건 싫은데."

나는 킹크랩에게 물린 손가락을 쪽쪽 빨면서 머리를 들었다. 갑자기 그림자가 드리워서 올려다봤더니 내 뒤에 지안이가 서 있었다.

"또 사라져서 뭘 하나 했더니."

"아. 지안이다."

나는 지안이의 섹시하고 황홀한 얼굴을 거꾸로 감상하다가, 그를 내 옆에 앉혔다. 그가 순순히 자리하면서도 투덜거렸다.

"그럼 내가 네 남편이지 누구겠어?"

나는 혀를 빼물었다.

"난 지안이라고 했지 남편이라고는 안 했는데. 헤헤."

그는 자고 일어난 직후가 제일 섹시해서, 어두운 붉은빛의 눈을 보고 몽롱해지지 않을 수 없었다. 우리 남편이 세상에서 제일 섹시하긴 해.

내가 그렇게 생각하며 키득거리든 말든, 지안이는 내 손에서 정체를 알 수 없는 과일을 빼앗더니 한입 베어 물었다. 음, 먹어도 되는 거였구나. 괜히 망설였네.

지안이의 손에서 과일을 받아 나도 한번 먹어보는데 어쩐지 침울한 목소리가 들렸다.

"네가 또 떠나려는 줄 알았어."

새콤달콤한 과육이 입안에 한가득 들어와 있었다.

나는 꿀꺽 삼키고는 입을 열었다.

"어디 안 갔잖아."

"계속 이렇게 얌전히만 굴면 얼마나 좋을까."

나는 눈을 가늘게 떴다.

"글쎄 나는 네 개가 아니래도. 너한테 사육당할 생각은 추호도 없어."

"하지만 너는 내 부인이고……."

그가 내 손가락을 잡아 자신에게 끌어당기고는, 손목까지 흘러내린 과즙을 혀로 핥았다. 순간 벌들이 윙윙거리는 소리가 들리면서 그의 혀가 닿았던 부분에 불이 붙었다. 그의 혀가 손목에서 손바닥으로, 손가락으로 간지럽게 움직였다. 꿀처럼 달콤한 독이 혈관을 따라 나를 감염시키는 듯했다.

나는 반응하지 않으려고 입술을 꾹 깨물었다.

"10년 동안 나를 기다리게 만들었으면 최소한 이제부터라도 내 곁에 머물러줘야지."

지안이가 장난스럽게 내 검지 끝을 살짝 깨물었다. 나는 새빨개진 얼굴로 물었다.

"뭐, 뭐 하는……."

"비록 결혼식 전날 이곳으로 끌려왔지만, 마음만큼은 언제나 네 것이었어. 너를 그리워하고, 걱정하고, 이곳의 인간쓰레기들을 볼 때마다 혹여 너한테도 그런 벌레들이 붙었을까 싶어 어찌나 경멸스럽던지."

지안이의 음성은 나를 매료시키는 가장 예술적이고 섬세한 악기였다. 나는 아직도 화끈거리는 손을 힐끗거리며 조심스럽게 주먹을 쥐었다. 꿀벌이 내 손 안에 갇혀 있는 느낌이었다.

"잊었어? 난 너랑 다르게 사교성이 좋지 않다는 거. 인상도 나쁜 편인걸? 내 친구들도 처음엔 다가오기 힘들었다고 말하곤 했으니까."

나는 지안이에게 그렇게 말했다. 그러나 딱히 자신감 넘치는 목소리는 아니었다.

지안이가 턱을 괸 채 나를 뚫어져라 응시했다.

"넌 세상에서 가장 아름다워. 많은 남자들이 그 사실을 알지."

나는 이번에야말로 깜짝 놀랐다.

"무, 무슨 낯간지러운 소리야 갑자기!"

"그래서 성가시다는 뜻이야. 예전이나 지금이나."

"난 영문을 모르겠거든……."

나는 확 달아오른 얼굴을 들키지 않으려고 그릇에 고개를 묻었다. 애가 갑자기 왜 이런담?

나는 심호흡을 한 뒤에 용기 있게 지안이를 마주보았다. 가만히만 있어도 빛을 발하는 아름다운 천사는 나를 주시하는 채 다른 생각에 빠져 있는 듯했다.

지안이와 루시퍼.

평범한 인간이었던 내 연인은 알고 보니 너무나 큰 상처를 가진 천사였다.

나는 짧게 헛기침을 하여 목을 가다듬고서 말했다.

"예전의 넌 길 가던 어르신 짐도 들어드리고 가난한 애한테 장학금까지 양보했어. 근데 여기 사람들은 널 뭐라고 부르는 줄 알아?"

지안이가 눈을 내리깔고 성의 없이 대꾸했다.

"경국지색? 절세가인? 얼굴이 이 모양인 덕분에 여신들과도 종종 비교 당했지."

이 모양이라니! 그게 얼마나 축복받은 절정의 미모인데! 나는 입술을 삐죽거리며 포크로 삿대질을 했다.

"꼭 얼굴 때문이라기보단…… 너 체형도 은근히 가늘잖아. 흉터 하나 없는 흰 피부에 팔다리도 길고. 여자같이 생긴 건 아닌데 전체적으로 봤을 때 가끔 남자까지 유혹할 정도로 요염하단 느낌이 들 때가 있어. 하는 행동이랑 안 어울리게. 왜, 예전에 고등학교 다닐 적만 하더라도 너더러 남장한 여자냐고 묻던 애들 몇몇 있었잖아. ……그리고 맞아죽었지만."

나는 비극으로 끝난 이야기를 음울한 목소리로 늘어놓았다. 지안이가 실소를 흘렸다.

"그래서, 너도 이 몸한테 유혹당하셨나?"

나는 와인의 힘을 빌어 그에게 엉겨 붙었다.

"제대로 홀렸지. 네가 악마라면 인큐버스고, 요괴라면 분명 구미호일 거야. 그런데 왜 하필이면 새하얀 날개를 가지고 있는 거야? 다른 신들은 날개도 없고 왠지 너랑 친하게 지내고 싶어 하지 않는 것 같더라. 이제 와서야 하는 말이지만 의외였어. 넌 어디를 가나 사교성이 좋았으니까. 하물며 걔들은 너와 형제자매라는데."

지안이가 잠시 팔짱을 풀더니, 다른 과일을 가져와 연한 껍질을 벗기며 가벼운 투로 물었다.

"네가 생각했던 모습이랑 너무 달라서 실망했어?"

나는 어리둥절하게 눈을 깜박였다.

"뭐…… 아스트라를 처음 만났을 때 네가 정상적인 몰골이 아닐 거라고는 짐작했던 바였어. 내가 가장 놀라웠던 점은 10년이 지났어도 네가 날 사랑한다는 사실이야. 나처럼 평범한 여자는 여기에도 널리고 널렸는데 어떻게 눈길 한번 주지 않았다는 말이 믿겨지겠어?"

"그러니까, 내 사랑, 너는 전혀 평범하지 않다고."

이제 지안이의 입꼬리는 완전히 올라가 있었다. 나는 영문을 몰랐다.

"……내가 다른 세계에서 왔기 때문에? 아니면 루시퍼의 신부라서?"

지안이가 내 입에 껍질을 벗긴 과육을 밀어넣었다. 군말 없이 조금 깨물자, 가장 잘 여문 복숭아만큼이나 맛있어서 놀라웠다. 열대과일처럼 상큼한 향기가 입안을 지배했다.

"내가 느끼기에 유리 넌 이미 대답을 아는 것 같은데. 넌 강하잖아. 이 잔혹한 세계에서도 살아남아 위험을 무릅쓰고 나를 만나러 올 정도로 강해."

나는 지안이에게 나무라는 시선을 보냈다.

"여길 잔혹하고 무자비한 세상으로 만든 신이 누구였더라?"

"어쨌든, 레드카펫 위를 걷게 해주지 못해서 미안해."

레드카펫이라.

파탄 난 결혼식. 혼자 남은 신부. 쏟아지는 조롱들. 하지만 내가 제일 슬펐던 건…….

나는 그의 무릎에 앉아서 몽롱한 목소리로 중얼거렸다.

"대신 시체들의 핏물이 고인 진흙탕을 건너왔지. 리하르트에 도착하고 나선 시체들의 피가 아니라 드래곤들의 피로 범벅이었지만. 그러고 보니 너, 드래곤들까지 노렸던 거야? 아예 이 세상에 존재하는 생명들을 싸그리 없애버릴 심산이었냐구."

나는 그의 잠옷을 움켜쥐고 깊이 숨을 들이마셨다. 지안이다. 진짜 지안이. 나를 안고 있는 이 남자는 틀림없는 지안이었다.

내 질문에 지안이가 엄청 가볍게 대꾸했다.

"뭐 그렇지."

"그렇게 간단하게 대답할 문제가 아니거든!"

나는 버럭 했고, 그는 지극히 태연했다.

"적어도 오늘은 아무도 내 손에 죽지 않았잖아?"

"오늘 같은 날이 계속되길 바라고 있어."

나는 이를 갈며 말했다. 지안이가 짐짓 진중한 표정을 지었다.

"내가 고개를 끄덕이면 네 기분이 좋아지는 건가?"

"아마도 그렇지 않을까?"

"……그래도 내 생각은 변함없어."

맛있는 음식과 고급 와인으로 긴장이 풀린 머릿속은 생각의 가닥을 아무렇게나 풀어놓았다. 나는 그동안 하지 못했던 질문으로 지안이를 몰아붙였다.

"너 나한테 숨기는 거 있지? 뭔가 더 있는 게 분명해. 애초에 내가 네 곁에 있는데도 불구하고 '나를 두 번 다시 누군가에게 빼앗기지 않겠단 이유'만으로 판데모니움을 멸망시키고 신들을 모조리 죽여버리겠다니, 화풀이도 정도가 있지 영 수상한걸."

"누누히 말해왔잖아? 나는 너를 위해서라면 뭐든지 할 수 있어. 그게 아무리 더럽고 비열한 짓이라도."

지안이가 내 뺨을 쓰다듬을 때 나는 가만히 물었다.

"나를 사랑하니까?"

"너를 사랑하니까."

그가 그렇게 말하고서 내 입술에 짧게 키스했다. 우리의 입술 사이로 나비가 날아다녔다.

"지금도 잠결에 너의 온기를 확인하고 안심해. 지난 10년 동안 나는 네 환각을 보기도 했거든. 환각이나 환청이라면 이제 지긋지긋해. 내가 필요한 건 오로지 진짜 너, 유리 너뿐이야."

내가 어느 정도 술기운을 떨쳤을 때 지안이가 불쑥 이야기를 꺼냈다.

"너, 아직 카슐르를 본 적 없지?"

나는 아득하게 먼 기억을 떠올렸다. 이제는 예소드의 왕이 된 공작이 판데모니움이 어떤 곳인지, 얼마나 위험하고 잔혹한 세계인지 알려주면서 그 얘기를 했었다.

"카슐르라면 경계선 바깥을 말하는 거야? 지상에 강림한 지옥이라 악마들이 우글거린다는?"

카슐르는 루시퍼에 의해 괴멸당한 여섯 개국이 있는 장소이자 생지옥이라고 에드가는 말했다. 그나마 정상적으로 굴러가는 나라라고 할 수 있는 국가는 예소드와 티페레트, 다트, 그리고 리하르트. 하지만 리하르트는 가망이 없었다. 내가 갔을 적에도 드래곤의 시체가 굴러다니곤 했으니.

"……누구한테 설명을 들었는지 알 만하군. 어쨌든 네가 상상하는 풍경은 아니라고 확신해."

지안이의 품에 안긴 채 초콜릿을 씹어 먹던 나는 고개를 갸우뚱했다.

"흠. 근데 갑자기 카슐르는 왜? 구경시켜주려구?"

"가볍게 나들이나 가자 이거지. 우리 신혼여행도 못 갔잖아."

순간 초콜릿이 목에 걸려서 나는 기침을 했다.

"신랑이 사라진 통에 아예 결혼식도 못 치렀거든!"

텅 빈 결혼식장은 지안이를 만나 사랑을 확인한 후에도 이따금씩 악몽으로써 나를 찾아들곤 했다. 그건 어떻게 보면 현실보다 더욱 끔찍했다. 무섭고, 두렵게 만들었다. 나를 향한 형체 없는 동정의 시선들이란 정말이지 구역질이 나서. 거기다 이곳에서 치른 결혼식도 딱히 정상적이진 않았다. 피투성이였다고!

울컥한 내가 입안에 달콤한 초콜릿을 마구 쑤셔넣자 지안이가 내 손을 잡았다. 그러더니 손가락 끝을 장난스럽게 깨물고 핥았다.

"갈래, 말래?"

그가 색기 어린 목소리로 물어왔다. 그동안 수도 없이 악마를 보아 온 나는 눈알을 굴렸다.

"당연히 갈래. 꼭 보고 싶어. 네가 만든 아마겟돈이 어떤 결과를 낳았는지 궁금해 죽겠는걸."

"……빈정거리는 게 아니라서 더 짜증나."

나는 키득키득 웃다가 그의 품에서 미끄러지듯 빠져나갔다.

"그럼 난 드레스로 갈아입고 올게!"

드레스 룸으로 간 나는 검은색 장미로 중간중간 포인트를 준 실크 원피스를 입고, 처음 판데모니움에 왔을 때보다 제법 길어진 머리카락을 정성껏 빗질해서 늘어뜨렸다. 역시 묶는 것보단 풀어놓는 게 낫겠지? 지안이도 내가 머리 묶는 걸 별로 좋아하는 것 같진 않던데. 나는 수시로 내 긴 머리카락을 갖고 장난치는 지안이를 떠올리며 머리끈과 빗을 내려놓았다. 대신 커다란 루비가 박힌 화려한 머리핀을 꽂았다.

가지고 있는 화장품이 없어서 슬펐지만 내 피부는 여전히 창백한 달처럼 하얗고 매끄러운 상태를 유지하고 있었다. 역시 피부과에 거금을 투자한 보람이 있어. 내가 만져봐도 푸딩처럼 말랑거리고 부드러웠다.

옷매무새를 가다듬은 뒤 나는 거울을 빤히 바라보았다. 이제 막 소녀 티를 벗어버리고 숙녀가 되려는 여자가 그 안에 있었다. 뚜렷하게 아름답지도, 못생기지도 않은 평범한 여자아이. 그러나 와인 때문인지 평소 같은 분위기를 풍기진 않았다. 눈은 크게 뜨여 있었고 뺨엔 복숭아꽃물을 떨어뜨린 듯 옅은 홍조가 피어 있었다. 결정적으로 은 색의 눈이 몽롱했다. 술에 취했다고 광고하는 꼴이나 다름없었다. 난 이제 멀쩡하다고 생각했는데 왜 내 얼굴은 반증하는 걸까.

나는 입술을 깨물다가 될 대로 되라는 심정으로 휙 돌아섰다.

"음, 뭐…… 지안이랑 같이 가는 거니까 밤길 조심할 필요는 없겠 지."

나는 어깨를 으쓱이곤 방을 나섰다. 설마 루시퍼가 점령한 땅에서 루시퍼의 신부를 공격할 간 큰 악마는 없을 거라고 생각하며.

성 바깥으로 나오자 선선한 바람이 나를 감쌌다. 이곳은 계절의 구 분이 없었다. 겨울을 막 지난 봄, 혹은 여름에서 빠져나온 늦가을 같 은 날씨를 유지하고 있을 뿐이었다. 덕분에 한겨울의 흐린 하늘, 마음 까지 설레게 만드는 함박눈을 볼 수 없다는 건 아쉬웠다.

나는 버릇처럼 머리카락을 꼬면서 주위를 두리번거렸다. 내가 수국 이 가득 핀 정원으로 들어서려는 찰나, 뭔가가 불쑥 튀어나와 나를 경 악하게 만들었다.

"꺄악! 해, 해골?"

나는 움직이는 해골을 보고 깜짝 놀라서 아예 주저앉았다. 눈앞에 있는 건 살점이 하나도 붙어 있지 않은 앙상한 뼈였다. 너무 놀란 나 머지 아예 얼어붙은 나를 보며 정장을 입은 해골이 고개를 갸웃거렸 다. 눈알도 없었고 혀도 없었다! 마치 무덤에서 천 년은 썩은 것처럼. 좀비가 몇백 년을 굶으면 저렇게 되지 않을까.

어떻게 자리를 피해야 할지 몰라 주춤거리는 사이 해골이 먼저 말 했다.

"왜 그렇게 놀라?"

어……. 어라? 귀를 파고드는 음성이 무척 유혹적이어서 나는 눈을 수차례 깜박였다.

"……너 지안이, 지안이야?"

"그럼 달리 누구겠어?"

해골이 한심하다는 듯 어깨를 으쓱여서 나는 어처구니가 없었다. 얼굴에 열이 올랐다.

"그런데 꼴이 왜 그래! 진짜 심장마비 걸릴 뻔했다구!"

내가 확 목소리를 높이자 지안이가 투덜거렸다.

"악마들은 전부 내 얼굴을 아니까 어쩔 수 없잖아. 내 신자들한테 절 받으면서 구경하고 싶어?"

그건 아니지만……. 나는 눈을 가늘게 떴다. 해골의 형상을 한 지안이가 움직일 때마다 미세하게 까드득거리는 소리가 났다.

"미, 미리 얘기를 하던가!"

"재미없잖아."

지안이가 아직도 숨을 가쁘게 쉬는 나를 놀렸다. 나는 짜증이 나서 그를 걷어찼다. 그리고 경악에 경악을 금치 못했다. 심지어 발도 해골이야!

뼈를 걷어찬 발이 미치도록 아팠다. 나는 얼얼한 발을 붙잡고 이를 갈았다.

"그냥 죽어! 평생 해골로 살라고!"

내 말에 지안이가 몸을 숙였다. 이윽고 지안이의 뼈…… 아니, 손이 턱을 잡아 올렸다. 해골을 이렇게 가까이서 보는 건 처음이라 기절할 것만 같았다.

지안이가 피식 웃었다.

"뭐, 내 사랑, 그것도 나쁘진 않은 선택이야. 하지만……."

그가 당장이라도 키스할 것처럼 고개를 숙이다가 돌연 멈칫했다.

"음. 역시 혀가 없으니 불편하군."

해골이랑 키스하는 건 죽어도 사양이거든, 이 자식아.

"……다른 것도 없지 않아? 눈알도 없는데 어떻게 장님이 아닌 거야?"

나는 사납게 따지며 뻥 뚫린 눈구멍에 손가락을 집어넣었다. 내 손은 본디 안구가 있어야 할 자리를 아무렇지 않게 통과했다. 정말 환각이 아니라 진짜 해골이네. 재주도 좋지.

내가 그리 생각하기 무섭게 지안이가 거만한 투로 말했다.

"네 남편은 잘났으니까."

덕분에 나는 심장마비로 백번은 죽을 뻔했어! 그러나 내가 울분을 토하기도 전에 지안이는 뼈만 남은 손가락을 튕겨서 전혀 다른 공간으로 나를 이끌었다.

나는 카슐르를 좀비들의 도시, 혹은 집단 괴물 수용소 정도로 예상했는데 현실은 전혀 달랐다. 마치 전혀 다른 세계 여럿을 억지로 한데 뭉쳐놓은 것 같았다.

음산하고, 으스스하고, 그럼에도 불구하고 심히 매혹적인. 또 어떻게 보면 가장 조화롭기도 하고.

나는 수백 미터에 달할 것 같은 발밑의 투명한 얼음덩어리를 내려다봤다. 그건 지평선 너머까지 이어져 있었는데 군데군데 금이 가 있어서 더욱 신비롭게 느껴졌다. 어떻게 이런 투명한 얼음이 땅 역할을 할 수 있는 건지 모르겠다. 이것도 마법인가? 나는 세상의 끝에 온 듯한 기분을 느끼면서 앞으로 한 발 내디뎠다. 빙하는 미끄럽지도 않고 발을 얼어붙게 만들지도 않았다. 멀리서 폭포가 쏟아지는 소리가 들렸고, 오페라하우스처럼 예술적인 건물들이 빙하 위에 보란 듯이 자리해 있었다. 게다가 얼음에 뿌리를 내린 나무들도 있었다. 빙하가 매우 투명해서 나무뿌리가 전부 보였다.

"여긴……."

나는 지안이를 쳐다보았다. 그의 입꼬리가 곡선을 그리며 올라갔다.

"멸망한 제국과 왕국의 잔재, 그리고 악마들의 전당이지."

"그치만 그런 것치고는 너무…… 인상적인걸."

카슐르에선 하늘이 깊은 바다색을 띠었다. 달과 별들은 크레파스로 칠한 것처럼 진했고 영롱했다. 그 아름답고도 은은한 빛무리를 빙하가 고스란히 반사해서 장관을 연출하고 있었다.

움직이는 해골…… 아니 지안이가 넋이 나간 나에게 조용히 웃으며 물었다.

"마음에 들어?"

나는 고개를 끄덕였다.

"정말 아름답다."

거울과 거울 사이에 서 있는 것 같은 기분이었다. 이곳에선 꽃이 필요하지 않았다. 하늘의 빛을 받은 얼음 대륙이 황금처럼 반짝였으므로.

정신없이 주위를 둘러보고 있으려니 문득 지안이가 낮은 목소리로 중얼거렸다.

"이런 모양이었어."

"응?"

나는 어느샌가 본모습으로 돌아온 그에게 시선을 돌렸다. 진한 붉은빛이 번져든 눈이 그저 무감했다.

"한때 내가 다스렸던 세계가."

나는 열었던 입을 도로 다물었다. 지안이는 입술로만 웃으며, 눈은 그 어떠한 감정도 담지 않은 채로 이야기를 늘어놓았다.

"아름다웠지만 공허했지. 나는 진심으로 무언갈 사랑하는 방법을 몰랐으니까. 그건 판테온이 나에게 가르쳐주지 않은 유일한 것이었으니까."

지안이가 천천히 나에게 다가왔다. 그건 마치 나에게 도망칠 시간을 주려는 것처럼 보여서, 살짝 인상을 찡그릴 수밖에 없었다.

"유리야, 내 세계에는 사랑이 없었어. 모든 생명체가 나를 숭배하고 그것을 당연히 여겼지만 여전히 뭔가가 부족했다고. 다른 신들이 친히 그것을 지적해줬지. 내 세계는 자신들의 것을 모방한 가짜라면서. 겉모습만 똑같은 거울이라길래 부숴버렸어. 그뿐이야."

눈을 한 번 깜박였다.

"……후회해?"

"후회하지 않아."

지안이는 그렇게 말했다.

"……다만 질투가 났을 뿐이지."

루시퍼가 그렇게 말하고 있었다.

"나에겐 신들을 몰살시킬 수도 있는 힘이 있는데, 마음만 먹으면 언제든지 그들을 죽여버릴 수 있는데 왜 나는 그들에게 열등감을 느낄까? 왜 내가 그들보다 하등하게 여겨지는 거야? 어째서 판테온은 나한테 다른 신들은 모두 가지고 있는 감정을 가르쳐주지 않았지? 아니, 신들만이 아니지, 인간들도, 우매한 짐승들도 여러 종류의 사랑을 해. 하지만 나는 외롭고 쓸쓸하기만 할 뿐, 그 갈증을 어떻게 해소해야 할지 몰랐어. 결국 미쳐 날뛰다 모든 기억을 잃고 인간이 되는 형벌을 받은 후에야…… 비로소 사랑을 알게 되었지.”

지안이가 당장이라도 울 것 같은 얼굴로 나를 바라봤다. 모든 것을 가진 신은 고독했다.

숱한 겨울. 메마른 바람이 불어온다.

“사랑해, 유리야. 네가 내 사랑이야. 네가 나를, 내 세계를 진짜로 만들어.”

나는 지금이야 말로 진정 그에게 다가섰다는 사실을 깨달았다.

“이제 외롭지 않아?”

“응.”

“이제 쓸쓸하지 않아?”

“응.”

“소중한 사람을 잃어버렸을 때의 고통을 느꼈니?”

“응.”

지안이가 고개를 숙였다. 나는 두 손으로 그의 뺨을 감쌌다.

“……아직도 다른 신들에게 열등감을 느껴? 네가 그들보다 부족하다고 생각해?”

지안이가 떨어뜨린 눈물이 내 손을 물들였다.

“그래서 내가 살인을 멈출 수 없다는 거야. 나는 멈추지 못해. 나는 아직도 내가 허울뿐인 신이라는 생각에 사로잡혀 있어. 광명의 신인 주제에 사실은 가장 나약한 무엇보다도 열등하다는 자기혐오에서 도저히 벗어날 수가 없어. 애초에 판테온은 나를 무기로 쓸 목적으로 창조한 거였으니까, 그러니까 너를 향한 이 사랑도 가짜인 게 아닌가 하는 생각이 자꾸만…… 뇌리를 파고들어 와 나를 좀먹어 가."

나는 지안이가 그저 울게 내버려두었다.

"내가 멈춰주길 바라니?"

지안이는 대답이 없었다. 나는 다시 물었다.

"내가 너를 막아주길 원해?"

지안이가 미미하게 고개를 끄덕였다.

"……응."

"그럼 나한테 키스해줘. 나는 너를 숭배하지도 않고, 경멸하지도 않아. 나는 널 사랑해. 다른 자질구레한 표현은 필요 없어. 나는 널 원하고, 언제까지나 네 곁에 있고 싶은걸. 그러니까 내가 너를 붙잡을게. 누구보다 너를 행복하게 해줄게."

나는 또박또박 말했다. 그리고는, 마침내 그의 전부를 받아들였다.

"사랑해, 루시퍼."

이젠 계속 너를 루시퍼라고 부를 거야, 라고 나는 속삭였다.

나는 다시 뼈만 남은 앙상한 시체의 모습으로―그러나 걸친 옷은 터무니없이 고급스러운―루시퍼와 빙하 위를 거닐었다. 처음엔 그와 눈을 마주치는 것만도 어려웠는데―애초에 눈알이 있어야 할 부분은 뻥 뚫려 있다― 이제는 그럭저럭 견딜 만했다.

다만 걸어갈 때마다 뼈와 뼈가 맞물리며 눈살을 찌푸릴 만한 소리를 낸다거나, 날벌레가 그의 눈구멍 사이를 장난치듯이 지나다녀서 내가 잡아야 했던 건 조금 짜증스러웠다.

이거 무슨 담력테스트냐고! 정말 이런 데이트는 상상도 못 했는데.

타락한 고둠과 소모라 같을 거라고 예상했던 것과는 달리 카슐르는 조용했다. 간혹 투명한 빙하 속을 바다처럼 유영하는 큰 가오리와 물뱀을 본 게 전부였다. 그러나 저것들은 진짜 동물이 아니라 악마였다. 하나같이 아름다운 사령관들과는 달리 저급한 속셈을 갖고 루시퍼의 신자가 된 이들은 추한 모습으로 변했다고 한다. 그들은 서서히 자아를 잃어버리고 인간을 잡아먹는 것밖에 모르는 식충이가 된다고 루시퍼가 설명해주었다. 단, 식물로 변하게 된 자들은 그저 시끄럽게 떠들거나 알 수 없는 노래를 불러댈 뿐 어떤 해도 끼치지 않는다고.

"흠, 그렇다면 네 신자들을 싸잡아서 악마라고 부르는 건 뭔가 아니지 않아? 수다쟁이 나무랑 꽃한테 악마라는 별명은 어울리지 않는 걸."

나는 빙하 밑의 까마득한 바다를 유영하는 범고래를 내려다보며 입을 열었다. 범고래는 한입에 나를 잡아먹을 수 있겠다 싶을 정도로 컸다.

그러자 루시퍼가 도무지 표정이라는 걸 알 수 없는 해골머리로 나를 응시했다.

"……그런가."

나는 범고래로부터 시선을 돌렸다.

"거기다 넌 완전히 천사처럼 생겼잖아. 지금 말고."

지금 넌 그냥 해골이니까 말이지. 내가 떨떠름하게 중얼거리고 있으려니 루시퍼가 모호한 음성으로 부정했다.

"하지만 난 병기야."

나는 인상을 확 찡그렸다.

"그딴 거 아니거든? 너는 내 남편이야! 너는 내가 사랑하는 사람!
……아니면 해골이지."

나는 부루퉁하게 쏘아붙인 뒤 괜히 심술이 나서 루시퍼보다 앞서
걸었다. 그런데 갑자기 뒤에서 앙상한 뼈로 된 손들이 튀어나와 나를
끌어당겼다.

……해골한테 백허그를 당하는 건 사양이지만.

"나 감동해서 눈물 나올 것 같아."

"내가 미쳐."

나는 머리를 흔들며 카슐르의 경관에 눈을 두기로 했다. 카메라를
가져왔으면 좋았을 텐데. 이곳은 스산하고 음침하면서도 기이한 마력
이 있었다. 헨젤과 그레텔을 유혹했던 과자집처럼. 까마득한 구멍 속
으로 앨리스를 이끌었던 시계토끼처럼.

문득 나는 멈춰 서서 홀린 듯이 움직이는 나무를 쳐다보았다. 빙하
에 뿌리를 내린 커다란 바오밥나무는 꿈을 꾸는 것처럼 눈을 감은 채
이따금씩 잠꼬대를 했다. 나무에 눈이 있다는 것도 신기했지만 앵무
새가 나무의 굵은 눈꺼풀 위에 앉아 있는 것이 더 기이해 보였다.

"내가 이 나무를 찌르면 아파할까? 나뭇잎을 한 장 떼어달라고 부
탁해도 될까? 응?"

신이 난 내가 어린애처럼 말하자 루시퍼가 못마땅한지 머리를 비스
듬히 기울였다. 그러자 까드득하고 뼈들이 맞물리는 소리가 났다.

"넌 취향 한번 특이하구나."

"……해골바가지가 할 말은 아니라고 생각한다."

나는 그의 아이홀에 손가락을 넣었다 뺐다 하며 나무랐다.

이거 어쩐지 중독성 있는데?

"굳이 그의 허락을 받아야 할 필요가 있어? 네가 갖고 싶으면 그냥 가지는 거지."

또 시작이군. 그놈의 존중이란 단어를 루시퍼는 도대체 언제쯤 제대로 인지하게 될까? 그전에 예의부터, 혹은 책임감이라는 것도 가르쳐야 할 듯싶었다.

"아니야. 그건 상대방을 존중하는 게 아니잖아."

"넌 지금 악마를 존중한다고 말하는 거야?"

아니.

나는 루시퍼의 신자를 존중할 뿐이었다.

"어쨌거나 그들이 루시퍼의 신자가 되겠다고 스스로 선택한 건 사실이잖아. 사람을 잡아먹는 악마가 아니라면 잘 지낼 수 있다고 생각해. 사령관들처럼 말이야."

"성녀 납셨군."

나는 그의 머리를 콩 하고 때렸다.

"바보야, 다른 누구도 아니고 네 신자라서 존중하는 거야. 지나간 일은 돌이킬 수 없지만, 나는 네가 무슨 짓을 저질렀던 간에 무조건적으로 너를 옹호할 작정이지만, 아직 너는 늦지 않았다고 생각해."

"늦지 않았다니?"

나는 부드럽게 말했다.

"왜 카슐르에는 이렇게 움직이지 못하거나, 너무 약한 악마들만 있는 거니? 혹시 얘들을 보호하려고 카슐르라는 곳을 만들어서 결계를 친 것 아니야? 물론 그렇다고 여기 있던 인간의 나라들을 싸그리 괴멸시킨 게 잘했다고 말하는 건 아니야."

"……넌 정말로 나를 사랑하는구나. 애처로울 만큼."

루시퍼가 탄식하며 자조했다. 그의 손 뼈 마디마디가 내 뺨을 훑었다.

"말했지만, 내 사랑. 나는 착하지 않다니까."

"그럼 내가 틀렸다고 말해. 내가 사랑에 빠져 아무것도 모르는 순진하고 멍청한 여자애라고 말해봐."

내 말에 루시퍼가 크게 거부반응을 보였다.

"나는 단 한 번도 너를 그렇게 생각한 적 없어."

반쯤은 장난이었건만, 이렇게 격한 반응이 나올 줄은 몰라서 나는 얼떨떨한 표정을 지었다.

"도대체 10년 전에 무슨 일이 있었던 거야? 나는 지안이였을 때의 너를 알고, 루시퍼인 지금의 너를 알지만 네가 무턱대고 세계를 멸망시킬 속셈으로 대량학살을 저질렀다고는 생각하지 않아. 너는 그것보다 훨씬 똑똑하잖아."

루시퍼가 어깨를 으쓱였다.

"내가 유배에서 풀려났을 때, 인간에서 신으로 재승격되었을 때 신들 사이에서 말이 많았어. 과연 나를 '어느 차원'에 둬야 하는지에 대해서."

그가 말하는 동안 내 허리 높이만큼 큰 은빛 늑대가 고고하게 우리를 지나쳐갔다. 어디를 봐도 인간인 내가 떡하니 카술르 안에 있는데도 슥 훑어보기만 할 뿐, 전혀 공격성을 보이지 않았다.

그래도 혹시 몰라서 나는 루시퍼에게 조금 더 붙었다.

"아스트라는 나를 좋아했지만, 그건 내 눈이 가진 힘에 의해 성적인 욕망을 품은 것뿐이지. 어쨌든 아스트라는 자존심이 강한 신이야. 그녀는 나를 자신의 차원에 두는 조건으로 내가 자신의 병기가 되길 바랐어. 더불어 잠자리 상대를 해주길 원하기도 했지."

내 얼굴이 절로 일그러졌다.

"……걔 정말 싫어."

나는 욱하는 심정으로 루시퍼를 끌어안았다. 이 인형은 내 거야, 라고 말하는 듯이.

"내가 강한 권능을 가졌다는 건 누구나 알아. 그러니까 아스트라는 나를 등에 업고 다른 신들 위에 설 생각이었겠지. 하지만 나한테는 발언권이 없었고, 결국 보이지 않는 수많은 족쇄를 채운 채 판데모니움으로 끌려갔어. 그리고 아스트라가 나한테 첫 번째로 내린 명령은 이곳에 있는 내 신자들을 전부 죽이라는 거였다."

나는 깜짝 놀랐다.

"뭐? 왜?"

"내가 잘났으니까."

이건 또 뭔…….

"너 한 대만 패도 되니?"

"……아니, 주먹 쥐지 마. 어쨌든 아스트라는 내가 자신의 밑에 있다는 걸 각인시키려는 듯했어. 난 너와 강제로 헤어진 것 때문에 나대로 단단히 화가 나 있었을뿐더러, 누군가의 개가 될 생각도 없었고, 결국 서로 대립하다가 이 사달이 난 거지."

흠. 나는 신들끼리 싸우면 피해는 인간이 받는 건가 하고 생각했다. 고래 싸움에 애꿎은 새우 등이 터진다는 말도 있잖아.

"유리야."

"응?"

"누구에게나 좋은 신은 없어. 누구에게나 착한 신도, 누구에게나 나쁜 신도 존재하지 않지. 10년 전 모든 신들이 나의 해방을 환영함과 동시에 우려하여 신탁을 내렸다. 어쩌면 유리 너를 이용해서 나를 봉인하려는 속셈인 걸 수도 있지. 그들 나름의 최후의 수단이 있을 거야."

뼈만 남은 손가락이 내 머리카락에 닿았다. 나는 인상을 찡그렸다. 그 신들은 내가 아담의 책을 사용하기라도 바라는가 보지?

"내가 그럴 리 없잖아?"

"……놈들도 실컷 깨달았겠지. 내 아내는 평범한 여자가 아니라는 사실을."

루시퍼의 달콤한 목소리가 귀를 간질였다. 나는 숨을 들이켰다.

아, 틀림없이 또 얼굴이 빨개졌을 거야.

"난 내가 지극히 평범하다고 생각하는걸? 물론, 사랑은 모든 걸 특별하게 만들지만. 로미오와 줄리엣처럼 말이야. 아 그치만 내가 줄리엣이 되고 싶다는 건 아니니까 오해 마."

당황한 나는 주절주절 아무 이야기나 늘어놓았다. 그러자 루시퍼가 내 어깨를 감싸 안았다.

"셰익스피어라면 차라리 한여름 밤의 꿈이 더 낫겠네."

"큭큭, 그걸로 과제 내줬을 때 진짜 짜증났는데. 난 책이랑은 거리가 먼 사람이라고."

어느샌가 저쪽 세계에서 겪었던 모든 일들이 아득히 먼 과거로 변해 있었다. 다신 돌이킬 수 없는 그때의 나날들.

"난 네가 합창대회 때 반주하는 거 보고 반했어. 이유 없이 왕따 당하는 애 구해준 것도 인상적이었고. 떼거지로 덤비는데도 포기할 줄을 모르더라? 너 정말 박력 있었어."

나는 슬쩍 눈살을 찌푸렸다. 그때 엄청나게 맞고 때리고 밟혀서 학교 선생님들한테 단단히 찍혔었지. 죽도록 패고 죽기 직전까지 맞아서 장기입원을 고려할 정도였다. 하지만 확실히, 그건 여성스러움과는 거리가 먼 행동이었다. 물론 루시퍼의 이상형이 차분하고 여성스러운 스타일의 여자였다면 나와 사귀는 일은 절대로 없었겠지.

나는 아랫입술을 잡아당기며 작게 웅얼거렸다.

"으응……. 칭찬으로 들을게."

나는 왕따당하는 아이가 내 반에 있다는 사실이 싫었을 뿐이었다.

나는 항상 혼자니까.

어렸을 때 부모님을 여의고 의지할 데라고는 쌀쌀맞은 숙모뿐이어서, 그래서 혼자 겉도는 아이를 보면 참을 수가 없었다. 그 아이에게서 내 자신의 모습을 보았기 때문이다.

"하지만 난 네가 남을 돕는다는 이유로 다치는 건 싫어. 그때나 지금이나 마찬가지야. 그런데…… 유다의 낙인이 나한테 새겨지면서 생각이 조금 달라졌어."

나는 흥미롭게 그를 응시했다.

"어떻게?"

루시퍼는 해골답지 않게 턱을 매만졌다. 아니 근데 얘는 어떻게 뼈도 잘생겼어. 정교하게 조각한 것처럼 반듯반듯하다.

"너의 죄책감은 대부분 나로부터 기인한 것이더군. 내가 저지른 모든 살상행위, 그리고 이곳 사람들도 우리가 살던 세계와 똑같은 사람들이라는 사실을 실감했을 때의 감정…… 그것들이 밤에 버린 못처럼 나에게 와 닿았어. 너는 나한테 낙인을 맡겨서 미안하다고 했지만, 난 덕분에 새로운 감정을 깨닫게 되었으니 오히려 고마워해야 할 판이지."

나는 자연의 소리를 흥얼거리는 바오밥나무 그늘 아래서 멍하게 그를 쳐다봤다.

고맙다니? 난 줄곧 회피하고, 이곳의 현실에서 시선을 돌렸을 뿐인데⋯⋯.

나는 전혀 떳떳한 사람이 아닌걸.

"유리 넌 참 복잡해. 다이아몬드처럼 섬세하고 아름다워. 하지만 결코 약하지는 않지. 네가 감추고 있는 마음이라는 것은 다가갈수록 중독적이어서 나는 태어나서 한 번도 느껴보지 못했던 감각에 취해버려. 나는 너로 인해 사랑에도 여러 가지 종류가 있다는 걸 알았고, 사랑하는 사람을 영원히 볼 수 없다는 것이, 그 절망이 얼마나 지독하게 잠식해 오는 건지 느꼈어. 사실은 죽고 싶지 않았어. 어떻게 해서든 너와 다시 만나고 싶었다고. 아름다운 내 사랑, 수단과 방법이 있다면 나는 무엇이든 가리지 않을 거야."

루시퍼가 장난처럼 말하며 내 머리를 헝클어뜨렸다. 하지만 나는 그 말이 진심임을 알았다. 루시퍼는 변하고 있었다.

나로 인해.

"한번 유혹을 맛봤으니 더는 뿌리치지 못해. 토할 것 같은 발작처럼 너를 원해. 아직도 갈증이 가시지 않았어."

푸른 서리와 안개가 낀 공간에 루시퍼의 목소리가 애절하게 흐트러졌다.

우리가 로미오와 줄리엣이 되지 않으려면 어떻게 해야 할까?

카슐르 안으로 들어갈수록 투명한 빙하는 점차 푸른빛으로, 청록빛으로, 그리고 몽환적인 동화 속 세계 같은 보랏빛으로 물들었다. 발을 움직일 때마다 얼음의 색이 바뀌어서 커다란 피아노 건반 위를 노니는 기분이었다.

한때 피아니스트가 꿈이었던 나는 그것이 무척이나 마음에 들었다. 점프를 하면 유채꽃처럼 노랗게 변하는 빙하조각이 있었고, 뒷걸음질을 치면 분홍빛으로 물드는 빙하조각이 있었다. 나는 신이 나서 뛰어다녔고, 점차 나를 힐끔거리는 시선들이 늘어갔다.

바오밥나무는 잠들어 있었기 때문에 몰랐으나, 다른 악마들은 내 존재를 눈치채고 의아하게 여겼다. 나는 이곳에 존재해선 안 될 인간이었다. 이곳은 악마들의 전당이니까. 그런 것치고는 너무나 아름답고 빛나서 신기할 따름이지만.

빙하 위를 부드럽게 지나가는 유리배가 있었고, 뱃머리엔 아름다운 인어의 조각상이 붙어 있었다. 나는 배를 따라다니며 장난치는 날개 달린 조그만 요정들을 보고 감탄했다.

"저 요정들 좀 봐, 정말 귀여워! 이파리 치마를 입고 있잖아."

나는 황홀한 목소리로 중얼거렸다. 카슐르는 식인귀들이 우글거리는 생지옥이 아니라 아름다운 색채와 선율이 가득한 도시였다. 어째서 루시퍼가 이곳을 좀 더 빨리 보여주지 않았는지 원망스러울 정도였다.

루시퍼가 톡톡 밟으면 소리를 내는 얼음 발판으로 하나의 노래를 만들어보는 나에게 말했다.

"참고로 그것들은 내 신자가 아니야. 예전부터 이곳에 살던 종족일 뿐이지."

"흐응……. 그럼 악마들만 존재하는 건 아니란 소리네."

나는 즉석에서 꾸민 멜로디를 흥얼거리며 대꾸했고, 루시퍼는 비스듬하게 고개를 기울였다.

"그게 뭐 이상해?"

"누가 이상하대? 어, 저기 황금색 언덕 좀 봐. 우리 저기로 가자."

그러자 지안이는 코웃음을 쳤다. 뭐야, 지금 무시하는 건가? 나는 부루퉁하게 볼을 부풀린 채 얼음 언덕으로 달려갔다. 이제 얼음은 달콤한 솜사탕같은 빛깔을 띠었다.

얼음 위의 황금색 언덕이 커다란 용이었음을 깨달은 순간 루시퍼가 나를 비웃은 이유를 깨달았다.

가까이서 보니 언덕은 아주, 산처럼 커다란 용이었다. 하지만 내가 만났던 그 어떤 드래곤들과도 다른 생김새를 갖추고 있었는데, 우선 굉장히 늙어 보였고 금방이라도 사라질 것처럼 불투명한 황금빛의 비늘을 가졌다.

내가 너무 요란스럽게 뛰어왔는지, 감겼던 용의 눈이 뜨였다. 나는 긴장해서 숨을 쉴 수도 없었다.

이 신성함. 고양되는 기분에 그를 우러를 수밖에 없었다.

"……오랜만에 특별한 손님이 찾아 오셨군."

"저, 저요?"

나는 말을 더듬거렸다. 그러자 용이 몸을 살짝 뒤틀었는데, 엄청난 얼음먼지가 나를 훑고 지나갔다.

"그렇다. 이브의 열쇠를 가진 아담의 책의 주인이여."

어떻게 그걸 알고 있는 거지? 나는 당황해서 루시퍼와 용을 번갈아 쳐다보았다. 그러자 용이 웃음기를 담아 말했다.

"긴장했나? 걱정하지 말게. 나는 제대로 움직일 수조차 없이 늙어버린 용이니까. 숙녀분에게 해를 끼칠 일은 없을 거야."

"고……고맙습니다."

숙녀분이라니! 내 얼굴이 수줍게 달아올랐다. 그가 나에게 우호적이라는 것을 느낀 나는 최대한 용기를 내서 질문을 건넸다.

"당신도 루시퍼의 신자이신가요? 음, 아닐 것 같지만……."

"나는 판데모니움이 만들어질 때부터 이 자리에 있었다. 모든 과거와 현재, 그리고 미래를 보았지. 숙녀분은 걱정하지 않아도 될 거야."

나는 어리둥절하게 물었다.

"그건 미래에 대한 말인가요?"

"그럴지도."

"당신도 아스트라에 의해 창조되었나요?"

이번엔 용이 아주 크게 웃었다.

"그거 재미있는 얘기군. 난 아주 늙은 신이라네. 그래, 세월을 가늠하기도 힘들 만큼 까마득히 먼 옛날, 모두에게 숭상받는 신이었던 시절이 있었지."

그때 루시퍼가 그 용의 이름을 불렀다.

"마하."

"간만이군, 루시퍼. 그래도 꾸준히 말 상대를 해줘서 고맙네."

두 존재가 아득히 긴 세월을 함께했다는 사실을 눈빛만으로도 느낄 수 있어서, 다가설 수 없는 벽에 부딪친 느낌이어서 나는 순간 멍해졌다. 루시퍼가 내 어깨를 끌어안았다.

"이쪽은 유리. 이미 알고 있겠지만 내 아내야. 내가 세상에서 가장 사랑하는…… 아주 특별한 사람이지."

루시퍼가 의미심장한 목소리로 말을 마쳤다. 용은 개의치 않았지만.

"오랜 친우한테 소중한 사람이 생겨서 나 또한 무척 기쁘다네. 내가 죽고 자네 혼자 남겨질까 봐 어찌나 마음에 걸리던지. 이젠 편히 죽음을 따라갈 수 있겠어. 물론 자네에겐 죽기 전 반드시 마지막 인사를 남기겠다는 약속은 내 기억하고 있지. 절대로 잊지 않았어. 절대로 잊지 않아……."

"……마하."

루시퍼가 어떤 단어로도 설명이 불가능한 감정이 담긴 목소리로 그를 불렀다. 그 순간 용의 동공이 수축했다가 팽창하면서, 마치 우리를 지금 처음 보는 것처럼 반갑게 환대했다.

"오! 이게 누군가! 내 가장 친한 벗이 아니던가? 그리고 옆에는…… 드디어 만났군. 마침내 자네도 알게 된 거야! 우하하하! 나는 지금 당장 죽어도 여한이 없다네!"

나는 무언가 이상하다는 것을 눈치챘지만 가만히 있었다. 루시퍼는 으레 그래왔다는 양 나를 마하에게 다시 소개했다.

치매 환자에게 하는 것처럼…….

"이쪽은 유리라고 해. 다른 세계에서 왔어. 내가 인간이었을 때 만났지."

마하가 큭큭거리며 즐겁게 웃었다.

"그렇군, 그렇군. 헌데 숙녀분의 얼굴에 수심이 가득하구만."

나는 그에게 한 걸음 다가섰다. 내 시야에 다 들어오지도 않을 정도로 커다란 용은, 그리스 신화의 거인 아틀라스처럼 이 세계를 짊어지고 있는 것같이 보였다.

"저는……. 저어, 실례되지 않는다면 마하 씨라고 불러도 될까요?"

"허허, 참으로 쓸데없는 간청이구려. 어차피 나는 기억이 나빠 곧잘 잊어버리곤 하니 부르고 싶은 대로 부르시오."

나는 그가 또다시 나를 잊어버리기 전에 빨리 말했다.

"마하 씨, 이렇게 대화를 나눌 수 있어서 정말 영광이에요. 당신은 제가 지금까지 만나 본 드래곤들 중에서 가장 멋져요."

그러자 용의 입매가 부드럽게 휘었다.

"그대에게 너무 과분한 칭찬을 받는 건 아닌지 모르겠군. 오늘은 참 기분 좋은 날일세……. 그러니 루비처럼 불타오르는 다이아몬드의 눈을 가진 아름다운 숙녀여, 아무것도 걱정하지 말게. 언젠가 내 뼈와 영혼이 그대를 보필할 터이니."

나는 새처럼 고개를 갸웃거렸다.

"왜 자꾸 저에게 걱정하지 말라고 하는 거죠?"

"이 늙은이는 미래를 엿볼 수 있지. 아주 조그만 운명의 파편이지만……. 잠시 친우와 대화를 나누고 싶은데 자리를 비켜줄 수 있겠나?"

나는 즉각 대답했다.

"물론이죠. 루시퍼, 나 저기 가 있을게."

루시퍼는 고개를 살짝 끄덕였다. 그가 살점이 하나도 없는 해골의 모습을 하고 있는데도 짙은 슬픔에 빠져 있다는 사실을 알 수 있었다. 나는 그런 그의 손을 잡아주고 싶었지만, 그건 나중에 해도 되겠지.

주위를 두리번거리던 나는 나른한 단잠에 빠져 있는 호랑이한테 겁도 없이 다가가서 올라탔다. 그러고는 부들부들한 황금색 들녘 같은 털을 부비적거렸다.

괜스레 마음이 뒤숭숭했다. 어지럽고, 숨이 막히고, 눈물이 나올 것만 같아서.

"루시퍼한테 저렇게 좋은 친구가 있었는데 나는 왜 몰랐을까?"

너무나도 오래 살아서 떠나야 할 순간을 놓쳐버린 용의 모습이 머릿속을 일그러뜨렸다.

"치. 진작 말해주지."

나는 한숨을 쉬며 중얼거렸다. 그러자 뜻밖에도 호랑이가 점잖게 말을 했다.

"저 용은 너무 오래 살았어. 하루에도 수십 번씩 정신이 오락가락하지. 하지만 이제 자신이 죽을 날을 정한 모양이야."

나는 화들짝 놀라 엎어져 있던 자세를 바로 했다.

"우왓…… . 죄송해요. 말하는 호랑이인 줄은 몰랐어요."

"상관없소. 그나저나 당신은 인간일진대 어찌하여 저 해골바가지와 같이 이곳에 있는 거요?"

해골바가지…… . 나는 웃음을 참으려고 미친 듯이 허벅지를 꼬집었다.

"으음, 저흰 데이트…… 그러니까 신혼여행 중이라서요."

나는 아랫입술을 살짝 깨물었다. 호랑이가 제 등에 올라탄 나를 곁눈질하더니 하품을 했다.

"부도덕한 신자와 백년가약을 맺다니 별난 사람이군. 대체 저 해골과 무엇을 할 수 있단 말이오?"

"글쎄요, 이것저것 여러 가지로?"

"눈알도 없는데 앞은 보인다 하더라우?"

"무, 물론이죠! 제가 세상에서 제일 아름답다고 했어요."

내 말에 갑자기 호랑이가 고개를 가로저었다.

"쯧쯧, 머리 상태도 안 좋은가 보군."

"……죽을래요?"

나도 모르게 튀어나온 본심에, 호랑이가 껄껄 웃었다.

"저 할아범이 뭐라고 말하던가? 죽을 준비나 하라든?"

"아무것도…… 걱정할 것 없다고 했어요."

나는 심술이 가시지 않은 목소리로 말했다. 호랑이가 중년의 아저씨 같은 말투로 탄식했다.

"여전히 영문 모를 예언만 지껄이는군. 너무 오래 산 게야, 쯔쯔……."

그가 그렇게 말하고는, 대뜸 나에게 목소리를 높였다.

"넌 바보냐? 여긴 악마들의 전당인데 물어본다고 순순히 대답하는 게 말이 돼?"

"그, 그런!"

내가 너무 안이했나? 하는 생각이 드는 것도 잠시, 큰 호랑이는 나를 놀려먹기로 작정한 건지 다시 대화 주제를 바꿨다.

"할아범이 많이 늙긴 했어도 한번 뱉은 예언은 절대로 틀리지 않는다. 넌 걱정 안 해도 되겠군."

"하지만……."

나는 말끝을 흐렸다. 호랑이는 혀를 끌끌 차면서 몸을 일으켰다.

"쯧, 손도 많이 가는 아이로고. 내가 특별히 인심 써서 악마들로부터 지켜주도록 하지. 아무래도 저 해골바가지는 할아범한테 할 말이 아주 많은 모양이니까."

얼떨결에 그의 풍성한 황금색 털에 파묻힌 나는 눈알을 굴렸다.

"전 유리라고 해요. 아저씨는요?"

"떽! 누구더러 아저씨라고 하는 게냐!"

이게 진짜! 나는 욱해서 소리쳤다.

"그럼 이름이 뭔데!"

"……그냥 아저씨라고 불러라."

"뭐야 그게!"

나는 그의 털을 마구 잡아당겼고 그는 으르렁거렸다.

"너 점점 말이 짧아진다?"

"내 맘이거든?"

내가 코웃음을 치자 호랑이가 나를 태운 채 어디론가 어슬렁어슬렁 걸어가며 제 신세를 한탄했다.

"하여간 요즘 어린 것들은 예의가 없어 예의가."

나는 그의 말을 무시했다.

"아저씨, 아저씨는 왜 호랑이예요?"

"신수니까. 네가 손목에 장신구처럼 끼고 다니는 흰 뱀처럼 말이다."

나는 눈을 한번 깜박였다.

"뭐, 너도 더 이상 인간이라고 부르기엔 너무 멀리 와버렸지 않느냐?"

나는 마하와도 꽤나 친분이 있는 것 같아 보이고, 느닷없이 카슐르에 나타난 인간을 경계하기는커녕 지켜주겠다고 말하는 호랑이에게 물었다.

"……아저씨, 쟤가 루시퍼인 거 알면서 일부러 해골바가지라고 부른 거죠?"

"험험, 뭐 그럴 수도 있지."

아니나 다를까였다. 호랑이가 느긋이 말하며 무지갯빛 나뭇잎을 가진 나무들이 우거진 숲으로 들어섰다.

아무리 생각해봐도 그저 동네 아저씨 같은 호랑이의 이름은 람이었다. 그는 푸른색 백합이 흐드러지게 핀 꽃밭을 지나면서 이곳이 가장 안전하면서도 위험한 곳이라고 말해주었다. 람은 마하가 피 냄새를 싫어하기 때문에 자신이 순찰을 다니며 악마들이 얼씬거리지 못하게 단속한다고 뿌듯한 투로 말했다. 그러니까, 카슐르에도 시궁창 같은 곳이 있고 이처럼 아름다운 공간이 있다고.

커다란 호랑이에 타고 있어서인지, 지나치는 모든 존재들의 시선이 나를 향했다. 람은 보통 호랑이보다 세 배는 컸는데 온몸이 황금색 털로 뒤덮인 데다, 쉬지 않고 으르렁거려서 아무도 근처에 얼씬거리지 않았다.

"그 할아범은 발톱 하나 움직일 힘도 없으면서 까다롭게 군단 말이야, 쳇."

말은 그렇게 해도 람은 마하를 상당히 아끼고 있는 듯했다. 한때는 신이었던 용과 아저씨처럼 말하는 호랑이라니, 뭔가 기묘한 조합이었다.

나는 머리 위에서 함박눈처럼 떨어지는 꽃가루 때문에 재채기를 하고선 코를 훌쩍였다.

"저기 람, 당신은 몇 살이에요?"

"나이를 잊어버릴 만큼 오래 살았지. 나도 할아범도."

"루시퍼보다 오래요?"

"……어쩌면."

나는 꽃가루로 가득한 허공을 휘휘 저으며 말했다.

"애매한 대답이네요."

"루시퍼는 오랫동안 판테온의 무기로 살았고, 자신이 하나의 생명임을 인지하고 자아를 갖는 데까지는 상당한 시간이 걸렸다. 나는 그처럼 비참한 아이를 본 적이 없어."

문득 람의 목소리가 가라앉았다.

"사람이든 신이든 가리지 않고 세계를 부숴버리던 무기가 어느 날 선과 악을 분별하고 자신이 어떤 일을 저질렀는지, 얼마나 많은 생명을 도륙했는지 깨달았다고 생각해봐라. 정신이 멀쩡히 버티겠느냐? 뭐…… 그래도 루시퍼는 강했다. 대신 상당히 재수없어졌지만."

나는 루시퍼 특유의 교만한 태도와 말투를 떠올리며 키득거렸다.

"귀엽지 않아요? 어쩔 땐 막 일부러 울리고 싶어지던데."

"……참 잘 어울리는 한쌍이로구먼."

람이 한숨을 쉬더니 굴곡진 길을 훌쩍 뛰어넘었다. 왜 갑자기 점프를 하는 건가 싶어서 뒤를 돌아보자, 느릿하게 기어가고 있는 거북이 떼가 보였다. 흠, 거북이를 지켜주는 호랑이라니.

어느덧 머리 위가 주황색 별 같은 산나리꽃으로 가득했다. 더 이상 재채기를 유발하는 꽃가루가 떨어지지 않자 나는 머리카락에 붙은 꽃가루를 털면서 중얼거렸다.

"어쨌든 저는 무척이나 사연이 많은 남자를 만난 거였네요. 왜 루시퍼가 그동안 제게 마하를 소개시켜주지 않았던 걸까요?"

"치매에 걸린 늙은 용을 이제야 만나서 서운한가?"

마하가 껄껄 웃었고, 나는 즉각 대답했다.

"네."

"거참 이상한 인간일세."

이상하기는 당신이 더 이상하거든? 나는 입술을 삐죽이며 커다란 람의 등 위에 엎어졌다. 나는 한 손으론 그의 거칠거칠하면서 은근히 부드럽고 매끄러운 털을 신경질적으로 쓰다듬었다. 그러다 입술을 잘 근잘근 깨물었다.

"아직도 루시퍼가 저한테 뭔가를 숨기고 있는 것 같아요. 그가 어떤 계기로 자아를 찾게 된 거죠? 그는 지금의 삶에 만족할까요? 제가 그에게 오히려 해가 되고 있는 건 아닐까요? 어쩔 땐 그런 생각을 해요. 판데모니움에서 죽어나가는 모든 사람들은 전부 나를 원망하고 있을 것이라고. 왜냐면 저는 모든 걸 버리고 루시퍼를 선택했으니까요. 이를 테면, 세계를 구하느냐 사랑하는 단 한 사람을 구하느냐하는 문제에서 후자를 선택한 거죠."

내가 마구잡이로 생각을 쏟아내자 람이 그르렁거렸다.

"하지만 너는 도통 후회하는 것 같지 않구나."

"그래도 죄책감을 느껴요. 아마…… 아직 제 부모님이 살아계셨다면 선택하기가 훨씬 어려웠을지도 몰라요."

나는 한숨을 쉬며 덧붙였다.

"그리고 제 세계의 신은 저를 버렸죠. 아이온 말이에요."

매정하게 말이지.

"아, 그 고지식하고 융통성 없는 놈은 나도 몇 번 봤었지. 호랑이한 텐 반드시 줄무늬가 있어야 한다면서 내 몸에 먹물을 칠하려고 들었어."

그 말에 나는 웃음을 터뜨렸다.

"푸하하! 그치만 저는 황금색 털을 가진 당신이 더 좋아요. 루시퍼도…… 우리 자기도 온통 황금으로 빚은 것같이 생겼으니까."

나에게 사랑을 속삭이는 루시퍼가 문득 떠오르자, 순식간에 머릿속이 달콤해졌다. 핑크빛으로 물들어 부끄러워졌다. 나는 그 설렘에 젖어 나른하게 말했다.

"저는 그를 사랑해요. 사랑에 빠져버렸어요. 너무나도 지독한……."

지독한 덫에.

"……내 이야기를 하나 해주지."

갑자기 람이 씨근거려서 나는 내가 무슨 말실수라도 저질렀나 싶어 어리둥절했다.

"네?"

그러나 이윽고 그가 시작한 얘기는, 전혀 다른 것이었다.

"10년 전에 전 세계를 암흑으로 몰아넣었던 전염병이 있었다. 신의 저주라고도 불리는 그 질병은 전염이 빠르고 곧장 뼈와 피부가 썩어 들어가서 일단 증상이 보이면 인간들이 만든 격리수용소로 끌려가곤 했지. 모든 인간들은 겁에 질려 있었고, 신의 은총을 기다렸다. 그리고 내가 아는 한 남자도 그 병에 걸리고 말았어."

나는 눈알을 굴렸다.

"하지만 그는 사제라는 신분을 이용하여 자신의 병을 숨기고 썩어 들어가는 피부를 감췄다. 대신 수많은 사제들이 그에게서 병을 옮았고 신전은 난리가 났지. 그때 천만다행으로, 루시퍼가 이 세계에 강림했다."

아하. 나는 인상을 썼다.

"그 사제가 루시퍼의 신자였던가요?"

"그래. 남자는 죽기 직전 루시퍼의 뜻을 받들어 악마로 변했지만, 병마는 사라지지 않아 그를 몹시 추한 모습으로 만들고 말았다. 그는 흉측해진 자신의 모습을 저주하며 어둠 속에 몸을 숨겼지. 그러다…… 한 가지 끔찍한 발상을 생각해내고 만다."

나는 눈살을 찌푸렸다.

"그게 뭔데요?"

"그는 자신의 동료이자 같은 악마를 산 채로 잡아먹는 방식으로 마력을 키우기 시작했다. 그것도 가장 어리고 약한, 자신을 따르던 어린 사제들을 주로 노렸다. 그렇게 병을 억누르고 다시 인간의 형태로 돌아왔지.

하지만 어찌 소문이 안 났겠느냐? 그래서 그는 악마들 사이에서도 가장 하등하고 못난 취급을 받았어. 덕분에 그는 10년 동안 진흙탕을 구르며 이미지 개선을 위해 힘썼지. 결국 루시퍼의 눈에 드는 데까지 성공했다.

그러나 아무래도 악마의 생살을 삼키는 것에 중독된 모양이구나. 여전히 부당한 힘의 유혹에서 벗어나지 못했어. 쯧쯧."

발밑의 심연에서 고래의 고동이 느껴졌다. 진짜 방울이 달린 은방울꽃들이 바람에 맞춰 아름다운 화음을 만들었고, 거기에 자연의 노래를 흥얼거리는 벚나무가 가세하여 실로 몽환적인 심포니를 이루었다. 흐드러진 봄의 늪에 빠져 흥건하게 젖어가는 느낌이었다.

하지만 람의 이야기는 그리 환상적이지 않았다.

"흠, 인육을 먹는 건 부당하지 않고 같은 사제였던 악마를 먹는 건 부당하다는 건가요?"

나는 코웃음을 치면서 낮은 나뭇가지에 매달린 고드름을 뚝 꺾었다. 람도 회의적인 반응이었다.

"그들이 정한 규칙의 도리 따위를 나라고 알겠냐?"

"그런데 갑자기 그 얘기는 왜 해주시는 건데요?"

이 질문만을 기다렸다는 듯, 그 순간 람의 목소리가 살벌해졌다.

"꼭 붙잡아라. 떨어지기 싫으면."

말이 떨어지기도 전에 그가 엄청난 높이로 뛰었다. 나는 재빨리 납작 엎드린 채 람의 털을 꼭 그러쥐었다. 람이 어딘가를 향해 전력으로 돌진하자, 튤립처럼 생긴 요정들이 깔깔거리며 나에게 꽃가루를 퍼부었다.

글쎄 난 꽃가루가 싫다니까! 그만 따라와!

얼마 지나지 않아 람은 발톱으로 땅을 긁으며 멈춰 섰다. 나는 온몸에 화려한 튤립을 붙인 채로 상체를 일으켰다.

그러자 피 냄새가 확 끼쳐왔다.

"……페트뤼스."

내 입이 저절로 열렸다. 여자 악마의 벌거벗은 시체를 물어뜯고 있던 페터가, 피범벅이 된 얼굴로 나를 응시했다. 그는 놀란 기색도 없이 피와 살점이 붙은 이빨을 훤히 드러내며 웃었다.

"드디어 공주님이 카슐르에 입성하셨군."

나는 인상을 찡그렸다.

"난 공주님이 아니야. 루시퍼가 왕이니까 나는……."

"여왕님이라고 불러달라 이건가?"

"그렇지. ……응? 아바돈?"

나는 어리둥절하게 그를 쳐다보았다. 이제 보니 나무에 걸터앉은 아바돈을 포함해서, 나머지 사령관들도 모두 모여 있었다.

472

나는 페터가 악마를 씹어 먹고 있을 때보다 더 놀랐다.

"너희가 왜 여기에 있어?"

"방금 전하께 사제 페트뤼스를 처단하라는 명령을 받은 참입니다."

하늘에서 미끄럽게 떨어진 솔로몬이 스산하게 말했다. 그의 눈은 페터를 향한 경멸로 가득 차 있었다.

"더불어 인간들 중에서도 구제가 불가능한 쓰레기가 있듯이, 우리도 저런 하등한 것은 취급하지 않는다는 걸 알아주시길 바랍니다."

"뭐야, 훔쳐보고 있었던 거야? 질 나쁘네."

내가 놀리는 투로 말하자 솔로몬이 어깨를 으쓱였다.

"저희는 그저 어쩔 수 없이 항상 여왕님을 보필할 수밖에 없을 뿐입니다."

"'어쩔 수 없이?'"

"뭐, 그런 거죠. 좋든 싫든."

"좋든 싫든?"

내가 계속 말꼬리를 붙잡고 늘어지자 솔로몬이 은근슬쩍 고개를 돌렸다. 그가 짐승처럼 흉흉한 기운을 뿜으며 일어서는 페터를 자비 없이 깔봤다. 그의 요리가 맛있다고 칭찬하던 지난날과는 확연히 대조되는 행동이었다. 심지어 조반니조차 페터를 역겨워했다.

"도망쳐봤자 소용없다, 페트뤼스. 여왕님께 흉한 모습을 보인 이상 전하께서도 너에게 자비를 베풀지 않을 것이다."

순식간에 벌어진 일이었다. 사령관 넷이 동시에 달려들어서 각각 페터의 사지를 찢어버린 것은.

대기가 얼어붙은 가운데 피가 꿀럭거리는 소리만이 들렸다.

"……그런데 말이에요, 우리 사이에 꼭 여왕님이라고 불러야 합니까, 유리 님?"

솔로몬이 한 팔로 뜯어버린 페터의 다리를 등 뒤로 던지며 심드렁하게 물었다. 나는 어제의 동료도 오늘의 적이 된다면 가차 없이 죽여버릴 거라는 표정을 짓고 있는 솔로몬을 새삼스럽게 응시했다.

내가 입술을 다문 채 빤히 쳐다보자, 솔로몬이 의아하게 물었다.

"왜 그러십니까?"

"아, 아니 그냥 너무 가차 없길래……. 혹시 너도 페터한테 전염병을 옮았어?"

"제 신체는 인간이었을 때도 평범하지 않았습니다. 유리 님, 잠시 저에게 시선을 고정해주세요. 아바돈이 페터한테 잡아먹힌 악마의 시신을 처리할 동안만."

솔로몬이 흘러내린 머리카락을 쓸어넘기며 나를 마주보았다. 마치 나에게 최면이라도 걸려는 것처럼.

"이제는 이런 피칠갑도 익숙해지신 모양입니다?"

빈정거림. 혹은 감탄일까?

"정작 나부터 여러 번 피칠갑이 됐었으니까."

나는 그렇게 대꾸하고는 눈을 깜박였다. 솔로몬은 대화를 통해 자연스럽게 내 시선을 자신한테 붙잡아두고 있었다. 나는 아바돈 이외의 사령관들한테 공포를 느낀 적은 한 번도 없지만, 어쩐지 솔로몬은 적으로 돌리면 상당히 위험해질 것 같은 기분이 들었다.

"유리 님이 악마들의 여왕이라 다행입니다."

"……뭐?"

어쩐지 욕 같은데. 아니, 칭찬인가?

"저는 똑똑한 사람을 동지로 여기고 강한 사람을 경외하거든요. 기어이 이브의 열쇠를 손에 넣으셨으니, 우리의 운명은 당신께 달렸다고 봐도 무방하겠지요. 부디 현명한 판단을 내리시길."

솔로몬은 비웃음에 가까운 미소를 짓고서 돌아섰다.

전에 유다가 페터를 경계하던 것도 있고, 직접 그가 식인 하는 장면을 목격한 탓인지 나는 페터의 죽음에도 큰 충격을 받지 않았다. 다만 사령관들까지 등장하자 너무 많은 이목을 끌어버려서 문제였다.

"저어…… 당신이 우리들의 여왕님인가요?"

잎사귀 요정이 나한테 울망울망한 눈동자로 물어서, 나는 재빨리 람의 등에 올라앉아 포즈를 취했다. 우선 다리를 꼬고, 턱을 괴며 한껏 도도하게 입을 열었다.

"그, 그래! 내가 여왕이지. 달리 누가 있겠어?"

그러자 요정 무리들이 감탄을 연발했다. 물론 사령관들은 사이좋게 쯧쯧거렸고 말이다.

나는 저들끼리 떠드는 요정 무리에게서 잠시 시선을 옮겨 솔로몬에게 잽싸게 질문을 건넸다.

"있잖아, 쟤네도 악마야?"

"우릴 다 싸잡아서 악마로 부르기엔 좀 무리가 있죠. 저것들은 신전에서 보살피던 어린 고아들입니다. 페트뤼스에게 전염병을 옮아서 죽기 직전이었죠. 정신연령은 다섯 살 정도밖에 되지 않기 때문에 여왕님을 여왕님이라고 주저 없이 부를 겁니다. 좋겠네요."

아주 실컷 빈정거리는 투였으므로 나는 단번에 기분이 상했다.

"솔로몬, 너 나랑 한판 뜰래?"

그러자 솔로몬의 입매가 비스듬히 올라갔다.

"도대체…… 당신이 뭘로 절 이길 수 있단 말입니까? 두뇌? 힘? 전혀 무리 같은데요."

그건 가엽고 딱한 자에게 충고를 건넬 때나 쓸 법한 어투였다. 나는 이를 갈았다.

"아바돈, 지금 당장 쟬 한 대 치지 않으면 오늘부터 내 관심을 받게 될 거야. 넌 아주 귀찮아지겠지."

내 말이 끝나기도 전에 아바돈이 솔로몬에게 주먹을 날렸다. 나는 엎어진 솔로몬에게 활짝 웃어주었다.

"봤지? 난 협박을 잘해."

"……어째서 당신이 이브의 열쇠에게 선택을 받았는지 모르겠습니다!"

어쩌라고 나도 모르겠는데.

"흥. 저기 람, 이제 그만 루시퍼와 마하가 있는 곳으로 데려다 줘요."

"나도 그러고 싶지만, 저놈은 아직 살아 있는 모양이군."

람의 중얼거림에 우리 모두의 시선이 자연히 페터가 있던 곳으로 쏠렸다. 핏자국만 남은 빙하 위, 검은 기운이 뭉쳐 있었는데 상당히 불길하게 느껴졌다.

사지가 찢겨나갔는데도 아직 살아있는 거야?

내 마음속 질문에 대답하듯이, 그것이 점차 악마의 형상을 띄기 시작했다.

"페……터?"

나는 눈을 깜박였다. 솔로몬이 살짝 내 앞에 섰다.

"그의 사념입니다. 쓰레기가 사라지고 남은 더러운 찌꺼기, 그 이상도 이하도 아니에요."

그러나 람은 솔로몬의 말에 부정을 표했다.

"쯧쯧, 내 눈엔 그저 가여워 보이는구나. 얼마나 죽기 싫었으면 저리 미련을 갖고 매달리겠느냐."

"하지만 람, 저것이 우리 모두를 불쾌하게 만들고 있습니다."

솔로몬이 짤막하게 대꾸하고는, 페터의 사념을 향해 손을 뻗었다. 나는 그가 무슨 수작을 부릴지는 몰라도, 이번에야 말로 페트뤼스를 끝장내리라는 걸 알았다. 그렇기에 그를 저지했다.

"멈춰봐."

솔로몬이 미간을 찌푸렸다.

"……설마 저자가 가여우니 이제 그만하라는 겁니까?"

그럴 리가 있겠냐. 나는 그의 말을 무시하고 람의 등에서 내려왔다. 나는 천천히 사람의 모양으로 변해가는 꺼림칙한 검은 기운을 향해 다가갔다.

"너, 페터, 루시퍼가 너를 여태까지 살려준 데엔 분명 이유가 있을 거야."

나는 스산하게 말했다. 이제 와서 페터를 동정할 생각 따위는 추호도 없었다.

하지만 나는 분노를 느꼈다.

이렇게 추한 새끼가 루시퍼의 사제를 자처했다는 것에 격노했다.

"그럴 만한 가치가 있어서 살려둔 거였겠지? 그렇지?"

나는 목소리 톤을 낮춰서 질문을 반복한 다음, 호흡을 가라앉혔다. 그 순간 완전히 형체를 회복한 페터가 나에게 덤벼들었다.

"시끄러워……, 닥쳐!"

페터가 내 목을 움켜쥐기 직전에 우리는 눈을 마주쳤다. 나는 지극히 한심하다는 눈으로 그를 보았고, 그는 나에게서, 혹은 내 안에 있는 무언가에게 어떤 공포를 느꼈는지 돌연 짐승처럼 몸을 낮추며 펄쩍 뛰었다.

순식간에 나로부터 10미터 이상 떨어진 페터가 고함을 질렀다.

"……너, 너 뭐야?"

나는 어리둥절하게 반문했다.

"내가 뭘?"

"어떻게 아무렇지도 않은 거지?"

"그야 네가 아무런 짓도 하지 않았으니까?"

나는 인상을 찡그렸고, 그는 답답하다는 듯이 이를 악물었다.

"아니야! 나는 방금 전 분명 너를 죽이려고…… 그런데……, 그런데 몸이 마음대로 움직여지지 않았어."

이건 또 뭐하자는 짓인지 모르겠다. 나는 영문을 모르는 채 페터의 개소리를 언제까지 들어줘야 하나 고민했다. 그때 갑자기 페터가 미친 듯이 웃음을 터뜨리기 시작했다.

"큭…… 푸하하하핫! 루시퍼의 보호를 받지 않는 상태에서 내가 퍼뜨린 역병의 기운에도 감염되지 않고, 오히려 나를 내리깔아 보는 게 평범한 인간이라고? 아니, 자기야, 큭큭……. 넌 틀림없이 괴물이야. 이것 봐, 난 여기에 있는 사령관들보다 네가 더 무섭다고? 네 살기에 괴사할 것 같은 기분이야."

아닌 게 아니라 페터의 어깨가 떨리고 있었다. 나는 의아하게 다른 사령관들과 람을 뒤돌아봤지만, 그들은 딱딱하게 굳은 얼굴로 나를 향해 이상한 시선만 던질 뿐 페터가 왜 저러는지 설명해주지 않았다.

나무에서 훌쩍 뛰어내린 페터가 표범처럼 으르렁거렸다.

"그렇지…… 이스가리옷 유다가 너의 죄책감으로 인해 태어난 신이랬던가? 그럼 나를 공포로 몰아넣는 건 너의 정당하지 못한 분노겠군. 가장 더럽고 찬란하고 무시무시한 게 판도라의 상자에 남았어."

가장 더럽다고? 나는 입술을 깨물며 억지로 감정을 억눌렀다. 페터의 말이 옳았다. 나는 감정을 조절하는 법을 배워야 했다.

그렇지 않으면 리하르트에서 드래곤들을 죽였던 것처럼, 그런 일이 또 반복될 테니까.

의식하지도 못하고 누군가를 해치는 건 정말 싫었다.

"넌 너무 많이 지껄였다. 이만 사라져."

어느샌가 다가온 솔로몬이 손짓 한 번으로 페터를 제압했다. 나무뿌리들이 빙하를 뚫고 솟구쳐 올라와 페트뤼스를 묶었는데, 아예 한 계치까지 조여서 가루로 만들어버렸다.

솔로몬이 후, 하고 한숨을 쉬며 머리카락을 쓸어올렸다.

"이러시면 곤란합니다, 여왕님."

"내가 뭘 했다고 그래?"

나는 억울함을 담아 소리쳤고, 솔로몬은 복잡하고도 미묘한 표정을 지었다.

"저는 똑똑한 이를 동지로 여기고, 강한 자를 경외한다고 설명 드리지 않았습니까? 당신이 가진 능력에 우리의 말문이 막히고 말았습니다."

여전히 알아듣지 못하는 내게 솔로몬이 빙글 웃었다. 그가 손바닥으로 내 턱을 살짝 들어올렸다.

"여왕님은 너나 할 것 없이 거슬리는 상대를 압도하는 눈을 가지셨습니다. 카슐르 전체에 당신의 목소리가 번져들었을 것이고, 그건 번개와 폭풍을 불러오겠지요."

"……알 수 없는 말은 그만하지 그러니?"

"그저, 아무리 추악한 것 앞에서도 고고한 당신께 반했다고 말씀드리는 것뿐입니다."

반해? 누가? 솔로몬이?

나한테?

"이상한 소릴 하네. 내가 징그러운 악마들을 본 게 한두 번도 아니고……."

나는 얼굴이 조금 달아오르는 걸 느끼며 솔로몬의 시선을 피했다. 그가 예전보다 한결 부드럽고 나긋한 음성으로 이야기를 이어나갔다.

"보통의 사람이었다면 여왕님이 해낸 것의 절반도 이루지 못했겠지요. 사실 저희 사령관들은 당신이 멸망 직전의 판데모니움을 보고 미쳐버리거나 전하를 저주할 줄 알았습니다. 혹은 울며불며 원래 세계로 돌려보내 달라고 빌 거라고 판단했죠. 얄량한 호의로 유혹하는 다른 신들에게 넘어가 전하의 적이 되던가요. 뭐, 인간이 가진 그릇이란 고작 그 정도니까 말입니다. 그래서 우린, 죽음을 각오하고 당신을 해칠 생각까지 했습니다."

솔로몬이 자조하면서 말했다.

"……거기다 당신의 이름, 유리가 아닙니까? 어찌 그리 연약하고 부서지기 쉬운 이름인지……."

나는 사납게 눈망울을 굴렸다.

"나를 죽이려고 한 이유는?"

"오직 전하를 위해서입니다. 그것이 설령 그릇된 판단일지라도 이미 타락한 사제인 이상, 우리들의 주인을 위해 무슨 짓이든 저지를 수 있어요. 어디까지고 한없이 타락할 겁니다."

"……흠, 그 말을 루시퍼한테 직접 해보지 그랬어? 너희들의 충성심에 감격해서 한바탕 울었을 텐데."

나는 비딱하게 말했다. 사실, 그리 기분이 나쁘지는 않았다. 그토록 외로움을 잘 타는 남자한테 이런 놈들이라도 붙어 있어서 용케 10년을 버텼구나 싶었다.

그때 솔로몬의 얼굴에 그늘이 졌다.

"그 이야기가 나와서 말입니다만, 아바돈이 당신을 리하르트로 보내줬던 건 정말로 목숨을 건 행동이었습니다. 저희는 그 순간 아바돈을 반역자라고 단정 지었거든요. 뭐, 당신이 진짜 유리 님이라는 게 밝혀지면서, 그리고 루시퍼 전하가 당신을 보고 몹시 기뻐하시면서…… 유야무야됐지만."

나는 피식 웃으며 그의 손아귀에서 빠져나왔다. 그러곤 익숙하게 람의 등에 올라탔다.

"람, 당신은 어떻게 생각해요? 제가 무서워요?"

람이 엄청나게 무서운 맹수의 모습을 하고선 새처럼 고개를 갸우뚱했다.

"글쎄다, 그래도 넌 인간들 중에선 제법 귀엽게 생긴 축에 속할 것 같은데?"

호랑이한테 귀엽다는 소리를 듣게 될 줄이야. 나도 모르게 웃음이 비어져 나왔다.

"저도 그렇게 생각하지만, 가끔은 '내가 너무 예뻐서 어떡하지?'란 재수 없는 고민을 1년에 한 번쯤 해본 적이 있지만 솔로몬이 말하는 건 그게 아닌 것 같은데요. 제 눈을 봐봐요, 람. 무서워요? 살의가 느껴지나요?"

람의 등에 올라타 있었으므로, 나는 거꾸로 고개를 숙여서 그와 눈을 맞췄다. 그러자 람이 내 눈을 5초 이상 쳐다보지 못하고 기지개를 켰다.

"우선…… 페트뤼스란 놈이 죽기 직전에 너한테 역병을 전염시키려고 시도한 건 확실하다. 무슨 영문인지 네 피부에 닿기도 전에 실패하고 말았지만. 마치 너한테 있는 뭔가가 그를 마비시키고, 겁에 질리게 한 것처럼 보였단다."

"이브의 열쇠가 저를 도와줬나 보죠."

나는 시큰둥하게 말했고, 람은 돌연 진지해졌다.

"정말로 그렇게 생각하나?"

나는 뚱하게 다른 사령관들을 훑어봤다. 그들은 마치 나를 자신들과 같다는 양, 혹은 그 이상이라는 양 쳐다보고 있었다. 솔로몬은 아예 경외심까지 갖고서.

내가 뭘 했다고 이러는 거야 다들.

"……몰라요. 깊이 생각하고 싶지 않아요."

나는 으아아, 하는 소리를 내며 람의 등에 엎어졌다. 내 안에는 이브의 열쇠와 드래곤들도 갈기갈기 찢어버릴 수 있는 폭력적인 힘이 남아 있었고, 이건 도무지 통제할 수 없는 성질의 무언가였다.

나는 나를 두려워하고 싶지 않은데, 점점 나의 가장 중요한 일부분을 잃어버리는 것 같았다.

평범한 연애를 하고 평범한 결혼생활을 꿈꾸던 유리는 어디 갔지?

돌아가신 부모님을 생각할 때마다 억울하고, 분하고, 가슴 한켠이

텅 빈 듯해서 눈물이 나는 게 가장 큰 고민이자 슬픔이었던 유리는 어
디로 간 거야? 매일 밤 지안이의 목소리를 들으며 잠들고, 주말이면
그와 데이트를 하는 것이 가장 큰 즐거움이었던 유리는 이제…… 없
어?

　……이브의 열쇠를 사용하기 전에, 내가 잃어버린 뭔가를 반드시
찾아야 할 터.

　"아직 평범한 인간으로 남아 있고 싶다 이거냐?"

　나는 상처 입은 표정을 한 채 입을 다물었다. 람이 쯧쯧거렸다.

　"거 참 딱해서 원. 내가 좀 더 너를 지켜봐줘야겠구나."

　루시퍼의 신부는 평범한 인간 여자여선 안 되는 거구나.

　이토록 많은 것을 잃고 많은 것을 얻어야만.

　람의 등에 맥없이 엎어져 있으려니 루시퍼가 돌아왔다. 그의 완벽
한 입술엔 햇살이 맺혀 있었고, 언제나처럼 우아한 걸음걸이는 평소
와 달리 쓰러질 듯 위태로웠다. 나는 세상에서 가장 사랑하는 연인의
얼굴을 물끄러미 응시했다. 아름다움의 극치를 이루는 새벽별. 황금
의 왕. 폭군. 달리 그를 표현할 수식어가 있을까? 모든 악마들이 경악
하는 가운데 그는 눈물이 그렁그렁 맺힌 눈으로 나를 쳐다봤다.

　루시퍼가 입술을 벌리는 순간 눈물방울이 떨어졌다. 그의 뺨을 타
고 뚝.

　"유리야."

　나야 그가 우는 모습을 셀 수도 없이 많이 봐왔으므로 태연하게 그
를 맞이했다. 악마들은 절대 못 믿을 사실이지만 그가 인간이었을 적
의 취미는 멜로 드라마를 보면서 우는 것이었다. 나는 옆에서 무작정

총질하는 게임에 푹 빠져 있었고 말이다. 어쨌든 그만큼 나는 그를 달래주는 데 익숙했다. 한 손으론 총을 쏘면서 다른 한 손으론 그의 눈물을 닦아주는 방식으로. 뭐, 우리는 그런 사이였다.

"얘기는 잘 끝냈어?"

루시퍼가 곧장 내 품에 안겨들었다. 내 체구가 그보다 훨씬 작았건만, 나는 손을 올려서 그의 머리를 쓰다듬어줬다. 부들부들한 머리카락이 기다렸다는 듯 손에 감겨들었다.

"응…… 그치만 마하는 여전히 내 치료를 거부해. 정신이 나간 상태에서도 언제나 '아니.'라고 말하지."

"치료라는 건…….."

나는 말끝을 흐렸다.

"그는 모든 것에서 벗어나고 싶어 하지. 이제 순리에 맡겨야 할 때라면서."

나는 포옹을 풀고 루시퍼의 뺨을 감싸쥐며 가만히 물었다.

"그를 더 붙잡고 싶니? 그러면 왜 강제로 치료하지 않았어?"

루시퍼가 눈살을 찌푸렸다.

"예전 같았으면 강제로라도 그랬겠지. 그런데……."

"그런데?"

"지금은 네가 곁에 있잖아."

오. 애 입에서 이렇게 긍정적인 말이 나올 줄이야. 나는 눈망울을 굴렸다.

"물론 난 언제까지고 네 옆에 있을 거야. 그치만 그걸로 괜찮겠어?"

"그걸로 괜찮겠어가 아니라 그것만으로도 충분해."

"그럼 됐어."

나는 고개를 숙인 그와 이마를 맞대고 사탕을 입에 문 것처럼 달콤한 목소리로 속삭였다.

"너는 그의 선택을 존중했고, 그래야 했어. 무조건 힘으로 몰아붙이지 않은 건 좋은 일이야. 그만큼 마하가 너를 아꼈다는 얘기도 되겠지."

이건 확실히 긍정적인 변화였다. 루시퍼는 마하의 뜻을 존중했으니까. 그것이 자신의 바람과는 정반대일지라도.

루시퍼가 한숨을 쉬며 눈을 내리떴다.

"판테온은 늘 나에게 배려하지 말라고 했지. 타락한 인간들에게 결코 관대하지 말지니. 심판이라는 명목으로 아무리 씻어도 핏물이 지워지지 않을 만큼 많은 사람들을 죽였는데 오히려 그럴수록 눈이 뜨이는 기분이었어. 마하는 내가 판테온으로부터 도망쳐 나왔을 때…… 흠, 도망이라는 표현은 나한테 별로 어울리지 않군. 난 항상 도망치지 않으니까. 어쨌든 그는 자유로운 몸이 된 날 보살펴줬어. 여러모로."

말을 마친 루시퍼가 회의적인 얼굴로 비스듬하게 머리를 기울였다. 그는 서서히 다른 사령관들과 람의 존재를 인식하기 시작했다. 물론 그는 자신이 우는 모습을 보고 충격에 빠진 이들의 정신상태는 전혀 고려하지 않았다.

"그 사이 람이랑은 꽤 친해진 것 같고…… 하지만 새로운 요리사를 구해야 하는 귀찮은 일이 생겼네."

아, 그에게 이 문제로 따질 것이 있었지. 나는 입술을 살짝 깨물었다.

"……너 말이야, 페터가 같은 악마를 잡아먹으면서 힘을 키웠다는 거 알고 있었어?"

"알고는 있었지."

알고는 있었다고? 나는 그의 코를 세게 잡아당겼다.

"그런데 왜 가만히 있었던 거야? 적어도 너를 믿고 따르는 신자들한테는 좀 너그러워야 하는 거 아니니?"

이제는 악마가 된 그 빌어먹을 신자들! 나는 내 남편이 종교의 주체라는 게 아직도 믿어지지 않았다.

이런 그를 따르는 자들이 수천, 수십 만에 이른다니 정말…….

"내가 태어나서 제일 먼저 들은 말은 '배려하지 마라, 용서하지 마라, 자비를 보이지 마라, 결코 그들이 바라는 관용을 베풀지 말라.'였어. 나는 항상 악당이어야만 했고, 그에 반하는 행동을 해선 안 됐지."

루시퍼가 미간을 찡그린 채 말을 이었다. 그 나름대로 억울하긴 한 모양이었다.

"하지만 마하는 이미 폭력과 멸망에 길들여진 내가 심심풀이로 한 세계를 멸망시키고 올 때마다 자신이 더 슬퍼하곤 했어. 마치 너처럼. 마하가 썩 훌륭한 보호자는 아니었지만 나는 애초부터 보호자 따윈 필요하지 않았으니까 제쳐 두고, 그는 나 같은 쓰레기한테도 가능성이 있노라 믿어 의심치 않았으니 참 희한한 용이야. 어쩌면 머저리고."

그가 자조하며 내 턱을 들어올렸다. 빌어먹게 퇴폐적인 붉은 눈에 홀려 정신이 몽롱했다.

"지난날 나는 내 사제들에게 틀림없이 선택권을 주었다. 심판의 신인 나를 따를지, 평범한 인간으로 돌아갈지를 말이지. 나를 따르는 자들 중에선 페터 같은 놈들이 수두룩해. 애당초 다들 인간이었으니, 그 저열한 습성을 못 버린 거겠지. 나는 그들을 일일이 찾아가서 벌하지 않아. 그런 잡종에게 잡아먹힐 정도로 약한 놈은 필요하지도 않거니와, 왕은 마지막 순간에 검을 뽑아야 하지."

나는 화를 참지 못하고 이를 악물었다.

"네가 페터를 성에 들였다는 게 정말이지 소름끼쳐서 견딜 수가 없어. 내가 또 조심해야 할 악마가 있나? 하긴 아바돈은 날 죽이려고까지 했는걸. 이 넓은 세상에 나를 위한 안전한 장소는 아무데도 없는 거야? 너는 그런 것 하나 만들어주지 못하니?"

"글쎄, '안전'이란 단어는 나랑 거리가 멀……."

"루시퍼!"

나는 홧김에 그를 걷어찼다. 그런 다음 난폭하게 쏘아붙였다.

"이 이상 나를 홀대하면 아주 재미없는 상황이 벌어질걸!"

내가 씩씩거리자 루시퍼가 억울하다는 투로 말했다.

"……너를 홀대한 적은 한 번도 없어. 단지 페터가 너를 보면서 깨닫기를 원했던 것뿐이지."

"도대체 뭘?"

나는 양손으로 머리카락을 쓸어올렸고, 그는 히스테릭한 웃음을 흘렸다.

"신의 힘을 빌리지 않아도 너는 충분히 강하다는 것을. 인간이라고, 혹은 악마라고 부르기도 아까운 잡종 새끼한테는 너무 과분한 가르침이었던 듯싶지만."

나는 인상을 찡그렸다.

"나, 나는 강하지 않아."

망할. 왜 말을 더듬었을까?

"정말 그렇게 생각해? 네가 나한테 사리사욕을 바란 적이 한 번도 없는데도? 잘 봐, 유리야, 나는 신이야. 인간들이 꿈꾸는 모든 소망을 현실로 만들 수 있어. 그런데 너는 여전히 나를 평범하게 생각하지."

나는 코웃음을 쳤다.

"딱히 평범하게 생각하지는 않는데……. 넌 내 남편이잖아."

"그렇지. 너에겐 그 이상도 이하도 아닌 거지."

루시퍼가 탄식하며 웃음기 어린 목소리로 부드럽게 말했다.

"솔로몬은 무한한 지식을, 아바돈은 막강한 힘을, 마스테마는 영원한 젊음을, 조반니는 사랑하는 여자가 악마들에게 죽임당하지 않도록 조각상으로 만들어달라고 했다. 하지만 너는……."

나는 그의 말이 끝나기도 전에 소리쳤다.

"내가 원하는 건 오로지 하나야. 네가 정신 좀 차리는 것. 그리고 조반니! 너도 제정신이 아니었다니 정말 충격이야!"

내가 홱 고개를 돌려 조반니를 쳐다보자, 그가 펄쩍 뛰었다.

"도대체 유리 님은 저를 좋아하는 겁니까, 싫어하는 겁니까!"

"물론 둘 다지! 하지만 왜 그런 소원을 빈 거야? 그녀를 구하려면 다른 방법도 얼마든지 있었을 텐데."

"구한다고요? 천만에요. 전 그녀를 사랑하는 만큼 증오했어요. 그래서 그녀의 정혼자가 보는 앞에서 돌로 만들고 부숴버렸죠."

나는 패닉에 빠져 주위를 돌아보았다.

"……여, 여기 무슨 사이코패스만 있는 거야? 정상인은 나뿐?"

"너도 정상이라기엔 무리가 있지 않나?"

아바돈의 빈정거림에 나는 눈을 부라렸다.

"가장 무식하고 형편없는 소원을 빈 주제에 나한테 시비 거는 거야, 아바돈?"

"네 소원이야 말로 가장 가능성이 없고 억지스럽다고 생각한다만."

나는 그의 멱살을 잡을 기세로 쏘아붙였다.

"남편은 아내 하기 나름이거든? 네가 뭐라고 하든 난 행복한 결혼 생활을 원해. 내 남편이 다른 신들한테 목숨을 위협당하길 바라지도 않고 말이야."

"위선적이군. 넌 이브의 열쇠를 가지고 있잖아."

"내가 그걸 어떻게 사용할지 너한테 일일이 보고해야 할 필요는 없어, 아바돈."

내 목소리가 점점 싸늘해지자 솔로몬이 중재에 나섰다.

"자자 그만들 하세요. 왜 두 분은 만나기만 하면 싸우는 겁니까?"

"그야 쟤가 재수 없으니까!"

"……귀청 떨어지겠네요, 여왕님."

솔로몬이 항복을 선언하고 물러나려니, 람이 다리를 쭉 펴고 으르렁거렸다.

"이래서 젊은 것들이란. 난 이만 마하에게 돌아가야겠다. 영감 혼자 두기엔 영 마음이 편치 않거든."

나는 아저씨 같은 이 호랑이가 퍽 마음에 들었으므로 아쉬움을 담아 물었다.

"람, 당신을 다시 만나려면 어떻게 해야 돼요?"

"언제든 이곳을 찾아오려무나. 난 항상 기다리고 있을 테니까."

나는 10년 동안 나를 기다렸던 루시퍼를 생각하며 착잡한 표정을 지었다.

"저는 누군가를 기다리게 만들고 싶지 않아요, 람."

"쯧쯧, 그렇게 마음이 여려서야. 하여튼 인간들이란 도무지 종잡을 수가 없구나."

람이 낄낄거리면서 수풀 사이로 들어갔다.

나는 루시퍼에게 눈짓했다. '지금 난 기분이 무척 더러우니 얼른 다른 악마들을 쫓아 보내.'라는 뜻으로.

그러자 루시퍼가 눈알을 굴리며 그들에게 사라지라고 말했다. 즉시 사령관들이 모습을 감추었고, 나는 그것마저도 미덥지 않아 루시퍼의 팔을 붙잡고 숲 안쪽으로 더 들어갔다.

"정말 사령관들이 다 떠난 거 맞아?"

"성으로 돌아갔어."

"거기서 청소라도 하고 있으면 좋겠네. 새 요리사를 구하든가."

나는 신경질적으로 말하곤 유채꽃이 흐드러진 꽃밭에 그를 넘어뜨렸다. 그리고 그의 위에 올라탔다. 내가 그의 머릿속을 정복했다는 생각이 들 때마다 얼마나 짜릿한 희열을 느끼는지 그는 모를 거다. 나는 그를 정복했고, 그는 나를 함락시켰다.

"루시퍼."

"……요즘 넌 항상 나를 그렇게 부르네."

"이게 진짜 너니까."

나는 그의 가슴에 손을 대고 상체를 숙였다. 내 머리카락이 그의 얼굴을 간질였다.

"아니면 지금의 너 이외에 지킬과 하이드가 또 있니?"

"아쉽지만 없어. 그리고 나는 언젠가 네가 마하와 똑같은 말을 할까 봐 무섭기도 해."

루시퍼가 내 시선을 피하며 중얼거렸다. 그럼 그렇지. 또 음울한 고뇌에 차 있을 줄 알았다.

나는 그의 얼굴을 부드럽게 어루만졌다. 향긋한 꽃내음과 은은하게 피어오른 보랏빛 안개가 우리를 감싸 안아서 구름 위에 뜬 기분이었다.

그에게 입을 맞추면 더 높이 올라갈 수도 있을 듯했다. 아마, 내가 상상하는 것 이상으로. 언제나 그는 그 이상이었으니까.

내가 얼마나 그를 갈망하는지 그가 모른다는 게 애석할 따름이었다.

"난 너를 기다리게 하지 않을 거야. 너를 혼자 남겨두지도 않을 거고."

마치 너를 사랑하기 위해 내가 존재하는 것만 같아서. 언젠가 네가 그렇게 말했듯이.

"……그래, 이젠 유다의 표식을 돌려받을 준비가 된 것 같아. 더 이상 너에게 짐을 지우고 싶지 않아."

나는 낮게 호흡하며 떨리는 목소리를 가다듬었다.

람의 말대로 나는 나약하고, 불안정하고, 겁도 많았다. 하지만 나의 사랑하는 연인을 위해서라면 언제든지 변할 준비가 되어 있었다.

"돌려줘, 루시퍼. 내가 버렸던, 차마 받아들이지 못해 피해버렸던 죄의식을."

너를 위해서라면 나는 얼마든지 강해질 수 있어.

Lucifer, The Morning Star

"그녀는 아름답지. 이 세상에서 가장 아름다운 보석이야. 아, 하지만 넘보지는 마. 내가 죽여버릴 테니까. 죽이고, 죽이고 또 죽일 거야."

그는 머리가 잘린 집사에게 말했다.

"내가 정말, 정말, 정말 사랑하는 여자니까."

그는 사지가 없는 메이드에게 말했다.

"그리고 때론 나를 미치게 하지. 아니, 거의 자주. 항상. 매일같이."

그는 피로 물든 레드카펫에 와인을 쏟아부으며 말했다. 그 순간 왕실의 문이 열렸다.

"……그러니까 이제 그만 유리의 머릿속에서 꺼져."

세속적인 인간의 왕좌에 앉은 루시퍼는 예소드와 리하르트의 왕에게 명령했다.

지극히 야만적인 괴물의 모습으로.

잠에서 깬 루시퍼가 제일 먼저 한 일은 몽롱한 눈으로 자신의 연인이 곁에 있음을 확인하는 것이었다. 그 다음은 어째서 그녀가 부루퉁한 얼굴로 저를 보는지 깨닫는 것.

하지만 무슨 영문인지 도통 알 길이 없었다.

보다 정확하게는 그의 기억에 공백이 있었다.

그건 참으로 이상하고 불가능하고 짜증스러운 일이었다. 그는 천천히 지난 하루를 되짚어갔다.

유리에게 카슐르—의 극히 일부—를 처음 보여주었고, 마하를 만났고, 이젠 이름도 잊어버린 요리사가 죽었다. 유리는 그에게 유다의 표식을 돌려달라고 요구했는데, 그것은 썩 유쾌하지 않은 제안이었다.

물론 유다가 마음에 드는 건 아니었지만, 그는 유다의 표식을 지님으로써 유리의 일부를 소유하고 있는 것이나 마찬가지라고 생각했었으니까. 어쨌든 루시퍼는 그녀가 원하는 바를 들어주었다. 언제나 그랬듯이. 그러고는 도리어 유리를 원망했다. 그녀의 가녀린 손을 뿌리치고 좀 더 기분이 나아진 상태에서 얘기하자며 무작정 인간들이 득실거리는 어딘가로 이동했다.

그녀에게 추한 모습을 보여주고 싶지 않았다. 자신이 이토록 그녀에게 집착한다는 사실—물론 그녀는 이미 어느 정도는 알고 있지만—을 재차 상기시킬 필요가 있나 싶었다.

피. 그는 확실히 그것이 필요했다. 애초에 눈에 보이는 건 모조리 찢어버릴 작정이었다.

누군가가 굳이 죽음을 재촉하지 않았더라도.

「그 루시퍼의 여자라는 정신 나간 것 말이야, 들리는 소문에 의하면 별로 예쁘지도 않다던걸?」

그러니까 거기서부터 기억이 없었다.

잠에서 깼더니 카슐르였고, 왠지 화가 난 듯한 유리가 노려보고 있었고.

"너 어제 끝내주더라."

유리가 뱉은 첫인사는 그게 다였다. 그는 무한한 갈망에 찬 눈으로 그녀를 마주봤다. 달처럼 새하얀 피부, 앵두같이 붉은 입술, 아무렇게나 흐트러진 검은색 머리카락. 거기에 물결치는 드레스를 입고 있으니 동화 속에서 튀어나온 공주나 다름없었다. 하지만 그녀는 자신이 얼마나 아름다운지 관심도 없다는 양 불만 가득한 얼굴로 볼을 부풀렸다.

루시퍼는 느릿하게 눈을 깜박였다. 잠에서 깬 직후엔 특히나 그녀가 더욱 아름다워 보여서 탈이었다. 그녀는 오로지 그를 유혹하기 위해 태어난 것처럼 치명적이었다.

"뭐가?"

그의 연인이 팔짱을 꼈다.

"갑자기 사라졌다가 나타나고, 또 사라지더니 잔뜩 술에 취해 돌아와서는 엄청나게 주정부렸잖아. 도대체 어제 왜 그렇게 난폭하게 굴었던 거야? 왜 유다의 표식을 돌려달라고 한 것에 화를 낸 거고?"

루시퍼는 눈을 치켜떴다. 그런 건 기억에 없는데.

"……술에 취했었다고? 내가?"

"이제 와서 기억나지 않는다고 발뺌할 생각은 아니겠지. 미리 말해두는데 난 전부 기억하고 있어. 하나도 빠짐없이."

루시퍼는 한숨을 쉬었다.

"난 아무것도 기억 안 나."

"오, 자기. 정말 그런 식으로 얼버무리겠다 이거야? '아무것도 기억

안 나.'라는 형편없는 변명으로?"

루시퍼가 이마를 짚으며 신음했다. 어째서인지 정말로 지난밤 무슨 일이 있었는지 기억나지 않았다. 이 답답함이 그를 미치게 만들었으므로, 그는 다짜고짜 벌떡 일어나서 큰 바위에 머리를 치기 시작했다.

유리가 기겁하며 그를 뜯어말렸다.

"야, 야! 너 정말 미쳤어?"

"하지만 진짜 기억이 안 난다고!"

루시퍼는 신경질적으로 투덜거리다가 유리에게 한 대 맞고 나서야 지혜의 악마 솔로몬을 불렀다. 그는 어젯밤 일이 기억나지 않는다는 짤막한 설명만으로도 모든 상황을 이해했다. 좀 지나치다 싶을 정도로 잘.

"……그러니까 기억을 잃어버리셨다고요? 여왕님……이…… 큭, 못생겼다는 얘기를 듣고 나서?"

"너 진짜 죽여버린다."

솔로몬은 유리의 살벌한 경고에도 불구하고 웃음을 참지 못했다.

"못생겼다고는 안 했어. 별로 예쁘지 않다고 했을 뿐이지."

"그게 그거 같은데요."

피식피식 웃던 솔로몬이 결국 푸하하, 하고 웃음을 터뜨렸다.

"이 새끼가……. 입 안 다무냐?"

급기야 유리가 욕설을 지껄이며 솔로몬에게 제법 큰 돌멩이를 던졌다. 그건 정확히 솔로몬의 머리에 명중했지만 그는 아무렇지도 않다는 듯 어깨를 으쓱였다.

"어쨌거나 꽤 흥미롭군요. 전하께선 인간이 아니니 다른 무언가에 의해 기억이 소실됐을 가능성은 전무하고, 그럼 전하가 스스로 기억을 지웠다는 말이 되는데…….”

루시퍼는 달갑지 않은 얼굴로, 그러나 놀랍지도 않다는 듯이 중얼거렸다.

“……얼마나 쪽팔린 짓을 저질렀길래 내가 내 기억을 지웠다는 거지?”

“만약 다른 여자랑 허튼 짓이라도 하다 온 거라면…….”

아예 땅을 파서 바닥에 박힌 돌멩이를 뽑아낸 유리가 서슬 퍼런 눈으로 루시퍼를 노려봤다. 그에 솔로몬이 정색하고 나섰다.

“아, 그 점은 걱정 마세요. 전하께선 매혹의 눈을 가지셨지만 자신에게 욕정을 품은 자들을 극도로 혐오해서 산 채로 고문하다 죽이시거든요.”

유리가 인상을 찡그렸다.

“그게 어떻게 걱정할 일이 아닌지 설명해줄래, 솔로몬?”

“당신이야 말로 계속 저한테 여왕님이라는 소리를 듣고 싶으면 하나만 고르십시오. 전하께서 다른 여자와 놀아났길 바랍니까, 아니면 실컷 학살을 저지르고 오셨길 바랍니까?”

솔로몬의 말에 유리가 멈칫했다. 그녀는 식은땀까지 흘렸다.

“그, 그건 좀 생각해봐야 할 문제야. 잠깐 시간을 줘.”

“……생각할 시간까지 드려야 합니까?”

유리는 당황한 기색이 역력한 얼굴로 애써 반박했다.

“어느 쪽이든 둘 다 쓰레기라면 그나마 재활용할 가치라도 있는 쓰레기가 낫질 않겠어? 아니 그것보다 너 지금 감히 내 남편을 쓰레기 취급한 거야?”

“전하를 쓰레기 취급한 건 여왕님입니다만.”

"원인을 네가 제공했으니까 당연히 네 잘못이지! 이 건방진 자식아, 하극상을 일으키기 전에 내가 먼저 죽여주겠어."

"전 제 주제를 아니까 하극상 같은 거 일으킬 생각 없습니다. 알아 들었으면 돌 좀 그만 던져요. 피는 안 나지만 의외로 아프다고요."

신랄하게 서로를 비난하기 바쁜 유리와 솔로몬을 등진 채 루시퍼는 얼굴을 일그러뜨렸다. 그는 신경을 집중하여 자신이 어느 곳에서 어디로 이동하기 위해 마력을 사용했었는지 잔재를 찾았다. 그러고는 정확히 지난밤 있었을 곳으로 추정되는 장소로 향했다.

그곳은 그가 예상했던 대로 피투성이였다. 천장에서 후두둑 떨어지는 피와 살점을 무시하며 루시퍼는 건물 밖으로 나갔다. 그러나 마을 전체가 죽은 듯 조용했다. 바닥에는 시체가 널브러져 있었고, 까마귀 떼가 그를 보자마자 일제히 날아올랐다.

마을 단위로 깽판을 쳤나. 루시퍼는 별다른 감흥 없이 고개를 들었다.

『……우와, 당신 정말 잘생겼어요. 거기다 섹시하기까지 하네요.』

어젯밤 들었던 것 같기도 한 여성의 간드러진 음성이 불현듯 루시퍼의 머릿속을 어지럽혔다. 그러나 평소처럼 무시하고 흘려듣기엔 지나치게 잡음이 많았다. 사람들의 이목을 집중시키는 목소리, 영혼까지 홀리는 붉은 눈, 화려한 외양의 이방인은 확실히 이런 마을에 어울리지 않았을 거였다.

루시퍼는 찐득거리는 음성과 함께 떠오르는 이미지에 혐오감을 느끼며 머리카락을 쓸어올렸다. 지금은 까마귀들의 식사가 된 시체들은 지난밤 그를 유혹하지 못해 안달이 나 있었다.

『저랑 같이 가요.』

『당신 틀림없이 귀족이죠? 머리카락 좀 봐……. 정말 황금으로 빚었다고 해도 믿겠어요.』

『여기엔 무슨 일로 왔어요? 언제까지 머물 거예요? 제발 대답해줘요.』

순식간에 대여섯 명의 여자들이 그를 둘러쌌던 기억이 떠올랐다. 그래도 처음엔 퍽 유하게 대답했었다.

『나 유부남인데.』

『어머, 거짓말! 음…… 아냐, 아냐, 아냐. 유부남이라도 상관없어요. 당신 너무 멋진걸.』

『결혼했다는데 너 좀 저리 꺼지지그래? 저기 이름은 뭐예요? 나이는 몇 살?』

『너나 비켜. 맙소사, 페르디난드 전하보다 멋있고 섹시한 남자는 처음 봐. 오, 분명 이 남자도 어딘가의 왕족일 거야. 반드시 그래야만 해.』

페르디난드. 그 가문의 명칭이 문득 루시퍼의 심기를 거슬렀다. 기억의 파편은 서서히 모여들어 작은 조각을 이루었다.

가장 불결한 형태로.

『……누구?』

루시퍼가 처음으로 입을 열자, 주점 안의 모든 사람들이 동시에 고개를 돌려 그를 응시했다. 그들은 최면에 걸린 것처럼 루시퍼를 우러렀다.

『누구긴요, 에드가 전하 말이에요. 리하르트를 구한 영웅이시죠.』

여자의 노래하는 목소리가 꿈을 꾸는 듯했다. 영웅? 유리 덕분에 겨우 죽음을 면한 그 남자가?

498

나약하기 이를 데 없고, 한심하기만 했던 그 새끼를 감히 누구와 비교하는 거지?

"······루시퍼, 루시퍼! 야!"

그는 유리의 부름에 겨우 정신을 차렸다. 햇빛을 받으면 붉은 갈색 빛을 띠는 머리카락을 길게 늘어뜨린 그녀가 솔로몬의 등에 업힌 채 그를 빤히 쳐다보고 있었다. 건드리면 사라질 것 같은 투명함으로.

"너 어제 여기 있었던 거야? 이 마을 사람들을 전부······ 죽였어?"

용케 따라왔다 싶었다. 솔로몬의 등에서 미끄러져 내려온 유리가 피 묻은 대지에 발을 디뎠다. 그 순간 루시퍼의 미간이 슬쩍 찌푸려졌다. 그는 유리가 이곳에 오길 바라지 않았다. 솔로몬도 그의 뜻을 충분히 알았을 터. 그런데 왜 카슐르에서 기다리고 있지 않았던 거지? 어째서 항상 그녀는 그의 마음을 배반할까?

어째서 항상 그녀는 그를 지독하고 집요하게 파고드는 건지 모를 일이었다.

루시퍼는 자신의 영혼까지 꿰뚫어버릴 듯한 시선에 저도 모르게 입을 열었다.

"그런 것 같아. 그랬겠지."

그러자 그의 연인이 입을 꾹 다물었다. 그녀는 꽃사슴처럼 커다란 눈망울을 굴리다 슬그머니 다가와 그의 손을 잡았다. 너무나 부드럽게 감싸 쥐어서 모든 죄를 용서받고 구원받는 것 같았다.

그럴 리가 없는데.

바람에 맺힌 유리의 목소리가 그의 귓가에 가만히 내려앉았다.

한없이 투명하게. 소리 없이 떨어져 내리는 이른 아침의 빗방울처럼.

"괜찮으니까 주먹은 그렇게 세게 쥐지 말고. 피 나잖아."

루시퍼는 그제야 자신이 손톱에 피가 맺히도록 주먹을 쥐고 있었다는 사실을 깨달았다. 그리고 억지로 침착하려 애쓰는 유리보다 더 당황했다.

한두 번 살인을 저지른 것도 아닌데 어째서 나는 이토록 불쾌한가?

왜 이런 수치스러움이 드는 거지?

루시퍼는 유리를 뚫어져라 바라보았다. 비발디의 연주곡이 절로 떠오를 만큼 아름다운 루시퍼의 연인은 걱정을 담아 그의 손을 어루만졌다. 루시퍼는 손에 스며드는 그 온기에 집중했다. 뜨겁고, 강렬하고, 이글거리는데 나약하고 부드러운 척 위선을 부리는. 당장이라도 불에 타 재가 되어버릴 것만 같았다.

유리의 입에서 살짝 한숨이 나왔다. 그녀는 항상 루시퍼보다 그 자신을 잘 알았지만, 이번에도 고민을 털어놓으면 틀림없이 답변을 주고 말 테지만 어쩐지 입을 열기가 꺼려졌다. 그는 아직 준비가 되어 있지 않았다.

"상처, 얼른 치료하지 않고 뭐하는 거야?"

초조함이 섞인 독촉은 은근히 그의 마음을 즐겁게 했다. 이 세상에서 루시퍼라는 존재를 걱정하는 이는 오로지 유리뿐이었다. 누가 이 같은 파멸의 신을 두려워하지 않겠는가? 그는 죄와 타락의 상징이었고 광기의 심판 그 자체였으므로.

그의 현신은 곧 한 세계의 멸망을 의미했다.

"루시퍼!"

유리의 불만스러운 부름이 그를 일깨웠다. 루시퍼는 마지못해 제 상처를 애초부터 없었던 것으로 만들고는, 그녀에게 따졌다.

"왜 여기까지 따라와?"

그러자 그녀는 인상을 찡그렸다.

"그러는 너야말로 왜 말도 없이 사라져? 이런 건 어제만으로도 충분하지 않아?"

루시퍼가 자기도 모르게 속마음을 툭 던졌다.

"난 너한테 이런 걸 보여주고 싶지 않아."

"……진심이야? 이제 와서?"

유리가 귀를 의심하며 반문하자, 루시퍼가 짜증스럽게 머리를 쓸어 올렸다.

"나는…… 어제 아무도 죽일 생각이 없었어. 그럴 필요도 느끼지 못했고. 그런데 너도 알다시피 이건 내가 저지른 짓이지. 부인할 여지도 없이 완벽하게."

오. 유리의 꽃사슴 같은 눈동자가 반짝 빛났다.

"흠. 그래서 기분이 나쁘니?"

"상당히."

유리가 루시퍼의 얼굴을 쓰다듬었다.

"하지만 난 조금 이해가 안 가는걸. 네가 이제야 생명의 소중함을 깨달았을 리도 없고……."

"너 때문이잖아, 자기. 정말 몰라서 물어?"

그러나 유리는 여전히 영문을 모르겠다는 얼굴이었다. 루시퍼가 자조적인 웃음을 흘렸다.

"너는 내가 세웠던 모든 계획을 무의미하게 만들었어. 아직도 모르겠어? 나는 더 이상 판데모니움을 멸망시키고 싶지 않아. 이곳을……

그냥 이대로 내버려두고 싶어. 물론 그렇다고 내가 너처럼 죄책감 같은 걸 느낀다는 뜻은 아니야. 카슐르를 인간들에게 넘겨줄 생각이 있는 것도 아니고."

"……세상에."

유리의 눈이 휘둥그레졌다. 그녀는 충격에 빠져 입을 가린 채 루시퍼를 빤히 응시했다.

"너 진심이야? 정말…… 그래?"

"그러니까 내 기분이 이렇게 더러운 거겠지."

어찌할 새도 없이 유리가 루시퍼를 와락 끌어안았다. 순간 루시퍼에게 그녀의 체향이 훅 끼쳐왔다. 그건 감염된 달의 향기였고 타락한 태양의 맛이었다. 손끝에 닿으면 녹아버릴 것만 같은 물방울.

유리가 거의 울 것 같은 얼굴로 소리쳤다.

"아니야! 네가 그런 생각을 했다는 것만으로도 나는 무척이나 기뻐!"

루시퍼는 익숙한 동작으로 그녀를 마주 안으면서 미간을 찌푸렸다. 그는 단지 유리가 행복하기를 원했을 뿐이었다. 너무나도 그의 곁이 좋아서 떠날 생각 따위는 하지도 못하도록. 하지만 유리에게 필요한 건 루시퍼만이 아니었다. 그녀는 인간이었고, 자신이 저지르지도 않은 학살에 죄의식을 느꼈다. 급기야 그 인간적인 감정은 한계치를 넘어서서 그녀가 감당하지 못하기에 이르러, 이스가리옷 유다가 탄생했다. 그녀는 유다라는 신에게 자신의 죄책감을 맡겼고, 그것은 곧 유다의 모든 것이 되었다.

이스가리옷 유다는 다른 신들과는 달랐다. 그는 다친 사람들을 치료하고 갈 곳을 잃은 동물들과 오염된 자연을 정화했으며, 그것이 그의 의무라고 여겼다. 그리하여 잠시간 유리는 안정을 되찾는 듯했으나, 에스테르라는 빌어먹을 성녀에게 감화되어 이대로 회피하지만은 않겠다고 결심을 굳혔다.

루시퍼에겐 유리의 주변에 있는 모든 존재들이 마음에 들지 않았다. 유리에게 루시퍼란 존재가 얼마나 악랄하고 무자비한지 늘어놓기 바쁜 자들을. 물론 처음엔 유리도 도망가지 않을까 걱정했었다. 그렇기에 힘으로라도 갖겠다며 협박을 일삼았지만, 애석하게도 유리는 잠깐 당황할 뿐이지 전혀 굴하지 않았다.

벌레 한 마리도 죽이기 싫어하던 아이가 이제 피바다에 서서도 온전히 제정신을 유지하는 걸 보면, 확실히 그녀는 변한 게 틀림없었다. 그렇다면 그도 변해야 했다.

……이런 시행착오는 계산에 없었지만.

"그런 식으로 독려하지 마. 어쩐지 기분이 더 더러워."

루시퍼가 하루 만에 금연에 실패한 것 같은 기분에 시달리며 중얼거렸다. 유리는 아랑곳하지 않고 그의 뺨에 마구 키스했다.

"그치만 난 네가 정말로 자랑스러운걸!"

"……너는 내 엄마가 아니라 부인이거든?"

그 말에 유리가 미소를 지었다.

"저런, 그렇게 까다롭게 굴지만 않았어도 내가 지금 당장 옷을 벗겼을 텐데."

"전 이만 가봐도 되나요? 두 분 사이에 껴 있는 거 진짜 당혹스럽거든요."

이미 유리한테 백번은 질린 듯한 솔로몬이 넌지시 루시퍼의 허락을 구했다. 유리는 어깨를 으쓱였고, 루시퍼는 살짝 고개를 끄덕이는 걸로 허락했다.

그 즉시 솔로몬이 모습을 감췄다.

솔로몬이 사라지고 나자 유리는 더욱 적극적으로 루시퍼의 품에 안겨들었다. 그녀가 그의 가슴에 검지로 보이지 않는 낙서를 그리면서 수줍게 물었다.

"……그래서 어제 일은 전부 기억났니?"

"조금은."

유리가 눈을 깜박였다. 루시퍼는 제 품에 들어온 작고 가녀린 여자가 당혹스러웠다. 유리는 모조의 달처럼 무척이나 여려 보여서, 자칫 잘못하면 제 손으로 부숴버릴 것만 같았다. 그녀가 없으면 눈이 멀었고 어떤 소리도 아름답게 들리지 않는데. 타락한 세계에서 오직 그녀만이 선명하게 빛났다. 눈에 불꽃이 튀고 짐승이 될 만큼 그는 그녀를 원했다.

다른 누구와도 그녀를 공유할 수 없었다.

그녀는 온전히 제 것이어야만 했고, 그러기 위해서 어떤 대가도 치를 것이었다.

"음, 아직도 기분이 안 좋아 보이네. 우리 일단 장소를 옮기는 건 어때? 너만 괜찮다면."

유리가 침묵에 빠진 루시퍼를 조심스럽게 불렀다. 잠시나마 마하가 있는 카슐르로 돌아갈까 했던 루시퍼는 마른세수를 하며 제 생각을 부정했다.

"난 지금 너랑 단 둘이 있고 싶어."

유리가 키득거렸다.

"보통은 혼자만의 시간이 필요하다고 말하지 않아?"

"너 없이 보내는 모든 시간은 무의미해."

루시퍼는 무신경하게 말하곤 유리가 너무 약해 보인다는 생각을 천 번째로 했다. 그녀는 이 격정적인…… 종말이 임박한 세계와 어울리지 않았다.

"어머나……, 그거 정말 낭만적인데."

유리가 그렇게 중얼거리면서 얼굴을 붉혔다. 루시퍼는 그녀를 데리고 너른 풀밭으로 이동했다.

수평선 너머로까지 초록 빛깔이 만연했다. 그리고 드문드문 보이는 아름다운 꽃들.

루시퍼는 유리의 어깨를 붙잡고 다급하게 말했다.

"사랑해. 그리고 난 너를 행복하게 해주고 싶어."

유리가 얼떨떨한 표정을 지었다.

"나도 마찬가지야. 하지만…… 음, 그동안 나는 네가 생각하는 행복과 내가 생각하는 행복의 정의가 완전히 다르다고 여겨왔었어. 그럴 수밖에 없었는걸. 여기, 판데모니움은 너무나 잔혹하지만…… 한편으론 위태로운 아름다움이 공존하는 세계니까."

유리가 작게 웃음을 흘렸다. 그녀가 민들레 한 송이를 꺾어 향기를 맡았다.

"루시퍼, 나한테 널 맞추려고 너무 무리하는 건 아니니?"

녹음에 싸인 풀밭에서 그를 돌아보는 유리는 달의 여신처럼 은은한 분위기를 풍겼다. 그는 그녀의 머리카락이 휘날리는 모습을 뚫어져라 주시했다.

"그럴지도 몰라. 그래도 어쩔 수 없지. 내 행복은 네가 행복해야만 비로소 피어나는 감정이니까. 난 절대로 너를 놓치지 않을 거야. 놓아주지도 않을 거고. 내가 너한테 첫눈에 반했다고 말했던 거 기억 나?"

유리가 슬며시 인상을 썼다.

"말 나온 김에 얘기해두는데 난 아직도 그 말이 안 믿겨."

"믿든지 말든지."

루시퍼는 부루퉁한 채로 꽃을 노려보는 유리를 곁눈질했다. 짙은 갈색빛이 도는 그녀의 긴 속눈썹은 언제나 그를 설레게 만들었다.

이것은 항상 의문이었다. 그녀는 가볍게 한숨을 쉬거나 기지개를 켜는 것만으로도 그를 긴장시키곤 했으니까. 그녀가 웃으면 어느샌가 그 또한 웃고 있었으며, 그녀가 울면 형언하기도 힘들 만큼 기분이 더러워졌다. 어느 누구도 이런 방식으로 그를 지배한 적이 없었다.

복잡한 생각을 지워버리고 루시퍼는 들판 위에 드러누웠다. 그러자 유리가 기다렸다는 듯이 그의 가슴을 베개 삼아 누웠다. 별들로 가득한 높은 하늘이 유리의 마음을 부드럽게 녹였다.

"이곳은 아름다워. 너는 이렇게 아름다운 장소를 잘 알고 있네."

"판데모니움에 내 손이 닿지 않는 곳은 없으니까."

유리는 키득거리며 루시퍼의 입술에 짧은 키스를 반복했다. 그건 독사의 독처럼 조금씩 달콤하게 그의 입술 안으로 스며들었다.

유리는 언제나처럼 루시퍼의 눈을 물끄러미 들여다봤다. 그건 모든 사람들이, 그리고 대부분의 신들이 하지 못하는 행동 중 하나였다.

그녀는 모를 테지만, 그의 붉은색 눈이 지닌 매혹의 힘은 결코 무시할 만한 성질의 것이 아니었다.

"있잖아, 아스트라가 우리를 그냥 내버려둘까?"

루시퍼가 판데모니움을 멸망시키지 않겠다고 결심했다니, 유리는 들뜨지 않을 수 없었다. 만약 두 사람이 처음부터 신과 인간으로 만났더라도 그녀는 그를 사랑했으리라.

"지금도 어떻게든 날 죽일 방법을 모색하고 있을걸."

"그럼 우린 어디로 가지? 다른 차원으로?"

유리의 말에 루시퍼가 코웃음을 쳤다.

"아니면 아스트라를 죽이고 내가 이곳의 주인이 되는 수도 있어."

"흠."

"······내가 그녀를 죽이지 않았으면 좋겠어?"

"그건 아니지만, 사실 나도 아스트라가 엄청나게 싫지만 이 세계는 이미 개판이잖아. 그리고 지금은 보이지 않는 네 사슬도······."

유리는 판데모니움의 가장 깊은 곳에서부터 올라온 사슬에 얽매인 루시퍼의 모습을 회상했다. 평소엔 더할 나위 없이 자유로워 보이는 루시퍼여도 아직 판테온이 내린 형벌에서 완전히 벗어나지 못한 채였다.

"우리가 돌이킬 수 없이 멀리 왔다는 생각이 들어. 혹시 판테온을 만날 방법은 없을까? 내가 직접 만나서 사정이라도 하고 싶은걸."

유리가 긴장한 목소리로 속삭였다. 루시퍼가 미소를 지었다.

"날 위해 판테온까지 만나주겠다는 거야? 정말 감동적인데."

"나는 진심이거든?"

그러자 장난치듯이 웃던 루시퍼가 돌연 표정을 바꿨다. 루시퍼는 유리가 불장난을 하려는 아이라도 된다는 것처럼 엄하게 노려봤다.

"안 돼."

"어째서?"

"그냥 안 돼."

유리의 눈이 가늘어졌다.

"그런 말로는 날 설득할 수 없다는 거 알지?"

"넌 절대로 판테온을 만나지 못할 거야. 내가 온 힘을 다해 막을 테니까."

루시퍼가 유리의 손에 들린 민들레꽃을 빼앗아 가루로 만들었다.

"그는 너무 위험해. 그리고 너도 위험하고."

"하지만 네가 변했다는 사실을 알게 되면 판테온도……!"

"유리야, 그는 절대로 용서하지 않아. 자비를 베풀지도 않고 때로는 아주 멀리 사라져버려. 내가 누구한테 이런 지랄맞은 성질을 물려받았는지 잊었어?"

유리는 입술을 꾹 다물었지만, 그건 수긍이 아니라 반항이었다.

잔디밭이 바람에 흔들리며 그동안 아무도 모르게 숨겨져 있던 꽃들이 보석처럼 화려하게 피어올랐다. 연분홍색 벨벳 같은 부바르디아, 라벤더, 유칼립투스가 두 연인을 은밀하게 숨겼다.

유리는 나무 그늘 아래서 아무것도 걸치지 않은 채 꽃들 사이로 파묻혔다. 검은색 머리카락을 늘어뜨리고 눈웃음을 짓는 그녀는 계절을 지배하는 튤립의 여신 같았다.

그녀를 가질 때마다 루시퍼는 진한 만족감을 느꼈다. 한편으로는 더한 갈증이 일기도 했고, 미쳐버릴 것 같은 짐승적인 욕구에 굴복하고 싶었다. 누구도 그녀를 건드리지 못하게 하리라. 제 눈이 뽑히고 혀가 잘려나가도 결코 허락하지 않을 것이었다.

"야외에서 너와…… 이렇게 짜릿한 짓을 하는 것도 재미있는걸?"

유리가 까르르 웃으면서 무릎을 세우고 앉았다. 흉터 하나 없이 깨끗한 그녀의 희고 고운 어깨가, 손이, 얼굴이 그를 꼼짝도 하지 못하게 만들었다.

　그녀는 양귀비보다 지독하고 산나리처럼 강한 여자였다. 다른 신들마저 유리에게 진저리를 치는 걸 보면 확실히 제 연인이 보통 사람은 아닌 듯했다.

　그렇기에 루시퍼는 솔직하게 털어놓았다.

　"……내가 아까 그 마을을 괴멸시켰던 건 리하르트의 왕 때문이었어."

　"응? 에드가가 왜?"

　유리가 고개를 갸웃거렸고, 루시퍼는 못마땅한 표정을 지었다.

　"언제부터 그 새끼를 이름으로 부를 만큼 친했던 거지?"

　"그야……, 전에는 공작이라고 불렀는데 이젠 왕이 됐잖아. 그렇다고 이제 와서 존칭을 쓰기도 좀 그렇고."

　"내가 왜 놈을 죽이지 않았는지 모르겠군."

　유리가 어이없다는 얼굴로 그를 바라봤다.

　"그런 소리 마."

　"어쨌든 그는 인간들 사이에서 거의 영웅이나 다름없는 취급을 받던데. 그게 상당히 거슬렸어. 그래서 아무래도 내가 그를…… 찾아갔던 것 같아."

　희미하게 수면 위로 떠오르는 기억들은 결코 유쾌하지 않았다.

　유리가 루시퍼에게 확 달려들었다.

　"뭐? 정말? 네가 리하르트의 왕성으로 갔었단 말이야?"

　"전부 기억나는 건 아니지만 아마도……."

　유리와 루시퍼는 동시에 미간을 찡그렸다.

　"흠. 이거 상당히 의외인데."

"거기다 더 기가 막힌 건, 그 자식이 너한테 관심이 있다고 직접적으로 말했다는 거야. 감히 내 앞에서."

물밀 듯이 불어닥친 바람에 유리의 머리카락이 꽃잎처럼 하늘거렸다. 유리는 눈을 크게 뜬 채 에드가의 용감한, 혹은 무식한 도발에 경악해서 입술을 벌렸다.

"우와……."

"……지금 감탄할 때 아니거든? 도대체가 너는 남자들을 몇이나 꼬시고 다니는 거야?"

꼬시다니! 유리는 억울하다는 투로 소리쳤다.

"그만큼 내가 매력 있다는 뜻 아니겠어? 하지만 에드가가 나를 그런 식으로 생각하는 줄은 몰랐어. 그는 워낙 바람둥이처럼 보여서. 불면 날아갈 것 같단 말이야."

유리가 투덜거리자 루시퍼는 자기 자신에게 화가 나 빈정거렸다.

"확실히 너한테는 인간의 짝이 되는 게 나을지도 모르지."

그건 화풀이나 다름없었다. 유리는 루시퍼의 손을 가만히 잡아당겼고, 그와 눈을 맞췄다.

"어머, 날 포기할 생각?"

"……그렇게 둘 생각은 추호도 없지만."

키득키득. 유리가 웃는 모습을 보자 루시퍼는 또다시 극심한 소유욕에 빠졌다. 그녀를 갖고 싶었다. 온전히 저 혼자서만. 다른 누구에게도 보여주고 싶지 않아.

유리가 나른하게 눈을 깜박였다.

"나와의 섹스가 그만큼 끝내준다는 뜻으로 받아들이겠어."

"뭐, 그것도 그렇고."

루시퍼가 어깨를 으쓱이자 유리는 요란하게 웃음을 터뜨렸다. 그녀가 숨이 넘어가도록 웃더니, 이윽고 루시퍼의 어깨를 감싸 안았다.

그녀가 가만히 중얼거렸다.

"날 포기하지 마. 무슨 일이 있어도 그건 용서 안 해."

"나한텐 네가 전부인데 어떻게 포기할 수 있겠어?"

"사랑해, 자기. 내가 세상에서 가장 잘한 일은 바로 널 만난 거야. 인간이었던 너와 사랑에 빠지고, 판데모니움에 와서 진짜 너를 알게 된 것. 삶은 언제나 불공평하지만 내가 너를 만난 건 기적이었어."

맨살에 맨살이 닿았다. 부드러운 살결을 스치는 루시퍼의 손길이, 차마 믿을 수 없다는 듯 그녀의 어깨를 잡고 밀어내려는 듯한 행동이 유리를 속상하게 만들었다. 어째서 이 남자는 사랑을 믿지 못하는 걸까. 이미 푹 빠졌으면서.

숨이 막히도록 저를 원하는 주제에.

"……그렇게 말해주는 사람은 너뿐인 거 알지?"

유리는 침착하게 말했다.

"루시퍼, 자기, 내 사랑, 너를 아끼는 존재들은 카슐르에도 얼마든지 있어. 하지만 언제나 내가 1등이야. 나는 항상 첫 번째를 차지하고 말겠어. 그리고 어쨌거나 너는 잘 알고 있잖아? 사랑은 공포에서 태어나지 않는다는 걸. 나는 절대로 너를 배신하지 않아. 절대로 너를 무서워하지 않아."

유리는 루시퍼의 입술에 키스했다. 그녀는 이미 마음을 굳혔다.

루시퍼가 죽으면 자신도 죽을 것이다.

그가 없는 삶을 단 하루도 살지 않을 것이다.

"유리 넌 어떻게 그 정도로 강할 수 있는 거야?"

"너를 사랑하니까. 우리의 사랑을 꿈으로 만들 생각은 추호도 없으니까. 우리는 로미오와 줄리엣이 되지 않을 거야. 반드시."

유리는 다시금 그에게 키스했다. 루시퍼가 신음하며 고개를 비틀었다.

"그래도 판테온을 만나는 건 너무 위험해."

유리는 그런 루시퍼를 빤히 바라보았다.

"이곳에 온 뒤로 내가 위험하지 않았던 적이 있기는 하니? 나는 마하와 람에게 고마운 만큼 판테온이 원망스러워. 그는 너를 혼자 두지 말았어야 했어. 어떻게 감히 내 남편을 무기 취급할 수가 있지? 진짜로 용서하지 않을 거야!"

유리는 감정을 억누르려고 애썼지만, 그녀의 말엔 기분 나쁜 기색이 역력했다.

"루시퍼. 황금의 왕, 재앙의 신, 빛의 심판을 가져오는 자……. 있지, 판테온의 명령으로 세계를 멸망시킬 때마다 너는 더더욱 고립되어 갔다고 했잖아. 루시퍼, 너는 혼자가 되길 원하지 않았어. 내 말이 틀려? 너는 부모란 존재를 부러워했고 가족을, 연인을 동경했어. 그러니까 나는 너한테 모든 걸 선물할 거야."

"……뭐?"

유리가 입술을 삐죽였다.

"기억 안 나? 결혼서약서 말이야. 우린 부부니까 가족인 거야. 아이를 가질 수도 있고…… 신혼생활을 즐길 수도 있고…… 상대의 입술에 키스할 수도 있지. 방해꾼만 등장하지 않으면."

이번에는 조금 더 진한 키스를 나눴다. 유리는 루시퍼의 머리카락 속으로 손을 넣었고, 혀가 아리도록 깊이 그를 탐했다.

순식간에 두 사람의 몸에 열이 올랐다.

유리가 루시퍼를 잔디밭 위로 넘어뜨렸을 때 그가 말했다.

"비슈누와 아스트라는 이대로 물러나지 않을 거야."

"난 아담의 책과 이브의 열쇠가 있어. 하지만 어떻게 해야 할지 모르겠어. 내가 그것을 통제할 수 있을까?"

유리는 걱정스러운 투로 말했지만, 얼굴은 이미 새빨개져 있었다. 지평선 너머로까지 아무것도 보이지 않는 자연에서, 조각상처럼 섬세하게 다져진 남자와 잠자리를 갖는 건 정말 환상적이었다. 그는 자연이 만 년 동안 깎아놓은 절벽처럼, 부드러운 계곡물처럼 신비로웠다.

루시퍼가 다급해하는 유리에게 키스를 하며 그녀를 감싸 안았다.

"물론 나는 널 믿어. 네가 내 삶의 이유니까. 내게 있어서 넌 정말 절대적이지."

순간 눈앞에서 불꽃이 터졌다. 유리는 루시퍼에게 거듭 키스하면서 만족스러운 한숨을 쉬었다.

"그렇게 말해줘서 고마워. 있잖아, 나 한 가지 부탁이 있는데……."

"말만 해."

그러자 유리는 루시퍼가 전혀 생각지도 않았던 말을 했다.

"검을 가지고 싶어."

루시퍼가 미간을 찌푸렸다. 유리는 주장을 굽히지 않았다.

"내 목에 걸린 초커 말고, 나만의 검을 말이야. 나도 아스트라한테 한 방 먹이고 싶은걸? 쉽진 않겠지만."

유리는 동그란 눈알을 굴리며 루시퍼에게 애교를 부렸다.

"응? 나 검 한 자루만 주면 안 될까?"

"……기다려."

"기다리라니?"

"만들어줄게. 너한테 맞는 검을."

루시퍼는 머릿속에서 수많은 영웅들이 제 목숨처럼 아꼈던 명검들을 떠올리려다가, 도로 지워버렸다. 남이 사용한 건 필요 없다. 그녀는 그녀만을 위해 만들어지고 쓰일 검이 필요한 거니까.

유리가 감탄사를 흘렸다.

"와, 너 정말 못 하는 게 없구나. 기대하고 있어도 되는 거지?"

"그렇지 않아도 네가 네 스스로를 지킬 만한 무기가 있으면 좋겠다고 생각해왔어. 넌 내가 잠시라도 한눈을 팔면 사라져서 상처투성이가 되기 일쑤니까."

"음, 고의는 아니었는걸."

루시퍼는 제 머리칼을 헝클어뜨렸다. 유리에게 어울리는 검이 뭐가 있을까? 그녀는 의외인 구석이 있어서 방심할 수가 없었다. 숱한 마법을 걸어놓아도 안심이 되지 않을 것 같은데.

루시퍼는 일단 제 마력을 견딜 수 있을 만큼의 강도를 지닌 물질을 몇 개 추렸다.

"시간은 하루면 충분해. 넌 그때까지 성에……."

"나, 에드가한테 갈래."

"……뭐?"

"어제 너랑 에드가가 무슨 얘기를 나눴는지 알고 싶어."

유리가 불쑥 말했다. 루시퍼는 한숨을 내쉬었다.

"그건 시간낭비야. 그 새끼는 언제 죽어도 이상하지 않다고."

"하지만 넌 이제 되도록 사람을 죽이지 않을 거잖아? 그리고 난 말이지, 네가 에드가를 질투하는 것 같다는 생각이 들거든?"

루시퍼는 유리의 시선이 음흉해지는 걸 모르는 척했다.

"내가 무엇 때문에 그를 질투하겠어? 그놈이 나보다 잘난 게 하나도 없는데."

사실 루시퍼는 그를 질투하고 있는 게 맞았다.

인정하기 싫을 뿐이지.

"그야…… 내가 그를 신경 쓰고 있잖아. 그가 죽지 않기를 바라지, 나는. 어쨌거나 처음으로 내 말을 믿어준 사람이니까."

루시퍼는 퉁퉁 부어서 소리쳤다.

"좋아. 네 마음대로 해."

"흠, 정말?"

"그래. 그리고 난 질투하지 않았어."

질투하지 않았다고. 빌어먹을.

"어머나, 귀엽기도 하지."

"정말이라니까!"

유리가 까르르 웃음을 터뜨렸다.

"너 얼굴 빨개졌어."

"옷이나 입어."

"네가 입혀주면 안 돼? 응응? 나 오늘 속옷도 예쁜 거 입고 왔잖아."

"……지금 나 놀리는 거지?"

"헤헤, 벌써 들켰나?"

유리는 배시시 웃으며 하늘거리는 프릴이 겹겹이 포개진 드레스를 입었다. 그러고는 잔디밭에 널브러져 있던 팬티를 엄지발가락으로 주워서 루시퍼의 무릎에 떨어뜨렸다.

"자, 얼른 입혀줘."

루시퍼는 사악한 악마 같은 표정을 짓고 있는 유리를 황당하게 올려다봤다. 꽃잎이 휘날리는 잔디밭에서 그녀는 사무치도록 매혹적이었다. 계곡에서 막 올라온 머메이드 같은 신비로운 매력을 한껏 발산하며 유리는 루시퍼를 향해 짓궂게 미소 지었다.

"아니면 나 속옷도 안 입고 에드가 만나러 간다?"

유리가 키득거리기 무섭게 루시퍼가 몸을 일으켰다. 그는 표범처럼 일어나서 사납게 그녀를 노려보다가 마지못해 속옷을 입혀주었다.

유리가 이런 식으로 루시퍼를 놀린 건 처음이 아니었는데도 매번 당황스러웠다. 그녀에게 지배당하는 느낌은 그에게 어떤 강력한 희열을 선사했다. 그녀는 그의 여왕이었다. 튤립의 여신, 맹렬히 타오르는 불길, 루비 같은 눈.

그녀를 올려다보는 순간 루시퍼는 어떤 검을 만들어야 할지 깨달았다.

유리에게 필요한 건 여왕의 검이었다.

오직 그녀만이 다룰 수 있는 고귀하고 화려한 검.

끓어오르는 불로써 적을 파멸시키고, 붉은 늑대 같은 고고함에, 결코 꺾이지 않는 아름다움.

"……레드퀸."

"응?"

"예전에, 어떤 고대 왕국의 여왕이 차고 있던 목걸이야. 엄청나게 큰 루비가 달려 있지. 세상에서 가장 선명한 빨강으로 빛나는 철혈의 보석. 그걸 네 검에 장식하면 무척이나 아름다울 거야."

"하지만 그 목걸이는 어디서 구하는데?"

"다 방법이 있지. 조금만 기다려. 그리고 내가 계속 감시하고 있을 거니까 그놈이랑 허튼 짓을 벌일 생각은 꿈도 꾸지 않는 게 좋을걸."

루시퍼는 무시무시한 경고를 남긴 채 유리를 리하르트의 성으로 이동시켰다.

"……믿어지지 않는군. 정말로 그가 너를 혼자 보냈다는 건가?"

리하르트의 왕, 에드가 게일 페르디난드가 다급하게 쿠키를 씹어 먹는 유리를 황당하게 쳐다보았다. 유리는 우유를 벌컥벌컥 들이마시고는, 푸하 하고 한숨을 내뱉었다. 하루 종일 아무것도 먹지 못한 그녀는 이제야 좀 살 것 같았다.

"뭐, 계속 감시하고 있겠다고 했으니 아주 무방비하진 않지. 그나저나 당신은…… 좋아 보이네."

드디어 에드가의 얼굴이 눈에 들어온 유리가 심드렁하게 말했다. 에드가는 가볍게 대꾸했다.

"악마들이 더 이상 도시를 습격하지 않으니까, 라고 해두지."

유리는 커다란 눈으로 그를 탐색했다. 조금 피곤해 보였지만 에드가는 그녀가 알던 그대로였다. 뚜렷한 이목구비와 잘 어울리는 수염, 능글맞은 미소, 다분히 신사적인 제스처까지. 그는 루시퍼의 신부가 눈앞에 있는데도 왕족처럼 고고하게 굴었다.

유리는 눈을 가늘게 뜨고선, 역시 아무리 봐도 에드가가 바람둥이 같다고 생각했다. 자신이 가진 외모와 권력을 아주 잘 이용할 줄 아는. 저런 속물적이고 계산적인 남자가 자신을 진심으로 좋아할 리 없는데. 어째서 루시퍼는 그를 죽이지 못해 안달인 걸까?

"혹시 나를 인질로 삼아서 루시퍼를 협박하려는 계획을 꾸미고 있어요?"

유리는 단도직입적으로 물었다.

"난 너를 정치적으로 이용할 생각은 없어. 다만 오늘따라 유독 아름답군. 너무 오랜만에 만나서 그런가, 네가 얼마나 매력적인 여자인지 잊어버리고 있었다."

"……제발 진심이 아니라고 해줘요."

"나는 거짓말을 하지 않아."

유리는 짜증스럽게 말했다.

"하지만 전 결혼했단 말이에요. 당신도 뻔히 알면서 그래요?"

에드가가 눈짓하자 시녀가 빈 접시를 치우고 유리에게 홍차를 주었다. 에드가는 허물없이 저를 대하는 유리가 조금 낯설면서도 신선했다. 그는 본의 아니게 영웅이 되어 있었고, 그것이 심히 불만이었다.

"루시퍼가 인간 사냥을 멈춘 건 필시 너 때문이겠지?"

유리가 홍차를 마시며 살짝 눈을 흘겼다. 그 본새가 요염할 정도였다.

"음, 흠, 일단 제 질문에 먼저 대답해요. 당신은 왕이잖아요? 모범을 보여야죠."

"그거 아나? 왕은 자신이 원하는 여자를 갖기 위해서라면 어떤 비열한 수단도 가리지 않는다."

에드가는 충동적으로 말했다. 유리의 눈이 휘둥그레졌다.

"어머나……. 이쯤 되면 정말 무서워지는데요."

"넌 좀 무서움을 알아야 해. 몇몇 귀족들은 루시퍼의 이름만 들어도 기절하기 일쑤라고?"

"걔가 너무 잘생겨서요?"

"나랑 장난하자고 온 건 아니겠지, 유리."

두 사람은 사이좋게 침묵을 지키다가, 동시에 한숨을 쉬었다.

"어제 루시퍼가 이곳에 왔었다고 들었어요. 그가 여기서 뭘 했는지 알고 싶어요."

그러자 에드가는 기다렸다는 듯이 말했다.

"내 보좌관을 죽이고 메이드 열여섯 명의 사지를 찢어서 식당에 전시해놨지. 마치 음식처럼 말이야. 그는 핼러윈 파티를 상당히 좋아하는 것 같더군."

에드가는 음울하게 중얼거렸다. 루시퍼가 한 짓은 그조차 토하지 않을 수 없을 만큼 잔악했다. 그는 사지가 잘려나가고 뱃속에 있던 장기를 모두 소실한 메이드들을 의자에 앉혀놓은 뒤 우스꽝스러운 가면을 씌웠다. 그들의 내장은 요리처럼 식탁 위에 널브러져 있었고, 천장에선 술이 내리쏟아졌다. 아주 향기가 좋은 와인이었다.

왕좌에 앉은 루시퍼는 그 술을 받아 마시며 교만하게 턱을 괴었고 유리는 못마땅한 표정을 지으면서도 침착함을 유지했다.

"그것 말고는?"

그것 말고는? 에드가가 눈살을 찌푸렸다.

"지금 날 화나게 하려고 작정했나?"

"그럴 의도는 없어요. 단지 내가 무슨 짓을 해도 루시퍼가 저지른 무차별적인 살상행위를 없었던 일로 만들어버리는 게 불가능하단 사실을 깨달았을 뿐이지."

유리가 조심스럽게 찻잔을 내려놓았다. 에드가는 또다시 한숨을 쉬며 마른세수를 했다. 유리에게 화풀이를 해서 어쩌자는 건지. 이럴 의도로 그 말을 꺼낸 건 아니었는데.

에드가는 보다 부드럽게 입을 열었다.

"……너는 아직도 그를 사랑하는가?"

"사랑해요."

숨 쉬는 것처럼 당연하게 말하는 투가 마음에 들지 않았으므로, 에드가는 비스듬히 고개를 기울였다.

"그가 너로 인하여 구제받을 수 있다고 생각하는가?"

"그렇게 생각해요."

"그럼 그에게 살해당한 수많은 사람들은? 그에 의해 가족을 잃고 나라를 잃고 삶을 잃어버린 사람들은 어떻게 보상받지?"

유리가 머뭇거리면서도 한 음절씩 또박또박 말했다.

"전 신이 아니에요, 에드가. 당신이 제게 화풀이를 해야겠다면야 받아주겠지만, 그 점은 명심해요. 저는 누구에게도 보상할 수 없다는 걸요."

오. 믿을 수 없게도 그녀는 그와 같은 인간이었다.

에드가가 찻잔을 들었다.

"질문을 바꿔보지. 루시퍼가 죗값을 치러야 한다고 생각하나?"

유리가 피식 웃었다.

"아니요."

"……그렇다면 너는 내 적이군."

"처음부터 우리는 적이었어요. 그런데 왜 당신은 저에게 칼을 겨누지 않죠? 정말로…… 대체 제 어디가 마음에 들어서 마음에 두었다는 거예요? 당신도 알다시피 저는 비겁한 겁쟁이예요. 에드가 당신은 영웅이라 칭송받는 인간들의 왕이고, 전 악마왕의 신부라구요."

에드가는 반박하고 싶은 충동을 가까스로 억눌렀다. 그는 영웅이 아니었다. 오히려 영웅이라는 소리를 들을 만한 자가 있다면, 제 앞에

있는 여자이리라. 그녀가 위험을 무릅쓰고 나서서 루시퍼를 설득하는
데 성공한 것이지, 그가 악신을 쓰러뜨린 게 아니었다.

그는 결단코 영웅이 아니었다. 그가 사람들이 바라마지않던 구세주
였다면, 이렇게 유리와 동석하고 있지도 않았을 터.

동화 속에서 튀어나온 것 같은 이 투명한 여자와.

"루시퍼를 두둔하는 게 수치스러운가?"

속이 타들어가는 것을 느끼며 에드가는 장난스럽게 물었다. 유리가
비명을 질렀다.

"그럴 리가 없잖아요!"

"그런데 왜 계속 네가 루시퍼의 신부임을 강조하는 거지? 난 이미
알고 있어. 네 결혼식의 하객으로 참석하기도 했잖아."

"그건…….”

순간 말문이 막힌 유리가 입술을 꾹 깨물었다. 에드가는 어찌할 바
없이 재가 되어 스러지는 제 비참한 갈망을, 처음 느껴본 소유욕을 조
롱했다. 넌 절대 저 여자를 가질 수 없어. 설령 왕이라 할지라도.

그녀는 루시퍼의 것이었다.

그건 그녀가 그를 원하기 때문이었다.

"어제 그 악마는……, 모든 악마들의 왕은 잔뜩 술에 취해서 그리
말했다. 차라리 유리 네가 나와 맺어졌다면 지금보다 더 행복했을지
도 모른다고."

"……루시퍼가 그런 개소리를 했단 말이에요?"

어처구니없다는 유리의 말에 에드가 와인 잔을 든 손으로 유리를
지적했다.

"내가 바로 그렇게 생각했지. 어쨌든 그는 진지했어. 인간 여자와

남자가 맺어지는 건 당연한데 자신은 무기에 지나지 않는 삶을 아주 오랫동안 살았고, 그렇기에 인간성이란 것을 깨우치기가 너무 힘들다고 말이야. 너의 기대에 부응하고 싶은데 그것이 참으로 힘들다 하더군."

"기대……라구요."

유리가 인상을 찡그렸다. 에드가 역시 마냥 기분이 좋지만은 않았다.

"루시퍼는 광명의 신이지만 종말의 날 심판을 내리는 무기이기도 하다. 그는 괴로워하고 있어. ……도무지 믿기 힘들지만, 사실이다."

빌어먹게도 그 악신은 변하려 하고 있었다.

모든 것은 자신의 사랑하는 연인을 위해.

"악마의 왕은 네가 행복하길 원해. 그러려면 자신이 더는 세계에 멸망을 불러들이지 않아야 한다는 것도 분명하게 인식하고 있지. 하지만 그건 그의 근본을 배반하는 행위야. 결코 쉬울 리가 없어."

"당신…… 지금 루시퍼를 편드는 거예요?"

유리가 귀를 의심하며 묻자 에드가는 자신의 혀를 잘라버리고 싶은 충동을 느꼈다. 하지만 그는 언제나 그렇듯이, 제 감정을 숨기고 억누르고 외면하는 데 익숙했다.

"나는 사실만을 말했을 뿐이다. 사람은 쉽게 바뀌지 않아. 하물며 가장 완벽한 신이자 오직 종말을 위해 준비된 무기는 어찌하겠느냐? 계속 벼리고 벼릴 수밖에."

그래서 너를 진지하게 빼앗고 싶어졌다, 라는 말을 에드가는 가까스로 삼켰다. 그는 수정으로 빚은 잎사귀 같은 눈앞의 여자를 집요하게 주시했다. 만약 그때 이 여자를 리하르트로 보내지 않았다면……

계속 제 품에 두었더라면.

그런 생각이 도무지 머릿속을 떠나지 않는다.

루시퍼에게 허락받은 기만은 달콤하면서도 처절했다. 처음부터 가질 수 없는 여자라는 것을 알았기에 더욱 그 감정의 골이 깊어만 갔다.

다른 세계에서 온 이방인. 귀족 가문의 영애들보다 곱고 흰 피부에 작은 체구를 가진 소녀는 그의 생각만큼 여리지 않았다. 웬만한 기사보다 강인한 마음을 지니고 있었으며, 잿빛 날씨에도 투명하게 빛났다. 수정처럼 아름다운 은색의 눈. 한낮의 별. 그녀는 아무도 기대하지 않는 내일을 특별히 여겼고 종종 창가의 화분을 부드럽게 쓰다듬었다. 또 가장 나이가 어린 메이드가 밤새도록 울면 자장가를 불러주곤 했다.

그녀를 보내고 싶지 않았다.

사실은 루시퍼와 만나게 해주고 싶지 않았었다.

그저 이렇게 지내는 것만으로도 충분하지 않느냐고.

그가 아직 공작이었을 적 유리는 종이배를 접는 걸 즐겨했는데, 어느샌가 다른 시종들도 그녀를 따라 종이접기를 시작했다. 때론 낙서를 적어서, 혹은 멀리 떨어져 있는 가족들의 이름을 적어서 냇물에 떠내려 보냈다.

그것은 하나의 의식처럼 그들이 살아 있다는 사실을 상기시켰다.

"……오늘은 반지를 끼지 않았군."

에드가의 눈이 번뜩였다. 유리는 그의 나직한 음성에서 어떤 집착을 느꼈다.

"두고 왔어요. 에드가, 저를 좋게 봐주는 건 고맙지만 그 이상은 안 돼요. 그건 루시퍼가 당신을 죽일 수 있는 명분을 제공하는 것이나 마찬가지라고요."

"확실히, 내가 죽으면 리하르트는 손 쓸 도리도 없이 몰락할 테지. 그래도 한 번쯤은 맛보고 싶군."

에드가는 영문을 몰라 어리둥절해하는 유리의 팔을 잡아당겼다. 그의 입술이 유리의 입술에 포개졌고, 일순간 세상이 정지했다.

아. 정말로 갖고 싶은 여자다.

"……이계에서 온 루시퍼의 신부만 아니었어도 어떻게든 취했을 것을."

"이, 이게 무슨……."

유리는 창백하게 질린 채 비틀거렸다.

두 사람 모두 에드가의 죽음을 확신하고 있었을 때.

"나는 분명 너를 가지지 못한 걸 두고두고 후회할 테지. 그리고 너는 나를 잊지 못할 거다."

이게 그의 마지막 말인 걸까? 유리는 두려움에 사로잡혀 자신이 강제로 입맞춤을 당했다는 사실도 까맣게 잊어버렸다. 그러나 이윽고 들려온 루시퍼의 음성은, 지나치리만큼 차분했다.

"실망시켜서 미안하지만 난 너를 죽일 생각 없거든? 아, 물론 고문이라면 얘기가 다르지."

그가 손가락을 치켜들었을 때 에드가가 비명을 지르며 왼쪽 눈을 감쌌다. 그의 눈에서 피가 흘러내렸다.

유리가 울 것 같은 얼굴로 소리쳤다.

"루시퍼!"

상상할 수 있는 가장 끔찍한 공포가 현실이 되어 나타나자 유리는 기절할 것만 같았다.

루시퍼가 거만하게 말했다.

"애석하게도 지금 판데모니움에서 그나마 제대로 된 왕 노릇을 할 수 있는 건 너뿐이라서 말이다. 짐의 반려를 탐한 죄는 막중하나 그건 네 후손 대대로 책임을 물으면 될 것이고. 우선 네가 해줘야 할 일이 있다."

"헉······ 허억······."

피가 쏟아지는 눈을 붙잡고 에드가가 주저앉았다. 유리는 그를 부축하면서 루시퍼를 나무랐다.

"어서 에드가의 눈을 돌려놔!"

"내 사랑, 지금 내 앞에서 그 자식 편을 드는 거야?"

"아, 나는 더한 짓도 할 수 있어. 그러니까 내 말을 듣는 게 좋을걸."

이를 악물고 뱉은 유리의 협박에 루시퍼가 혀를 찼다. 즉시 에드가의 비명이 멎었다. 루시퍼는 무감정하게 그를 내려다봤다.

무릎 꿇은 리하르트의 왕에게 그가 명령했다.

"리하르트의 왕이여, 나라를 존속하고 싶다면 내 개가 되어라."

루시퍼가 지루하다는 듯이 눈을 내리뜨고는, 자신이 원하는 바를 간략하게 설명했다. 공작은 창백한 얼굴로 중얼거렸다.

"에스테르 슐 살라자르라면 한 번뿐이지만 만나본 적이 있다. 용케도 살아 있었군."

"그녀는 현재 이스가리옷 유다라는, 순리를 거스르면서 탄생한 신의 성녀 노릇을 하는 중이다. 하지만 그 삶은 오래가지 않을 터. 그 계집은 본래의 자리로 돌아가야 할 필요성이 있다. 솔직히 나야 뒈지든 말든 상관없지만 그동안 유리와 꽤나 친분을 쌓았더군. 짐이 너에게 내리는 명령은 이것이다. 그녀를 지키고, 망국의 공주가 아닌 여왕으로 만들어라. 애초에 여왕이 될 도금양나무였으니 터만 닦아주면 내 버려둬도 알아서 하겠지.”

에드가가 미간을 찌푸렸다.

“……유다라는 신의 이름은 들어본 적이 없는데.”

“물론 그렇겠지. 그건 유리가 무의식적으로 만든 신이니까. 그는 내가 심판을 내린 도시에 새로운 생명을 싹틔우고 있다. 부상당한 자들을 보살피고 시든 자연을 회복시키지.”

“요컨대 청소부라 이건가?”

유리는 입술을 부루퉁하게 내민 채 일어서려다 그만 비틀거리며 주저앉았다. 갑자기 그녀의 머릿속으로 어떤 영상이 확 쏟아져 들어왔다. 그건 유다의 기억이었다.

지금, 다른 곳에서 실제로 일어나고 있는 일이 그녀의 눈앞에 펼쳐졌다.

“나는 판데모니움의 주인, 이 땅의 모든 것을 지배하는 여신 아스트라다. 너 같은 가짜 신이 이곳에 머물도록 허락한 적은 없는데?”

“틀렸어. 너는 이 땅의 무엇도 지배하지 못해. 허울뿐인 주인에 불과하다.”

유다는 그렇게 대꾸하고는 돌아서려 했다. 그러자 발끈한 아스트라가 신의 현신에 놀라 어찌할 바를 모르는 에스테르의 머리채를 잡아당겼다.

“악!”

“잡종 신 주제에 감히 나를 모욕해? 자기 멋대로 성력을 남발하여 내 대지를 더럽힌 건 물론이거니와 성녀까지 세워서는!”

아스트라에게 붙잡힌 에스테르의 머리에 불이 붙었다. 유다가 초조하게 입술을 깨물었다.

"나는 그저 치유할 뿐이야. 그 밖의 능력은 가지고 있지 않다."

판데모니움의 여신은 비열한 웃음을 지었다.

"아, 그래? 그럼 일이 더 쉬워지겠군. 우선 잡종 주제에 감히 스스로를 신이라 칭한 죄, 죽음으로 갚아 마땅하다. 그리고 네가 만든 성녀도 죽여버리겠어. 내 세계를 엉망으로 만드는 건 루시퍼만으로도 충분하거든!"

"유다 님!"

이내 에스테르의 온몸이 불타오르기 시작했다. 유리는 가까스로 숨을 삼키며 환영에서 빠져나왔다. 방금 그건 뭐였지? 환상? 신기루? 아니, 절대 아니었다. 지금 당장 에스테르를 구해야 해!

유리는 식은땀을 흘리며 의자를 잡고 일어섰다.

"루시퍼, 아스트라가 유다를 죽이려고 해!"

그러나 루시퍼는 유리의 갑작스러운 이상행동에도 그저 무감했다.

"그런데?"

"……도와주지 않을 거야?"

루시퍼의 입매가 부드럽게 휘어졌다.

"너도 저 개처럼 무릎 꿇고 빌어봐. 그럼 고려는 해보도록 하지."

시간이 없었다. 유리는 이를 악물었다.

"설마 내가 너한테 빌 거라고 생각하는 건 아니겠지? 싫음 마. 나 혼자라도 가겠어."

"그렇게 쉽게 포기하는 거야, 내 사랑? 미리 말해두지만 난 둘 다 살려두고 싶지 않아. 내가 유다와 아스트라를 실컷 가지고 놀다 찢어죽여도 괜찮다면…….”

루시퍼의 달콤한 말에 유리는 목소리를 높였다.

“나 혼자 갈 거야! 무조건!”

그 대답에 루시퍼는 만족한 것 같았다. 유리는 왜인지 이유를 알 턱이 없었지만.

“잘 다녀와, 자기. 그리고 네가 조금이라도 다칠 시엔 내가 어떻게 돌변할지 모른다는 거 명심해 둬.”

유리는 어처구니가 없어 소리쳤다.

“그냥 돌려 말한 것뿐이지 너한테 빌라는 뜻이나 마찬가지잖아! 아까랑 다른 게 뭔데!”

“글쎄, 일단 네 무기는 완성됐어. 언젠가 태어날 우리 아기라고 생각하면서 각별히 신경 썼지. ‘그건’ 정말로 최고의 무기야.”

아기와 무기를 동일시하다니. 유리는 질린 기색으로 말했다.

“……갑자기 나 엄청나게 피임하고 싶어지는걸.”

“이미 늦었다고 생각하지 않아? 어쨌든 유다가 있는 곳으로 보내주긴 할게. 곧 죽을 것 같지만.”

그 음성이 멎은 뒤, 유리는 갑작스럽게 쏟아지는 햇볕 때문에 손으로 눈을 가렸다. 그녀의 손등엔 보석 모양의 문신이 은은한 루비 빛깔로 아름답게 수놓아져 있었다.

유리가 눈을 깜박였다.

“레드퀸?”

그러자 그녀의 말에 응답이라도 하듯, 문신의 붉은 빛깔이 진해지더니 커다란 루비가 박힌 작은 단검 하나가 튀어나왔다. 특별한 점은 달리 없었고 신비스러운 영롱한 빛을 발하는 무기였다.

조금 실망한 유리는 어리둥절하게 고개를 갸웃거렸다.

"생각보다 작네. 내 손바닥보다 약간 큰 정도잖아?"

그때 그리 멀지 않은 거리에서 에스테르의 비명 소리가 들려왔다. 마치 고문당하는 듯한.

유리는 생각할 것도 없이 소리가 들린 방향으로 무작정 내달렸다.

"에스테르!"

유리는 피투성이가 된 에스테르를 보고 멈춰 섰다. 순식간에 유리의 머릿속이 새하얗게 일그러졌다. 에스테르는 아스트라에 의해 머리카락이 전부 불타버린 채였는데, 그뿐만이 아니라 얼굴의 절반 이상에 불에 그을린 듯한 흔적이 남아있었다. 참으로 끔찍한 고문이었다.

여신 아스트라가 고통에 몸부림치는 그녀를 거칠게 내던지고는 음울하게 중얼거렸다.

"그래, 널 기다리고 있었지."

아스트라가 이를 갈며 빛의 화살을 꺼내들었다. 그 짧은 순간, 레드퀸이 수십 자루로 복제되더니 방패 모양을 만들어 아스트라의 화살을 튕겨냈다. 레드퀸에 박힌 루비가 매의 울음소리를 내며 진하게 빛을 발했다.

"유리, 감정을 다스려라."

그러나 유다의 경고는 유리에게 들리지 않았다. 그녀는 머리카락 한 올 남아 있지 않은 에스테르의 모습에 충격을 받아 이성을 잃어버렸다.

"너 진짜 계속 마음에 안 들어! 여신이면 다야? 에스테르는 네 세계의 인간이잖아!"

"잡종 신의 성녀 따윈 이 세상에 필요 없어!"

아스트라가 다시 한 번 화살을 쏘았고, 화가 머리끝까지 치솟은 유리는 앞으로 손을 뻗었다. 그러자 레드퀸이 날카롭게 울며 빙글빙글 돌았다. 수십, 수백 자루로 분열하는 검이 원을 그리는 속도가 너무나 빨라서 무엇도 유리에게 다가올 수 없었다.

유리는 제 등 뒤가 쑥대밭이 된 것도 무시한 채 눈을 치켜떴다.

"네가 나를 죽일 거라면, 그 전에 내가 널 죽이겠어."

"……유리."

"닥쳐! 난 돌아버릴 것 같다고!"

유리는 지긋지긋하게 이성적인 유다를 무시하고선 사납게 숨을 몰아쉬었다. 그녀의 한쪽 눈이 레드퀸의 루비처럼 붉게 물들어갔다.

그녀의 마음이 검은 먹물에 감염당하는 것처럼 차갑고, 뜨거워졌다.

"지금이라면 저 여자를 죽일 수 있어. 반드시 죽여버릴 거야."

감정을 통제하는 것이 불가능했다. 유리는 격정적인 분노에 휩싸여 아스트라에게 검을 겨눴다. 유리의 발등이 바닥에서 떨어지는가 싶더니 몸이 서서히 공중으로 떠올랐다. 그녀의 눈 주변으로 루비 같은 붉은빛이 문신처럼 수놓아지고 있었다. 하늘에서 벼락을 동반한 비가 떨어졌고, 유리의 머리카락이 젖어들었다.

만약 자신이 루시퍼의 비호를 받고 있지 않았더라면 에스테르와 똑같은 취급을 받았겠지.

애초에 지금까지 살아 있지도 못했을 터.

"유리…… 너……, 도망……."

상처투성이인 에스테르가 유리를 올려다보며 간신히 말을 이어갔다. 그때 천둥이 치고 벼락이 쉴 새 없이 대지에 꽂아 박혔다.

그래. 이 감정.

유리는 비로소 체감했다.

유다가 그토록 경계했던, 머릿속의 모든 생각이 폭발하는 듯한.

손과 발에 경련이 일어나서 발작이라도 일어날 것만 같았다.

'어서 해.'

유리의 무의식이 그렇게 속삭였다. 그녀를 부추기고, 충동질했다.

'저 여신한테 네 힘을 보여주란 말이야.'

어느샌가 하늘을 가득 채울 정도로 분열한 레드퀸이 아스트라를 포위했다. 유다가 불안한 눈으로 유리를 응시했고, 에스테르는 이제 의식이 없었다.

마침내 유리의 눈 전체가 붉게 변했다. 그 불꽃이 너무나도 진해서 밖으로 번져들었다. 붉은색 눈과 비둘기의 피로 화장을 한 것처럼 너울거리는 눈가의 불길은 고귀하고 신성했다.

아스트라 역시 온 힘을 개방했다.

"나를 죽일 수 있다고? 그럼 어디 한번 해봐!"

어서, 어서, 어서!

정확히 한 지점을 향해 천 자루의 검이 화살처럼 쏘아졌다. 흙먼지가 시야를 가렸지만 유리는 방금 공격으로 아스트라가 상당한 부상을 입었음을 눈치챘다. 지금 유리를 지배하는 건 짐승보다 예리한, 본능적이고도 난폭한 감정이었다. 그녀는 사냥꾼이었고 아스트라는 이제 더 이상 그녀의 상대가 되지 않았다.

얼어붙은 유리의 몸은 돌풍에도 한 점의 흐트러짐이 없었다. 그녀가 조용히 입을 열었다.

"……아담의 책."

이브의 열쇠에 침식당한 심장이 마구 뛰었다. 유리가 손바닥을 올리자, 은은한 빛과 함께 아담의 책이 그녀의 손 위에 놓여졌다. 그것이 저절로 펼쳐지면서 신들의 역사를, 숱한 전쟁과 파멸과 루시퍼를 향한 저주를 유리에게 퍼부었다.

유리가 무슨 짓을 저지르려는지 알아챈 아스트라가 창백하게 질린 채 소리쳤다.

"너 지금 뭘 하려는 거야? 어떻게 너 같은 인간 따위가……!"

"인간 따위가 멋대로 순리를 거스르고 차원을 뛰어넘었으니까 이렇게 된 거지."

유리는 차분한 목소리로 지적했다. 그리고 아스트라를 아담의 책에 봉인할 준비를 시작했다.

비웃지 않을 수 없었다.

"나한테 달라붙은 힘……. 유다를 창조하고 수많은 드래곤들을 죽일 수 있었던 그것. 확실히 인간으로선 불가능한 일이잖아. 아스트라, 비록 죄책감 때문이었지만…… 나는 '신'을 '창조'했단 말이야? 이게 어떤 의미인지 모르겠어?"

유리가 환희에 차서 말하는 와중에도 아스트라의 권능이 아담의 책 속으로 빨려들어갔다. 곧 아스트라의 몸은 시체가 되어 껍데기인 채 썩어들어갈 것이다.

"난 이제 깨달았어. 이 충만한 권능…… 차원과 차원의 사이에 스며들어 틈을 메꾸고 있던 순수한 힘. 그건 판테온의 의지이자 가장 원초적인 권능 그 자체였어. 난 생명의 위협을 느낄 때마다, 내 자신을 잃어버릴 것 같은 불안감에 휩싸일 때마다 무의식적으로 그의 힘을 빌렸던 거야."

아스트라가 어떻게든 책에 봉인 당하지 않으려 발버둥을 치면서 처절하게 외쳤다.

"말도 안 돼……. 그런 일은 벌어질 수 없어!"

그 순간 아스트라의 척추가 부서지고, 그녀가 지니고 있던 신의 권능이 모조리 봉인 당했다.

"그럼 이 힘을 어떻게 설명할 거지? ……아, 미안. 힘 조절을 잘못했네."

어쨌든 깔끔한 결말이었다. 복수였고, 유린이었다. 유리는 압사당한 것처럼 처참하게 죽임당한 아스트라의 시체를 감흥 없이 쳐다보다가 이내 의식을 잃고 추락했다.

"으아……, 나 죽을 것 같아."

의식을 차리자마자 유리는 극심한 생리통에 시달렸다. 그녀는 이불로 몸을 단단히 감싼 채 침대 위를 뒹굴거리며 나른하게 풀린 눈으로 물었다.

"……그러니까 정말 내가 아스트라를 죽였단 말이야?"

"정확히는 봉인시켰지, 그 책에."

유리의 곁에 자리한 루시퍼가 핏빛이 도는 와인을 마시며 아담의 책을 눈짓으로 가리켰다. 유리는 미간을 찌푸렸다. 정신을 차린 지 벌써 반나절이 지났건만 기억나는 것은 단편적인 조각뿐이었다. 어쨌거나 그녀가 레드퀸을 무척 능숙하게 다뤘다는 것만은 뚜렷하게 기억하는 바였다.

심각한 화상을 입은 에스테르를 보고 이성을 잃어서였을까, 유리는 복잡한 기분에 휩싸였으나 결코 후회하진 않았다. 그녀는 너무 늦어버리기 전에 에스테르와 유다를 구한 것을 다행으로 여겼다.

유리가 또로록 눈망울을 굴렸다.

"기억이 날 것도 같고 아닌 것도 같고……. 어쨌든 유다랑 에스테르가 무사하다면 됐어. 으음, 술 좀 그만 마시고 이리 와서 나 좀 안아줘."

유리가 손을 뻗자 루시퍼가 그녀를 안아 올렸다. 유리는 루시퍼를 깔고 누워서 중얼거렸다.

"그런데 말이야, 그때 넌 그 장소에 있지도 않았으면서 어떻게 그토록 잘 아는 건데? 혹시 일부러 날 혼자 보낸 거니? 레드퀸의 성능을 시험해보려고?"

루시퍼는 딱히 부정하지 않았다.

"그리고 네가 폭주했을 때 정확히 무슨 일이 벌어지는지 궁금했어."

"흠, 요컨대 고의로 나를 궁지에 몰아넣었다는 뜻이군."

"먼저 가겠다고 말한 건 너야."

"그건 그렇지만 어쩐지 아주 기분 나쁜걸."

"그래도 가장 큰 수수께끼 하나는 풀렸잖아? 걸리적거리던 방해물도 사라졌고."

유리가 인상을 구긴 채 무어라 말하려는 찰나, 에스테르가 문을 부술 기세로 열고 들이닥쳤다.

"유리야! 너 괜찮아?"

어쩐지 지나치게 반겨주는 것이 영 수상하군. 유리는 심드렁하게 생각했다.

유리는 예쁘장한 단발의 소녀를 보며 루시퍼의 품으로 더 파고들었다. 유리가 의식을 잃은 사이 루시퍼는 유다와 에스테르를 이곳으로 이동시켰다. 유리는 그게 잘한 일이었다고 생각했다. 비록 에스테르가 악마를 끔찍이도 혐오한들 루시퍼의 곁만큼 안전한 곳은 또 없으니까. 거기다 루시퍼는 유다의 성력을 회복시켜주고 에스테르의 상처까지 치료해줬다고 했다.

"······에스테르, 네 성력으로 생리통 좀 치료해줄래? 루시퍼는 내가 아무리 부탁해도 안 들어주거든. 이리저리 돌아다니다가 또 사고 칠까 걱정된다면서."

에스테르가 어깨를 으쓱였다.

"미안하지만 내 성력은 아바돈이랑 방금 한판 하면서 전부 써버렸어. 나랑 유다 님을 구해준 건 고맙지만 우리를 언제까지 악마의 성에 가둬둘 셈이야? 심지어 여기엔 그 끔찍한 사령관들이 전부 모여 있다고!"

에스테르가 진저리를 쳤다.

"아바돈은 너를 꽤 마음에 들어 하는 것 같던데."

루시퍼가 와인 잔으로 에스테르를 가리키자, 그녀가 인상을 썼다.

"그 자식이 나한테 키스하려고 하긴 했지."

유리가 쯧쯧거렸다.

"저런, 나도 한 번 당해봤는데 그리 좋은 느낌은 아니었어. 피를 토하고 있었거든."

그 말에 루시퍼가 얼어붙었다.

"······누가 누구한테 키스를 해?"

유리는 음울하게 대꾸했다.

"나한테 키스한 게 에드가만은 아니란 뜻이지."

에스테르가 또다시 욱해서 열변을 토로했다.

535

"난 거기에 대해서도 아주 할 말이 많아, 루시퍼. 유리 때문에 참고 있지만, 도대체 왜 나를 리하르트에 보내겠다는 거지? 나는 더 이상 왕족이 아니야! 여왕이 되고 싶은 욕심도 없어!"

"그럼 계속 여기 처박혀 있든가. 유리 네가 피를 토했다고?"

루시퍼는 유리에게 시선을 고정한 채 이를 갈았다.

"음, 우리 이 얘기 저번에도 하지 않았나?"

"그 새끼가 네 입에 혀를 넣었다는 얘기는 한 적 없어."

유리는 보란 듯이 혀를 빼물었다.

"혀는 안 넣었어. 안 넣었을 거야. 솔직히 잘 기억 안 나는걸. 어쨌든 양측 모두에게 불쾌한 행위였어. 인공호흡이나 마찬가지였다니까. 그건 그렇고 에스테르, 나 크림스튜 만들어줘."

"야! 난 너희 집 요리사가 아니야!"

유리는 에스테르의 고함을 한 귀로 듣고 흘려 넘겼다.

"하지만 네가 정말 아바돈을 싫어하는 것 같지도 않은걸. 아직 걔가 살아있다는 게 그 증거야."

"나는 세상에서 악마가 제일 싫어. 인간은 더더욱 싫고!"

그녀가 쾅 소리 나도록 문을 거칠게 닫았다가, 몇 초 후 머뭇거리며 살짝 열었다.

"어, 어쨌든 크림스튜는 만들어줄게."

유리는 에스테르가 크림스튜를 만들어 올 동안 루시퍼의 품에 안겨 한가롭게 기다렸다. 평소에도 생리통이 심한 편이라 짜증스럽지 않을 수 없었지만, 투정을 부려도 그가 전부 받아주며 안아주고 있으니 썩 나쁘진 않았다.

"이제 난 어떻게 되는 걸까?"

유리가 기운 없이 웅얼거리자 루시퍼가 지극히 순진하게 물었다.

"무슨 문제라도 있어?"

"……네가 내 제일 큰 문제거든?"

"나 같은 남편 얻기가 어디 쉬운 줄 알아? 나는 네가 꿈꾸는 모든 야망을 현실로 만들 수 있어."

"그리고 악몽도 말이지."

유리는 그렇게 덧붙였다. 뼈가 있는 비난에 루시퍼가 그녀를 뚫어져라 응시했다.

"좋아, 내 사랑. 불만이 뭔데?"

"난 걱정돼."

"……정확히 뭐가? 왜?"

유리는 루시퍼의 머리를 한 대 후려칠까 진지하게 고민하면서 말했다.

"아스트라가 저 책에 봉인되어 있잖아! 너도 알다시피 그 여신은 이세계의 주인이고!"

"그러니까 그게 어쨌다는……."

유리는 참지 못하고 베개로 루시퍼의 머리를 갈겼다.

"가뜩이나 난장판인 곳에 내가 기름을 부었으니 여기가 또 얼마나 망가지겠어? 다른 신들은? 판테온은? 차라리 유다처럼 내 안에 있다는 그 부정적인 괴물도 빠져나오면 좋았을 것을! 뭐 이런 개 같은 경우가 다 있어? 난 반쯤 정신이 나간 상태에서 누군가를 죽이고 싶지 않아."

"하지만 대부분의 사람들은 정신이 나간 상태에서 살인을 저지르지."

"……너 진짜 죽어볼래?"

유리의 손에서 깃털베개가 우악스럽게 뜯겨나갔다. 루시퍼는 몇 대 더 얻어맞고 나서야 보다 진지하게 그녀의 고민을 경청했다. 그리고 다른 질문을 주었다.

"그런 힘을 가져서 행복하지는 않고? 넌 네가 싫어하는 인간을 벌레 잡듯이 죽일 수 있어. 혹은 신을."

"모든 사람이 살인자가 되길 원하지는 않아. 때때로 그런 생각을 할 순 있지만……. 너 정말로 내 말을 이해하지 못한 거야?"

"물론 이해했지. 하지만 아스트라는 봉인 당했을 뿐이지 죽진 않았어."

"그러니 모든 게 괜찮다고?"

루시퍼가 고개를 끄덕였다는 게 유리는 너무나 어이없었다.

"너한테는 내가 있잖아. 넌 그냥 나를 사랑하기만 하면 돼. 무슨 일이 생긴들 내가 먹여주고 재워주고 씻겨주고 입혀주면 될 텐데……."

유리는 단번에 목소리를 높였다.

"그게 사랑이냐 병간호지! 나가 죽어!"

에스테르가 크림스튜를 들고 돌아왔을 때 침실 안은 엉망이었다. 부드러운 이불은 침대에서 흘러내려와 바닥에 걸쳐져 있었고, 침대 다리는 심하게 삐그덕거렸다. 유리는 뜯긴 베개에서 튀어나온 깃털을 아기 새처럼 붙인 루시퍼에게 접근금지 명령을 내리곤 홀가분하다는 듯이 크림스튜를 받아먹었다.

유리가 조금 진정한 듯한 기미를 보이자 에스테르가 슬쩍 운을 뗐다.

"유리야? 잠깐 얘기 좀 할 수 있을까? ……루시퍼가 없는 데서?"

"들었지? 너 나가."

협상의 여지가 없는 단호함이었다. 유리는 루시퍼가 부루퉁한 얼굴로 나갈 때까지 기다렸다가 수저를 내려놓았다.

"할 얘기라는 게 뭐야?"

유리의 물음에 에스테르가 기다렸다는 듯이 소리쳤다.

"난 여기가 너무너무 싫어. 정말 싫다고! 조반니라는 악마는 애늙은이처럼 굴지를 않나, 솔로몬은 사사건건 시비에 마스테마는 식당에서 야설을 대놓고 읽질 않나……. 제발 나 좀 여기서 내보내줘! 이대로라면 유다 님이랑 같이 미쳐버리고 말 거야!"

"……너 정말 절박해 보인다."

유리는 떨떠름한 표정을 짓고서 수저를 입에 물었다. 아직 완전히 허기가 가시지 않았는데 그렇다고 에스테르에게 더 달랬다간 뺨이라도 맞을 기세였다.

에스테르가 단어 하나하나에 힘을 실어서 강조했다.

"당연하지! 난, 성녀야! 여긴, 죄악과 멸망의 근원지고!"

유리는 은근슬쩍 말을 돌렸다.

"유다는 지금 뭘 하고 있는데?"

"줄곧 방에 틀어박혀 계셔. 썩 좋아 보이진 않아."

에스테르가 한숨을 쉬었다.

"흠, 나는 여기가 너희한테 가장 안전한 장소라고 생각하지만…… 네가 그렇게 싫다면 어쩔 수 없지."

"도대체 왜 나한테 여기가 안전할 거라고 생각하는 거지?"

유리는 눈을 가늘게 떴다.

"내가 아스트라를 봉인했으니까. 신은 하나가 아니잖아. 그리고 나랑 루시퍼를 싫어하는 신들은…… 셀 수도 없이 많지. 저기, 에스테르, 이런 말하긴 미안한데 내가 생각하기엔 다른 신들도 유다를 그리 좋게 보진 않을 것 같아. 그는 어떻게 보면 이단아고…….”

“너의 일부라서?”

유리는 어깨를 으쓱였다.

“……솔직히 불쾌하지? 나라도 내가 믿는 신이 고작 인간의 죄책감 따위로 생겨났다면 기분 나쁠 거야.”

그러나 에스테르는 유리가 예상했던 것과는 전혀 다른 반응을 보였다.

“고작이라니? 너, 그렇게 사람을 깔아뭉개지 마. 우린 아직도 신들의 권능이 신앙으로 인해 커질 수도, 약해질 수도 있다고 생각하니까. 그런 점에서 루시퍼는 정말 굉장하지. 우린 마치 태어날 때부터 본능적으로 그를 우러르게 되어 있는 것 같아. 그의 이름을 빗대어 죄를 저지르고 또 사함 받지. 판데모니움에서 루시퍼의 이름을 빌린 전쟁이 얼마나 많이 일어났을 거라고 생각해? 모든 선과 악이 루시퍼의 이름으로 행해졌어. 아이러니하게도.”

모든 선.

모든 악.

루시퍼가 짊어진 무게가 얼마나 될까?

유리는 머뭇거리며 진실을 털어놓았다.

“나, 나는…… 사실 신으로서의 루시퍼는 잘 몰라.”

“그렇다면 이제부터라도 알아야 할 거야. 루시퍼라는 이름이 가진 의미를, 그의 존재 의의가 얼마나 경이로운지를. 그는 우리에게 처음으로 타락을 정당화시켰고, 그 이름 아래 존재하는 모든 것들에게 자유를 주었어. 그건 정말…… 어떤 신도 우리에게 베풀지 않았던 은혜였지. 왜 루시퍼의 신자들이 그의 뜻을 따라서 순순히 추악한 모습으로 변했겠어? 빌어먹게도 그건 강요가 아니었어. 자유의지였지."

에스테르는 자기 자신을 부정해야만 이 이야기를 계속할 수 있다는 양, 힘겹게 말을 이었다.

"나는 10년도 전에…… 인간이었을 적의 아바돈을 본 적이 있어. 어렸을 때라 기억은 희미하지만 그가 보였던 권능은 내 눈을 멀게 만들었지. 아, 제기랄, 내 머릿속도 너만큼이나 엉망진창이야. 우리 같이 벽에다 머리 처박고 죽을래?"

유리는 에스테르에게 너도 생리 중이냐고 물어볼까 하다가 말았다.

"……정중히 사양할게. 난 지금 밑에서 쏟아지는 피도 아까워 죽을 지경이거든. 좋아, 그러면 이렇게 하자. 너는 나를 상담해주고, 나는 널 상담해주고. 공평하지?"

루시퍼.

하늘에서 떨어진 별.

타락한 왕. 혹은 빛의 아들.

때로는 루시퍼라고 불렸고 때로는 사마엘이라고도 불렸던 판테온의 장남은 이 세상의 모든 빛을 합쳐도 따라가지 못할 만큼 고고했다. 그 정도로 성스러웠고 또한 고결했다. 하지만 그는 판테온이 세계를 멸망시킬 의도로 만든 무기였다. 가장 신성한 철혈의 칼날. 그러나 본디 감정이란 것이 없고 오로지 윤리와 법, 이성적인 면모만 있어야 할 터인데, 왜인지 루시퍼는 서서히 악에 눈을 뜨기 시작했다. 그는 외로웠고 더할 나위 없이 고독했다. 판테온의 무기로서만 존재해야 할 그에게도 마음이 있었던 것이다.

그리하여 루시퍼는 어느 날 판테온의 뜻에 반발했다. 피와 학살에 질렸다며 제 스스로 영광의 보좌에서 내려와 자신이 원하는 삶을 살아갔다. 다른 신들의 보물을 약탈하고, 그들을 죽임으로써 판테온에 대한 분노를 표출했다. 그는 무기였지만, 다른 신들은 그의 '자식'이었으므로.

판테온의 장남 루시퍼.

루시퍼는 다른 신들 앞에서 자신을 그렇게 불렀다. 자신이야 말로 판테온이 만든 첫 번째 자식이라고. 그러자 루시퍼의 막강한 힘에 굴복한 신들도 루시퍼를 판테온의 장남으로 인정하고 말았다. 하지만 그 정복감에 도취된 것도 잠시, 루시퍼는 또 다른 허무함에 휩싸였다.

그에게는 늘 고독이 따라다녔다.

아무도 그와 가까이 하려 들지 않았다.

아무도 그를 이해하려 하지 않았다.

죽어야 할 때를 놓쳐버린 가엾은 미치광이 용을 제외하고는.

"……짜증나."

루시퍼는 요란하게 코골이를 하는 마하의 등에 드러누워서 시큰둥한 얼굴로 중얼거렸다. 에스테르 덕분에 찬밥 신세가 됐다는 게 불만스럽기 이를 데 없었다. 어째서 유리는 그렇게도 쉽게 고독의 늪에서 빠져나가는 걸까? 루시퍼는 아무리 지켜봐도 이해할 수가 없었다. 그저 유리에게는 사람을 끌어당기는 어떤 힘이 있는 것 같았다.

루시퍼는 못마땅하게 눈을 감았다 떴다. 유리가 없는 세상은 그에게 무의미했다. 모든 영예와 광명도 무가치하고, 단지 낭비였다.

"유리는 내 건데 왜 내가 양보해야 돼?"

부루퉁한 목소리에 거대한 호랑이의 모습을 한 람이 너털웃음을 흘렸다.

"허허, 그 여자애가 널 아주 제대로 홀렸나 보구나."

"맞아, 람. 걔가 나를 홀렸지. 내가 홀린 게 아니라고."

루시퍼가 나직이 한숨을 내쉬었다.

"그런데 지금 네 얼굴이 꼭 버림받은 아이 같다는 건 알고는 있는 게냐?"

"틀린 소리는 아니군. 유리가 어떤 빌어먹을 인간 계집 때문에 나더러 나가라고 했어. 난 순순히 부탁을 들어줬고 말이지. 아니, 그게 어딜 봐서 부탁이야 협박이지."

"호오, 네가 협박을 당한다는 게냐?"

"어쩔 땐 두들겨 맞기도 해."

루시퍼가 나른한 얼굴로 슬쩍 덧붙이자, 람이 낮게 으르렁거렸다.

"그래도 너는 그 아이가 곁에 있다는 사실만으로도 충분히 행복해 보이는걸. 결국 지난 10년 동안 네가 광기에 휩싸였던 이유도, 유리가 그토록 그리웠던 탓이겠지."

루시퍼는 람의 말을 무심히 흘려 넘겼다.

"그 성녀 계집이 헛소리를 지껄여서 유리가 나를 싫어하게 되면 어떡하지?"

"하지만 루시퍼, 유리를 고립시키는 건 잘못된 행동이야."

"……그렇지. 고작 서로의 사랑을 맹세하는 것 따위로는 유리를 완전히 구속할 수 없어."

"내가 하려는 말은 그게 아니라……."

람이 혀를 찼지만 루시퍼는 무시로 일관했다. 이제 그는 깊은 생각에 잠겨 있었다.

그가 원하는 건 유리가 두 번 다시 그를 떠나지 않는 것.

설령 떠나고 싶어도 그럴 수 없게 되는 것이었다.

루시퍼는 마하의 비늘조각을 손에 쥐고 만지작거리면서 생각을 거듭했다. 그는 유리의 영혼 가장 깊숙한 부분에까지 자신이 각인되길 바랐다. 유리가 사랑하는 건 자신 하나로 족했다.

사랑에도 다른 형태가 있다는 말을 루시퍼는 전혀 이해하지 못했고, 그렇기에 늘 경계하며 위태로웠다. 유리를 다시 만난 지금 이 순간에도 루시퍼는 벼랑 끝까지 내몰려 있었다. 그에겐 모든 존재들이 유리를 빼앗아 갈 수도 있는 잠재적인 위험 요소로 보일 뿐이었다.

긴 고민 끝에, 마침내 적당한 계획을 세운 루시퍼가 입을 열었다.

"유다를 없애야겠어."

그러자 람이 펄쩍 뛰었다.

"루시퍼! 또 극단적으로 행동할 생각은 말거라! 마하가 이 꼴이 난 걸 보고도 아직 정신을 못 차린 게냐! 마하는 오로지 네가 걱정돼서 순리를 거슬렀단 말이다! 어떤 용도 마하처럼 삶을 갈구하지 않아!"

그건 맞는 말이었다. 용은 자연의 법칙이 실체를 얻어 구현된 것이나 다름없는 신성한 영물이었으므로.

그러나 마하는 더 이상 용이라고 부르기도 당혹스러울 만큼 망가진 상태였다. 자신의 존재 의의인 순리를 거슬렀으니 그의 머릿속은 파괴되었고 영혼은 산산조각 났다.

"유리는 마하랑 달라. 실패하면 그 부분의 기억을 지워버리면 돼."

"내가 그렇게 두게 내버려 둘 성싶으냐!"

람이 루시퍼에게 달려들었다. 루시퍼는 가벼운 손짓만으로 그를 내

동댕이쳤다.

"걱정하지 마. 당신은 죽이지 않을 테니까."

"너……. 이놈……."

루시퍼는 비틀거리는 람을 무시한 채 일어서서 등을 돌렸다. 그는 마하의 등에서 뛰어내려와, 망설이지 않고 유다가 있는 곳으로 향했다. 유다가 제 존재를 알아차리기도 전에 습격해서 벽에 밀어붙이고 목을 졸랐다.

루시퍼가 비딱하게 고개를 틀며 유다를 노려보았다.

"……이제 네 쓸모가 없어졌다."

"루시퍼."

유다가 이를 악물었고, 루시퍼는 살짝 감탄했다.

"전혀 놀랍지 않은가 보군."

"나는 어차피 유리의 극히 일부에 불과하다. 나를 죽여서 네가 얻는 이득이라고는 순간의 만족감뿐일 텐데."

유리의 일부.

루시퍼의 입매가 매혹적으로 휘어졌다.

"그렇지. 그렇다마다. 그러니 내가 너를 손수 제거하겠다는 거다."

"……무슨 뜻이지?"

"내가 너를 자유롭게 하리라. ……그리고 다른 신들까지."

루시퍼가 신경질적으로 웃음을 흘리자 유다의 눈이 부릅떠졌다. 인간의 감정에서 태어난 신도 신이라고, 이스가리옷 유다는 유리와 다르게 아는 것이 많았다.

"설마 너……."

아담의 책.

그리고 유리에게 스며든 이브의 열쇠.

유리가 동의하지 않아도 상관없었다. 여기, 지금 그의 눈앞에 또 다른 이정표가 있었으니까.

유리의 일부인 유다에게도 아담의 책에 걸린 봉인을 해제할 만한 권능이 내제되어 있을 터.

그것은 너무나 당연한 이치였다.

"사담을 나눌 시간 따위는 없다. 나는 너를 통째로 흡수하고, 유리의 일부가 되어 아담의 책에 걸린 봉인을 해제할 것이다."

"어째서 그런 짓을!"

유다의 도자기 같은 얼굴에 금이 가기 시작했다. 그는 유리로 빚은 인형처럼 부서지고 있었다.

루시퍼는 유리에게 앞으로도 영원히 자신의 모든 것을 아낌없이 바칠 것이다.

그리고 그만큼 유리에게 받을 것이었다. 그녀가 의식하지도 못할 만큼 치밀하고 간교하고 달콤한 술수로.

"내가 위험에 처하면 유리는 반드시 나를 지키기 위해 나설 테니까. 나를 다시 만나기 위해 판데모니움에 오는 것도 불사했으니, 내가 원하는 건 그게 무엇이든 들어주겠지."

루시퍼가 나른한 음성으로 중얼거리는 순간 유다의 전신이 으스러졌다. 그가 당장이라도 울 것 같은 흐릿한 표정으로 겨우겨우 말했다.

"넌…… 네가 원하는 건 전부 손에 넣었잖아……."

그 모습이 순간 유리와 겹쳐 보였지만, '이것'은 어차피 그녀의 일부일 뿐이었다.

루시퍼는 혀로 아랫입술을 쓸었다.

루시퍼의 붉은 눈이 사방으로 번져드는 역병처럼 빛났다.

"아직이야. 아직 모자르다. 나는 아직도 깊은 갈증에서 헤어 나오지 못하고 있어."

툭. 투둑. 유다의 육체를 형성하고 있던 껍데기가 바스라지면서 땅에 떨어지고, 그가 지녔던 권능은 루시퍼에게 모조리 흡수되었다.

루시퍼는 혈관을 타고 들어오는 유리의 기운을 느끼고 나직하게 신음했다.

"잘 가거라, 이스가리옷 유다."

이윽고 유다의 존재는 완전히 사라져버렸다. 루시퍼는 유다의 목을 졸랐던 손가락을 혀로 핥으며 무감정하게 중얼거렸다.

"……이제 그 성녀 계집도 눈치챘겠지. 그렇다면."

그가 손을 뻗자, 아무것도 없던 허공에서 아담의 책이 끌려나왔다. 그 여파로 저택이 송두리째 무너지기 시작했으나 루시퍼는 아랑곳하지 않고 공중으로 떠올랐다.

그의 손에서 아담의 책이 일그러졌다. 빠르게 페이지가 넘어가더니 날카로운 바람에 모조리 찢겨 휘날렸다.

루시퍼가 고양감을 감추지 못하고 소리쳤다.

"자, 너희들이 그토록 고대하던 해방의 날이 도래했다. 오늘만은 특별히 짐이 마음껏 날뛰는 걸 허락해주마. 어디 덤벼보거라. 부디 나를 실망시키지 말도록."

조금 고통스러운 건 참을 수 있다.

잠깐 외로운 것도 견딜 수 있었다.

하지만 한번 잃어버렸다가 다시 되찾은 이상, 또다시 같은 실수를 범하진 않으리라.

그조차 끊지 못할 절대적인 사슬로 그녀를 구속할 것이었다. 그것이 설령 자신에게 독이 된다 하더라도.

"자만하지 마라, 루시퍼. 우리는 이 날을 위해 존재해왔다."

수천 년의 시간을 책 속에 갇혀 지낸 신들이 루시퍼를 향해 복수의 검을 빼들었다. 그 역시 광명의 검으로 응수했다.

"너희들이야 말로 자만하지 말거라. 내 계획은 이제 시작했을 뿐이니까."

루시퍼를 둘러싼 신들의 숫자는 헤아릴 수 없을 정도로 많았다. 누가 봐도 루시퍼가 불리한 상황이었다.

모든 신들을 해방하고 평범한 누더기가 된 아담의 책이 바닥에 떨어졌다. 루시퍼와 신들이 맞부딪치자 땅이 충격을 감당하지 못하고 움푹 파였다. 바람이 나무를 찢어발겼다. 루시퍼는 한 손으로 검을 든 채 여유로운 표정을 지었고 이에 신들이 격노했다. 거기엔 유리에게 봉인 당했던 아스트라도 포함되어 있었다. 그녀가 초승달의 활을 들어 화살을 겨누었더니 화살촉을 중심으로 바람의 방향이 기묘하게 뒤틀렸다.

문득 하늘에서 벼락이 떨어지고, 구름이 휘돌았을 때 가느다란 손이 아담의 책'이었던' 것을 주워들었다. 그녀의 부드러운 머리카락이 창백한 뺨을 스치며 아무렇게나 휘날렸다.

"루시퍼."

에스트라와 기진맥진한 람과 함께 나타난 유리가, 혼란스러운 얼굴로 루시퍼를 올려다봤다.

루시퍼가 흥분한 건지 후회하는 건지 모를 목소리로 말했다.

"……이제 개막이다."

그의 눈이 하얀 뱀처럼 형형하게 빛났다.

가혹할 정도로 메마른 바람이 불어닥쳤다.

유리는 그 언젠가 인간이었던 루시퍼와 처음 조우했을 때처럼 혼란스러운 표정을 짓고 있었다. 안개 자욱한 밤, 물가에 비친 달처럼 말간 그녀의 눈이 수정보다 투명했다. 루시퍼는 홀린 듯이 황홀한 광채를 발하는 그녀의 눈을 들여다보았다. 그녀는 당장이라도 그때처럼 눈물을 떨어뜨릴 것만 같았다. 위태롭고, 연약하고, 고집불통에 순진한 면도 있지만 그런 모습을 누구에게도 보여주기 싫어하는.

'왜 울어?'

'……서러우니까.'

'뭐가 그렇게 서러워서?'

'나한테는 남들 다 있는 게 없어. 부모님 말이야.'

망막에 각인된 것처럼 그녀에게서 눈을 뗄 수가 없었다. 처음부터 그녀는 그를 사로잡고 압도하는 힘이 있었다. 신으로서도, 인간으로서도 느끼지 못했던 감정이란 것을 제게 안겨주었다. 때로는 달콤하고 녹아버릴 것 같은 희열을. 때로는 격렬하게 휘몰아치는 불의 태풍 같은 욕망을.

그렇기에 그녀의 목숨은 무엇과도 견줄 수 없었다.

어떤 존재보다도 특별한 의미가 있었다.

"내 사랑, 내가 무기를 만들어준 이유가 뭐라고 생각해?"

루시퍼가 비단결 같은 목소리로 물었다. 그러나 대답을 바라고자 건넨 질문은 아니었는지 비웃음을 띠며 싸늘하게 눈을 내리깔았다.

재앙처럼 지상에 강림해온 루시퍼가 망설임 없이 유리를 공격했다.

유리는 제 살갗을 찌르는 루시퍼의 살기를 믿을 수 없다는 듯 뻣뻣하게 얼어붙었다. 일격에 숲 전체가 사라지고, 대지가 움푹 파일 정도의 충격파가 생겼으나 람이 모든 힘을 발휘해 에스테르와 유리를 지켜준 덕에 다치지는 않았다. 하지만 방어하는 것만으로도 고작이었던지 그가 피를 토하며 쓰러졌으므로 두 번이란 없을 것이었다.

람이 울컥 피를 뱉었다. 따갑게 몰아치는 돌풍 한가운데서 유리가 덜덜 떨며 입을 열었다.

"너, 나를 노리고……. 도대체 왜 이러는 거야?"

그 순간 신들의 군대가 일제히 울부짖었다. 루시퍼의 전령이기도 한 까마귀 트로타비스가 역병을 몰고 와 그들을 공격했다. 새의 울음소리가 고막을 찢을 듯 매서웠다.

빛무리로 가득한 허공에 떠 있는 채 루시퍼가 교만하게 말했다.

"한가하게 노닥거릴 시간이 있어? 진심으로 나와 겨루지 않으면 에스테르와 람을 죽여버릴 거다. 내가 나약하기 그지없는 너를 위해서 아담의 책에 봉인된 신들도 풀어줬잖아. 그럼 합당한 성의를 보여야지."

루시퍼가 람을 걷어찼다. 유리는 새하얗게 질렸다.

"루시퍼!"

"안 그러면 다른 신들한테 순서를 빼앗길지도 몰라. 보다시피 나를 죽이려고 다들 혈안이 되어 있어서. 그래도 괜찮겠어?"

유리의 눈에서 눈물방울이 떨어졌다. 손만 뻗으면 닿을 가까운 거리인데, 그와의 거리가 우주처럼 아득히 멀게만 느껴지고 있었다.

"나는 그 책을 영원히 사용하지 않을 생각이었어! 왜 내 말을 듣지 않는 거야?"

루시퍼가 잠시 침묵하는가 싶더니, 곧 쓸쓸하게 중얼거렸다.

"······이 세상에 영원이라는 것만큼 아름답고 우스운 것도 없다고, 자기."

루시퍼가 다시금 공격할 태세를 취하자, 유리는 영문도 모르는 채 비틀거리며 에스테르와 람을 가로막고 섰다. 그녀의 손에서 붉은 루비 가루가 흘러나와 아름다운 진홍색 검의 모양을 취했다. 가볍게 검을 휘두르는 것만으로도 수십 명의 신들을 도륙한 루시퍼가 혀로 아랫입술을 쓸었다. 유리의 주위를 붉은 빛가루가 보호하듯이 감싸고 있었다.

"······그래, 여기서부터 시작하는 거지. 내가 원하는 건 네가 판테온의 힘을 전부 개방하는 거야."

유리는 그 중얼거림을 듣지 못했다. 일순간 루시퍼가 거세게 부딪쳐왔고, 유리는 본능적으로 검을 올렸다. 루시퍼가 어찌나 강한 힘으로 몰아붙였던지 유리는 곧장 신음하며 저린 손으로 악착같이 버텼다. 그에게 잡아먹힐 것만 같았다.

루시퍼가 에스테르와 람을 해치게 둘 순 없다.

그러니까 지금이야 말로 가장 필사적이어야 할 때였다.

수정처럼 은은한 은빛을 발하던 유리의 눈은 더 이상 날카로운 바람에도 깜박이지 않았다. 그 눈에 판테온의 권능이 스며들어 있었고, 마치 은하수처럼 유리의 눈을 기이하게 물들였다.

문득, 당장이라도 루시퍼에게 목을 베일 것 같다는 두려움이 사라졌다. 그리고 남은 건 이상야릇한 호기심이었다. 루시퍼는 갑자기 왜 이런 짓을 하는 걸까? 자신을 사랑한다고 셀 수도 없이 말했으면서. 왜 자신을 도발하고 협박하는 건지 이유를 알아야 할 필요가 있었다.

좀 더, 조금 더 심연에 빠져들자 유리의 눈에 이제까지 딱 한 번밖에 본 적 없는 것이 보이기 시작했다.

"저건……."

루시퍼를 판데모니움에 묶어두고 있는 인과의 사슬. 그것이 루시퍼가 의도하지 않았음에도 유리의 눈에 선명히 보였다.

유리의 머리카락이, 가벼운 레이스 자락들이 붕 떠올랐다. 그녀는 저도 모르게 판테온의 힘을 개방하여 루시퍼가 원하는 대로 태풍과 벼락과 역병을 잠재웠다. 그리고 진실에 주목했다.

유리는 격양되는 감정을 감추지 못하고 숨을 들이마셨다. 루시퍼를 이 차원에 가둔 것은 판테온이었고, 그렇다면 저 사슬 또한 판테온의 권능으로 이뤄진 물건일 터였다.

그리고 세계와 세계 사이를 뛰어넘으면서 제게 깃든 힘 역시 판테온의 것이었고.

유리는 직감적으로 자신이 무엇을 해야 할지 깨달았다.

"……레드퀸, 네가 해야 할 일이 있어."

유리는 나직하게 말하며 검을 고쳐 쥐었다. 그러고는 루시퍼가 아담의 책에서 빠져나온 신들을 조롱하는 틈을 타 그에게 달려들었다. 그녀의 머리카락이 레드퀸의 붉은 빛깔을 받아 강렬하게 빛났다. 그녀는 루시퍼가 저를 공격했을 때처럼 망설이지 않고 검을 휘둘렀다. 그 속도가 너무 빨라서 붉은 잔상이 남았다.

이윽고 루시퍼를 판데모니움에 구속하고 있던 사슬이 레드퀸에 의해 깔끔하게 잘렸다. 처음엔 온 세상에 숨을 죽이며 정적으로 가득 찼다가, 이윽고 성가가 울려 퍼졌다. 루시퍼의 날개가 활짝 펴졌다.

가까스로 제정신을 유지하고 있던 유리는 숨을 들이켜며 인상을 일그러뜨렸다.

"처음부터 그런 의도를 말해주면 좋았잖아."

루시퍼가 땅에 떨어진 사슬을 공중에 떠 있게 만들면서 말했다.

"이제 난 완전히 자유를 되찾았어. 그러니까 너를 다신 놓치지 않을 거야."

유리는 눈을 깜박였다. 모든 힘을 되찾은 신이 갈구하는 건 아이러니하게도 자신이었다.

"······무슨 수를 써서라도."

루시퍼가 그렇게 말하더니, 자신을 구속하고 있던 사슬로 유리를 감쌌다.

그 순간 모든 것이 변했다.

유리는 웨딩드레스를 입고서 친구들과 하객들에게 둘러싸여 있었다. 그러나 이전처럼 어색한 분위기는 감돌지 않았다. 유리의 옆에는 지안이였을 때처럼 검은 머리카락과 검은 눈을 가진 루시퍼가 있었기 때문이다. 사람들은 두 연인의 결혼식을 축복하기 바빴다.

이건······. 갑작스럽게 원래 세계로, 그것도 결혼식장으로 돌아온 유리는 당혹스럽기 이를 데 없었으나 다들 축복하기 바빠 눈치채지 못했다.

"정말 축하해, 유리야!"

"행복하게 잘 살아야 돼!"

"유리 너 오늘 너무 예쁘다. 나까지 눈물 날 것 같아."

"우리 중에서 제일 먼저 시집가다니! 꼭 행복해, 배신자야!"

정신없이 쏟아지는 축하세례에 유리는 얼떨떨했다.

"이, 이게 어떻게 된 거야?"

그러자 루시퍼가 웃음을 흘렸다.

"왜 그렇게 놀란 얼굴이야? 우리 결혼식이잖아. 즐겨야지."

"하지만……."

그 모든 것이 꿈이었던 걸까?

판데모니움이란 세계는 단지 환상에 불과했던 거야?

아니, 절대 그럴 리 없다.

유리는 기나긴 잠에서 깨어난 것처럼 새삼스럽게 지안이를 쳐다보았다. 그러자 그가 웃는 채 그녀의 뺨에 입을 맞췄고, 여기저기서 꺅소리가 들렸다. 유리는 믿을 수 없다는 듯이 지안이를 올려다봤다. 그는 웨딩드레스를 입은 그녀를 사랑스럽게 응시했다.

"드디어 '이곳'에서도 부부가 됐네."

"……루시퍼?"

그는 흔들리는 유리의 시선을 무시한 채 말했다.

"신혼여행 정말 기대되지 않아? 템스 강의 야경은 정말 멋질 거야."

유리는 미친 듯이 고개를 가로저으며 세 번째로 질문했다.

"이, 이게 도대체 어떻게 된 건지 모르겠어. 왜 우리가 갑자기 결혼식장에 와 있어?"

루시퍼가 부드럽게 미소를 지었다.

"네가 줄곧 꿈꿔왔던 거잖아. 나 역시 마찬가지고. 그러니까 그냥 즐기면 돼."

"그럼 판데모니움은? 에스테르는 어떻게 됐어?"

"그 얘긴 나중에 해도 늦지 않아."

"루시……."

그녀가 항의하기도 전에 루시퍼가 매끄럽게 말을 잘랐다.

"우리 결혼식보다 중요한 건 아무것도 없어. 내 사랑, 정말 아름다워. 너도 나한테 집중해주지 않겠어?"

유리는 입술을 오므렸다. 루시퍼가 그녀의 뺨을 살짝 쓸었다.

"착하지."

결국 유리는 결혼식이 끝날 때까지 항의하지 못한 채 얌전히 있어야만 했다. 루시퍼에게 시간을 되돌리는 능력이라도 있는 걸까? 유리는 기뻐하는 숙모와 숙부, 그리고 친구들을 보며 기묘한 환희에 휩싸였다. 이전의 참담했던 결혼식과는 확연히 다른 풍경이었다. 모두가 지안이의 신부가 된 자신을 부러워했고, 호기심 서린 눈으로 쳐다봤다.

피로연이 끝나고 두 사람은 신혼여행을 떠나기 위해 공항으로 향했다. 유리는 이루 말할 수 없이 당혹스러운 표정을 짓고서 아이보리색 드레스를 입었다. 이 드레스를 입고 지안이의 집으로 쳐들어갔다가 여신 아스트라를 만났던 게 바로 엊그제 같은데. 벌써 석 달을 훌쩍 넘었다는 사실이 새삼스러웠다.

유리가 한숨을 쉬자 루시퍼가 상냥한 투로 물어왔다.

"피곤해?"

"그냥 혼란스러울 뿐이야."

루시퍼가 눈알을 굴렸다.

"난 네가 이곳으로 돌아오고 싶어 할 거라고 생각했어. 어쨌든 판데모니움보단 살 만하잖아."

판데모니움을 그 꼴로 만든 게 누군데. 유리는 빈정거리고 싶은 걸 애써 참았다.

"그래도 그곳에 정이 많이 들었는걸. 이렇게 갑작스럽게 떠나오고 싫진 않았어. 더군다나 그쪽 세계와 이쪽은 시간의 흐름이 다르다면서. 그리고 난 네가 나한테 아무런 상의 없이 다짜고짜 공격했던 것도, 유다를 죽여버린 것도 불만스러워. 내 안에 있는 판테온의 힘으로 자유를 되찾고 싶었으면, 그냥, 그냥…… 나한테 말했으면 좋았잖아. 찾아보면 보다 인도적인 방법이 있었을 텐데."

마지막까지 자신을 걱정하던 람과 에스테르가 떠올라 유리는 입술을 깨물었다. 그녀는 더 이상의 죽음을 바라지 않았는데 루시퍼는 또 한 번 그녀의 기대를 배신했다. 그는 자신의 이익을 위해, 그리고 유리를 소유하기 위해서라면 정말 무엇이든 하고야 말았다.

유다가 자신의 일부였을지언정, 아니, 일부였기 때문에 그를 해친 거다. 하지만 결국 궁극적인 목표는 똑같았다.

자신을 놓아주지 않는 것.

사랑하는 사람에게 구속당하는 게 어떤 기분인지 유리는 말로 표현할 길이 없었다. 이만큼이나 나를 사랑해준다니 기쁘기도 하고, 설레기도 했다. 한편으로는 루시퍼를 갱생시키려면 정말 한없는 노력이 필요할 것 같아 암담하기도 하지만.

루시퍼가 입을 열었다.

"유리야."

"응?"

"제대로 결혼식을 올리게 돼서 기쁘진 않아?"

머리가 지끈거렸다. 유리는 가급적 좋게 생각하려고 했다.

"물론 기뻐. 그동안 마음 한켠에 자리 잡고 있던 응어리가 사라진 느낌이야. 그리고…… 놀랐어. 이렇게라도 다시 결혼식을 올릴 수 있어서 얼마나 행복한지 몰라. 대체 네가 가진 권능의 한계는 뭐야?"

"판테온의 구속이 사라진 이상 한계는 없어. 그러니까 여기서 마음껏 신혼여행을 즐긴 뒤에 판데모니움을 걱정해도 늦지 않아."

호소력이 강한 그 말에 유리는 결국 항복했다.

"……알았어."

"고마워."

어쨌든, 이곳에서의 마지막이 될 수 있는 여행을 유리는 기꺼이 받아들였다. 야심차게 이륙한 비행기는 높은 상공을 가로질러서 새로운 땅에 그들을 내려주었다. 루시퍼와 검을 맞댈 때와는 다른 의미로 심장이 뛰지 않을 수 없었다. 곧 유리는 낯선 풍경, 낯선 나라에 도취되어 잔뜩 흥분했다.

"세상에, 텔레비전으로만 보던 곳을 직접 와볼 줄이야. 우리 베이커가도 가보는 거 맞지? 물론 파란색 전화박스라든가 마법학교와 이어지는 승강장을 찾을 수도 있겠지만 말이야."

유리는 들뜬 마음으로 공항을 빠져나왔다. 그때 루시퍼가 음울하게 중얼거렸다.

"……아니면 아이온과 맞닥뜨린다든가."

일순간 모든 사람들의 움직임이 멈췄다. 시간까지도.

눈앞에 나타난 아이온이 서늘한 얼굴로 입을 열었다.

"너희들은 이곳에 올 자격이 없다."

유리는 움츠러들었고, 루시퍼는 짜증스러워했다.

"너야말로 우리를 방해할 자격은 없다만. 지금 우리는 그 어느 때보다 만족스러운 시간을 보내고 있어. 방해하지 마라."

"거기 그 여자는 네가 판테온의 사슬로 무슨 짓을 했는지 알면서도 가만히 있는 건가?"

유리가 인상을 찡그리며 입을 열었다.

"무슨 짓을 하다니요?"

"네 영혼은 루시퍼에게 묶여 있다. 세상에서 가장 견고한 속박이니 앞으로도 영원히 그럴 테지. 너는 절대로 루시퍼에게서 벗어나지 못한다. 그건 루시퍼 또한 마찬가지고."

유리는 서서히 그 말에 담긴 뜻을 이해했다. 루시퍼가 자유를 되찾으려고 했던 건 그녀를 구속하기 위함이었다. 유리는 자신의 자유와 맞바꾸어 루시퍼를 구한 셈이었다.

유리는 복잡한 심경으로 중얼거렸다.

"그럼…… 우린 영원히 헤어지지 않는 거네요."

"그게 축복일지 저주일지는 가봐야 알겠지."

아이온이 경고하듯이 말했다. 루시퍼가 싸늘하게 그를 주시했다.

"할 말은 그걸로 끝인가?"

"너와 분쟁을 일으키고 싶지는 않다, 루시퍼. 조속히 이 세계에서 떠나주길 바란다."

아이온이 그렇게 말했지만, 루시퍼는 단지 무감하게 등을 돌리며 유리의 어깨를 끌어안았다. 유리는 루시퍼에게 안겨 있느라 등 뒤에서 아이온이 피를 토하며 쓰러지는 것을 보지 못했다.

거금을 투자해서 예약했던 호텔에 도착한 두 사람은 수영장만 한 욕조가 딸린 스위트룸에 짐을 풀었다. 그러고는 달콤한 장미꽃잎과 향초, 와인에 둘러싸여 목욕을 했다. 탁 트인 템스 강의 정경이 한 눈에 보이는 욕실은 유리의 오랜 숙원을 풀어주기에 충분했고, 맛있고 모양도 예쁜 음식들은 장시간의 비행으로 인한 피로를 싹 가시게 만들었다.

유리는 그날 밤새도록 루시퍼를 탐하느라 정신이 없었다. 그녀는 루시퍼가 영원히 저를 구속할 것이라는 아이온의 말에도 차마 분노할 수 없었다. 어떻게 네가 독단적으로 그런 짓을 했느냐고 따지지도 못 했다. 루시퍼가 얼마나 지독한 외로움에 사로잡혀 있었는지 그동안 절절히 체감했을뿐더러, 본인 역시 루시퍼가 아니면 안 되었기 때문이다.

누가 봐도 루시퍼는 인간들에게 이로운 신이 아니었다.

오히려 타락으로 이끌고, 멸망시켰으며, 죄악에 빠뜨렸다.

그럼에도 불구하고 사람들은 그를 숭배했다. 그의 이름을 빌어 죄를 짓고 사함 받았다.

"……지안아, 너는 이제부터 어떻게 하고 싶어?"

"그냥 너랑 행복하게 잘 사는 거지, 뭐."

유리는 루시퍼의 품에 안겨서 눈을 깜박거렸다.

"그거면 돼?"

"그거면 돼."

"다른 건 어떻게 되든 아무래도 상관없어?"

"상관없어."

낯선 새벽바람에 부드러운 커튼이 휘날렸다. 유리는 루시퍼의 얼굴을 쓰다듬으며 말했다.

"흠, 그래도 네가 저지른 일엔 책임을 져야 되잖아. 넌 책임감을 가질 필요가 있어."

"내가 어떻게 하길 원해?"

어떻게 하길 원하냐고? 답은 한 가지였다.

유리는 루시퍼의 뺨에, 귀에, 목에 입을 맞추면서 낮게 속삭였다.

"……우리가 신혼여행을 실컷 즐기고 돌아갔을 때 판데모니움에선 100년이 지나가 있고 그러진 않겠지?"

불안감으로 가득 찬 물음에 루시퍼가 그녀의 머리카락을 부드럽게 만졌다. 두 사람은 서로만의 세상에 갇히길 원하면서도 벗어나고 싶어 했다. 항상 더, 더 갈구했다. 그 점이 참으로 아이러니였다.

루시퍼는 유리가 가장 형편없는 소원을 빈 요술램프의 주인이라도 된다는 것처럼 반응했다.

"네가 왜 판데모니움을 신경 쓰는지 모르겠어. 이제 거긴 버려진 차원이나 다름없는데."

"그럼 그곳에 남은 사람들은? 에스테르는?"

"걱정할 가치가 없어."

유리는 살짝 발끈했다.

"하지만 난 네가 원하는 대로 해줬잖아. 심지어 네가 나를 영원히 구속할 목적으로 자유를 되찾았다는 사실을 알고서도 너와 두 번째 결혼식을 치렀어. 그리고 지금은? 쏟아지는 별들과 높은 빌딩들, 아름다운 템스 강변을 구경하면서 네 품에 안겨 있지. 아주 얌전히 말이야. 그러니까 너도 양보해."

루시퍼가 입을 열었으나, 유리의 격정적인 입맞춤에 말문이 막혔다. 유리는 그에게 키스했고, 계속해서 키스했다. 밤이 지나고 새벽이 깜박 찾아들었다가 돌아갈 때까지. 구름이 하늘 전체를 에워쌀 때까지.

유리가 나른하게 내리뜬 눈으로 루시퍼를 바라봤다.

"내가 원하는 건 무엇이든 들어준다고 했잖아, 루시퍼. 나는 판데모니움이 그렇게 멸망하길 바라지 않아. 더군다나 꼭 도망쳐 온 것 같은 기분이 든다구."

루시퍼가 그녀의 맨 등을 어루만졌다. 몹시 부드럽고 따뜻한 느낌이었다. 루시퍼는 그녀의 향기에 취해 눈을 감았다.

"……여기엔 너의 모든 게 있어. 가족, 친구들, 그리고 네가 꿈꿨던 미래가."

그러자 유리가 신경질적으로 키득거리며 정정했다.

"나한테 가장 필요한 건 너야. 진짜 너."

유리는 지안이를 사랑했지만, 그렇다고 진짜 그를 외면하기는 싫었다.

더군다나 루시퍼에게 있어 이 세계는 너무나도 좁았다. 그는 유리가 원한다면 얼마든지 지안이로서 있어주겠지만, 기억을 되찾은 이상 가짜이고 흉내일 수밖엔 없을 터.

유리는 한없이 다정하게 말했다.

"……그리고 넌 여기서 결코 진짜일 수 없어. 그러니까. 돌아가자는 거야."

"내 손에 얼마나 많은 피가 묻었는지 알면서도 진짜 나를 원해?"

유리는 그의 눈을 물끄러미 바라보며 또박또박 자신이 찾은 답을 들려주었다.

"너를 원해, 루시퍼."

루시퍼의 눈이 흔들렸다. 유리는 이미 그의 품에 안겨 있으면서도 더욱 가까이 다가갔다.

"나는 정말로 너를 사랑하고 있어. 이대로 어떻게 되어도 좋을 만큼."

유리는 살짝 입술을 벌려 그에게 키스했다. 아름답지만 잔혹한 세계 판데모니움은 그녀에게 많은 변화를 일으켰고, 그녀 역시 루시퍼처럼 예전으로 돌아갈 수 없었다. 불가능했다.

그녀의 손에도 피가 묻어 있었다.

"마하와 람은 나처럼 너를 소중히 여기고 있어. 사령관들도 그렇고……. 그래, 판데모니움엔 너의 가족이 있지. 꼭 피가 섞여야만 가족이 되는 게 아니잖아? 난 그들에게 네가 변하는 모습을 보여주고 싶어. 너는 결코 판테온의 무기만이 아니라는 것을, 다른 신들에게도 똑똑히 알려주고 싶어."

아직은 어디로 튈지 불안한 게 사실이지만, 그가 자신만의 방식으로 사랑을 깨우치고 소유욕을 가졌으니 유리는 가능성이 있다고 생각했다. 그리고 그가 처음으로 사랑한 이가 자신이어서 몹시 행복했다. 기꺼이 그와 어떤 위험이든 헤쳐나갈 준비가 되어 있었다.

사근사근하게 이어지는 유리의 말은 루시퍼를 혼돈스럽게 했다. 그가 인상을 찡그린 채 머뭇거렸다.

"유리야, 내가…… 무섭지는 않아?"

"어째서 그런 질문을 해?"

"나는 절대로 너를 놓아주지 않을 거야. 나를 향한 네 감정이 변한다고 하더라도."

유리가 피식 웃었다.

"네 감정은 절대로 변하지 않으리라는 확신이 있어?"

그러자 루시퍼가 모욕이라도 당한 듯 미간을 찌푸렸다.

"물론이지."

"하지만 넌 영원이라는 단어를 불신하는 줄 알았는데."

"넌 내가 변하기를 원하는 줄 알았는데."

두 사람의 대화가 평온하게 이어졌다. 유리는 은은한 아침햇살을 받으며 손가락으로 그의 입술을 살짝 눌렀다.

"……흠. 우리가 앞으로 어떻게 될 것 같아?"

루시퍼가 그녀의 손가락에 입을 맞추며 속삭였다.

"행복해지겠지. 뭐, 내가 판데모니움을 구제하길 원한다면야 시일이 좀 걸릴지도 모르겠지만."

그래도 행복하게 만들어주겠다고는 하는구나. 유리는 아연하게 웃었다.

"왜 그런 표정이야?"

"결국 네가 원했던 건 처음부터 끝까지 나였구나 싶어서."

"그걸 이제야 알았어?"

어리둥절한 표정의 루시퍼를 마주 보면서 유리는 활짝 웃었다.

"너한테 이렇게나 큰 사랑을 받을 수 있다니 난 정말 행운아인 것 같아."

"당연히 난 네가 필요해. 너를 몰랐을 때도 그게 무엇인지조차 모르는 채 항상 갈구해왔어."

유리가 웃음을 지었다.

"너랑 내가 사랑에 빠져서 다행이다."

"나도 그렇게 생각해."

두 사람은 키득키득 웃으며 다정한 입맞춤을 나눴다.

− fin.

작가 후기

안녕하세요. 드디어 〈죽여줘!〉가 종이책으로 나왔습니다! 세상에. 너무 떨려요. 특히 〈죽여줘!〉는 몇 년 전에 썼다가 연재 중단을 하고, 최근에 다시 쓰기 시작한 소설이라 독자 여러분들이 좋아해주실지 걱정스럽기도 합니다. 출간 작업을 진행하면서 이렇게 떨린 적도 처음이네요. 언제나 책을 출간할 땐 새로운 마음입니다. 어느덧 출간작이 제법 쌓였는데도 후기를 작성하는 순간이 오면 긴장하고 말아요.

책이 나올 수 있도록 도와주시고, 아낌없이 저를 격려해주신 담당자님과 예쁜 표지를 만들어주신 표지 디자이너님께 감사 인사를 올립니다.

다음 작품에서 다시 만나요. 그때까지 안녕!

2017년 5월
송주희